Hans Gerd Stelling

Der Rote Milan

Ein Hanse-Krimi

aufbau taschenbuch

ISBN 978-3-7466-2351-1

Aufbau Taschenbuch ist eine Marke der
Aufbau Verlagsgruppe GmbH

1. Auflage 2007
© Aufbau Verlagsgruppe GmbH, Berlin 2007
Umschlaggestaltung Preuße & Hülpüsch Grafik Design
unter Verwendung eines Gemäldes von Aert Anthonisz, 1618
Satz LVD GmbH, Berlin
Druck und Binden CPI Moravia Books, Pohořelice
Printed in Czech Republic

www.aufbau-taschenbuch.de

Prolog

In diesem Frühjahr des Jahres 1513 wollte es nicht aufhören zu regnen. Er erinnerte sich nicht daran, jemals in seinem Leben eine derart lange Regenperiode erlebt zu haben. Allmählich versank die Stadt in Wasser und Schlamm. Allein den Möwen, die sich weitgehend in Flussnähe aufhielten, machte das Wetter nichts aus. Während die Menschen unterhalb des Doms und der Ruinen der Hammaburg der Depression anheimfielen, war ihr Lachen und Kreischen weithin zu hören und veränderte sich nie.

Er stand unter dem Dach eines nach Westen hin offenen Schuppens und blickte auf die Elbe hinaus, voller Sehnsucht nach der Sonne, die sich irgendwo fern am Horizont, versteckt hinter düsteren Wolkenbanken, ins Meer senkte. Er hatte das Gefühl, es sei eine Ewigkeit her, dass er die Sonne auf dem Weg in die Nacht gesehen hatte. Einen Sonnenuntergang mit dem blutroten Gestirn am Himmel schien es nur noch in seiner Phantasie zu geben.

Nicht einmal den Strom in seiner sich dehnenden Weite konnte er mit seinen Blicken erfassen. Regen und Dunst verhüllten sogar die Inseln, die sich bei klarer Sicht deutlich aus der silbrig glänzenden Fläche erhoben. Ein Kraveel schob sich mit schlaffen Segeln auf den Strom hinaus, von schwachem Wind und der Strömung Richtung Nordmeer getrieben. Bei diesem Schiffstyp überlappten sich die Planken nicht klinkerartig wie bei der Kogge, sondern stießen glatt aneinander.

Weit mehr als eine Stunde harrte er im Schuppen aus, von niemandem bemerkt. Als drei junge Männer wegen des Regens mit eingezogenen Köpfen vornübergebeugt und mit dunklen Kappen auf dem Kopf an ihm vorbeieilten, zog er sich ins Dunkel zurück, schnell wie die sensiblen Fühler der Schnecke, um gleich darauf wieder nach vorn zu treten, bis sein Gesicht beinahe die vom Dach herunterfallenden Tropfen erreichte.

Es wurde rasch dunkel. Vereinzelt ließ sich eine Möwe hören, und schließlich war nur das gleichförmige Rauschen des Regens zu vernehmen.

Die Zeit rückte näher. Nun musste sie bald kommen. Sie war pünktlich. Immer. Für sie war es eine besondere Form der Höflichkeit, pünktlich zu sein. Er wusste nicht, wie sie es machte. Sie musste ein ausgeprägtes Zeitempfinden haben. Sie gehörte einem wohlhabenden Haus an. Ihr Mann und sie waren allen neuen – und teuren – Dingen gegenüber aufgeschlossen. Daher gab es eine Uhr unter ihrem Dach, aber er wusste genau, dass sie eine jener Sackuhren nicht ihr eigen nennen konnte, die angeblich von dem Nürnberger Peter Henlein entwickelt worden war. Überhaupt war für ihn schwer vorstellbar, dass man eine Uhr mit sich herumtragen konnte. Uhren waren nicht gerade klein und leicht, außerdem war allgemein bekannt, dass ihre Genauigkeit litt, wenn man sie nicht in Ruhe auf einem Schrank oder einer Kommode stehen ließ, sondern sie bewegte. Jede Erschütterung konnte dazu führen, dass sie ihren Dienst versagten und stehenblieben.

Er selber verfügte über kein sonderlich gut entwickeltes Zeitempfinden. Daher hatte er sich rechtzeitig eingefunden, um sie nicht zu verpassen.

Sie.

Agathe. Ehefrau des bekannten Reeders Kehraus. Mit einem großen Kreis von Freunden und Bekannten. Eine Frau, die sich höchster Beliebtheit erfreute. Eine Frau, bei der viele Rat und Trost suchten, je nachdem, was ihnen widerfahren war. Sie war hilfsbereit und für eine Frau ungewöhnlich gebildet. Aus seiner Sicht zu sehr. Eine Frau sollte nicht so viel wissen und können. Sie sollte sich auf den Haushalt beschränken und sich nicht um Dinge kümmern, die zur Domäne der Männer gehörten.

Allein ihre Hände!

Er kannte keine Frau, die so zartgliedrige und zugleich so gepflegte Hände hatte wie sie und die dabei so energisch zupacken konnte.

Nun ja. In ihrem Haushalt arbeiteten genügend Mägde, so dass sie keine derben Arbeiten zu erledigen hatte. Doch diesen Vorteil genossen andere Frauen auch – und hatten dennoch nicht so schöne Hände wie sie.

Plötzlich änderte sich etwas. Lange bevor er Schritte vernahm, wusste er, dass sich ihm jemand näherte. Vorsichtig zog er sich ins Dunkel des Schuppens zurück. Er hatte sich vorgenommen, ruhig zu bleiben. Das aber konnte er nicht. Er spürte, wie sich sein Herzschlag beschleunigte und wie sein Hals enger wurde. Seine Hand schob sich zum Gürtel.

Seine Instinkte hatten ihn nicht getrogen.

Unvermittelt, beinahe lautlos tauchte sie aus dem Regen auf, den Kopf tief gesenkt. Mit beiden Händen hielt sie ein Tuch, das ihr Antlitz vor dem herabprasselnden Wasser schützen sollte. Sie bewegte sich schnell und doch voller Anmut. Ihre Kleidung war durchnässt, wie bei diesem Wetter nicht anders zu erwarten, hatte aber nichts von ihrer Eleganz verloren.

Er wartete im Dunkel, bis sie an ihm vorbei war. Seine Hand krampfte sich um den Griff des Messers in seinem Gürtel. Vorsichtig schob er sich in den Regen hinaus, vergewisserte sich, dass niemand in der Nähe war und ihn beobachten konnte, und eilte hinter ihr her. Er hielt etwa zwanzig Schritte Abstand. Sie merkte nichts. Ihre Haltung machte deutlich, dass sie seine Schritte nicht hörte und dass sie ahnungslos war. Er wartete, bis sie in den Alten Steinweg einbog. Sondierend blickte er sich nach beiden Seiten um. Die gepflasterte Straße lag an der alten Handelsstraße, die vom Millerntor her nach Westen in die Stadt Hamburg führte. An manchen Tagen war sie belebt von zahlreichen Pferdefuhrwerken, Reitern und Kleinhändlern mit ihren Karren. Das Pflaster war schon vor etwa hundert Jahren gelegt worden und wies tiefe Kuhlen und breite Risse auf. Daher folgten die Handelstreibenden seit einiger Zeit einem anderen, besser ausgebauten Weg in die Stadt

Nachdem er sich davon überzeugt hatte, dass sich nirgendwo am Straßenrand jemand unterstellte, der zum unerwünschten Zeugen werden konnte, schloss er rasch zu ihr auf. Er bewegte sich schnell und geschickt. Die Straße war schmal, und zu beiden Seiten erhoben sich Bäume und Büsche. Diese Stelle hatte er nach langer, sorgfältiger Überlegung als besonders geeignet für seinen Plan ausgesucht.

Die Frau war offenbar tief in Gedanken versunken und achtete nicht auf ihre Umgebung. Erst als er ihr die rechte Hand über die Schulter stieß und sie mit der anderen bei der Stirn packte, schrie sie auf. Energisch bog er ihr den Kopf nach hinten, so dass sie ihm zwangsläufig ihre Kehle bot.

Mit einem blitzschnell ausgeführten Schnitt tötete er sie. Während ihr Körper kraftlos erschlaffte, ließ er sie los. Im Fallen drehte sie sich um ihre eigene Achse, so dass sie auf den Rücken zu liegen kam. Für ihnen kurzen Moment schien es, als erfasste sie, wer er war. Ihr Mund öffnete sich, als wollte sie voller Entsetzen schreien, doch kein Laut kam über ihre Lippen.

Er zögerte nicht. Er warf sie herum. Dann trennte er ihr das Kleid im Rücken auf und zog es auseinander, so dass sie vom Nacken bis hin zum Gesäß entblößt war. Mit dem Messer schlitzte er ihr ein Kreuz in die Haut. Dann richtete er sich auf und betrachtete sein Werk. Mit ausgestrecktem Arm hielt er das Messer in den Regen, bis das Wasser das Blut abgespült hatte. Schließlich wandte er sich ab und entfernte sich gemessenen Schrittes, ohne Eile, unauffällig, den Kopf erhoben, so dass er den Regen auf seinen Wangen fühlen konnte.

Glücksgefühle durchströmten ihn. Er war zutiefst zufrieden mit seinem Werk.

Allmählich hörte es auf zu regnen.

1

Conrad Buddebahn stand kerzengerade an einer Tür seines Brauhauses. Seit vier Monaten hatte er sich aus dem täglichen Geschäft zurückgezogen und seinem Braumeister Henning Schröder weitgehend freie Hand gelassen. Wie erwartet hatte es zunächst einige Reibungspunkte gegeben, nun aber zeigte sich, dass beide mit der Regelung zufrieden sein konnten.

Ein Problem allerdings gab es für Buddebahn. Er war sein Leben lang ein geschäftiger und umtriebiger Mann gewesen. Tag für Tat hatte er im Brauhaus gearbeitet, und wenn es sein musste, bei Kerzenschein auch nachts. Dabei hätte er gar kein Licht benötigt. Er war so oft inmitten der Anlagen gewesen, mit deren Hilfe er das Bier herstellte, dass er sich blind darin zurechtgefunden hätte.

Das Nichtstun hatte ihm nur in den ersten vier Wochen nach der Übergabe gefallen. In dieser Zeit hatte er das Brauhaus gemieden. Mittlerweile aber kamen ihm die Tage immer länger vor, und er wusste nicht mehr so recht, wie er sie ausfüllen sollte. Nun suchte er die Brauerei täglich auf, um ein Bier zu trinken und ein wenig mit Schröder zu klönen. Zu seinem Leidwesen musste er erkennen, dass das Interesse an den Gesprächen auf seiner Seite deutlich höher war als auf der des Braumeisters. Henning Schröder hatte zu tun und ließ sich nur ungern bei der Arbeit stören.

Conrad Buddebahn ächzte vernehmlich, wobei er den Kopf langsam nach hinten sinken ließ, bis auch er die Tür berührte. Seit Jahren diente ihm diese Tür dazu, sein Rückgrat zu richten. Wenn er unter Rückenproblemen litt oder ein unangenehmes Ziehen in den Beinen verspürte, pflegte er sich an die Tür zu stellen und eine Weile dort auszuharren. In dieser Zeit entspannte sich seine Rückenmuskulatur, und die Beschwerden verschwanden.

Fraglos hätte es jede andere Tür ebenfalls getan. Doch er behauptete beharrlich, dass es eben diese Tür sein müsse, weil der Boden darunter besonders gerade und die Tür genau senkrecht war. So hatte er einen Vorwand, hin und wieder ins Brauhaus zu gehen und bei dieser Gelegenheit ein paar Worte mit dem Braumeister zu wechseln.

Mit einem riesigen Holzlöffel rührte Henning Schröder das gärende Bier im Kessel um, damit sich die Wirkstoffe gleichmäßig verteilten. Diese Arbeit überließ er nur ungern einer seiner Hilfskräfte. Er war felsenfest davon überzeugt, dass er die Qualität des heranreifenden Bieres auf diese Weise kontrollieren konnte. Er war ein kleiner, drahtiger Mann mit einem fast kahlen Schädel und einem gewaltigen Schnauzbart, dessen Spitzen er sorgfältig nach oben zwirbelte.

»Könntest du die Schütte mal kontrollieren?«, bat er ihn.

»Gern.« Buddebahn war froh, dass er was zu tun hatte. Über dem Braumeister befand sich eine Holzklappe. Sie verschloss das Gerstesilo. Wurde sie geöffnet, schoss das Getreide heraus und fiel direkt in aufgestellte Behälter, in denen es verarbeitet werden konnte. Er ging zu einem Doppelhaken an der Wand, bückte sich dabei, um unter einem Querbalken hindurchzugehen, und überprüfte das Seil, das die Luke hielt. Es war gut verknotet, so dass sie sich nicht öffnen und keine Gerste heraus fließen konnte.

Als er darauf zu seinem Bierglas griff, kam Thor Felten herein. Der junge Mann blickte sich suchend um, entdeckte ihn und hob eine Hand, um ihn auf sich aufmerksam zu machen. Dabei eilte er heran. Er war mittelgroß und schlank, nicht viel älter als zwanzig Jahre, doch die Zeit hatte bereits Spuren in Form von einigen scharfen Falten in seinem Antlitz hinterlassen. Irgendwie passte er nicht in die Brauerei, in der er hin und wieder aushalf. Von Beruf war er Musiklehrer, doch zu seinem Leidwesen gab es zu wenig Schüler, die sich für seine Künste interessierten und die obendrein noch in der Lage waren, ihn entsprechend dafür zu bezahlen. So blieb ihm nichts anderes übrig, als sein dürftiges Einkommen mit körperlicher Arbeit aufzubessern. Er tat es hauptsächlich in der Brauerei, und Schröder war zufrieden mit ihm.

»Der Ratsherr Malchow erwartet Euch«, sagte Felten zu Buddebahn. »Er hat mir gerade aufgetragen, es Euch auszurichten.«

Er verfügte über eine gewählte Sprache und eine tiefe, angenehme Stimme.

»Der Mecklenburger? Was sollte der schon von mir wollen?«, fragte Buddebahn, während Felten sich entfernte, um die Fensterläden zu öffnen und frische Luft hereinzulassen. Der Ratsherr war ihm bekannt, besondere Aufmerksamkeit hatte er ihm jedoch nie geschenkt. Einige Male hatte er sich flüchtig mit ihm unterhalten, unverbindlich und ohne tieferes Interesse an ihm. In keinem Fall hatte Malchow Eindruck auf ihn gemacht oder Worte gefunden, die ihn hatten aufhorchen lassen. In erster Linie war er ein Händler, dessen ganzes Wissen und Denken sich um Handel und Wandel drehte und der ihm schon aus diesem Grund nichts Neues hätte erzählen können. Zunächst hatte es Buddebahn irritiert, dass dieser Mann Verbindung zur Politik gesucht und gefunden hatte, so dass er nun in vielen Belangen der Hansestadt ein Wort mitzureden hatte. Später war ihm klar geworden, weshalb er es getan hatte.

Bei allem Bemühen hatte er den Schritt aus einer gewissen Anonymität heraus jedoch nicht geschafft. Er war einer der Ratsherren, hatte die Gemüter der Bürger durch seine Entscheidungen bisher aber nicht in Wallungen gebracht, weil kaum einer von ihnen wusste, welche Funktion er im Rathaus ausübte. Das war bei fast allen anderen Ratsherren anders. Wurden sie in ihrem Ressort aktiv und griffen mit neuen Regelungen und Bestimmungen in das tägliche Leben der Bürger ein, gab es in jedem Fall verschiedene Lager, angefangen von jenem, das alle Neuerungen strikt ablehnte, bis hin zu jenem, das voll zustimmte, sicherlich aber die eine oder andere Änderung wünschte. Wie immer in solchen Fällen richtete sich die Diskussion auf jenen Ratherrn, der für den betreffenden Lebensbereich verantwortlich war, so dass sein Name in aller Munde war.

Nicht so bei Malchow. Vermutlich wussten die meisten Bürger der Stadt nicht einmal, welche Aufgaben er im Rathaus zu erfüllen hatte. In dieser Hinsicht aber war Buddebahn gut informiert.

Freunde und Bekannte hatten ihm vermittelt, dass Malchow vor mehr als fünfzehn Jahren aus der Gegend von Wismar nach Hamburg gezogen und geblieben war, um hier seinen Geschäften nachzugehen.

»Das hat er mir nicht verraten«, erwiderte der junge Mann, wobei er sich mit einer Geste des Bedauerns zurückzog. »Er sagte nur, es sei wichtig. Ihr sollt zum Dom kommen. Dort ist er.«

»Wichtig, wichtig!« Buddebahn zuckte mit den Achseln, um Felten zu bedeuten, dass er verstanden hatte, dass ihm jedoch ziemlich gleichgültig war, was er ihm mitgeteilt hatte. Während der junge Mann hinausging, um sich wieder seinen Arbeiten zuzuwenden, harrte er in der Brauerei aus. Er reckte sich, wobei er beide Hände in den Rücken stemmte, nickte Schröder schließlich grüßend zu, schritt an einer Reihe von Bierfässern vorbei, die der Küfer mit Holzkeilen gesichert hatte, stieg eine Treppe hinauf, wechselte durch eine mit Schnitzwerk versehene Tür in ein kleines Haus mit seinen Privaträumen über und setzte sich in einer Stube an einen Tisch, um einen Brief an einen Freund in London zu schreiben. Er schob einige Zeichnungen zur Seite, die er angefertigt hatte, um genügend Platz für das Papier zu haben, auf das er seine sorgfältig gestalteten Worte setzte.

Danach blickte er zum Fenster hinaus. Der Himmel hatte sich aufgehellt, die Sonne schien, und der vom Regen aufgeweichte Boden dampfte. Es sah ganz danach aus, als ob das Wetter eine Weile so bleiben würde.

Er hatte länger als vorgesehen für den Brief benötigt. Nun

ging er in seine Schlafkammer, um sich das Gesicht zu waschen und die Bartstoppeln an seinem Kinn zu beseitigen. Dann holte er aus einer Kommode seine besten Kleider heraus, breitete sie im Schein einer Kerze auf dem Tisch aus und entschied sich schließlich für eine schwarze Hose aus Wolle, die passenden Strümpfe dazu, ein besticktes Hemd und einen Rock. Er kleidete sich sorgfältig an, stieg in Stiefel aus schwarzem Leder, stopfte sich ein Taschentuch in die Brusttasche und verließ sein Haus im Hopfensack, um sich auf den Weg zum Haus des Fernhandelskaufmanns Carl Drewes und seiner Frau Margarethe zu machen. Es war nicht weit, bis zur Deichstraße, wo es direkt am Fleet erbaut worden war, geschützt durch einen Deich vor dem manchmal hoch gehenden Wasser der Elbe.

Die Deichstraße lief parallel zum Nicolaifleet zum Kajen hin. Anfangs war die Straße nur *Beim Deich* genannt worden, später *Grote Dyk* oder etwas vornehmer auf Lateinisch *magnus agger*. Bei der Anlage der Neustadt war die Straße beim Aufwerfen des Deiches gegen die Alster entstanden.

Als er sich dem Haus näherte, kamen aus den anderen Richtungen einige Herrn mit ihren Damen, die ebenfalls eine Einladung erhalten hatten. Sie alle waren zu den wohlhabenden und einflussreichsten Persönlichkeiten der Stadt zu zählen. Man kannte sich, und man begrüßte sich mit teils höflichen, teils launischen Worten.

Carl Drewes gehörte als Fernhandelskaufmann zu den besten seiner Zunft. Mit unvergleichlichem Geschick und wohl auch ein bisschen Glück war es ihm gelungen, im Laufe seines Lebens ein Vermögen zu verdienen. Es ermöglichte ihm, sich an vielen anderen Geschäften in der Stadt zu beteiligen und sich auf diese Weise mehrere stattliche Renten zu verschaffen. Es gab jedoch einige Handelsherren und Bankiers, deren Schatztruhen deutlich besser gefüllt waren als seine. Keine Frau Hamburgs aber genoss ein höheres Ansehen als seine Frau Margarethe, und keine hatte einen größeren Einfluss auf das gesellschaftliche Geschehen in der Stadt.

Bei Carl und Margarethe Drewes eingeladen zu werden war eine Auszeichnung besonderer Art. Bedauerlicherweise bot ihr Haus in der Deichstraße, obwohl es großzügig angelegt war, lediglich für vierundzwanzig Gäste Platz. So blieb der Kreis der Eingeladenen auf diese Zahl beschränkt. An diesem Abend – wie ebenfalls an einigen vorangegangenen – würden jedoch lediglich dreiundzwanzig erscheinen, denn der Platz an der Seite Heinrich Kehraus' würde frei bleiben. Wie schon seit Februar, als seine Frau ermordet worden war.

Eine Reihe von Persönlichkeiten in der Stadt hoffte inständig, dass sie diesen Platz einnehmen konnten, und sei es nur so lange, bis Heinrich Kehraus wieder heiratete. Doch Margarethe hatte bisher keine entsprechenden Hinweise gegeben und auch keinerlei Andeutungen gemacht. Sie hielt es für taktlos, die Gästeliste allzu früh wieder zu ergänzen. Also ließ sie sich Zeit, brachte somit den Witwer, der wenigstens ein Jahr lang trauern musste, nicht in Verlegenheit und wog sorgfältig ab, welcher Kandidat in Frage kam.

Vor dem Haus in der Deichstraße blieb Buddebahn stehen, um auf den Bankier Klaas Bracker und seine Frau Ev zu warten, die sich aus der entgegengesetzten Richtung näherten. Mit ihnen war er seit vielen Jahren eng befreundet. Bracker streckte ihm beide Hände zur Begrüßung entgegen.

»Wie schön, dich zu sehen«, rief er, als sei er überrascht. Das war er nicht, wusste er doch, dass Buddebahn ebenso eingeladen war wie seine Frau und er.

»Gott mit dir, Conrad«, sagte Ev freundlich lächelnd. Sie war eine zierliche Frau und mehr als fünfzehn Jahre jünger als ihr Mann. Er bewunderte sie ob der Klugheit und Weitsicht, mit der sie ihr Haus führte, und für ihr kulturelles Verständnis. Sie sorgte ebenso unauffällig wie unaufdringlich dafür, dass einige der Künstler in der Stadt von ihrem Mann Zuwendungen erhielten, so dass sie sich der Kunst widmen konnten und weniger mühsam um ihr täglich Brot kämpfen mussten. Während er mit seinen lang und weit herabfallenden Haaren und seiner modischen Kleidung eher den Eindruck eines Künstlers machte, wirkte sie ernst und streng neben ihm. Das straff nach oben und hinten gebürstete Haar verbarg sie unter einem schwarzen Hut, der sie älter aussehen ließ, als sie war.

Klaas Brackers Aussehen täuschte. Er war mehr an Geschäften denn an Kultur interessiert, verzichtete jedoch niemals auf die Abende im Haus von Margarethe Drewes, weil es dort nicht nur um kulturelle Ereignisse ging, sondern auch darum, die Kontakte zu den anderen führenden Familien der Stadt zu pflegen.

Buddebahn folgte dem Ehepaar ins Haus.

Margarethe hatte sich ebenso unauffällig wie geschickt an der Tür zum Salon gestellt, wo sie jeden Gast begrüßen konnte, ohne allzu aufdringlich zu wirken. Dabei war sie aufmerksam und wechselte gerade soviel Worte mit den Damen und Herren, dass die Nachfolgenden nicht zu warten brauchten, sondern die gastlichen Räume nach einem kurzen Stück betreten konnten.

Wie immer bot sie das elegante Bild einer Frau, die mit jeder Faser ihres Körpers über ihr Haus herrschte, ohne dass dazu ein lautes Wort nötig gewesen wäre. In wahrhaft königlicher Haltung begrüßte sie die Gäste, ein zurückhaltendes, jedoch freundliches Lächeln in dem schmalen Gesicht. Sie trug das strohgelbe Haar straff nach hinten gekämmt, um es im Nacken zu einem dicken Zopf zu flechten. Auf dem Kopf trug sie eine zierliche Haube aus Seide, mit Spitzen umsäumt.

Buddebahn bewunderte sie vorbehaltlos ob ihrer tadellosen Haltung und ihrer Bildung, die für eine Frau in der Tat ungewöhnlich war und bei manchem Mann ein irritiertes Stirnrunzeln hervorrief. Nicht jedoch bei ihm. Er wollte nicht einsehen, dass man Frauen Wissen vorenthielt und sie lediglich einfachste Arbeiten verrichten ließ, so als ob Gott sie nicht ebenso mit Geist versehen hätte wie den Mann. Es hieß, Margarethe sei sogar des Lesens kundig. Er wusste nicht, ob das nur ein Gerücht war oder den Tatsachen entsprach. Er hatte noch keine Gelegenheit gehabt, sie danach zu fragen, ohne sie in Verlegenheit zu bringen.

Er dankte Margarethe und ihrem Mann für die Einladung und

begrüßte danach die anderen Damen und Herren. Nachdem die Dienerschaft einen kleinen Imbiss gereicht hatte, zog Klaas Bracker ihn zur Seite.

»Mir ist da etwas zu Ohren gekommen«, versetzte er mit einem bedeutungsvollen Blick zu Heinrich Kehraus hinüber. »Ich war gestern im Rathaus und habe mit einigen Ratsherren gesprochen.«

»Was ist daran ungewöhnlich?«, fragte Buddebahn. »Das machst du häufiger. Das gehört zu deinem Geschäft.«

»Schon richtig«, bestätigte Bracker lächelnd. Er war kaum größer als seine Frau und deutlich kleiner als Buddebahn und alle anderen Männer, die an diesem Abend zu Gast im Hause Drewes waren. Daher war er gezwungen, ständig nach oben zu blicken und den Kopf mehr oder minder weit in den Nacken zu legen, wenn er sich mit jemandem unterhielt. Um seinen Hals nicht gar zu sehr zu strapazieren, achtete er meist auf genügenden Abstand, damit er nicht zu steil in die Höhe sehen musste. Darauf angesprochen, antwortete er meist, er habe keine Lust, die Nasenlöcher seiner Gesprächspartner zu inspizieren und trete aus diesem Grund lieber einen Schritt mehr als nötig zurück. »Aber es ging nicht um Geschäfte, sondern um die arme Agathe Kehraus. Den Ratsherren missfällt, dass ihr Mörder noch immer nicht gefasst ist.«

»Das kann ich mir vorstellen. Diese Tatsache beunruhigt uns alle.«

»Man überlegt, einen neuen Ermittler einzuschalten, nachdem alle anderen zuvor versagt haben«, fuhr Klaas Bracker fort. Er tupfte sich mit einem Tuch die Lippen ab. »Ich habe gehört, dass dein Name fiel. Vor allem Nikolas Malchow scheint an dich zu denken.«

»An mich?«, rief Buddebahn. Ein flüchtiges Lächeln glitt über seine Lippen. Er dachte daran, dass er der nach seinem Empfinden etwas zu forsch und unhöflich vorgetragenen Einladung des Ratsherrn zu einem Gespräch nicht gefolgt war. »Um Himmels willen, wie komme ich zu der Ehre?«

»Das wird der Mecklenburger dir sicherlich erklären. Rede doch mal mit ihm.«

»Ich werde es mir überlegen.« Er bezweifelte, dass Malchow sich nach der Abfuhr erneut bei ihm melden würde. »Aber jetzt sollten wir uns kulturellen Dingen zuwenden. Wir werden das Werk eines Komponisten hören, der von Margarethe gefördert wird, gespielt mit Streichinstrumenten und dem Clavichord.« Verlegen lächelnd kratzte er sich hinter dem Ohr. »Den Namen des Künstlers habe ich vergessen. Margarethe hat ihn mir genannt, aber er ist weg. Na, ich habe nie ein gutes Gedächtnis gehabt.«

»Nun mach mal 'nen Punkt«, protestierte Bracker. »Mich führst du nicht hinters Licht! Ich weiß, dass du in dieser Hinsicht keine Schwierigkeiten hast. Schließlich kennen wir uns seit ein paar Jahren.«

»Ach, tatsächlich?« Buddebahn lächelte versteckt. »Das war mir ebenfalls entfallen. Nun komm! Ich bin sehr gespannt. Ich glaube, man wartet auf uns.«

»Und sonst?«, fragte der Bankier. »Alles in Ordnung? Was machen die Kinder?«

»Kinder!« Der Bierbrauer warf seinem Begleiter einen kurzen Blick zu. »David ist siebzehn, also ein erwachsener Mann, er arbeitet bei Ohm Deichmann, und Maria ist mit fünfzehn in heiratsfähigem Alter. Sie lebt in der Obhut von Verwandten in Regensburg.«

»Ach, ja, ich erinnere mich. Du hast es schon mal erwähnt.«

Die beiden Männer wechselten in einen großen, elegant gestalteten Raum über, in dem die meisten Gäste bereits Platz genommen hatten, um sich dem zu erwartenden Musikgenuss hinzugeben. An den Wänden hingen Gemälde aus Holland. Kostbare Fayencen aus dem norditalienischen Faenza zierten die Schränke.

Am nächsten Tag ließ Nikolas Malchow ihm erneut ausrichten, dass er ihn sprechen möchte. Wiederum war Thor Felten der Übermittler. Dieses Mal wählte er jedoch betont höflichere

Worte und machte deutlich, dass der Ratsherr ihn um das Gespräch bat. Zugleich eröffnete er ihm, dass er nicht am Dom, sondern auf dem Hof der Brauerei auf ihn wartete.

Malchow stand breitbeinig auf dem Hof der Brauerei. Leicht nach vorn gebeugt, stützte er sich mit beiden Händen auf einen Gehstock, dessen Knauf kunstvoll mit Silberarbeiten verziert war. Der Stock war an seinem oberen Ende ein wenig zu dick und wirkte dadurch etwas plump. Dieser Eindruck wurde durch das Silber eher verstärkt denn abgemildert.

Der Ratsherr war kleiner als Buddebahn, dabei jedoch fülliger. Er hatte ein auffallend blasses Antlitz mit dunklen Augen und tiefschwarzen Brauen, ein rundes Kinn mit einem kurzen, scharf begrenzten Bart an der Spitze. Die Oberlippe war lang und bartlos. Ein prächtiger Hut bedeckte seinen Kopf. Vorn hatte er ihn bis zur Hälfte der Stirn herabgezogen, so dass Augen und Nase weitgehend beschattet wurden. Kostbare Stickereien zierten seinen Kragen und die Schultern. An den Handgelenken ragten sie aus den Ärmeln seiner Jacke hervor, und ein mit Silber beschlagener Gürtel spannte sich um seine Hüften. Insgesamt gesehen war er in den Augen Buddebahns für den Alltag zu auffallend und zu prunkvoll gekleidet. Er selber zog es vor, unauffällig aufzutreten und seinen Wohlstand eher zu verbergen, als damit zu protzen. Doch für den Ratsherrn war es vermutlich wichtig, seine Bedeutung mittels seiner Kleidung zu unterstreichen. Möglicherweise kam er aber von einem Ereignis, bei dem ein entsprechendes Äußeres gefordert war, und hatte sich nicht die Zeit genommen, sich umzuziehen. Buddebahn verzichtete darauf, ihn danach zu fragen.

»Was verschafft mir die Ehre?« Buddebahn näherte sich ihm mit forschenden Blicken, den Kopf leicht zur Seite geneigt. Eine Geste, die ihn ein wenig verlegen aussehen ließ. Malchow streckte ihm die Hand entgegen. Zögernd ergriff er sie. Dabei spürte er die Kraft, die in ihr steckte. Sie war klein wie die Hand einer Frau, aber ungemein fest.

»Lasst uns ein paar Schritte an der Alster entlanggehen«,

schlug der Ratsherr vor. »Dann kann ich Euch erzählen, mit welchem Problem ich mich herumschlage. Oder habt Ihr Arbeiten zu erledigen, die keinen Aufschub dulden?«

»Nein, nein, da ist nichts«, entgegnete der Brauereibesitzer. »Um ehrlich zu sein – seit ich meinem Meister das Geschäft überlasse, plagt mich die Langeweile in zunehmendem Maße. Das Nichtstun mag süß sein für andere, für mich ist das nichts. Aber was erzähle ich Euch da? Es wird Euch nicht interessieren.«

»Oh, doch! Eben aus diesem Grunde suche ich Euch auf«, rief Malchow, wobei er den Stock hob und zum Tor hinaus auf das nahe Alsterufer zeigte. Als Fernhandelskaufmann führte er ein einträgliches Geschäft, indem er Stoffe und gelegentlich auch Pelze aus nahen und fernen Ländern aufkaufte und mittels seines Handelshauses vertrieb. Viele Schneider und Kürschner in den Hansestädten an Nord- und Ostsee wurden von ihm versorgt. Dieser Handel schien lohnender zu sein als jener mit Gerste und anderen Getreidesorten, die er an verschiedene Bierbrauereien lieferte. Auch ihm und seiner Brauerei hatte er mehrfach Gerste angeboten, war jedoch nie zum Zuge gekommen, da er die Qualitätsansprüche in keinem Fall erfüllen konnte.

Buddebahn erinnerte sich daran, dass Malchow in den ersten Jahren mit erheblichen Schwierigkeiten zu kämpfen gehabt hatte, um den Widerstand der Alteingesessenen zu überwinden. Es war ihm nun weitgehend gelungen. Möglicherweise war er in die Politik gegangen, um die letzten Hindernisse für seinen Aufstieg aus dem Weg räumen zu können. Im Laufe der Jahre hatte er sich mehrmals um einen Sitz im Rat der Stadt beworben. Bei der letzten Matthiae-Mahlzeit am 24. Februar dieses Jahres hatte er es endlich geschafft, zum Ratsherrn aufzusteigen.

Seit dem Jahre 1356 fand alljährlich im Rahmen dieser traditionellen Matthiae-Mahlzeit ein Ämterwechsel statt, bei dem manchmal alle, zu anderen Zeiten aber nur ein Teil der Ratsherren ausgetauscht wurde. Es war sowohl ein politisches als auch ein gesellschaftliches Ereignis von höchster Bedeutung für die Hansestadt. Schon im Vorfeld bemühten sich zahlreiche Bewohner Hamburgs voller Eifer um eine Einladung. Niemand – und sei er noch so wohlhabend – konnte an der Matthiae-Mahlzeit teilnehmen, der nicht vom Bürgermeister und dem Rat der Stadt dazu gebeten wurde. Dabei gab es eine Gruppe von Persönlichkeiten, die sich keine Gedanken machen musste, ob sie dabei war oder nicht. Sie erhielt Jahr für Jahr das begehrte Pergament, das den Zugang zum Rathaus an diesem Tag ermöglichte. Spannend war es jedoch für alle jene, die im Rahmen des wirtschaftlichen, politischen und kulturellen Geschehens der Hansestadt eine Rolle spielten, ohne dass sie zu diesem Kreis gehörten.

Nicht wenige von ihnen versuchten, die Entscheidung der Ratsherren zu beeinflussen. Ein meist vergebliches und riskantes Unternehmen, das allzu leicht ins Gegenteil umschlagen konnte und eine jahrelange Ächtung zur Folge hatte, da man gegen die ungeschriebenen Gesetze der Stadt verstoßen hatte.

»Ich habe mich ein wenig umgehört, bevor ich Euch aufgesucht habe. Lasst uns darüber reden. Ich denke, ich kann etwas gegen die Langeweile tun. Ihr seid mir als Persönlichkeit geschildert worden, die scharfsinnig ist und zu analysieren weiß, die aber auch leicht unterschätzt wird.«

»Ihr schmeichelt mir!« Conrad Buddebahn hob abwehrend die Hände. »Ich bin ein einfacher Mann. Nichts Besonderes. Allerdings ist es mir gelungen, ein Bier zu brauen, das nicht nur in Hamburg, sondern in aller Welt geschätzt wird. Aber was erzähle ich es Euch. Ihr wisst es. Und deswegen seid Ihr sicherlich nicht hier.«

Conrad Buddebahn bemerkte, dass er zuviel redete. Vielleicht hätte er etwas zurückhaltender sein sollen. Doch nun war es zu spät. Er beschloss, den Ratsherrn zu begleiten und sich anzuhören, was er zu sagen hatte.

Sie schritten über den gut besuchten Pferdemarkt. Zahllose Männer verhandelten, feilschten mit den Händlern und besiegelten irgendwann per Handschlag den Kauf oder Verkauf. Gewichtig mischte sich der Ratsherr unter sie. Hier und da blieb er stehen, um sich eines der zum Verkauf stehenden Pferde anzusehen. Dabei erwies er sich als recht guter Pferdekenner. Er prüfte das Gebiss der Tiere und strich ihnen mit kundiger Hand über die Gelenke, um ihre Leistungsfähigkeit beurteilen zu können. Dabei ließ er sich erstaunlich viel Zeit. Er wechselte einige Worte mit den Händlern und lächelte selbstzufrieden, als es ihm gelang, bei einem der Pferde tatsächlich vorhandene Schwächen aufzudecken.

Der Pferdemarkt war von erheblicher Bedeutung für Hamburg und Umgebung. Die Händler kamen von weither, um ihre Züchtungen hinter den Mauern der Stadt anzubieten. Dabei ging es fast ausschließlich um schwere, wuchtig gebaute Pferde mit ruhigem Temperament, wie sie auf den verschiedenen Höfen und in den Klöstern herangezogen wurden.

Am Rande des Marktes standen vier Mönche zusammen, deren Pferde deutlich leichter waren als die anderen. Als Malchow mit ihnen redete, erfuhr er, dass sie vom Kloster Wilster kamen und dass man sich dort einer neuen Züchtung widmete. Man wollte leichte, schnelle und temperamentvolle Pferde entwickeln, wie es sie im Süden Europas, vor allem in Spanien und Portugal, gab.

»Was soll der Unsinn?«, fragte der Ratsherr mit einem geringschätzigen Seitenblick auf die Pferde der Mönche. »Niemand braucht solche Züchtungen. Wozu sollten sie gut sein?«

»Beispielsweise für den Botendienst«, erwiderte einer der Mönche. Er trug eine Kapuze, die ihm weit in die Stirn reichte, so dass von seinem Antlitz nur wenig zu sehen war. Buddebahn bemerkte immerhin, dass er eine breite Nase hatte, deren gebogene Spitze ihm beinahe bis an den Mund heranreichte. Eine Hautkrankheit hatte ihn entstellt und zahllose tiefe Narben auf seinen Wangen und am Kinn hinterlassen. Die Augen leuchteten vor Begeisterung. »Wenn man Staffeln mit solchen Pferden bildet, etwa zwischen Hamburg und München, erreicht ein Brief sein Ziel um mehrere Tage früher als bisher.«

Der Ratsherr wollte nicht einsehen, dass in dem Zeitgewinn ein Vorteil lag.

»Es gibt verschwindend wenige Nachrichten, die wirklich schnell übermittelt werden müssen. Dafür eine neue Pferderasse zu züchten lohnt auf keinen Fall.« Er machte eine abfällige Geste in Richtung der Mönche und wandte sich wieder den anderen Pferden zu.

Conrad Buddebahn beobachtete ihn. Er ließ ihn gewähren und bedrängte ihn nicht. Er wollte sich ein Bild von dem Mann machen, der mit einem ihm bereits bekannten Anliegen zu ihm gekommen war. Er hatte den Eindruck, dass Malchow ein guter Pferdekenner war, jedoch recht konservativ dachte. Er wollte die Vorteile einer neuen Pferderasse nicht sehen, deren Einsatz möglicherweise bei der Übermittlung von Nachrichten, Dokumenten und anderen Informationen zu umwälzenden Veränderungen führte, und er wollte nicht erkennen, dass eine solche Pferderasse sich zu größter wirtschaftlicher Bedeutung entwickeln konnte.

Schließlich ging der Ratsherr weiter und verließ den Pferdemarkt, um dem Alsterthor hinunter zum Fluss zu folgen.

Vier Arbeiter kamen ihnen von der Alster her entgegen. Mühsam schleppten sie prall gefüllte Säcke in die Stadt hinein. Die Last auf ihren Schultern drückte sie nach vorn, so dass sie ihren Nacken beugen mussten und nur ein kleines Stück des recht steil ansteigenden Weges sehen konnten, dem sie folgten. Der Ratsherr dachte nicht daran, zur Seite zu treten und sie vorbeizulassen.

»Macht Platz!«, fuhr er sie an, wobei er ihnen seinen Stock entgegenstreckte. »Was fällt euch ein!«

Erschrocken folgten sie seinem Befehl. Einer von ihnen stolperte, konnte sich jedoch mit einiger Mühe abfangen, weil er rasch genug den Sack absetzte.

»Habt ihr keine Augen im Kopf?«, rief Malchow.

»Verzeihung, Herr«, stammelte einer von ihnen. Unterwürfig verneigte er sich, wobei er sich die Mütze vom Kopf zog. Schütteres, blondes Haar bedeckte seinen Schädel. Scheu wich er zur Seite aus.

Wortlos schritt der Ratsherr an ihm vorbei bis hinunter zum Alsterufer. Hier blieb er wiederum stehen. Aufmerksam sah er einem Ratsbediensteten zu, der ein weithin sichtbares Schild anbrachte.

»Der Bürgermeister gibt bekannt, dass am Donnerstag Bier gebraut wird, weshalb ab Mittwoch nicht mehr in die Alster geschissen werden darf«, las Buddebahn langsam und mit stockender Stimme. Er konnte lesen und schreiben. Das gehörte nun einmal zu den Anforderungen, denen ein Braumeister gerecht werden musste. Er hatte sich jedoch angewöhnt, diese Fähigkeit nicht zu sehr herauszustellen. Viele mochten es nicht, wenn jemand mühelos mit Buchstaben umgehen konnte. Sie fühlten sich unterlegen, weil sie selber diese Kunst entweder gar nicht beherrschten oder sich in einem ständigen Kampf mit ihr befanden. Dabei gewann sie immer mehr an Bedeutung.

In den ersten Jahrzehnten der Hanse hielten die Kaufleute buchstäblich alles in der Hand. Sie kauften und verkauften nicht nur, sondern fuhren selber auch mit ihren Waren zur See und in ferne Länder. Dabei riskierten sie oft genug Kopf und Kragen, weil ihre Schiffe den Naturgewalten auf dem Meer nicht gewachsen waren oder weil ihnen Piraten in die Quere kamen. Mancher verlor seine Waren und Güter – und obendrein sein Leben. Je mehr sich der Warenverkehr jedoch ausweitete, desto öfter blieben die Kaufleute an Land in ihren Kontoren und überließen es anderen, die Waren zu transportieren. Das aber war nur möglich, wenn alle diese Vorgänge schriftlich begleitet wurden und wenn die umgeschlagenen Werte in Rechnungen aufgelistet wurden. Alles musste in Büchern festgehalten und dokumentiert werden. Je besser ein Kaufmann die Kunst des Schreibens, Lesens und Rechnens beherrschte, desto sicherer konnte er sein, dass er eine ausreichende Kontrolle über seine Geschäfte ausübte.

Nikolas Malchow blickte ihn fragend an.

Buddebahn zuckte lächelnd mit den Achseln. »Uns betrifft das nicht«, befand er. »Wir haben einen eigenen Brunnen für unser Bier, so dass wir stets das beste Wasser zur Verfügung haben. Von mir aus sollen sich die Leute ruhig in die Alster erleichtern.«

»Vom Pinkeln hat der Bürgermeister nichts geschrieben«, stellte der Ratsherr fest, trat näher an das Wasser heran und entleerte seine Blase. Er ließ sich Zeit.

Buddebahn wartete. Er blickte auf die Alster hinaus. Ein Schwarm Wildgänse zog unter lautem Geschnatter über ihn hinweg. Gelassen stelzte eine Möwe am Ufer entlang und ließ sich durch nichts stören. Vom Oberlauf her kam eine Kogge. Sie war schwer beladen und lag tief im Wasser, das im Schein der Sonne glitzerte wie flüssiges Silber.

»Unsere schöne Stadt hat ein Problem«, sagte Malchow. Mit der linken Hand fuhr er sich über das Kinn und den scharf begrenzten Bart daran. Eine seltsame Spannung überzog das blasse Gesicht mit den forschenden, fast schwarzen Augen.

Buddebahn war klar, dass er es mit einem Mann zu tun hatte, der sich gegen viele Widerstände durchgesetzt hatte und den er nicht unterschätzen durfte. Dass die Stadt den Mecklenburger zum Ratsherrn berufen hatte, war vor allem auf die Tatsache zurückzuführen, dass er geschäftlich seinen Weg gemacht hatte. Von ihm hieß es, dass er ein Gespür habe für besonders einträgliche Geschäfte, was einige der anderen Fernhandelskaufleute der Stadt mit einem gewissen Respekt, aber auch mit einem Anflug von Neid und Eifersucht registrierten. Sein Ausflug – oder besser sein Vordringen in die Politik war wohlüberlegt und Teil einer Strategie. Mit der nötigen Geduld hatte er die dafür unabdingbaren Voraussetzungen geschaffen. Arme Leute kamen nicht zu einem Amt im Rathaus. Für sie waren allenfalls niedere Dienste vorgesehen, und selbst sie bedeuteten bereits einen sozialen Aufstieg, der so manchen vergessen ließ, woher er kam.

»Ein Problem?«

»Der Mord an Agathe Kehraus.«

»Der Mord liegt lange zurück. Es muss im März gewesen sein. Kurz vor oder nach der Matthiae-Mahlzeit. Also vor drei Monaten. Oder irre ich mich?«

»Es werden schon bald vier Monate.«

»Und der Mörder ist noch immer nicht gefasst.«

»Nein – das ist er nicht. Ich will nichts beschönigen. Wir haben nichts in der Hand. Keine Spur. Keinen Verdacht. Nichts. Wir haben nicht die geringste Ahnung, wer der Täter sein könnte. Das ist das Problem.« Nikolas Malchow war sichtlich unzufrieden. Seine Blicke waren unstet, ruhten mal auf ihm, schweiften hinaus auf den Fluss und richteten sich danach auf den Boden, als sei im Gras und zwischen den Kräutern irgendwo eine Spur zu finden, die zum Mörder führen konnte. Dabei verschränkte er die Hände vor dem Bauch und drehte an dem Ring, den er an der linken Hand trug.

»Was habe ich damit zu tun?«, fragte Buddebahn. Im vergangenen Jahr war er Gast beim Ehepaar Kehraus gewesen. Er erinnerte sich recht gut an Agathe. Sie hatte ein großes Haus mit vielen Bediensteten geführt und hatte damit buchstäblich alle Hände voll zu tun. Dennoch hatte sie sich mit der Rolle der Hausherrin nie zufriedengegeben. Im Rahmen von Gefälligkeiten für die Kirche und bei der Betreuung der Ärmsten hatte sie vielfältige Arbeiten übernommen. Direkten Kontakt mit ihr hatte er ansonsten nur an den Abenden gehabt, bei denen sie im Hause von Margarethe Drewes eingeladen gewesen waren. Über einige höfliche und meist unverbindliche Worte war das Gespräch jedoch nie hinausgegangen.

Mit ihrem Mann dagegen hatte er Geschäfte gemacht. Heinrich Kehraus war als Reeder eine der wichtigsten Persönlichkeiten Hamburgs. Wer im Hafen etwas bewirken wollte, kam an ihm nicht vorbei. Er verfügte über sieben Kraveelen, Nachfolger der kleineren Koggen, Dreimaster mit einer bisher unerreichten Wendigkeit und Schnelligkeit. Damit befuhr er vor allem das Nordmeer bis hin zu den atlantischen Küsten. Ein nicht unwesentlicher Teil seines Geschäftes war der Transport von Bierfässern. Hamburg exportierte Jahr für Jahr um die zwanzigtausend Fässer Bier. Ein einträgliches Geschäft auch für den Reeder.

Doch das war nicht alles. Obwohl er selber nicht dem Rat der Stadt angehörte, zog er seine Fäden bis in die Politik hinein. Es war ein offenes Geheimnis, dass mehrere der Ratsherren ihre Entscheidungen erst trafen, wenn sie sich vorher mit Kehraus besprochen hatten. Unter der Hand raunte man sich zu, dass selbst der Bürgermeister hin und wieder seinen Rat einholte, was nicht mehr und nicht minder bedeutete, dass er tat, was Kehraus wollte.

»Das ist die Frage, um die es geht«, erwiderte Malchow. Er seufzte tief. »Wir müssen handeln. Einerseits um den Mörder zu finden, andererseits um die Bewohner der Stadt zu beruhigen – und von gefährlichen Gedanken abzubringen. Ich will offen sein, Buddebahn. Es wird sehr schwer werden, den Mörder jetzt noch zu entlarven. Die Tote ist längst beerdigt. Spuren gibt es nicht mehr. Zeugen der Tat haben wir nicht. Die Staatsdiener, die bisher in dem Fall ermittelt haben, sind keinen einzigen Schritt weitergekommen. Sie haben nicht einmal einen Verdacht. Und ein Motiv für den Mord kennen wir auch nicht. Dennoch – ich will denjenigen haben, der Agathe umgebracht hat. Ich will ihn im Kerker sehen und dem Henker zuführen. Ihr sollt mir dabei helfen.«

»Was könnte ich wohl ausrichten? Ihr habt mir gerade zu verstehen gegeben, dass wir nur wenig haben, was dazu beitragen könnte, den Mord aufzuklären.«

»Wir haben gar nichts. Wir stehen mit leeren Händen da. Das liegt vor allem daran, dass wir bisher die falschen Ermittler ausgewählt haben.«

»Die falschen? Wie meint Ihr das?« Conrad Buddebahn

bückte sich und pflückte eine Dotterblume, um sie sanft zwischen den Fingern zu zerreiben und dann daran zu riechen. Er liebte den Duft dieser Blumen, der sich auf diese Weise besonders intensiv entfaltete. Er verhielt sich, als sei er nicht bereits durch Klaas Bracker auf dieses Gespräch vorbereitet worden und als habe er nicht schon lange über das nachgedacht, was man ihm vorschlagen wollte. Er wartete ab, weil er hören wollte, welche Vorstellungen Malchow hatte.

»Wir haben Staatsdiener aus den niederen Rängen ernannt«, erläuterte der Ratsherr durchaus selbstkritisch. »Das war ein Fehler, denn keiner dieser Männer hatte Zutritt zu den Häusern der Herrschaften. Weder Heinrich Kehraus noch ein anderer aus dem Kreis der hohen Herren hat sich herabgelassen, mit ihnen zu reden. Die Ermittler konnten allenfalls ausloten, was die Dienerschaft weiß. Es ist kaum mehr, als was an Klatsch und Tratsch ohnehin bekannt ist.«

»Ist Agathe Kehraus missbraucht worden?«

»Um Himmels willen, woher soll ich das wissen?« Malchow zuckte zusammen. Geradezu erschrocken blickte er ihn an. »Glaubt Ihr denn, dass Heinrich Kehraus uns erlaubt hat, die Leiche zu untersuchen? Nicht in dieser Weise!«

»Nein, natürlich nicht. Aber was um alles in der Welt könnte ich erreichen?«

»Ihr habt den außerordentlichen Vorteil, dass Ihr selbst einer der hohen Herren seid. Ihr seid ein wohlhabender und erfolgreicher Braumeister, der sich der Achtung aller Bürger Hamburgs erfreut. Ein Hanseat durch und durch, zurückhaltend, um nicht zu sagen – distanziert, mit einem makellosen Ruf und in jeder Hinsicht respektiert. Wenn Ihr zu Heinrich Kehraus oder einem anderen in seinem Stand geht, wird man Euch vorlassen und mit Euch sprechen. Glaubt mir, Kehraus ist daran interessiert, den Mörder zu finden, aber er wird sich niemals von jemandem verhören lassen, den er nicht zu seinen Kreisen rechnet.«

Conrad Buddebahn hob abwehrend beide Hände.

»Wir wollen nicht übertreiben, Ratsherr«, wehrte er verlegen lächelnd ab. »Ihr solltet mir nicht in dieser Weise schmeicheln. Ich bin ein einfacher Mann. Nun, ja, ich kann mich durchaus erfolgreich nennen, aber mit Herrschaften wie Kehraus kann ich mich nicht messen.«

»Dennoch werdet Ihr anerkannt. Eure Bescheidenheit ehrt Euch, ist aber in diesem Fall nicht angebracht. Euer Ruf ist untadelig. Jene gesellschaftlichen Kreise, auf die es ankommt, stehen Euch offen. Immerhin werdet Ihr von Margarethe Drewes eingeladen.«

»Das ist richtig.« Malchow war noch nie von Margarethe in ihr Haus gebeten worden.

Buddebahn stemmte die Hände in den Rücken, ächzte wie unter großen Qualen und reckte sich. Dabei ließ er den Ratsherrn nicht aus den Augen. Nikolas Malchow stand unter erheblicher Anspannung. Das war unzweifelhaft. Vermutlich übten der Bürgermeister und der Rat der Stadt Druck auf ihn aus. Er war für die Sicherheit in der Stadt verantwortlich. Also musste er den Mord aufklären. Dazu schien er viel getan zu haben. Zumindest wirkte es so. Ob es tatsächlich so war, ließ sich von außen schwer beurteilen. Vielleicht sah der Bürgermeister es ganz anders.

Vor wenigen Wochen hatte Malchow eine armselige Figur vom Markt abgeführt, einen Händler, der ein paar Äpfel verkaufen wollte. Er hatte den Mann beschuldigt, den Mord an Agathe Kehraus begangen zu haben. Dummerweise fanden sich glaubhafte Zeugen, die aussagten, dass der Beschuldigte sich zur Mordzeit weitab von Hamburg in der Hansestadt Bremen aufgehalten hatte. So war dem Ratsherrn nichts anders übriggeblieben, als den Mann wieder laufen zu lassen, was ihn einiges an Ansehen und Glaubwürdigkeit gekostet hatte. Offensichtlich wollte er sich nun nicht mehr dem Verdacht aussetzen, irgendjemanden als Täter zu präsentieren, ob schuldig oder nicht, nur um überhaupt jemanden zu haben. Für ihn galt es, Boden gutzumachen.

»Ihr glaubt also, dass der Mörder aus den gehobenen Kreisen der Stadt kommt«, versetzte Buddebahn. Flüchtig fragte er sich, ob der Mörder unter jenen zu finden war, die von Margarethe Drewes eingeladen wurden. Er verwarf den Gedanken sofort wieder. Es war unvorstellbar. »Obwohl es keinen Anhaltspunkt dafür gibt.«

»Das habt Ihr richtig erkannt. Es ist so«, bestätigte Malchow. Er stieß den Stock energisch auf den Boden, so dass die Spitze darin versank. Mürrisch zerrte er danach daran, bis sie wieder frei war. »Wir müssen davon ausgehen, dass der Mörder sein Opfer kannte. Natürlich könnte es ein Knecht gewesen sein, aber dafür spricht so gut wie gar nichts. Agathe war bei den Bediensteten außerordentlich beliebt. Keiner von ihnen hätte Grund gehabt, sie zu ermorden und auf diese Weise zu schänden.«

»Zu schänden?«

»Der Mörder hat ihr das Kleid aufgeschlitzt und sie auf anstößige Weise entblößt. Und dann hat er ihr ein Kreuz in den Rücken geschnitten. Er hat sie markiert, als ob sie ein Stück Vieh wäre. So etwas nenne ich schänden. Das macht nur jemand, der sein Opfer hasst, abgrundtief hasst. Wer aber könnte Agathe derart gehasst haben? Ich gestehe, dass ich auf diese Frage keine Antwort habe. Sie war eine liebenswerte Frau, die sich der Zuneigung und der Hochachtung vieler erfreuen konnte.«

Conrad Buddebahn musste ihm recht geben. Aus verschiedenen Gründen war der Mord tagelang das Gesprächsthema in der Stadt gewesen. Mehr als alle anderen Fälle zuvor hatte er die Gemüter erregt. Er erinnerte sich nicht daran, jemals von einem Mord in den gehobenen Gesellschaftskreisen der Stadt gehört zu haben. Tötungsdelikte betrafen stets nur jene aus dem einfachen Volk. Sie waren fast immer Auswirkungen von Raubüberfällen innerhalb der Stadtmauern und auf den Wegen, die zur Stadt hinführten, oder sie ergaben sich aus Wirtshausstreitereien. In den Chroniken der Stadt war kein einziger Fall verzeichnet, in dem eine Frau aus dem Kreis der reichen und mächtigen Herrschaften gemeuchelt worden war.

Daher war es nicht verwunderlich, dass viele Einzelheiten der Tat bekannt geworden waren. Einiges war sicherlich hinzugedichtet worden.

»Was erwartet Ihr von mir?«, fragte Buddebahn.

»Die Stadt Hamburg möchte Euch als Ermittler gewinnen«, erwiderte der Ratsherr.

»Mich? Als Ermittler?« Conrad Buddebahn schüttelte den Kopf. Ein flüchtiges Lächeln glitt über seine Lippen. In überzeugender Weise gab er vor, vollkommen überrascht zu sein. Er zog die Schultern ein wenig höher an den Kopf heran und krauste zugleich die Stirn, als fühle er sich der Aufgabe nicht gewachsen, sei zugleich aber auch geschmeichelt, weil der Rat der Stadt sie ihm stellte. »Das muss ein Irrtum sein. Ich habe nie so etwas gemacht. Vom Bier verstehe ich eine ganze Menge, wahrscheinlich mehr als jeder andere in der Stadt. Aber von Mord ...? Nein. Damit habe ich mich noch nicht befasst.«

»Mein lieber Buddebahn, ich halte Euch für ganz besonders geeignet. Ihr habt Zeit. Euer Betrieb wird von Eurem Braumeister geführt. Jetzt ist Euer einziges Problem, die Zeit totzuschlagen. Ihr habt Zugang zu den ersten Kreisen der Stadt. Geht zu Heinrich Kehraus, und redet mit ihm! Der Reeder wird Euch empfangen und Eure Fragen beantworten. Er war in letzter Zeit häufig im Rathaus und hat sich darüber beschwert, dass der Mörder seiner Frau frei herumläuft.« Malchow drehte den Ring an seinem Finger. »Ihr seid in ganz besonderem Maße qualifiziert. Im Rathaus ist unvergessen, dass Ihr den Bierdieb überführt habt.«

»Eine kleine, unwichtige Geschichte. Weit weg von Mord!«

»Die aber einigen Scharfsinn verlangte. Die Geschichte, wie Ihr es nennt, war Stadtgespräch und hat Euch überall in Hamburg höchste Anerkennung eingebracht.«

»Und bei der mir der Zufall zu Hilfe kam. Caecus casus!«

»Wie bitte?« Malchow blickte ihn irritiert an.

»Der blinde Zufall.«

»Ihr sprecht Latein?«

»Ein wenig. In jungen Jahren war ich für einige Zeit in Venedig. Ein Mönch hat mir Zugang zu dieser Sprache verschafft! Ich kann einfache Texte lesen. Nicht mehr.«

»Und wie stellt sich die Kirche dazu? Mir scheint, sie sieht es nicht so gern, wenn sich jemand Zugang zu ihrem Wissen verschaffen kann, das sie lieber für sich behält.«

»Nun ja, um es behutsam auszudrücken – unser Pastor Jan Schriever empfindet es als ein wenig ungebührlich, dass ich Kenntnisse auf diesem Gebiet habe. Das ist schon richtig.« Buddebahn schien belustigt. »Aber er ist ein gütiger Mann. Er macht mir keine Schwierigkeiten.«

Der Ratsherr zog die Augenbrauen hoch und lachte laut auf. »Ein umgänglicher Mann ist er. Ja, den Eindruck habe ich auch. Wie ich gehört habe, soll er jeden Tag an seinem Gartenteich sitzen, sein Spiegelbild im Wasser betrachten und dabei diesen weltentrückten, gütigen Gesichtsausdruck üben, der ihm eigen ist.«

Buddebahn stimmte in das Lachen ein. »Ja, ja, so wird geklatscht und getratscht, aber ich denke, das ist übertrieben.« Er wurde ernst. »Kommen wir zurück zu unserer Frage. Ich habe Bedenken. Der Anspruch an einen Ermittler ist hoch.«

»Ihr seid zu bescheiden, Conrad Buddebahn. Das adelt Euch. Aber bitte: Stellt Euer Licht nicht unter den Scheffel! Ich kenne niemanden, der geeigneter wäre, die Ermittlungen zu führen. Von mir erhaltet Ihr jede Unterstützung, die Ihr benötigt.«

Zwei weitere Koggen glitten über die Alster. Eine kleine Piroge folgte ihnen. Der Wind blähte die Segel und trieb sie rasch voran. Am Heck der Piroge saß ein Mann und nahm die Fische aus, die ihm ins Netz gegangen waren. Die Abfälle warf er über Bord, was zur Folge hatte, dass ihn ein Schwarm laut und gierig schreiender Möwen umgab wie eine Horde Marktweiber, die in Streit geraten waren.

»Ich werde es mir überlegen«, versprach Buddebahn.

»Lasst Euch nicht zu viel Zeit«, bat Malchow. »Im Rat der Stadt ist man ungeduldig. Man will endlich Ergebnisse sehen.«

»Ich weiß nicht, ob ich die liefern kann.«

»Das wird sich zeigen.« Der Ratsherr winkte ab. Er fuhr sich mit dem Handrücken über den Mund. Listig lächelnd beugte er sich vor, um flüsternd fortzufahren: »Wenn Ihr nach einigen Tagen erklärt, dass keine Aussicht besteht, den Mörder zu finden, wird man zwar nicht zufrieden sein im Rat, aber man wird einsehen, dass man schon früher andere Schritte hätte unternehmen müssen und dass jetzt alles zu spät ist. Ich habe von Anfang an darauf gedrungen, andere Ermittler einzusetzen, doch man hat nicht auf mich gehört.«

»Ich verstehe. Gebt mir bis morgen Zeit, darüber nachzudenken.«

»Einverstanden.« Malchow reichte ihm die Hand. Er schien erleichtert zu sein.

Als der Ratsherr sich von ihm entfernte und über das Alsterthor zum Pferdemarkt hinaufging, folgte Conrad Buddebahn ihm mit seinen Blicken. Malchow hielt sich betont aufrecht. Er war sich seiner Würde bewusst. Bei jedem Schritt stieß er den Gehstock auf den Boden, hob ihn hin und wieder in die Höhe und ließ ihn kreisen. Er schien bester Laune zu sein. Offenbar glaubte er, bereits gewonnen zu haben. Buddebahn wunderte sich ein wenig darüber, dass er mit keinem Wort den vergeblichen Versuch erwähnt hatte, ihn am Tag zuvor zu sprechen.

»Noch habe ich mich nicht entschieden, mein Lieber«, sagte er. »Wenn ich das Amt übernehme, dann bestimmt nicht, um den Fall als unlösbar zu erklären. Nein, das ganz sicher nicht.«

Ächzend drückte er sich die Hände in den Rücken, obwohl er dort keinerlei Schmerzen verspürte. Nachdem er sich gereckt und gestreckt hatte, drehte er sich um und legte sich ins Gras. Er zupfte einen Grashalm aus und legte ihn quer zwischen die Lippen. Die Wolken über ihm waren ein wenig dichter geworden, blieben aber hell. Regen kündigte sich mit ihnen ganz sicher nicht an. Das Wetter schien sich allmählich zu beruhigen.

2

Nachdem er eine Weile über das Gespräch mit dem Ratsherrn nachgedacht hatte, stand er auf und schritt ohne große Eile in die Stadt hinauf. Er wählte den gleichen Weg wie Nikolas Malchow, hielt sich jedoch nicht am Pferdemarkt auf, sondern suchte den Hopfenmarkt an der Nikolaikirche auf. Hier boten eine Reihe von Marktfrauen allerlei Gemischtwaren, Gemüse, Obst und vor allem Fisch an, der reichlich in der Elbe und ihren Nebenflüssen gefangen wurde.

Ein Sattler fertigte Zaumzeug für Pferde, ein Gerber bearbeitete die Häute von Kühen, um Leder daraus zu fertigen, Färber tauchten Stoffe in verschiedene Bottiche mit Farben, ein Schlachter war dabei, ein Schwein auszunehmen, das er an eine aufrecht gestellte Leiter gebunden hatte, ein Händler bot nicht nur Körbe an, sondern war dabei, aus Weidenzweigen Behältnisse verschiedener Art zu flechten. Mehrere Kinder sahen ihm dabei zu. Daneben verkauften Bauern Schweine, Schafe, Kaninchen und allerlei lebendes Geflügel.

Am Stand von Hanna Butenschön blieb er stehen. Geduldig wartete er, bis sie einer jungen Frau zwei Lachse verkauft hatte.

»Die Bediensteten beschweren sich«, stöhnte sie, als die Frau gegangen war. »Sie wollen nicht immer nur Lachs essen. Tag für Tag Lachs. Das hängt ihnen zum Halse heraus. Warum gibt es auch so viel Lachs in der Elbe! Ein bisschen weniger wäre gar nicht schlecht.«

»In vielen Häusern haben sie Vereinbarungen getroffen, dass es nicht mehr als dreimal Lachs in der Woche geben darf«, versetzte Buddebahn.

»Mir soll's egal sein«, seufzte die resolute Frau. »Ob ich Lachs verkaufe, Zander, Aale, Brassen, Forellen oder Schollen, spielt keine Rolle. Hauptsache, die Leute kaufen Fisch.« Sie musterte ihn eingehend, als sei sie sich erst jetzt seiner Anwesenheit bewusst. Sie war etwas jünger als er. Das brünette, lockige Haar umschloss ein schmales Antlitz mit großen, skeptisch blickenden Augen, die für eine gewisse Distanz sorgten. Für ihn fand sich jedoch ein kleines, wärmendes Licht darin. Das widerspenstige Haar hatte sie im Nacken mit einem schmalen Tuch zusammengebunden, wo es ihr mit einem mächtigen Schwall bis in den Rücken herabfiel. Er kannte Hanna Butenschön schon seit Jahren. Mal fühlten sie sich mit schier unwiderstehlicher Kraft zueinander hingezogen, dann liebten sie sich leidenschaftlich und mochten sich kaum voneinander trennen. Dann wieder hatten sie heftige Auseinandersetzungen, weil sie unterschiedlicher Meinung waren und keiner von beiden von seiner Überzeugung abweichen wollte.

In solchen Phasen konnte vor allem Hanna hartnäckig sein und so lange in ihrem Schmollwinkel verharren, bis er einen Kompromiss fand und eine Basis der gemeinsamen Verständigung schuf. Es war gerade der Widerstand, den sie ihm leistete, der ihn zu ihr hinzog. Eine Frau, die sich allzu leicht seiner Meinung anschloss, wäre nichts für ihn gewesen.

Hanna war in jungen Jahren Witwe geworden. Ihr Mann, der als Kapitän ein Kraveel gefahren hatte, war nach einem schweren Unwetter auf See geblieben. Sein Schiff war mit Mann und Maus auf dem Nordmeer untergegangen, und keiner der Männer an Bord hatte eine Überlebenschance gehabt. Danach war Hanna viele Jahre lang allein geblieben, bis sie eines Tages Conrad Buddebahn nach einem Besuch in der Kirche kennengelernt hatte.

»Klüger hättet Ihr Euch wirklich nicht hinstellen können«, fuhr sie ihn an, als er ihr den Weg aus der Kirchentür ins Freie versperrte. Sie konnte nicht sehen, dass er es tat, um einer alten Dame den Vortritt zu lassen und zu verhindern, dass sie eine tiefe Pfütze durchqueren musste.

Keine andere Frau hätte derart respektlos mit ihm gesprochen, aber gerade das war es, was ihn auf sie aufmerksam machte und ihn veranlasste, sie in ein Gespräch zu verwickeln. Seine Frau – sie war bei der Geburt ihres zweiten Kindes gestorben – war ganz anders gewesen, weitaus weniger selbstbewusst. Sie hatte sich nie derart behaupten können wie Hanna Butenschön.

»Was treibst du? Hast du nichts weiter zu tun, als die Zeit totzuschlagen? Ein Mann in deinem Alter sollte arbeiten. Er sollte sein Gehirn beschäftigen, sonst verblödet er. Sieh dir die Alten dort drüben an. Ja, die auf der Bank sitzen. Die Leute halten sie für besondere Männer, bezeichnen sie gar als weise, weil sie wortkarg sind und nicht an jedem Schwatz teilnehmen. Dabei schweigen sie, weil sie nicht mehr wissen, was sie sagen sollen, weil sich unter ihrem weißen Schopf nichts mehr abspielt. Ihr Gehirn verdorrt, und sie merken es nicht einmal.«

»Genau das wird mir nicht passieren«, erwiderte er und schilderte in kurzen Worten, was der Ratsherr Malchow ihm vorgeschlagen hatte.

Hanna Butenschön hörte ihm aufmerksam zu, während sie nebenbei immer wieder bediente und ein paar Fische verkaufte. Hin und wieder bot sie ihre Ware mit lauten, hallenden Worten an. Sie hatte eine erstaunlich kräftige Stimme. Als er seinen Bericht beendet hatte, lachte sie.

»Das ist nicht wahr!«

»Doch. Es ist wahr.«

»Du hast dir alles angehört und ihm eine Reihe von Fragen gestellt?«

»Habe ich«, bestätigte er.

»Obwohl du seit Wochen jede Einzelheit dieses rätselhaften Falles kennst?« Sie schüttelte den Kopf. Ihre dunklen Augen blitzten vor Vergnügen. »Du bist ein verdammtes Schlitzohr. Du lässt dir von dem Mecklenburger lang und breit alles erklären, und dabei hast du dir längst deine Gedanken über den Mord gemacht.«

»Nun ja. Er ist ungewöhnlich, und er beschäftigt die Leute schon eine ganze Weile.« Er lächelte. »Ich hatte gehofft, dass ich etwas erfahre, was ich noch nicht wusste. Immerhin habe ich bisher immer nur gehört, was die Leute reden. Verlässliche

Informationen waren das nicht. Jetzt weiß ich, dass eine ungemein angesehene und beliebte Frau ermordet worden ist, von der anzunehmen ist, dass sie keinerlei Feinde hatte und dass sie tatsächlich vom Täter mit einem Messer erst entkleidet und dann gekennzeichnet worden ist, als wäre sie ein Stück Vieh.«

Sie nickte ihm zu, um ihm zu bedeuten, dass sie zugehört und verstanden hatte. Dann wandte sie sich einer jungen Frau zu, die an ihren Stand getreten war, um Aale zu kaufen und sich bei der Zubereitung beraten zu lassen. Mit gekonntem Griff hob Hanna einen Aal heraus, betäubte ihn mit einem kurzen Schlag auf den Kopf und nahm ihn aus. Während sie einem weiteren Aal die Innereien entnahm, erläuterte sie der Frau, was sie zu tun hatte, um die Fische zu braten, und den Rest, der nicht verzehrt wurde, in Sauer zu legen, damit er haltbar und genießbar blieb. Ihr artig dankend nahm die junge Frau die Fische entgegen und zog zu einem der Gemüsestände.

»Dann bist du also entschlossen, das Amt eines Ermittlers zu übernehmen und den Fall aufzuklären«, kehrte Hanna zu dem von ihm angesprochenen Thema zurück. »Weshalb hast du Malchow nicht gleich gesagt, dass du zu so einer Dummheit bereit bist?«

»Es wäre ein Fehler gewesen.« Buddebahn fuhr sich mit gespreizten Fingern durch das Haar, und für einen kurzen Moment wurden seine Augen ausdruckslos. Seine Gedanken kehrten zu dem Gespräch mit dem Ratsherrn zurück. »Ich wollte sehen, wie er reagiert.«

»Was könnte er dir dadurch verraten?«

»Hm – lassen wir es mal offen.« Er musterte sie mit einem leichten Lächeln, das ihn verlegen aussehen ließ. »Wieso Dummheit?«

»Weil du dich bei den Leuten unbeliebt machen wirst. Wer mag es schon, wenn jemand in seinen kleinen oder großen Geheimnissen herumwühlt? Du wirst einsam werden.«

»Ist es wichtig, beliebt zu sein?«

»Das muss jeder für sich selber entscheiden«, entgegnete sie. »Was gibt es sonst?«

»Mir ist etwas aufgefallen. Die ganze Zeit denke ich darüber nach, was es gewesen ist, aber ich komme nicht darauf. Irgendetwas war an ihm, was nicht zu dem Bild passte, das er mir vermitteln wollte. Ich bin sicher, ich kriege das früher oder später heraus.«

»Wieso glaubst du, dass du den Mörder aufspüren kannst, nachdem alle anderen gescheitert sind? Wieso willst ausgerechnet du die Suche nach diesem menschlichen Monster auf dich nehmen?« Sie hatte Bedenken. »So etwas ist nicht ungefährlich. Wenn der Mörder merkt, dass du ihm auf die Spur kommst, könnte er das Messer gegen dich richten. Darauf bist du nicht vorbereitet. Du kannst weder mit einem Messer noch mit einem Schwert kämpfen. Du hast nicht einmal ein Schwert. Außerdem sieht es für mich nicht so aus, als ließe sich etwas erreichen.«

»Irgendjemand muss die Verantwortung übernehmen!« Conrad Buddebahn neigte leicht den Kopf und hob zugleich grüßend eine Hand. »Wir sehen uns heute Abend. Das will ich doch hoffen – oder?«

»Willst du keinen Fisch kaufen?« Hanna hielt ihm einen Lachs hin, wobei sie den Kiemendeckel anhob und ihm die Kiemen zeigte. »Sieh dir das an! Er ist ganz frisch. Die Kiemen sind richtig schön rosa, so wie es sein soll.«

»Danke, danke«, erwiderte er. »Grete hat Schwarzsauer für mich gemacht.«

Sie verzog das Gesicht. »Schwarzsauer – und das von Grete! Viel zu fett für dich!«, behauptete sie.

»Wer ist zu fett für mich? Meinst du Grete?«, neckte er sie.

»Du weißt genau, was ich meine«, fuhr sie ihn aufbrausend an. »Gekochtes Blut und Bauchspeck! Mir wird schlecht, wenn ich nur daran denke.«

»Du solltest es wenigstens mal probieren«, empfahl er ihr. »Es würde dir schmecken. Ganz sicher. Wahrscheinlich leckst du am Ende den Teller ab, weil du nicht aufhören kannst.«

»Eher saufe ich Fischblut!«
»Wat de Bur nich kennt, dat fritt he nich.« Er grinste. »Irgendwann werden dir Kiemen wachsen.«
»Erst im nächsten Leben«, antwortete sie. »Ober dann hest du Poten als 'n Swin!« Demonstrativ beugte sie sich vor, um sich seine Füße anzusehen. Sie steckten in edlen Lederstiefeln und waren weit davon entfernt, die Form von Schweinepfoten anzunehmen.
Er lachte und setzte seinen Weg hinunter zum Hafen fort.

Am nächsten Morgen ritt Conrad Buddebahn früh zur Stadt hinaus. Als er das Stadttor mit seinen Wachen passiert hatte, wandte er sich nach Norden. Ein warmer, angenehmer Wind strich ihm aus östlicher Richtung entgegen. Seit vielen Tagen schon brachte er trockene Luft mit sich. Er ließ die Natur gedeihen, trieb das Korn, und gelegentlicher, nächtlicher Regen sorgte dafür, dass die Ähren prall und voll wurden.
Das Land stieg steil an. Ein schmaler Feldweg schlängelte sich die Anhöhe hinauf, hin und wieder auf der einen oder der anderen Seite flankiert von bestellten Feldern. Die Landwirte pflanzten vor allem Korn, Rüben und verschiedene Gemüsesorten an. An Obstbäumen reiften Kirschen, Äpfel und Birnen heran. Doch das Gebiet, in dem sich Bauern angesiedelt hatten, reichte nur wenig weiter als der Schatten der Stadtmauern. Gleich dahinter begann eine Wildnis mit ausgedehnten Wäldern und dichtem Unterholz.
Buddebahn achtete kaum darauf, was auf den Feldern gedieh. Er blickte weit voraus und versuchte zu erkennen, ob sich irgendwo Wegelagerer in den Büschen am Wegesrand versteckten. Glücklicherweise war er nicht allein. Eine Reihe von Fuhrwerken entfernte sich von der Stadt, beladen mit den Gütern, die dort in den Werkstätten gefertigt oder die im Bauch der Schiffe von fernen Orten herangeführt worden waren. Ihre Lenker hofften auf gute Geschäfte in den Siedlungen im Norden.

Andere Fuhrwerke näherten sich der Stadt, um sie mit Gemüse, Obst und lebendem Vieh aller Art zu versorgen. Sie alle bildeten Kolonnen, so dass sich die Reisenden notfalls gegenseitig schützen konnten, falls sie von Wegelagerern oder anderem Gesindel angegriffen wurden. Viele von ihnen wurden von Reitern begleitet, die weniger umfangreiche Waren zu transportieren hatten. Vereinzelt tauchten Landsknechte auf, mit wehrhaftem Geschirr bewaffnet. Allein ihre Anwesenheit sorgte dafür, dass sich das Gesindel nicht an den Handelsweg heranwagte.

Buddebahn war sicher, dass tief in den Wäldern verborgen Männer auf die Stunde lauerten, zu der Reisende ohne Begleitung auftauchten, um sie überfallen und ausrauben zu können. In Hamburg erzählte man sich zahllose Geschichten von solchen Vorfällen. Er wusste, dass man sich im Rat der Stadt die Köpfe darüber heiß redete, wie die lebenswichtigen Handelswege nach Norden, Süden und Osten geschützt werden konnten. Einige Ratsherrn hatten vorgeschlagen, in regelmäßigen Abständen mit Landsknechten besetzte Posten zu errichten. Doch hatte man sich nicht einigen können, wer für die Kosten aufkommen sollte. Also blieb den Reisenden nichts anderes übrig, als selber für ihre Sicherheit zu sorgen.

Conrad Buddebahn ritt etwa eine Stunde lang nach Norden, dann stieg er vom Pferd und ließ eine Reihe von Reitern und Fuhrwerken an sich vorbeiziehen. Dabei sah er sich ebenso aufmerksam wie unauffällig um. Alles schien so zu sein, wie es sein sollte. Die Reiter waren ähnlich einfach gekleidet wie die Fuhrwerker. Die meisten von ihnen blickten an ihm vorbei, ein wenig scheu und sorgsam darauf bedacht, nicht seinen Unwillen zu erregen. Nicht nur durch seine Kleidung und das hochwertige Sattelzeug seines Rappens hob er sich von ihnen ab, sondern auch mit seinem Teint. Durch ihre Arbeit im Freien waren sie sonnengebräunt. Zudem hatte ein hartes und entbehrungsreiches Leben Spuren in Form von tiefen Runen und winzigen, geplatzten Äderchen auf ihren Gesichtern hinterlassen. Seine

Haut dagegen war hell und makellos, wie es in seinen Kreisen als selbstverständlich angesehen wurde. Wenn es irgendwie zu vermeiden war, setzten die Vornehmen der Hansestadt sich nicht dem Sonnenlicht aus. Die breiten Krempen der Hüte sorgten für Schatten, und Handschuhe verhinderten, dass sich die Haut der Hände bräunte. Daher war für die Vorbeiziehenden mühelos zu erkennen, wie er einzustufen war. Entsprechend verhielten sie sich.

Wenn er sich außerhalb der Stadt bewegte, war es stets so. Die Reisenden, Händler, Handwerker, Boten, Bauern oder Gaukler wussten nicht, was sie von ihm halten sollten, und ob sie sich in irgendeiner Weise mit ihm auseinandersetzen mussten. Daher waren sie vorsichtig und zurückhaltend. Wenn sie redeten oder scherzten, dann untereinander, aber nicht mit ihm. Alles schien normal zu sein. Das sich ihm bietende Bild war friedlich.

Und doch beschlich ihn ein Gefühl der Bedrohung, gegen das er sich nicht wehren konnte. Irgendjemand lauerte in seiner Nähe, war ihm gefolgt wie sein Schatten. Dessen war er sich sicher. Er spürte es beinahe körperlich.

Ein Roter Milan, beinahe zwei Ellen lang, rotbraun und mit tief gegabeltem Schwanz, glitt wie aus dem Nichts heraus aus den Baumkronen hervor und strich kaum eine Armlänge von ihm entfernt über ihn hinweg. Er konnte das kalt funkelnde Auge sehen. Der Greifvogel stieß einen schrillen Schrei aus, als wollte er ihn warnen, schwebte mit regungslosen Schwingen zu einem abgestorbenen Baum hinüber und ließ sich darauf nieder. Er wandte sich ihm zu, und Buddebahn war sicher, dass er ihn mit seinen Blicken fixierte, als habe er ihn als Beute ins Auge gefasst.

Er versuchte, sich zu beruhigen, Abstand von solchen Gedanken zu gewinnen. Der Vogel konnte nichts mit ihm zu tun haben.

Und sonst? Hatte er sich nicht häufig umgesehen, um sich zu vergewissern, dass sein Geheimnis nicht gefährdet war? Nicht ein Anzeichen dafür hatte er bemerkt, dass sich ihm jemand an die Fersen geheftet hatte. Und dennoch vermochte er sich nicht von diesem bedrückenden Gefühl zu befreien, dass er beobachtet wurde und dass jemand ganz nah bei ihm war, der nichts Gutes im Sinn hatte.

Er wartete lange, bis er endlich wieder auf den Rücken seines Rappen stieg, den Handelsweg verließ und auf einen schmalen, unübersichtlichen Waldweg abbog, der nach Osten führte. Jetzt trieb er sein Pferd energisch an, um die vor ihm liegende Wegstrecke möglichst schnell zu überwinden. Wenn ihm jemand folgte, musste er wohl oder übel ein ebenfalls hohes Tempo anschlagen, um nicht den Anschluss zu verlieren.

Immer wieder blickte er zurück, konnte jedoch niemanden entdecken. Dann zügelte er den Rappen und brachte ihn sehr schnell zum Halten, überzeugt davon, dass er einen möglichen Verfolger mit dieser Taktik überraschte. Er horchte angestrengt, vernahm jedoch kein Hufgetrappel, und nun allmählich legte sich seine Anspannung. Das unangenehme Gefühl der Bedrohung wich von ihm, doch dann erwachte es jäh wieder.

Hoch über ihm strich der Rote Milan durch die Baumwipfel, deutlich zu erkennen an dem rotbraunen Gefieder und dem tief gegabelten Schwanz. Als der Greifvogel einen Schrei ausstieß, fühlte Buddebahn, wie es ihm kalt über den Rücken lief.

Dass der Vogel in seiner Nähe war, konnte kein Zufall sein. Er musste an Harm denken, seinen Pferdeknecht, der einmal behauptet hatte, das Böse suche sich oft eine Heimstatt in einem Vogel, mit dessen Schwingen es mühelos jedem folgen könne, den es in seinen Bann ziehen wolle. Dem aber wollte er sich nicht anschließen. Er sah etwas anderes in dem Vogel.

»Lass mich in Ruhe«, forderte er mit leiser Stimme. »Deinetwegen ändere ich nichts. Gar nichts.«

Er suchte die Baumkronen nach dem Roten Milan ab, konnte ihn jedoch nirgendwo sehen. Nach wie vor angespannt, setzte er seinen Weg fort. Allmählich aber beruhigte er sich, und als er nach einer weiteren Stunde einen Bauernhof erreichte, fühlte er sich frei und unbeobachtet. Der Hof lag nah bei einem ausgedehnten See. Grün leuchtende Kornfelder umgaben ihn.

Buddebahn zügelte sein Pferd und ließ es im Schritt laufen. Nun galt seine ganze Aufmerksamkeit der Gerste. Sie stand gut. Ihre Ähren waren bereits groß, jedoch noch lange nicht voll und reif. Dafür war es zu früh in diesem Jahr. Ihr Äußeres aber sagte nicht viel über ihre Güte aus.

Als er die Bauernkate erreichte und sich aus dem Sattel schwang, kam ihm ein grobschlächtiger Mann entgegen, der lediglich mit einer langen Hose bekleidet war und den muskulösen Oberkörper unbedeckt ließ.

»Hallo, Hermann«, grüßte der Hamburger.

»Conrad!« Der Landwirt lächelte zurückhaltend, wobei er die Augen so weit zusammenkniff, dass sie sich beinahe schlossen. Mit seinen groben Händen strich er sich das strohgelbe Haar nach hinten in den Nacken zurück. Es war weich und dünn und glitt sogleich wieder nach vorn in die Stirn. Unzufrieden grunzte er, befeuchtete die Fingerspitzen mit der Zunge und schob das Haar erneut zurück, so dass es sich verklebte und blieb, wo es bleiben sollte. Dabei machte er einen einfältigen Eindruck. Doch damit konnte er Buddebahn nicht täuschen. Er kannte ihn seit vielen Jahren. Er wusste, dass sich hinter dem schlichten Äußeren ein ungewöhnlich heller Geist verbarg.

»Du hast mich sicherlich erwartet.«

»Kann man so sagen.«

Die beiden Männer reichten sich die Hand, und dabei blickten sie sich ernst und prüfend an, als könnten sie an der Miene des anderen ablesen, ob sich während der langen Monate, in denen sie sich nicht gesehen hatten, irgendetwas geändert hatte.

»Ich habe dir Bier mitgebracht.« Buddebahn war mit der kurzen Prüfung ebenso zufrieden wie der Landwirt. Er deutete auf ein kleines Holzfass, das er hinter dem Sattel befestigt hatte.

»Hm.«

»Es wird dir schmecken.«

»Wie immer.« Hermann zuckte unmerklich zusammen, denn

nun tobte eine Horde spärlich bekleideter Kinder hinter der Kate hervor. Jungen und Mädchen im Alter vor etwa vier bis fünfzehn Jahren. Sie gehörten zur Familie des Bauern. Während sie an den beiden Männern vorbeirannten, winkten einige von ihnen Buddebahn zu, den sie schon öfter auf dem Hof gesehen hatten. Blitzschnell packte der Landwirt zu, ergriff den Arm eines etwa zehnjährigen Jungen, zog ihn zu sich heran und versetzte ihm eine schallende Ohrfeige. Danach ließ er ihn los. Der Junge taumelte rückwärts schreitend. Erschrocken und mit Tränen in den Augen drückte er eine Hand auf die schmerzende Wange. Für einen kurzen Moment blickte er seinen Vater mit einem Ausdruck des Entsetzens und der Furcht an, dann wandelte sich der Ausdruck in Wut, Trotz und Auflehnung. Er wandte sich dann ab und rannte hinter den anderen her.

»Musste sein«, murmelte der Bauer. »Obwohl ich es ihm verboten habe, war er bei den Kindern da drüben.« Dabei zeigte er mit dem Daumen vage über die Schulter hinweg nach hinten. In der Ferne konnte Buddebahn die Dächer von zwei Katen erkennen. »Kain ist aufmüpfig. Er hat seinen eigenen Kopf. Manchmal kann ich überhaupt nicht mit ihm reden. Dann hilft nur eine Ohrfeige. Soweit kommt es, dass einem die Kinder nicht gehorchen!«

»Du verträgst dich nicht besonders gut mit deinem Nachbarn, wie?«, fragte er.

»Nee. Mit dem nicht.« Hermann versenkte die Hände in den Hosentaschen und ging zum nahen Kornfeld hinüber. Er rupfte einige Ähren ab und reichte sie Buddebahn. Dieser nahm sie entgegen, roch daran, wobei er sie mal nahe an seine Nase heranführte, mal etwas weiter von ihr entfernte. Nachdem er die Ähren eine geraume Weile auf diese Weise geprüft hatte, bröselte er sie auf, um die einzelnen Körper freizulegen, ließ die Spreu jedoch nicht fallen, sondern schnüffelte erneut daran. Von dem Ergebnis schien er angetan zu sein. Er nickte dem Bauern anerkennend zu und begann auf den noch nicht ganz reifen Körnern zu kauen.

»Ich bin zufrieden, und du kannst es auch sein«, sagte Hermann.

»Bin ich«, bestätigte Buddebahn. Er hatte sich weitgehend aus dem Braugeschäft zurückgezogen, kaufte die für das Brauen nötige Gerste jedoch selber ein. Wie kein anderer Brauer der Stadt Hamburg hatte er ein Gespür für die beste Qualität. Von der Gerste hing alles ab. Sie stellte den Grundstoff dar, aus dem das Bier hergestellt wurde. Je besser sie war, desto besser war der Geschmack des Bieres. Die Gerste wurde zunächst in Malz umgewandelt, aus der dann die Maische wurde. Die in der Maische enthaltenen Zucker wurden mit Hilfe von Hefe zu Alkohol vergoren. Der Prozess der Herstellung von alters her bekannt und wurde in vielen Brauereien gepflegt. Die richtige Gerste – oder ein anderes Getreide – auszuwählen war die große Kunst. Stimmte die Basis nicht, konnte kein großes Bier entstehen.

Einige Male war Buddebahn von den anderen Brauern der Stadt gefragt worden, wo er seine Gerste kaufte. Bis auf den Tag hatte er es geheim gehalten. Von Anfang ihrer Geschäftsbeziehungen an hatte er sich mit Hermann darauf geeinigt, dass er ihm seine gesamte Ernte abnahm, einen höheren Preis dafür zahlte, als bei anderen zu erzielen war, und dass kein anderer Brauer in Frage kam. Sie hatten sich die Hand darauf gegeben, dass es unter ihnen blieb, und sie hatten sich beide daran gehalten. Hermann brachte die Gerste mit einem Pferdefuhrwerk zu einem Dorf in der näheren Umgebung von Hamburg, und von dort holte ein Fuhrwerk der Brauerei die Gerste ab, um sie in die Stadt zu bringen. Diese bescheidene Vorsichtsmaßnahme genügte, das Geheimnis ihres Handels zu wahren.

Spät am Abend kehrte Conrad Buddebahn nach Hamburg zurück. Der Wind hatte gedreht. Er kam nun aus Westen. Mit ihm waren dunkle Wolken aufgekommen, und ein leichter Nieselregen hatte eingesetzt. Nur noch wenige Händler zogen über den Waldweg zur Stadt an der Alster. Von dorther kam gar keiner mehr. Zu so später Stunde brach niemand mehr auf.

Buddebahn trieb seinen Rappen zu einem schnellen Trab an. Vor Einbruch der Dunkelheit wollte er hinter den sicheren Stadtmauern sein.

Als er sich seinem Haus näherte, wurde er von einem heftigen Regenschauer durchnässt. Er nahm es gleichmütig hin, übergab das Pferd seinem Knecht Harm, der es in den Stall führte und trocken rieb, und ging ins Haus, um sich umzuziehen. Kaum hatte er die Tür hinter sich geschlossen, als ihm Nikolas Malchow entgegenschritt. Ärgerlich stieß der Ratsherr seinen Stock auf den Boden.

»Ich schätze es nicht, wenn man mich warten lässt!« Im Halbdunkel des Raumes wirkte sein Teint blasser als gewöhnlich. Der mit breiter Krempe versehene Hut schien ihm nach vorn gerutscht zu sein. Er saß so tief auf der Stirn, dass er ihm beinahe die Sicht nahm. Wiederum zierte ein Kranz edler Stickereien seinen Hals und seine Schultern.

»Ich auch nicht«, erwiderte Buddebahn unbeeindruckt. Er schritt an dem Ratsherrn vorbei und verschwand in seiner Schlafkammer, wo er sich trocknete und umkleidete. Obwohl er sich dessen bewusst war, dass er Malchow damit ärgerte, ließ er sich Zeit. Es galt, dem Ratsherrn zu vermitteln, dass er ein freier Mann war, der sich auf keinen Fall unterordnete und der ganz allein darüber entschied, wie sein Tag aussah. Darüber hinaus wollte er ausloten, wie Malchow reagierte. Zog er ab und verzichtete auf weitere Gespräche, war nichts verloren, blieb er jedoch, bröckelte seine Fassade, und darunter kam ein Mann zum Vorschein, der mit dem Rücken zur Wand stand und auf Gedeih und Verderb auf seine Hilfe angewiesen war.

Mit einem Krug Bier in den Händen kehrte Buddebahn schließlich zurück. Er stellte das Gefäß auf dem Tisch ab und füllte zwei große Becher damit.

»Trinkt erst mal einen Schluck«, forderte er den Ratsherrn auf. »Nirgendwo in der Stadt bekommt Ihr ein besseres Bier.«

In aller Ruhe stillte Buddebahn seinen Durst, wischte sich mit dem Handrücken den Schaum von den Lippen und setzte sich an den Tisch, wobei er seinen Besucher mit freundlicher Geste einlud, dies ebenso zu tun.

Nikolas Malchow war sichtlich unzufrieden. Bevor er sich jedoch beschweren konnte, sagte Buddebahn: »Ich habe versprochen, dass ich mich bis heute entscheide. Zu welcher Stunde das sein sollte, haben wir nicht festgelegt.«

»Schon gut.« Malchow hatte Mühe, sich zu beherrschen und ruhig zu bleiben. Er trank einen kräftigen Schluck, setzte den Becher ab und blickte nachdenklich auf den Schaum. Buddebahn verkniff sich ein Lächeln. Er wusste genau, wie es in seinem Gegenüber aussah. Der Ratsherr vermied alles, was ihn verärgern konnte, damit er sich nur nicht gegen ihn und sein Vorhaben entschied. Er wollte ihn unbedingt als Ermittler gewinnen.

»Und? Zu welchem Ergebnis seid Ihr gekommen?« Der Mecklenburger griff erneut zum Bier. Dabei blickte er Buddebahn über den Rand seines Bechers hinweg forschend an.

»Es wird Euch freuen, dass ich mich nach reiflicher Überlegung dazu entschlossen habe, für die Stadt und damit auch für Euch in dem Mordfall zu ermitteln.«

Die Spannung fiel von Malchow ab. Er lehnte sich zurück und ließ die Schultern sinken. »Das hatte ich gehofft. Wann beginnt Ihr?«

»Morgen. Gebt mir, was Euch in diesem Fall bekannt ist. Ich muss wissen, was Ihr in Erfahrung gebracht habt. Jedes Detail ist wichtig. Und vergesst nicht, eine angemessene Summe als Lohn auszusetzen. Ich werde das Geld sinnvoll verwenden. Und noch etwas: Ich muss wissen, welche Rechte und welche Pflichten ich habe, ob ich im Auftrag der Stadt handeln kann oder nicht, zu welchem Maßnahmen ich befugt bin und zu welchen nicht.«

»Ich werde alles regeln. Kommt morgen früh ins Rathaus. Dann gebe ich Euch alles, was ich habe. Ich werde alles schriftlich zusammenfassen. Seid Ihr des Lesens kundig?«

»Allerdings.«

Malchow trank den Becher auf einen Zug aus. »Ihr glaubt gar nicht, wie froh ich bin.«

Er reichte ihm die Hand, und Buddebahn ergriff sie. Dann gingen sie dazu über, Einzelheiten ihrer Zusammenarbeit zu besprechen.

»Ihr könnt Euch jederzeit auf das Rathaus und auf mich berufen«, versprach Malchow. »Sollte es Schwierigkeiten geben, findet Ihr bei mir ganz sicher Rückendeckung, aber das erhaltet Ihr alles schriftlich von mir, damit keine Zweifel bestehen.«

Er glaubte es ihm. Mittels kleiner Provokationen hatte er feststellen können, dass Nikolas Malchow ein eitler und geltungssüchtiger Mann war. Fraglos hatte es Schwierigkeiten im Rathaus gegeben, weil er sich bisher vergebens bemüht hatte, den Mörder von Agathe Kehraus zu ermitteln. Ein Geschehen, das ihrem Mann und den Honoratioren der Stadt als geradezu ungeheuerlich empfunden wurde, fand keinen befriedigenden Abschluss. Nach wie vor war nicht geklärt, wer eine der vornehmsten Persönlichkeiten der Stadt umgebracht und geschändet hatte.

Es war nicht hinzunehmen, dass jemand einen derartigen Schlag gegen eine Frau aus der höchsten Gesellschaftsschicht der Stadt geführt hatte, ohne dafür zur Rechenschaft gezogen zu werden. Wie leicht konnte eine solche Tat, wenn sie denn nicht geahndet wurde, schlimmere Gedanken bei jenen aus den unteren Schichten der Gesellschaft hervorrufen, die unzufrieden waren mit ihren Lebensumständen und die nicht länger hinnehmen wollten, wie sie behandelt wurden.

»Wo werdet Ihr bei Euren Nachforschungen ansetzen?«, fragte Malchow, als er sich verabschiedete.

»Das weiß ich noch nicht«, erwiderte Buddebahn. »Warten wir es ab.«

Diese Antwort stellte den Ratsherrn in keiner Weise zufrieden, doch er nahm sie kommentarlos hin, reichte ihm die Hand und verließ das Haus – nicht ohne das genossene Bier zu loben.

Heinrich Kehraus wohnte in einem großen, wehrhaft gebauten Haus am Eichholz, nicht weit von der Stadtmauer und dem dahinterliegenden Hamburger Berg entfernt und recht nah bei den Lagerhäusern mit dem Hanfmagazin und den Schiffszimmerleuten. Es war eigentlich untypisch für einen Fernkaufmann Hamburgs. Dass es aus Stein errichtet worden war und über vier Stockwerke verfügte, wobei die Fassade eines jeden höheren Stockwerks in charakteristischer Weise über das untere hinausragte, zeugte von seinem Reichtum, aber es lag nicht an einem der vielen Fleete wie die Häuser der anderen Kaufleute, und es war auch nicht mit Lagerräumen und den entsprechenden Verladeeinrichtungen verbunden. Immerhin konnte man von diesem Haus aus weit auf die Elbe hinaussehen, so dass der Reeder seine auslaufenden Schiffe beobachten konnte, bis sie in der Ferne hinter der Flussbiegung verschwanden. Umgekehrt vermochte er die ankommenden Kraveelen und Koggen schon sehr früh den Strom heraufsegeln zu sehen, so dass ihm genügend Zeit blieb, in den Hafen zu den Anlegestellen zu gehen, um sie dort zu begrüßen. Hoch oben auf dem Giebel des Hauses flatterte die Fahne des Reeders. Sie war durchgehend rot mit einer Möwe darauf, deren ausgebreitete Schwingen über die ganze Breite der Fahne gingen.

Das Haus hielt in seinem Inneren, was sein Äußeres versprach. Es war großzügig angelegt und reich ausgestattet. Buddebahn stieg eine aus Holz gefertigte, mit kostbaren Schnitzereien versehene Wendeltreppe hinauf und ging über eine mit einem Geländer gesicherte Galerie zu einem Wohn- und Arbeitsraum, der die ganze Breite des Hauses im ersten Stockwerk einnahm. Hier befanden sich drei große Fenster, die mit Butzenscheiben ausgestattet waren. Von ihnen aus öffnete sich der Blick hinaus auf die Elbe. Nachdem Buddebahn den Hausherrn mit Handschlag begrüßt hatte, wandte er sich den Fenstern zu. Bewundernd ließ er seine Finger über die Scheiben gleiten.

»Das ist wunderschön«, sagte er. »Fensterglas! Das ist etwas,

was ich mir irgendwann einbauen lassen möchte. Wie stellt man so etwas her?«

Als Zeitpunkt für seinen Besuch hatte Buddebahn die Stunde kurz nach dem Mittagessen angesetzt. Es war die Zeit, in der die Geschäfte selbst eines Reeders für eine Weile ruhten und in der sich eine gewisse Gelassenheit einstellte. Man entspannte sich nach dem Essen und gönnte auch seinen Gedanken eine Pause, bevor man die Arbeit wieder aufnahm und sich den Problemen des Alltags stellte. Nach seiner Erfahrung war es die Zeit, in der Männer wie Heinrich Kehraus in gewisser Weise wehrlos waren. Er war davon überzeugt, dass es im Rahmen seiner Strategie genau die richtige Phase war, um so viele Informationen wie möglich aus dem Mann der ermordeten Agathe herauszuholen. Wenn es schwierige Probleme zu lösen gab und mit dem energischen Widerstand seiner Geschäftspartner zu rechnen war, hatte Buddebahn stets diese Zeit gewählt. Mit seiner Taktik hatte er seine Ziele in vielen Fällen erreicht.

Es kam jedoch nicht nur auf die richtige Tageszeit an, sondern ebenfalls auf den Tag. Optimal war der Dienstag. Montag war ungünstig, weil dies der Tag war, in dem man nach dem Sonntag mit dem Aussetzen der Geschäfte, dem Kirchgang und der Hinwendung zur Familie wieder in den Arbeitsalltag einstieg, wobei sich zumeist eine gewisse Hektik ergab. Am Dienstag waren die meisten der anstehenden Probleme bewältigt, so dass sich eine willkommene Entspannung einstellte. Nach seiner Erfahrung zog die Konzentration auf Arbeit und Geschäfte am Mittwoch bereits wieder an, um über den Donnerstag und Freitag seinem Höhepunkt entgegenzustreben, da bis zum Sonntag möglichst alles aus dem Weg geräumt sein musste, was mit Geschäften zu tun hatte. Es war dieser Rhythmus, in den sich einzufügen ihm nicht schwerfiel, da er sein ganzes, bisheriges Leben bis zu seinem Ausstieg aus dem Braugeschäft bestimmt hatte.

Tatsächlich bestätigte sich schon gleich zu Anfang seiner Begegnung mit Heinrich Kehraus, dass er den richtigen Einstieg gewählt hatte. Der Reeder kam ihm offen, geradezu jovial entgegen. Er lehnte sich entspannt an seinen Schreibtisch, der von ebenso eindrucksvoller Größe war wie viele andere Dinge in diesem Haus, etwa das Clavichord neben dem Fenster, die aus edlem Holz geschnitzte Figur eines Steuermanns, der in einer Ecke stand und in angespannter Haltung gegen Wind und Wetter zu kämpfen schien, flankiert von knabenhaften Figuren zierlicher Engel, die ihn auf seinem Weg begleiteten. Ähnliche Engel saßen auf den Seiten des Schreibtisches, so als wollten sie dem Hausherrn bei seiner Arbeit zusehen. Hinter dem Schreibtisch stand ein schwerer Ledersessel. Er passte zu der Erscheinung des Reeders.

»Diese Scheiben sind eine Erfindung aus Frankreich«, erwiderte Kehraus, sichtlich geschmeichelt ob des Interesses an seiner Errungenschaft. Er war ein großer, schwergewichtiger Mann mit wuchtiger Stirn und einem dichten Kinnbart. »Hatte ich sie noch nicht, als Ihr bei mir zu Gast gewesen seid? Nun gut. Wie dem auch sei: Man bläst zunächst eine Kugel aus geschmolzenem Glas, drückt sie flach und befestigt einen Stab daran, den man dann so schnell wie möglich dreht. Die Fliehkraft treibt das Glas auseinander, so dass sich eine flache Scheibe bildet, die bis zu zwei Metern Durchmesser erreichen kann. Diese unterteilt man dann in so kleine Scheiben, wie ich sie in meinen Fenstern habe.«

»Phantastisch«, lobte Buddebahn. »Wirklich beeindruckend. Es ist erstaunlich, was die Franzosen leisten. So etwas kann bei uns nicht hergestellt werden.«

»Meine Frau hat diese Scheiben geliebt«, versetzte Kehraus. »Sie machen das Haus hell und schützen zugleich gegen Wind und Regen. Glas ist viel besser als Pergament.«

»Da bin ich völlig Eurer Meinung«, stimmte Buddebahn zu. »Eure Frau mochte den Regen nicht?«

»Nein, überhaupt nicht. Sie war nicht aus Hamburg. Sie stammte aus Regensburg, wo das Wetter besser und beständiger ist als hier.«

»Und doch hat Eure Frau an jenem Abend das Haus verlassen, um eine Freundin zu besuchen. Ist das richtig?«

»Das ist richtig«, bestätigte der Reeder. Er verschränkte die Arme vor der Brust und senkte den Kopf, als wollte er eine innere Regung vor seinem Besucher verbergen. »Ich habe mich gefragt, warum sie bei einem derartigen Regen gegangen ist. Der Fuhrknecht hätte sie mit einem Wagen zu ihrer Freundin bringen können. Dann wäre sie vor dem Regen geschützt gewesen.«

»Als sie überfallen wurde, kam sie bereits von dem Besuch bei der Freundin zurück.«

»Das spielt keine Rolle. Der Fuhrknecht hätte so lange warten können, bis die beiden Damen ihr Treffen beendet hatten.«

»Natürlich. Das hätte er tun können. Daher ist eigentlich nicht zu verstehen, dass sie sich nicht für diesen bequemen Weg entschieden hat, sondern zu Fuß und allein gegangen ist. Habt Ihr eine Erklärung dafür?«

»Nein.« Kehraus hatte seinen Besucher sofort ins Haus gebeten, als dieser bei ihm erschienen war. Insofern hatte Ratsherr Malchow recht. Es gab keine Komplikationen. Der Reeder war bereit, mit ihm zu reden. Er erkannte ihn als gleichberechtigt an, was bei den bisherigen Ermittlern nicht der Fall gewesen war. Buddebahn hatte wenig Verständnis für eine derartige Haltung. Was spielte es schon für eine Rolle, welche gesellschaftliche Stellung ein Ermittler einnahm, wenn es darum ging, den Mord an der eigenen Frau aufzuklären?

»Ich bedanke mich. Das genügt zunächst. Sicherlich komme ich noch einmal zu Euch, um weitere Fragen zu besprechen, die sich möglicherweise ergeben.«

»Ihr glaubt, dass Ihr den Mörder nach so langer Zeit findet?«

»Ich denke, er hat an der Last seiner Schuld zu tragen. Früher oder später wird er einen Fehler machen, der ihn verrät.« Buddebahn holte einen Zettel aus der Tasche seiner Jacke hervor. »Bevor ich es vergesse – ich muss Euch fragen, wo Ihr an jenem Abend wart, als Eure Frau überfallen wurde.«

»Was soll das?«, fuhr Kehraus ihn an. Seine Wangen strafften sich, und eine Zornesader bildete sich auf seiner Stirn. Mit einem Schlag war die entspannte Atmosphäre zerstört, in der das Gespräch bisher stattgefunden hatte. »Verdächtigt Ihr mich etwa, meine Frau getötet zu haben?«

Buddebahn hob abwehrend beide Hände. Dabei lächelte er, als sei ihm unangenehm, dass er missverstanden worden war. »Natürlich nicht«, beteuerte er. »Das sind Fragen, die ich nur der Vollständigkeit halber stelle, damit ich mir ein Bild machen kann. Wenn es Euch unangenehm ist, braucht Ihr mir diese Frage nicht zu beantworten. Ich werde sie aus meinen Gedanken streichen.«

»Unsinn!«, erwiderte der Reeder mürrisch. »Ich habe nichts zu verbergen. Nicht das Geringste. Schließlich habe ich meine Frau nicht umgebracht.«

»Davon bin ich überzeugt.«

»Ich war hier im Haus, wenn ich mich recht entsinne. Ja. Ich war zu Haus und habe auf Agathe gewartet. Das kann die Dienerschaft bestätigen. Als meine Frau nicht kam, habe ich einen Dienstboten losgeschickt, der nach ihr suchen sollte. Er kehrte mit der schrecklichen Nachricht von ihrem Tod zurück. Es war sehr spät und hat immer noch geregnet. Wie aus Eimern hat es gegossen.«

Er zögerte kurz, bevor er zu einer Tür eilte, diese aufstieß und brüllte: »Moritz, komm sofort hierher!«

Der Diener hielt sich im Nebenzimmer auf. Er erschien beinahe augenblicklich. Er war mittelgroß. Ein dichter Bart überzog die Seiten seines Gesichts, konnte jedoch nicht überdecken, dass die rechte Wange stark geschwollen war. Dadurch wirkte das Gesicht breiter, als es ohnehin schon war. Das von zwei Kerben gezeichnete Kinn war ebenso glatt rasiert wie seine Oberlippe. Wirr und leicht verfilzt hing ihm das schüttere Haar bis über die Ohren herab. Mit leidender Miene blickte er seinen Herrn an. Es war unverkennbar, dass er starke Zahnschmerzen hatte. Ein entzündeter Zahn setzte ihm zu.

»Wo war ich an dem Tag, als meine Frau ermordet wurde?«, herrschte Kehraus ihn an.

Unsicher drehte Moritz seine Mütze in den Händen. Ratlosigkeit zeichnete sich auf seinem Antlitz ab. Er wusste nicht, was er erwidern sollte. Dabei war unübersehbar, dass er Angst vor einer falschen Antwort hatte.

»Du sollst unserem Besucher bestätigen, dass ich hier im Haus war«, rief Kehraus, wobei er drohend die Hand hob, als wollte er ihm eine Maulschelle versetzen. »Also – wo war ich? Oder muss ich nachhelfen?«

»Hier im Haus«, stotterte der Diener, der sichtlich verängstigt war. »Es hat geregnet.«

»Das habe ich dich nicht gefragt, du Trottel«, fuhr der Reeder ihn an. »Und jetzt raus mit dir!«

Der Diener zog sich hastig zurück, erleichtert, weil er keine weiteren Fragen beantworten musste. Kehraus zog die Tür zu und wandte sich seinem Gast zu.

Buddebahn stand am Fenster. »Das genügt mir. Allerdings möchte ich später mit anderen Bediensteten sprechen. Ihr habt doch nichts dagegen?« Er ließ seine Finger bewundernd über das schöne Fensterglas gleiten. Danach wandte er sich dem Ausgang zu. »Bevor ich es vergesse: Wie war doch der Name der Freundin, bei der Eure Frau war, und wie war die Adresse?«

»Das wisst Ihr nicht?« Jetzt war Kehraus nicht mehr der entspannte und joviale Hausherr, der es auskostete, sich für eine Weile nicht mit seinen Geschäften befassen zu müssen. Er war der Geschäftsmann, der es gewohnt war, dass sich ihm alle unterordneten, und der auch auf gesellschaftlicher Ebene den Anspruch erhob, als führende Persönlichkeit anerkannt zu werden.

»Ich möchte bestätigt haben, was man mir unterbreitet hat.« Buddebahn konnte sich vorstellen, dass er den bisherigen Ermittlern – falls er überhaupt mit ihnen gesprochen hatte – mit ausgeprägter Arroganz begegnet war und keinen von ihnen nah an sich herangelassen hatte.

»Alma Winterrot. Das Haus mit dem schiefen Giebel im Schaarthor«, antwortete der Reeder widerwillig. Er ging hinter seinen Schreibtisch und setzte sich. Dabei griff er nach einigen Papieren, um deutlich zu machen, dass er nunmehr genügend seiner kostbaren Zeit geopfert hatte.

»Nicht gerade eine Freundin von Euch?«

Sein Kopf ruckte hoch. »Ihr merkt aber auch alles!«

»Dann vermute ich richtig?«

»Ich kann mir was Besseres vorstellen als ausgerechnet Alma Winterrot!«

»Seid Ihr sicher, dass Eure Frau an jenem Abend bei Alma Winterrot war?«

»Was soll diese Frage?« In den Augen des Reeders war ein leicht schwankendes Licht zu erkennen. Für einen Moment schien er unsicher zu sein, fing sich aber rasch wieder.

»Diese Frage hat nichts weiter zu bedeuten.«

»Dann verzichtet darauf!«

»Wie Ihr wünscht.« Conrad Buddebahn nickte ihm grüßend zu, deutete eine Verbeugung an und verabschiedete sich. Er stieg die Wendeltreppe hinunter, um überrascht an ihrem Fuß stehenzubleiben. Neben einem wuchtigen Schrank saß eine alte Frau und rupfte ein Huhn. Vor ihr lagen Haufen von Federn und zwei Hühner, die sie bereits von ihrem Federschmuck befreit hatte.

»Gleich drei Hühner?«, fragte er lächelnd. »Hat der Hausherr einen so großen Appetit, oder gibt es zahlreichen Besuch? Dann braucht ihr sicherlich auch Bier?«

»Für diesen Besuch nicht«, antwortete sie mit krächzender Stimme. Unter weißen Augenbrauen hervor blickte sie ihn grimmig an, als habe er sie beleidigt.

»Denn man to!«

Als er das Haus verlassen hatte, schritt Buddebahn rasch aus und blieb erst stehen, als er am Hanfmagazin vorbei war. Nachdenklich blickte er auf die Elbe hinaus. In Gedanken ging er das Gespräch mit dem Reeder durch. Es war weitgehend so verlaufen, wie er es erwartet hatte. Erst am Ende hatte es eine Wendung genommen, die ihm nicht behagte. Er war sicher, dass der Reeder es mit der Wahrheit nicht so genau genommen hatte. Das ließ darauf schließen, dass er etwas zu verbergen hatte. Die Aussage des Dieners war wertlos. Moritz war eingeschüchtert gewesen. Er hatte nur das nachgeplappert, was Kehraus ihm vorgesprochen hatte. Das hatte mit der Wahrheit möglicherweise nicht das Geringste zu tun.

Doch die Unstimmigkeiten bedeuteten nicht, dass Heinrich Kehraus in den Mordfall verwickelt war. Er hatte etwas zu verbergen.

Was das war, würde zu klären sein.

3

Das Haus im Schaarthor hatte tatsächlich einen schief geratenen Giebel. Er war so auffällig, dass Buddebahn auf Anhieb erfasste, welches Haus der Reeder gemeint hatte. Er klopfte an der Tür. Wenig später hörte er, wie sich schlurfende Schritte näherten. Angesichts dieses Geräusches erwartete er, eine altersmüde Frau zu sehen, doch die Frau, die ihm öffnete, war sicherlich keine dreißig Jahre alt. Sie war klein und zierlich. Das dunkle Haar trug sie streng nach hinten gekämmt, wo sie es zu einem dicken Schopf zusammengebunden hatte. Mit lebhaften, blauen Augen musterte sie ihn, und plötzlich erhellte ein erfrischend offenes Lächeln ihr schmales Gesicht.

»Conrad Buddebahn«, rief sie. »Ihr müsst Buddebahn sein. Der Braumeister.« Sie streckte den Kopf vor, als sei sie kurzsichtig, und blickte ihn forschend an. »Was führt Euch zu mir?«

»Darf ich eintreten?«

»Ich bin allein im Haus. Man könnte es als unschicklich ansehen.«

Buddebahn hob leise lachend beide Hände. »Aber ich bitte Euch, Alma Winterrot! Ich bin ein alter Mann. Niemand wird auf Gedanken kommen, die Eurem guten Ruf schaden. Ich bin hier, weil der Rat der Stadt Hamburg mich gebeten hat, den Mord an Eurer Freundin Agathe Kehraus aufzuklären.«

»Wenn das so ist ... tretet bitte ein.« Sie zog die Tür weiter auf und wich zugleich zur Seite aus, um ihn einzulassen. Sie kicherte verhalten. »Nur – ein alter Mann seid Ihr nicht. Noch lange nicht!«

Obwohl er nicht besonders groß war, musste er den Kopf einziehen, da die Tür und der nachfolgende Gang sehr niedrig waren. Einige wenige Schritte führten bis in eine kleine Stube, die von mehreren Kerzen erhellt wurde. Sie war denkbar schlicht eingerichtet und konnte sich in keiner Weise mit dem Wohnzimmer vergleichen, in dem Kehraus ihn empfangen hatte. Dies war eine andere Welt. Bei Alma Winterrot ließ nicht jedes kleine Detail ihrer Behausung auf Wohlstand schließen, doch alles war geradezu peinlich sauber. Nirgendwo lag Staub, an der Decke befanden sich keine Spinngewebe, und auf den Holzdielen des Fußbodens war heller Sand ausgestreut. Auf Bänken und Hockern lagen allerlei Stickereien, Ballen mit aufgewickelten, haarfeinen Fäden und verschiedene Nadeln aus Holz und Metall. Daneben standen aus Holz geschnitzte Spielzeugfiguren und saßen aus Flicken genähte Puppen, von denen er einige als recht hübsch empfand.

Die junge Frau ging schlurfend an ihm vorbei und setzte sich an den Tisch. Wortlos schob sie ihm einen Krug und einen Becher hin. Er lehnte das Angebot dankend ab – und steuerte sein Ziel direkt an.

»An jenem verhängnisvollen Tag im März war Eure Freundin Agathe, wie es heißt, bei Euch.«

»Oh, ja, das war sie!«, erwiderte Alma Winterrot. Sie wies auf die Stickereien, die Spielzeuge und die Puppen. Ein wenig zu schnell, wie ihm schien. »Wir haben zusammengearbeitet. Gestickt, Spielzeuge geschnitzt und Puppen genäht. Für die Kirche, die sie an Kinder verschenken soll. Sie war gut darin. Sehr gut. Viel besser als ich.«

»Wie lange war sie hier?«

»Wie lange?« Die junge Frau blickte ihn kurz an, stand auf und schlurfte zu einer Bank hinüber, um die Stickereien, die dort lagen, anders als zuvor zu sortieren. Dabei sah alles geordnet aus.

»Diese Frage sollte nicht allzu schwer zu beantworten sein. Wann hat sie das Haus verlassen?«

Alma Winterrot konnte sich nicht zu einer Antwort entschließen. Ratlos verschränkte sie die Hände ineinander.

»Ich bitte Euch«, forderte er sie auf. »Eure Freundin Agathe ist tot. Falls sie das Haus vor Einbruch der Dunkelheit verlassen hat, also lange vor dem tödlichen Anschlag auf sie, solltet Ihr es mir sagen. Jeder ihrer Schritte ist wichtig. Was auch immer Agathe gemacht hat, es kann ihr nun nicht mehr schaden.«

»Ich weiß es nicht«, seufzte die junge Frau. Sie kehrte an den Tisch zurück. »Wir haben zusammen gestickt und gebastelt, aber dann bin ich weggegangen, um Gemüse und Obst zu kaufen.«

»Wann war das?«

»Am späten Nachmittag.«

»Und? Weiter! Als Ihr wieder nach Haus gekommen seid. Was war da?«

»Ich wurde aufgehalten.« Verlegen strich sie sich mit dem Handrücken über die Lippen. »Vielleicht habe ich ein wenig länger geschwatzt, als ich eigentlich wollte. Jedenfalls war es bereits spät, als ich wieder hier war. Aber es war noch nicht dunkel.«

»Agathe war nicht mehr da.«

»Nein, aber ich weiß nicht, wann sie gegangen ist. Irgendwann vor meiner Rückkehr.«

»Wo könnte sie bis zum Sonnenuntergang gewesen sein?«

»Ich weiß es nicht.«

»Denkt nach!«, bat er sie. »Vielleicht hat sie irgendwann einmal eine Bemerkung gemacht, auf die Ihr nicht besonders geachtet habt, die uns aber einen Hinweis geben könnte. Hat sie einen Geliebten gehabt?«

Alma Winterrot fuhr erschrocken auf. »Nein! Wieso verfallt Ihr auf einen derartigen Gedanken? So etwas wäre für Agathe niemals in Frage kommen. Niemals! Agathe war eine großartige Ehefrau, eine würdige Hausherrin.«

»Ich muss alle Möglichkeiten in Betracht ziehen, selbst wenn sie sehr unwahrscheinlich sind.«

»Sie beleidigen die Tote!«

»Das ist nicht meine Absicht. Es tut mir leid. Sprechen wir etwas anderes an. Hatte Agathe Feinde?«

»Nein. Sie war eine liebenswürdige und liebenswerte Frau. Sie war zu allen freundlich und entgegenkommend. Sie war eine glänzende Gastgeberin. Sie hatte häufig Gäste in ihrem Haus. Wer dazu eingeladen wurde, konnte sich geehrt fühlen. Wer in Hamburg etwas gilt, Rang und Namen hat, war bei Kehraus zu Gast. Natürlich nicht so wie bei Margarethe Drewes. Das nicht. Agathe hatte auch schon mal Marktfrauen im Hause. So etwas käme bei der Familie Drewes nicht in Frage. Niemals! Bei Agathe zählte der Mensch und nicht nur, ob man reich ist. Nein. Niemand hatte einen Grund, sie zu hassen. Gewiss, es gab die eine oder andere Frau, die ihr das gute Leben neidete, aber …«

»Frauen gehören nicht zu den Verdächtigen«, unterbrach er sie. »Frauen schneiden anderen Frauen nicht die Kehle durch. Es war die Tat eines Mannes. Davon bin ich fest überzeugt. Irgendjemand muss sie so gehasst haben, dass er sie tötete.«

Alma Winterrot schüttelte energisch den Kopf. »Niemand hat sie gehasst.« Sie blickte ihn fest an.

»Dann wäre ihr Tod einem Zufall zuzuschreiben? Nein. Daran glaube ich nicht.«

»Wollt Ihr nicht doch etwas trinken? Es ist Johannesbeersaft.«

»Danke, sehr freundlich«, wehrte Buddebahn ab, ohne sich

in seiner Konzentration stören zu lassen. »Was ist mit der Dienerschaft?«

»Mit der hat sie sich ausgezeichnet verstanden. Sie hat alle immer gut behandelt und ihnen mehr zukommen lassen, als ihnen zustand. Aber was fragt Ihr mich? Heinrich Kehraus weiß in dieser Hinsicht viel besser Bescheid als ich.«

»Ihr wart ihre Freundin. Euch hat sie möglicherweise einiges anvertraut, über das sie mit ihrem Mann unter gar keinen Umständen gesprochen hätte. Frauen reden mit Frauen nun mal anders als mit ihren Männern. Für mich liegt nahe, dass dies auch bei Euch so war. Gibt es jemanden, der früher im Hause Kehraus gearbeitet hat und den Agathe oder ihr Mann vor die Tür gesetzt haben?«

»Nein. Niemanden. Alle Bediensteten arbeiten seit Jahren bei ihnen.«

»Nun gut.« Buddebahn erhob sich. »Ich kann mir nicht vorstellen, dass es niemals Streit im Hause gegeben hat. Ein Haus mit einer derartigen Harmonie gibt es nicht. Falls Euch noch etwas einfällt, lasst es mich wissen.« Er streckte ihr die Hand hin, zog sie dann jedoch zurück, um sie gegen das Kinn zu legen und dieses sanft zu massieren. »Das heißt, eine Kleinigkeit habe ich vergessen. Wie hat sich Agathe über ihren Mann geäußert?«

»Gar nicht.«

»Das glaube ich Euch nicht.« Buddebahn setzte sich wieder. »Agathe kann es nicht mehr schaden, wenn Ihr ganz offen zu mir seid, aber es könnte mir helfen, den Mörder zu finden. Daran sollte Euch gelegen sein.«

»Ja, das ist es«, bestätigte sie ernst und mit Nachdruck. Ihre Lippen wurden schmal. »Und wie es das ist!«

»Also – wie war das mit Agathe und ihrem Mann?«

Alma Winterrot druckste herum und focht einen langen Kampf mit sich aus, bis sie sich endlich äußerte. Über etwas zu sprechen, was ihre Freundin ihr unter dem Siegel der Verschwiegenheit anvertraut hatte, fiel ihr sichtlich schwer. Sie war eine einfache Frau, die nicht so ohne weiteres über ihren Schatten springen konnte. Buddebahn war sicher, dass sie sehr viel mehr wusste, als sie ihm bisher berichtet hatte. Aus dem Protokoll, das Nikolas Malchow ihm gegeben hatte, ging so gut wie nichts hervor. Den bisherigen Ermittlern gegenüber hatte sie meist geschwiegen. Insofern konnte er zufrieden sein. Sie hatte länger und ausführlicher mit ihm gesprochen als mit allen anderen zuvor.

»Nur soviel – es gab Spannungen zwischen Agathe und ihrem Mann. Es gab da etwas, was sie bedrückte, über das sie aber nicht weiter sprechen wollte.« Erschrocken blickte Alma Winterrot ihn an, da ihr erst jetzt bewusst wurde, was sie gesagt hatte. »Um Himmels willen, ich will damit nicht andeuten, dass er als Täter in Frage kommt. So ernst waren die Auseinandersetzungen wiederum auch nicht.«

»Um was ging es bei diesen Meinungsverschiedenheiten? Hatten sie damit zu tun, dass die Ehe kinderlos geblieben ist?«

»Nein«, wehrte sie ab, wobei sie energisch den Kopf schüttelte. »Mehr sage ich nicht. Ihr könntet mich falsch verstehen.«

»Wie Ihr wollt.« Er lächelte beruhigend. »Wir reden später noch mal miteinander. In ein paar Tagen. Es eilt nicht so sehr. Nur eines muss ich wissen: Wo war Agathe, nachdem sie Euer Haus verlassen hatte?«

Mit gesenktem Kopf schlurfte Alma Winterrot zur Haustür und öffnete sie.

Er folgte ihr langsam, als sei er tief in Gedanken versunken. Tatsächlich war er hellwach. Er spürte, dass es sie besänftigte und zugleich ein wenig unsicher machte, wenn er sich so verhielt. Unmittelbar vor ihr blieb er stehen. Er redete leise und unverständlich vor sich hin, als sei er nicht zufrieden mit dem, was ihm im Kopf herumging. Dabei machte er den Eindruck, als sei er sich nicht dessen bewusst, wo er war. Er blickte zu Boden, und es dauerte ziemlich lange, bis er sie ansah.

»Nun?«

»Quält mich nicht!«

»Oh, das habe ich nicht vor. Ich bin nur auf der Suche nach der Wahrheit.«

Sie kaute auf den Lippen und wartete darauf, dass er an ihr vorbeiging und das Haus verließ. Als er es nicht tat, fasste sie einen Entschluss: »Sie hat von Musik gesprochen. Es ging ihr um Musik. Irgendwie. Mehr weiß ich nicht.«

»Danke.« Er lächelte ihr zu, schritt an ihr vorbei und trat auf die Gasse hinaus. Dumpf fiel die Tür hinter ihm ins Schloss. »Frauen sagen manchmal das eine, aber sie meinen etwas anderes.«

Es war spät geworden. Für den Monat Juli war es ungewöhnlich kühl. Wenigstens regnete es nicht. Tief in Gedanken versunken, machte Conrad Buddebahn sich auf den Heimweg.

Im Schein einiger Kerzen schrieb Buddebahn auf, was er im Verlauf des Tages erfahren hatte und was über die Informationen hinausging, die er von Nikolas Malchow erhalten hatte. Gespräche hatte er nicht nur mit Alma Winterrot und Heinrich Kehraus geführt. Er hatte auch mit Bediensteten des Reeders gesprochen, dabei allerdings so gut wie nichts erfahren. Sie hatten einen eingeschüchterten Eindruck gemacht und sich ängstlich zurückgehalten, um nicht unbeabsichtigt etwas auszusagen, was ihren Dienstherrn belastete.

Als Hanna Butenschön eintrat, hatte er seine Notizen weitgehend abgeschlossen. Er legte sie zur Seite. Sie kam zu ihm an den Arbeitstisch, küsste ihn kurz und setzte sich in einen Sessel am Fenster, das aus bunten Butzenscheiben zusammengesetzt war. Das Fenster war schöner und vielleicht kostbarer als jenes von Heinrich Kehraus, das er zuvor bewundert hatte.

»Wie waren die Geschäfte?«, fragte er, während er Tinte und Feder zur Seite schob und sich ihr zuwandte.

»Nicht besonders«, erwiderte sie. »Ich habe schon besser verkauft. Und du? Was hast du erreicht? Muss sich derjenige Sorgen machen, der Agathe Kehraus umgebracht hat?«

»Vorläufig nicht.«

»Du hast keinen Verdacht. Erstaunlich.«

»Es war mein erster Tag, der Mord liegt Monate zurück, Spuren gibt es nicht, und die Zeugen tragen auch nichts dazu bei, diese mysteriöse Geschichte aufzuklären. Agathe Kehrhaus war eine liebenswerte Frau, die offenbar keinerlei Feinde hatte. Nach meinen bisherigen Eindrücken gibt es niemanden, der Grund gehabt hätte, sie zu ermorden.«

»Vielleicht wollte der Mörder gar nicht ihr die Kehle durchschneiden, sondern einer anderen Frau.«

»Eine Verwechslung?« Buddebahn schüttelte den Kopf. »Ausgeschlossen. Der Täter hat sie von hinten gepackt. Das scheint sicher zu sein. Als sie auf dem Boden lag, hat er ihr im Rücken das Kleid aufgeschnitten und ihr ein Kreuz in den Nacken geritzt. Spätestens als sein Opfer zusammengebrochen war, hätte er erkennen müssen, dass er sich geirrt hat. Danach hätte er keinen Grund mehr gehabt, sie zu schänden und zu zeichnen. Nein, ich bin sicher, dass er Agathe Kehraus töten wollte. Er hat sich dieses Opfer ausgesucht, und er hat ihr aufgelauert.«

»Warum hat er das Kleid zerschnitten?«

»Ich weiß es nicht.«

»Und das Kreuz in ihrer Haut?«

»Ist mir ein Rätsel.« Er schilderte kurz, wie sein Tag verlaufen war und was die Gespräche mit Heinrich Kehraus und Alma Winterrot ergeben hatten. Hanna hörte ihm schweigend zu und unterbrach ihn nicht ein einziges Mal. Erst als er seinen Bericht beendet hatte, äußerte sie sich und bewies zugleich, dass sie verstanden hatte.

»Mir scheint, eine der wichtigsten Fragen ist: Wo war Agathe, nachdem sie das Haus von Alma Winterrot verlassen hatte? Wenn du das herausfindest, bist du einen entscheidenden Schritt weiter. Der Mörder muss sie beobachtet haben. Er wusste, wo sie war.«

»Woraus schließt du das?«

»Wenn Agathe von Alma Winterrot gekommen wäre, hätte sie einen anderen Weg nach Haus eingeschlagen. Vergiss nicht, dass es geregnet hat. Es war kein Nieselregen, sondern es hat geschüttet wie aus Eimern. Bei so einem Wetter macht man keine Umwege, sondern wählt den kürzesten Weg nach Haus. Der Mord fand im Alten Steinweg statt. Um dorthin zu gelangen, musste Agathe einen weiten Bogen nach Norden machen.«

»Richtig. Der kürzeste Weg hätte unten am Hafen entlanggeführt.«

»Aber dort war sie nicht, sondern ein paar hundert Schritte weiter nördlich. Sie ist in irgendeinem anderen Haus gewesen und hat sich darin vermutlich recht lange aufgehalten. Möglicherweise hat sie das Haus von Alma Winterrot bereits verlassen, als ihre Freundin aufbrach, um etwas einzukaufen. Dann wäre sie mehrere Stunden woanders gewesen. Der Mörder hat sie gesehen und sich an ihrem Heimweg auf die Lauer gelegt.«

»Du bist ein kluges Mädchen. Und ich dachte, du kannst nur Fisch verkaufen.«

»Wenn ich dir schon helfe, weil du es allein ganz sicher nicht schaffst, solltest du nicht lästern!« Ihre Augen wurden dunkel, aber in ihren Mundwinkeln zuckte es verdächtig. »Überhaupt frage ich mich, warum Malchow ausgerechnet dich ausgesucht hat. Weiß er nicht, dass du kein Blut in den Adern hast, sondern Bier?«

Conrad Buddebahn lachte, stand auf und zog sie an sich. »Eines geht mir nicht aus dem Kopf«, sagte er. »Musik. Alma Winterrot hat von Musik gesprochen. Was hat sie damit gemeint?«

Hanna drückte ihn sanft von sich. »Wie soll ich das wissen? Meine Fische singen nicht. Sie riechen nur, wenn sie nicht mehr frisch sind.«

Er stutzte. »Ja, du hast recht. Auf dem Markt gibt es allerlei Gerüche. Auch Fisch hat sein eigenes Aroma. In manchen Teilen des Marktes kann man am Geruch feststellen, was es hier zu kaufen gibt. Aber was hat das mit Musik zu tun?« Er rieb sich die Stirn. Dann plötzlich hob er die linke Hand und streckte den Zeigefinger in die Höhe. »Musik. In der Kirche wird gesungen und Orgel gespielt. Agathe wurde im Alten Steinweg getötet. Nicht weit davon befindet sich die St.-Michaelis-Kirche. Du meinst, dort könnte sie gewesen sein?«

»Warum nicht? Sie hatte ein Herz für arme Kinder. Für sie hat sie gestickt und Spielzeug gebastelt. Sie könnte einige dieser Dinge zur Kirche gebracht haben, damit diese sie verteilt. Du solltest mit dem Pastor reden.«

»Genau das werde ich tun. Vorher aber habe ich ein paar Fragen an den Musiklehrer.«

Thor Felten hatte schütteres, schwarzes Haar, das er sich nach vorn in die Stirn gebürstet hatte. Dunkle, gerötete Augen musterten Conrad Buddebahn, nachdem dieser an der Tür des kleinen Hauses geklopft und lange darauf gewartet hatte, dass ihm geöffnet wurde.

Der junge Mann war sichtlich überrascht über den Besuch. Unsicher blinzelte er ins Licht der Sonne, die sich an diesem Morgen mühsam eine Bahn durch die Wolken bahnte. Weil er geblendet war, beschattete er seine Augen mit der linken Hand. Im grellen Licht waren die Runen auf seinen rasierten Wangen noch deutlicher zu sehen als gewöhnlich.

»Ich komme von der St.-Michaelis-Kirche«, erläuterte Buddebahn. »Dort habe ich erfahren, dass Ihr die Orgel beim Gottesdienst spielt. Das habe ich bisher nicht gewusst. Bekannt war mir, dass Ihr einigen Schülern und Schülerinnen Musikunterricht gebt. Bedauerlicherweise bringt es nicht viel ein, so dass ihr in der Brauerei aushelfen müsst.«

»Arbeit ist keine Schande. Im Gegenteil.«

»Schon gut. Da gebe ich Euch recht. Ihr unterrichtet auch am Clavichord.«

»Das ist richtig.«

»An diesem Instrument hat Agathe Kehrhaus gespielt. In diesem Haus.«

»Agathe ist tot«, antwortete Felten.

»Deshalb bin ich hier. Der Rat der Stadt Hamburg hat mich beauftragt, in dieser Sache zu ermitteln. Darf ich eintreten, oder wollt Ihr meine Fragen hier draußen auf der Straße beantworten, wo es viele Ohren gibt?« Er deutete auf einige Männer und Frauen, die in seiner Nähe stehengeblieben waren und neugierig zu ihnen herüberblickten. »Oder im Rathaus und in Anwesenheit der Ratsherrn?«

»Tretet ein«, bat Thor Felten hastig. »Ich habe nichts zu verbergen. Mit dem Mord habe ich nichts zu tun. Gar nichts.«

»Davon bin ich überzeugt«, betonte Buddebahn. Besänftigend hob er die Hände. Der Musiklehrer wich zurück, und er folgte ihm ins Innere des Hauses.

Das Clavichord stand in einer Kammer, in der kaum mehr Platz als für das Instrument, einen Tisch, einen Stuhl und einen Korb mit Notenheften war. Auf dem Tisch stand ein Krug mit Wasser. Zwei Kerzen spendeten Licht. Durch einen Spalt in der Wand kam zu wenig frische Luft herein.

Kein Wunder, dass seine Augen gereizt sind! dachte Buddebahn.

»Agathe ist schon lange tot«, stellte Felten fest, während er sich auf den Stuhl sinken ließ. »Warum lässt man sie nicht ruhen?«

»Das macht man«, beteuerte der Ermittler. Er lehnte sich gegen eine Wand und verschränkte die Arme vor der Brust. »Niemand stört ihren Frieden. Anders sieht es mit dem Fall aus. Man hat nicht vor, den Mörder ungeschoren davonkommen zu lassen.«

»Ich kann mir nicht vorstellen, dass man ihn ermitteln kann. Nach so langer Zeit.«

»Warten wir es ab.« Buddebahn ließ einige Zeit verstreichen, in der er den jungen Mann aufmerksam musterte. Thor Felten war keine gefestigte Persönlichkeit. Er war unsicher. Der unerwartete Besuch machte ihn nervös. Seine schmalen Hände waren keinen Moment ruhig, sondern ständig in Bewegung. Meistens strichen sie über seine Unterarme, hin und wieder aber glitten sie auch zu den Tasten des Clavichords, schwebten darüber hinweg, schlugen sie jedoch nicht an, oder er zog den aus einem hellen Metall gefertigten Siegelring vom Finger, um ihn gleich darauf wieder aufzustecken.

Buddebahn wunderte sich ein wenig, dass ein Mann wie Felten so einen Ring besaß, da ein Siegel hauptsächlich dazu diente, den offiziellen Charakter eines Schreibens oder das Eigentum von Dokumenten oder Gegenständen zu markieren. Das Siegel hatte das eingeschnittene Bild eines Vogels, das in Wachs oder in feuchtem Ton einen konvexen Abdruck hinterlassen würde. Siegel wurden – abgesehen von den offiziellen Maßnahmen – hauptsächlich eingesetzt, um Gefäße aller Art kontrolliert zu verschließen. War das Siegel gebrochen, wusste man, dass sich jemand an dem Gefäß zu schaffen gemacht hatte. Man war gewarnt und betrachtete den Inhalt mit Vorsicht. Das traf besonders für den Fall zu, dass Genießbares in einem Krug oder einem Topf verwahrt wurde, denn die Angst vor Gift war weit verbreitet.

Thor Felten aber lebte allein. Er war ein unbedeutender Musiklehrer, der ein so geringes Einkommen hatte, dass er gezwungen war, nebenbei in der Brauerei zu arbeiten. Wozu brauchte ein Mann wie er einen Siegelring? Was konnte er schon mit einem Siegel versehen? Buddebahn sah sich während des Gesprächs in dem Raum um, entdeckte jedoch nichts, was einer besonderen Sicherung wert gewesen wäre.

Lange wich Felten seinen Blicken aus. Schließlich aber wandte er sich ihm zu und brach das Schweigen.

»Weshalb fragt Ihr nicht?«

»Oh, ich habe es nicht eilig. Ich bewundere das Instrument. Im Hause Kehraus steht ebenfalls so ein Clavichord. Ich kann wohl davon ausgehen, dass Agathe bei Euch gelernt hat, darauf zu spielen?«

»Das ist richtig. Sie hat Unterricht bei mir genommen.«

»Aber das wusste niemand! Warum hat sie ein Geheimnis daraus gemacht?«

»Sie wollte ihren Mann mit ihren Künsten überraschen. Auf dem nächsten Empfang von Margarethe Drewes wollte sie ihm vorspielen.«

»Aber sie hätte zu Hause lernen können.«

»Er wollte keinen Musiklehrer im Haus haben.«

Buddebahn schüttelte bedächtig den Kopf. »Das verstehe ich nicht ganz. Er hat ein Clavichord in seinem Haus stehen, aber er will keinen Lehrer?«

»Nein. Er will ganz allein darauf spielen.« Ein kalter Luftzug ließ die Kerzen flackern. Er rückte eine von ihnen von sich weg, damit ihm der Rauch nicht in die Augen schlug. »Er hat nicht das mindeste Talent. Ich habe ihn spielen hören. Er verfügt über keinerlei Musikalität. Anders Agathe. Ihr Anschlag war wundervoll. Ihr Gefühl für die Musik war so ausgeprägt wie bei nur wenigen Menschen. Doch er duldete nicht, dass sie auf dem Instrument spielt. Er war eifersüchtig auf sie. Er wollte sie noch nicht einmal singen hören. Sie aber liebte die Musik. Daher war sie fest entschlossen, auf dem Empfang auf dem Instrument zu spielen. Margarethe Drewes hätte ihr Rückenstärkung gegeben, so dass es aller Voraussicht nach nicht zu einem Streit mit ihrem Mann gekommen wäre. Kehraus ist ein Tyrann und zugleich ein Feigling. Sobald er es mit Stärkeren zu tun hat, zieht er den Schwanz ein. Bei Schwächeren dagegen ist er rücksichtslos und brutal. Er demütigt sie und lässt sie bei jeder Gelegenheit seine Überlegenheit spüren.«

»Wie bei seiner Frau?«

»Wie bei seiner Frau!«

»So dass er möglicherweise sogar zum Messer greift, weil er herausgefunden hat, dass sie sich mit einem anderen Mann eingelassen hat?« Buddebahn schoss diesen Pfeil aufs Geratewohl ab – mit größerer Wirkung als erhofft.

Thor Felten hatte bis dahin mit hängenden Schultern und nach vorn geneigtem Kopf vor ihm gesessen. Nun richtete er sich auffallend schnell auf, und seine Haltung straffte sich. »Nein, nein, da liegt Ihr falsch. Er wusste nichts von Agathe und mir. Nicht einmal, dass sie Musikunterricht bei mir nahm. Außerdem war er nicht in der Stadt.«

»Er wusste also nicht, dass Agathe Eure Geliebte war«, stellte Conrad Buddebahn fest. Dass der Musiklehrer keinen Einspruch gegen diese Auslegung seiner Worte erhob, sah er als Bestätigung an.

»Kehraus hat Agathe tyrannisiert, wo er nur konnte. Nach außen hin sollte alles harmonisch aussehen, doch das entsprach nicht dem tatsächlichen Bild. Als Frau war sie ihm gleichgültig. Es waren hauptsächlich geschäftliche Interessen, die ihn veranlasst haben, sie zu heiraten. Als Mitgift hat sie so viel Geld in die Ehe gebracht, dass er ein Kraveel davon kaufen konnte.«

»Eine fürstliche Mitgift.«

»Das kann man wohl sagen. Sie war die Grundlage für seine Reederei, so konnte er weitere Schiffe erwerben und einsetzen. Ihr Vater hat die Ehe mit Kehraus eingefädelt, weil er sich geschäftliche Vorteile davon versprach. Tatsächlich bestehen nach wie vor enge Verbindungen zwischen den Handelsunternehmungen ihres Vaters und der Reederei von Kehraus. Schon aus diesem Grunde würde Kehraus seine Frau nicht ermorden. Eine solche Tat, würde er denn als Täter überführt, käme einem wirtschaftlichen Selbstmord gleich.«

»Ihr seid bemerkenswert gut informiert.«

Thor Felten zuckte mit den Achseln. »Ich habe mich oft und lange mit Agathe unterhalten.«

»Nun gut. Ich danke Euch für Eure Offenheit.« Buddebahn löste sich von der Wand. »Es könnte sein, dass ich ein weiteres Mal mit Euch sprechen muss. Falls Euch etwas einfällt, was wichtig sein könnte, sagt es mir. Ihr seid ja oft in der Brauerei, um dort ein wenig hinzuzuverdienen. Henning Schröder weiß fast immer, wo ich mich gerade aufhalte.«

Thor Felten begleitete ihn bis vor die Haustür. »Findet den Mörder«, bat er seinen Besucher. »Spürt ihn auf, bevor er einen weiteren Mord begeht.«

Buddebahn blickte ihn überrascht an. »Wie kommt Ihr darauf, dass er so etwas vorhat?«

»Ich glaube nicht daran, dass Agathe irgendetwas getan hat, was die Mordlust des Täters angestachelt hat«, antwortete der Musiklehrer. Er sprach langsam und bedächtig, als müsse er sich jedes einzelne Wort überlegen, damit er nicht falsch verstanden wurde. »Dieser Unbekannte wollte nicht Agathe töten, nicht eine ganz bestimmte Frau. Sein Hass richtete sich nicht gegen sie allein, sondern gegen Frauen mit einer besonderen Eigenart oder einem Aussehen, das er meinte nicht ertragen zu können. Was weiß ich? Vielleicht hasste er brünette Frauen oder Frauen mit zarten Händen? Oder Frauen, die durch den Regen eilen? Der Mörder ist ein Verrückter. Da bin ich mir ganz sicher.«

»Das ist ein interessanter Aspekt«, gab Buddebahn zu. »Um ehrlich zu sein, so habe ich den Fall noch gar nicht betrachtet. Wenn Ihr recht habt, muss ich in ganz anderer Richtung ermitteln als bisher. Ich danke Euch für diese Anregung.«

Buddebahn nickte ihm zu, um sich auf diese Weise zu verabschieden.

Als er sich von dem Haus entfernte und der Gasse Hopfensack zustrebte, begann es wieder zu regnen. Obwohl die Wolken gar nicht einmal so dunkel waren, öffnete der Himmel plötzlich seine Schleusen, und ein wahrer Sturzregen prasselte herab. Buddebahn stellte sich in einen Hauseingang, der ihm ein wenig Schutz vor dem Regen bot, und wartete ab. Er nutzte die Zwangspause, um noch einmal über das Gespräch nachzudenken, dass er mit Thor Felten geführt hatte.

Es war zumindest in einer Hinsicht überraschend gewesen.

Agathe Kehraus war nicht die absolut untadelige Ehefrau gewesen, als die sie ihm bisher geschildert worden war. Sie hatte einen Geliebten gehabt. Damit rückte ihr Mann Heinrich Kehraus wieder mehr in den Blickpunkt. Er war ihm als eifersüchtig und herrschsüchtig geschildert worden, ein Mann, der sich selbst gern im Mittelpunkt des Interesses sah und der es nicht ertrug, dass seine Frau musikalischer war als er. Die Frage war, wie ein solcher Mann reagierte, wenn er erfuhr, dass seine Frau ihn mit einem anderen Mann betrog.

Kehraus war auf jeden Fall verdächtig. Dabei spielte keine Rolle, ob er während der Tatzeit zu Haus war oder nicht. Er musste die Tat nicht selber begangen haben. Er war reich genug, einen anderen damit zu beauftragen und großzügig dafür zu entlohnen.

Ganz anders aber sah es aus, sollte es zu einem weiteren Mord an einer Frau aus den gehobenen Gesellschaftskreisen kommen. In dieser Hinsicht waren die Überlegungen Thor Feltens unbedingt zu berücksichtigen.

Conrad Buddebahn fühlte sich herausgefordert. Auf der einen Seite missfiel ihm, dass er wohl oder übel im Leben der Menschen herumwühlen musste, die von dem Fall tangiert wurden. Er war der Ansicht, dass die kleinen oder großen Geheimnisse – von wenigen Ausnahmen abgesehen – bei diesen Menschen am besten aufgehoben waren und von diesen auch bewahrt werden sollten. Alle Menschen hatten Schwächen, und er empfand es als keineswegs erfreulich, sie aufdecken zu müssen. Er sah – und bewunderte – bevorzugt die Stärken der Menschen. Die Schwächen hätte er lieber ignoriert. Aber gerade sie waren es, die den Nährstoff für das Verbrechen bildeten, gerade aus ihnen wuchsen jene verhängnisvollen Gedanken, die sich im Hirn eines potentiellen Täters festsetzten, die sich selbständig machten, sich ausdehnten und zu einer quälenden Macht wurden, ihn auf Schritt und Tritt begleiteten und bis in die Träume hinein verfolgten, die ihn früher oder später dominierten, bis er sich ihrer Macht unterordnete, so dass sie am Ende zur schrecklichen Tat führten.

Er konnte nicht an den Schwächen der Menschen vorbeigehen, ohne sie zu beachten. Sie waren der Schlüssel zu dem Fall.

Es galt nur, sie entsprechend zu sortieren und die Aussagen richtig auszuwerten. Irgendwo verbargen sich in ihnen die Hinweise, die er benötigte, um den Mörder ermitteln zu können.

Davon war er überzeugt. Daher erfüllte es ihn mit Unzufriedenheit, dass er immer wieder an dieses oder jenes Gespräch denken musste, weil er das Gefühl hatte, etwas übersehen zu haben. Möglicherweise hatte er sich allzu sehr auf einen bestimmten Gedanken konzentriert und war in der Annahme, er werde ihn zum Ziel führen, allein ihm gefolgt, so dass er dabei Hinweise übersehen hatte, die in eine andere Richtung wiesen.

Auch Thor Felten hatte etwas gesagt, was ihm wichtig zu sein schien, doch er versuchte vergeblich, sich an den Wortlaut seiner Aussage zu erinnern. Möglicherweise war es nur eine besondere Formulierung gewesen, die ihn kurz hatte stutzen lassen, die seiner Aufmerksamkeit dann aber doch entgangen war, weil das Gespräch weitergegangen war und sich anderen Dingen zugewandt hatte, die ihm wichtiger erschienen waren.

Er rief sich das Gespräch mit dem Musiklehrer noch einmal ins Gedächtnis, und dabei vertiefte er sich derart in seine Gedanken, dass er nicht mehr wahrnahm, was um ihn herum geschah. Erst als ihm die Haustür in den Rücken schlug, so dass er das Gleichgewicht verlor und unfreiwillig auf die Gasse hinaustolperte, schreckte er auf. Mit einiger Mühe fing er sich ab, wobei er allerdings mit beiden Füßen in eine knöcheltiefe Pfütze geriet. Während ihm das Wasser in die Stiefel lief, entschuldigte er sich bei der jungen Frau, die das Haus verlassen wollte.

»Tut mir leid. Ich habe mich nur untergestellt. Wegen des Regens.«

Sie schlug die Haustür hinter sich zu und blickte ihn argwöhnisch an. »Was 'n für 'n Regen?«, nuschelte sie.

Die Wolken hatten sich verzogen, und der Himmel war fast makellos blau. Abgesehen von einigen großen Pfützen war die Straße trocken. Es musste schon vor langer Zeit aufgehört haben zu regnen. Da er allzu sehr in Gedanken versunken gewesen war, hatte Buddebahn es nicht bemerkt.

Er vernahm den Schrei eines Raubvogels. Erstaunt blickte er auf. Ihm gegenüber auf dem Giebel eines Hauses hockte ein

Roter Milan. Jetzt ließ sich der große Vogel leicht nach vorn sinken, löste sich von dem Dach und strich mit ruhigem Flügelschlag davon. Er schwand hinter den Dächern anderer Häuser.

Buddebahn fuhr sich seltsam berührt mit dem Handrücken über das Kinn. Er erinnerte sich nicht daran, jemals in der Stadt einen dieser Greifvögel gesehen zu haben. Unwillkürlich fragte er sich, welche Bedeutung er diesem Ereignis zuzumessen hatte.

4

Die Mittagszeit war längst überschritten, als Conrad Buddebahn zum Hafen an der Elbe hinabging. Zahllose Männer waren dabei, die Schiffe zu be- und entladen. Sie rollten Bierfässer über dicke Bohlen an Bord, schleppten Stoffballen über die Planken, Stapel von Messinggefäßen, geflochtene Taue in den unterschiedlichsten Stärken sowie Säcke mit Mehl, oder sie mühten sich mit Ballen Hanf, mit allerlei Stoffen, fertigen und halbfertigen Waren aus Kupfer ab. Schwärme von Möwen kreisten über den Hafenanlagen. Immer wieder stießen einige von ihnen herab, um hier oder da einen Leckerbissen zu ergattern. Laut kreischend machten sie den Ratten die Beute streitig, die wie aus dem Nichts auftauchten und ebenso schnell wie geheimnisvoll verschwanden. Zu Anfang hatte man versucht, sich ihrer zu erwehren, zumal man mutmaßte, sie hätten die Pest und den Aussatz in die Hansestadt geschleppt. Irgendwann aber hatte man den Kampf gegen sie aufgegeben. Die Tiere waren zu zahlreich, und sie waren zu schlau, um sich dauerhaft vertreiben zu lassen.

Händler überwachten das Geschehen und sorgten dafür, dass ihre Waren tatsächlich an Bord gebracht wurden, oder kontrollierten, ob die hereinkommenden Waren vollständig und unbeschädigt waren. Der Hafenmeister beobachtete die Abwicklung vom Drehkran aus, in dessen Laufrädern sich zwei Männer abmühten, die Güter aus dem Bauch eines Kraveel zu hieven.

Buddebahn war oft genug im Hafen gewesen, um die Verladung seiner Bierfässer zu sichern und darauf zu achten, dass sie richtig an Bord der Schiffe verstaut wurden, so dass sie auch bei hoch gehender See nicht den Halt verloren und zertrümmert wurden. Man kannte ihn. Er war dem Hafenmeister ebenso vertraut wie den Kapitänen der Schiffe und den Händlern. So kam er nur wenige Schritte weit, bis er Farken-Hein, dem ersten seiner vielen Bekannten, begegnete und stehenblieb. Man frotzelte sich gegenseitig auf freundschaftliche Art.

Buddebahn hörte belustigt zu, als Farken-Hein von einem jungen Geschäftsmann erzählte, der sich bei seinen ersten Transaktionen allzu ungeschickt angestellt und herbe Verluste eingefahren hatte. Sein Bekannter hieß eigentlich Heinrich Moor, wurde aber nur Farken-Hein genannt, weil er nicht nur Händler war, sondern auch Schweinezüchter. Die Ferkel, die er Jahr für Jahr an die Bauern verkaufte, galten als besonders robust und widerstandsfähig gegen Krankheiten.

»Die junge Generation – allens Spökenkieker!« Buddebahn lächelte und traf damit genau den Kern dessen, was der andere ausdrücken wollte. »Nix in 'n Kopp.«

»Jo, Spinner sünd dat! Da waren wir von einem ganz anderen Holz«, behauptete Farken-Hein zufrieden. »Mann, was soll bloß aus der heutigen Jugend werden?«

»Sie werden Hamburg zugrunde richten«, befürchtete Buddebahn. »Wenn das so weitergeht, werden uns die anderen Städte wie Lübeck, Wismar oder London den Rang ablaufen.«

»Hamburg bleibt auf Jahrhunderte hinaus ein unbedeutendes Dorf«, prophezeite der andere.

Conrad Buddebahn war ganz anderer Ansicht. Er war der festen Überzeugung, dass die Stadt Hamburg einen ungeheuren Aufschwung nehmen würde und dass es genügend leistungsfähige und weitsichtige junge Männer gab, die alle Voraussetzungen für den Aufbau einer Handelsmetropole mitbrachten. Doch das wollten die gestandenen Kaufleute nicht hören. Sie hielten sich selber für die Besten. Sie bildeten eine geschlossene Zunft, zu der so leicht niemand Zugang fand, der nicht aus ihren Familien stammte. Wer aus einer der unteren Gesellschaftsschichten kam, hatte so gut wie keine Aussichten, in ihren Kreis aufgenommen zu werden, und wer nicht innerhalb der Mauern der Stadt Hamburg geboren war, hatte überhaupt keine. Man wusste seine Pfründe zu verteidigen.

Immer wieder versuchten Geschäftsleute aus der Umgebung von Hamburg oder aus ferneren Regionen, in der Stadt Fuß zu fassen. Es gelang kaum einmal jemandem, denn bereits bei seinen ersten Schritten hatte er die Mächtigen der Stadt gegen sich. Er konnte froh sein, wenn er nicht in das Netz ihrer Intrigen geriet und dabei ein Vermögen verlor, sondern nur mit einem blauen Auge davonkam.

Conrad Buddebahn schlenderte über die Hafenanlagen, und dabei suchte er immer wieder mal ein Gespräch mit Bekannten. Auch Heinrich Kehraus war am Hafen. Zusammen mit seinem Kapitän stand er auf den Planken eines seiner Schiffe, eines fast vierzig Schritte langen Kraveels, und überwachte die Beladung. Neben Bier, Messinggerät und Kupferplatten wurden hauptsächlich kunstvoll gefertigte Messer an Bord gebracht.

Nicht weit von dem Schiff entfernt, das den Namen JASON an Bug und Heck trug, blieb Buddebahn bei einem der Händler stehen.

»Moin, Reeper-Jan«, grüßte er den großen, schlanken Mann, dessen Kopf ein hoher Hut mit weißer Schärpe zierte.

»Conrad«, erwiderte der Seilmacher von der Reeperbahn. Er verkaufte seine hochwertigen Erzeugnisse hauptsächlich in die Niederlande. »Es ist schon spät am Nachmittag, und du bist immer noch nüchtern? Hat dir der Medicus einen Strich durch die Rechnung gemacht?«

Buddebahn reichte ihm lachend die Hand. »Dir will nicht in

den Kopf, dass es Bierbrauer gibt, die ihr Geschäft verstehen, obwohl sie nicht den ganzen Tag saufen.« Abwehrend hob er beide Hände. »Das ist aber so. Du als Reeper läufst ja auch nicht dauernd mit einem Strick um den Hals herum.«

»Den Strick würde ich lieber einem anderen um den Hals legen«, sagte Jan mit heiser klingender Stimme. Mit leicht verengten Augen blickte er zur JASON hinüber. Er hatte kräftige Brauen mit schwarzen Haaren, die sich von der Nasenwurzel bis zu den Schläfen hinüberzogen. Um so spärlicher war sein Bart, der zahllose Lücken auf den Wangen und am Kinn aufwies und sein Gesicht fleckig aussehen ließ. Seine mit Schwielen bedeckten Hände zeugten von der schweren Arbeit, mit der er seinen Lebensunterhalt verdiente. Buddebahn kannte ihn als einen Mann, der hart zupacken konnte.

»Du meinst Heinrich Kehraus?«

»Ich kann den Kerl nicht ausstehen. Wenn du mich fragst, hat er seine Frau umgebracht. Oder umbringen lassen.«

»Das ist eine schwere Beschuldigung. Wieso denkst du so etwas? Welchen Grund sollte er haben?«

»Sie ist ihm auf die Schliche gekommen.« Jan wandte sich einigen Arbeitern zu und befahl ihnen, Bündel von Seilen an Bord eines Schiffes zu bringen, das etwas weiter von ihnen entfernt an der Kaimauer lag.

»Auf die Schliche? Wie meinst du das?«

»Das pfeifen doch die Spatzen von den Dächern!« Er stieß einen Fluch aus und eilte davon. Über die Schulter hinweg rief er: »Tut mir leid. Ich muss an Bord. Kinder, Kinder! Wenn man nicht alles selber macht ...«

Reeper-Jan zwängte sich an Stoffballen und Heringsfässern vorbei, stürmte über breite Bohlen hinweg an Bord eines Schiffes und setzte sich lautstark mit einigen Seeleuten auseinander, die seiner Ansicht nach Fehler bei der Verladung und beim Verstauen gemacht hatten. Tief in Gedanken versunken, zog Buddebahn sich aus dem Hafen zurück.

Hatte er etwas übersehen? Was hatte Reeper-Jan mit seiner

Bemerkung gemeint? Er kramte in seiner Erinnerung, um nach irgendetwas Ungewöhnlichem zu suchen, das er von Heinrich Kehraus gehört hatte. Doch da war nichts, was auffällig gewesen wäre. Er wusste nur, dass der Reeder in seinem Geschäft erfolgreich war, dass es ihm gelungen war, ein Vermögen anzuhäufen, und dass mehr als zweihundert Personen aus seinem weitverzweigten Verwandtenkreis zur Beerdigung seiner ermordeten Frau Agathe nach Hamburg gekommen waren. Die Kirche hatte darauf gedrungen, die Trauerfeier in schlichter Form abzuhalten, doch er hatte ein großes Ereignis daraus gemacht und Agathe schließlich nach einer ausführlichen Würdigung nicht nur durch den Pastor, sondern auch durch ihn selbst an der St.-Michaelis-Kapelle unter einem Blumenmeer bestattet.

Buddebahn war nur kurz bei der Beerdigung anwesend gewesen, gerade so lange, wie es die Höflichkeit erforderte. Er hasste Beerdigungen und die damit verbundenen Predigten und Vorträge. Sie stellten in seinen Augen den Gipfel der Heuchelei dar. Nach seinem Empfinden wurde kaum jemand so gewürdigt, wie es seinem Leben entsprochen hätte. Stattdessen wurde ein Bild des oder der Dahingeschiedenen gezeichnet, das in erster Linie darauf abzielte, das Gefühl eines schweren Verlustes, Rührung und möglichst viele Tränen bei den Trauergästen hervorzurufen.

Es war eine Beerdigung gewesen, die tagelang in Hamburg für Gesprächsstoff gesorgt hatte und die von nahezu allen als Beweis der großen Liebe des Reeders zu Agathe angesehen wurde. Nun wusste Buddebahn mittlerweile, dass es mit dieser Liebe nicht allzu weit her gewesen sein konnte. Heinrich Kehraus hatte seine Frau offenbar sträflich vernachlässigt, und sie hatte sich einem anderen Mann zugewandt.

Hatte Thor Felten nicht vermutet, Kehraus habe kein Interesse mehr an seiner Frau gehabt? Und war dies eine Vermutung oder war es mehr?

Nein. Er hatte es anders formuliert. Irgendwie seltsam. Buddebahn versuchte, sich seine Worte in Erinnerung zu rufen. Es wollte ihm nicht gelingen, und so schob er diese Gedanken zur Seite, um sich mit einer anderen Frage zu befassen.

Hatte Kehraus eine Geliebte? Und wer war sie? Wenn er Reeper-Jan glauben wollte, war Agathe ihm *auf die Schliche gekommen*. Hatte sie also herausgefunden, wer die andere Frau war? Welche Rolle spielte diese Unbekannte?

»Es muss eine ungewöhnliche Frau sein«, vermutete Hanna Butenschön, als er am Abend mit ihr darüber sprach. »Eine Frau aus gehobenen Gesellschaftskreisen. Vielleicht die Frau eines Geschäftsfreundes oder eines Ratsherrn. Oder die Frau des Bürgermeisters. Die hat ja nicht gerade den besten Ruf.«

»Nicht übertreiben«, bat Buddebahn. Er saß am Tisch und arbeitete an einer Skizze. Obwohl sie nicht einmal halb fertig war, zeichnete sich bereits ab, dass es ein Porträt von Malchow werden sollte. Er benutzte einen Federkiel und Tinte. »Ich weiß, dass du die Frau des Bürgermeisters nicht magst, aber von einem schlechten Ruf weiß ich nichts.«

Sie lächelte schief. »Na, ich dachte, bei der Gelegenheit verpasse ich ihr gleich mal eins!«

Er lachte. »Du bist unverbesserlich.«

Sie stand an der Feuerstelle und bereitete Schollen zum Abendessen zu. Die Plattfische brutzelten in einer Pfanne mit viel Speck. Hanna hatte die Fische selber ausgenommen. Diesen Teil der Vorbereitungen ließ sie sich niemals nehmen, denn allzu leicht wurde bei Schollen durch eine unkundige Hand die Gallenblase verletzt. Ein winziger Riss in der Gallenblase genügte schon, um das Fleisch des Fischs zu verderben und mit einem für Fischkenner ungenießbaren Beigeschmack zu versehen. Hanna passierte so etwas nicht. Sie wusste genau, wie sie das Messer beim Ausnehmen zu führen hatte.

»Wer auch immer dieses Weib ist«, fuhr Hanna fort, während sie die Schollen wendete, »Kehraus will die Affäre mit ihr auf jeden Fall geheim halten. Und es ist ihm gelungen, denn nichts, absolut nichts ist davon nach außen durchgesickert. Dass es die

Spatzen von den Dächern pfeifen, ist schlicht und einfach falsch, denn ich habe nichts davon gehört. Und das will was heißen. Nirgendwo wird mehr getratscht und geklatscht als auf dem Markt. Und da bin ich zu Hause.«

»Hm, das kann man wohl sagen«, erwiderte Buddebahn schmunzelnd. Und ob Hanna auf dem Markt zu Hause war! Sie war eine der bestimmenden Persönlichkeiten auf dem Markt der Stadt. So unscheinbar ihr Fischstand war, so einflussreich war sie bei den Händlern und Händlerinnen auf dem Markt. Wenn es irgendwo Probleme gab, wandte man sich an sie und bat sie um Hilfe, und wenn sich die Probleme nicht so ohne weiteres lösen ließen, war sie diejenige, die im Rathaus vorstellig wurde und die Interessen der Händler und Händlerinnen durchzusetzen wusste. Falls es daher etwas gab, das die Spatzen von den Dächern pfiffen, dann war sie ganz sicher diejenige, die es als Erste erfuhr.

»Man weiß also nichts von einer Liebesaffäre des Heinrich Kehraus?«, fragte er.

»Mir ist nichts bekannt.« Nachdem er Papier, Tinte und Federkiel zur Seite geräumt hatte, stellte sie die Pfanne auf den Tisch, und er bediente sich. Geschickt fischte er eine der köstlich duftenden Schollen aus dem Speck. »Morgen höre ich mich um. Falls irgendjemand etwas weiß, werde ich es erfahren.«

Er widmete sich ganz seinem Essen, doch irgendwo im Hinterkopf blieb der Gedanke an Heinrich Kehraus. Er wurde das Gefühl nicht los, dass er sich auf eine falsche Fährte hatte locken lassen.

Auf dem Markt herrschte schon am frühen Morgen lebhaftes Treiben. Die Verkaufsstände zogen sich an diesem sommerlich warmen Tag vom Herrengraben bis zu den Vorsetzen herab, wo die Fischer ihre Boote vertäut hatten und ihre Fische direkt von Bord verkauften – sehr zum Missvergnügen der Marktfrauen wie Hanna Butenschön und einiger anderer, die unter diesen Umständen auf den meisten ihrer Fische sitzenblieben.

Entsprechend war ihre Laune, als Conrad Buddebahn bei ihr auftauchte.

»Der Tag fing so schön an, und jetzt kommst du!«, stöhnte sie.

Buddebahn wusste längst Bescheid. Als er gesehen hatte, wie wenig Dienstboten und Hausfrauen sich an den Fischständen aufhielten, war ihm augenblicklich klar geworden, was den Händlern das Geschäft verdarb.

»So habt ihr mehr Zeit zum Klönen«, erwiderte er. »Das wolltest du doch? Oder täuscht mich meine Erinnerung?«

Sie senkte den Kopf, sortierte einige Fische um, und ihre Züge entspannten sich. »Da ist was faul«, versetzte sie endlich. »Wenn auch nur ein Teil von dem stimmt, was man sich so unter der Hand erzählt, stinkt da was mehr als vergammelter Fisch.«

»Kannst du dich etwas deutlicher ausdrücken?«

Sie stemmte die Hände in die Hüften und blickte an ihm vorbei die Gasse hinunter, wo sich vor allem an den Gemüseständen der Bauern die Käuferinnen drängten.

»Was sich da genau abspielt, weiß niemand«, eröffnete sie ihm. »Aber man redet von einem abgelegenen Bauernhof nördlich der Stadt und von den Kindern, die es dort angeblich gibt. Es heißt, dass Kehraus und noch einige andere ehrbare Bürger zuweilen dorthin ziehen, und man fragt sich, was sie dort wohl treiben.«

Conrad Buddebahn blickte sie entgeistert an. Seine Gedanken überschlugen sich. Ihm wurde bewusst, dass er etwas übersehen hatte, was ungeheuer wichtig sein konnte.

»Ich danke dir«, sagte er. »Oh, mein Gott, ich fürchte, ich war blind.«

»Dann hilft dir, was ich erfahren habe?«

»Und ob!« Er verabschiedete sich hastig, eilte zum Hopfensack und ließ sein Pferd satteln. Bald darauf verließ er die Stadt in nördlicher Richtung.

Zunächst trieb Buddebahn sein Pferd zu schneller Gangart

an, doch dann nahm er das Tempo zurück. Der schwere Rappe war nicht für eine derartige Dauerbelastung geeignet. Er erinnerte sich an das Gespräch, das er mit dem Ratsherrn Nikolas Malchow und den Mönchen auf dem Pferdemarkt geführt hatte. Die Rede war von den leichten Pferden gewesen, die angeblich im Kloster zu Wilster gezüchtet wurden oder gezüchtet werden sollten. Jetzt wünschte er sich ein solches Pferd, das leicht, schnell und ausdauernd war.

Nach etwas mehr als einer Stunde bog er in den Wald ab, und nach einer weiteren Stunde erreichte er ungehindert und ohne von irgendeiner Seite bedroht worden zu sein den Bauernhof, auf dem er Jahr für Jahr seine Gerste kaufte. Hermann mistete den Schweinestall aus und unterbrach seine Arbeit, als er ihn sah.

»Du kommst schon wieder?«, fragte er verwundert. »Stimmt etwas nicht?«

»Doch, alles in Ordnung«, erwiderte Buddebahn. Flüchtig blickte er zu den Kindern des Bauern hinüber, die am Rande des Kornfeldes spielten und hübsche Gebinde aus Kornblumen flochten. Kain war nicht dabei, der aufmüpfige Junge, den sein Vater mit einer Ohrfeige bestraft hatte. »Ich habe nur eine Frage.«

»Und deshalb bist du von Hamburg rüber?« Hermann ging zum Brunnen und hievte einen Eimer mit frischem Wasser hoch. Er bot seinem Gast davon an. Buddebahn bediente sich gern. Der lange Ritt hatte ihn durstig gemacht. »Weshalb? Was ist los?«

»Als ich beim letzten Mal hier bei dir war, hast du deinem Sohn eine Ohrfeige verpasst, weil er da drüben auf dem anderen Hof war. Warum?« Er setzte sich auf eine Bank vor der Bauernkate.

»Du bist doch nicht mehr als zwei Stunden geritten, um das zu fragen!« Ächzend ließ Hermann sich neben ihm auf die Bank sinken.

»Doch. Genau darum geht es.«

»Also, Conrad, bei aller Freundschaft, ob ich meinem Jungen

eine Ohrfeige gebe oder nicht, ist alleine meine Sache.« Der grobschlächtige Mann blickte ihn mit finsterer Miene an. »Was soll das?«

»Beruhige dich!« Buddebahn legte ihm besänftigend die Hand auf den Arm. »Wie du deine Kinder erziehst, ist mir egal. Ich möchte nur wissen, warum du ihn bestraft hast.«

»Weil ich es ihm verboten hatte!«

»Und warum hast du ihm verboten, zu dem Hof dort drüben zu gehen?« Er wies in die Richtung, in der sich der Nachbarhof befand.

Hermann schüttelte stumm den Kopf, stand auf und holte einen weiteren Eimer Wasser, obwohl der erste noch beinahe voll war. Er blickte grimmig auf das Land hinaus, murmelte etwas vor sich hin, stellte den Eimer ab, entfernte sich einige Schritte und pinkelte. Buddebahn beobachtete ihn. Er spürte den inneren Widerstand, den Hermann ihm entgegensetzte. Der Bauer focht einen Kampf mit sich selber aus. Auf der einen Seite wollte er nicht über seinen Nachbarn reden, auf der anderen Seite wollte er es sich nicht mit seinem einzigen Kunden verderben. Seit vielen Jahren waren sie miteinander befreundet und wussten, dass sie einander vertrauen konnten. Doch nun hatte Buddebahn an einem Punkt gerührt, an dem Hermann empfindlich war. Wer so einsam lebte wie er mit seiner Familie, machte den Mund nicht so leicht auf wie die Menschen in der Stadt. In dieser Hinsicht war er schwerfällig und argwöhnisch. Selbst wenn er gar keinen oder nur wenig Kontakt mit seinem Nachbarn hatte, wollte er nichts tun, um es sich mit ihm zu verderben. Mitten in der Wildnis war man aufeinander angewiesen. Keiner konnte wissen, ob man nicht irgendwann, vielleicht sogar in den nächsten Tagen, Hilfe benötigte. Man ging nicht das Risiko ein, dass der Nachbar einem die Hilfe versagte, weil man über ihn geredet hatte.

»Die Stadt ist die Stadt, und das Land ist das Land«, brummelte Hermann, als er zurückkehrte und sich wieder neben ihn setzte.

»Vollkommen richtig«, stimmte Buddebahn zu. Er lehnte sich zurück. »Hier macht man den Mund nicht so schnell auf.«

»Nee. Ist wohl so.«

»Na, dann werde ich mal zum Nachbarn rüber.«

»Besser nicht.«

»Ach?«

»Nee.«

Sie schwiegen erneut, blickten auf das Kornfeld hinaus und tranken hin und wieder einen Schluck Wasser. Während Buddebahn ruhig auf der Bank saß, rutschte Hermann einige Male hin und her, fuhr sich mit dem Unterarm über die Stirn, um den Schweiß abzuwischen, und grunzte zuweilen, als wollte er sich mit den Schweinen verständigen.

»Muss das sein?«, brach es endlich aus ihm heraus.

»Muss sein«, bestätigte Buddebahn.

»Ist schwierig.«

»Ist mir klar. Also?«

»Verdammich noch mal«, stöhnte der Bauer. »Der da drüben hat's mit Kindern.«

»Mit Kindern?«

»Na, du weißt schon.«

»Ich weiß gar nichts.

»Mach es mir doch nicht so schwer.«

»Dann will ich dir mal helfen. Wenn ich es richtig sehe, gibt es auf dem Nachbarhof einige Kinder, die dort mehr oder minder gefangen gehalten werden. Sie können nicht weglaufen. Wo sollten sie hin? Im Wald würden sie nicht überleben. Richtig?«

»Hm«, bestätigte Hermann.

»Hin und wieder kommen einige Herren aus Hamburg auf den Hof und vergehen sich an den Kindern. Sie missbrauchen sie. Richtig?«

»Ja, verdammich! Ist wohl so.«

»Unter diesen Herrn ist Heinrich Kehraus. Er ist uns begegnet, als du bei mir in Hamburg warst, und du hast ihn auch hier gesehen!«

»Ja! Gotts verdori. Habe ich. Nun weißt du, weshalb ich nicht will, dass meine Jungs da rübergehen.«

»Ist mir klar, Hermann.« Buddebahn fühlte sich wie von einer gewaltigen Last befreit. Jetzt lag alles klar vor ihm. Die geschnitzten Kinderfiguren auf dem Arbeitstisch des Reeders waren ungewöhnlich, deutlicher aber war der Hinweis von Thor Felten gewesen, der gesagt hatte, *als Frau* sei Agathe ihrem Mann gleichgültig gewesen. Diese seltsame Formulierung hätte ihm auffallen müssen. Jetzt wusste er, was der Musiklehrer damit hatte andeuten wollen.

Einen weiteren Hinweis hatte ihm die alte Frau im Haus des Reeders gegeben, die Hühner gerupft hatte. Sie hatte durchblicken lassen, dass die Gäste kein Bier trinken, die an diesem Tag erwartet wurden. Er hatte sich über diese Bemerkung gewundert, war jedoch nicht auf den Gedanken verfallen, dass die Gäste Kinder sein könnten.

Natürlich! Kinder trinken kein Bier!

Hatte Agathe entdeckt, dass ihr Mann ein Kinderschänder war, und hatte sie sterben müssen, damit sie dieses Wissen nicht an die große Glocke hängen konnte?

Alles deutete darauf hin.

Der Verdacht lag nahe, dass Heinrich Kehraus seine Frau ermordet hatte oder dass er jemandem den Auftrag gegeben hatte, sie zu ermorden.

»Ich danke dir, Hermann«, verabschiedete er sich. »Du glaubst gar nicht, wie sehr du mir geholfen hast.«

»Ich wäre froh, wenn die Sauerei auf dem Nachbarhof endlich aufhören würde«, erwiderte der Bauer. »Ich kann leider gar nichts dagegen tun. Man würde mich totschlagen, wenn ich gegen die Pfeffersäcke aus Hamburg anginge. Mich und meine Familie.«

»Von mir erfährt niemand etwas«, versprach ihm Buddebahn. »Du brauchst dir keine Sorgen zu machen.«

Wenig später schwang er sich auf seinen Rappen und verließ den Bauernhof. Er war noch nicht weit gekommen, als er Kain entdeckte. Der blonde Junge kauerte zwischen einigen Büschen, umgeben von hohem Gras. Der Brauer konnte nicht erkennen, was er dort machte. Er sah nur, dass der Junge plötzlich den rechten Arm hochwarf und zugleich einen Pfiff ausstieß. Es raschelte heftig, und ein großer Vogel strich ab. Er war schnell und weitgehend hinter Laub und Zweigen verborgen.

Verblüfft zügelte Buddebahn sein Pferd.

»Hallo, Kain«, sagte er. »Was war das für ein Vogel?«

»Mein Freund«, antwortete der Junge.

»Das habe ich mir gedacht. Es muss ein Raubvogel gewesen sein. Für einen Falken war er zu groß. War es ein Bussard oder ... ein Roter Milan?«

»Ich weiß nicht.« Kain schüttelte trotzig den Kopf. Er schlug sich in die Büsche und verschwand nicht weniger schnell als der Raubvogel.

»Lauf nicht weg, Kain«, rief Buddebahn. »Ich möchte nur mit dir reden.«

Vergeblich. Der Junge tauchte nicht wieder auf.

Es war spät geworden. Conrad Buddebahn erreichte die Mauern der Stadt erst, als sich die Dämmerung bereits herabsenkte. In der letzten Stunde hatte es so heftig geregnet, dass ihn auch sein Umhang aus stark gefettetem Stoff nicht mehr vor der Nässe schützen konnte. So war er müde und erschöpft, als er bei seinem Haus eintraf und sein Pferd dem Knecht Harm übergab. Der alte Mann diente ihm schon so lange wie er denken konnte. Und davor war er für seinen Vater da gewesen. Immer hatte er sich um die Pferde gekümmert, sie umsorgt, gefüttert, gehegt und – wenn sie mal krank geworden waren – gesund gepflegt. Buddebahn kannte niemanden in der Stadt, der mehr von Pferden verstand als sein Knecht.

Als er ein Kind war, hatte seine Mutter ihm erzählt, Harm sei ein paar Jahre bei den Freibeutern gewesen, von denen einige noch immer ihr Unwesen auf der Elbe und dem Nordmeer trieben, obwohl dort nach dem gewaltsamen Tode Störtebekers vor etwa hundert Jahren weitgehend Ruhe und Frieden eingekehrt waren. Er hatte den Bericht als aufregend und besonders spannend empfunden und tausend Einzelheiten wissen wollen. Seine Mutter hatte ihm geantwortet, doch später in den Jahren, als er heranwuchs, war ihm klar geworden, dass sie wohl allerlei erfunden hatte, um ihre Geschichten farbiger und interessanter zu machen. Solange er Harm kannte, hatte er ihn nie gefragt, ob er wirklich bei den Freibeutern gewesen war. Er wusste selber nicht, warum er es nicht getan hatte. Vielleicht um sich ein kleines Stück seiner Kindheit und seiner kindlichen Phantasie zu erhalten.

Der alte Mann hatte dünne, schlohweiße Haare, die er im Nacken mit einer aus Pferdehaaren geflochtenen Kordel zusammenhielt. Die hellen, blauen Augen hatten sich ihren Glanz erhalten. Sie ließen ihn jünger erscheinen, als er tatsächlich war.

Buddebahn wollte ein paar Worte mit ihm wechseln, doch das ließ Harm nicht zu.

»Raus aus den nassen Sachen«, riet er ihm. »Aber schnell. Du holst dir den Tod. Du klapperst, als ob du Fieber hättest.«

»Hast du schon mal einen Roten Milan in der Stadt gesehen?«, fragte Buddebahn beim Hinausgehen.

»Unsinn«, antwortete der Alte. »Diese Vögel kommen nicht in die Stadt.«

»Und wenn doch?«

»Ist das kein gutes Zeichen«, brummelte er in seinen Bart. »Kein gutes Zeichen.«

Buddebahn zog sich in seine Wohnräume zurück, wo Hanna Butenschön still vor dem Kamin saß und die tanzenden Flammen beobachtete. Sie blickte nur kurz auf, während er an ihr vorbeiging und sich in der Schlafkammer trockene Kleider aus der Truhe holte. Bevor er sich neben sie setzte, legte er ihr kurz die Hand auf die Schulter.

Sie griff nach seiner Hand. »Du hast also etwas gefunden«, stellte sie fest.

»Du bist erstaunlich.«

»Gar nicht. Du bist unruhig. Anders als sonst. Das merke ich. Mehr ist nicht. Also – willst du reden?«

Auf dem langen Ritt zurück in die Stadt hatte er reichlich Gelegenheit gehabt, über das nachzudenken, was er herausgefunden hatte. Er wusste, dass er Hanna vertrauen konnte und dass sie nicht flugs zu einer Freundin oder Bekannten eilen würde, um brühwarm zu berichten, was sie erfahren hatte. Solange er es nicht wollte, würde sie auch auf dem Markt nichts von dem preisgeben, was sie wusste. So brauchte er nicht erst zu betonen, dass vorläufig nicht bekannt werden durfte, welchen Vergehens der Reeder Kehraus sich schuldig gemacht hatte.

»Was hast du vor?«, fragte sie nachdem er geendet hatte. »Wirst du zu Malchow gehen?«

»Früher oder später werde ich das tun«, erwiderte er. »Noch aber ist es zu früh. Ich habe einen Verdacht, aber keine Beweise. Heinrich Kehraus gehört in den Kerker. Gar keine Frage. Vielleicht sogar vor den Henker.«

»Aber er war bisher klug genug, seine Schandtaten außerhalb Hamburgs zu begehen.« Ihre Stimme war belegt. Sie verriet, dass Hanna tiefe Abscheu für den in vielen Teilen der Stadt hoch angesehenen Reeder empfand.

»Richtig. Wie wir wissen, waren aber auch Kinder bei ihm zu Gast. Hier in Hamburg. Wenn in diesem Zusammenhang etwas passiert ist, und wir finden jemanden von seinen Dienstboten, der gegen ihn aussagt, haben wir ihn. Möglicherweise könnten die Kinder als Zeugen für sein Ende sorgen, obwohl ihr Zeugnis nicht sehr schwer wiegt, vor allem dann nicht, wenn es sich um Waisen oder um Kinder aus nichtehelichen Verbindungen handelt. Sie aber könnten nur dem Kinderschänder ein Bein stellen. Nicht aber dem Mörder seiner Frau. Ich werde alles tun, damit er die Strafe erhält, die er verdient.«

»Es wird sehr schwer sein, wenn nicht unmöglich, ihn des Mordes an seiner Frau zu überführen«, befürchtete Hanna. »Der Richter verlangt wenigstens einen Augenzeugen. Besser noch zwei. Sonst gibt es keine Verurteilung. Es sei denn, der Täter gesteht seine Tat.«

»Ich liebe dich.«

Sie blickte ihn irritiert an. »Was hat das jetzt damit zu tun?«

»Du siehst die Dinge so schön klar.« Er lächelte. »Das ist doch ein Grund, dich zu lieben. Oder?«

»Du hast dich erkältet! Du bist zu lange im Regen gewesen, mein Lieber!« Sie erhob sich. »Es ist kalt. Ich mache mir eine Brühe. Möchtest du auch eine?«

»Na klar. Dann wärmt mich wenigstens die ein bisschen durch.«

»Ich hätte Euch viel früher aufsuchen sollen«, sagte Conrad Buddebahn, als er am nächsten Morgen zum Totengräber ging. Der Mann hauste in einer unansehnlichen Kate am Kreyenkamp, unmittelbar neben der Kapelle St. Michaelis und dem sich anschließenden Gottesacker. Die Hütte hatte er vermutlich selber gebaut, denn sie ließ einige handwerkliche Geschicklichkeiten vermissen, was sich besonders an der Dachkonstruktion zeigte.

Während das linke Auge Johan Rabes geradeaus gerichtet war, hatte sich das rechte stark zur Nase hin verschoben. Dadurch war der grauhaarige Mann gezwungen, den Kopf schief zu halten, um normal sehen zu können. Diese Kopfhaltung führte wiederum dazu, dass sich die Schulter nach vorn verdrehte. So bot der Totengräber ein seltsames Bild.

Nachdem Buddebahn an der Tür seiner Kate geklopft hatte, war er aus dem düsteren Inneren hervorgetreten. Vor dem Eingang verharrte er und beschattete seine Augen mit der Hand, um sie vor dem Sonnenlicht zu schützen. Er bat seinen Besucher nicht herein in seine Heimstatt. Der Ermittler registrierte es nebenbei, wäre aber einer Einladung ohnehin nicht gefolgt. Es zog ihn absolut nichts in solche Hütten, in denen es von Ungeziefer nur so wimmelte.

»Die Frau ist ja lange tot«, stellte Johan Rabe fest. Er war von der Sonne gebräunt und schien recht kräftig zu sein. Während er sprach, ließ er die Hände sinken, kniff die Augen zu schmalen Schlitzen zusammen und verschränkte die Arme vor der Brust. »Möge sie in Frieden ruhen.«

»Ich habe nicht vor, ihren Frieden zu stören«, beteuerte Buddebahn. Er war ein wenig außer Atem. Er war vom Elbufer gekommen und hatte einen steilen Aufstieg hinter sich, denn der Gottesacker war hoch über dem Ufer des Stroms angelegt worden. Der Weg war lehmig und vom vielen Regen rutschig. Er hatte Mühe gehabt, sich auf den Beinen zu halten, und er war einige Male stehengeblieben, um sich von den Anstrengungen zu erholen und seine Blicke über die Elbe streichen zu lassen. Von hier aus war das jenseitige Ufer gut zu erkennen, an dem nur einige wenige Hütten standen. So weit das Auge reichte, zog sich eine flache, dicht bewaldete Hügelkette am Strom entlang. »Ich benötige nur einige Auskünfte.«

»Wenn ich helfen kann, will ich es gerne tun.«

»Ihr habt die Leiche von Agathe Kehraus gesehen.«

»So weit dies nötig war. Ja.«

»Ist Euch etwas Besonderes aufgefallen? Abgesehen von dem Kreuz, das der Täter ihr in den Rücken geschnitten hat.«

Johan Rabe schüttelte bedächtig den Kopf. »Nein, nichts. Gar nichts.«

»Hm, ich weiß, es ist unangenehm, aber ich muss es fragen: Gab es Zeichen dafür, dass der Mörder sich an seinem Opfer vergangen hat?«

»Ihr meint, ob er ihre Tugend verletzt hat?«

»So könnte man es formulieren. Hat er?«

»Darauf habe ich nicht geachtet. War ja nicht meine Aufgabe.« Der Totengräber blickte ihn missbilligend an. »Ich weiß nicht, wie Ihr Euch vorstellt, dass ich mir die Leichen ansehe. Ich soll Dahingeschiedene bestatten. Und das tue ich. Nicht mehr und nicht weniger. Und Ihr solltet keine Fragen stellen, die ehrenrührig sind. Ich schaue den Leichen nicht zwischen die Beine. Gott bewahre!«

»Tut mir leid.« Buddebahn hob abwehrend die Hände. »Ich habe einen Auftrag, und ich bemühe mich, ihm gerecht zu werden.«

»Sonst noch was?«

»Vorläufig nicht. Ihr könnt mich jederzeit in der Brauerei erreichen. Falls Ihr Euch an etwas erinnert, was Euch …« Nachdenklich blickte er auf die Tür der Kate, durch die Johan Rabe erstaunlich schnell verschwunden war und die sich laut knarrend hinter ihm geschlossen hatte.

Der Leichenbestatter hatte ihn gründlich missverstanden. Es ging nicht darum, aus welchem Blickwinkel er die Leichen betrachtete, sondern einzig und allein um mögliche Spuren, die den Täter verrieten. Doch nun war es zu spät. Johan Rabe würde kaum ein weiteres Mal mit ihm reden.

Er wandte sich ab und folgte dem Kiesweg am Rande des Gottesackers der kleinen Kapelle von St. Michaelis, bis sich ihm an einigen Bäumen und Büschen vorbei der Blick auf den Hafen und die Elbe öffnete. Zahlreiche Schiffe hatten dort festgemacht, um be- oder entladen zu werden. Weit unter ihm auf den Hafenanlagen herrschte ein Treiben, das auf den ersten Blick ein chaotisches Durcheinander zu bilden schien. Sah man jedoch genauer hin, zeichneten sich geordnete Abläufe ab, bei denen nirgendwo unnötige Wartezeiten entstanden und alle in ständiger Bewegung waren. Der von Westen kommende Wind trieb die vielfältigen Gerüche des Hafens zu ihm hoch, die sich zu einem Gemisch aus Fernweh und eigentümlicher Bodenständigkeit zusammenfanden. Buddebahn musste an die Zeit denken, in der er als junger Mann zur See gefahren und staunend durch die Städte fremder Länder gegangen war. Mit dem Gewürzhandel hatte er damals viel Geld verdient, das er später gewinnbringend in die Brauerei investiert hatte.

Ein Kraveel kam die Elbe herauf. Seine Segel blähten sich im Wind, so dass er sich gut gegen die Strömung behaupten konnte. Das Schiff war deutlich größer als die Koggen, die dem Hafen ebenfalls zustrebten, war aber schneller und wendiger als diese.

Mühelos zog er an ihnen vorbei. Er war eine Neuentwicklung der Schiffsbauer, und er erschien Buddebahn wie das Symbol einer neuen Zeit, in der alles zügiger voranzugehen hatte, in der die Zeit selber eine Rolle spielte, weil sie als kostbar angesehen und immer besser genutzt wurde. Wenn die Abnehmer in London Bier bestellten, dann wollten sie es möglichst bald haben. Es musste frisch sein, weil es dann am besten schmeckte. War es zu lange unterwegs, verlor es seine edelsten Eigenschaften.

Seltsam! dachte er. Auf See versucht man, die Transportzeiten immer mehr zu verkürzen. Und auf dem Land soll das nicht gelten? Die Leute wollen nicht einsehen, dass man neue, elegante und schnelle Pferde braucht. Sie werden es erleben. Früher oder später werden die Züchter Erfolg haben und ein Pferd vorstellen, das allen anderen davonläuft. Und dann werden sich alle die Finger danach lecken.

Buddebahn nahm sich vor, das Kloster Wilster irgendwann in naher Zukunft aufzusuchen und mit dem Abt zu sprechen. Vielleicht ergab sich eine geschäftliche Möglichkeit, sich an der Zucht zu beteiligen. Den Klöstern fehlte es fast immer an genügend Geld für größere Projekte. In dieser Hinsicht konnte er helfen und möglicherweise an dem zu erwartenden Erfolg teilhaben.

Zwischen einigen Büschen setzte er sich auf den Boden.

Er fragte sich, wie er im Mordfall Agathe Kehraus vorgehen sollte. Je mehr er darüber nachdachte, desto mehr glaubte er daran, dass Heinrich Kehraus seine Frau getötet hatte – entweder selber oder durch die Hand eines bezahlten Schergen.

Es würde nicht leicht sein, ihm unbefangen zu begegnen und ihn nicht spüren zu lassen, wie eng sich die Schlinge um ihn gezogen hatte. Noch durfte er seine Karten nicht aufdecken. Allzu groß war die Gefahr, dass ein so reicher und einflussreicher Mann wie Kehraus sich der Gerechtigkeit entzog, bevor er genügend Beweise hatte, ihm den Richter zu übergeben.

Die Kinder mussten vor Kehraus geschützt und der Mord an seiner Frau musste gesühnt werden.

Doch was konnte er tun? Was den Mord anbetraf, hatte er buchstäblich nichts in den Händen. Hinsichtlich der Verbrechen an den Kindern sah es etwas besser aus. Sollte es nicht genügen, Kehraus für das in den Kerker zu werfen, was er den Kindern angetan hatte?

Je länger Buddebahn darüber nachdachte, desto klarer wurde ihm, dass er allein nun nicht mehr weiterkam. Er musste mit Malchow reden. Der Ratsherr sollte entscheiden.

Er erhob sich, warf einen Blick zurück auf die Kapelle und den Friedhof und stieg den Hügel hinab zu seinem Pferd, das er in Hafennähe an einen Baum gebunden hatte. Der Rappe stellte die Ohren steil auf, als er ihn bemerkte, und drängte sich ihm entgegen. Er begrüßte das edle Tier, indem er ihm die Stirn kraulte, leise und sanft mit ihm sprach, um das Vertrauen zu vertiefen, das es ihm entgegenbrachte. Schließlich schwang er sich in den Sattel und machte sich auf den Weg zum Rathaus. Dabei folgte er den breiten Wegen, die vom Hafen zu den Stadtmauern und den aufgeworfenen Deichen führten. Wenig spätere erreichte er den Handelspfad, der von dem im Westen liegenden Ort Wedel nach Hamburg führte. Zahlreiche Pferde- und Ochsenkarren bewegten sich vornehmlich in die Stadt hinein. Sie kamen aus Schleswig-Holstein, das zu Dänemark gehörte. König Christian I. war im Jahre 1460 zum Landesherrn gewählt worden und hatte sich die Herzogtümer zu Verbündeten gemacht, indem er dem Adel die Unteilbarkeit ihres Standes und ihrer Rechte zugesichert hatte. Nach dem Gesetz blieben die Herzogtümer Schleswig und Holstein unabhängig von Dänemark. Das führte unter anderem dazu, dass der Warenverkehr über die Grenze nach Hamburg hin und von dort nach Holstein kaum Einschränkungen erfuhr. Die Kontrollen an den Grenzen wurden nur sehr oberflächlich durchgeführt oder fanden teilweise gar nicht statt. Allenfalls wurden Zölle beim Überschreiten der Grenzen erhoben.

Empfindlich allerdings konnten die Herzogtümer reagieren, wenn sie sich in ihren Rechten beeinträchtigt sahen. Damit war zu rechnen, falls im Dienste Hamburgs stehende Landsknechte in den Bereich Holsteins vordringen sollten, etwa um Flüchtende zu verfolgen oder Gesetzesbrecher zu fassen, die sich jenseits der Grenzen in Sicherheit wähnten.

Conrad Buddebahn hatte nicht vor, die Grenze zu überschreiten. Er wandte sich Hamburg mit seinen Wallanlagen und Wachtürmen zu. Wie immer in solchen Fällen mieden die Handelsreisenden den Kontakt mit ihm. Ebenso respektvoll wie scheu zogen sie an ihm vorbei. Wegen seiner Kleidung und seines Auftretens stuften sie ihn höher ein als sich selber, wussten jedoch nicht genau, wie er einzuordnen war. Buddebahn hätte sich gern ein wenig mit dem einen oder anderen unterhalten, nahm jedoch hin, dass sie es nicht wollten. Es war besser, sie in Ruhe zu lassen. Sollten sie ihres Weges ziehen und ihren Geschäften nachgehen. Er hatte ohnehin nichts mit ihnen zu tun.

Er passierte eines der Tore und stieg wenig später vor dem Rathaus der Stadt aus dem Sattel. Es war ein einfacher, nicht sonderlich beeindruckender Bau, der zum Teil aus Steinen, zum Teil aus Holz errichtet worden war. Die meisten der Handelshäuser in der näheren Umgebung überragten es deutlich. Um so prachtvoller waren die Wachen gekleidet, die vor dem Haus der zentralen Verwaltung ihren Dienst versahen. Sie sorgten dafür, dass vor der zum Eingang hinaufführenden Treppe ein angemessener Raum frei blieb. Ansonsten drängten sich Markthändler mit ihren Ständen bis nahe an das Gebäude heran. Sie boten so ziemlich alles an, was im Umfeld der Stadt und in Hamburg selbst hergestellt und was auf dem Wasserweg herangebracht wurde.

Laut fluchend versuchte ein Schlachter ein Schwein einzufangen, das seinem Messer entkommen war und nun laut quiekend flüchtete. Die Landsknechte leisteten unfreiwillig Hilfestellung, als sie das Tier daran hinderten, ins Rathaus zu laufen. Sie versperrten ihm den Weg, so dass es zögernd verharrte, weil es nicht wusste, wohin es sich wenden sollte. Ebenso schnell wie geschickt schlang der Schlachter ein Seil um eines der

Hinterbeine des Schweins und zerrte es zu dem Stand zurück, an dem es getötet werden sollte. Das Tier schrie aus vollem Halse, als wüsste es genau, was ihm bevorstand.

Conrad Buddebahn stieg die Treppe hoch zum Eingang des Rathauses. An ihrem oberen Ende pflegte der Bürgermeister die Gäste des Matthiae-Mahls zu empfangen. Wenn sie eintrafen, um an dem hochrangigen Ereignis teilzunehmen, stand der jeweilige Amtsleiter der Stadt grundsätzlich dort oben. Er kam niemals die Treppe herab, um die Gäste auf ihren unteren Stufen zu begrüßen. Viele Gäste ritten auf dem Rücken ihrer Pferde bis an das Rathaus heran, und der Gastgeber wollte auf keinen Fall in die Verlegenheit geraten, einem von ihnen den Steigbügel halten zu müssen. Das war die Aufgabe der Landsknechte oder der niederen Dienstboten.

Von einem der Landsknechte ließ Buddebahn sich den Weg zu dem Raum zeigen, in dem Nikolas Malchow seine Pflichten versah. Er klopfte kurz, und als er glaubte, eine Stimme zu vernehmen, trat er ein. Er musste den Nacken beugen, weil der Durchgang so niedrig war. Als er den Kopf wieder hob und die Tür hinter sich schloss, sah er den Ratsherrn, der sichtlich überrascht sein Schreibzeug zur Seite legte, sich erhob und ihm entgegenkam. Kaum zwei Schritte hinter ihm stand ein hoch aufgeschossener, kahlköpfiger Mann. Er war so groß, dass er den Nacken beugen musste, um nicht mit dem Kopf gegen die Decke des Raumes zu stoßen. Dabei war er schlank, fast hager. Unübersehbar war, dass er vom gleichen Blut war wie Malchow. Er hatte die gleichen Züge mit dem runden Kinn, der langen Oberlippe und den Ohren, die in ihrem oberen Teil allzu weit abstanden. Auch hatte er den auffallend blassen Teint und die dunklen Augen, über denen sich tiefschwarze Brauen wölbten. Die Nase war im Verhältnis zu Augen und Mund zu groß geraten und verlieh ihm ein grobes Aussehen. Dabei war er sehr viel jünger als der Ratsherr. Buddebahn schätzte ihn auf zwanzig Jahre, schloss jedoch nicht aus, dass er möglicherweise zwei oder drei Jahre älter war.

Verlegen verschränkte der junge Mann die Hände vor dem Leib und trat von einem Bein aufs andere, als sei er unschlüssig, wohin er sich wenden sollte. Doch der Ermittler achtete kaum auf ihn, denn mehr noch als er interessierte ihn das prachtvolle Schwert, das an der Wand hing. Es war mit feinen Ziselierarbeiten versehen. Obwohl Buddebahn selber kein Schwert besaß und die Kunst des Schwertkampfes nicht beherrschte, wusste er diese Waffe einzustufen. Die Ziselierarbeit wies eindeutig auf einen der großen Meister der Waffenschmiede hin. Ein solches Schwert kostete ein kleines Vermögen.

Mit energischer Geste schickte Malchow den jungen Mann hinaus, und dieser gehorchte, als habe er nur auf einen entsprechenden Befehl gewartet.

»Mein Sohn Aaron«, erläuterte der Ratsherr in einem Tonfall, aus dem nicht gerade Hochachtung sprach, kaum dass sich die Tür hinter dem jungen Mann geschlossen hatte. »Buddebahn! Was führt Euch zu mir?«

Da es warm, beinahe stickig in dem Raum war, hatte Nikolas Malchow Jacke und Hut abgelegt. Er trug ein weißes, besticktes Hemd mit langen Ärmeln und verzierten Aufschlägen an den Handgelenken, eine schwarze Hose und von Meisterhand gefertigte Stiefel, die ihm bis über die Knie herauf reichten. Seine kostbare Kleidung wollte nicht so recht zu der schlichten Einrichtung des Arbeitszimmers passen. Durch zwei schmale Schlitze an der Wand fielen ein paar dünne Lichtstrahlen herein. Sie erhellten einen Tisch und einen Stuhl. Weitere Sitzmöbel gab es nicht. Malchow konnte ihm keinen Platz anbieten. Er tat es nicht, und er bat ihn nicht in einen anderen Raum, der möglicherweise angenehmer für den Besucher eingerichtet war.

Buddebahn war nicht zum ersten Mal im Rathaus. Er kannte die Räume einiger Ratsherren, und er wusste, dass sie weitaus großzügiger angelegt und eingerichtet waren als dieser.

»Ich habe etwas Interessantes herausgefunden«, antwortete er, und dann berichtete er in knappen Worten, was es über Heinrich Kehraus zu sagen gab.

Malchow lehnte sich an seinen Arbeitstisch. Er verschränkte die Hände vor der Brust und spielte mit dem Ring an seiner linken Hand. Er hörte konzentriert zu, stellte hier und da eine Frage und schüttelte einige Male den Kopf, als könne er nicht fassen, was Buddebahn ihm mitzuteilen hatte.

»Ihr habt recht«, sagte er schließlich. »Das alles macht es sehr wahrscheinlich, dass Kehraus mit dem Verbrechen zu tun hat. Ja, ich würde meinen, er ist der Mörder. Er hat ein Motiv.«

Es hielt Malchow nicht länger an seinem Arbeitstisch. Tief in Gedanken versunken ging er einige Schritte auf und ab. Schließlich blieb er stehen und wandte sich seinem Besucher wieder zu.

»Glaubt mir, Buddebahn, ich würde ihn am liebsten auf der Stelle verhaften lassen, aber die Situation ist schwierig. Beweisen können wir ihm den Mord nicht. Gut, wir könnten ihn foltern lassen, bis er ein Geständnis ablegt. Glaubt mir, ich würde es auf der Stelle befehlen, doch einen Mann seines Einflusses und seines gesellschaftlichen Grades der Folter zu unterwerfen ist nicht so einfach. Dazu müsste der Bürgermeister seine Einwilligung geben, aber Ihr wisst ja, dass er sich schwertut mit seinen Entscheidungen. Besonders in so einem Fall, wo es um jemanden geht, mit dem er gut bekannt, wenn nicht gar befreundet ist. Immerhin gehören beide zum Kreis der Drewes-Gäste. Da auch Euch die Ehre zuteil wird, bei Drewes eingeladen zu werden, könnt Ihr beurteilen, dass wir es mit einer mehr oder minder verschworenen Gesellschaft zu tun haben, in der einer den anderen nicht so ohne weiteres ans Messer liefert, es sei denn, es liegen eindeutige Beweise gegen ihn vor.«

»Das ist wohl richtig«, stimmte ihm Buddebahn zögernd zu, obgleich er den Kreis der Drewes-Gäste ein wenig anders sah als der Ratsherr. Er hatte die Erfahrung gemacht, dass es in diesem Kreis durchaus Spannungen gab und keineswegs stets Harmonie herrschte.

»Ob wir Kehraus wegen der Schandtaten an den Kindern belangen können, weiß ich nicht«, fuhr Malchow fort. »Ich muss mit einem Richter sprechen. Dieser wird entscheiden, was zu tun ist.«

Er ging zur Tür, verharrte dort einige Zeit, wobei er auf den Boden blickte und angestrengt nachdachte. Fahrig drehte er an dem klobig erscheinenden Ring an seiner linken Hand.

»Wartet hier«, bat er Buddebahn, während er den Kopf hob und die Tür öffnete. Er war kleiner als der Brauer und brauchte den Nacken nicht zu beugen, um hinausgehen zu können. »Ich bin gleich zurück.«

»Ich werde warten«, erwiderte der Ermittler. »Ihr wisst ja – ich habe es nicht eilig.«

Der Ratsherr hielt Wort. Es dauerte nicht lange, bis er wieder eintrat, gefolgt von einem kleinen, hageren Mann mit langen, schütteren Haaren. Dunkle, forschende Augen blickten Buddebahn an.

»Richter Perleberg«, stellte er seinen Begleiter vor. »Ich habe ihm einiges erzählt, er möchte aber die ganze Geschichte von Euch hören.«

»Wir kennen uns recht gut«, versetzte Buddebahn. Er hielt es nicht für nötig, darauf hinzuweisen, dass er dem Richter häufig im Hause Margarethe Drewes begegnete und sich dort stets in angeregter und angenehmer Weise mit ihm unterhielt. Schon im jugendlichen Alter hatten sie lange Gespräche miteinander geführt, und sie hatten sich den einen oder anderen Streich geleistet, ohne dabei jemals eine echte Freundschaft zu entwickeln. Zwischen ihnen hatte es immer etwas Trennendes gegeben. Buddebahn war sich dessen bewusst, hätte jedoch nicht in ausreichender Weise beschreiben können, was es war. Vielleicht lag es am Elternhaus des Richters. Er erinnerte sich daran, dass die Mutter sehr dominant gewesen war und ihren Sohn mit außerordentlicher Strenge erzogen hatte. Tatsächlich hatte er oft Angst vor ihr gehabt. Auch der Vater war Richter gewesen. Buddebahn hatte ihn stets nur als strengen und hochnäsigen Mann kennen gelernt, der seine Umgebung allzu deutlich hatte spüren lassen, dass er Macht und Einfluss in der Stadt besaß.

Um die gestörte Ordnung in der Stadt wiederherzustellen, hatte er manches Todesurteil gefällt und vollstrecken lassen. Im Vergleich zu ihm war Perleberg ein milder Richter.

Möglicherweise hatten sie sich einander entfremdet, als Perleberg nach Prag gegangen war, um dort Rechtswissenschaften zu studieren. Danach hatten sie sich für Jahre aus den Augen verloren, und nach seiner Rückkehr war alles anders gewesen. Der Jurist wollte nicht, dass sie einander noch duzten. Er bestand auf der förmlichen Anrede.

Zum zweiten Mal umriss der Ermittler die Ergebnisse seiner Untersuchungen. Richter Perleberg stand während der ganzen Zeit mit gesenktem Kopf nahe der Tür und zeigte keinerlei Reaktionen. Es schien, als sei er überhaupt nicht interessiert. Er verschränkte die Hände vor der Brust. Lichtstrahlen fielen auf seine Finger und ließen die beiden Ringe aufblitzen, die er daran trug. In dieser Haltung verharrte er, bis Buddebahn alles vorgetragen hatte, was er bis zu diesem Zeitpunkt preisgeben wollte. Die eine oder andere Information hielt er noch zurück, weil er nicht so recht wusste, wie er sie einordnen sollte, und ob sie für den Mordfall tatsächlich von Bedeutung war. Dabei nahm er das Risiko in Kauf, möglicherweise einen Fehler zu machen. Er stufte Richter Perleberg als einen scharfsinnigen, dabei recht besonnenen Mann ein. Stand ihm der Sinn danach, sich gedanklich auszutauschen, war es ein Erlebnis besonderer Art, mit ihm zu diskutieren. Buddebahn hatte einige Male das Vergnügen gehabt, ein Streitgespräch mit ihm führen zu können. Dabei hatte er den Eindruck gewonnen, dass der Richter zu den wenigen Persönlichkeiten der Stadt zählte, die über die Grenzen Hamburgs hinaussahen und die in der Lage waren, in dem gesamten Netzwerk zu denken, in das die Stadt durch ihre vielfältigen Handelsbeziehungen eingebettet war. Schon in jungen Jahren war er so gewesen. Damals hatte er manche Idee entwickelt, die zu jener Zeit überzogen, vielleicht sogar ein wenig verrückt erschienen war, von der jedoch manches im Laufe der Jahre in die Tat umgesetzt worden war.

Als er seinen Bericht beendet hatte, hob der Richter den Kopf, verzog das Gesicht voller Abscheu und erklärte: »Die Stadt Hamburg hat Euch zu danken, Conrad Buddebahn. Alles deutet darauf hin, dass Ihr den heimtückischen Mörder entlarvt habt. Nun muss es Eure Aufgabe sein, stichhaltige Beweise zu finden, so dass wir Kehraus in den Kerker schicken können. Die Folter kommt vorläufig nicht in Frage. Nicht bei einem Hanseaten wie Kehraus, der einen untadeligen Ruf hat und der sich um die Stadt Hamburg verdient gemacht hat.«

»Ich werde tun, was in meiner Macht steht«, versprach der Ermittler.

Perleberg streckte ihm die Hand entgegen, und er ergriff sie, versagte ihr jedoch den festen Druck. Die Hand des Richters war klein und überraschend zart. Er hatte das Gefühl, sie könne zerbrechen, wenn er nicht behutsam genug war.

»Und ich werde die entsprechenden Vorbereitungen treffen«, kündigte der Richter an, während er zur Tür hinausging und davoneilte, »damit wir Kehraus sofort verhaften können, wenn Ihr uns liefert, was wir benötigen.«

Als Buddebahn ihm mit seinen Blicken folgte, fiel ihm auf, dass der Richter Schuhe mit besonders dicken Sohlen und Absätzen trug. Sie ließen ihn größer erscheinen, als er tatsächlich war. Er war überrascht, weil ihm diese Tatsache bei allen Begegnungen zuvor entgangen war. Früher hatte Perleberg solche kleine Täuschungen nicht nötig gehabt.

Nachdem er einige unverbindliche Worte mit Malchow gewechselt hatte, verließ er den Raum und stieg eine schmale Treppe hinunter zum Ausgang des Rathauses. Am Fuß der Treppe stand Aaron mit einer Jungfrau. Er bemühte sich um sie, doch in ihrem jugendlich frischen Antlitz zeichnete sich nur Ablehnung ab. Respektvoll machte er Buddebahn Platz.

Als dieser sich vor dem Gebäude in den Sattel seines Rappens schwang, überlegte er, was Perleberg gemeint hatte. Welche Beweise sollte er beibringen? Es gab keine. Das hatte er ihm ausdrücklich mitgeteilt. Falls Kehraus am Ort der Tat irgendetwas hinterlassen hatte, was ihn verraten konnte, so war dies nach so langer Zeit ganz sicher nicht mehr vorhanden.

Der Tatort!

Es überlief ihn siedendheiß. Er hatte einen schwerwiegenden Fehler gemacht. Seit dem Mord waren Monate vergangen. Dennoch hätte er nicht darauf verzichten dürfen, sich jenen Ort anzusehen, an dem er geschehen war. Er beschloss, das Versäumte augenblicklich nachzuholen. Er glaubte nicht daran, dass sich etwas finden würde, was auf den Mörder hinwies, hoffte jedoch durch den Anblick der örtlichen Gegebenheiten in irgendeiner Weise inspiriert zu werden.

Es war nicht weit bis zum Alten Steinweg. Still und verlassen lag die Straße vor ihm. Buddebahn stieg aus dem Sattel, um zu Fuß den sanft ansteigenden Hügel bis zu dem kleinen Marktplatz hinaufzugehen. Das Sonnenlicht brach durch die Wolken und schuf helle Reflexe auf den Blättern der Büsche und Bäume auf beiden Seiten der Straße. Dahinter lagen weitgehend im Grün verborgen einige Katen und ein größeres Gebäude. Sie grenzten jedoch nicht an die Straße, sondern waren wenigstens hundertfünfzig Schritte davon entfernt. Die Büsche waren niedrig, kaum drei oder viel Ellen hoch, und die Bäume waren erst wenige Jahre alt, so dass sich niemand hinter ihren dünnen Stämmen verstecken konnte.

Unter einem der Bäume blieb er stehen, um die Umgebung auf sich wirken zu lassen. Dabei fragte er sich, was er erwartet hatte. Die Straße bot ein friedliches Bild, das sich noch vertiefte, als ein Händler und eine Frau ächzend und stöhnend sowie von zahlreichen Flüchen begleitet einen hoch bepackten Karren hinaufzogen, um weiter oben auf dem weitgehend freien Platz einen Marktstand aufzubauen. Scheu blickten sie zu ihm herüber, als fürchteten sie, er – der hohe Herr – könnte ihnen ihre wenigen Habseligkeiten streitig machen. Und dann wuchteten sie die Last ein wenig schneller hoch als zuvor, wobei sie das Fluchen einstellten. Vielleicht fürchteten sie, seinen Unwillen zu erregen, wenn sie sich gar zu gotteslästerlich äußerten. Er beachtete sie nicht weiter und schritt nun langsam an der Reihe der Büsche und Bäume vorbei, die Blicke auf den Boden gerichtet. Da sich niemand um die Sicherung von Spuren bemüht hatte, war durchaus möglich, dass sich selbst nach so langer Zeit etwas fand, was auf den Täter hinwies.

Nachdem Buddebahn beide Seiten des Alten Steinwegs abgesucht hatte, ohne etwas zu entdecken, ging er bis zum Ende der Straße und bog dann in eine Gasse ab. Ein kurzes Stück weiter befand sich ein Schuppen. Unter dem auffallend nach vorn überstehenden Dach blieb er stehen, und plötzlich spürte er, dass dies jene Stelle war, an welcher der Mörder auf sein Opfer gewartet hatte. Damals hatte es geregnet. Es hatte buchstäblich vom Himmel geschüttet. Also lag nahe, dass der Täter irgendwo Schutz vor dem Regen gesucht hatte. Das konnte nur hier gewesen sein.

Der Mörder hat gewusst, dass Agathe Kehraus hier vorbeikommt! schoss es ihm durch den Kopf. Ihm war bekannt, dass sie nicht mehr bei der Winterrot war, sondern bei dem Musiklehrer, und dass sie aus diesem Grunde diesen Weg nehmen würde.

Er trat auf die Gasse hinaus und kehrte in den Alten Steinweg zurück. Während er sich seinem Pferd näherte, wurde ihm von Schritt zu Schritt deutlicher bewusst, dass eigentlich nur Heinrich Kehraus als Täter in Frage kam. Wer außer ihm hätte sich schon ausrechnen können, wann seine Frau ungefähr diese Stelle passieren würde?

Im Dunkel des Schuppens hatte er ihr aufgelauert, war ihr dann in den Alten Steinweg gefolgt und hatte sie getötet.

Buddebahn strich seinem Pferd nachdenklich mit der Hand über den Hals.

Blieb die Frage, ob ein Mann, der sich an Kindern ausließ und bei dem erwachsene Frauen keinerlei Begierden weckten, seine Frau ermordete, weil sie ihre eigenen Wege ging. Darauf wusste Conrad Buddebahn keine Antwort.

Mehr noch beschäftigte ihn, dass er so gut wie nichts gegen

den Kinderschänder unternehmen konnte. So sehr es ihm auch widerstrebte, er musste zugeben, dass Heinrich Kehraus sich sicher fühlen konnte. Die einzige Zeugin, die ihm wirklich gefährlich werden konnte, lebte nicht mehr. Der Mord war ihm nicht nachzuweisen. Vermutlich gab es darüber hinaus niemanden, der bereit war, gegen ihn wegen der Verbrechen an den Kindern auszusagen.

Hermann kam nicht in Frage. Ihm hatte er versprochen, dass seine Zeugenaussage ihr beider Geheimnis blieb. Wohl zu Recht fürchtete sich der Bauer vor der Rache jener, die er Pfeffersäcke genannt hatte und die auf dem Hof des Nachbarn ihr Unwesen trieben. Er lebte allein mit seiner Familie inmitten der Wildnis und war daher allzu angreifbar. Buddebahn konnte verstehen, dass Hermann wohl das Treiben auf dem Nachbarhof beendet sehen, jedoch nicht aussagen wollte.

Und sonst?

Es gab keine anderen Zeugen als die Kinder. Möglicherweise konnte er nur auf sie setzen.

»Ich bringe dich in den Kerker, Kehraus«, schwor Buddebahn sich. »Mit welcher Anklage auch immer – du wirst für deine Schandtaten bezahlen.«

Aus der Satteltasche zog er ein Blatt Papier hervor. Es war grob gepresst und von minderer Qualität, aber es reichte für seine Zwecke. Mit Federkiel und ein wenig Tinte fertigte er eine Skizze vom Alten Steinweg an, wofür er nur einen Teil des Papiers benötigte. Dann ging er zu dem Schuppen, in dem der Mörder aller Wahrscheinlichkeit nach auf sein Opfer gewartet hatte, und füllte den Rest des Blattes mit einer weiteren Skizze. Dabei hielt er alle Details fest, die ihm wichtig zu sein schienen.

Er überprüfte die Skizzen, ergänzte sie an einigen Stellen um einige Kleinigkeiten. Dann schwang er sich in den Sattel und trieb den Rappen energisch an, als könne er es nicht ertragen, noch länger am Ort des schrecklichen Mordes zu sein.

Unwillkürlich hielt er Ausschau nach dem Roten Milan.

Der Raubvogel war nirgendwo zu sehen.

5

Mit einem Lächeln auf den Lippen kam Heinrich Kehraus aus seinem Arbeitszimmer, um dem Besucher entgegenzugehen, der die Wendeltreppe zur Galerie heraufstieg. Hoch erfreut streckte er ihm die Hand entgegen, und der andere ergriff sie, um sie sanft zu drücken. Seine Hand war klein und zart, so dass er das Gefühl hatte, er werde sie zerdrücken, falls er zu kräftig zupackte.

»Tretet ein«, bat er mit einladender Geste. »Kann ich Euch etwas anbieten? Ein kühles Bier vielleicht?«

»Das kann nicht schaden«, erwiderte der andere, während er an ihm vorbei ins Arbeitszimmer ging.

Mit einem befehlenden Wink schickte Kehraus seinen Dienstboten Moritz, der am Fuße der Treppe stand, in den Keller. Dort hielten sich einige Eisblöcke, die im Winter aus der Alster geborgen worden waren. Mit ihrer Hilfe ließen sich allerlei Getränke und vom Verderb bedrohte Lebensmittel kühlen.

»Du hast es gehört. Beeile dich!«

Danach folgte er seinem Besucher ins Arbeitszimmer. Während er die Tür hinter sich zuzog, bot er ihm Platz an. Die Sonne schien durch die drei mit Butzenscheiben versehenen Fenster herein. Es brach sich vielfältig an den Unreinheiten im Glas, ein Effekt, der durchaus willkommen war, weil durch ihn eine geradezu heimelige Atmosphäre entstand.

»Danke, ich stehe lieber«, lehnte der Besucher das Angebot ab. Er ging ein paar Schritte weit in den Raum hinein bis hin zu der aus edlem Holz geschnitzten Figur eines Steuermanns. Gedankenverloren ließ er die Hand über den Kopf einer der Engelsfiguren gleiten. Es dauerte eine Weile, bis er fortfuhr: »Außerdem will ich nicht lange bleiben. Da sind nur ein paar Kleinigkeiten, über die ich gerne mit Euch reden würde.«

»Nur zu! Was führt Euch zu mir, lieber Freund?«, fragte der Reeder. Er ließ sich leise ächzend in den schweren Ledersessel sinken, der hinter seinem Schreibtisch stand. Dabei glitten seine Blicke durch die Fenster hinaus auf die Elbe. Zwei Koggen waren dicht unter dem jenseitigen Ufer vor Anker gegangen. Sie zeichneten sich scharf und dunkel von der Wasserfläche ab, die im Licht der nach Westen ziehenden Sonne silbern schimmerte. Der Wind flaute mehr und mehr ab. Er war längst zu schwach geworden, um sie kraftvoll bis in den Hamburger Hafen treiben zu können und über die Strömung des ablaufenden Wassers zu obsiegen.

»Die Sorge, Heinrich. Es ist die Sorge. Malchow hat allzu eilfertig gehandelt, als er Conrad Buddebahn als Ermittler eingesetzt hat. Dieser Mann könnte etwas herausfinden. Manche sagen, er sei ein harmloser Narr, doch das ist er nicht. Auf gar keinen Fall. Im Gegenteil. Der Mann ist gefährlich. Es wäre ein Fehler, ihn zu unterschätzen.«

»Er ist vor allem ein lästiger Mann«, versetzte Kehraus. »Er war bereits hier und hat unangenehme Fragen gestellt. Erfahren hat er jedoch nichts, was uns in irgendeiner Weise schaden könnte. Da bin ich ganz sicher.«

»Wirklich? Wie könnt Ihr sicher sein! Das eben beunruhigt mich an diesen Mann. Man spricht mit ihm, und man hat das Gefühl, es könne nichts geschehen, aber das täuscht. Wir beide kennen Buddebahn schon seit vielen Jahren. Wir sollten uns darüber klar sein, dass ihm gegenüber höchste Aufmerksamkeit geboten ist.«

»Sollte ich mich so in ihm getäuscht haben? Er ist eher unauffällig. Nie hat er sich in den Vordergrund gedrängt. Auch wenn wir im Hause Drewes sind, äußert er sich eigentlich nur, wenn man ihn anspricht. Ich habe noch nicht erlebt, dass er dort das Wort ergreift, eine Rede hält oder irgendetwas vorträgt, was zur Unterhaltung dient.«

Mit gebeugtem Haupt und auf den Boden gerichteten Blicken stand der Besucher neben dem Fenster. Es schien, als höre er gar nicht zu, sondern sei mit seinen Gedanken woanders. Er war ein kleiner, hagerer Mann mit langen, schütteren Haaren.

Er trug einen dunkelbraunen Mantel, der ihm bis fast an die Knie reichte. Darüber lag ein leuchtend weißer, gestickter Kragen aus kostbarer Brüsseler Spitze. Enge, schwarze Hosen ließen seine Beine allzu dünn erscheinen, wohingegen die wadenhohen Schaftstiefel ein wenig zu mächtig erschienen.

»Was haltet Ihr davon, dass Malchow gerade ihn ausgewählt hat?« fragte er. »Ich kann es mir ehrlich gesagt nicht erklären. Auf keinen Fall kennt der Mecklenburger ihn so gut wie wir.«

Moritz kam mit dem Bier herein, und die beiden Männer schwiegen, bis er den Raum wieder verlassen hatte. Sie hoben die Krüge, blickten sich an und prosteten sich zu, um dann mit Bedacht zu trinken und das Bier zu genießen. Da er seinen Besucher nicht irritieren wollte, verzichtete Heinrich Kehraus darauf, ihm zu vermitteln, dass es aus der Brauerei Buddebahns stammte. Fraglos gehörte es zu den besten Bieren, die in der Hansestadt hergestellt wurden.

»Was ich davon halte?« Kehraus setzte seinen Krug seufzend vor Behagen ab. »Der Mecklenburger ist Buddebahn in gewisser Weise ähnlich. Man unterschätzt ihn leicht. Er ist nicht nur in geschäftlicher Hinsicht erfolgreich. Ich kann das beurteilen. Wie Ihr wisst, habe ich oft genug mit ihm zu tun.«

»Der Bürgermeister setzt ihn gehörig unter Druck. Die heilige Ordnung ist gestört.«

»Ganz ohne Frage! Sie muss wiederhergestellt werden. Der Bürgermeister hält ihn für den richtigen Mann. Was mich nicht überrascht. Will Rother hat immer große Stücke auf ihn gehalten. Er ist schwach und scheut Entscheidungen. Ganz im Gegensatz zu Malchow, der nach meinem Empfinden viel zu oft in seiner Nähe ist und einen immer größeren Einfluss auf ihn hat. Und nun noch Buddebahn. Das ist eine Verbindung, die mir Unbehagen bereitet. Wir müssen auf der Hut sein. Habt Ihr Euch schon überlegt, was wir tun, falls die beiden uns gefährlich werden? Oder einer der beiden? Das wäre ja schon unangenehm genug.«

»Dann müssen wir wohl oder übel ... Maßnahmen ergreifen. Wir werden Mittel und Wege finden, die Geschichte zu bereinigen. Sollten die beiden uns ernsthaft bedrohen oder nur einer von ihnen ... Nun ja, wir Ihr wisst, habe ich eine Reihe von Möglichkeiten.«

»Die habt Ihr. Und das ist gut so.« Kehraus war erleichtert. »Glücklicherweise hat Buddebahn im Herzogtum außerhalb Hamburgs keinerlei Kompetenzen.« Er lachte verhalten. »Er und der Mecklenburger ahnen nichts von unserem kleinen Bauernhof da draußen, wo wir uns prächtig amüsieren können, ohne fürchten zu müssen, von irgendjemandem belästigt zu werden.«

Jetzt endlich hob der Besucher den Kopf und blickte ihn an. Ein begehrliches Lächeln löste seine Lippen. Die Zungenspitze kam hervor und glitt rasch über die Oberlippe hinweg.

»Ich habe gehört, dass dort zwei kleine, entzückende Mädchen eingetroffen sind.«

»Das trifft zu«, bestätigte Heinrich Kehraus grinsend. »Gerade an diesem Morgen war ein Bote bei mir, der es mir bestätigt hat. Wir haben also allen Grund, uns mal wieder auf den Weg zu machen.«

»Das werden wir. Noch heute! Ich bin dabei.«

Kehraus kam hinter seinem Schreibtisch hervor. Erfreut streckte er seinem Besucher die Hand entgegen.

»Also dann. Wir sollten vor Einbruch der Dunkelheit aufbrechen. Wenn es Euch recht ist, bin ich in einer Stunde bei Euch. Dann reiten wir gemeinsam hinaus auf den Hof.«

»Ich erwarte Euch, mein Freund!«

Der Vogel lag halb unter einem Busch verborgen im Gras.

Mit bangem Herzen beugte Kain sich über ihn, berührte ihn mit den Fingerspitzen und begriff. Starr vor Entsetzen und Trauer verharrte er, und es dauerte lange, bis er seine Gedanken einigermaßen ordnen konnte.

Behutsam drehte er den Vogel um, und jetzt sah er, dass er

eine klaffende Wunde in der Brust hatte, die nur von einem Pfeil stammen konnte.

Ein Jäger hatte seinen Freund getötet!

Er erinnerte sich an eine Gruppe von Männern, die am vergangenen Tag vorbeigezogen war. Es waren wilde Gestalten gewesen, armselig gekleidet und bedrohlich in ihrem Verhalten. Kain hatte sie im Gebüsch versteckt beobachtet, war jedoch entdeckt worden. Er flüchtete, sie verfolgten ihn, und nur weil er sich im Wald so gut auskannte, gelang es ihm, sie abzuschütteln.

Er eilte zum Hof seiner Eltern und warnte seinen Vater vor dem Gesindel, erntete jedoch keinen Dank, sondern erhielt eine Ohrfeige, weil er unvorsichtig gewesen war.

»Bist ihnen nicht entkommen, Dummkopf«, fuhr ihn sein Vater an. »Sie haben dir nur einen Vorsprung gegeben und dich beobachtet, damit du sie zu uns führst. Sie werden bald hier auftauchen und versuchen, uns alles zu stehlen, was wir haben.«

Sein Vater richtete sich auf die Verteidigung des Hofes ein, indem er die Hunde rief und zur Armbrust griff, mit der er hin und wieder auf die Jagd ging. Glücklicherweise erwiesen sich alle Maßnahmen als unnötig, denn die Horde der Männer tauchte nicht auf.

Als Kain auch jetzt kein Lob erhielt, verließ er den Hof, wie er es oft tat, wenn die Arbeit getan war, und lief in den Wald. An einem Tümpel setzte er sich ins Gras, stützte den Kopf in die Hände und dachte darüber nach, wie ungerecht die Welt war, wie wenig Verständnis vor allem sein Vater für ihn hatte, wie hart die Arbeit auf dem Bauernhof war und wie karg das Ergebnis war, nachdem sie dem Lehnsherrn den ihm gebührenden Anteil an der Ernte gegeben und ein wenig für die Kirche gespendet hatten. Hätte der Hof die Gerste nicht nach Hamburg verkaufen können, wären sie vermutlich längst verhungert.

Obwohl sein Vater immer wieder betonte, er sei nun erwachsen und müsse für sich selber sorgen, fühlte Kain sich der Welt außerhalb des Bauernhofs nicht gewachsen. Dennoch kam er zu der Überzeugung, dass alles besser sein müsse, was nicht mit dem Hof zu tun hatte.

Wie oft hatte er prächtig gekleidete Herren auf ihren Pferden vorbeiziehen sehen und über ihren Reichtum gestaunt, der an dem mit Metallen beschlagenen Zaumzeug und den kostbaren Sätteln zu erkennen war.

So wie sie wollte er sein. Sie kamen aus der fernen Stadt, und wenn es ihnen gelungen war, dort reich zu werden, dann konnte er es ebenfalls. Davon war er fest überzeugt.

Seine Wange brannte, wenn er an den Hof und an seinen Vater dachte. Die letzte Ohrfeige hatte besonders weh getan. Sie hatte nicht nur seine Wange, sondern vor allem sein Herz getroffen, hatte er doch das Wohl und Wehe seiner Eltern und seiner Geschwister im Auge gehabt, als er vor dem Gesindel gewarnt hatte.

Nachdem die Sonne ein ganzes Stück am Himmel weitergewandert war, fasste Kain einen Entschluss. Er wollte den Hof verlassen und in die Stadt ziehen. Dort wollte er arbeiten und Geld verdienen, und wenn er reich war, wollte er zum Hof zurückkehren und dem kargen Leben ein Ende bereiten. Besser noch: Er würde seine Eltern und seine Geschwister in die Stadt holen, wo sie mit ihm zusammen in einem großen Haus wohnen und ihn ob seines Erfolgs loben – und vielleicht auch ein wenig beneiden – würden. Vor allem seinem Vater wollte er beweisen, dass er mehr konnte, viel mehr, als dieser ihm zutraute.

Kain zögerte nicht länger. Er machte sich auf den Weg nach Hamburg. Die Sonne zeigte ihm den Weg, denn sie wanderte Tag für Tag in jene Richtung, in der die Stadt zu finden war. Nachdem er den Entschluss gefasst hatte, sein Leben in die eigenen Hände zu nehmen und sich durch nichts aufhalten zu lassen, konnte es ihm nicht schnell genug gehen. Er rannte durch den Wald, folgte den verschlungenen Wegen, die für das ungeübte Auge kaum zu erkennen waren, und erreichte schließlich offenes Land. Von einem Hügel aus reichte der Blick bis weit zu der fernen Stadt und den funkelnden Gewässern, die sie umgaben. Im Licht der tiefstehenden Sonne glänzte das Wasser, Lichtstrahlen der Verheißung schienen von ihm bis zu den Wolken aufzusteigen, und hinter den wuchtigen Mauern einer Stadt drängten sich die Häuser zusammen.

Das musste Hamburg sein, und so wie das Wasser musste Gold aussehen!

Kain streckte jubelnd die Arme in die Höhe. Er war sicher, dass er auf dem richtigen Weg war. Übermütig stürmte er den Hügel hinunter, wobei seine Blicke einzig und allein auf die ferne Stadt gerichtet waren. Er übersah eine Baumwurzel, die sich quer über seinen Weg erstreckte. Sein Fuß verfing sich daran. Er stürzte, überschlug sich einige Male und blieb schließlich wimmernd vor Schmerzen liegen. Sein rechter Fuß tat schrecklich weh, so dass er nicht mehr aufstehen konnte. Vorsichtig berührte er ihn mit der Hand, und dann stöhnte er erneut auf. Vergeblich versuchte er aufzustehen. Er konnte mit dem verletzten Fuß nicht auftreten.

Sein Weg war zu Ende.

Tränen quollen ihm aus den Augen und nahmen ihm die klare Sicht. So bemerkte er die beiden Reiter erst, als sie schon beinahe bei ihm waren.

Der eine war ein großer, schwergewichtiger Mann mit wuchtiger Stirn und einem dichten Bart, der Kinn und Wangen umschloss. Er trug einen Hut mit breiter Krempe, einen Rock aus einem so kostbaren Stoff, wie Kain ihn noch nie gesehen hatte, und ein weißes Hemd mit lauter Rüschen daran.

Unmittelbar vor ihm zügelte er sein Pferd und blickte breit lächelnd auf ihn herab.

Der andere war klein und hager. Er hatte lange, schüttere Haare, die dünn unter seinem schwarzen Hut hervorlugten. Er hielt den Kopf gesenkt und stützte das Kinn mit kleiner, zierlicher Hand ab.

»Was ist mit dir, mein Junge? Hast du dich verletzt?«, fragte der erste.

»Ja, am Fuß«, antwortete Kain mühsam.

»Und wohin willst du?«

»Nach Hamburg.«

»Das trifft sich gut«, erwiderte der erste Reiter. »Das ist unser Ziel. Nicht wahr, Richter?«

»Ja, ja«, bestätigte der andere. »Wir könnten den Jungen mitnehmen, Heinrich. Hinter dem Sattel ist Platz genug.«

»Wenn er einverstanden ist.«

»Und ob ich das bin!«, rief Kain begeistert. Die Aussicht, auf einem Pferd sitzen zu können und von diesen hohen Herren in die Stadt gebracht zu werden, war gar zu verlockend für ihn und ließ ihn jede Vorsicht vergessen. Als der Große abstieg, stand er mühsam auf und ließ sich helfen. Wenig später saß er auf dem Rücken des Pferdes und war auf dem Weg in die Stadt.

Kain verspürte kaum Schmerzen. Besser hätte er es nicht treffen können.

»Wir bringen ihn zum Glocken-Bader«, sagte der große Mann vor ihm zu dem anderen. »Der kann sich um seinen verletzten Fuß kümmern.«

»Du kommst spät«, mäkelte Hanna Butenschön, als er die Küche betrat, in der sie Speck und Eier in der Pfanne briet. »Hast du vergessen, dass du bei deiner geliebten Margarethe Drewes eingeladen bist?«

Er war viel zu erschrocken, um an dem spöttischen Unterton Anstoß zu nehmen. Ihm war in der Tat entfallen, dass er an diesem Abend Gast in dem angesehenen Haus sein sollte. Eine Einladung bei der Familie Drewes ignorierte man nicht, und man kam ihr auf keinen Fall verspätet nach. Sie war eine Auszeichnung, derer man sich würdig zu erweisen hatte.

»Verdori noch mal to!«, stöhnte er. »An alles habe ich gedacht, nur nicht daran. Wenn ich dich nicht hätte …!«

»… müsstest du dir dein Essen selber machen oder deine Nachbarin Grete bitten, dich zu versorgen«, ergänzte sie. »Dann hättest du ranzige Butter und mit Fliegeneiern oder

Maden angereicherten Schinken auf dem Tisch. Und Schwarzsauer mit wabbeligem Wellfleisch.«

»Nun sei mal nicht so giftig!«

»Ick bün nich giftig!«

»Und ob du das bist. Dich ärgert, dass du nicht eingeladen bist.«

Hanna warf ein Stück durchwachsenen Speck in die Pfanne, wischte sich die Hände an der Schürze ab und setzte sich zu ihm an den Tisch.

»Hast ja recht«, gab sie seufzend zu. »Manchmal hasse ich diese ganze hochnäsige Gesellschaft, die unbedingt unter sich bleiben will und die sich für was Besseres hält. Selbst wenn wir verheiratet wären …« Sie streckte spontan beide Hände aus und zeigte ihm ihre Handflächen, um zu betonen, dass eine Heirat für sie nicht in Frage kam. Es ging ihr nur um ein Beispiel, mit dem sie ihre Worte illustrieren wollte. »Also … selbst wenn ich deine angetraute Ehefrau wäre, würde Margarethe Drewes mich nicht einladen. Eine Fischfrau an ihrem Tisch! Pah, das wäre nun wirklich unerträglich für sie und ihre Gäste, die feinen Fernhändler, Reeder, Banker, Tuchmacher und was sie alle sind.«

Verächtlich schürzte sie die Lippen.

»Sie zerreißen sich sowieso das Maul über uns beide, weil wir ohne den kirchlichen Segen zusammen sind. Pah, sie vögeln miteinander, obwohl der Pfarrer sein Ja und Amen nicht dazu gegeben hat!« Sie strich sich die Röcke glatt. »Eigentlich erstaunlich, dass du dennoch zu den wenigen gehörst, die bei Margarethe eingeladen werden. Rümpfen sie die Nase angesichts dieses Makels, der an dir haftet, und argwöhnen sie, dass du nach Fisch riechst?«

Er beugte sich vor und ergriff ihre Hände. Besorgt blickte er ihr in die Augen.

»Was ist los mit dir, Hanna?«, fragte er. »Worüber hast du dich geärgert? Sind es die Fischer, die ihren Fang selber von den Boten herab verkaufen und dir das Geschäft verderben? Oder welche Laus ist dir sonst über die Leber gelaufen?«

Sie entzog ihm die Hände und verschränkte die Arme vor der Brust. »Es ist nichts.«

»Das glaube ich dir nicht.«

»Dann lass es bleiben«, erwiderte sie trotzig.

»Was macht der Speck?«, entgegnete er ungerührt. »Sollte er nicht endlich genießbar sein?«

Hanna reichte ihm den Speck und zwei Spiegeleier und sah zu, wie er alles auf eine Scheibe Brot legte, um es langsam und mit Bedacht zu verzehren. Erst danach nahm sie sich ebenfalls Eier und gebratenen Speck und setzte sich zu ihm. Sie gab sich Mühe, ihn nicht spüren zu lassen, dass sie mit einem Problem zu kämpfen hatte, doch ihn konnte sie nicht täuschen. Gesättigt und mit einem Laut des Wohlbehagens schob er das Brett mit den Resten seiner Mahlzeit zur Seite.

»Nun komm endlich heraus damit, Hanna!«, forderte er sie auf. »Was ist passiert?«

Sie presste die Lippen zusammen, schüttelte den Kopf und weigerte sich, ihn an ihren Sorgen teilhaben zu lassen, doch sie hielt nicht durch. Nachdem sie einen weiteren Bissen genommen hatte, stand sie auf, ging in die Vorratskammer und kehrte gleich darauf mit einem Kabeljau zurück. Mit einem Seufzer ließ sie den Fisch auf den Tisch fallen. Nun sah er in aller Deutlichkeit, was sie belastete. Auf der einen Seite war die Haut des Fischs weitgehend abgezogen worden. Zwei tiefe Schnitte ließen das weiße Fleisch kreuzförmig auseinanderklaffen.

Wortlos setzte sie sich ihm gegenüber an den Tisch.

»Wer hat das getan?«, fragte er.

»Wenn ich das doch wüsste!«, seufzte sie. »Ich habe meinen Stand für eine kurze Weile verlassen. Als ich zurückkam, lag der Fisch so da. Ich habe die anderen Frauen gefragt, wer bei mir am Stand gewesen ist. Doch keine von ihnen hat etwas gesehen. Keiner von ihnen ist irgendetwas aufgefallen.«

»Es hat nichts zu sagen«, versuchte er sie zu beruhigen.

»Und ob es das hat!«, fuhr sie auf. Die Spannung brach auf, und die Worte sprudelten nur so aus ihr heraus. »Du weißt genau, dass das eine Warnung ist. Der Mörder will, dass du aufhörst, nach ihm zu suchen. Du bist ihm zu nahe gekommen. Er fühlt sich bedroht.«

Erneut griff er nach ihren Händen, doch sie entzog sie ihm. »Beruhige dich, Hanna! Ich bin nicht allein. Im Rathaus ist man darüber informiert, wie weit ich in diesen Fall vorgedrungen bin. Mir wird nichts passieren.«

»Dir nicht!« Sie sprang auf und ging zum Feuer, um die übrigen Scheiben Speck zu wenden. Mit dem Handrücken fuhr sie sich über die Stirn. »Mein Gott, um dich geht es doch gar nicht, sondern um mich.«

»Das bildest du dir ein.«

»Überhaupt nicht. Der Mörder will dir sagen: Wenn du nicht aufhörst, in meinen Angelegenheiten herumzuschnüffeln, ergeht es Hanna ebenso wie Agathe Kehraus. Nachdem ich sie getötet habe, ziehe ich ihr das Kleid vom Rücken und schneide ihr ein Kreuz in die Haut. Ich ... ich habe keine Lust, aufgeschlitzt zu werden.«

Er wusste, dass sie recht hatte. Von Anfang an hatte er es erkannt, doch er hatte keinen Weg gefunden, sie zu täuschen und zu beruhigen. Hanna Butenschön hatte Angst. Sie fürchtete um ihr Leben, und sie hatte allen Grund dazu, da sie es mit einem Mörder zu tun hatte, der sich völlig unauffällig zu bewegen wusste und der keinerlei Skrupel hatte, eine Frau zu töten.

»Es ist schon spät«, ermahnte sie ihn, während sie an den Tisch zurückkehrte. Nun, da heraus war, was sie belastete, wirkte sie wie befreit und zugleich sehr müde. »Du musst dich beeilen. Margarethe mag es ganz und gar nicht, wenn ihre Gäste zu spät erscheinen.«

»Ja, das ist wohl so.« Er hatte seine Mahlzeit beendet, verließ die Küche, machte sich frisch und kehrte bald darauf angemessen für den Abend gekleidet zurück. Er hatte einen dunklen Rock mit braunen Aufschlägen gewählt, der recht eng an den Schultern saß und sich im Hüftbereich weitete. Dazu die passenden Hosen, helle Strümpfe und elegante Stiefel. In dieser Kleidung wirkte er durchaus elegant, jedoch nicht aufdringlich.

Sie stand am Feuer und nahm die letzten Scheiben Speck aus der Pfanne, um sie auf ein Brett zu legen und abkühlen zu lassen. Auch kalt waren sie noch schmackhaft.

»Ich finde es unerträglich, dass ein Schweinehund wie Kehraus ungeschoren davonkommt«, sagte sie, ohne sich ihm zuzuwenden.

»Das wird er nicht«, widersprach er.

»Und ob er das wird! Du kannst ihm nichts beweisen. Gar nichts.«

»Woher weißt du das?«

»Du hättest es mich längst wissen lassen. Kehraus hat mächtige Freunde in der Stadt. Er selber hat mir den Fisch wohl nicht hingelegt. Das wäre aufgefallen. Aber vielleicht war es einer seiner Dienstboten oder einer seiner Freunde.« Hanna fluchte leise vor sich hin. Er verstand nicht, welch lästerliche Worte sie von sich gab, war aber sicher, dass sie es auf diesem Gebiet mit jedem Seemann mithalten konnte. Schließlich fügte sie hinzu: »Verdori! Sie werden verhindern, dass du ihm an den Karren pinkelst.«

»Das könnte ich mir durchaus vorstellen – aber ich werde es ihnen nicht leicht machen. Im Gegenteil.« Buddebahn lächelte kaum merklich. »Sie unterschätzen mich. Und das werde ich nutzen.«

Sie blickte ihn spöttisch lächelnd an: »Nu schiet di man nich in de Büx!«

»Du bist wie immer reizend zu mir. Doch, doch, es ist so. Den meisten Menschen gefällt es, wenn sie sich anderen überlegen fühlen. Mir ist das nicht wichtig. Ich weiß, dass ich es bin.«

»Du bist vor allem überheblich.«

»Das stimmt nicht, und das weißt du. Mein Vorteil ist, dass ich Erfolg hatte in meinem Leben und niemandem mehr etwas beweisen muss. Natürlich habe ich Schwächen. Jeder Mensch hat Schwächen. Aber das ist nicht wichtig. Man darf nicht in erster Linie seine Schwächen sehen und sich davon beeinträchtigen lassen, sondern muss sich auf seine Stärken stützen. Sie gilt es zu erkennen und konsequent auszubauen. So einfach ist das! Leider fühlen sich viele Menschen anderen unterlegen, weil sie sich ihrer Schwächen allzu sehr bewusst sind und in der ständigen Furcht leben, andere könnten eben diese Schwächen ausmachen und zu ihrem Vorteil nutzen. Und in der Tat. Je mehr man sich von seinen Schwächen drücken lässt, desto stärker machen sie sich bemerkbar, bis sie schließlich andere herausfordern, sich ihrer zu bedienen.«

»Das hat was für sich.«

»Warum also sollte ich anderen nicht das Gefühl geben, dass sie mir überlegen sind? Das verführt sie dazu, sich zu öffnen. Sie werden unvorsichtig, und manch einer plaudert mehr aus, als er eigentlich wollte. Doch davon abgesehen: Habe ich dir eigentlich schon gesagt, dass ich dich liebe?«

»Du wiederholst dich.« Sie tat, als sei sie gelangweilt, doch das Licht in ihren Augen verriet, dass ihr seine Worte guttaten.

»Dir passiert nichts, Hanna. Wenn diese ganze Geschichte zu gefährlich für dich wird, höre ich auf mit den Nachforschungen. Dann soll Malchow den Fall allein aufklären.« Nachdem sie einen flüchtigen Kuss miteinander getauscht hatten, wollte er gehen, doch sie hielt ihn zurück.

»Nimm dir einen Mantel mit«, empfahl sie ihm. »Es sieht nach Regen aus.«

Er musste ihr recht geben. Vorsorglich warf er sich einen Mantel über die Schulter und eilte davon, um zum Haus des Fernhandelskaufmanns Drewes zu gehen. Vom Hopfensack bis zur Deichstraße war es nicht weit. Die Marktstände waren abgebaut, und die Handwerker hatten die Tore zu ihren Werkstätten geschlossen, so dass es auf den Straßen und in den Gassen ruhig geworden war. Übrig geblieben waren allerlei Dreck und Abfälle. Träge floss das meiste den Fleeten, der Alster und der Elbe zu, begleitet von Möwen und Ratten, die sich herausholten, was verwertbar war für sie. Hunde schlugen sich um die

Reste eines Schweins, die der Schlachter achtlos weggeworfen hatte.

Obwohl der Sommer noch lange nicht vorbei war, senkte sich die Dunkelheit über die Stadt. Düstere Wolkenbänke schoben sich bedrohlich heran. Buddebahn war froh, dass er einen Mantel mitgenommen hatte. Das Haus der Familie Drewes würde er trockenen Fußes erreichen, später aber würde es regnen. Auf dem Rückweg zum Hopfensack würde sich der Mantel als nützlich erweisen.

Als er sich dem Wohn- und Handelshaus näherte, brach die Sonne durch die Wolken. Sie schien ihm ins Antlitz. Um nicht geblendet zu werden, zog er den Hut ins Gesicht. Einige Gäste kamen ihm entgegen. Er erkannte sie erst, als er auf gleicher Höhe mit ihnen war. Es waren die Handelsherren Gregor Baren und Stephan Kiefer mit ihren Damen. Mit spürbarer Zurückhaltung begrüßten sie ihn. Es fiel Buddebahn auf, doch gab er nichts darauf. Mit ihnen war er nie so recht warm geworden. Baren und Kiefer trieben nicht nur Handel, sondern brauten auch Bier. Allerdings war ihr Gerstengebräu bei weitem nicht so gut wie das Bier aus seinen Kesseln. Es lag am Getreide. Sie wussten es, waren jedoch nicht bereit, für eine bessere Qualität mehr zu bezahlen. In seinen Augen waren sie raffgierig. Sie wollten so schnell wie möglich Gewinn anhäufen. Er hielt diese Einstellung für dumm und kurzsichtig und sah sich darin in dem zunehmenden Erfolg seines eigenen Bieres bestätigt. Obwohl Henning Schröder die Brauerei nun verantwortlich führte, war es für ihn immer noch *sein* Bier, und das würde es für einige Zeit bleiben.

Sie wechselten einige Worte miteinander, die über Allgemeinplätze nicht hinausgingen.

»Schön, dass wir uns mal wieder sehen.«

»Wir wollten Euch immer mal einladen, aber es ergab sich keine Gelegenheit. Stets kam irgendetwas dazwischen.«

»Das war bei uns nicht anders.«

Es war eine oberflächliche Floskel, die nicht der Wahrheit

entsprach, und alle wussten es. Früher hatten sie eine Gemeinschaft gebildet, in der sie einander, ohne zu fragen, vertraut hatten. Es hatte Rivalitäten gegeben, Positionskämpfe und Streitereien, aber dennoch hatte man zusammengehalten. Das hatte sich erst geändert, als sie das Alter erreichten, in dem sie sich für das weibliche Geschlecht zu interessieren begannen und einer nach dem anderen eine feste Verbindung fand. Frauen kamen ins Spiel, und sie waren nicht mit allem einverstanden, was die Männer taten oder unterließen. Die Rivalitäten verschärften sich, Ehrgeiz und Neid kamen ins Spiel, Intrigen sorgten für atmosphärische Störungen, und nur wenige Männer erfüllten die Hoffnungen, die man gehegt hatte, als sie Kinder oder Jünglinge gewesen waren. Jeder entwickelte sich auf seine Art, und der eine oder andere in eine völlig andere Richtung als bis dahin erwartet wurde. Das wiederum führte dazu, dass einige Frauen mit dem Mann glücklich wurden, dem sie zugeführt worden waren, während andere mit dem Schicksal haderten, das sie getroffen hatte. Die einen machten allein mit ihrer Familie aus, was sie empfanden, die anderen ließen es nicht nur ihre Männer, sondern auch ihr Umfeld spüren.

»Aber nun sehen wir uns ja. Im Verlauf des Abends können wir sicherlich ein wenig miteinander plaudern.«

»Das haben wir Margarethe zu verdanken, die zu diesem wundervollen Abend einlädt.«

»Ich bin sehr gespannt.«

»Ein Dichter! Man hat nicht alle Tage das Vergnügen.«

»Vielleicht können wir Männer mal zusammen zum Bader Stübner gehen«, schlug Kiefer vor. »Da könnten wir in Ruhe miteinander plaudern, während wir uns mit einem heißen Bad vor dem Aussatz schützen.«

»Gute Idee.« Buddebahn nickte ihm freundlich zu, dachte jedoch nicht daran, darauf einzugehen.

»Wünschen wir uns einen besonders angenehmen Abend.«

Ihre Worte waren ebenso nichtssagend wie bedeutungslos und oberflächlich, dahingesagt und im nächsten Moment schon wieder vergessen. Für Buddebahn hätte es ausgereicht, wenn man sich nur höflich zugenickt hätte. Doch er fügte sich den Konventionen. Immerhin wollte man ein paar Stunden in angenehmer Atmosphäre miteinander verbringen.

Mit einer leichten Verbeugung ließ er ihnen den Vortritt in das Drewes-Haus. Er wollte ihnen folgen, vernahm jedoch Schritte hinter sich. Heinrich Kehraus hastete auf ihn zu. An ihm vorbei sah er für einen kurzen Moment den Schatten eines Vogels über die Wand eines Speichers gleiten. Er glaubte, einen gegabelten Schwanz wahrzunehmen, war sich jedoch nicht sicher. Allzu kurz war der Schatten auf der Wand gewesen.

Nun schlossen sich die Wolken, und die ersten Regentropfen fielen. Heinrich Kehraus rettete sich buchstäblich im letzten Augenblick ins Haus. Als Buddebahn sich ihm anschloss, öffnete der Himmel seine Schleusen, und wahre Wassermassen stürzten herab. Er glaubte, der Reeder sei der letzte Gast, doch er irrte sich.

Ohm Deichmann rannte mit komisch anmutenden Bewegungen durch den Regen. Der Schiffsbauer schnaufte mühsam. Mit hochrotem Gesicht stürzte er heran. Um ein Haar wäre er unmittelbar vor der Tür gefallen, hätte Buddebahn ihm nicht Halt gegeben. Ungeschickt klammerte sich der schwergewichtige Mann an ihn. Es hätte nicht viel gefehlt, und sie beide wären zu Boden gegangen.

»Aber, aber, Ohm Deichmann!« Buddebahn lachte. »Ein Mann wie Ihr sollte nur gemächlich schreiten und nicht rennen!«

»Ihr habt gut reden, Conrad«, erwiderte der Schiffbauer, mühsam nach Atem ringend. »Ich bin nass genug geworden. Glaubt Ihr, ich werde mich im Hemd an den Tisch unserer Gastgeberin setzen? Das wäre gar zu unwürdig. Jedenfalls solange wir noch nüchtern sind.«

Er lachte über seinen Scherz. Zu trinken würde es an diesem Abend nur wenig geben, und betrinken würde man sich ganz sicher nicht. Schließlich traf man sich nicht zu einem deftigen

Essen, sondern aus kulturellem Anlass. Er strich sich mit den Händen über die Ärmel seines Rocks, um das Wasser abzustreifen, das sich dort verfangen hatte, und hielt sich anschließend den stattlichen Bauch.

»Ihr seid allein, Ohm Deichmann? Geht es Eurer Frau nicht gut?«

»Sie lässt sich für heute entschuldigen.« Der kurzatmige Mann war nicht der Onkel Buddebahns. Er wurde jedoch von allen Freunden und Bekannten wegen seines umgänglichen Wesens »Oheim« oder »Ohm« genannt. Mit dem Bau von Koggen und Kraveelen hatte er viel Geld verdient. Gern wies er darauf hin, dass es ihm im Gegensatz zu den Herren Baren und Kiefer nicht darauf ankam, immer reicher zu werden und wahre Goldberge aufzuhäufen. Er wollte Schwächeren helfen. So nutzte er nach seinen eigenen Worten das Geld, das ihm ein wohlgesinntes Schicksal in die Kassen geschwemmt hatte, um anderen den nötigen wirtschaftlichen Anschub zu geben. Zu diesem Zweck stellte er finanzielle Mittel zur Verfügung und setzte sie als Zunftmeister ein, um ebenso ehrgeizige wie mutige junge Gesellen beim Aufbau einer eigenen Existenz zu unterstützen. Eine strenge Zunftordnung, die vom Rat der Stadt bestätigt worden war, regelte den Zugang zum Handwerk. So war es für aufstrebende Gesellen wichtig, gute Beziehungen zu Ohm Deichmann zu pflegen, da sich ohne seine Zustimmung und sein Wohlwollen niemand selbständig machen konnte. Insofern war er ein mächtiger Mann. Ohne ihn gab es keinen Aufstieg für Gesellen als Schiffszimmermann oder als Schiffsbauer. Hier fand sich auch einer der Gründe dafür, dass Zimmerleute nach ihrer Ausbildung ihre Sachen packten, durch die Lande zogen und fern der Heimat Arbeit und ihr Glück suchten.

Bei vielen, denen die Gründung eines eigenen Betriebs dank seiner Hilfe gelungen war, ließ er seine Einlage ruhen, um auf diese Weise die Basis zu festigen, auf denen sie ihr Geschäft verrichteten. Es war dieses Verhalten, dass ihm den Beinamen »Ohm« eingetragen hatte. Im Laufe der Zeit hatte sich dieser

Beiname so sehr eingebürgert, dass kaum jemand wusste, wie Deichmann mit Vornamen hieß. Bekannt aber war, dass Deichmann mit eiserner Hand durchgriff, wenn es darum ging, Zunft und Handwerk zu schützen und zu bewahren, oder falls einer seiner Schützlinge nicht seine Erwartungen erfüllte. Nahm einer der Handwerker oder Gesellen seine Dienste in Anspruch und verfolgte danach sein Geschäft nicht mit der nötigen Ernsthaftigkeit und Zielstrebigkeit, konnte der Name »Ohm« einen sehr unangenehmen Beigeschmack bekommen.

»Ich hoffe, es ist nichts Ernstes.«

»Das hoffe ich.« Deichmanns Atem beruhigte sich allmählich. An der Seite Buddebahns stieg er die Treppe zum ersten Stockwerk hinauf. »Meine Tochter und die Enkelkinder sind krank und liegen im Bett. Der Doktor meint, in zwei, drei Tagen seien sie wieder gesund, aber bis dahin will meine Erna sich um sie kümmern.« Er seufzte. »Wenn es um ihre Tochter und die Enkelkinder geht, ist sie wie eine Glucke mit ihren Küken. Das ist nun mal so. Ihr wisst schon ...!«

»Ja, ich weiß.«

Deichmann blieb stehen, um einige Male tief Luft zu holen. Das Treppensteigen hatte ihn angestrengt. »Und wie geht es Eurer Tochter, Conrad?«

»Danke. Ich habe gerade vor ein paar Tagen Nachricht von ihr aus Regensburg erhalten.« Buddebahn lächelte flüchtig. »Von ihr höre ich mehr als von meinem Sohn, obwohl der hier in Hamburg lebt. Vermutlich wisst Ihr mehr von ihm als ich. Wie macht er sich denn so?«

»Fabelhaft. Ich bin sehr zufrieden mit ihm.«

Sie betraten den Salon, in dem sich alle anderen Gäste eingefunden hatten. Der Raum wurde von Dutzenden von geschickt im Raum verteilten Kerzen erhellt. Margarethe Drewes und ihr Mann unterhielten sich lebhaft mit den Damen und Herren, während Thor Felten am Clavichord eine dezente Melodie spielte.

Buddebahn war überrascht, den Musiklehrer hier zu sehen.

Er hatte nicht mit ihm gerechnet, da für diesen Abend der Vortrag von Gedichten und Liedern eines zur Stunde noch unbekannten Poeten vorgesehen war, dem eine große Zukunft als Dichter vorausgesagt wurde. Daneben waren Gespräche über die Handelsbeziehungen der Stadt zu London und einigen der fernen Ostseestädte geplant.

Felten spielte einfühlsam, wobei er sich nicht nur auf die Tasten konzentrierte, sondern immer wieder mal den Kopf hob, um seine Blicke auf die eine oder andere Dame zu richten, eine Aufmerksamkeit, die ihm meistens mit einem kleinen, versteckten Lächeln belohnt wurde.

Alles in allem waren lediglich sechzehn Personen der Einladung gefolgt. Der Kreis war also deutlich kleiner als gewöhnlich. Buddebahn und Ohm Deichmann bedankten sich zunächst beim Ehepaar Drewes, dass sie dabei sein durften, und gingen dann zu allen anderen, um sie zu begrüßen und ein paar Worte mit ihnen zu wechseln.

Mit Bedacht näherte sich der Ermittler dem Handelsherrn Heinrich Kehraus langsam und auf indirektem Wege. Auf diese Weise bereitete er sich auf das Gespräch mit ihm vor. Auf keinen Fall wollte er sich anmerken lassen, was er empfand und wie er über ihn dachte. Kehraus sollte keinen Verdacht schöpfen. Früher oder später würde er ihn mit den gegen ihn erhobenen Vorwürfen konfrontieren. Je weniger der Kinderschänder auf diese Attacke gefasst war, desto schwächer würde seine Verteidigung sein.

Ebenso vermied er es, mit Richter Perleberg über den Fall zu sprechen.

Kunstgenuss und angenehme Konversation standen auf dem abendlichen Programm. Man wollte die Atmosphäre dieses Zusammenseins nicht durch Gespräche über ein so schreckliches Ereignis wie den Mord eintrüben.

Buddebahn reichte Sara Perleberg die Hand und verneigte sich leicht vor ihr. Sie lächelte, blieb dabei jedoch zurückhaltend, beinahe kühl, wie er fand. Sie ließ ihn spüren, dass sich etwas zwischen sie geschoben hatte, was vorher nicht da gewesen war. Allzu schnell suchte sie einen anderen Gesprächspartner. Er nahm es hin, ohne sich Sorgen zu machen. Das freundschaftliche Verhältnis war offensichtlich gestört, würde sich jedoch bald wieder zurechtrücken lassen. Daran zweifelte er nicht. Obwohl Sara schwierig und nicht so leicht zugänglich war, würden ein paar offene Worte bei passender Gelegenheit genügen.

Doch dann waren der Banker Klaas Bracker und seine Frau Ev ähnlich distanziert. Sie lächelten, aber in ihren Augen war ein kühles Licht, wie er es vorher nicht bei ihnen beobachtet hatte.

Buddebahn ließ sich seine Enttäuschung nicht anmerken. Er tat, als sei ihm nichts aufgefallen. Von den befreundeten Brackers hatte er allerdings mehr Verständnis erwartet. Offensichtlich hatte man miteinander geredet und dabei eine Front gegen ihn aufgebaut. Dass es so war, zeigte sich auch bei den anderen Gästen. Während sonst stets der eine oder andere seine Nähe suchte, um mit ihm zu plaudern, blieb nur Ohm Deichmann bei ihm, derweil die anderen ein wenig zu auffällig bemüht waren, untereinander zu bleiben.

Die Erkenntnis, dass er bei seinen Ermittlungen weit in die private Sphäre seiner Gesprächspartner vorgedrungen war und dabei manches enthüllt hatte, was im Verborgenen bleiben sollte, drängte ihm ein leichtes Lächeln auf die Lippen.

Auf die eine oder andere Weise hat jeder von ihnen etwas zu verbergen, dachte Buddebahn, während er sich auf einen Stuhl setzte und auf den Beginn des Vortrags wartete. Sie verhielten sich, als sei pure Neugier seine Triebfeder, nicht aber das Bestreben, einen heimtückischen Mörder zu entlarven. Die Befürchtung, ihr kleines – oder größeres – Geheimnis könnte enthüllt werden, ließ sie auf Abstand gehen.

Sie vergaßen allzu schnell. Zunächst hatte der Mord an Agathe Kehraus sie alle aufgeschreckt und verängstigt. Nun aber waren einige Monate ins Land gegangen, ohne dass sich eine weitere Untat ereignet hatte, und schon wähnten sie sich in Sicherheit, schirmten sich ab und fühlten sich belästigt, weil er nicht aufgeben wollte.

In gewisser Weise fühlte man sich als Einheit, als eine Gruppe von Auserlesenen, der Reichen und Mächtigen in dieser Stadt und darüber hinaus in der Organisation der Hanse. Es gab eine klare Abgrenzung zwischen ihnen und den übrigen Bürgern der Stadt. Doch das änderte nichts daran, dass man einander keineswegs nur mit vorbehaltloser Hochschätzung begegnete.

Buddebahn blickte kurz zu Gregor Baren und seiner Frau Selma hinüber. In der Stadt war bekannt, dass der Handelsherr sein Unternehmen mit lockerer Hand führte und nicht mehr für das Geschäft tat als unbedingt notwendig. Man hütete sich davor, ihn faul zu nennen – immerhin war man ihm und seiner Frau freundschaftlich verbunden –, aber das Wort »fleißig« war in diesem Zusammenhang nie gefallen. Baren und Frau Selma liebten das Leben und genossen es in vollen Zügen. Wo auch immer sich eine Gelegenheit zum Feiern ergab, waren sie dabei, was bei den anderen Patriziern mit leiser Kritik wahrgenommen wurde. Vielleicht neidete der eine oder andere ihm, dass er sein Vermögen geerbt und nicht durch eigenes Geschick und viel Arbeit erworben hatte.

Das traf sicherlich auf Castor Hamm und seine Frau Juliane zu, die wahrscheinlich am härtesten für ihr Handelshaus gearbeitet und gekämpft hatten. Als Castor das Geschäft von seinem Vater übernahm, war es praktisch ruiniert. Immer wieder waren dessen Schiffe vor der Küste von England von Seeräubern überfallen und ausgeplündert worden. Unglücklicherweise war Castor kein Mann, der über einen ausgeprägten Geschäftssinn verfügte. Er wusste es, und er fühlte sich den Anforderungen nicht gewachsen. So dümpelte das Geschäft einige Jahre lang vor sich hin, nicht gut genug, um Wohlstand herbeizuführen, und nicht schlecht genug, um den endgültigen Ruin einzuleiten. Die Situation änderte sich erst, als Castor Juliane heiratete, die ein ungewöhnliches Gespür für gute Geschäfte entwickelte, geschickt zu verhandeln wusste und das Handelshaus auf den richtigen Kurs brachte. Obwohl sie als Frau im Hintergrund zu bleiben hatte und die Fäden nur in aller Diskretion ziehen durfte, war allgemein bekannt, dass es ihr allein zu verdanken war, wenn die Hamms mittlerweile zu den wohlhabenden Familien der Stadt zählten. Man wusste, sie hatte die Hosen an. Zur Zufriedenheit der beiden hatte diese Tatsache allerdings nicht geführt. Sie wünschte sich von ihm eine intensivere Mitarbeit im Geschäft, und er erwartete Kinder von ihr. Beider Wünsche waren bis auf den Tag nicht erfüllt worden. Die Enttäuschung darüber ließ sie griesgrämig aussehen, während er sich in zunehmendem Maße von ihr und dem Geschäft zu distanzieren schien, um sich geistigen Dingen – wie etwa der Bibelforschung – zu widmen.

Aber auch bei anderen Familien herrschte nicht nur eitel Sonnenschein. Jeder hatte sein Scherflein zu tragen, und da man sich häufig und bei allen wichtigen Ereignissen begegnete, waren nahezu alle über die kleinen Sorgen der anderen informiert. Über echten Problemen breitete man den Mantel des Schweigens aus. Buddebahn war überzeugt davon, dass Agathe nicht nur geahnt, sondern gewusst hatte, welchen sexuellen Neigungen ihr Mann folgte, aber sie hätte sich eher die Zunge abgebissen, als ein Wort darüber zu verlieren.

Neben ihm tat sich Ohm Deichmann an einem Krug Bier gütlich, der ihm von einer Bediensteten gereicht worden war. Als die Magd ihn höflich fragte, ob er etwas zu trinken haben möchte, lehnte Buddebahn ab.

»Vielleicht später. Danke«, erwiderte er.

Ohm Deichmann setzte das Bier auf der oberen Rundung seines Bauches ab und blickte ihn über den Krug hinweg an.

»Wie man hört, seid Ihr dem Mörder Agathes auf der Spur«, sagte er so leise, dass niemand sonst es hören konnte. »Wie nah seid Ihr ihm denn? Hat er Grund, den Kopf einzuziehen?«

Bei diesen Worten blickte er so auffallend zu Kehrhaus hinüber, dass kein Zweifel daran bestehen konnte, wen er am meisten der Tat verdächtigte. Das war keineswegs überraschend für Buddebahn, der wusste, dass Deichmann und Kehrhaus sich nicht ausstehen konnten. Er erinnerte sich nicht daran, wann es zu der Feindschaft zwischen den beiden gekommen war. Es musste bereits in der Kindheit gewesen sein, denn so lange kannte er die beiden.

Er hatte beobachtet, wie die beiden als Zehnjährige aneinandergeraten waren. Das war an der Einmündung eines der Fleete in die Elbe gewesen, wo einer dem anderen den vermeintlich besten Angelplatz streitig machte. Da keiner von beiden nachgeben wollte und jeder auf einem Recht bestand, das keiner von ihnen tatsächlich zu beanspruchen hatte, flogen am Ende die Fäuste. Als Buddebahn den Ort der Auseinandersetzung erreichte, waren beide gezeichnet, ihre Nasen bluteten, und beide waren so erschöpft, dass sie kaum noch die Fäuste heben konnten. Nun versuchten sie es mit Beißen und Kratzen, um schließlich dazu überzugehen, sich gegenseitig zu würgen.

Bevor Buddebahn eingreifen konnte, eilte Deichmanns Vater heran, packte die beiden Jungen am Kragen und steckte ihre Köpfe in das Elbwasser, bis sie glaubten, ersticken zu müssen. Hustend und keuchend rangen sie danach um Luft. Bevor sie wussten, wie ihnen geschah, erhielten sie eine Reihe von Maulschellen. Der alte Deichmann schlug mit aller Kraft zu, so heftig, dass die Jungen zu Boden stürzten, und es half ihnen gar nichts, dass sie ihr Gesicht mit den Armen zu schützen versuchten. Danach schickte er sie nach Hamburg zurück, wobei er ihnen eine Tracht Prügel für den Fall androhte, dass sie sich auf dem Weg dorthin streiten und zu Haus angekommen nicht augenblicklich auf dem Hof arbeiten sollten, der eine im Rahmen des Schiffbaus, der andere beim Verladen von Waren.

»Verlass dich drauf, Heini«, brüllte er Kehraus an. »Wenn du es nicht tust, rede ich mit deinem Vater, und der versohlt dich garantiert so, dass du drei Tage lang nicht mehr sitzen kannst.«

Heinrich Kehraus schlich mit eingezogenem Kopf davon. Er

wusste, dass er die Drohung ernst nehmen musste, denn sein Vater sorgte in Haus, Hof und Familie mit eiserner Hand für Ordnung. In dieser Hinsicht hatte er manch schmerzliche Erfahrung machen müssen.

Nun hatte Buddebahn die begehrte Angelstelle für sich allein. Er nutzte seinen Vorteil und stellte sehr schnell fest, dass dies in der Tat ein vorzüglicher Platz war, um Aale zu fangen. Während er nach und nach sieben Prachtexemplare aus dem Wasser zog und sofort in einem Leinenbeutel verstaute, dachte er vergeblich darüber nach, weshalb die beiden Streithähne immer wieder aneinandergerieten. Er nahm sich vor, Deichmann irgendwann mal nach dem Grund zu fragen. Dabei war es geblieben. In all den langen Jahren, die sie sich kannten, hatte er versäumt, das Gespräch darauf zu lenken, und schließlich hatte er hingenommen, dass es eben so war. Deichmann und Kehraus mochten sich nicht. Sie waren sich auch als Erwachsene spinnefeind, wahrten jedoch die Form. Im Hause der Drewes begrüßten sie sich höflich, wechselten einige unverbindliche Worte miteinander, blieben jedoch stets auf Distanz. Weitere Kontakte gab es nicht. Nie wäre Kehraus auf den Gedanken verfallen, Deichmann den Auftrag für den Bau eines Schiffes zu geben. Hätte er es doch getan, hätte der Schiffbauer sicherlich unter einem Vorwand abgelehnt.

»Wir wollen nicht jetzt darüber reden«, bat Buddebahn, wobei er abwehrend die Hände hob und ein Lächeln aufsetzte, das ihn verlegen erscheinen ließ. »Es scheint, dass Margarethes Dichter beginnen will.«

Die Hausherrin führte einen bärtigen Mann herein, der sie um wenigstens eine Elle überragte. Sein grob geschnittenes Gesicht mit der dicken Nase und den aufgeworfenen Lippen ließ nicht auf ein durchgeistigtes Wesen schließen. Dieser Eindruck aber täuschte. Mit leicht belegter Stimme begann der Poet seinen Vortrag – und schlug seine Zuhörer in den Bann. Mit wohlgesetzten Worten und einem überraschend feinfühligen Text fand er nicht nur ihr Interesse, sondern rührte die Damen zu

Tränen und brachte die Männer dazu, ihm ihre ganze Aufmerksamkeit zu widmen.

So fand bereits sein erstes Gedicht den Beifall aller.

»Zauberhaft«, seufzte Ev, die Frau des Bankiers Klaas Bracker. »Bitte, mehr davon!«

Als der Dichter ihrem Wunsch entsprechen wollte, sich kräftig räusperte, um seine Stimme zu befreien und seine Zuhörer zugleich zur Ruhe zu ermahnen, stürzte plötzlich eine Bedienstete herein. Da sie gar zu ungestüm war, meinte Margarethe Drewes sie tadeln zu müssen. Sie sprang von ihrem Stuhl auf und trat ihr entgegen, spürte dann jedoch, dass etwas Ungewöhnliches geschehen war, zögerte und schien verunsichert. In dem gleichen Moment, indem Buddebahn die Magd sah, die bis dahin von einigen der Gäste verdeckt gewesen war, erkannte er, dass ein Schatten des Schreckens in die Gassen der Hansestadt gefallen war.

»Ein Mord. Ein schrecklicher Mord.«

Sicherlich wollte die Bedienstete nicht laut sprechen, doch sie hatte ihre Stimme nicht in der Gewalt, und so vernahmen alle im Raum, was sie mitzuteilen hatte. Vorbei war es mit der bis dahin angenehmen Atmosphäre. Niemand war nun noch an einem Kunstgenuss interessiert. Die Gäste sprangen auf und drängten sich um Margarethe Drewes, ihren Mann und die junge Magd. Aufgeregt redeten sie durcheinander, begierig darauf, mehr zu erfahren.

Energisch drängte sich Ohm Deichmann nach vorn. Erblassend schob er alle anderen zur Seite, ohne Rücksicht auf die Befindlichkeit der Damen und Herren, abseits der auch in dieser Situation gebotenen Höflichkeit, bis er die Bedienstete am Arm packen konnte.

»Du hast mich eben angesehen! Sehr eigenartig angesehen«, rief er. »Das gefällt mir nicht. Mein Gott, nun rede schon, wer ist ermordet worden? Ein Mann oder eine Frau? Wer ist es? Heraus damit! Ist es … meine Frau?«

Schlagartig wurde es still im Raum.

»Es ist eine Frau. Eine Dame. Aber wer es ist, weiß ich nicht, Ohm Deichmann«, stotterte die Magd, und dann brach sie in Tränen aus.

Plötzlich redeten alle durcheinander. Die einen versuchten, Ohm Deichmann zu beruhigen. Da er an diesem Abend allein zu den Drewes gekommen war, verstanden sie, von welchen Sorgen und Ängsten er heimgesucht wurde. Sie sagten, es sei ausgeschlossen, dass seine Frau das Opfer des Mörders geworden sei. Aber es war oberflächliches Gerede, Versuche zu trösten, die bar jeder Grundlage waren und sich auch so anhörten. Die anderen bemühten sich vergeblich, der von Weinkrämpfen geschüttelten Bediensteten weitere Informationen zu entlocken

Margarethe legte den Arm um sie und führte sie zur Tür. Dabei sprach sie leise mit ihr. Am Durchgang zum Nebenzimmer blieb sie stehen und wandte sich ihren Gästen zu. Fast alle waren ihr gefolgt. Lediglich Buddebahn war auf seinem Platz verblieben. Er beobachtete die Szene, wobei er Mühe hatte, seine Gedanken zu ordnen und sich auf das Wesentliche zu konzentrieren. Allzu sehr drängte sich ihm auf, dass Hanna und er mit dem teilweise enthäuteten und mit einem Kreuzschnitt versehenen Kabeljau eine überaus deutliche Warnung erhalten hatten. Neben einem unangenehmen Druck in der Magengegend verspürte er eine zunehmende Schwäche in den Beinen. Die Angst um die geliebte Frau kroch in ihm hoch und drohte ihn zu lähmen.

Er fürchtete, dass Hanna Butenschön das Opfer war! Möglicherweise war der Kabeljau nicht nur Drohung, sondern zugleich die Ankündigung der Tat gewesen. Er hatte den Vorfall durchaus ernst genommen, war jedoch der Ansicht gewesen, dass ihm noch genügend Zeit blieb, darauf zu reagieren. Offensichtlich hatte er sich geirrt.

»Bitte, lasst das Mädchen in Ruhe«, hörte er Margarethe Drewes sagen. »Das arme Ding weiß nicht mehr als wir. Ein Bote hat ihr unten an der Tür mitgeteilt, was geschehen ist. Wenn wir mehr wissen wollen, müssen wir dorthin gehen, wo sich die entsetzliche Tat ereignet hat. Zur Bonenstraat!«

»Genau das werden wir tun«, rief Ohm Deichmann, dessen Antlitz jede Farbe verloren hatte. Seine Unterlippe zitterte heftig, und seine Hände suchten nach einer Stütze. Sie fanden sie in der Lehne eines Stuhls. Wie ein Ertrinkender klammerte er sich an sie. Mit einiger Verwunderung erkannte Buddebahn, dass er sicher zu sein schien, seine Frau sei das Opfer. Anders konnte er sich sein Verhalten nicht erklären.

Der Ermittler versuchte, die Gedanken an Hanna Butenschön so weit wie möglich zu verdrängen. Zugleich gab er seine Zurückhaltung auf. So schrecklich der Mordanschlag war, bot er doch die Chance, dem Täter näher zu kommen. Dieser konnte die Tat nicht verübt haben, ohne Spuren zu hinterlassen. Vielleicht gab es winzige Hinweise, die er nur bei äußerster Sorgfalt entdecken konnte, aber es gab sie. Davon war er überzeugt. Jetzt galt es die Gunst der Stunde zu nutzen und nach diesen Hinweisen zu suchen. Auf keinen Fall durfte er zulassen, dass die Spuren durch allzu gedankenlose Neugierige zerstört wurden. Je weniger Menschen sich am Ort des tödlichen Überfalls aufhielten, desto besser.

Abwehrend hob er beide Arme und trat zugleich näher an die anderen heran.

»Es tut mir leid.« Er machte nun ganz und gar nicht mehr den Eindruck, als fühle er sich unterlegen. Im Gegenteil. Plötzlich schien er mit seiner Persönlichkeit den ganzen Raum auszufüllen. Für einen Moment wurde es still. Wie selbstverständlich wandten sich alle ihm zu. »Ich verstehe Euren Zorn und Eure Erregung, aber wir dürfen nicht alle gehen. Bitte, überlasst es mir, sich um diese grässliche Geschichte zu kümmern.«

»Wir gehen«, protestierte Heinrich Kehraus. »Alle. Auf der Stelle.« Entschlossen machte er sich auf den Weg zur Tür.

»Nein, bitte nicht!« Buddebahn streckte den rechten Arm aus, um ihn nicht vorbeizulassen.

»Wie kommt Ihr dazu, es uns zu verwehren?« Unsicher geworden, blieb der Reeder stehen. »Wir tun, was wir für richtig halten. Eine Dame, die vermutlich aus unserer Mitte stammt, ist ermordet worden. Unter diesen Umständen ist es unumgänglich, dass wir uns der Angelegenheit annehmen. Ihr werdet uns nicht daran hindern. Ihr nicht! Ein Mann, der in Sünde lebt.« Es klang wie ein Peitschenhieb, als er hinzufügte: »Mit einer Fischfrau!«

Die anderen Gäste schlossen sich ihm an. Sie drängten zum Ausgang.

»Es regnet nicht nur«, versetzte Buddebahn, »es schüttet wie schon lange nicht mehr. Also wird es schwer sein, Spuren des Mörders zu finden. Wenn wir darüber hinaus alle dort herumlaufen, wo das Opfer liegt, wird es überhaupt keine Spuren von ihm mehr geben. Ist das wirklich in Eurem Interesse?«

»Nein, eigentlich nicht«, entgegnete Margarethe Drewes. Sie war nachdenklich geworden. Still und bleich stellte sie sich neben Buddebahn.

»Natürlich nicht«, betonte Klaas Bracker. Der Banker griff nach der Hand seiner Frau, als könne sie ihm Halt geben.

»Wir alle wollen, dass der Mörder ermittelt wird«, beteuerte Heinrich Kehraus. Unschlüssig stand er zwischen den anderen Gästen, die er alle überragte. »Niemand will den Ermittlungen im Wege stehen.«

»Nein. Auf keinen Fall«, bekräftigte Klaas Bracker diese Worte. Er machte einen verwirrten Eindruck auf Buddebahn. Die Nachricht von dem zweiten Mord schien ihn aus dem Gleichgewicht gebracht zu haben.

»Nun geht endlich!«, forderte Kehraus. Er kämpfte mit sich und brachte schließlich heraus: »Ich bin wohl etwas zu weit gegangen. Tut mir leid.«

Buddebahn blickte ihn an. Zugleich wurde ihm in aller Deutlichkeit bewusst, dass er bisher auf einer falschen Spur gewesen war. Der Mörder hatte zum zweiten Mal zugeschlagen, doch Kehraus war während der Tatzeit hier mit ihm in einem Raum gewesen. Ihm konnte diese Tat nicht zur Last gelegt werden.

Es sei denn, dass er einen anderen für den Mord bezahlt hat!
»Bitte, verliert keine Zeit, Conrad«, bat Carl Drewes. Neben seiner Frau wirkte er klein und unscheinbar. Sicherlich war kein Zufall, dass er schräg hinter ihr stand. Sie war die dominierende Persönlichkeit, hinter der er zurückzutreten hatte. »Der Mörder muss aus dem Verkehr gezogen werden, bevor er noch mehr Unheil anrichten kann.«

»Richtig«, stimmte Heinrich Kehraus ihm zu.

Buddebahn sah ihn an sich herantreten, und im Gefolge rückten alle anderen nach. Zunächst zögernd, dann immer deutlicher. Plötzlich gab es jene unsichtbare Schranke nicht mehr zwischen ihnen, die er zu Beginn der Veranstaltung hatte spüren müssen. Jetzt fürchteten sie um das Leben ihrer Frauen. Jede von ihnen konnte die Nächste auf der Liste des Mörders sein. Sie brauchten seine Hilfe. Ihre Angst war stärker als die Abneigung gegen sein unabdingbares Vordringen in ihr privates Leben.

»Ich gehe mit Euch«, verkündete Ohm Deichmann. Er räusperte sich, da ihm die Stimme versagen wollte. »Unter allen Umständen. Meine Frau ist nicht hier. Sie könnte das Opfer sein. Also werde ich nicht bleiben. Egal, was Ihr sagt!«

»Kommt«, forderte er Ohm Deichmann auf, da keiner der anderen Einspruch erhob. Sie verließen den Raum, stiegen in aller Eile die Treppe hinunter und streiften sich ihre mit Fett bestrichenen Mäntel über, die ihnen einen gewissen Schutz gegen den Regen gewährten. Schweigend liefen sie die Straße entlang. Das Wasser spritzte unter ihren Füßen zur Seite, und der Regen suchte sich unangenehm schnell seinen Weg durch ihre Kleidung. Der gefettete Stoff konnte die Feuchtigkeit nicht zurückhalten. Er bahnte der Angst einen Weg bis auf ihre Haut und in ihre Herzen hinein.

Kalt und beklemmend.

6

Die Bonenstraat führte in einem Halbkreis um die Nikolaikirche herum. Mit dicken Bohlen an den Seiten waren die hier errichteten Hütten gegen die Fluten der Elbe geschützt. Manche nannten die schmale Straße auch »uppe de bone«, was sich auf die Lauben und Hütten bezog, aber in den letzten Jahren hatte sich der neue Name mehr und mehr durchgesetzt. Buddebahn erinnerte sich kaum noch an den alten Namen.

Schon als Ohm Deichmann und er in die Straße einbogen, sahen sie, dass sich trotz des strömenden Regens zahlreiche Neugierige eingefunden hatten. Sie drängten sich um einen offenen Schuppen, durch den man zu dem nahe gelegenen Fleet gelangen konnte.

Es schien, als habe der Schiffsbauer gegen einen unsichtbaren Widerstand zu kämpfen. Er ging plötzlich langsamer. »Ich kann nicht«, keuchte er, wobei er sich mit der flachen Hand gegen die Brust klopfte – offenbar, um sein wild pochendes Herz zu beruhigen.

»Bleibt hier und wartet auf mich«, schlug Buddebahn vor. »Ich bin gleich zurück.«

Sein schwergewichtiger Begleiter schüttelte den Kopf und ließ ihn zugleich tief sinken.

»Es ändert ja nichts«, sagte er schluchzend.

Buddebahn stützte ihn, indem er seinen Arm hielt. Langsam schritten sie weiter. Mittlerweile war man auf sie aufmerksam geworden. Scheu wichen die Neugierigen vor ihnen zurück, so dass sich ihnen eine Gasse öffnete. Sie führte direkt zu der Leiche, die auf einem Holzstapel lag. Als Ohm Deichmann ihrer ansichtig wurde, brach er auf die Knie. Weinend schlug er die Hände vor das Gesicht.

Buddebahn ging weiter, bis er unmittelbar vor Erna Deichmann stand. Sie lag auf dem Rücken. Jemand hatte ihr einen Lappen über die Kehle gelegt, so dass er den Schnitt quer über ihren Hals erst sehen konnte, als er ihn kurz anhob. Die Hände waren über der Brust gekreuzt. Da sie nach dem Anschlag in den Schlamm gestürzt war, bedeckten Schmutz und Blut ihr Kleid und ihre Hände. Ihm fiel eine kleine, gezackte Wunde auf ihrer Stirn auf. Es schien, als sei sie beim Aufprall auf den Boden auf einen Stein gefallen und habe sich dabei diese Wunde zugezogen.

Von widerstreitenden Gefühlen erfüllt, wandte Buddebahn sich an die Männer und Frauen, die sich unter den überhängenden Dachvorsprüngen zusammendrängten, um ein wenig vor dem Regen geschützt zu sein. Es half nicht viel. Die meisten wurden dennoch nass. Doch das schien niemanden zu stören. Sie waren alle neugierig und wollten nicht weichen. Es waren einfache Leute, Arbeiter, Handwerker und Dienstboten, die in den Hütten der Umgebung hausten. Ihre Gesichter waren von Entbehrung und Unterernährung gezeichnet. Reeper-Jan war unter ihnen. Der große, schlanke Mann hielt den Hut mit der weißen Schärpe in den Händen. Der Regen hatte ihm die Haare in die Stirn gespült. Von seinem fleckig wirkenden Bart tropfte es herab.

»Wer hat die Tote hierhergelegt?«, fragte Buddebahn. Auf der einen Seite war er erleichtert, dass nicht Hanna Butenschön das Opfer war, auf der anderen Seite erschütterte es ihn, dass es Ohm Deichmanns Frau getroffen hatte. Es fiel ihm schwer, genügend Abstand zu gewinnen, um mit der Untersuchung des Falles zu beginnen. Doch es half nichts. Je mehr Zeit verstrich, desto geringer waren die Aussichten, Fortschritte auf der Suche nach dem Mörder zu erzielen. »Warst du das, Reeper-Jan?«

Der Seilmacher stülpte sich den Hut auf den Kopf. Unsicher wich er den Blicken Buddebahns aus. Die vollkommen durchnässte Kleidung klebte an seinem Körper.

»Ja, Conrad, das war ich«, erwiderte er. Seine Stimme klang noch ein wenig heiserer als gewöhnlich. »Sollte ich die arme Frau etwa in Schlamm und Regen liegen lassen? Sie lag auf dem

Bauch. Das Antlitz im Dreck versunken. Das konnte ich nicht mit ansehen. Schließlich ist man Christenmensch!«

Er schien auf ein Lob zu warten, doch Buddebahn wäre ihm am liebsten an die Gurgel gefahren. In seiner Unbedarftheit hatte der Mann einen unverzeihlichen Fehler begangen. Er hatte die Frau von der Stelle entfernt, an der sie getötet worden war, und dann hatten die Neugierigen alle Spuren vernichtet, die es möglicherweise gegeben hatte. Damit waren alle Hoffnungen dahin, den Mörder anhand von Beweisen überführen zu können. Er meinte, das zufriedene Lachen jenes Unbekannten zu hören, der erneut über alle seine Verfolger triumphierte.

»Wo hat die Leiche gelegen, als du sie aufgehoben hast?«, fragte er.

Spürbar enttäuscht über seine Reaktion, wandte Reeper-Jan sich um. Mit seinen Blicken suchte er die Gasse ab. Er war unsicher. Auf dem vom Regen durchweichten Boden gab es keine markanten Stellen. Unter diesen Wetterbedingungen sah es überall gleich aus.

»Das ist hier gewesen«, versetzte eine Frau. Mit einer Hand hielt sie sich ein Tuch über den Kopf, um den Regen abzuwehren, mit der anderen zeigte sie auf eine Stelle, die ein paar Schritte von ihr entfernt war.

»Nein, das stimmt nicht«, widersprach ein älterer Mann. »Es war weiter drüben. Etwa dort, wo die Grasbüschel sind.«

»Ihr werdet jetzt alle verschwinden«, befahl Buddebahn. »Ich glaube nicht, dass es irgendwo eine Spur von dem Mörder gibt, dennoch will ich mir alles genau ansehen. Und dabei seid ihr im Weg. Also geht!«

Sie gehorchten. Scheu und verängstigt zogen sie sich zurück. Die meisten verließen die Bonenstraat, andere suchten die Hütten und Lauben auf und beobachteten aus offenen Türen heraus, was geschah. Aufgewühlt und zutiefst enttäuscht stellte Buddebahn fest, dass er viel zu spät am Tatort erschienen war. Die ganze Straße wurde vom Regen überschwemmt. Das Wasser spülte die Fußabdrücke der Menschen schon nach kurzer Zeit weg, und was geblieben war, stammte größtenteils von den Neugierigen, die sich der Leiche genähert hatten. Nicht einmal Blutflecken verrieten, an welcher Stelle Erna Deichmann getötet worden war. Das Wasser hatte das vergossene Blut verdünnt und über die Bonenstraat verteilt.

Während er nach Spuren suchte, kam Ohm Deichmann mit dem Leichnam seiner Frau auf den Armen aus dem Schuppen.

»Ich bringe sie nach Haus«, verkündete er mit belegter Stimme und so entschlossen, dass Buddebahn keinen Widerspruch erhob.

»Nur eines noch«, bat der Ermittler, während er neben ihm her schritt. Er glaubte verstehen zu können, wie es um den Schiffsbauer stand, und er wollte alles vermeiden, was seinen Kummer vertiefen konnte. Deichmann war ein Koloss von einem Mann, doch er hatte einen weichen Kern und versuchte gar nicht erst, seiner Gefühle Herr zu werden. Tränen liefen ihm über das breite Gesicht und vermischten sich mit dem Regen. Seine Lippen zuckten unkontrolliert, so dass es schien, als würde er im nächsten Moment anfangen zu schreien, um seine ganze Verzweiflung herauszubrüllen und zugleich Anklage gegen den heimtückischen Mörder zu erheben.

»Nein«, wehrte Deichmann ab.

»Ich muss ihren Rücken sehen. Es tut mir leid, Ohm Deichmann, aber es muss sein. Alle Spuren sind verwischt. So lasst mir wenigstens das. Nur ein kurzer Blick. Vielleicht hilft es mir, den Mörder zu finden.«

Ohm Deichmann blieb stehen, zögerte und schüttelte dann energisch den Kopf. Er schloss die geröteten Augen, und seine mächtige Figur wankte, als könne er sich nicht mehr auf den Beinen halten. Dabei drückte er seine tote Frau fest und entschlossen an sich.

»Nein«, weigerte er sich. »Wir werden ihr die Würde nicht nehmen.«

»Ich muss wissen, wie der Rücken aussieht«, beharrte Buddebahn. »Ich verstehe Eure Trauer. Glaubt mir, ich würde gern verzichten. Aber es muss sein. Wie soll ich den Mörder finden, wenn ich nicht alle Hinweise sehen kann, die möglicherweise zu ihm führen?«

»Das ist mir egal!« Der Schiffbauer blieb bei seiner Ablehnung. Seine Lippen zuckten stärker als zuvor. »Und jetzt lasst mich endlich vorbei!« Seine Gefühle übermannten ihn, und er begann hemmungslos zu schluchzen. Ebenso ungestüm wie ungeschickt stapfte er an dem Ermittler vorbei, um die Tote nach Hause zu bringen; ein schwergewichtiger Mann, der weniger unter der Last in seinen Armen, als vielmehr unter der Wucht des Schicksals, das ihn heimsuchte, zusammenzubrechen drohte. Buddebahn hielt ihn nicht auf. Er hoffte, die nötigen Hinweise von anderer Seite – oder später – zu bekommen. Er folgte ihm mit seinen Blicken, bis der herabstürzende Regen ihn mehr und mehr einhüllte und schließlich ganz verschluckte, so dass sich seine mächtige Gestalt aufzulösen und im Nichts zu verschwinden schien.

Er wartete, doch der Regen wollte nicht nachlassen. Hier und da klappten Türen zu. Für die Anwohner der Bonenstraat war das Verlangen nach Geborgenheit und einer gewissen Heimeligkeit in ihren Häusern stärker als die Neugier. Sie waren wie Schnecken, die ihre Fühler einfuhren, kaum dass sie auf etwas stießen, was ihnen Unbehagen bereitete. Ihre Lust am Schrecklichen war befriedigt. Damit hatte sich alles erfüllt, was sie wollten. Scheu wichen sie vor ihm aus, der aus ihrer Sicht zu den Oberen der Stadt gehörte und von dem sie eigentlich nur Unannehmlichkeiten zu erwarten hatten. Es war ein offenes Geheimnis, dass die Bürger nicht immer gute Erfahrungen mit den Vertretern der Stadt gemacht hatten. Immer wieder waren sie der Willkür ausgesetzt gewesen. So zogen sie es vor, sich ihm zu entziehen, bevor sie in Verdacht gerieten, irgendetwas mit der Mordtat zu tun zu haben. Schlimm genug, dass Erna Deichmann unmittelbar vor ihrer Tür getötet worden war.

Als Buddebahn aus dem trockenen Unterstand in den Regen hinaustrat, versanken seine Füße im Schlamm, und schon nach den ersten Schritten war gar nichts mehr trocken an ihm. Er kümmerte sich nicht darum, überquerte die Gasse und winkte protestierend, als Reeper-Jan die Tür seiner Kate schließen wollte.

»Ich muss mit dir reden«, rief er und schob sich an dem Seilmacher vorbei, bevor dieser ihm den Eintritt verwehren konnte. Bisher hatte er sich keine Gedanken darüber gemacht, weshalb Jan hier war. Jetzt lag der Grund offen vor ihm. In der Kate arbeiteten drei Männer daran, Seile für ihn zu fertigen. Die Hütte war nicht bewohnt, sondern stellte eine Werkstatt dar.

»Was ist denn?«, fragte der Seilmacher unwillig. »Wir haben zu tun. Die Arbeit wartet nicht. Morgen läuft die *Sturmwelle* aus, ob wir unseren Anteil an der Fracht an Bord gebracht haben oder nicht. Du kennst das Geschäft, Conrad. Hast es lange genug selber betrieben mit deiner Brauerei.«

»Du schaffst es. Da bin ich ganz sicher«, erwiderte Buddebahn, wobei er sich das Wasser aus den Haaren schüttelte. Besänftigend hob er die Arme. »Ich halte dich nicht lange auf. Ich möchte nur wissen, was du beobachtet hast.«

»Ich? Wie kommst du darauf, dass ich etwas gesehen habe? Wir haben hier drinnen gearbeitet. Die Wäscherin kam und hat Wäsche geholt. Wir haben uns gewundert, dass sie es bei diesem Mistwetter getan hat. Aber es ging wohl nicht anders. Als sie weg war, haben wir Rufe gehört. Ich habe die Tür geöffnet, und da lag die Tote. Direkt vor mir. Nur ein paar Schritte von mir entfernt. Mit dem Antlitz nach unten im Dreck. Erst dachte ich, es sei die Hexe. Aber es war Erna Deichmann. Ich habe sie erst erkannt, als ich mich über sie gebeugt habe.«

»Hast du ihren Rücken gesehen?« Um nichts zu übersehen, konzentrierte er sich ganz auf Erna Deichmann. Er registrierte, dass Reeper-Jan von einer *Hexe* gesprochen hatte, wollte sich jedoch vom Wesentlichen nicht ablenken lassen und beschloss, ihn später danach zu fragen.

»Das Kleid war aufgeschlitzt. Ja.«

»Und? Ihre Haut? War sie unverletzt, oder war da ein Zeichen? Du erinnerst dich – seinem ersten Opfer hat der Täter mit dem Messer ein Kreuz in die Haut geschnitten.«

»Darauf habe ich nicht geachtet.«

»Also gut. Wo lag sie?«

»Tut mir leid. Kann ich dir nicht sagen. Ich hab's ja schon versucht. Da draußen. Ganz nah bei der Tür. Ziemlich nah. Nur ein paar Schritte entfernt. Weit genug, um nass zu werden vom Regen. Verdammt. Musste sie ausgerechnet hier getötet werden? Das hält den ganzen Laden auf. So was kann sich unsereins nicht leisten.«

Buddebahn blickte ihn befremdet an. Reeper-Jan dachte nur daran, dass er einen Auftrag zu erfüllen hatte und genügend Seile für die Fracht herstellen musste. Das Schicksal Erna Deichmanns war für ihn von marginaler Bedeutung. Diese Einstellung passte nicht ganz zu seinem vorherigen Verhalten.

»Du hast sie gesehen, du bist zu ihr gegangen und hast sie aufgehoben, um sie ins Trockene zu tragen. Also – wo genau war es?«

Reeper-Jan verzog das Gesicht. Mürrisch blickte er an Buddebahn vorbei zur Tür hinaus, um dann vage nach draußen zu zeigen.

»Jemand war bei ihr«, murmelte er.

»Wer war das?« Buddebahn horchte auf. »Der Mörder?«

»Nein. Zwei Frauen. Sie quatschten aufgeregt. Eine schrie. Sie haben Erna wohl gefunden.«

»Welche Frauen? Gib dir Mühe! Ich muss ihren Namen wissen. Ich muss mit ihnen reden.«

»Keine Ahnung. Ich kenne sie nicht. Irgendjemand aus der Gegend.« Je länger Buddebahn fragte, desto verschlossener wurde Reeper-Jan. Er schien nicht einsehen zu wollen, dass jede Einzelheit von Bedeutung sein konnte.

»Und deine Männer?«

»Haben gar nichts gesehen. Ich habe ihnen befohlen weiterzumachen. Und genau das machen sie.« Er blickte sich nach seinen Arbeitern um, die unverdrossen Seile drehten; ausgemergelte Gestalten, die seelenlos wirkten, eher mit der Dunkelheit der Kate zu verschmelzen schienen und die Kraft verloren hatten, daraus hervorzutreten.

»Du wiederholst dich.«

»Stimmt aber noch immer. Und bleibt auch so. Verdori! Ich habe getan, was meine heilige Pflicht ist, indem ich die arme Frau ins Trockene gebracht habe. Nun dreh mir keinen Strick daraus!«

»Man kann das auch anders sehen.«

»Wie anders?«

»Du hast die Leiche zur Seite getragen, um Spuren zu verwischen. Im Auftrag des Täters.«

Reeper-Jan wurde bleich bis an die Lippen, und sein Gesicht verhärtete sich. Die zur Faust geballte Rechte fuhr hoch.

»Das glaubst du?«, fuhr er den Ermittler an.

»Was ich glaube, spielt keine Rolle«, gab Buddebahn ruhig und unbeeindruckt zurück. »Meine Aufgabe ist es, alle Möglichkeiten in Betracht zu ziehen. Es wäre ein Fehler, jemanden auszuschließen, weil ich ihn kenne oder halbwegs mit ihm befreundet bin.«

»Du weißt, dass ich nichts mit dem Mord zu tun habe!«

»Ich weiß gar nichts.« Buddebahn hob abwehrend die Hände. »Lass uns friedlich bleiben, Jan. Ich frage, weil ich keine andere Wahl habe. Die im Rathaus würden es nicht verstehen, wenn ich aus Gründen der Sympathie eine Möglichkeit auslasse. Meine Aufgabe ist es, den Mörder zu finden, und er …«

»Dann verhafte endlich Heinrich Kehraus, verdammt!«, forderte der Seilmacher mit lauter Stimme. »Wir wissen doch alle, was das für ein Schweinehund ist.«

»Er hat den Mord nicht begangen. Das ist sicher. Er war mit mir zusammen, als es geschah.«

»Ach so.« Enttäuscht zuckte Jan mit den Achseln.

»Das war nicht unser letztes Gespräch, Reeper. Sicherlich habe ich später noch Fragen. Könnte ja sein, dass du vergessen hast, mir alles zu sagen, was du weißt.«

»Nee, bestimmt nicht.«

»Warten wir es ab.« Buddebahn trat wieder in den Regen hinaus, um den Boden nach Spuren abzusuchen. Vergeblich. Er fand keine. Der Regen hatte hinweggeschwemmt, was unter Umständen da gewesen war. Nur Reste von Blut waren zu erkennen. Insofern unterschied sich der Mord an Erna Deichmann nicht von dem an Agathe Kehraus. Weder in dem einen noch in dem anderen Fall schien es verwertbare Hinweise zu geben, und es spielte überhaupt keine Rolle, dass die eine Tat um Monate zurücklag, während die andere erst vor kaum einer Stunde geschehen war.

Er ging nun von Haus zu Haus, um alle Anwohner der Bonenstraat zu befragen. Vergeblich. Es gab niemanden, der ihm einen wirklich hilfreichen Hinweis geben konnte oder wollte. Schließlich stieß er auf die beiden Frauen, die Reeper-Jan bei der Toten gesehen hatte. Doch auch sie konnten ihm nicht helfen. Sie hatten Erna Deichmann erst gefunden, als sie schon tot war. Keine von ihnen hatte die Tat beobachtet oder den Mörder bei seiner Flucht bemerkt. Und keine hatte darauf geachtet, ob sie irgendein Zeichen auf ihrem Rücken hatte.

»Man könnte glauben, dass der Täter sich unsichtbar machen kann«, seufzte Conrad Buddebahn. Er raffte seinen Mantel zusammen. Es war kühl geworden. Glücklicherweise regnete es nicht mehr. Die Wolken lockerten sich auf, und besseres Wetter kündigte sich an. An der Seite von Hanna Butenschön schritt er durch die engen Gassen der Stadt. Hin und wieder blickten sie an den Fronten der Fachwerkhäuser hoch. Fast überall waren die Fensterläden geschlossen, und nur selten zeigte sich mal ein Gesicht, das neugierig zu ihnen herabspähte. Zahllose Tauben hockten gurrend auf den Giebeln der Dächer.

»Es genügt, wenn der Ermittler blind ist«, entgegnete Hanna mit einem spöttischen Seitenblick. »Niemand kann sich unsichtbar machen. So etwas zu denken, ist Schwachsinn.«

Er griff nach ihrem Arm und blieb stehen.

»Was hast du da gesagt?«, fragte er, während er einige Passanten grüßte, die an ihnen vorbeigingen und den Marktständen am Hafen zustrebten. Die meisten von ihnen waren freundlich. Man kannte sich schon lange. Einige aber rümpften die Nase und gaben ihnen deutlich zu verstehen, dass sie ihr Verhalten für unschicklich hielten. Gemeinsam mit Hanna befand er sich auf dem Weg zum Haus Ohm Deichmanns, um von seiner Frau Erna Abschied zu nehmen. Gemeinsam. Sie dachten nicht daran, sich ihr Glück eintrüben zu lassen, nur weil einigen nicht gefiel, wie sie lebten. »Wenn der Ermittler blind ist! Ja, das bin ich wohl. Es gibt Spuren. Davon bin ich fest überzeugt. Man kann keinen Mord begehen, ohne dass irgendetwas entsteht, was den Täter verraten könnte.«

»Du meinst eine Spur.« Sie standen an der Ecke der Neuen Bäckerstraße, nur ein paar Schritte vom Haus Ohm Deichmanns entfernt.

»Nicht direkt. Es kann auch etwas ganz anderes sein.«

»Etwas anderes? Du sprichst in Rätseln.« Sie blickte ihn prüfend an. »Oder versucht du, mir zu imponieren?«

»Mir ist nicht nach Scherzen zumute. Ich meine, es muss keine Spur sein, die vom Täter bleibt. Ich spüre, dass ich etwas übersehe. Vielleicht hat jemand in den letzten Tagen oder Stunden etwas von sich gegeben, was mir helfen könnte, den Mörder zu finden. Möglicherweise war da eine Bemerkung, die ich für unwichtig gehalten und die ich überhört habe.« Er zuckte mit den Achseln.

»Das wäre nicht ungewöhnlich für dich«, spöttelte sie.

»Was meinst du?«

»Dass du es überhörst, wenn ich dich um etwas bitte. Auf diesem Ohr scheinst du taub zu sehen. Jedenfalls hin und wieder.«

Lächelnd hob Buddebahn eine Hand, um weitere Einwände und Bemerkungen dieser Art abzuwehren. »Lass uns weitergehen, bevor dir noch mehr einfällt und aus solchen Scherzen ein handfester Streit wird.«

»Ich habe keineswegs gescherzt«, protestierte Hanna. »Ich

denke zum Beispiel an vergangene Woche, als ich dich gebeten habe, mir Gewürze ...«

»Das meine ich ja!« Er beschleunigte seine Schritte.

»Immer wenn ich dir etwas zu sagen habe, läufst du davon!« Ihre Stimme wurde schärfer.

Er blieb stehen. »Wollen wir nicht warten, bis wir Abschied von Erna Deichmann genommen haben? Ich denke, das sind wir ihr schuldig. Streiten können wir uns später.«

Ihr Kopf ruckte in den Nacken. »Bilde dir nur nicht ein, dass ich es vergesse!« Würdevoll schritt sie an ihm vorbei. Vor ihm betrat sie das Fachwerkhaus, in dem Ohm Deichmann mit seinen vier Kindern wohnte. Der Banker Klaas Bracker und seine Frau Ev kamen in diesem Moment heraus. Ernst und gefasst begrüßten sie Buddebahn, so zurückhaltend, wie es der Anlass gebot. Während sie ihm die Hand reichten, hatten sie für Hanna nur ein flüchtiges Nicken. Sie behandelten sie, als sei sie eine Bedienstete Buddebahns, zu der gesellschaftliche Kontakte nicht in Frage kamen.

»Hochnäsige Bande«, zischte Hanna wütend, als sie sich genügend weit entfernt hatten, so dass sie ihren Kommentar nicht mehr hören konnten. »Wenn ihre Dienstboten das nächste Mal bei mir kaufen, werde ich ihnen einen verdorbenen Fisch unterschieben. Das wird ihnen den Magen umdrehen, und sie werden mehr Stunden auf dem Klo verbringen müssen, als ihnen lieb sein kann! Ich habe gehört, dass sie zwei Löcher auf ihrem Klo nebeneinander haben.«

»So können sie nebeneinandersitzen und ihr Geschäft verrichten.«

»Oder sie nehmen ein Loch zum Scheißen und das andere zum Kotzen!«

Buddebahn verkniff sich ein Lachen. Er ging einen schmalen Flur hinunter bis in eine Kammer, in der sich eine Reihe von Männern und Frauen eingefunden hatten. Sie standen um den offenen Sarg herum, in dem Erna Deichmann ruhte.

Sie blickten ihn an und grüßten, indem sie kurz nickten.

Richter Perleberg und seine stets streng wirkende Frau Sara standen neben einer gedrechselten Säule mit einer brennenden Kerze. Neben ihnen warteten der Arzt Tilmann Kirchberg und seine Frau Sigrun, bis es an ihnen war, Abschied zu nehmen. Pastor Jan Schriever und seine Frau Genoveva beugten sich ernst über den Sarg. Sie sprachen so leise, dass niemand ihre Worte verstehen konnte.

In einem dunklen, von den Kerzen kaum erhellten Durchgang zu einem weiteren Zimmer hatten sich der Baumeister Peter Hassmann und seine Frau Wilhelmina zurückgezogen. Hinter ihnen erkannte Buddebahn den Handelsmakler Castor Hamm und seine Frau Juliane sowie Gregor Baren und Frau Selma. Sie alle kannte er sowohl von seinem täglichen Geschäftsleben als auch von den Abenden im Hause Drewes her, da sie zu jenen zählten, die sich rühmen durften, dort eingeladen zu werden.

Pastor Schriever und seine Frau hoben nun ihre Stimmen. Sie wollten, dass die Umstehenden sie hören konnten. Mit bewegenden Worten verabschiedeten sie sich von der Toten. Auf einem Stuhl in der Ecke saß Ohm Deichmann, eingesunken, bleich und deutlich von dem Schlag gezeichnet, der ihn getroffen hatte. Von einem Tag auf den anderen sah er um Jahre gealtert aus.

Ein Leinentuch verhüllte die Ermordete bis ans Kinn herauf. Ein weiteres Tuch bedeckte ihr Haar und die Stirn, so dass von ihr nur das Gesicht mit der spitzen Nase und dem verkniffen wirkenden Mund zu sehen war. Dabei strahlte sie eine erstaunliche Ruhe aus, beinahe so, als sei mit dem Eintritt des Todes eine große Last von ihr genommen worden. Von dem erlittenen Schrecken war nichts mehr zu sehen.

Nach und nach traten die anderen an den Sarg heran und sprachen in ähnlicher Weise wie der Pastor und seine Frau mit der Toten. Schließlich war Buddebahn an der Reihe. Am Sarg stehend, richtete er einige Worte an Erna Deichmann, und dabei war ihm, als ob sie ihm im Geiste antwortete.

»Ich werde denjenigen finden, der dir das angetan hat«, versprach er. »Vielleicht dauert es lange, aber du hast jetzt ja alle Zeit der Welt. Du wirst nicht ungeduldig werden. Das warst du auch zu Lebzeiten nicht.«

Er faltete die Hände zu einem kurzen Gebet und machte dann Platz für Hanna, die sich in gleicher Weise verabschiedete. Während die ersten Besucher den Raum und das Haus verließen, kamen weitere Freunde und Bekannte herein, so dass ihnen nicht viel Zeit blieb, bei der Toten zu verweilen.

Buddebahn verzichtete darauf, Ohm Deichmann zu befragen. Er wollte abwarten, bis die Beerdigung vorbei war. Alles andere wäre unpassend gewesen.

»Es geht mir unter die Haut«, gestand Hanna leise, als sie auf die Straße hinaustraten. »Die Arme! So ein Schicksal hat sie nicht verdient. Sie war eine Seele von Mensch.« Sie griff nach seinem Arm und drückte ihn so kräftig, dass es ihm unangenehm wurde. »So möchte ich nicht enden, Conrad. Du musst dafür sorgen, dass mir so etwas nicht passiert.«

»Das werde ich, Liebes«, versprach er. »Allerdings möchte ich, dass du vorsichtig bist. Sehr vorsichtig.«

»Wer ist der Kerl? Hast du einen Verdacht?«

»Nein. Ich habe geglaubt, dass es Heinrich Kehraus ist. Aber das war ein Irrtum. Jedenfalls hat er es nicht selber getan.«

»Warum lässt du ihn nicht verhaften?«

»Weil Richter Perleberg nicht damit einverstanden ist. Solange wir Kehraus nicht beweisen können, dass er innerhalb der Stadtmauern gegen das Gesetz verstoßen hat, können wir nichts gegen ihn ausrichten. Vergiss nicht – er hat mächtige Freunde im Rathaus. Bürgermeister Will Rother ist einer von ihnen.«

Buddebahn machte sie auf zwei Männer aufmerksam, die sich ihnen in würdevoller Haltung näherten. Es waren der erwähnte Bürgermeister mit einem großen, braunen Hund an der Seite und der Ratsherr Nikolas Malchow.

»Sei um Himmels willen nicht aufmüpfig!« Buddebahn blickte

die Fischhändlerin an seiner Seite beschwörend an. »Ich kann keinen Ärger mit dem Bürgermeister gebrauchen.«

»Ich kann seine Alte nicht ausstehen!«, zischte sie ihm zu.

»Das weiß ich«, erwiderte er. »Aber das spielt jetzt keine Rolle.«

Will Rother kam mit ausgestreckter Hand heran, um ihn zu begrüßen. Erst nachdem er ihm ausgiebig die Hand geschüttelt und ein paar unverbindliche Worte mit ihm gewechselt hatte, wandte er sich Hanna Butenschön zu. Ihr reichte er nur kurz und zögernd die Hand, um sie sich anschließend verstohlen, jedoch nicht unauffällig genug an seiner Hose abzuwischen, als habe er sich beschmutzt. Die Fischhändlerin bemerkte es, und ihre Stirn rötete sich.

»Gut, dass ich Euch treffe, Bürgermeister«, sagte sie mit vor Zorn bebender Stimme. »Es gibt da etwas, was Ihr unbedingt regeln müsst.«

Buddebahn stieß sie an, um sie zu mäßigen, doch nachdem sie erst einmal in Rage geraten war, konnte er sie nicht mehr bremsen.

»Es geht um die Fischer, die neuerdings ihre Ware direkt von Bord verkaufen und uns Händlern das Geschäft versauen«, fuhr sie fort.

»Meine liebe Frau Butenschön«, rief Rother, wobei er abwehrend die Hände hob und vor ihr zurückwich. Er war ein kleiner, wohlgenährter Mann, der seinen Kopf mit einem gefiederten Hut schützte. »Das sind Dinge, die wir wahrlich nicht auf der Straße erörtern sollten. Glaubt mir, darüber machen wir uns im Rathaus Gedanken. Wir werden eine Lösung finden, und Ihr werdet rechtzeitig davon erfahren.«

Er schenkte ihr ein breites Lächeln, wobei er seine makellos weißen Zähne zeigte, und stolzierte an ihr vorbei ins Haus, gefolgt von Nikolas Malchow, der vorwurfsvoll den Kopf schüttelte, als könne er nicht verstehen, dass sie diese zufällige Begegnung genutzt hatte, um sich beim Bürgermeister zu beschweren.

»Das war nicht gut, Hanna«, tadelte Buddebahn seine Begleiterin, ergriff ihren Arm und führte sie entschlossen vom Haus Ohm Deichmanns weg und in die Bäckerstraße hinein.

»Hast du seine Zähne gesehen?«, zischte sie.

»Das war nicht zu vermeiden.«

»Pah! Es ist nicht natürlich, wenn jemand so weiße Zähne hat. Auf dem Markt sagt man, er putzt sie sich mit seinem eigenen Urin. Kann man sich so was vorstellen?«

»Das halte ich für ein Gerücht«, erwiderte er. »Obwohl – die alten Römer sollen ihre Zähne auf eben diese Weise gepflegt haben.«

»Ja! Je weißer die Zähne, desto mehr von seiner Pisse hat er in den Mund genommen!« Sie blieb stehen und stemmte empört die Hände in die Hüften. »Ich kann seine Frau nicht aussehen. Sie säuft. Und diesen aufgeblasenen Popanz kann ich schon gar nicht leiden. Wie er mich behandelt! Eine Unverschämtheit.«

»Es ist ein wankelmütiger und entscheidungsschwacher Mann, aber er hat Macht und Einfluss«, gab Buddebahn zu bedenken, während sie ihren Weg fortsetzten, die Nikolaikirche umrundeten und am Fleet entlang zum Hopfensack gingen. »Er kann mir mehr Schwierigkeiten machen, als mir lieb ist. Ja, er kann mir schaden. Und wie!«

»Dass ich nicht lache! Sein Köter ist gefährlicher als er. Jedenfalls machen viele einen weiten Bogen um ihn, sobald sie ihn nur sehen.«

»Dennoch ist er mit Vorsicht zu genießen. Der Bürgermeister.«

»Du meinst das Biergeschäft?«

»Genau das!«

»Aber du bist raus aus dem Geschäft. Du hast die Brauerei Schröder übergeben.«

»Das ist wohl richtig, Hanna, aber wenn Henning schlechte Geschäfte macht, kann er mir den Zins für die Pacht nicht mehr zahlen, und das wäre sehr unangenehm für mich.«

»Du brauchst dir keine Sorgen zu machen. Du braust das

beste Bier der ganzen Stadt. Es ist so gut, dass du es sogar nach London und in andere Städte verkaufen kannst.«

»Richtig.«

»Und was ist das Problem?« Sie blieb stehen. Fragend blickte sie ihn an.

»Bisher waren wir Hamburger Brauer unter uns. Jetzt will der Bürgermeister Bier aus dem Süden zulassen. Es soll im Hafen verladen und in andere Länder verkauft werden. Es ist billiges Bier, und es ist manches Gesöff dabei, dass den Namen Bier nicht verdient.«

»Bier ist Bier und Fisch ist Fisch!«

»Und was ist mit verdorbenem Fisch?«

»Vergammelter Fisch kommt zurück in die Elbe. Was hat das mit Bier zu tun?«

»Mein Bier ist rein und von hoher Qualität. Deshalb ist es teuer. Die Würze besteht aus bester Gerste. Andere Brauer verwenden Hirse oder gar Bohnen und Erbsen zum Brauen, und sie schütten manches Zeug ins Bier, um seinen Geschmack zu verändern oder um zu übertünchen, dass ihr Bier sauer geworden ist. Da gehen dann Pech, Ochsengalle, Schlangenkraut, harte Eier, Ruß oder Kreide ins Bier. Die Folge ist, dass manches Bier ganz einfach scheußlich schmeckt. Aus der Stadt Regensburg ist zu hören, dass ihr Bier vom Stadtarzt kontrolliert wurde. Er bewirkte eine neue Brauordnung, nach der die Brauer schwören mussten, dass sie ihrem Bier weder Samen noch Gewürz oder Gestrüpp hinzusetzen. Auch Glattwasser durften sie nicht mehr herstellen.«

»Glattwasser? Was ist das?«

»Das ist der letzte Absud von Resten der Maische – dünn und ungenießbar. Bei uns im Norden sorgen die Zünfte dafür, dass vernünftig gebraut wird. Natürlich gibt es Unterschiede, grundsätzlich aber ist unser Bier in Ordnung. Deshalb können wir es gut verkaufen. Das aber genügt dem Bürgermeister nicht. Er will viel mehr Waren als bisher über den Hamburger Hafen laufen lassen. Und da Bier einen Riesenanteil an den Gütern hat, die bei uns verladen werden, will er Bier aus süddeutschen Landen herankarren und verschiffen lassen. Dagegen wehren wir Brauer guten Bieres uns. Billiges und schlechtes Bier wird unseren Ruf und das ganze Geschäft verderben.«

»Das sieht der Bürgermeister nicht ein?«

»Nein. Er will es nicht wahrhaben. Während man in anderen Städten über Braugesetze nachdenkt – man spricht von einem Reinheitsgebot –, will er mehr für die Stadt Hamburg. Immer mehr. Unabhängig davon, wie gut oder wie schlecht das Bier ist. Er ist geldgierig. Und das ist gefährlich. Du kennst meine Ansicht.«

Hanna lächelte. »Geldgier macht Gehirn tot!«

»So ist es. Geldgier macht blind gegen die Gefahren, die nun mal mit jedem Geschäft verbunden ist. Sie macht glauben, es gäbe Geschäfte ohne Risiko. Aber die gibt es nicht.«

Sie hatten das Haus im Hopfensack erreicht und betraten es. Als Conrad Buddebahn seinen Mantel ablegte, fielen seine Blicke auf das Schreibpult, auf dem einige seiner Zeichnungen lagen. Es waren keineswegs Kunstwerke, doch sie hatten eine gewisse Aussagekraft, und der geschickt gewählte Aufbau verlieh ihnen Ausdruck und Charakter, so dass sie deutlich mehr als einfache Skizzen waren.

»Was ist los?«, fragte Hanna.

»Ich habe eine Idee«, erwiderte er. »Ja, ich glaube, das könnte mich weiterbringen.«

Er setzte sich an das Pult, um sich Notizen zu machen. Danach fertigte er mehrere Skizzen von der Bonenstraat an, so wie er sie in Erinnerung hatte, wobei er mehrere Perspektiven wählte. Am Ende zeichnete er die Leiche Erna Deichmanns ein, wie sie auf dem Boden lag, und vergaß nicht, ein paar schräge Striche einzufügen, die den Regen darstellen sollten.

Hanna warf einen kurzen Blick auf die Zeichnungen.

»Erstaunlich, was du alles kannst«, kommentierte sie anerkennend.

Reeper-Jan blickte Buddebahn verunsichert an, als dieser ihm eine Zeichnung vorlegte. Er stand mit ihm vor der Hütte in der Bonenstraat, in der seine Arbeiter damit beschäftigt waren, Seile zu flechten.

»Was soll das denn?«, fragte er, streckte die Hand nach dem Papierblatt aus, zog sie jedoch scheu wieder zurück. Papier war eine Kostbarkeit, die ihm weitgehend fremd war.

Buddebahn erläuterte ihm die Zeichnung. »Dies ist die Bonenstraat. Aus der Höhe würde ein Vogel sie so sehen. Deshalb spricht man auch von der Vogelperspektive. Von dir möchte ich nun wissen, wo die tote Erna Deichmann gelegen hat. Möglichst genau. Dies hier ist der Punkt, an dem wir uns befinden. Also?«

Der Seiler kratzte sich ausgiebig über dem Ohr, mühte sich, seine Gedanken zu ordnen, schüttelte einige Male den Kopf und brauchte sehr lange, bis er sich endlich entschied. Er zeigte auf einen Punkt, der nicht weit von der Reeper-Kate entfernt war. »Da ungefähr. Ja, ich glaube, da war's.«

Mit einem Kohlestift skizzierte Buddebahn die Leiche, deute die Arme und Beine jedoch nur mit dünnen Strichen an.

»Wie sah das aus, als sie da draußen im Regen lag?«

»Na – wie schon! Das Wasser prasselte auf sie herab, und überall war Blut.«

»Das meine ich nicht, Jan. Hat sie Arme und Beine von sich gestreckt? Etwa in dieser Weise?« Er hob die Arme über den Kopf, ließ sie jedoch sogleich wieder sinken, als Jan unwillig das Gesicht verzog.

»Nee, so doch nicht. Ich meine, den linken Arm hatte sie angewinkelt. Die Hand lag unter dem Kinn oder dem Hals. So genau weiß ich es nicht mehr.«

»Gib dir Mühe. Es wird dir wieder einfallen.« Er ergänzte die Zeichnung, indem er den angewinkelten Arm einfügte. Dabei ließ er Reeper-Jan vergleichen, bis er mit dem Ergebnis einverstanden war. »Und der rechte Arm? Den hat sie vermutlich nach vorn streckt.«

»Warum?«

»Weil sie vornüber auf den Boden gefallen ist. Sie kann nicht sofort tot gewesen sein. Also wird sie versucht haben, sich mit einer Hand abzufangen.«

»War aber nicht so.«

»Wie hielt sie den Arm?«

Jan kratzte sich erneut über dem Ohr, schüttelte den Kopf und streckte einen Arm langsam nach hinten. »Mehr so.«

Buddebahn ergänzte die Zeichnung mit dem rechten, nach hinten gestreckten Arm. »Richtig?«

Reeper-Jan stemmte die Hände in die Hüften. »Wie kannst du das wissen? Genauso sah es aus. Ein Arm angewinkelt, der andere nach hinten gestreckt. Die Beine leicht geöffnet. Die arme Frau regte sich nicht mehr. Und überall war Blut.«

»Bist du sicher, dass es so war?«

»Ganz sicher.« Er beugte sich nach vorn und spähte auf die Zeichnung, die ihn in besonderem Maße zu faszinieren schien. »Und doch ... etwas war anders.«

»Was war anders?«

»Na, wie sie daliegt.«

»Du musst schon ein wenig deutlicher werden, Jan. Was ist denn falsch an der Zeichnung?«

»Wie sie liegt«, wiederholte der Seiler. »Ich meine. Als sie starb, ist sie lang hingeschlagen. Aber nicht so.«

»Wie denn?«

Reeper-Jan seufzte tief. Er drehte den Kopf hin und her, als könne er nicht richtig sehen. Dann hielt er seine Hand über die Zeichnung und bog sie zur Seite.

»So etwa.«

»Die Tote lag quer zur Straße?«

»Ja, genau. Ist wohl zur Seite gefallen.«

Mit wenigen Strichen änderte Buddebahn die Zeichnung, bis Reeper-Jan zufrieden war.

»Richtig«, bestätigte der Seiler schließlich. »So war's. Aber was hat das zu bedeuten?«

»Kann ich dir noch nicht sagen«, entgegnete Buddebahn ausweichend. »Ich muss erst mit einigen anderen Zeugen reden. Mal sehen, was sich ergibt.«

»Da ist noch was«, versetzte Jan zögernd. Unsicher schüttelte er den Kopf. »Ich meine, sie hat das eine Bein so eigenartig gehalten.«

»Wie eigenartig?«

»Tja«, seufzte er. »Wie soll ich dir das erklären? Jedenfalls war das Bein nicht so lang ausgestreckt wie das andere.«

»Angewinkelt?«

»Nicht direkt. Sah irgendwie schief aus.« Er hustete verlegen und gab auf. »Hat wohl nichts zu bedeuten.«

»Nein. Vielleicht nicht.«

Buddebahn hob als Zeichen seines Dankes eine Hand und verabschiedete Reeper-Jan gleichzeitig mit dieser Geste. Er begab sich an die Stelle, an der man die ermordete Erna Deichmann gefunden hatte. Wie die Leiche auf der Straße gelegen hatte, war wichtig. Ihr ganzer Körper musste nach dem Verlauf der Straße ausgerichtet sein, wenn sie bei dem Überfall nicht von ihrem Weg abgewichen war.

Er fand nur eine Erklärung.

Buddebahn sah sich um und entdeckte einen schwarzen Fetzen Stoff, etwa so groß wie seine Handfläche und zur Hälfte mit Blut beschmiert, an einem hervorstehenden Stein der Mauer eines Hauses. Vorsichtig löste er ihn ab, faltete ihn zusammen und steckte ihn ein. Dann setzte er seinen Weg fort und ging von Haus zu Haus, um allen, die ihm öffneten, die Zeichnung zu zeigen. Er bat auch um Korrekturen und Ergänzungen, erhielt jedoch keine neuen Informationen. Es schien, als habe Reeper-Jan ihm bereits alles mitgeteilt. Mit dem Ergebnis keineswegs zufrieden, kehrte er in den Hopfensack zurück, blickte kurz beim Braumeister Schröder herein und beugte sich dann in seiner Kammer über die Skizze mit der Ermordeten. Er versuchte, aus der Haltung der Toten Schlüsse über den Tathergang zu ziehen. Möglicherweise war der Überfall auf Erna Deichmann doch anders verlaufen, als er bisher angenommen hatte.

Nachdem er einige Zeit über den Ergebnissen seiner bisherigen Untersuchungen gegrübelt hatte, kam sein Knecht Harm herein.

»Darf ich stören?«, fragte er vorsichtig.

»Nur zu«, ermunterte Buddebahn ihn.

»Ich weiß ja nicht, ob es was zu bedeuten hat«, sagte der alte Mann. Er fühlte sich bei den Pferden wesentlich wohler als im Haus. »Da draußen vor dem Tor zum Hof lungert jemand herum, der mir nicht gefällt. Vielleicht solltest du dir den Kerl mal ansehen.«

Buddebahn zögerte keinen Augenblick. Er stand auf und ging mit dem Pferdepfleger hinaus. Harm war kein Mann, der sich so schnell aus der Ruhe bringen ließ. Wenn er in dieser Weise warnte, wäre es leichtfertig gewesen, seine Worte nicht zu beachten.

Wen der Knecht meinte, sah er sofort, als sie auf den Hof hinaus traten. Der Mann, der Harms aufgeschreckt hatte, war nicht zu übersehen. Geflissentlich wichen ihm einige Männer und Frauen aus, die an ihm vorbei zum Marktplatz strebten. Und selbst einige Kinder, die sonst recht laut sein konnten, zogen scheu die Köpfe an und schlichen an ihm vorbei.

»Du kennst ihn nicht?« Als er Harm ansah, begegnete er Ratlosigkeit und Verunsicherung. Der alte Mann hatte viel erlebt in seinem Leben, und so manches hatte er sich nicht erklären können. Er neigte dazu, alles ins Reich des Bösen zu verschieben, was nicht Eingang in seinen Verstand finden wollte.

»Nein, ich habe ihn noch nie gesehen. Wenn ich was dazu sagen darf: Er sieht nicht aus, als ob er Gutes im Sinn hätte.«

Buddebahn versuchte, ihn zu beruhigen: »Ich kenne den Mann. Es ist der Totengräber.«

Harm fuhr erschrocken zusammen. In seinem Alter war der Tod nicht mehr allzu fern. Jeden Tag konnte er an die Tür klopfen. Er bekreuzigte sich und zog sich zugleich einige Schritte zurück.

»Mit dem will ich nichts zu tun haben«, flüsterte er. »Freund

Hein steht hinter ihm. Wer weiß, ob er auf ihn hört, wenn er ihm einen Namen zu raunt!«

»Mach dir keine Sorgen, Harm«, riet Buddebahn ihn. »Er begräbt nur jene, die Freund Hein mit seiner Sense geholt hat, aber mehr hat er gewiss nicht mit ihm zu tun. Ich rede mit ihm. Ich will wissen, was er auf dem Herzen hat.«

»Er hält Ausschau nach jenen, die er unter die Erde bringen soll«, fürchtete der Alte. Seine sonst so lebhaften Augen wurden dunkel. »Der Teufel soll ihn holen. Er meint mich!«

»Unsinn. Auf dich kann er noch lange warten.« Nicht einen Atemzug lang hatte Buddebahn den Totengräber von St. Michaelis aus den Augen gelassen. Johan Rabe stand mitten in der Gasse, die Schultern leicht hochgezogen, den Kopf halb gesenkt und dabei zur Seite geneigt. Er schien sich entschlossen zu haben, zu ihm zu gehen, brachte den Mut für den letzten Schritt jedoch nicht auf.

Ihr Gespräch bei seiner Kate hatte mit einem Missverständnis geendet. Das hatte den Totengräber anscheinend mehr beschäftigt als erwartet. Nun hoffte Buddebahn, dass er sich an etwas erinnert hatte, was ihm weiterhelfen konnte. Während er sich ihm näherte, bedeutete er ihm mit einer Geste, dass er willkommen war und durch das Tor auf den Hof treten sollte. Zögernd folgte Johan Rabe der Einladung. Unterwürfig senkte er die Blicke, als habe er ein schlechtes Gewissen.

»Es ist gut, dass Ihr mich besucht«, ermunterte Buddebahn ihn. »Kann ich Euch einen Krug Bier anbieten?«

»Nein, danke, Herr«, erwiderte der Totengräber, der sich nun ein wenig aufrichtete, als sei eine Last von ihm gefallen. Er schien zu glauben, dass Buddebahn ihm übelnahm, wie er sich verhalten hatte.

»Sicherlich ist Euch etwas eingefallen, was Ihr mir mitteilen möchtet«, fuhr der Ermittler fort. »Betrifft es die bedauernswerte Agathe Kehraus?«

»Teils, teils, Herr«, antwortete der Totengräber. »Aber nun ist ja auch die andere tot.«

»Erna Deichmann?«

»Erna Deichmann! Die hat's ja nun überhaupt nicht verdient.«

»Nein. Hat sie wohl nicht. Keiner hat es verdient, ermordet zu werden.«

»Wohl wahr, Herr.« Mit schräg gehaltenem Kopf blickte er Buddebahn an.

»Ihr wollt mir helfen, damit ich es ein wenig leichter habe, den Mörder zu finden. Was ist Euch aufgefallen an der Leiche?«

»Nichts mit ihrer Tugend, Herr! Darum kümmere ich mich ja nicht. Niemals!«

»Schon gut, Johan Rabe. Das glaube ich Euch. Davon reden wir nicht mehr. Ich habe nie vorgehabt, die Würde der Toten zu beeinträchtigen, und ich habe ebensowenig geglaubt, dass Ihr so etwas tun würdet. Ich habe mich ungeschickt ausgedrückt. Dadurch kam es zu einem Missverständnis. Vergessen wir es! Was ist es, was Ihr mir sagen wollt?« Buddebahn ließ den Totengräber nicht aus den Augen. Er spürte, dass er die richtigen Worte gewählt und gut daran getan hatte, die Schuld für die entstandenen Spannungen auf sich zu nehmen. Damit half er Johan Rabe, die Hürde zu überwinden, die aus gesellschaftlichen Gründen zwischen ihnen bestand. Es war erstaunlich, dass dieser einfache Mann den Weg zu ihm gefunden hatte. Das war sicherlich nicht aus eigenem Antrieb geschehen. Vielleicht hatte der Pastor ihm bedeutet, dass Buddebahn für den Rat der Stadt ermittelte und dass es allein deshalb ratsam war, ihm keine Hindernisse in den Weg zu legen. Immerhin wurde der Totengräber von der Stadt bezahlt. Wegen seiner Tätigkeit wurde er von anderen gemieden und verachtet, und sein Lohn war so karg, dass er davon kaum überleben konnte. Nahm man ihm diese Arbeit weg, blieb ihm nur der Weg ins Elend.

»Tja, ich weiß ja nicht, ob es wichtig ist«, versetzte Johan Rabe unsicher. Verlegen zog er sein linkes Ohrläppchen nach unten. Er schien es oft zu tun. Es war auffallend lang, deutlich länger als das rechte. »Jedenfalls ist mir aufgefallen, dass beide Frauen die gleiche Verletzung haben. Ich habe die tote Erna Deichmann gesehen, versteht Ihr? Schließlich soll sie übermorgen beerdigt werden, und ich muss Vorbereitungen treffen. Ist nicht leicht. Es gibt viel zu tun, Herr. Darf keine Fehler machen.«

»Ja, das verstehe ich. Ihr habt eine verantwortungsvolle Aufgabe.«

»Ja, habe ich.« Er war ein schlichtes Gemüt und mit seiner Tätigkeit als Totengräber vollkommen ausgefüllt. Allerdings hatte er nicht nur die Aufgabe, die Tote unter die Erde zu bringen, sondern er arbeitete darüber hinaus als Helfer des Pastors, um die nötigen Vorbereitungen für die Totenfeier zu treffen. Dennoch war sein geistiger Horizont nicht weit gesteckt. Er reichte vermutlich kaum über den Gottesacker hinaus.

»Von was für Verletzungen sprecht Ihr, Johan Rabe?«

Der Totengräber fuhr sich mit leicht zitternden Fingern über die Stirn.

»Hier oben ist es«, erläuterte er. »Sieht bei beiden ziemlich gleich aus. Eine kleine, gezackte Wunde.«

»Die ist mir bei Erna Deichmann aufgefallen.« Buddebahn blickte an dem Totengräber vorbei auf den Hopfensack hinaus. Einige Jungen zogen mit großen Bierkrügen am Tor vorbei. Sie hatten das Bier in der Brauerei geholt und brachten es nun nach Haus. Viele Kunden erschienen täglich, um sich mit Bier zu versorgen.

Buddebahn ließ sich nicht ablenken. Er konzentrierte sich ganz und gar auf Johan Rabe und dessen Worte.

»Und bei Agathe Kehraus?«

»Das ist es ja. Bei ihr auch.«

»Die gleiche Narbe?«

»Es ist lange her, aber ich bin sicher. Ja, es war die gleiche Narbe. Auf der Stirn, aber mehr zur Seite.«

»Ich dachte, Erna Deichmann sei auf einen Stein gefallen und habe sich dabei an der Stirn verletzt.«

»Dann muss Agathe Kehraus auf denselben Stein gefallen sein«, antwortete der Totengräber erstaunlich schnell. Die

Frage, woher die Wunden an der Stirn stammten, schien ihm schon seit einiger Zeit durch den Kopf zu gehen.

»Sicherlich nicht. Wird also kein Stein gewesen sein. Habt Ihr eine Vermutung, was die Ursache für die Verletzung sein könnte?«

Johan Rabe schüttelte hilflos den Kopf. Mit dieser Frage war er überfordert. »Habe lange darüber nachgedacht. Nee, verdori, weiß ich nicht.«

»Etwas anderes«, fuhr Buddebahn fort. »Habt Ihr den Rücken von Erna Deichmann gesehen?«

»Nein, das wollte Ohm Deichmann nicht. Er hat sie in den Sarg gelegt und mir verboten, sie zu bewegen.«

»Ich muss wissen, ob ihr Rücken mit einem Zeichen geschändet wurde«, betonte Buddebahn.

»Der Mörder hat das Kleid aufgeschlitzt.«

»Das weiß ich bereits, es ist jedoch nicht so wichtig. Aber hat er etwas in die Haut geschnitten, so wie er es bei Agathe Kehraus getan hat? Wenn Erna erst unter der Erde ist, geht eine vielleicht wichtige Spur für immer verloren. Dann ist es zu spät für mich.«

»Ja, ist es wohl.« Johan Rabe blickte angestrengt auf den Boden. Vergeblich suchte er nach einer Lösung. Es gelang ihm nicht, seine Gedanken in geordnete Bahnen zu lenken. Buddebahn war sicher, dass bei ihm im Kopf alles durcheinanderging und dass seine Gedanken sich wie in einem Labyrinth verliefen, ohne dass er den roten Faden aufnehmen konnte.

»Also muss ich einen Blick auf Ernas Rücken werfen, bevor sie beerdigt wird. Das dauert nicht lange.«

Der Totengräber hob den Kopf. »Wie soll das möglich sein? Ohm Deichmann ist immer bei ihr. In ihrem Haus. Morgen wird sie in die Kapelle gebracht, und auch dann ist Ohm Deichmann bei ihr. Oder der Pastor hält Zwiesprache mit der Toten.«

»Dann wird sie ihren Frieden finden, ohne mir einen Hinweis auf ihren Mörder geben zu können. Das ist bedauerlich. Ich kannte Erna gut. Es wäre ihr wichtig gewesen, mir zu helfen. Ja, ich bin sicher. Sie hätte es getan!« Buddebahn hob die Hände, um anzuzeigen, dass er angesichts dieser Situation machtlos war, verharrte dann jedoch plötzlich, als sei ihm etwas eingefallen. Langsam ließ er die Hände sinken, schüttelte den Kopf und murmelte: »Nein, nein, so das geht wohl nicht ...«

Johan Rabe ging ihm auf den Leim. Neugierig geworden, bedrängte er ihn: »Woran denkt Ihr, Herr?«

»Hm, das war nur so ein Gedanke.« Buddebahn tat, als sei nicht so wichtig, was ihm in den Sinn gekommen war – und der Totengräber folgte ihm, wohin er ihn haben wollte.

»Sagt es doch bitte, Herr! Vielleicht kann Erna uns ja doch zum Mörder führen. Obwohl se nu ja dot bleben is.«

»Das kann ich mir zwar nicht vorstellen, aber immerhin ...« Buddebahn griff sich an die Stirn und massierte sie sanft. »Am Tag der Beerdigung wird sie für eine knappe Weile allein sein. Ohm Deichmann wird bei ihr sein, aber wenn die Trauergäste eintreffen, wird er die Kapelle verlassen, um sie zu begrüßen. Das ist so üblich. Der Pastor wird zu dieser Zeit ebenfalls nicht in der Kapelle sein.«

»Das ist richtig«, bestätigte Johan Rabe. In seinem Antlitz arbeitete es. Er hatte Mühe, den Gedankengängen des Ermittlers zu folgen.

»Die Kapelle hat einen Seiteneingang. Es ist doch so?«

»Ja, das stimmt. Aber man kann sie nur von innen öffnen.«

»Ihr könntet mich hereinlassen, so dass ich einen kurzen Blick auf Erna werfen kann. Danach verschwinde ich wieder aus der Kapelle. Niemand wird etwas bemerken.«

Rabe nickte mehrmals. Seine Blicke waren in die Ferne gerichtet.

»Ich werde schnell sein«, versprach Buddebahn. Und dann drückte er ihm ein paar Münzen in die Hand. Rabe nahm sie sprachlos entgegen. Vermutlich hatte ihm noch nie jemand Geld geschenkt.

7

Zwei Tage vergingen. In dieser Zeit versuchte Buddebahn vergeblich, Ohm Deichmann oder jemanden aus dem Umfeld Ernas zu sprechen. Überall stieß er auf Ablehnung. Bevor seine Frau unter der Erde war, wollte der Schiffsbauer auf keinen Fall mit ihm reden. Er verbot sogar seinem Gesinde, sich zu äußern. Dabei ließ er keinen Zweifel daran, dass er sich aus Gründen der Pietät und wegen seiner Trauer beharrlich jedem Gespräch entzog. Allzu schmerzlich war der erlittene Verlust. Als Buddebahn dennoch einen Versuch unternahm, einige Informationen von ihm zu erhalten, ließ er durchblicken, er fürchte, die Seele seiner Frau könne zur Hölle fahren, wenn er über sie redete, bevor der Pastor sie in einem Gottesdienst gewürdigt und mit seinen Gebeten zum Grab begleitet hatte. Auf keinen Fall wolle er den Zorn Gottes auf sich und den Rest seiner Familie heraufbeschwören.

Er war ein Mann, der in engen religiösen Vorstellungen gefangen war und sich nicht daraus lösen wollte und konnte.

»Im Gegensatz zu manch anderem ist er schon immer ein eifriger Kirchgänger gewesen«, erklärte Pastor Jan Schriever, wobei er Buddebahn mit einem recht argwöhnischen Blick bedachte. Er machte keinen Hehl daraus, dass er unzufrieden mit ihm war, weil er sich nicht gerade häufig beim Gottesdienst blicken ließ und ihm bei seinen Lebensumständen Grund zur Missbilligung gab. Dass er mit einer Frau zusammenlebte, ohne mit ihr verheiratet zu sein, war für ihn nicht hinnehmbar. Daher nutzte er jede sich bietende Gelegenheit, ihn darauf hinzuweisen, und so war es auch an diesem Tag. Sicherlich erwartete er nicht sofort eine schlüssige Antwort, jedoch einen klaren Hinweis darauf, dass Buddebahn bereit oder entschlossen war, diesen unhaltbaren Zustand zu beenden und Hanna Butenschön zu ehelichen.

»Ebenso Erna. Umso tragischer, dass es gerade sie getroffen

hat. Doch Gottes Wege sind unergründlich. Es wäre falsch und vermessen, nach logischen Abläufen in dem von ihm bestimmten Geschehen zu suchen.« Er machte eine Pause, in der er ihn eindringlich ansah, um dann fortzufahren: »In einer Hinsicht aber sind die Wege klar aufgezeichnet – wenn es um Mann und Frau geht.«

»Das wäre es wohl«, erwiderte Buddebahn, ohne auf seine letzte Bemerkung einzugehen. Er sah Jan Schriever erst zwei Tage später wieder, als der Pastor vor der kleinen Kapelle von St. Michaelis stand und auf die Trauergäste wartete. Er war ein kleiner Mann mit einem pausbäckigen Antlitz und schütteren blonden Haaren. Auf seinen Lippen schien ständig ein gütiges Lächeln zu schweben. Buddebahn mochte ihn wegen seines freundlichen Wesens, und er respektierte ihn wegen seines umfassenden Wissens, das er nicht beharrlich für sich behielt, sondern erstaunlich frei mit anderen zu diskutieren bereit war, unabhängig davon, ob sie der Kirche dienten oder zu ihren Besuchern zählten. Damit unterschied er sich in angenehmer und erfreulicher Weise von anderen Kirchenmännern, die voller Eifer darauf bedacht waren, ihr Wissen für sich zu behalten, um sich dadurch ihre Überlegenheit zu bewahren. Dabei aber wusste er eine klare Linie zwischen den Patriziern der Stadt und dem übrigen Volk zu ziehen. Während er den Gebildeten, den Reichen und Mächtigen den Zugang zu seinem Wissen öffnete, dachte er gar nicht daran, dies auch für die anderen zu tun, für jene, die weder des Lesens noch des Schreiben oder des Rechnens kundig waren. Eine kleine Einschränkung gab es allerdings. Dass ausgerechnet Buddebahn, der in Sünde mit Hanna Butenschön lebte, Kenntnisse in Latein hatte, wollte ihm nicht so recht gefallen.

Niemals aber wäre Jan Schriever auf den Gedanken gekommen, in Frage zu stellen, was sich in der Bibel fand. In dieser Hinsicht war nicht mit ihm zu spaßen. Für ihn war Gotteswort, was im Heiligen Buch geschrieben stand. Daran gab es nichts zu deuten.

Nachdem Buddebahn ihn begrüßt hatte, trat er zur Seite, um

anderen Trauergästen Platz zu machen, die ebenfalls mit dem Pastor reden wollten.

Nun wollte er sich möglichst unauffällig zurückziehen und zur Nebentür der Kapelle gehen. Wenn alles nach Plan verlief, würde Johan Rabe sie ihm öffnen. Kaum aber war er zwei Schritte gegangen, als plötzlich Nikolas Malchow neben ihm auftauchte. Ihm blieb nichts anderes übrig, als stehenzubleiben. Er lüftete kurz seinen Hut und fuhr sich mit der Hand durch das Haar. Er schwitzte, obwohl es nicht sehr warm war an diesem Tag.

»Ich hatte erwartet, dass Ihr Euch bei mir meldet«, tadelte ihn der Ratsherr. »Immerhin ist ein zweiter Mord geschehen, und ich weiß nichts über Eure Ermittlungen. Gibt es eine Spur zu dem Mörder? Habt Ihr irgendetwas entdeckt, was uns weiterbringt?«

»Oh, da kommt Ihr mir zuvor«, entgegnete Conrad Buddebahn. Er setzte ein besänftigendes Lächeln auf. »Selbstverständlich hatte ich vor, Euch zu instruieren. Ich bitte Euch! Bis dahin hoffte ich allerdings, diesen Fall umfassend untersuchen zu können. Die bisherigen Resultate sind dürftig, äußerst dürftig. Der Regen hat praktisch alle Spuren beseitigt. Und was er nicht hinweggeschwemmt hat, das haben Leute zerstört, die sich ein wenig zu sehr von ihren Gefühlen haben leiten lassen.«

»Aber Ihr habt nicht aufgegeben?«

»Natürlich nicht. Ich verfolge den Fall.« Er ging einige weitere Schritte, um sich von den Trauergästen zu entfernen. Jetzt konnte er die Nebentür bereits sehen, hinter der er einen entscheidenden Hinweis zu finden hoffte. Für einen kurzen Moment erwog er, Malchow einzuweihen, verwarf diesen Gedanken jedoch wieder. Ohm Deichmann war nicht damit einverstanden, dass er die Leiche seiner Frau untersuchte. Unter diesen Umständen war es nicht ratsam, mehr Personen zu unterrichten als unbedingt notwendig. Schon gar keinen Ratsherrn, der für Recht und Ordnung in der Stadt zuständig war und der sich möglicherweise gegen sein Vorhaben sperrte.

Vielleicht sollte ich Erna Deichmann in Ruhe lassen, dachte Buddebahn. *Doch was bleibt mir übrig? Ich muss jede Chance nutzen, und sei sie noch so gering.*

»Entschuldigt mich«, bat er höflich.

Malchow verstand ihn falsch.

»Kein Problem«, erwiderte er großmütig. »Das muss ich auch. Dringend sogar.« Er schob sich an ihm vorbei und schritt bis über den Rand des Gottesackers hinaus zu einigen Büschen hin, um sich hier zu erleichtern. Buddebahn folgte ihm und stellte sich neben ihn. Während er ebenfalls pinkelte, spähte er über einige Zweige hinweg zur Nebentür der Kapelle hinüber. Sie öffnete sich, und Johan Rabe streckte seinen Kopf heraus. In der Hoffnung, dass der Totengräber ihn sehen konnte, richtete er sich ein wenig höher auf, doch vergeblich. Rabe wartete ein paar Augenblicke, sah sich suchend um, ohne ihn zu entdecken, und schloss die Tür.

Es war zu spät.

»Erzählt!«, forderte Malchow ihn auf, nachdem er sein Geschäft erledigt hatte. Er ordnete seine Kleider. An diesem Tag war er ganz in Schwarz gekleidet, wie es dem Anlass angemessen war. Allerdings verzichtete er nicht auf kostbare Stickereien auf seinen Schultern und an den Ärmeln seiner Jacke. Sie waren aus schwarzem Garn hergestellt. Ein großer Hut mit einer ebenfalls schwarzen Feder zierte seinen Kopf. »Wie war das mit Erna Deichmann?«

Sie schlenderten langsam an den Gräbern vorbei zur Kapelle hinüber, und dabei berichtete Buddebahn, wie er die ermordete Erna Deichmann gefunden hatte.

»Das sieht ja wirklich schlecht aus«, konstatierte der Ratsherr. Voller Bedenken schüttelte er den Kopf. »Unter diesen Umständen werdet Ihr den Mörder nicht ermitteln können. Ihr braucht wenigstens einen klaren Hinweis. Dennoch muss ich Euch bitten, nicht aufzugeben.«

»Keine Sorge. Irgendetwas hat der Mörder hinterlassen. Eine Spur, die nicht vom Regen weggewaschen wurde. Ich weiß nicht, wie diese Spur aussieht, aber früher oder später werde ich darauf stoßen.«

»Das müsst Ihr! Viele Frauen haben Angst, dass sie das nächste Opfer sein könnten. Und die Männer beschweren sich bei mir, dass wir den Täter nicht ermitteln. Unternehmt etwas! Glaubt nur nicht, dass ich irgendeinen dahergelaufenen Strolch verhaften lasse, nur um den Hamburgern überhaupt jemanden präsentieren zu können. Das ist nicht mein Stil.«

Der Ratsherr blieb stehen. Mit den Fingerspitzen rieb er sich das Kinn, bis es sich rötete.

»Was habt Ihr auf dem Herzen?«, fragte Buddebahn, der wohlweislich darauf verzichtete, zu den Worten des Mecklenburgers Stellung zu nehmen. Es war noch nicht allzu lange her, dass dieser einen Unschuldigen hatte verhaften lassen, nur um seine Kritiker zu beruhigen. Er schien davon auszugehen, dass er nichts von diesem Vorfall wusste.

»Ihr seid ein kluger Mann, und Ihr kennt die Menschen.«

»Das mag sein. Jedenfalls bin ich sicher, dass Ihr Euch mit einem Problem plagt und hofft, dass ich Euch helfen kann.«

Malchow hatte sichtlich Schwierigkeiten, mit dem herauszukommen, was ihm auf der Seele lastete. Er machte Anstalten, sich abzuwenden und weiterzugehen, blieb dann aber doch und versetzte stockend und mit langen Pausen, in denen er um die passenden Worte zu ringen schien: »Nun ja, ganz so ist es nicht. Kein Problem. Ich meine, kein wirkliches Problem. Nur eine Kleinigkeit. Eigentlich nicht so wichtig. Aber dennoch würde ich gern eine Antwort haben: Was muss man eigentlich tun, um bei den Drewes eingeladen zu werden? Seit neun Jahren bin ich in Hamburg und habe einige Erfolg aufzuweisen, aber ...«

Buddebahn war überrascht. Mit einer derartigen Frage hatte er nicht gerechnet. Malchow schien bereits zu bereuen, dass er gefragt hatte. Er lächelte gequält und bat ihn, begleitet von einer abfälligen Geste: »Ach, vergesst es.«

Schweigend kehrten sie zu den anderen Trauergästen zurück,

die vor der Kapelle auf den Beginn der Trauerfeier warteten. Der Mecklenburger ging zu einer Gruppe anderer Ratsherren, um mit ihnen zu reden. Buddebahn nutzte die sich ihm bietende Gelegenheit, glitt unauffällig zur Seite und eilte zur Nebentür der Kapelle. Er klopfte leise an das Holz und wartete. Vergeblich. Nichts geschah. Er horchte. In der Kapelle war es still. Niemand schien sich darin aufzuhalten. Um auf sich aufmerksam zu machen, klopfte er erneut. Doch auch jetzt schwang die Tür nicht auf.

Conrad Buddebahn wurde unruhig. Mehr und mehr Trauergäste trafen ein. Es waren vor allem jene, die auf der Gästeliste der Familie Drewes standen, die wohlhabenden und einflussreichen Bürger der Stadt, die alle zum Freundes- und Bekanntenkreis der Deichmanns zu zählen waren. Sie alle waren in Schwarz gekleidet und von tiefem Ernst gezeichnet. Die Betroffenheit über den Verlust stand ihnen ins Gesicht geschrieben.

Eine Glocke begann zu läuten. Ein Seufzer schien durch die Reihen der Besucher zu wehen, die Gespräche verstummten, und alle wandten sich der Kapelle zu, um sich ins Innere zu begeben. Zuerst die Herren, die nun ihren Hut zogen und den Nacken in Demut vor Gott beugten.

Es war zu spät. Jetzt kam Buddebahn nicht mehr an den Sarg heran. Er konnte die tote Erna Deichmann nicht aufrichten, um ihren Rücken zu untersuchen. Enttäuscht gab er auf, mischte sich unter die Besucher an der Vorderseite der Kapelle und schloss sich dem Zug der Herren schweigend an. Gleich hinter ihm folgten die Damen mit kleinen Blumensträußen in den Händen.

Eine Chance war vertan. Das Grab würde sich über der Ermordeten schließen, und mögliche Hinweise auf ihren Mörder würden für alle Zeiten unter der Erde verborgen bleiben. Damit waren die Aussichten, den Täter zu entlarven, ebenso gering wie bei Agathe Kehraus, dem ersten Opfer.

Während der folgenden Zeremonie war Buddebahn nicht bei

der Sache. Er dachte an die bisherigen Ermittlungen, ging alles noch einmal Punkt für Punkt durch und mühte sich vergeblich ab, den roten Faden zu finden, der ihn zum Täter führen konnte. Er war sich dessen sicher, dass er etwas übersehen hatte und dass es wenigstens einen deutlichen Hinweis auf den Mörder gab.

Mit den anderen Trauergästen begleitete er den Sarg zum Grab, und er blieb, bis Erna Deichmann ihre letzte Ruhe gefunden hatte. Als am Ende der Totengräber erschien, um das Grab zu schließen, verließ auch er ihre Ruhestätte. Er nahm sich vor, später mit Johan Rabe zu sprechen, der ihn keines Blickes würdigte, sondern aschfahl und mit gesenktem Haupt seiner Arbeit nachkam.

Er wechselte ein paar belanglose Worte mit Klaas Bracker, mit dem er von Jugend auf an befreundet war.

»Du siehst aus, als hätte dich die Beerdigung ziemlich stark mitgenommen«, befand der Banker, während seine Frau schon vorausging.

»Ernas Tod macht mir zuschaffen«, bestätigte Buddebahn. »Ich hatte gehofft, Hinweise auf den Mörder zu gewinnen, aber das war ein Irrtum. Es gibt Parallelen zu dem Tod von Agathe, aber nichts, was auf den Täter schließen lässt. Ich komme nicht weiter.«

Klaas Bracker klopfte ihm aufmunternd gegen den Arm. Ein anderer hätte ihm vermutlich die Hand auf die Schulter gelegt, doch dazu war der Banker viel zu klein. Obwohl Buddebahn nicht gerade groß zu nennen war, hätte er sich mächtig recken müssen, um seine Schulter zu erreichen. »Früher oder später wirst du es schaffen, Conrad«, tröstete er ihn.

»Und wenn nicht?« Buddebahn blickte gedankenverloren an ihm vorbei.

Ein Mann wie Klaas kann unmöglich der Mörder sein! dachte er. *Der Täter tritt von hinten an seine Opfer heran, greift ihnen über die Schulter hinweg, hält sie mit der linken Hand und schneidet ihnen mit der rechten die Kehle durch. Das kann nur ein Mann, der deutlicher größer ist als Klaas.*

»Du findest den Mörder, Conrad. Da bin ich ganz sicher.«
»Es darf nicht zu lange dauern. Zwei Frauen hat er schon getötet. Ein drittes Opfer dürfen wir nicht zulassen.«
»Ein drittes Opfer wird es nicht geben. Du wirst es verhindern.«
»So Gott will!«

Sie passierten eines der Stadttore, und nun trennten sich ihre Wege. Buddebahn ging zum Hopfensack, wo sich die Brauerei und sein Haus befanden.

Nachdem er seine Enttäuschung mit einem kräftigen Schluck Bier hinuntergespült hatte, suchte er die Mälzerei auf. Schweigend beobachtete er Henning Schröder bei der Arbeit. Der Braumeister war zugleich Mälzer. Damit war er einer der wenigen, die den ganzen Ablauf bei der Herstellung von Bier in der Hand hatten und die genau zu beurteilen wussten, was in welcher Phase wichtig und entscheidend war. Das war nicht überall so. In vielen Betrieben waren Mälzerei und Brauerei getrennt. Bei einigen lagen beide sogar weit auseinander und hatten unterschiedliche Besitzer. Von einem Bekannten hatte Buddebahn gehört, dass es in der Stadt Freiburg fünf Malz- und elf Brauhäuser gab. Säuberlich voneinander getrennt.

In der Mälzerei bereitete Schröder die Braugerste vor, so dass sich später beim Kochen der Maische im Sudhaus die Bestandteile der Gerstenkörner voneinander lösen konnten. Stärke musste sich in Zucker verwandeln, der dann beim Gären unter anderem zu Alkohol wurde.

Wie gut das Ergebnis in der Mälzerei war, hing entscheidend von der Gerste ab, denn Gerste war nicht gleich Gerste. Gehalt und Qualität wurden maßgeblich von Standort und Wetter bestimmt. So ergaben sich deutliche Unterschiede zwischen der Gerste, die im Norden Hamburgs angebaut wurde, und jener, die aus dem Süden Hamburgs oder aus größerer Entfernung kam. Darüber hinaus spielte die Wetterlage bei der Aussaat, während des Wachstums und bei der Ernte eine Rolle. Zu verwenden für das Bier war die *Nickende Gerste*, bei der die Ähren herabhingen. Die *Aufrechtstehende*, bei der die Ähren nach oben zeigten, war nicht geeignet.

Das war einer der Gründe dafür, dass Conrad Buddebahn die Gerste nach wie vor selber einkaufte und sie stets von dem gleichen Bauern bezog. Er wollte die hohe Qualität seines Bieres weiterhin erhalten. Er glaubte, die Gerste besser einkaufen zu können als sein Nachfolger, sah aber ein, dass er diesen Teil des Geschäfts früher oder später Schröder überlassen musste.

Henning Schröder ging barfuss durch die keimende Gerste, die er so hoch angerichtet hatte, dass seine Füße bis zu den Fußgelenken darin versanken. Er wendete und mischte das Grünmalz, damit die beim Keimen unvermeidlich ansteigende Temperatur nicht zu hoch wurde.

Buddebahn beobachtete ihn. Wie oft hatte er doch selber in dieser Weise barfuss das Grünmalz gemischt! Schröder machte es etwas anders als er. Unwillkürlich wollte er sich dazu äußern, hielt sich jedoch im letzten Moment zurück.

Du bist raus aus dem Geschäft! ermahnte er sich. *Henning wird es nicht gefallen, wenn du ihm Ratschläge erteilst. Er allein hat jetzt die Verantwortung. Also halte den Mund, oder er wird dich höflich, aber bestimmt bitten, die Mälzerei und das Brauhaus zu verlassen!*

Er war zufrieden mit ihm. Schröder war ein Meister seines Fachs. Er wusste genau, wie weit die Gerste keimen musste und wie lang die feinen Wurzeln werden durften, die sich bildeten. Die Alchimisten behaupteten, dass wichtige Veränderungen in der Gerste stattfanden. Das war wohl so, obwohl niemand sagen konnte, was das für Veränderungen waren. Dafür gab es kein Maß und keine Richtlinien. Die richtigen Entscheidungen zu treffen gehörte zu der Kunst des Mälzers, der ebenso ein Gespür für das Bier und seine Zutaten entwickeln musste wie der Braumeister.

»Man wird niemals ganz klären können, was mit der Gerste passiert«, behauptete Schröder, der die Gedanken Buddebahns erriet.

»Nein, das glaube ich nicht.«

»Es kommt auf das Gespür an«, fuhr der Mälzer und Braumeister fort. Sie hatten sich schon oft über dieses Thema unterhalten und waren sich immer einig gewesen. »Das wird auch so bleiben.« Er stieg aus der Gerstenweiche und spülte sich die Füße ab. »Und natürlich von der Gerste. Du solltest mich irgendwann einmal wissen lassen, wo und bei wem du sie kaufst. Oder willst du das Geheimnis so lange für dich behalten, bis sich die Kiste über dir schließt?« Ein leichtes Lächeln glitt über sein Antlitz. »Du kannst nicht loslassen. Ein wenig musst du im Geschäft bleiben, nicht wahr? Willst du das ewig ausdehnen?«

»Nein, das habe ich nicht vor«, antwortete Buddebahn. Es machte ihn verlegen, dass Schröder ein solcher Einblick in sein seelisches Befinden gelungen war. Er nahm einen kleinen Schluck Bier. »Aber lass mir das Vergnügen noch für dieses Jahr. Du wirst rechtzeitig erfahren, von wem ich die Gerste beziehe.«

»Versprochen?«

»Versprochen! Ich bin raus, und dabei bleibt es. Sollte sich die Kiste für mich schließen, bevor du alles erfahren hast, wirst du entsprechende Aufzeichnungen finden.«

Die beiden Männer verließen die Mälzerei und traten auf den Hof und in das helle Sonnenlicht hinaus. Sie verstanden sich gut. Nachdem sie jahrelang zusammengearbeitet hatten, wussten sie, dass sie sich blind aufeinander verlassen konnten. Sie hatten gute und schlechte Zeiten gehabt. Sie hatten kämpfen müssen, um die Brauerei gegen widrige Umstände zu verteidigen, und sie hatten Phasen gehabt, in denen die Geschäfte so gut liefen, dass sie ihnen kaum nachkommen konnten. Immer wieder hatte sich gezeigt, dass sie abhängig waren von der allgemeinen Wirtschaftslage in der Stadt und in der Hanse überhaupt. Verdienten die Fernhandelskaufleute gut, gönnten sie sich und ihren Dienstboten mehr Bier; blieb unter dem Strich nicht viel übrig bei ihren Geschäften, schnürten sie den Gürtel enger und kauften weniger Bier, oder sie wechselten für ihre Dienstboten zu den billigen Sorten der anderen Brauereien über. Diese besaßen eine mindere Qualität, doch damit ließ sich prächtig sparen.

Zurzeit blühte der Handel in der Hanse, und entsprechend gut ging es der Brauerei.

»Du hast Besuch«, versetzte Schröder. Mit dem Kopf zeigte er zum Tor hinüber, wo Johan Rabe im Schatten stand und wartete.

»Mit dem muss ich reden«, erwiderte Buddebahn. »Unbedingt.«

Er ging auf den Totengräber zu, der einen verunsicherten und eingeschüchterten Eindruck machte und es kaum schaffte, ihn anzusehen. Obwohl Ratsherr Malchow ihren Plan unwissentlich durchkreuzt hatte, schien er vor allem sich die Schuld an dem gescheiterten Vorhaben zu geben. Buddebahn ging auf ihn zu, und dabei hob er beschwichtigend die rechte Hand. Johan Rabe blieb unter dem Tor stehen und wartete auf ihn.

»Es tut mir leid, Herr«, stammelte der Totengräber, wobei er so leise sprach, dass er kaum zu verstehen war. »Es war nicht meine Schuld. Ich habe die Tür geöffnet, aber Ihr wart nicht da.«

»Kommt herein zu mir.« Buddebahn führte ihn ins Haus, bot ihm Platz und Bier an. Rabe ließ sich auf einen Hocker sinken, wobei er sich weit nach vorn auf die Kante setzte. Verlegen kaute er auf seiner Unterlippe. Im Vergleich zu seiner ärmlichen Hütte war das Haus des Ermittlers ein Palast. Die kleinen Kostbarkeiten, die es darin gab, schüchterten ihn ein. Geradezu fassungslos schienen ihn die verglasten Fenster zu machen.

»Ich habe Euch gesucht, Herr. Ihr hättet Zeit gehabt, Euch Erna anzusehen«, beteuerte der Totengräber. Mit bebender Hand griff er nach dem Bierkrug, trank erst zögernd, fand Geschmack an dem edlen Getränk und stürzte das Bier gierig in sich hinein. Buddebahn war sicher, dass es das beste Bier war, das er je genossen hatte. Er schenkte nach.

»Ratsherr Malchow war bei mir. Er durfte nichts merken. Es wäre schlecht für uns beide gewesen.«

»Nikolas Malchow!« Erschrocken blickte Johan Rabe ihn an. Seine Stimme bekam einen schrillen Beiklang. »Ein gefährlicher Mann.«

Es war unverkennbar, dass er Angst vor dem Ratsherrn hatte. Allein die Tatsache, dass Buddebahn ihn erwähnt hatte, ließ seine Lippen erbeben. Nervös stocherte er mit den Fingernägeln zwischen den Zähnen herum.

»Ich hatte noch keine Probleme mit ihm.« Der Ratsherr war ihm in diesem Zusammenhang nicht wichtig. Er wollte sich nicht länger mit ihm aufhalten als unbedingt nötig. Dass der Totengräber und auch andere, die von der Stadt bezahlt wurden, Schwierigkeiten mit ihm hatten, konnte er sich durchaus vorstellen. Die Interessen Hamburgs und die der kleinen Leute unter einen Hut zu bringen war vermutlich nicht immer leicht, und da Männer wie Johan Rabe nur ihre kleine Welt sahen, nicht aber das Wohlergehen der ganzen Stadt im Auge hatten, da sie nur wenig wussten, sich nicht für viel mehr interessierten und die oft nicht ganz leicht erkennbaren Zusammenhänge nicht erfassten, stellte sich manches ganz anders für sie dar als für einen Mann wie Nikolas Malchow oder einen anderen Vertreter der Stadt. »Ist etwas vorgefallen in der Kapelle?«

»Nein. Nichts Ungewöhnliches. Ohm Deichmann war lange bei seiner toten Frau. Später dann, als die Gäste kamen, ist er hinausgegangen, und Abel Schneider hat die Totenwache übernommen. Schneider ist ...«

»Ich weiß, wer das ist«, unterbrach Buddebahn ihn. Er war dem Schreiber Ohm Deichmanns schon einige Male begegnet. Abel Schneider erledigte alle Schreibarbeiten, die mit dem Schiffbau zusammenhingen. Daher war er besser über die Geschäfte Ohm Deichmanns – und vermutlich auch viele private Dinge – unterrichtet als jeder andere, der in seinen Diensten stand.

»Erna war ja nicht lange allein«, fuhr Rabe zerknirscht fort.

»Jedoch lange genug, so dass Ihr den Rücken der Toten hättet sehen können.« Er blickte voller Sehnsucht auf den Bierkrug. Buddebahn begriff und spendierte ihm ein weiteres Bier. Der Totengräber trank es gierig.

»Erna wurde nahezu ständig bewacht?«, fragte Buddebahn.

»Überwacht nicht gerade, aber es war fast immer jemand bei ihr. Ja, so war's.«

»Das ist seltsam«, sinnierte der Ermittler. Er fragte sich, welchen Grund Ohm Deichmann für sein Verhalten haben sollte. War es seine große Liebe zu Erna, die ihn so hatte handeln lassen, oder hatte er etwas zu verbergen? Fürchtete er, dass jemand etwas an der Leiche entdeckte, was ihn belastete?

Rabe trank den Rest des Bieres aus. Dann blickte er auf, und ein eigenartiges Lächeln glitt über seine Lippen. Es ließ ihn schuldbewusst aussehen, beinhaltete jedoch einen kleinen Triumph.

»Aber es gibt ja jemanden, der den Rücken gesehen hat«, verkündete er, richtete sich auf und zeigte mit dem Daumen auf seine Brust. »Mich!«

Buddebahn war so überrascht, dass es ihm die Sprache verschlug. Er setzte sich ihm gegenüber und blickte ihn zweifelnd an.

»Ohm Deichmann hat mit dem Pastor gesprochen. Ganz kurz nur. Zwei, drei Sätze. In der Zeit war ich allein in der Kapelle. Da habe ich Erna hochgehoben und mir ihren Rücken angesehen.«

»Jemand hat ihr ein Zeichen in die Haut geritzt – oder? War es ein Kreuz?«

»Nein, war es nicht«, erwiderte der Totengräber mit stockender Stimme. Er wurde wieder unsicher. »Es war ein seltsames Zeichen. So was habe nie zuvor gesehen. Ich weiß auch nicht, was es bedeuten soll. Jedenfalls nicht so richtig.«

Buddebahn holte ein Blatt Papier und stellte Tinte und Feder dazu. »Wie sah es aus? Ich muss es wissen. Zeichnet es mir auf, Johan Rabe. Bitte!«

Der Totengräber ließ seine Hände hilflos über die Tischplatte wandern. Er wusste nicht, was er tun sollte. Erst als Buddebahn die Feder nahm, kurz in die Tinte tauchte und damit einen Strich auf das Papier malte, begriff er. Doch es war das erste Mal, dass er Schreibwerkzeug in den Händen hielt. Seine schwieligen Hände waren schwere, grobe Arbeit gewöhnt. So ein Federkiel war viel zu zart und empfindlich für ihn. Als er zupackte, zerdrückte er die Feder und machte sie unbrauchbar. Erschrocken ließ er sie fallen und versuchte stammelnd, sich zu entschuldigen. Dabei blickte er entsetzt auf den Tintenfleck, der sich auf der weißlichen Fläche ausbreitete, als sei er ein lebendes Tier.

Buddebahn beruhigte ihn, streute ein wenig Sand über die Tinte, legte ihm die Hand auf den Arm und zeigte ihm, wie man die Feder halten musste. Dann schob er sie ihm zwischen die Finger und führte ihm die Hand, um einen weiteren Strich auf das Papier zu malen. Es war vergebliche Liebemühe, und es kostete ihn eine weitere Feder. Der Totengräber war nicht in der Lage, irgendetwas mit zarter Hand anzufassen und zu halten.

»Kommt«, forderte der Ermittler ihn auf, »wir machen es anders. Wir gehen auf den Hof und zeichnen es in den Sand. Worauf wartet Ihr? Zeigt mir, was Ihr auf dem Rücken Ernas gesehen habt. Wenn Ihr mir helft, gebe ich Euch noch mehr Bier.«

Das Angebot ließ Johan Rabe nicht länger zögern. Eilig erhob er sich und schlurfte hinter ihm her ins Sonnenlicht. Buddebahn glättete den Sand auf dem Hof und reichte ihm einen kleinen Stock. Mit unsicherer Hand zog Rabe das Holz über den Boden. Immerhin schaffte er es, zwei langgezogene, flache Bögen zu gestalten. Einer war nach oben gewölbt, der darunter nach unten. Auf der einen Seite kamen die Enden sich nahe, berührten sich jedoch nicht, auf der anderen Seite überschnitten sie einander.

»Es tut mir leid«, stotterte er. »Ich kann es nicht besser. So ähnlich sah es aus. Mit dem Messer in die Haut geschnitten.«

»Das habt Ihr sehr gut gemacht«, lobte Buddebahn ihn, obwohl er nicht erkennen konnte, was für ein Zeichen es sein sollte. »Seid Ihr sicher, dass es so war?«

»Ganz sicher.« Der Totengräber kaute nervös auf seinen bleichen Lippen. Dabei trat er zurück und streckte eine Hand nach dem Torpfosten aus, um dort Halt zu suchen. Er fühlte sich nicht wohl auf dem Anwesen des Brauereibesitzers, auf dem es so geheimnisvolle Dinge wie Tinte, Feder und Papier gab, Dinge, die ihm vollkommen fremd waren und die unendlich fern jener Welt waren, in der er lebte, der Welt der Toten und der Düsternis. »Jetzt sollte ich ja wohl gehen.«

»Ihr habt mir geholfen, Johan Rabe«, bedankte Buddebahn sich und verabschiedete ihn mit leichter Handbewegung. Er war tief in Gedanken versunken, so dass er den Totengräber kaum noch wahrnahm.

Die Sonne schien auf das Zeichen im Sand. Er vernahm den Schrei eines Raubvogels, und als er aufblickte, sah er den Roten Milan, der hoch über ihm im nahezu makellos blauen Himmel kreiste.

Plötzlich begriff er. Ein eiskalter Schauder rann ihm über den Rücken.

Er glaubte zu wissen, was der Mörder Erna Deichmanns mit Hilfe des in die Haut seines Opfers geschnittenen Zeichens mitteilen wollte.

»Modder Fisch?«

Weil er das Bedürfnis hatte, etwas zu trinken, war Buddebahn in die Brauerei gegangen, um sich einen Krug Bier zu holen.

»Ja, hat er gesagt«, erwiderte Henning Schröder. Er arbeitete an einem der Kupferkessel, in denen das Bier heranreifte. Thor Felten half ihm, machte jedoch einen ungewohnt unbeholfenen Eindruck. Er konnte seinen linken Arm nicht voll belasten. Ein mit Blutflecken versehener Verband ließ erkennen, dass er sich verletzt hatte.

Mit der gebotenen Sorgfalt zapfte Buddebahn sich ein Bier,

wobei er Wert darauf legte, dass sich eine ausreichende Blume bildete.

»Das gefällt mir nicht, und er weiß es. Für meinen Sohn ist sie immer noch Frau Butenschön.« Er zog sich mit dem Krug in der Hand zurück, um in seine Wohnung zu gehen. Doch ließ ihn ein Stöhnen Feltens an der Ausgangstür der Brauerei verharren. Das Gesicht des Musiklehrers verzerrte sich. Er lehnte sich mit der Schulter an einen der Kessel, und dabei hielt er sich den linken Arm. Es war unverkennbar, dass er Schmerzen hatte. Neugierig geworden, kehrte der Ermittler um.

»Was ist los?«, fragte er den jungen Mann. »Habt Ihr Euch schwer verletzt?«

»Es ist nicht so schlimm«, antwortete Felten. Das nach vorn gekämmte Haar klebte schweißnass an der Stirn, und seine dunklen Augen hatten einen fiebrigen Glanz. »Ich habe mich gestoßen. Ausgerechnet am Arm. Dort wo die Wunde ist.«

»Er ist fest davon überzeugt, dass ihm Bier hilft«, versetzte Hennig Schröder breit grinsend.

»Die Wunde heilt schneller, und sie entzündet sich nicht«, erläuterte der Musiklehrer, wobei er sich mit sanfter Hand den verletzten Arm massierte.

»Wenn man Bier trinkt?« Buddebahn legte den Kopf schief. Er meinte, sich verhört zu haben.

»Nein.« Der Braumeister lachte. »Das würde ich ja noch verstehen. Aber Thor hält einen Arm ins Bier, um die Wunde damit zu spülen. Nun ja, wir machen ein gutes Bier. Ein hervorragendes Bier sogar. Aber dass es Wunden heilt und den Brand verhindert, kann ich mir nicht vorstellen.«

Buddebahn nahm einen kräftigen Schluck aus dem Krug, füllte etwas Bier nach, zuckte kurz mit der Schulter und verließ das Brauhaus. Thor Felten schien nicht nur am Arm verletzt zu sein, sondern ein wenig auch im Kopf!

Er hatte sich darauf gefreut, in der Stille seiner Räume im bequemen Sessel sitzen, das Bier in Ruhe genießen und ungestört nachdenken zu können. Doch daraus wurde nichts, denn als er eintrat, sah er, dass er Besuch hatte. Ein junger Mann wartete auf ihn. Ein leerer Bierkrug stand neben ihm.

»Wie mir scheint, hast du Frau Butenschön den nötigen Respekt verweigert, David«, stellte Buddebahn kühl fest. Mit einem leichten Anheben einer Braue signalisierte er ihm, wie sehr ihm missfiel, dass er sie »Mutter Fisch« genannt hatte. Diese sparsame Geste genügte. Sein Sohn murmelte eine Entschuldigung.

Mit siebzehn Jahren war er ein Mann. In diesem Alter hätte er seinen Platz im Leben der Hansestadt Hamburg eigentlich längst gefunden haben müssen. Doch er war nicht so weit, dass er an Heirat dachte und sein Leben auf eine ruhige Bahn brachte, indem er sich für einen bestimmten Beruf entschied und sich ihm mit der gebotenen Energie widmete. Zurzeit arbeitete er bei Ohm Deichmann auf der Werft, sah diese Tätigkeit jedoch nur als vorübergehend an, weil er danach zur See fahren und ferne Länder kennen lernen wollte. Sicher aber war dies nicht. Einige Male hatte David erwogen, sein Geld als Pelzhändler zu verdienen, sich mit der Herstellung kostbarer Stoffe zu befassen, in ein Kloster zu gehen und sich als Priester ausbilden zu lassen oder die Kunstschmiede der Stadt mit hochwertigen Metallen und edlen Steinen zu versorgen, ein vollkommen neues Schiff zu entwickeln, das besser als die bisherigen Koggen, Schniggen oder Kraveelen war, oder die Mauern um die Stadt Hamburg herum so auszubauen, dass sie auf der einen Seite besser zu verteidigen und für die Angreifer schwerer zu ersteigen waren. Die unausgegorenen Ideen eines sprunghaften Mannes, der nicht wusste, was er wollte.

David war mittelgroß und außerordentlich kräftig. Er war ein Mann, der zupacken konnte und der ohne weiteres in der Lage gewesen wäre, ganz allein an einem halben Tag eine Kogge zu beladen, wozu sonst mehrere Männer und obendrein ein Kran notwendig waren. An beiden Schläfen hatte er sein Haar zu Zöpfen geflochten, während er es im Nacken tief bis auf den Rücken herabfallen ließ. Ein reichlich dünner Bart zierte seine Lippen.

»Was führt dich zu mir?«, fragte Buddebahn. Er lächelte versöhnlich. Mit leiser Ironie fuhr er fort: »Sollte es eine plötzlich erwachte Liebe zu deinem Vater sein? Oder hast du dich entschieden, die Brauerei doch noch zu übernehmen? Dann muss ich dir leider sagen, dass es dafür zu spät ist. Ich habe sie an Henning übergeben.«

»Alle halten Ohm Deichmann für einen netten Menschen«, sagte David, ohne auf die Worte seines Vaters einzugehen.

»Ist er das nicht?« Buddebahn war überrascht. Er konnte die Bemerkung seines Sohnes nicht einordnen. Es war in der Tat so, dass der Zunftmeister einen hervorragenden Ruf genoss.

»Ansichtssache.« David verzog das Gesicht. »Er geht zu hart um mit den Leuten, die für ihn arbeiten. Viel zu hart. Vor allem seit Erna tot ist. Sie war die gute Seele des Betriebs. Jetzt benimmt sich Ohm Deichmann, als wollte er die Wut über ihren Verlust allein an uns auslassen.«

»Tatsächlich?« Zweifelnd schüttelte Buddebahn den Kopf. »Ich habe ihn als einen weichherzigen Mann kennen gelernt. Der Tod seiner Frau hat ihn fast zusammenbrechen lassen. Außerdem ist bekannt, dass er vielen jungen Männern geholfen hat, eine Existenz zu gründen. Dabei ist er weit über das hinausgegangen, wozu er als Zunftmeister verpflichtet ist.«

»Ich erlebe ihn anders. Jeden Tag.« Der junge Mann zögerte. Schließlich wandte er sich seinem Vater voll zu und blickte ihn voller Hoffnung an. »Er verhält sich nicht wie ein Christenmensch. Kannst du nicht mal mit ihm reden?«

»Das geht mich nichts an«, lehnte Buddebahn ab. »Er ist der Meister, und es ist seine Werft.«

»Alle denken, Ohm Deichmann ist so wie seine Frau Erna. Sie war menschlich und hat allen geholfen. Sie war immer für uns da, und zu essen gab es auch genug. Sie war fromm und ging regelmäßig in die Kirche, so wie es sich gehört. Bei Ohm ist das anders. Erst heute hat er einen der Leute verprügelt, bloß weil der einen Kuttenlecker verlegt hat.« David wich den Blicken seines Vaters aus. »Es ist nur ein Werkzeug. So etwas kann immer mal passieren. In meiner Kammer regnet es durch, aber er lässt das nicht in Ordnung bringen. Es interessiert ihn nicht.«

»Warum besorgst du dir nicht ein paar Dachschindeln und reparierst den Schaden? Dann hast du es trocken, und die Geschichte ist aus der Welt. Man muss sich zu helfen wissen und sollte sich nicht immer nur auf andere verlassen.«

»Für Schindeln habe ich kein Geld. Ohm Deichmann bezahlt mir nichts. Es gibt nur Kost und Logis. Mehr nicht.«

Buddebahn griff in die Tasche und gab seinem Sohn einige Münzen.

»Vier Blafferte sollten genügen. Und jetzt will ich nichts mehr davon hören. Du bist ein erwachsener Mann. Also regle deine Angelegenheit selber. Du hättest es besser haben können, wenn du Bierbrauer geworden wärst. Aber das wolltest du nicht. Sieh endlich zu, dass du dein Leben in den Griff kriegst. In deinem Alter bauen sich andere eine eigene Existenz auf und setzen Kinder in die Welt.«

»Die Brauerei ist nun mal nicht mein Bier«, antwortete David trotzig. »Ich will zur See fahren. Darauf bereite ich mich vor.«

»Indem du auf einer Werft als Zimmermann arbeitest.«

»Das wird mir auf See helfen, wenn es irgendeinen Schaden am Schiff gibt. Früher oder später werde ich mein eigenes Schiff haben, und dann zeige ich euch allen, wie viel es darauf zu verbessern gibt.«

»Ohne Geld ist es schwer, zu einem eigenen Schiff zu kommen«, stellte Buddebahn nüchtern fest.

»Du traust mir nichts zu.« David verzog das Gesicht. »Aber du wirst schon sehen. Gott wird mir helfen.« Er machte Anstalten, den Raum zu verlassen. »Und was Modder Fisch anbetrifft, für mich ist sie es und bleibt sie es. Eben Modder Fisch! Das passt nicht.«

»Moment mal! Was passt nicht?«

»Modder Fisch und du. Fischfrau und Patrizier. Dazu ohne kirchlichen Segen. Eine Verbindung in Sünde. Passt nicht.«

Die Tür fiel hinter ihm zu, und es wurde still im Raum. Tief in Gedanken versunken, blickte Buddebahn vor sich hin. Nach einer Weile wandte er sich den Skizzen zu, die er vom letzten Tatort angefertigt hatte. Er betrachtete sie lange, rief sich die Gespräche mit den Zeugen ins Gedächtnis, stieß jedoch auf nichts, was ihm bei seinen Ermittlungen hätte weiterhelfen können.

Schließlich schreckte ihn Hanna Butenschön aus seinen Gedanken auf. Sie sah müde und abgespannt aus. Der Tag auf dem Markt war anstrengend gewesen.

»Ich habe ein Stück von einem Stör mitgebracht«, berichtete sie, wobei sie sich mit matter Bewegung eine Strähne aus der Stirn wischte. Ein flüchtiges Lächeln glitt über ihre Lippen. »Und eine gehörige Portion Kaviar, die sonst keiner haben wollte. Die Leute sind zu dumm. Sie ahnen nicht, was das für eine Delikatesse ist. Einer meinte, eher segelt eine Kogge gegen den Wind, als dass er Fischeier frisst.«

Buddebahn stand auf, um sie kurz in die Arme zu nehmen und an sich zu drücken.

»Gut, dass ich dich habe, Hanna«, lobte er sie. »Durch dich habe ich mehr edle Speisen kennen gelernt als in meinem ganzen Leben zuvor.«

»Du wirst es nicht glauben«, erwiderte sie. »Ich habe sogar eine Zitrone aus Spanien. Sie hat zehnmal so viel gekostet wie der Fisch und der Kaviar zusammen.«

Sie löste sich aus seinen Armen.

Triumphierend holte sie die gelbe Frucht aus der Tasche ihrer Schürze und hielt sie in die Höhe. »Ich habe sie der Frau des Bürgermeisters vor der Nase weggeschnappt.« Sie lachte. »Du kannst dir nicht vorstellen, wie wütend diese alte Kuh war! Am liebsten hätte sie mir die Augen ausgekratzt.«

»Wie klug du bist«, spöttelte er. »Du möchtest, dass der Bürgermeister dir hilft, indem er die Fischer daran hindert, ihren

Fang selber zu verkaufen, und machst dir gleichzeitig seine Frau zu Feindin. Denkst du nicht, dass sie ein paar passende Worte an seine Adresse richten wird?«

»Du meinst, sie tratscht mit ihrem Mann über mich?« Ihre Augen verdunkelten sich. Ihr wurde bewusst, dass sie einen Fehler gemacht hatte.

»O nein, nicht über dich. Sie wird sich über die Marktfrauen im Allgemeinen und über die Fischfrauen im Besonderen beklagen, die ihr nicht jenen Respekt erweisen, der ihr als Frau des Bürgermeisters gebührt. Und dann wird sie Zweifel in ihrem Mann wecken. Vielleicht geht es ja gar nicht um sie, sondern um ihn? Könnte es sein, dass die Marktfrauen sich über ihn lustig machen? Gerade muss sie an eine Fischfrau denken, die …«

»Hör auf!«, rief sie. »Ich habe begriffen.«

»Sie ist eine gefährliche Intrigantin, die unberechenbar wird, wenn sie sich in ihrer Eitelkeit gekränkt sieht.«

»Ich mache mich eben frisch, dann kümmere ich mich um den Stör.« Mit energischer Geste wischte sie das Thema zur Seite. Doch ihre Miene verriet, dass sie sich ihres Fehlers durchaus bewusst war. »Vielleicht kannst du den Kaviar kurz mit Wasser abspülen, danach die Haut abziehen und die Fischeier salzen? Oder verstößt das gegen deine Würde als Mann?«

»Geh nur, Hanna«, bat er sie. »Ich übernehme das. Es wäre ja nicht das erste Mal.«

Er ging in die Küche, wo das Stück Stör und der Kaviar auf dem Tisch lagen. Den edlen Rogen spülte er kurz ab und entfernte danach die hauchdünne Haut, die ihn schützend umgab. Mit einem Holzlöffel versehen, stellte er den Kaviar bereit. Er war vertraut genug mit der Köstlichkeit, um keinen Löffel aus Metall zu nehmen, der das Aroma augenblicklich zerstört und den Geschmack ruiniert hätte. Die beiden goldenen Löffel, die er sein eigen nannte, blieben im Schrank. Sie waren für besondere Festtage vorgesehen.

Während Hanna damit begann, den Fisch zu braten, befasste er sich wiederum mit den Skizzen. Er wurde das Gefühl nicht los, dass irgendetwas von Bedeutung an ihnen war, fand jedoch nicht heraus, was es war.

»Hast du keinen Appetit?«, fragte Hanna. »Das Essen steht auf dem Tisch.«

Sie warf einen flüchtigen Blick auf die Skizzen.

»Wieso sind die Fensterläden bei diesem Haus in der Bonenstraat eigentlich immer geschlossen?«

Buddebahn schreckte auf. Das war es! Er legte eine Hand auf eine der Skizzen. Dann pochte er mit den Fingerspitzen auf das Gebäude, das er meinte.

»Wenn ich es mir genau überlege, habe ich die Läden noch nie offen gesehen«, bestätigte er ihre Beobachtung, während er sich erhob, um zum Tisch zu gehen.

»Ist das wichtig?«

»Wie soll ich das wissen?« Er setzte sich, und Hanna servierte ihm den Fisch und den Kaviar, den sie behutsam mit Zitrone beträufelte. Genüsslich ließ er die Fischeier zwischen den Zähnen vergehen. Es war lange her, dass er diese Delikatesse genossen hatte. Es gab nicht allzu viele Störe in der Elbe und ihren Nebenflüssen, und viele Fischer behielten den Kaviar lieber selbst, anstatt ihn auf dem Markt zu verkaufen. Einige von ihnen wussten ihn sehr wohl zu schätzen und sahen eine Delikatesse in den Fischeiern, andere stuften den Rogen als Abfall ein und warfen ihn weg.

Auch Hanna griff zum Löffel, um sich zu bedienen.

»Es hat nichts zu bedeuten«, vermutete sie. »Immerhin hat es geregnet, und da schließt man die Läden schon mal, damit das Wasser nicht zu den Fenstern hereinkommt.«

»Hm. Vielleicht.« Von nun an widmete er dem Essen seine ganze Aufmerksamkeit und bedachte sie ob ihrer Kochkunst mit Komplimenten. Ihre Augen begannen zu leuchten. Für kleine Schmeicheleien dieser Art war sie zu haben.

Als er gesättigt war, lehnte er sich zufrieden zurück und gönnte sich einen Schluck Bier.

»Morgen gehe ich zur Bonenstraat. Ich will mich da noch mal

umsehen«, beschloss er. »Du kannst mich ja begleiten, wenn du willst.«

»Die Fischer kommen erst gegen Nachmittag in den Hafen zurück«, erwiderte sie. »Bis dahin habe ich Zeit.«

8

Ein wolkenlos blauer Himmel spannte sich am nächsten Tag über Hamburg, und es wurde angenehm warm. Nach der langen Regenzeit schien die Stadt durchzuatmen und sich der blendenden Helligkeit zu öffnen. Sommerlich gekleidet kamen die Menschen auf die Gassen und Plätze heraus, um ihren Geschäften nachzugehen. Die wenigstens konnten es sich leisten, mal zu verweilen und sich einfach nur von der Sonne bescheinen zu lassen, denn die Zahl jener, die genügend Geld verdient hatten, um sich dem Müßiggang hingeben zu können, war nicht groß. Und wer es sich leisten konnte, ließ sich von der Sonne wärmen, jedoch nicht bräunen, um ja die vornehme Blässe nicht verschwinden zu lassen, die gesellschaftlich so wichtig war.

Das Leben an Alster und Elbe war nicht leicht. Allzu viele ihrer Bewohner mühten sich Tag für Tag nach Kräften ab und schafften es doch nur, das Nötigste für das Leben und für ein Überleben zu verdienen. Der Handel hatte die Stadt reich gemacht, doch davon profitierte nur eine dünne Schicht, die das Geschäft mit all ihren Facetten kontrollierte.

Die Sonne stand hoch, als Buddebahn und Hanna Butenschön die Bonenstraat erreichten. Am Eingang der Gasse blieben sie stehen, und sofort fiel ihnen auf, dass die Fensterläden in einem der Häuser geschlossen waren. Es war der schlichte, vollkommen aus Holz errichtete Bau, der neben jenem stand, in dem Reeper-Jan seine Werkstatt betrieb und vor dem der Mord geschehen war. Bei allen anderen Häusern begrüßten ihre

Bewohner die klare Luft und hatten Türen und Fenster geöffnet, so dass Helligkeit und frische Luft eindringen und die Räume durchfluten konnten.

»Was ist los?«, fragte Hanna.

»Was soll sein?«, entgegnete er, während er sich gedankenverloren mit der Hand über den Kopf fuhr.

»Du bist angespannt«, stellte sie fest. »Anders als sonst. Was beschäftigt dich?«

Buddebahn wollte sie nicht im Ungewissen lassen. Er befürchtete, dass sie in Gefahr war, und er hielt es für wichtig, sie darüber zu informieren, ohne sie allzu sehr zu ängstigen. Ein aufgeschlitzter Fisch hatte sie bereits beunruhigt. Eine Zeichnung würde es ebenfalls tun. Dennoch glaubte er, keine andere Wahl zu haben. Er wollte, dass sie vorsichtig war, um einer Gefahr rechtzeitig begegnen zu können.

»Nun rede schon!«

Er hielt Ausschau nach einem kleinen Stock und hob ihn aus dem Staub, als er ihn fand. Nun zeichnete er das Muster auf den Boden, mit dem Erna Deichmann geschändet worden war.

»Das ist ein Fisch!«, rief sie. »Ja, das soll ein Fisch sein. Siehst du? Die beiden Bögen stoßen vorn zusammen. Das ist der Kopf. Hinten überkreuzen sie sich, so dass eine Schwanzflosse zu erkennen ist. Ich habe es nicht gleich erkannt, weil die Bögen so langgezogen und so flach sind. So etwa sieht ein Hecht aus. Gib mir mal den Stock.« Sie drückte die Stockspitze in den Sand, so dass der Fisch ein Auge hatte. »Was hat das zu bedeuten?«

»Das ist das Zeichen, dass Erna auf dem Rücken hatte«, erläuterte er. »Zwei Bögen, die sich auf der einen Seite mit ihrer Spitze berühren und die sich am anderen Ende überschneiden. Du hast absolut recht. Ein Fisch. Ich fürchte …«

Reeper-Jan trat vor die Tür seiner Werkstatt, zog sich jedoch sofort wieder zurück, als er Buddebahn und Hanna entdeckte.

»Was ist, wenn Reeper-Jan die Leiche Ernas nicht aus Mitleid von der Straße genommen hat, sondern weil der Mörder ihn dazu veranlasst hat? Oder weil er selber der Mörder ist?«, unterbrach sie ihn, ohne dem Fischzeichen weitere Beachtung zu schenken.

»Du bist ein kluges Mädchen!« Er lächelte flüchtig. »Daran habe ich auch gedacht. Ich muss mal mit ihm reden. Eigentlich kann ich es mir nicht vorstellen. Ich kenne Jan seit vielen Jahren. Aber wer kann einem Menschen schon hinter die Stirn schauen?«

»Hinter einem der Fensterläden war ein Gesicht«, teilte sie ihm mit. Die Skizze im Sand und Reeper-Jan schienen sie nicht mehr zu interessieren. Doch ihn konnte sie nicht täuschen. Er glaubte zu wissen, was sich hinter ihrer Stirn abspielte. Wenn sie sich so verhielt, war sie im höchsten Maße beunruhigt, war aber nicht in der Lage und bereit, darüber zu sprechen. Erst musste sie geistig verarbeiten, was ihr möglicherweise zu widerfahren drohte. »Das zweite Fenster. Die Läden sind nicht ganz geschlossen. Es war ein sehr blasses Antlitz. Ich habe es für einen kurzen Moment gesehen. Jemand hat uns beobachtet.«

»Nach allem, was hier geschehen ist, überrascht mich nicht, dass die Leute neugierig sind.«

»Hm, hm«, knurrte sie in sich hinein. »Wäre ich der Ermittler, ich würde nachfassen. Könnte ja sein, dass jemand aus dem Haus etwas beobachtet hat.«

Buddebahn erinnerte sich daran, dass er bei seiner ersten Untersuchung an der Tür dieses Hauses geklopft, jedoch niemand geöffnet hatte.

»Vielleicht hast du recht«, sinnierte er.

»Ich warte hier«, beschloss sie. »Sonst glaubt man noch, dass der Mecklenburger mich an deine Seite gestellt hat, weil du alleine es nicht schaffst.«

Er ließ sich Zeit. Langsam schritt er in die Gasse hinein, wobei er den Boden und die Seiten sorgfältig mit seinen Blicken absuchte. Nach wie vor hoffte er, irgendwo einen wichtigen Hinweis zu finden. Wie überall in der Stadt lag auch in der Bonenstraat Unrat in der Gasse. Möwen und einige Ratten stritten sich um einige Fischreste, die in der Abfallrinne einem nahen Fleet zutrieben. Ein streunender Hund tat sich an einem Knochen gütlich. Ein zerborstener Tonkrug, Laub und trockenes Geäst, das der Wind von den Bäumen geholt hatte, waren in die Rinne geraten und stauten die Abwässer auf, so dass sie nur träge abfließen konnten. Mit dem Mord war keines von diesen Dingen in Verbindung zu bringen.

Er klopfte an der Haustür, wartete jedoch vergeblich darauf, dass ihm geöffnet wurde. Im Haus blieb es still, als sei es unbewohnt.

Als er zur Werkstatt Reeper-Jans gehen wollte, trat der Seilmacher ins helle Sonnenlicht hinaus. Vor seiner Tür blieb er stehen, kniff die Augen geblendet zusammen und wartete, bis er sich an die Helligkeit gewöhnt hatte.

»Kannst du mir sagen, wer hier wohnt?«, fragte Buddebahn.

Jan zuckte zusammen. Scheu blickte er zu dem bezeichneten Haus hinüber.

»Warum willst du das wissen?« Er sprach leise, und seine Stimme schwankte ein wenig.

»Ich will eine Antwort«, forderte der Ermittler. »Also, raus damit! So kompliziert kann es ja nicht sein.«

»Soweit ich weiß, sind es ein Tischler und eine junge Frau«, erwiderte Jan. Wie meistens trug er einen hohen Hut mit weißer Schärpe. Als er die Kopfbekleidung tief in die Stirn herabzog, schien es, als wollte er seine Augen beschatten, doch Buddebahn hatte den Eindruck, dass da noch etwas anderes war. Irgendetwas erfüllte den Seiler mit Unbehagen. Er hatte ein Thema angesprochen, dem Reeper-Jan am liebsten ausgewichen wäre. Sein Gesicht wurde ausdruckslos.

»Wer ist der Mann?« Buddebahn ließ nicht locker. »Er ist immerhin dein Nachbar. Er kann dir nicht ganz unbekannt sein.«

Jan schüttelte unwillig den Kopf. Er zögerte lange mit seiner Antwort, und als er schließlich sprach, senkte er seine Stimme so weit herab, dass sie kaum zu verstehen war. Zugleich bekreuzigte er sich.

»Er ist Däne. Erik Hansen heißt er. Eigenartiger Mann. Hat zu niemandem Kontakt. Mit niemandem. Vor allem nicht mit mir. Das ist auch gut so. Ich will nichts mit ihm und dem Weib zu tun haben.« Er warf einen flüchtigen Blick zu dem Haus des Nachbarn hinüber. »Er ist nicht da. Ich habe zufällig gesehen, dass er weggegangen ist. Sie ist sicherlich im Haus, aber sie macht nicht auf. Das tut sie nie. Ich denke, dass sie seine Tochter ist.« Seine Stimme senkte sich und wurde zu einem Raunen. »An deiner Stelle würde ich mich nicht mit ihr befassen.« Erneut bekreuzigte er sich. »Du kannst dir denken, warum.«

»Nein, das kann ich nicht. Was ist mit dieser jungen Frau?«

»Bei Tageslicht lässt sie sich nie blicken. Niemals. Einige haben sie nachts gesehen, wenn der Mond scheint. Sie schwören, dass ein Wolf geheult hat und dass ihre Fußspuren einige Atemzüge lang blutrot auf dem Staub der Gassen zu sehen waren.« Er verstummte, um dann unerwartet heftig fortzufahren: »Und jetzt lass mich in Ruhe. Ich sollte den Mund halten.«

»Ich werde es später versuchen«, sagte der Ermittler. Er verzichtete auf weitere Fragen hinsichtlich des geheimnisvollen Hauses. Reeper-Jan hatte ihm mit seinen Andeutungen bereits genug vermittelt. Mit sparsamer Geste hob er die Hand, um sich zu verabschieden. Doch der Seilmacher hielt ihn zurück.

»Nicht so schnell, Conrad. Was ist los mit dir? Vorhin habe ich Heinrich Kehraus gesehen, wie er am Hafen entlangstolzierte. Belästigst du nur unsereins und lässt die wahren Lumpen laufen? Jeder weiß doch, was der so treibt. Aber das scheint dich nicht zu interessieren.«

»Ich untersuche zwei Morde«, antwortete Buddebahn.

»Er hat damit zu tun. Da bin ich ganz sicher.« Wiederum blickte er zu dem Haus des Dänen hinüber. »Und vielleicht auch die da drinnen.«

»Tatsächlich. Wieso? Was verschweigst du mir? Wenn du mir etwas mitzuteilen hast, dann heraus damit. Mit Geheimniskrämerei hilfst du mir nicht weiter.«

Dass er Reeper-Jan so direkt ansprach, verunsicherte den

Seiler. Verlegen rückte er seinen Hut zurecht. »Na ja, jeder weiß doch, dass er ...«

»Das genügt mir nicht«, unterbrach Buddebahn ihn. »Gerüchte! Was soll ich darauf geben? Wenn du keinen konkreten Hinweis für mich hast, halte lieber den Mund. Kehraus ist ein mächtiger Mann mit einflussreichen Freunden.«

»Willst du mir drohen?«

»Nur warnen. Wir kennen uns schon lange, Jan. Es würde mir leidtun, wenn Kehraus dich aufs Korn nimmt und dir das Geschäft unter dem Hintern wegzieht.«

Reeper-Jan fluchte leise. Er wusste, dass der Reeder durchaus die Möglichkeit hatte, ihn zu ruinieren. Nicht nur, dass er Herr über einige Schiffe war, er konnte auch die meisten der anderen Reeder zu seinen Freunden zählen, und die Reeder waren es nun einmal, die Seile bei ihm kauften oder die Früchte seiner Arbeit mit ihren Schiffen zu anderen Häfen brachten. Ganz ohne Frage hatte er die Macht, ihm das Leben schwerzumachen, bis sein Geschäft zusammenbrach.

»Hast recht.« Jan spuckte ärgerlich aus. »Alle Spatzen pfeifen es von den Dächern. Jeder redet darüber. Aber Beweise hat keiner. Für mich ist Kehraus das größte Schwein, das in Hamburg herumläuft, aber wenn du es nicht kannst, kann ihm wohl keiner an den Wagen pinkeln.«

»Ich will mit dem Dänen reden«, versetzte Buddebahn. »Und ich will wissen, warum die Fensterläden meistens geschlossen sind.«

»Nicht meistens«, korrigierte Reeper-Jan ihn. »Am Tage. Sobald es dunkel wird, werden sie geöffnet. Der Teufel wird wissen, warum das so ist. Die Leute munkeln, dass er mit dem Haus zu tun hat. Hinter den Fensterläden verbirgt sich Satansbrut. Da bin ich mir ganz sicher.« Er nickte ihm zu, drehte sich um und hastete davon, offensichtlich froh, aus seiner Nähe gelangen zu können.

Buddebahn folgte ihm mit seinen Blicken, bis er in dem Haus verschwand, in dem er Seile und Taue für die Seefahrt herstellte.

Er war keineswegs überrascht, dass Reeper-Jan etwas ausgesprochen hatte, was äußerst schwerwiegende Folgen für die Tochter des Dänen haben konnte.

Der Seiler glaubte, dass sie eine Hexe war!

Und manch anderer in diesem Teil der Stadt schien ebenso dieser Ansicht zu sein. Die Furcht vor dem Unerklärlichen war weit verbreitet, und je einfacher die Menschen waren, desto eher waren sie bereit, an den Einfluss des Bösen zu glauben.

Buddebahn sah es anders. Was auch immer das Geheimnis dieses Hauses war, mit Hexen hatte es sicherlich nicht zu tun.

Als er zu Hanna zurückkehrte, war es schon spät für sie geworden. Sie musste zum Hafen hinunter und sich um ihr Geschäft kümmern. Er zog sie kurz in seine Arme, dann eilte sie davon, während er zur Werft von Ohm Deichmann ging, die eben so wie andere Betriebe dieser Art unten am Hafen, vor den Mauern der Stadt lag, wo sie direkten Zugang zu einem Fleet hatte. Auf den Helgen erhob sich das Gerippe einer Zwei-Mast-Kogge aus einem Gewirr von gestapelten Baumstämmen, Planken und Balken sowie Werkbänken und Halterungen für zahllose Werkzeuge, wie sie beim Verarbeiten von Holz benötigt wurden. Nicht weit entfernt davon arbeiteten mehrere Männer an einer der Wasserrinnen, aus denen Dutzende von Pflöcken hervorragten. Unter erheblichem Kraftaufwand spannten sie im Wasser eingeweichte Planken zwischen die Hölzer, um sie zu biegen. Wenn diese Planken später aus dem Wasser genommen und getrocknet wurden, behielten sie ihre Form, so dass sie im Bugbereich oder in anderen Abschnitten der Kogge eingesetzt werden konnten, wo entsprechend vorbereitete Hölzer benötigt wurden.

Es war eine schwere und zugleich sensible Arbeit, bei der Sorgfalt ebenso wie Können verlangt wurde. Die Schiffszimmerer mussten den Charakter der Hölzer genau kennen, um ihre Eignung beurteilen zu können. Verwendet wurde hauptsächlich Eiche mit gerader Maserung und grober Struktur. Dieses Material war fest und außerordentlich dauerhaft. Da sein hoher Gerbsäuregehalt Eisenteile rosten ließ, wurden die Holzteile vornehmlich mit Holzsplinten verbunden.

Eiche ließ sich gut biegen – vorausgesetzt, sie wurde richtig behandelt. Gerade in dieser Hinsicht aber schien es bei den Männern zu hapern, denn Ohm Deichmann stand mit hochrotem Kopf bei ihnen und überschüttete sie mit Schimpfworten und Vorwürfen. Aus seinen Worten ging hervor, dass ein Teil der Hölzer ob ihrer Ungeschicklichkeit unbrauchbar geworden war. Er bewegte sich schwerfällig, als habe er sich und seinen Körper nicht vollständig unter Kontrolle, und seine Stimme schwankte. Unbeholfen schritt er an der Rinne entlang und überprüfte die Pflöcke, mit deren Hilfe die Planken gebogen wurden. Als er einen von ihnen berührte, sprang er heraus, und das eingespannte Holz streckte sich.

Laut fluchend beschimpfte Deichmann seine Zimmerleute. Mit dem Geschick eines Mannes, der sich in diesem Geschäft sehr genau auskannte, korrigierte er den Fehler, um sich dann mit vor Wut verzerrtem Gesicht auf den jungen Mann zu stürzen, der unmittelbar neben ihm stand. Bevor dieser ihm ausweichen konnte, hieb er ihm die Fäuste an den Kopf. Dabei war er so schnell, dass der Gescholtene ihn nicht abwehren konnte. Bewusstlos sackte er zusammen. Doch das genügte Ohm Deichmann nicht. Er trat ihm in die Seite und ließ erst danach von ihm ab.

»Mit lauter Idioten habe ich es zu tun«, schrie er außer sich vor Wut. »Wie soll ich mit euch ein Schiff bauen? Ihr seid nichts als ein Haufen Abfall. Man sollte euch und eure Kinder in den Kanälen versenken. Ich verwende Eiche. Eiche! Wie oft habe ich euch das schon gesagt! Wann begreift ihr endlich, dass Kiefer mir nicht fest genug ist? Ich baue Schiffe, die halten und die nicht beim ersten Sturm auseinanderfallen. Also behandelt das Holz so, wie es nötig ist.«

Nachdem er sich in dieser Weise abreagiert hatte, wollte er sich in eine kleine Hütte am Rande des Werftgeländes zurückziehen. Nun aber bemerkte er Buddebahn. Er blieb zögernd stehen, als wüsste er nicht so recht, wohin er sich wenden sollte, entschloss sich dann jedoch, zu ihm zu gehen. Leicht schwankend näherte er sich ihm.

»Was wollt Ihr?«, fragte er mürrisch. »Wie ihr seht, habe ich zu tun. Mit lauter Versagern und Nichtskönnern an der Hacke muss ich einen Zweimaster bauen, der nicht bereits beim ersten Windhauch umkippt und versinkt.«

Eine Dunstfahne schlug dem Ermittler entgegen. Mittag war noch nicht vorbei, doch Ohm Deichmann hatte dem Bier bereits kräftig zugesprochen.

Buddebahn dachte nicht daran, sich einzumischen. Er hatte seine Helfer stets anders behandelt. Besser – was daran liegen mochte, dass er in seiner Jugend durch eine außerordentlich harte Schule gegangen war und manche Demütigung hatte hinnehmen müssen. Am eigenen Leibe hatte er gespürt, wie es war, wenn einem Ungerechtigkeit widerfuhr oder wenn man der Borniertheit eines geistig unbeweglichen Meisters ausgesetzt war. Was er selber erlitten hatte, wollte er anderen nicht zufügen.

Jede Zunft hatte ihre eigenen Gesetze – geschriebene und ungeschriebene. Zu jenen, die nirgendwo verzeichnet waren, gehörte, sich nicht um die Belange einer anderen Zunft zu kümmern. Ihn ging nichts an, wie der Schiffbauer mit seinen Zimmerleuten verfuhr. Dabei spielte keine Rolle, dass auch sein Sohn unter dessen Wutausbrüchen zu leiden hatte.

Gesehen hatte er David auf dem Werftgelände noch nicht, jedoch einige Äußerungen von ihm gehört, die Flüchen recht nahe kamen. Zusammen mit einem anderen Zimmermann arbeitete er in der *Grube*, und das behagte ihm gar nicht, denn er war derjenige, der sich unten in der Grube befand. Die Aufgabe der beiden Männer war es, einen Eichenstamm der Länge nach durchzusägen, um auf diese Weise die für die Schiffsplanken benötigten Bretter zu gewinnen. Dazu setzten sie eine lange Säge ein, die nur von zwei Männern zu bedienen war. Der eine stand oben über dem Baumstamm, der andere musste nach unten in die Grube, wo ihm die herabfallenden Sägespäne ständig ins Gesicht rieselten, was er nur mit geschlossenen Augen ertragen konnte.

Neben dem Gerippe der Spanten blieb Deichmann stehen. Er lehnte sich gegen eine Werkbank und verschränkte abwehrend die Arme vor der Brust.

»Also?«

»Oh, ich möchte Euch nicht stören«, versuchte Buddebahn ihn zu beschwichtigen. »Wie Ihr Euch denken könnt, geht es um Eure Frau. Nachdem alle Spuren vernichtet wurden, ist die Suche nach ihrem Mörder nicht gerade leicht.«

»Ich kann Euch nichts sagen«, versetzte der Schiffsbauer. Unwillig zog er die Brauen zusammen. »Verdammt, ohne meine Erna bin ich hilflos. Eine Magd kümmert sich um die Kinder, aber das macht es nicht besser. Und Ihr lauft hier herum und stellt Fragen, auf die ich keine Antwort habe, anstatt sich um einen Kehraus zu kümmern, von dem jeder weiß, was das für ein Schweinehund ist.«

»Ohm, Ihr solltet versuchen zu verstehen, dass ich alle Möglichkeiten berücksichtigen muss. Ihr kennt die Richter dieser Stadt ebenso gut wie ich. Richter Perleberg und die anderen, die neben ihm dieses Amt ausüben, verurteilen niemanden, dem ich den Mord – oder die Morde – nicht hieb- und stichfest nachweisen kann. Üblicherweise verlangen die Richter sogar Augenzeugen. Besser zwei als einen. Nun, die werden wir ihnen auf keinen Fall präsentieren können, falls mir alle die Aussagen verweigern, die von diesen Fällen berührt werden.«

»Ich habe meine Frau nicht ermordet. Das wisst Ihr! Ich war während der Tatzeit mit Euch zusammen.«

»Das ist vollkommen richtig. Selbstverständlich schließe ich Euch aus. Bitte, überlegt mal, ob Erna Feinde hatte. Gibt es jemanden, der sie derart hasste, dass er sich möglicherweise zu so einer Tat hat hinreißen lassen?«

»Nein, zum Teufel. Erna war eine Seele von Mensch. Sie hat allen nur Gutes getan hat. Glaubt mir, sobald ich allein bin, kann ich an nichts anderes denken als daran, wer mir das angetan hat. Mir will niemand einfallen. Mit Kehraus habe ich ständig Streit, weil ich mich weigere, ein Schiff für ihn zu bauen. Kümmert Euch um ihn! Fragt doch mal, ob nicht einer seiner Dienstboten plötzlich viel Geld hat oder ob einer von ihnen mir nichts, dir nichts aus Hamburg verschwunden ist. Aber das scheint Euch nicht zu interessieren. Ihr belästigt mich! Und das, während ich wichtige Arbeiten zu erledigen habe. Mit lauter Narren und Nichtskönnern auf der Werft.«

»Wann habt Ihr zuletzt mit Kehraus gesprochen?« Buddebahn ging nicht auf die Vorwürfe ein.

»Lasst mich überlegen!« Nachdenklich massierte Deichmann sich das Kinn, fuhr sich dann mit der Hand über die Augen, um sie lange zu reiben, und erwiderte schließlich: »Das ist einige Wochen her.«

»Hattet Ihr einen Streit mit ihm?«

»Wir leben im Dauerstreit miteinander.«

»Ich meinte, ob Ihr eine Auseinandersetzung mit ihm hattet. Kürzlich.«

»Nein. Ich gehe ihm aus dem Weg, wo immer ich kann. Ausgenommen bei Drewes. Dort sind wir sozusagen auf neutralem Boden.«

Damit gab sich Buddebahn vorläufig zufrieden.

»In der Bonenstraat befindet sich ein Haus, bei dem die Fensterläden fast immer geschlossen sind«, fuhr er fort. »Soweit ich weiß, wohnt dort ein Schiffszimmerer. Ihr kennt ihn nicht zufällig? Arbeitet er bei Euch?«

»Der Däne? Mit dem Mann habe ich nichts zu tun. Gar nichts. Als Zunftmeister weiß ich, wer er ist und wo er wohnt. Aber das ist alles. Ach, ja, er hat eine Tochter. Ja, da muss eine Tochter sein. Ich habe sie vor Jahren mal gesehen. Als sie so klein war, dass sie kaum über einen Tisch sehen konnte. Ich weiß nicht, ob sie noch lebt.«

»Danke, das hilft mir weiter. Doch eine andere Frage. Von wo kam Erna, als sie überfallen wurde?«

»Von den Enkelkindern.«

»Also Ihrer Schwiegertochter.«

Unwillig brummelte Deichmann was vor sich hin. Er rülpste, und ein Schwall übelriechender Luft schlug Buddebahn ins Gesicht.

»Ist wohl so. Genügen Euch meine Antworten nicht?«

»Wer wusste, dass Erna nicht wie wir anderen zu den Drewes gehen würde?«

»Niemand.«

»Irgendjemand außer Euch muss es gewusst haben.« Buddebahn wies in die Runde. »Einer Eurer Leute vielleicht. Die Dienstboten im Haus. Wer noch?«

»Ich habe mit keinem darüber gesprochen. Warum auch? Ging ja niemanden was an.« Deichmann zog sich immer mehr zurück. »Befasst Euch lieber mit der Brauerei. Davon versteht Ihr was. Ernas Mörder findet ihr ja doch nicht. Kehraus tanzt Euch auf der Nase herum, aber Ihr wollt wissen, ob einer meiner Leute Erna umgebracht hat. Verdori noch mal to, da bleibt einem nichts anderes, als sich zu besaufen!«

Er ließ seine Blicke über das Gelände der Werft schweifen, und sein Gesicht rötete sich. Ärgerlich stieß er den Ermittler zur Seite und eilte davon, um einem jungen Mann das Handwerkzeug zu entreißen und ihm zu demonstrieren, wie er es zu benutzen hatte. Danach packte er ihn bei den Haaren und bog ihm den Kopf mit einem Ruck nach hinten.

»Hast du das jetzt endlich kapiert?«, brüllte er ihm ins Ohr.

»Ja, Herr, ja«, stammelte der Zimmermann.

Ohm Deichmann stieß ihn verächtlich von sich und eilte dann zu einer Werkbank hinüber, die sich auf dem jenseitigen Gebiet der Werft befand. Buddebahn beachtete er nicht mehr.

Der Ermittler nahm es gelassen hin, dergestalt missachtet zu werden. Er verließ die Werft mit der Erkenntnis, dass Ohm Deichmann anders war, als er ihn bisher gekannt hatte. Unter der rauen Schale verbarg sich kein weiches, mitfühlendes Herz. Sensibel war der Schiffbauer auf keinen Fall. Tränen stiegen ihm nur in die Augen, wenn es um sein eigenes Schicksal ging, wenn er wehleidig über einen Verlust klagen konnte, der nur ihn betraf.

Und seine Familie.

Alle anderen behandelte er mit rücksichtsloser Härte.

Während Buddebahn am Hafen entlangschlenderte und einige Zeit verweilte, um den vielen Helfern beim Verladen der Waren auf die Schiffe sowie das Löschen der ankommenden Güter zu beobachten, erinnerte er sich daran, dass Ohm Deichmann vor mehr als zwölf Jahren schon einmal einen ebenso schmerzlichen wie schrecklichen Verlust erlitten hatte. Damals war seine zehnjährige Tochter ermordet in der Nähe des Grasbrook aufgefunden worden. Das Kind war missbraucht worden. Der Täter war über sein Opfer hergefallen und hatte es auf brutalste Weise vergewaltigt, was schwere Verletzungen zur Folge gehabt hatte.

Nach einigen Tagen ließ der damals amtierende Richter einen Seemann verhaften und in den Kerker werfen, wo er gefoltert wurde, bis er ein umfassendes Geständnis ablegte. Der Richter verurteilte ihn zum Tode durch Ertränken und veranlasste, dass der Delinquent vor seiner für den gleichen Tag angesetzten Hinrichtung bei vollem Bewusstsein verstümmelt wurde, indem man ihn kastrierte und ihm anschließend die Arme abschlug.

Buddebahn hatte früher nie darüber nachgedacht, ob der Seemann tatsächlich der Täter gewesen war oder nicht. Wie fast alle der gebildeten Bürger der Stadt sah er sich als Mitglied einer Gesellschaft, die von Gott bestimmt wurde. Gott war demnach nicht in erster Linie der Gott der Liebe, sondern der richtende und strafende Gott des Alten Testaments. Er stand in einem fortwährenden Kampf mit dem Satan. Als Mensch ordnete man sich entweder auf seiner Seite ein oder auf jener des Teufels. Wer sich gegen Gott versündigte, bezog entsprechend Front mit dem Bösen gegen ihn.

Mittlerweile war Buddebahn von diesem Gedanken abgerückt, wobei ihm die Gespräche mit der skeptischen und offenen Hanna Butenschön bei seiner Läuterung geholfen hatten. Sie war nicht so gebildet wie er, verfügte aber über einen gesunden Menschenverstand, distanzierte sich bei aller Gottgläubigkeit von der Kirche und wusste manchen ihrer allzu schwülstig oder drohend vorgetragenen Forderungen und Verordnungen mit einer gehörigen Portion Ironie zu begegnen. Für sie war jene Aussage der Kirche schlicht und einfach Unsinn, dass ein Mensch, der rein von Sünde und fest in seinem Glauben zu Gott war, unter der Folter nicht leiden konnte.

Es gab Prüfungen, bei denen der Angeklagte beweisen musste, dass er unschuldig war. Dabei ließ man sich von dem Gedanken leiten, dass seine Unschuld die physikalischen Gesetze wirkungslos machte. So drückte man ihm etwa ein rotglühendes Stück Eisen in die Hand. Er musste es fest mit seinen Fingern umschließen. Erlitt er keine Verbrennungen, was so gut wie unmöglich war, galt er als unschuldig. Verbrannte er sich die Hand, war dies der Gottesbeweis für seine Schuld.

Die Folter wurde in nur wenigen Fällen so lange durchgeführt, bis der Gequälte zusammenbrach und in seiner Verzweiflung alles gestand, was man ihm vorwarf. Vielmehr ordnete der verantwortliche Richter oft nur eine bestimmte Folter an. Überstand der Angeklagte sie, ohne eine Schuld zu bekennen, ließ man ihn wegen erwiesener Unschuld laufen.

Die göttliche Ordnung zu bewahren sahen der Klerus und die weltlichen Fürsten als von Gott eingesetzte Mächte als eine ihrer wichtigsten Aufgaben an. Nach ihrer Überzeugung stammte das Recht von Gott oder von gottbegnadeten Herrschern. Schon aus diesem Grund galt es als unbestreitbar gerecht.

Dabei bildete die Stadt Hamburg mit dem in seinem Einfluss weit zurückgedrängten Klerus eine Oase relativ nüchterner Denkweise. Wusste die Kirche in anderen Teilen Deutschlands den Gedanken durchzusetzen, dass der Zorn Gottes nur durch grausame Strafen zu besänftigen war, ging man in der Hansestadt nicht gar so drastisch vor. Dennoch wurde mancher Sünder im heiligen Element Wasser ertränkt oder im reinigenden Feuer verbrannt. Die Asche als sterbliche Überreste wurde in alle Winde verstreut oder in die Elbe gekippt, so dass sich ein Begräbnis erübrigte, das ohnehin nur den Christenmenschen zustand.

Nun fragte Buddebahn sich, ob der damals hingerichtete Seemann tatsächlich der Mörder des kleinen Mädchens war oder ob er möglicherweise den Schmerzen der Folter nicht mehr standgehalten und eine Tat gestanden hatte, die er nicht begangen hatte. Er war sich ziemlich sicher, dass Ohm Deichmann sich mit ganz ähnlichen Gedanken beschäftigte und dass sich sein Verdacht gegen einen ganz anderen richtete.

Heinrich Kehraus oder einer der anderen Pädophilen, die hinauszogen aus der Stadt, um sich auf einem Bauernhof mit hilflosen Opfern zu vergnügen.

Dass der Reeder nicht der einzige war, der derartige Verbrechen beging, stand für ihn außerhalb jeder Frage.

Ihm wurde übel, wenn er nur daran dachte, was diese Männer den Kindern antaten, und es erfüllte ihn mit maßlosem Zorn, dass er so gut wie hilflos war und nichts gegen sie unternehmen konnte.

Nur wenn sie sich allzu sicher fühlten und ihre Verbrechen innerhalb der Stadtmauern verübten, ergab sich eine Möglichkeit, gegen sie vorzugehen.

Als Henning Schröder mit einem Fuhrwerk voller Bierfässer in den Hafen kam, ging er weiter. Er verspürte keine Lust, mit seinem Nachfolger zu reden, zudem dieser genug damit zu tun hatte, die Verladung der Fässer auf eine der Koggen zu überwachen.

Im Schatten der Nikolaikirche befand sich der Hopfenmarkt, der nach dem Fischmarkt der wichtigste Markt der Stadt war. Für Buddebahn war dieser Ort von erheblicher Bedeutung gewesen, solange er als Bierbrauer tätig gewesen war, denn im *Hopfensaal* wurden Bierproben vorgenommen, nach denen die Qualität der verschiedenen Biere beurteilt wurde. Der *Hopfensaal* war zugleich ein Wirtshaus, das nicht nur von den Brauern, sondern vor allem auch von den Handelsreisenden aufgesucht wurde. Auf dem Platz davor gab es eine Reihe von Schlachterbuden, an denen das Fleisch von Schweinen und Rindern angeboten wurde, die zumeist an Ort und Stelle geschlachtet wurden. Danach oblag es den Käufern, das Fleisch abzuhängen, damit es zur Ruhe kam und an Geschmack gewann. Steine für den Bau von Häusern gehörten ebenso zum Angebot dieses Marktes wie lebendes Federvieh, Fisch, Stoffe, Gerätschaften für den Haushalt und alles, was die Menschen der Stadt für ihr tägliches Leben benötigten. Gaukler und Musikanten sorgen für Unterhaltung.

Buddebahn blieb vor einem kleinen Fachwerkhaus am Rande des Marktes stehen. Eine Holzschnitzerei über der Haustür zog seine Aufmerksamkeit auf sich, bis sich die Tür öffnete und eine füllige, rothaarige Frau auf die Straße trat. Sie war annähernd dreißig Jahre alt. Einen Teil ihrer Haarpracht verbarg sie unter einem Tuch, das mit seinem leuchtenden Grün in einem geradezu schreienden Kontrast zu ihrem Haar stand. Sie trug ein Kleid, das ein wenig zu eng war, das aber den Eindruck der Frische vermittelte und bei dem jede Naht mit größter Sorgfalt und Genauigkeit gesetzt worden war. Die Füße steckten in Holzschuhen, die mit feinen Farbstrichen verziert waren. Die Schuhe waren gepflegt und wiesen nicht den kleinsten Schmutzfleck auf.

Buddebahn deutete auf das Schild über der Tür.

»Ein geschnitzter Fisch. Eine wundervolle Arbeit. Das hat jemand gemacht, der sein Handwerk versteht«, lobte er. »Würdet ihr mir verraten, was das zu bedeuten hat?«

»Ihr seid Conrad Buddebahn«, erwiderte sie, wobei sie ihn mit kühlen Blicken musterte. Sie zog sich in den Hauseingang zurück und legte die Hand an die Tür, als wollte sie sie schließen. »Ich habe Euch bei der Beerdigung gesehen. Pastor Schriever hat Euch angekündigt. Er hat mir geraten, Eure Fragen sorgfältig und genau zu beantworten. Aber ich habe nichts zu sagen. Ich weiß nichts. Gar nichts.«

Der Tonfall ihrer Worte verriet ihm, dass sie ihren Rückzug fortsetzte. Es schien, als habe sie Angst vor ihm. Das spöttische Funkeln in ihren grünen Augen war nicht überzeugend. Es hielt sich nur ein paar Atemzüge lang, um dann einem flackernden Licht zu weichen, das ihre Unruhe und Unsicherheit offenbarte.

»Kommt herein!«, forderte sie ihn auf. »Oder wollt Ihr hier draußen mit mir reden? Die Leute gaffen schon. Wenn Ihr noch länger wartet, werden sie behaupten, ich hätte Erna umgebracht. Was natürlich absoluter Unsinn ist. Ich hatte ein ausgesprochen herzliches und freundschaftliches Verhältnis zu meiner Schwiegermutter.«

Buddebahn folgte ihrer Einladung. Im Dunkel der Wohnstube kicherten zwei kleine, lebhafte Wesen. Leise und ungemein schnell flüchteten sie über einen Flur und verschwanden aus der hinteren Tür des Hauses zu einem Hof hin. Die beiden Enkelkinder Ohm Deichmanns. Für einen kurzen Moment kehrten sie um und spähten neugierig zu ihm herüber, bevor sie endgültig das Weite suchten.

»Setzt euch«, forderte die Rothaarige ihn auf.

»Maria, nicht wahr?« Er ließ sich auf einen Stuhl sinken. »Maria Deichmann. Die Frau eines Kapitäns.«

»Er nennt sich Schiffshauptmann. Kapitän findet er unpassend, obwohl alle anderen immer mehr zu dieser Bezeichnung übergehen. Ich denke, es spielt keine Rolle.«

Die Stube war blitzblank. Sie enthielt außer einem Tisch, vier Stühlen, einer Ofenbank und einer Eichentruhe keine weiteren Möbel. Auf den Fensterbänken stand allerlei Schnickschnack, kitschig gestaltete Engel, aus fremden Hölzern geschnitzte Tiere, Vasen mit seltsamen Mustern und einige Gerätschaften, wie sie an Bord eines Schiffes benötigt wurden. Es waren alles Stücke, die der Kapitän – oder Schiffshauptmann – Julius Deichmann von seinen Fahrten in ferne Länder mitgebracht hatte. Das Spinnrad in der Ecke war sicherlich von einem heimischen Tischler gefertigt worden. Vermutlich hatte sie es auf dem Markt vor der Tür erworben.

Der Fußboden war mit feinem Sand bestreut und sorgfältig gefegt. Nirgendwo war auch nur ein Staubkorn zu sehen.

»Nun, Ihr seid auf meinen Besuch vorbereitet. Daher habt Ihr sicherlich über die Stunden nachgedacht, in denen Erna Deichmann bei Euch war«, begann er. »Ist es so?«

»Das habe ich«, erwiderte sie ein wenig zu schnell und mit einer Stimme, die von Wort zu Wort mehr an Höhe gewann. »Mir ist nichts aufgefallen. Nichts Ungewöhnliches. Gar nichts. Erna war wie immer. Ruhig und ausgeglichen.«

»Was war sie für eine Frau?«

»Sie war wundervoll. Wir haben uns gut verstanden. Waren die besten Freundinnen. An jenem Abend war alles in Ordnung. So wie immer. Als sie schließlich ging, deutete nichts darauf hin, dass etwas passieren könnte. Sie bedauerte, dass sie der Einladung zu Drewes nicht nachkommen konnte, aber die Kinder waren ihr wichtiger. Sie verstand viel von Heilkräutern. Sie hat den Kindern Wadenwickel gemacht und ihnen Birkensaft gegeben, um das Fieber zu senken. Es hat geholfen. Die beiden Kleinen sind wieder munter wie eh und je.« Sie sprach flüssig und klar. Nicht ein einziges Mal musste sie nachdenken, um die richtigen Worte zu finden. Es war, als habe sie sich ihre Aussage schon vorher überlegt und sorgfältig Wort für Wort einstudiert.

»Mir ist aufgefallen, dass Ohm Deichmann hart mit seinen Zimmerleuten umspringt. Er lässt ihnen nichts durchgehen.«

»Das darf er auch nicht«, warf sie hastig ein. »Ein kleiner Fehler bei den Schiffsplanken kann auf See zu einem Leck führen und das Schiff in Gefahr bringen. Ich weiß, wovon ich rede. Mein Mann ist Schiffshauptmann, wie Ihr wisst. Ein Seemann muss sich auf sein Schiff verlassen können. Vor allem wenn der Wind auffrischt und die See hoch geht. Löst sich unter diesen Umständen eine Planke oder gar noch mehr, gibt es eine Katastrophe. Deshalb ist es richtig, wenn Ohm Deichmann keine noch so kleine Nachlässigkeit durchgehen lässt.«

»Ihr versteht Euch gut mit ihm?«

»Nein, überhaupt nicht. Was soll ich es leugnen? Ihr findet es ja doch heraus. Zwischen uns gibt es immer wieder Streit. Er will mehr Enkelkinder, aber ich kann meinem Mann nicht mehr Kinder schenken, als ich schon getan habe. Der Medicus hat mich wissen lassen, dass es nach der letzten Geburt nicht mehr möglich ist.«

»Also?«

»Also will Ohm Deichmann, dass mein Mann mich zum Teufel jagt. Er soll sich eine andere nehmen, die ihm Jahr für Jahr ein Kind schenkt, bis das Haus voll ist. Aber mein Mann will sich nicht von mir trennen.«

»Das kann ich verstehen. Ihr seid eine schöne und attraktive Frau.« Er blickte sich flüchtig lächelnd um. »Und Ihr haltet das Haus in Ordnung. Es blitzt vor Sauberkeit. Doch eine andere Frage. Bisher hat Erna für die Zimmerleute der Werft gekocht. Ist das richtig?«

»Das stimmt. Sie hat die Männer mit allem versorgt, was sie brauchen. Und oft genug hat sie ihnen mehr gegeben als ihnen zustand. Sie hatte ein Herz für die Handwerker ihres Mannes, weil ihre Arbeit um so besser ist, je zufriedener sie mit Kost und Logis sind.«

»Und wer versorgt die Männer jetzt? Seid Ihr es? Kocht Ihr für sie?«

»Ich habe es Ohm Deichmann angeboten, aber er will es nicht. Er meint, eine junge Frau wie ich, deren Mann für viele Wochen auf See und damit fern von zu Hause ist, sollte nichts mit diesen Männern zu tun haben. Ich könnte sie allzu sehr von ihrer Arbeit ablenken. Also hat er eine Dienstbotin genommen, die nun kocht.« Sie schürzte verächtlich die Lippen. »Sie hat keine Ahnung vom Kochen. In meinen Augen setzt sie den Männern einen grauenhaften Fraß vor. Aber vielleicht liegt das auch daran, dass Ohm Deichmann ihr zu wenig Geld zum Einkaufen gibt, so dass sie nichts anderes machen kann.«

Conrad Buddebahn stand auf und blickte durch eines der Fenster auf die Straße hinaus. Das Bild, das er sich in langen

Jahren von Ohm Deichmann gemacht hatte, änderte sich immer mehr. Der Schiffbauer schien ganz und gar nicht der großzügige und verständnisvolle Mann zu sein, der ehrgeizigen und zielstrebigen Männern, die ein Gewerbe begründen wollten, auf die Sprünge half, indem er sie mit den nötigen finanziellen Mitteln versorgte und ihnen den Aufbau einer eigenen Existenz ermöglichte.

Er fragte sich, ob einer der Zimmerleute oder jemand, der früher bei dem Zunftmeister beschäftigt gewesen war, sich auf grausame Weise an ihm gerächt hatte, indem er ihm das Wertvollste nahm, was er besaß – seine Frau Erna.

Zweifellos hatte der Täter Ohm Deichmann schwer getroffen und ihm ein denkbar großes Leid zugefügt.

Er konnte und durfte nicht ausschließen, dass der Mörder in dieser Richtung zu suchen war. Allerdings stellte sich die Frage, welche Verbindung es zu Agathe Kehraus, dem ersten Opfer, gab. So spärlich die Spuren und Anzeichen waren, alle deuteten darauf hin, dass für beide Morde nur ein Täter in Frage kam.

Bevor er eine weitere Frage stellen konnte, öffnete sich die Tür, und eine junge Frau stürzte herein. Offenes Haar umgab ein gerötetes Gesicht.

»Dein Mann ist zurück«, rief sie mühsam nach Atem ringend. Sie war offensichtlich ein gutes Stück gelaufen, um die Nachricht möglichst schnell überbringen zu können. »Ein Reiter hat die *Alsterstolz* unten auf der Elbe gesehen.«

»Jetzt schon? Kehraus sagte, dass er das Schiff erst in einigen Tagen erwartet.«

»Der Wind hat gedreht«, stellte die Botin fest, die sich rasch erholte und nun wieder langsam und gleichmäßig atmete. »Der Westwind treibt die Schiffe die Elbe hoch. Mehr weiß ich nicht.«

Bedauernd breitete sie die Hände aus und verabschiedete sich zugleich, warf Buddebahn einen kurzen, forschenden Blick zu und eilte hinaus. Die Tür fiel ein wenig zu laut hinter ihr zu.

»Jetzt habe ich keine Zeit mehr für Euch«, versetzte Maria Deichmann nervös. Die Nachricht hätte Freude bei ihr auslösen müssen. Doch so war es nicht. Buddebahn hatte vielmehr den Eindruck, dass sich ihre Unruhe schlagartig gesteigert hatte und sich nun einer Panik näherte. »Ihr müsst gehen! Ich habe viel zu tun, bis mein Mann hier eintrifft. Er war sieben Wochen auf See. Ich muss für ihn da sein.«

»Schon gut«, besänftigte er sie. »Eigentlich habe ich alles gefragt. Vielleicht sehen wir uns später einmal wieder.«

Er nickte ihr zu und ging zur Tür. Dort blieb er stehen. Langsam drehte er sich um. »Nur eine Frage ...«

»Ich habe wirklich keine Zeit. Versteht das doch.« Ihre Stimme wurde schrill.

»Es ist ja nur eine Frage. Sie ist schnell beantwortet. Ihr habt den Namen Kehraus erwähnt. Damit meintet Ihr den Reeder Heinrich Kehraus?«

»Ja, wen denn sonst?« Sie drängte ihn zur Tür. »Die *Alsterstolz* gehört Heinrich Kehraus. Mein Mann steht in seinen Diensten. Und jetzt geht endlich! Bitte!«

Sie stemmte ihm die Hand in den Rücken und schob ihn buchstäblich zur Tür hinaus auf die Straße. »Mein Mann kann fuchsteufelswild werden, wenn er sieht, wie wenig aufgeräumt das Haus ist.«

Energisch schloss sie die Tür. Buddebahn hörte, dass sie von innen einen Riegel vorschob, so dass er auf gar keinen Fall eintreten konnte. Nachdenklich blieb er stehen, stützte die Hand aufs Kinn und blickte eine Weile ins Leere. Dann hob er den Kopf, entdeckte einen schmalen Gang zwischen den Fachwerkhäusern und schritt hindurch. Wie erwartet, öffnete sich ihm ein kleiner Hinterhof, auf dem sich Maria Deichmann mit ihren Kindern befand.

Sie waren kaum zu sehen, denn überall hing frisch gewaschene Wäsche auf Leinen, die kreuz und quer über den Hof gespannt waren. Als er die Kapitänsfrau mit ihren Kinder an einem Waschzuber sah, wo sie alle drei mit aufgekrempelten Ärmeln Wäsche auf einem gewellten Blech schrubbten, ging ihm schlagartig auf, dass er etwas übersehen hatte.

»Tut mir leid. Fast hätte ich es vergessen«, rief Buddebahn und betrat den Hof. »Da ist noch eine Frage.«

»Es reicht!« Zornig blitzte sie ihn an, richtete sich auf und schloss hastig ihr Kleid. Bei der anstrengenden Arbeit war ihr warm geworden, und sie hatte es aufgeknöpft bis hin zu den schwellenden Ansätzen ihrer Brüste. Sie war nicht schnell genug, denn er hatte die verfärbten Stellen auf ihrer Brust bereits gesehen. Es waren Blutergüsse, die nur von einer erheblichen Gewalteinwirkung stammen konnten.

»Ist es Euch angenehmer, wenn wir im Rathaus miteinander reden?«, entgegnete er und beschloss zugleich, den Bogen nicht zu überspannen und sie wegen dieser seltsamen Verletzungen später anzusprechen. »Wenn Ihr das möchtet, schicke ich einige Wachen, damit sie Euch begleiten und Euch den Weg weisen.«

Die Farbe wich aus ihren Wangen. Sie verstand die Drohung. An ihm vorbeiblickend bemerkte sie, dass einige der Nachbarn aufmerksam geworden waren. Ein älterer Mann blickte neugierig aus einem Fenster, zwei Frauen hielten sich auf dem Hinterhof ein paar Schritte weiter auf. Sie spitzten die Ohren.

»Um Himmels willen, macht mir keinen Skandal«, stammelte sie. Tränen stiegen ihr in die Augen.

»Das habe ich nicht vor«, erwiderte er, wobei er näher an sie herantrat und die Stimme dämpfte. »Ihr seid eine Frau, die auf sich selbst gestellt ist, während ihr Mann zur See fährt. Da muss man schon manchmal etwas energischer sein.«

»Was wollt Ihr wissen?« Ihre Unterlippe bebte.

»Mich interessiert, welche Verbindung es zwischen Agathe Kehraus, dem ersten Opfer, und Erna Deichmann, dem zweiten Opfer gab. Da muss etwas gewesen sein.«

»Sie kannten sich. Viel mehr war da nicht.«

»Viel mehr?«

Sie wurde verlegen, fühlte sich bedrängt. Unsicher kaute sie auf ihren Lippen, während sich auf ihrem von Sommersprossen übersäten Gesicht Ratlosigkeit abzeichnete. Sie suchte nach einem Ausweg, nach einer möglichst unverbindlichen Aussage, die keine weiteren Fragen nach sich zog, und fand keine.

»Na, ja, wie man so sagt.«

»Und das ist?«

Maria Deichmann blickte ihn geradezu verzweifelt an. Mit seiner Hartnäckigkeit hatte sie nicht gerechnet. Offenbar hatte sie geglaubt, ihn mit einigen vagen Aussagen abspeisen zu können.

»Ich kannte Agathe sehr gut«, kam es zögernd und langsam über ihre Lippen. Nun dachte sie über jedes Wort nach, bevor sie es aussprach. »Also, Ohm Deichmann war hinter ihr her, aber da hatte er sich getäuscht. Agathe war nicht so eine. Sie hat ihm immer die kalte Schulter gezeigt.«

Gar so gut kanntest du Agathe nicht!, dachte Buddebahn, während er besänftigend eine Hand hob, um sich zu verabschieden. »Das war's schon. Länger möchte ich Euch wirklich nicht aufhalten.«

Doch nach wenigen Schritten blieb er stehen und wandte sich ihr erneut zu. Leise stöhnend stemmte er die Hände in den Rücken, als habe er sich verspannt und leide unter Schmerzen.

»Ihr seid eine Wäscherin«, stellte er fest. »Seid Ihr an dem Abend ständig mit Erna zusammengewesen?«

»Nein. Sie war einige Zeit allein mit den Kindern, weil ich Wäsche von meinen Kunden holen musste.«

»Und dabei seid Ihr auch in der Bonenstraat gewesen, wo sie ermordet wurde.«

»Ja, das ist richtig. Aber das war erst später.«

»So. Später.« Er hob grüßend eine Hand, verließ den Hinterhof und schritt in den Gang hinein. Dabei meinte er einen erleichterten Seufzer zu hören. Maria war froh, dieses Gespräch endlich hinter sich zu haben. Sie verbarg etwas vor ihm und zitterte vor Sorge, dass er sich ihrem Geheimnis nähern könnte.

Langsam und nachdenklich ging er weiter, überquerte den

Marktplatz, wobei er den einen oder anderen Bekannten grüßte, ohne ihn wirklich wahrzunehmen.

An einem der Fischstände blieb er stehen und wechselte ein paar Worte mit Hanna Butenschön, die gerade mit dem Verkauf von Schollen beschäftigt war. Jeder einzelne Fisch musste ausgenommen werden, bevor er über den Tisch ging. Dabei war sie schnell und geschickt.

»Nicht zu kurz braten«, empfahl sie ihren Kunden. »Die Haut muss schön kross werden, doch nicht zu lange über dem Feuer lassen, sonst wird das Fleisch zu trocken und klebt an den Gräten. Mit dem Fisch ist es wie mit den Männern. Wenn ihr ihnen erlaubt, sich gar zu lange an euch zu erwärmen, kleben sie an eurem Rockschoß, und ihr werdet sie gar nicht mehr los. Dann ist es vorbei mit eurer kleinen Freiheit.«

Ein schmächtiger Junge, der etwa zehn Jahre alt sein mochte, tauchte neben einer Kundin auf. Eine verschmutzte Hand streckte sich nach einem der Fische aus, packte ihn und zog ihn weg.

»Willst du das wohl lassen, du Strolch!«, rief Hanna Butenschön. Sie versuchte, den Fisch zu ergreifen. Als es ihr nicht gelang, gab sie auf, schimpfte lauthals über den Dieb, der nun die Beine in die Hand nahm und über den Marktplatz flüchtete, wobei er den erbeuteten Fisch fest an seine Brust presste.

Buddebahn wollte ihn aufhalten. Er stellte sich ihm in den Weg. Vergeblich. Der Junge war zu schnell und zu geschickt für ihn. Er schlug einen Haken und verschwand zwischen den Ständen, um in eine der Gassen zu rennen.

»Was strengst du dich an, Conrad?« Hanna zuckte gleichmütig mit den Achseln. »Der eine Fisch macht mich nicht ärmer. Aber dem Jungen hilft er wahrscheinlich, diesen Tag zu überleben. Seine Freunde und er haben es schwer genug.«

»Ich gönne ihm den Fisch. Deswegen habe ich nicht versucht, ihn zu halten.«

»Weshalb dann?«

»Ich glaube, ich kenne den Jungen«, versetzte er, wobei er

seine Blicke über den Markt gleiten ließ. In dem bunten Durcheinander von Ständen mit ihren Waren, den sommerlich gekleideten Besuchern, den streunenden Hunden und den Möwen, die ohne jede Scheu nach Fischresten suchten, war von dem Knaben nichts mehr zu sehen. »Es ist Kain, der Sohn des Bauern Hermann.«

»Was macht der hier in Hamburg?«

»Das ist eine Frage, die ich dir leider nicht beantworten kann. Vermutlich ist er von Zuhause weggelaufen. Sein Vater sagte mir, dass er Flausen im Kopf hat und immer wieder mal eigene Wege geht.« Ein stilles Lächeln lag auf seinen Lippen. Sie verstand und war zufrieden. Er gönnte dem Jungen den Fisch, und er würde ihm helfen, wenn er die Gelegenheit dazu bekam. »Ich schau mich mal um. Vielleicht taucht er irgendwo wieder auf.«

Da sie mit ihren Kunden zu tun hatte, ging er weiter, entdeckte den Jungen jedoch nicht. Er konnte nur vermuten, dass Kain den Fisch irgendwo gegen Brot oder etwas anderes eintauschte, das er gleich essen konnte und nicht erst zubereiten musste. Schließlich blieb er bei den Pferden stehen, die im Kloster Wilster nordwestlich von Hamburg gezüchtet wurden und die so ganz anders waren als die schweren Pferde. Die Mönche fanden keine Käufer für diese neue Rasse. Es gab niemanden, der Verwendung für solche Leichtgewichte hatte. Pferde mussten schwere Arbeiten verrichten. Sie mussten mit erheblichen Lasten beladene Fuhrwerke ziehen. Dabei war keine der nach Hamburg führenden Handelsstraßen befestigt und gepflastert, und auch in der Hansestadt selbst waren die Wege tief – vor allem, wenn es lange Zeit geregnet hatte. Da zwei der Pferde oft nicht in der Lage waren, derartige Kraftakte zu bewältigen, waren Vier- oder gar Sechsspänner keine Seltenheit. Angesichts dieser Tatsache erschien es den Transporteuren als geradezu absurd, leichte, bewegliche Pferde einzusetzen. Für solche Pferde mochten sich selbst Reiter nicht entscheiden. Ihnen kam es nicht in erster Linie auf Schnelligkeit an. Die meisten von ihnen luden ihren Pferden zusätzliche Lasten auf, die nicht umfangreich genug waren, um sie auf ein Fuhrwerk zu verladen, und für die sie nicht noch zusätzlich ein Packpferd mitführen wollten.

Einer der Mönche kam auf ihn zu. Er war groß und schmal. Die Augen lagen tief in den Höhlen. Er war ein Asket, der nach strenger Disziplin und bewusst mit vielen Entbehrungen lebte. Dabei war ihm anzusehen, dass er in sich ruhte und sich in einer eigenen Welt bewegte, in der er für andere nicht so ohne weiteres erreichbar war.

»Gefallen Euch unsere Pferde?«, fragte er mit abgrundtiefer Stimme. »Ich erinnere mich. Ihr habt sie Euch schon einmal angesehen.«

»Sie interessieren mich«, gab Buddebahn zu. »Wenngleich ich nicht einsehe, welchen Vorteil solche leichten Pferde haben sollten. Abgesehen davon, dass sie schneller sind als andere Pferde. Vor dem Fuhrwerk können sie auf keinen Fall genügend leisten. Und Baumstämme können sie nicht aus dem Gehölz herausziehen.«

»Es sind in erster Linie Reitpferde«, betonte der Mönch, wobei er an einen Braunen herantrat und ihm liebevoll mit der Hand über die Kuppe fuhr. »Seht Euch diesen Hengst an! Er ist deutlich temperamentvoller als ein Kaltblüter.«

»Kaltblüter? Wer soll das sein?« Buddebahn war überrascht. Diesen Ausdruck hatte er noch nie gehört. Leichte Pferde dagegen waren ihm keineswegs unbekannt. Doch er sah keinen Grund, sich darüber auszulassen, dass sie ihm in den südlichen Ländern Europas begegnet waren, als er zur See gefahren war.

»Oh, wir unterscheiden die Pferde danach«, eröffnete ihm der Mönch breit lächelnd. Er freute sich, weil es ihm gelungen war, das Interesse Buddebahns zu wecken. »Wir nennen unsere Pferde Warmblüter, weil sie in allen Belangen lebhafter, wendiger und auch in den Reaktionen schneller sind als die schweren Pferde. Diese nennen wir wegen ihres ruhigen, ausgeglichenen Temperaments, wegen ihrer Gutmütigkeit und der gewissen Trägheit, die einigen von ihnen eigen ist, Kaltblüter.«

Buddebahn wusste recht gut, dass es im Wesen dieser Pferde deutliche Unterschiede gab. Allein das Auge verriet, dass die Pferde aus Wilster hellwach waren und viel mehr auf ihre Umgebung reagierten als jene Pferde, die allgemein in dieser Region bevorzugt wurden. Er fand, dass die Bezeichnung »Warmblut« sehr gut gewählt war. Riet man nicht jemandem, der allzu nervös und unruhig war, *ruhig Blut* zu bewahren? Und sagte man nicht von jemandem, der gelassen und unaufgeregt ins Gefecht zog, er gehe *kaltblütig* an seine Aufgabe heran?

»Es passt«, entgegnete er anerkennend.

Er umrundete den Hengst, um ihn von allen Seiten zu begutachten.

»Ich würde gern mal auf ihm reiten, um ihn beurteilen zu können, bevor ich ihn kaufe«, versetzte er. »Es sollte sich einrichten lassen.«

»Darüber können wir reden.« Der Mönch schlug dem Hengst sanft mit der flachen Hand gegen die Schulter. »Heute ist es allerdings nicht möglich. Einer von uns sollte dabei sein.«

Er faltete die Hände unter dem Kinn, als er sah, wie Buddebahn die Stirn runzelte. »Oh, verzeiht, ich habe mich ungeschickt ausgedrückt. Ich befürchte nicht, dass Ihr mit dem Hengst verschwindet. Ganz und gar nicht. Nein, es geht allein darum, dass einer von uns Mönchen Euch begleiten sollte, weil es nicht ganz leicht ist, einen Hengst wie diesen zu beherrschen. Von den Kaltblütern her seid Ihr ein anderes Temperament gewohnt. Das könnte Euch in einer kritischen Situation in Schwierigkeiten bringen. Dann braucht Ihr jemanden, der genau weiß, wie dieser Hengst zu behandeln ist.«

»Pferd ist Pferd«, erwiderte Buddebahn. Er hatte leichte und elegante Pferde vor allem in Spanien gesehen und erlebt, geritten hatte er sie nicht.

Der hagere Mönch schüttelte lächelnd den Kopf, widersprach jedoch nicht.

»Am nächsten Markttag sind wir wieder hier. Dann werde ich mit Euch ausreiten. Vielleicht wählen wir eine Strecke an der

Alster entlang, wo die Pferde richtig auslaufen können. Ihr seid herzlich eingeladen.«

»Ich bin gespannt«, gab der Ermittler zu. »Wenn es meine Zeit erlaubt, werde ich hier sein. Dann sehen wir weiter.«

9

Als er kurz darauf die Brauerei erreichte, kehrte Henning Schröder mit dem Fuhrwerk vom Hafen zurück. Harm erwartete ihn bereits auf dem Hof, um die Pferde auszuspannen und im Stall zu versorgen. Sein weißes Haar leuchtete in der Sonne.

»Gut, dass du kommst«, begrüßte er Buddebahn, während er die beiden Pferde am Halfter nahm und zur Tränke führte. »Dein Sohn scheint Probleme zu haben.«

»Er war hier bei dir?« Zweifelnd schüttelte der Ermittler den Kopf. »Wieso denn? Ich habe ihn vorhin auf der Werft gesehen. Nein – ich habe seine Stimme gehört, um genau zu sein. Er hat gearbeitet und sollte noch immer dort sein. Ohm Deichmann lässt ihn nicht vor dem Abend laufen.«

»Es sei denn, David wirft den Kram hin und geht.« Henning Schröder stieg vom Kutschbock, wobei er aus alter Gewohnheit mit den Knöcheln gegen das Holz des Fuhrwerks klopfte, als habe er es mit einem lebenden Wesen zu tun. Es war eine Geste, mit der er die Verbundenheit mit seiner Arbeit ausdrückte, die aber auch Zufriedenheit mit dem bisherigen Verlauf des Tages erkennen ließ. Der Braumeister war mit sich und seiner Welt im Reinen. Da die Pferde genügend gesoffen hatten, verschwand Harm mit ihnen im Stall.

»Du meinst, er hat sich vorzeitig dazu entschlossen, zur See zu fahren?« Gemeinsam mit seinem Nachfolger im Braugeschäft überquerte Buddebahn den Hof.

»Nein. Wohl nicht.« Schröder öffnete die Tür zum Brauhaus. »Dein Sohn ist ein Mann, der davon überzeugt ist, gute und ehrliche Arbeit zu leisten. Und damit hat er recht, denn er ist wirklich gut. Auch wenn dir das nicht passt, Conrad. Für jeden Meister ist er ein wertvoller Mann.«

»Was willst du mir damit sagen?« Der Ermittler schloss die Tür und blieb stehen, während der Braumeister zu den Kesseln ging, in denen das Bier heranreifte, um die Temperatur zu prüfen. Argwöhnisch musterte er ihn. »Das hört sich nach einer bitteren Medizin für mich an.«

»Bitter nur, weil du nicht hinnehmen willst, dass David seinen eigenen Weg geht. Du glaubst, ihm vorschreiben zu müssen, was er zu tun und zu lassen hat. In dieser Hinsicht willst du nicht einsehen, dass er erwachsen ist. Mensch, Conrad, er ist siebzehn! Allerdings erwartest du, dass er jene Probleme alleine löst, mit denen du dich nicht so gern befasst. Er ist dir sehr ähnlich.« Schröder war mit dem Ergebnis seiner Prüfungen zufrieden.

Buddebahn verschloss sich noch ein wenig mehr. Zugleich bereitete er sich auf eine für ihn unangenehme Nachricht vor. Er war sicher, dass der Braumeister ihm etwas mitteilen wollte, was ihm nicht behagte.

»Du übertreibst, Henning. Aber gut. Ich höre. Komm schon raus damit«, forderte er ihn auf. »Was ist passiert?«

»Nun ja, Harm hat mir erzählt, dass David hier war. Dein Sohn hat seine Meinung geändert.«

»Das ist nicht neu. Er ändert seine Meinung häufiger, als der Wind dreht. Um was geht es?«

»Nachdem er jahrelang nichts anderes im Kopf hatte, als zur See zu fahren, will er nun plötzlich nicht mehr.«

Buddebahn legte grüblerisch eine Hand ans Kinn. Dabei ließ er den Braumeister nicht aus den Augen.

»Wer hat ihm das ausgeredet?«

»Ich jedenfalls nicht. Und Harm wohl auch nicht.«

»Bisher war er fest entschlossen.« Buddebahn war überrascht.

Sein Sohn war unbeständig. Das war er von Kind an gewesen. In letzter Zeit hatte er jedoch immer wieder betont, dass ihn nichts von seinem Vorhaben abbringen könne, zur See zu fahren. Jetzt zeigte sich, dass die geäußerten Zweifel berechtigt gewesen waren. Wieder einmal hatte David alle Pläne über den Haufen geworfen, um sich neuen Ideen zuzuwenden.

»Sprich mit ihm! Er wird dir sagen, warum die Seefahrt ihn nicht mehr reizt. Vielleicht. Falls du ihm nicht gleich wieder vorwirfst, dass er die Brauerei nicht übernommen hat.« Schröder lächelte breit. In seiner bedächtigen Art fügte er hinzu: »Die Jugend hat ein Recht auf Irrtümer und Dummheiten. Hast du nicht in früheren Jahren manches getan, was bei heutigem Licht betrachtet nicht besonders klug oder weitsichtig war?«

»Nie!« Buddebahn lachte, und der Braumeister erinnerte ihn feixend daran, wie er mit zwölf Jahren versucht hatte, auf zusammengebundenen Fässern die Alster zu überqueren und dabei beinahe jämmerlich ertrunken wäre, und das alles nur, um einem Mädchen zu imponieren, das er bei Licht betrachtet nicht leiden konnte, von dem er sich jedoch nicht genügend respektiert fühlte.

»Nie!«, wiederholte er augenzwinkernd.

»Nie?«

»Abgesehen von einigen Kleinigkeiten, von denen wir jetzt nicht reden wollen.« Er hob beide Hände und streckte Schröder abwehrend die Handflächen entgegen. »Reden wir von was anderem. Ich war eben bei Maria Deichmann.«

»Aha!«

Buddebahn schien die seltsame Betonung nicht zu bemerken, die in diesem Wort lag.

»Jemand kam herein und teilte ihr mit, dass ihr Mann zurückkehrt. Kapitän Deichmann nähert sich dem Hafen. Günstige Winde haben ihn viel früher heimgetragen als erwartet.«

»Aha!«

»Als seine Frau es erfuhr, schien sie mehr erschrocken als erfreut zu sein.«

Schröder ging zu einem der Bottiche, um die Maische umzurühren. »Ich habe zu tun, Conrad«, sagte er übergangslos. »Geh zu deinem Sohn! Er hat sicherlich mehr Zeit für dich als ich.«

»Du weißt, wo er ist?«

»Im *Hopfensaal*. Er will sich betrinken.«

»Was ist das? Betrinken? Also hat er Probleme, und er glaubt, sie ertränken zu können? Nur ein Narr kann auf einen solchen Gedanken verfallen.«

Henning Schröder zuckte mit den Achseln.

»Dazu kann ich nichts sagen Er ist dein Sohn. Schon vergessen?« Er widmete sich seiner Arbeit, und Buddebahn verließ die Brauerei, um zum Hopfenmarkt an der Nikolaikirche zu gehen, wo sich das Wirtshaus *Hopfensaal* befand und von wo er gerade vorher erst gekommen war. Im Verlauf der Jahre war er selber oft dort gewesen, denn zu den Besonderheiten dieses Hauses gehörte, dass Bierproben vorgenommen wurden. Die Brauer der Stadt stellten den Fernhandelskaufleuten aus anderen Hansestädten ihre Biersorten vor, um sie ihnen für den Kauf schmackhaft zu machen. Die Besucher nahmen dieses Angebot gern an, weil es ihnen die Mühe ersparte, von Brauerei zu Brauerei zu gehen und so jene Biere zu ermitteln, die ihren Vorstellungen entsprachen. So konnten sie eine Auswahl treffen und das übrige Geschäft dann im Detail mit den Brauereien abwickeln. Im *Hopfensaal* hatte Buddebahn einige seiner wichtigsten Kunden kennen gelernt.

David saß allein an einem Tisch in der Ecke der Gaststube. Vor ihm stand ein Krug, der zu groß und zu schwer war, als dass er ihn mit einer Hand hätte zum Mund führen können. Als er seinen Vater bemerkte, nahm er ihn in beide Hände und trank so lange, als wollte er den Krug auf einen Zug leeren.

Buddebahn setzte sich zu ihm.

»Ohm Deichmann scheint den Bogen überspannt zu haben«, begann er und bestellte sich ebenfalls ein Bier, wobei er sich ausbat, aus dem Fass bedient zu werden, das von seiner Brauerei geliefert worden war.

»Ist doch klar«, erwiderte das Schankmädchen, ein junges, schlankes Ding mit lustigen Augen. »Die anderen Biere taugen alle nichts.«

»Wir wollen nicht übertreiben.« Er fuhr sich mit dem Handrücken über die Lippen, um sein zustimmendes Lächeln zu verbergen.

»Was willst du?«, fragte David. Er lehnte sich weit auf seinem Stuhl zurück und rückte gleichzeitig vom Tisch ab, als könne er die Nähe seines Vaters nicht ertragen.

»Nur eine Antwort.«

»Worauf?«

»Auf die Frage, weshalb du nicht mehr zur See fahren willst.«

Das Gesicht Davids verdüsterte sich. Demonstrativ blickte er an seinem Vater vorbei zu den Schankmädchen hinüber, um deutlich zu machen, dass er keine Lust hatte, über dieses Thema zu sprechen.

»Ich will dir nicht dreinreden, David«, versetzte Buddebahn. Dankbar nahm er das Bier entgegen, das ihm das Mädchen auf den Tisch stellte. Er gönnte sich einen kleinen Schluck. Das Bier war angenehm kühl. »Du bist ein Mann und kannst allein über deine Zukunft entscheiden. Ich möchte nur wissen, ob es einen bestimmten Grund dafür gibt, dass die Seefahrt dich mit einem Mal nicht mehr interessiert.«

»Warum?« David trank ebenfalls. Über den Krug hinweg blickte er ihn an.

»Weil dies im Rahmen der Ermittlungen, die ich anstelle, wichtig sein könnte.«

Verblüfft ließ sein Sohn den Krug sinken.

»Was soll das denn nun wieder heißen?«

»Ich kann zwei und zwei zusammenzählen!«

»Ja, verdammt. Das kannst du. Du scheinst den Braten schon zu riechen, bevor er über dem Feuer ist.« Mit dem Ausdruck des Widerwillens schob er den Bierkrug von sich. Der Gerstensaft schien ihm nicht mehr zu schmecken. »Es geht mir auf die Nerven.«

»Nun übertreibe mal nicht. Wenn du nachdenken würdest, wäre dir sehr schnell klar, was mich zu diesem Schluss geführt hat.«

David schüttelte den Kopf. »Du kannst nicht anders. Du musst den überlegenen Vater herausspielen, den Mann, der alles weiß, und den nichts überraschen kann.«

»Du irrst. Das habe ich nicht vor. Ich weiß lediglich, dass du an jenem Tag bei Maria Deichmann gewesen bist, an dem Erna Deichmann ermordet wurde, dass du vorher fest entschlossen warst, zur See zu fahren, und dass du nach dem Besuch deine Meinung geändert hast. Vielleicht unmittelbar darauf, möglicherweise auch später. Also frage ich nach dem Grund.«

David richtete sich steil auf. »Du glaubst, dass ich etwas mit dem Mord zu tun habe?«

»Nein. Ich sehe da keinen Zusammenhang.« Buddebahn trank wiederum etwas Bier. »Warum beantwortest du meine Frage nicht?«

David ließ sich Zeit. Er beobachtete die Schankmädchen und schien sich an ihren Formen zu erfreuen. Als Buddebahn bereits glaubte, sein Sohn wolle ihm jegliche Hilfe verweigern, wandte dieser sich ihm wieder zu.

»Ohm Deichmann hat mich mit schmutziger Wäsche zu ihr geschickt«, berichtete er. »Maria sollte sie waschen. Als ich ankam, hatte sie einen heftigen Streit mit Erna.«

»Um was ging es dabei?«

»Das ist nicht ganz klar geworden. Erna hat sehr energisch verlangt, dass ihre Schwiegertochter endlich einen Schlussstrich zieht. Es muss aufhören, hat sie geschrien. Oder willst du warten, bis dein Mann kommt?«

»Sie hat geschrien?«

»Ja, sie war sehr laut. Die beiden Frauen waren im Haus. Ich hörte ihre Stimmen, aber verstehen konnte ich sie erst, als ich den Hinterhof betrat. Ich fing ein paar Satzfetzen auf. Danach wurde es still. Seitdem überlege ich, weshalb sie sich gestritten haben. Hat Maria einen Liebhaber, und wollte Erna, dass es damit vorbei ist? Wurde sie womöglich ermordet, weil sie es verlangte?« David ließ sich von den Fragen gefangen nehmen, die sich in diesem Zusammenhang auftaten. Von seiner bisherigen Ablehnung war nichts mehr zu spüren. »Oder steckt noch mehr dahinter?«

»Das entzieht sich meiner Kenntnis«, gab Buddebahn zu. Er dachte daran, dass Maria eine Reihe von Blutergüssen auf der Brust aufwies, und er versuchte, sie in das Bild einzupassen, das sich durch die neuen Informationen auftat. »Du schuldest mir noch eine Antwort.«

David zog sich wieder in sein Schneckenhaus zurück. Er senkte die Blicke und schien sich nur noch für sein Bier zu interessieren. Es dauerte eine ganze Weile, bis er schließlich erwiderte: »Was auch immer mit Maria passiert sein mag, es hat mich nachdenklich gemacht. Ein Mann sollte seine Frau nicht so lange allein lassen, wie es ein Seemann zwangsläufig tun muss. Er sollte seine Frau beschützen, und er sollte in jeder Hinsicht für sie da sein. Das könnte ich nicht, wenn ich zur See fahre.«

»Ist denn da jemand, den du beschützen möchtest?«

Verlegen lächelnd wich David den Blicken seines Vaters aus. »Vielleicht«, gab er zögernd zurück. »Ich möchte nicht darüber reden. Jedenfalls steht mein Entschluss fest. Ich fahre nicht zur See. Die Entscheidung ist mir schwergefallen, denn es zieht mich in fremde Länder. Doch es bleibt dabei.«

»Gut«, stimmte Buddebahn zu. »Was ist mit Ohm Deichmann? Arbeitest du weiterhin bei ihm?«

»Eigentlich wollte ich nicht, aber mir ist klargeworden, dass ich mir den Zunftmeister nicht zum Feind machen darf. Er würde verhindern, dass ich irgendwo anders Arbeit finde. Er ist mit den anderen Zunftmeistern befreundet. Also ist er mit Vorsicht zu genießen.«

»Genauso ist es, David. Ohm Deichmann ist nicht der Mann, für den ihn alle halten. Dennoch musst du dich bei ihm durchbeißen. Sicherlich hat er seine Schwächen.«

»Die hat er. Das ist absolut sicher.« Er trank einen kräftigen

Schluck Bier, stellte den Krug betont kräftig auf den Tisch und sagte: »Und jetzt tu mir einen Gefallen. Meine Freunde sind gleich da. Wir werden uns besaufen, und das musst du nicht unbedingt miterleben.«

»Schon gut.« Buddebahn stand auf und legte einige Münzen auf den Tisch. »Du wirst nichts dagegen haben, wenn ich die Zeche übernehme.«

»Ganz und gar nicht.« David warf einen Blick auf das Geld und nickte anerkennend. »So großzügig kenne ich dich gar nicht.«

»Achte auf gutes Bier, wenn ich dir einen Rat geben darf. Danach ist der Kater morgen nicht gar so arg!« Damit wandte Buddebahn sich ab und verließ das Gasthaus, ohne sich noch einmal umzusehen. Es war lange her, dass er sich so ausführlich mit seinem Sohn unterhalten hatte, ohne dass sie sich dabei gestritten hatten.

Vor der Ausgangstür blieb er stehen. Auf dem Marktplatz an der Nikolaikirche herrschte nach wie vor lebhaftes Treiben. An diesem späten Nachmittag war es nicht mehr so warm, und immer mehr Besucher drängten zum Markt. Buddebahn schlenderte zum Stand eines Korbflechters hinüber, suchte sich eine schöne Arbeit aus und brachte sie Hanna Butenschön. Sie freute sich über das Geschenk. Mittlerweile hatte sie nahezu alle Fische verkauft und bereitete sich darauf vor, den Markt zu verlassen.

»Die *Alsterstolz* hat Hamburg nicht erreicht«, berichtete sie. »Sie war nicht schnell genug. Mittlerweile ist die Tide gekippt, und wir haben ablaufend Wasser auf der Elbe, so dass der Schiffshauptmann den Anker setzen musste. Die Strömung ist zu stark für das Schiff. Nur mit der nächsten Flut kann Kapitän Deichmann bis in den Hamburger Hafen segeln.«

Buddebahn blickte unwillkürlich zu dem Haus hinüber, in dem Maria Deichmann mit ihren Kindern wohnte. Er sah, dass die Wäscherin zur Tür herauskam. Sie hatte sich umgezogen und ein helles Kleid gewählt, das ihr ein frisches, heiteres Aussehen verlieh. Eine kleine Haube zierte ihren Kopf und bändigte das rote Haar. Im Vergleich zu ihrem bisherigen Erscheinungsbild wirkte ihr Aufzug ausgesprochen geschmackvoll.

Sie hatte sich für den Empfang ihres Mannes hübsch gemacht, schien aber nicht zu wissen, dass es zu früh war, um zum Hafen zu gehen. Es würde einige Stunden dauern, bis sein Schiff anlegen konnte.

»Wir sehen uns später«, rief Buddebahn Hanna zu. »Ich muss mit ihr reden.«

Bevor sie etwas erwidern konnte, hatte er sich bereits auf den Weg gemacht. Er war schnell, und er holte sie bereits in der Deichstraße ein, die zum Binnenhafen an der Elbe hinabführte.

»Auf ein Wort«, bat er, als er dicht hinter ihr war.

Erschrocken blieb sie stehen. An der Stimme erkannte sie, mit wem sie es zu tun hatte. Sie senkte kurz den Kopf, drehte sich dann um und blickte ihn zornig an.

»Ihr wisst, dass ich keine Zeit mehr habe. Mein Mann ist zurück. Das allein ist wichtig.«

»Aber er wird nicht so bald im Hafen sein. Er musste draußen auf der Elbe den Anker werfen, um sich gegen die Strömung behaupten zu können.«

Maria Deichmann schien irritiert zu sein. »Ist das wahr?«

»Ich habe keinen Grund, Euch die Unwahrheit zu sagen. Nur noch ein paar Schritte bis zum Binnenhafen. Dann könnt Ihr selber sehen, dass die *Alsterstolz* nicht da ist.«

»Und wennschon!«

Buddebahn entschloss sich zu einem riskanten Angriff. »Wer hat Euch Gewalt angetan?«

Die Farbe wich aus ihrem Antlitz, und ihre Augen weiteten sich. Sie war so erschrocken, dass sie keinen Laut über ihre bebenden Lippen brachte. Dabei wich sie einen Schritt zurück, bis ihr Rücken die Wand eines Hauses berührte.

»Ihr geht zu weit«, brachte sie endlich mühsam stammelnd hervor.

»Ich denke nicht«, erwiderte er, ohne sich die Genugtuung

anmerken zu lassen, die er empfand. Mit dem blind abgeschossenen Pfeil hatte er ins Schwarze getroffen. »Ihr lebt nicht auf einer Insel, Maria Deichmann. Ihr vergesst, dass allzu laut ausgetragene Auseinandersetzungen auch die Ohren anderer erreichen. Mir ist bekannt, dass Ihr Euch mit Eurer Schwiegermutter gestritten habt. Heftig gestritten. Sollte es wirklich nur ein Zufall sein, dass sie nur wenig später ermordet wurde? Just in der Bonenstraat, in der Ihr kurz zuvor gewesen seid, um Wäsche abzuholen, obwohl es doch heftig geregnet hat, was für die Wäsche nicht gut und für Euch nicht angenehm gewesen sein kann.«

»Ihr ... Ihr seid des Teufels!« Maria machte Anstalten, an ihm vorbeizueilen, doch er versperrte ihr mit einem kleinen Seitenschritt den Weg.

»Verzeiht mir meine Ungeschicklichkeit«, bat er, während er ein verlegen erscheinendes Lächeln aufsetzte. »Ihr seid eine wichtige Zeugin. Ich brauche Eure Aussage, wenn ich bei der Suche nach dem Mörder Erna Deichmanns weiterkommen will. Und das muss ich. Der Rat der Stadt wird bereits ungeduldig. Schon seit dem Mord an Agathe Kehraus wartet er auf Aufklärung. Was soll ich ihm sagen? Dass ich eine Zeugin habe, die aber nicht reden will, weil sie Angst vor jenem Mann hat, der ihr Gewalt angetan hat?«

Tränen stiegen ihr in die Augen. Nervös suchte sie in den Taschen ihres Kleides nach einem Tuch, fand es endlich und tupfte sich die Augen ab. Ihre Schultern zuckten. Er tat ihr leid, doch er wollte sie nicht gehen lassen, ohne eine Antwort von ihr ertrotzt zu haben.

»Warum schützt Ihr diesen Mann? Bedroht er Euch? Oder Eure Kinder?«

Maria nickte, und abermals quollen ihr die Augen über.

»Ich muss es für mich behalten«, flüsterte sie. »Er will meine Kinder töten, wenn ich verrate, wer es ist, oder wenn ich mich ihm verweigere. Ich habe es versucht. Da hat er mich so lange geschlagen, bis ich nachgegeben habe.«

»Deshalb der Streit mit Eurer Schwiegermutter. Sie wusste, was geschieht.«

Abermals nickte sie.

»Wer ist es?«

Sie schüttelte den Kopf. »Nein. Es ist zu gefährlich für meine Kinder und für mich. Es darf niemand erfahren. Schon gar nicht das Gericht. Wenn es den Fall aufgreift, geht die Geschichte wie ein Lauffeuer durch die Stadt. Die Leute würden sich das Maul zerreißen. Diese Schande könnte ich nicht ertragen. Jeder würde darüber reden, und alle würden mit dem Finger auf mich zeigen. Auf mich! Während er, dieser Lump …«

Weinend senkte Maria Deichmann den Kopf.

Er konnte sie verstehen. Erst einmal würde man ihr die Schuld an den Vorfällen geben. Sie war allein. Ihr Mann war für Wochen auf See. Aus Klatsch und Tratsch würde sich schnell das eine oder andere Gerücht entwickeln, und nur zu bald hieß es dann, sie sei ihrem Mann untreu geworden, sie habe einen Mann verführt, und als er sich nach einigen Abenteuern von ihr trennen wollte, habe sie die Geschichte mit der Vergewaltigung erfunden, um sich an ihm zu rächen. Genau das würde der Vergewaltiger vor Gericht behaupten, und man würde ihm als Mann mehr glauben als ihr. Solange sie keine Zeugen hatte, mit deren Hilfe sie hieb- und stichfest beweisen konnte, dass man ihr Gewalt angetan hatte, stand sie auf verlorenem Posten. Doch solche Zeugen gab es nicht, denn ihre Kinder zählten nicht. Ihre Aussagen wurden vor Gericht nicht anerkannt.

Damit nicht genug.

Nannte sie den Namen des Vergewaltigers, war mehr als wahrscheinlich, dass er den Spieß umdrehte und sie wegen Verleumdung anklagte. So lief sie Gefahr, dass sie nicht nur dem Gerede der Leute ausgesetzt wurde, sondern dass man sie einem Wahrheitstest unterzog. Buddebahn kannte einen vergleichbaren Fall, bei dem ein Beauftragter des Gerichts die Frau minutenlang unter Wasser gedrückt hatte, um die Wahrheit zu ergründen. Dass sie dabei in dem reinigenden Element, das alle

Sünden wegwaschen sollte, ertrunken war, galt als Beweis ihrer Schuld.

Daher wollte Maria Deichmann lieber schweigen und das Unrecht hinnehmen.

»Er könnte der Mörder Eurer Schwiegermutter sein.« Es war ein letzter Versuch, bei dem Buddebahn schon vorher wusste, dass er scheitern würde.

»Nein. Dieser Mann war nicht in Hamburg. Nicht an jenem Tag. Er ist schon zwei Tage vorher mit einer Kogge die Elbe hinuntergefahren. Ich weiß nicht, wohin. In der Stadt war er jedenfalls nicht. Und jetzt lasst mich endlich gehen.«

Buddebahn war enttäuscht. Er hatte gehofft, auf eine heiße Spur gestoßen zu sein, musste jedoch einsehen, dass der Vergewaltiger nicht als Mörder in Frage kam.

»Nur eine Frage noch. Von wem habt Ihr die Wäsche geholt? Aus dem Haus mit den Fensterläden?«

»Ja, von dort.«

»Wohnt ein junges Mädchen in dem Haus?«

Maria blickte ihn verwundert an. Zögernd nickte sie. »Ja, aber ich habe sie noch nie gesehen. Ich habe nur immer ihre Wäsche gewaschen und geflickt. Es ist seltsam. Irgendetwas stimmt nicht mit dem Mädchen. Eigentlich fällt es mir erst jetzt so richtig auf, da Ihr danach fragt.«

»Danke. Wenn ich Euch helfen kann, lasst es mich wissen. Niemand muss sich von einem anderen erpressen lassen. Auch Ihr nicht. Ihr könnt mir vertrauen.« Er hob kurz grüßend eine Hand, wobei er sich linkisch verneigte. »Und jetzt seid Ihr mich endlich los.«

Sie eilte so schnell davon, als sei sie vor ihm auf der Flucht. Doch sie konnte nicht so einfach hinter sich lassen, was geschehen war, denn nach wie vor war nicht auszuschließen, dass Erna Deichmann wegen der Vorfälle im Haus ihrer Schwiegertochter ermordet worden war.

Er fragte sich, was hinter der Fassade der gutbürgerlichen Welt Hamburgs geschah. An welche Tür er in den vergangenen

Tagen auch immer geklopft hatte, hinter nahezu jeder verbarg sich etwas, was sein bisheriges Bild von den angesprochenen Bürgern veränderte.

Heinrich Kehraus hatte sich als Kinderschänder erwiesen, seine Frau Agathe hatte den Pfad der ehelichen Tugend verlassen, der Musiklehrer Thor Felten hatte sich nicht nur um die Tasten des Clavichords gekümmert, Ohm Deichmann war nicht jener altruistische Zunftmeister, für den ihn die Stadt hielt, und Maria Deichmann war ein Opfer, das sich nicht wehren konnte.

Die Glocken der Nikolaikirche ließen ihr mächtiges Lied hören und riefen die Gläubigen zur Andacht. Zusammen mit vielen anderen folgte er dem Ruf, war jedoch so in Gedanken versunken, dass er so gut wie nichts von dem erfasste, was Pastor Jan Schriever bei seiner Predigt sagte. Als er die Kirche verließ, wechselte er ein paar unverbindliche Worte mit Freunden und Bekannten, wusste später jedoch kaum noch, mit wem er gesprochen hatte. Allzu viele Fragen waren offen und harrten ihrer Antwort.

Buddebahn bewegte sich auf einem für ihn vollkommen neuen Terrain, und er trat praktisch mit leeren Händen gegen einen Mörder an, der keine Spuren hinterlassen hatte und der sich allzu erfolgreich in der bürgerlichen Gesellschaft der Hansestadt verbarg. Bis jetzt hatte er keinen gegen eine bestimmte Person gerichteten Verdacht, und wenn er in Gedanken zusammentrug, was er bisher ermittelt hatte, so war das Ergebnis höchst unbefriedigend. Er konnte nicht einmal sagen, dass seine Ermittlungen in eine klar bestimmte Richtung führten. Dazu wären überzeugende Hinweise auf den Täter vonnöten gewesen. Doch die gab es nicht.

Oder ich habe sie übersehen! dachte Buddebahn, während er den Markt vor der Kirche überquerte, um zur Brauerei zu gehen.

Der Schrei eines Raubvogels ließ ihn nach oben blicken.

Langsam und majestätisch schwebte der Rote Milan am Kirchturm vorbei und über die Dächer der Fachwerkhäuser hinweg.

Ihm war, als wollte der Vogel ihn mit seinem Schrei und seinem Erscheinen aufrütteln.

Er spürte, wie es ihm abwechselnd heiß und kalt über den Rücken lief. Voller Unbehagen versuchte er, die Gedanken an den Raubvogel zu verdrängen.

Es gelang ihm nicht.

Wenig später stand er gedankenverloren vor den Stufen, die zum Rathaus hinaufführten. Er war unschlüssig, weil er nicht wusste, ob er bereits jetzt über seine Ermittlungen berichten oder ob er noch damit warten sollte.

Die beiden Wachen, die am Fuß der Treppe standen, blickten ihn erwartungsvoll an. Er wurde sich ihrer bewusst, nickte ihnen grüßend zu, und sie traten respektvoll zur Seite, um den Weg frei zu machen. Er entschloss sich, den Ratsherrn Malchow aufzusuchen.

Der Mecklenburger arbeitete an einer Reihe von Papieren, die vor ihm auf dem Schreibtisch lagen. Die drei Kerzen, die vor ihm flackerten, spendeten nur wenig Licht.

»Conrad Buddebahn«, rief der Ratsherr, steckte die Schreibfeder in das Tintenfass und lehnte sich auf seinem Stuhl zurück. Er machte keinerlei Anstalten, sich zu erheben, um ihn mit Handschlag zu begrüßen. Dafür bot er ihm mit übertrieben wirkender Geste an, auf einem Hocker Platz zu nehmen.

»Ich habe Euch schon erwartet«, versetzte Malchow. Es schien ihm nicht besonders gut zu gehen, denn sein Antlitz war blasser als sonst. Sogar die Lippen hatten ihre Farbe verloren. Unter diesen Umständen traten die dunklen Augen besonders stark hervor. »Sicherlich habt Ihr mir Wichtiges mitzuteilen. Ihr seid dem Mörder auf der Spur. Vermute ich richtig?«

»Auf der Spur bin ich ihm schon«, erwiderte Buddebahn, während er sich langsam auf den Hocker sinken ließ. »Klare und unwiderlegbare Hinweise aber habe ich nicht. Und von einem Augenzeugen, den der Richter verlangen könnte, ist weit und breit nichts zu sehen.«

»Es kommt auf den Richter an«, betonte Malchow. Mit dem Handrücken fuhr er sich über die Stirn, um ein paar Schweißperlen zu entfernen. »Einige Richter verlangen in der Tat wenigstens einen Zeugen, manche sogar wenigstens zwei Augenzeugen, die den Mörder klar identifizieren können. Nun, die können wir nicht bieten. Es gibt keine solchen Zeugen. Richter Perleberg ist in dieser Hinsicht anders. Wenn wir ihm überzeugende Indizien liefern, wird er die nötige Verhaftung vornehmen und die Wahrheit unter der Folter an den Tag bringen. Habt Ihr solche Indizien?«

»Leider nein.« Buddebahn hob bedauernd die Achseln. »So schnell geht das alles nicht. Ich habe mit wachsendem Widerstand zu tun. Einige der von mir befragten Bürger haben ihr kleines Geheimnis, das sie ängstlich zu hüten bemüht sind. Das macht es schwer für mich.«

»Aber Ihr gebt nicht auf?«

»Ich denke gar nicht daran. Ich werde den Mörder ermitteln. Da bin ich ganz sicher.«

Malchow griff nach der Teetasse, die vor ihm auf dem Schreibtisch stand, hielt sie behutsam mit drei Fingern und führte sie zum Mund, um ein wenig daraus zu trinken. Als er sie absetzte, begann seine Hand heftig zu zittern, so dass er die Tasse kaum zu halten vermochte. Er nahm die zweite Hand zu Hilfe und stützte damit die Tasse ab. Seine Lippen zuckten. Er ärgerte sich erkennbar über die kleine Schwäche, die er sicherlich unbeabsichtigt offenbart hatte.

»Erzählt mir, mit wem Ihr wegen des Mordes gesprochen habt. Wen Ihr verhört habt«, forderte der Ratsherr.

Es klopfte an der Tür, und bevor Malchow etwas sagen konnte, trat sein Sohn ein. Der hoch aufgeschossene Mann musste den Nacken beugen, um nicht mit dem Schädel gegen die Decke zu stoßen. Verlegen drehte er einen Hut in den Händen.

»Ich habe jetzt keine Zeit, Aaron«, fuhr der Ratsherr ihn an, bevor er noch etwas sagen konnte. »Wie du siehst, habe ich Besuch.«

»Aber, Vater, ich …«, begann der kahlköpfige Mann, kam jedoch nicht weiter, weil Malchow ihm energisch in die Parade fuhr. Ein wenig zu herrisch, wie Buddebahn fand.

»Lass uns allein. Sofort!« Malchow zeigte mit ausgestrecktem Arm auf die Tür, und Aaron gehorchte. Er drehte sich herum und beugte sich nach vorn, um den Raum vorwärtsschreitend zu verlassen, war jedoch ungeschickt und stieß mit dem Kopf gegen den Türrahmen. Leise stöhnend drückte er sich eine Hand gegen den Schädel. Die Tür knarrte, als er sie hinter sich schloss. Buddebahn hörte, wie sich seine Schritte entfernten.

»Wo waren wir stehengeblieben?« Malchow erhob sich, kam um den Schreibtisch herum, lehnte sich dagegen und verschränkte die Arme vor der Brust. Er wirkte verschlossen, und seine dunklen Augen verloren ihren Glanz. Mit jeder Faser seines Körpers schien er sagen zu wollen: Wie ich zu meinem Sohn stehe und wie ich mit ihm rede, geht Euch nichts an!

Buddebahn dachte nicht daran, in irgendeiner Weise Stellung zu nehmen. Ob Nikolas Malchow sich mit seinem Sohn verstand oder nicht, war ihm egal. Probleme gab es in jeder Familie und fast immer zwischen den Generationen. Das war bei ihm selber nicht anders. David hatte seinen Kopf und er ebenfalls. Jeder versuchte, die entstandenen Spannungen auf seine Weise zu lösen. Dem einen gelang es, dem anderen nicht; der eine war versöhnlich, verständnisvoll, der andere war nicht bereit, Kompromisse zu machen und einzulenken; der eine meinte, dem anderen seine Meinung aufzwingen zu müssen, der andere gewährte jenen Freiraum, in dem sich eine Persönlichkeit entfalten konnte; der Schwache brauchte eine führende Hand, der Starke nicht; der eine war in der Lage nachzugeben, der andere wählte die Konfrontation und ließ sie bis zum Bruch der Beziehungen eskalieren. Malchow schien zu jenen zu gehören, die nicht über ihren Schatten springen konnten und die sich stets durchsetzen wollten.

Conrad Buddebahn sah darin eine Schwäche.

Die ältere Generation neigte nun mal dazu, der jüngeren die eigene Überzeugung aufzudrängen, die sich auf viele Jahre Erfahrung stützte und die man als richtig einstufte, wobei man geflissentlich übersah, dass jeder einen anderen Lebensweg zurückzulegen und sich dadurch mit anderen, die Persönlichkeit prägenden Erlebnissen auseinanderzusetzen hatte. Er selber nahm sich oft genug vor, seinen Sohn gewähren zu lassen, was immer er unternahm oder wie er sich auch entschied, und musste danach feststellen, dass er eben dies nicht tat, sondern Stellung bezog und Ratschläge erteilte, obwohl er wusste, dass David sie gar nicht hören wollte. Dahinter stand die Liebe zu ihm, die aber nicht immer den richtigen Ausdruck fand.

»Es ging darum, mit wem ich gesprochen habe«, erwiderte er. »Nun, das sind eine ganze Reihe von Personen. Es sind Zeugen, Männer und Frauen, die in irgendeiner Weise mit der Tat zu tun haben könnten.«

»Was ist mit Heinrich Kehraus?«

»Er ist nach wie vor verdächtig. Dabei ist zu bedenken, dass er im Hause der Familie Drewes war, als der Mord an Erna Deichmann geschah. Ebenso Ohm Deichmann. Sie können nur mit Hilfe eines Dritten beteiligt sein, doch das zu beweisen ist so gut wie unmöglich.«

»Es sei denn, Ihr findet diesen Dritten, und der legt ein Geständnis ab!«

Conrad Buddebahn lächelte dünn. »Das wäre der Idealfall, der jedoch kaum zu erreichen ist.«

»Warum?«

»Wäre ich derjenige, der auf diese Weise für die Tat – oder für beide – verantwortlich ist, hätte ich diesen Helfer längst auf ein Schiff verfrachtet und in eine ferne Stadt gebracht, in der er für uns unerreichbar ist.«

Malchow nickte mehrmals. »Davon ist auszugehen«, stimmte er zu. »Das hätte ich ebenso gemacht. Also können wir diese Möglichkeit vergessen. Was aber bleibt noch, die Morde aufzuklären?«

»Ich werde einen Weg finden«, versprach der Ermittler. »Zurzeit stehe ich am Anfang der Spurensuche. Es wird Schritt für Schritt weitergehen, bis am Ende die Maske des Mörders fällt.«

Der Ratsherr ließ die Arme sinken. »Soll ich ehrlich sein?«, fragte er. »Ich glaube nicht daran, dass es Euch gelingt, den Mörder zu entlarven. Aber versucht es. Setzt Eure Ermittlungen fort. Der Bürgermeister und die anderen Herren im Rat der Stadt würden es nicht verstehen, wenn wir jetzt schon aufgeben. Ein paar Tage noch, und sie werden einsehen, dass nichts mehr zu erreichen ist.«

»Macht Euch keine Sorgen.« Buddebahn stand auf. Ächzend drückte er sich eine Hand in den Rücken, dann trat er einen Schritt zurück und lehnte sich gegen die Wand, um sich daran gerade aufzurichten.

»Was ist mit Euch?«, fragte Malchow.

»Der Rücken«, klagte er. »Zuweilen plagt er mich. Dann hilft nur, sich gegen eine Wand zu stellen, um das Rückgrat zu richten.«

Malchow blickte ihn verständnislos an. Er kehrte auf seinen Platz hinter dem Schreibtisch zurück und griff demonstrativ nach einer Schreibfeder.

»Ihr hört später von mir«, versprach Buddebahn und verließ den Raum, wobei er den Nacken lediglich beugte, um nicht mit dem Kopf gegen den Türrahmen zu stoßen.

10

»Swattsur?« Conrad Buddebahn stand mit offenem Mund am Tisch seines Wohn- und Arbeitszimmers. Hanna Butenschön lachte ob seiner Fassungslosigkeit.

»Ja, genau«, gab sie belustigt zurück. In ihren braunen Augen funkelte das pure Vergnügen. Mit beiden Händen griff sie sich in den Nacken, um das Tuch ein wenig fester zu ziehen, mit dem sie ihr üppig wucherndes Kraushaar bändigte.

»Du hast Schwarzsauer gemacht? Für mich?« Langsam ließ er sich an den Tisch mit den dampfenden Schüsseln sinken.

»Du bist ein erstaunlich guter Beobachter«, spottete sie.

»Ich glaube es nicht. Hast du nicht gesagt, dass du eher Fischblut saufen würdest, als Schwarzsauer zu essen?« Mit der Hand wedelte er sich den Duft zu, der aus den Schüsseln aufstieg. Er liebte dieses Gericht, in dem sich Schweinefleisch in gekochtem Schweineblut fand. Der Geruch verriet ihm, dass Hanna es mit ein paar getrockneten Weintrauben angereichert und mit Grießklößen abgerundet hatte.

»Bevor ich es deiner Grete überlasse, es dir zu machen, bringe ich es lieber selber auf den Tisch. Das heißt nicht, dass ich es selber anrühre.«

»Es ist nicht meine Grete«, korrigierte er sie, während er sich aus den Schüsseln bediente. Das Schwarzsauer war tiefbraun, und die Schweinestücke erwiesen sich als mager. Damit war Hanna ein wenig vom Rezept abgewichen, da zu Schwarzsauer eigentlich fettes Wellfleisch aus dem Bauch der Schweine gehörte. Das feste Fleisch, das sie gewählt hatte, war ihm lieber. »Es ist meine Nachbarin. Weiter nichts.«

»Und eine miserable Köchin dazu!«

»Bei einem Vergleich mit deiner Kochkunst schneidet sie allerdings denkbar schlecht ab«, bestätigte er, streckte den Arm aus und bat sie mit dieser Geste, ihm gegenüber am Tisch Platz zu nehmen. Nachdem er einen ersten Bissen probiert hatte, verdrehte er die Augen und fügte ein weiteres Lob hinzu. Sie hatte den süß-säuerlichen Geschmack genau getroffen. »Du solltest probieren.«

Erst nachdem er sie ein zweites Mal dazu aufgefordert hatte, füllte sie sich ein wenig von der dickflüssigen Masse auf, legte ein Stück Fleisch hinzu und führte sich zurückhaltend und äußerst skeptisch einen kleinen Löffel voll zu. Mit spitzen Lippen folgte sie seinem Rat, wobei sie den Eindruck erweckte, sie werde auf keinen Fall mehr zu sich nehmen als diese Probe. Doch dann hielt sie inne, schloss die Augen, öffnete sie nur kurz, um einen weiteren Löffel voll Schwarzsauer zu riskieren, und entspannte sich.

»Beim Kochen habe ich keinen einzigen Bissen zu mir genommen«, gestand sie. »Bis jetzt hatte ich keine Ahnung, wie das schmeckt!«

»Und nun?«

Sie lachte.

»Ich könnte mich mit diesem Zeug anfreunden!« Sie aß ein wenig von dem Fleisch. Es mundete ihm, und er widmete sich von nun an voll und ganz dem Essen. »Du kannst Grete ausrichten, dass sie es dir nicht noch einmal zu kochen braucht. Das übernehme ich!«

»Wie ein bisschen Eifersucht doch das Leben angenehmer machen kann!«, versetzte er belustigt.

Hanna richtete sich steil auf. »Ich bin nicht eifersüchtig«, protestierte sie. »Wie kannst du so etwas behaupten? Schon gar nicht auf Grete. Was die für einen dicken Hintern hat!«

»Vielleicht gefällt mir ja so ein dicker Hintern«, neckte er sie.

»Untersteh dich, so etwas auch nur zu denken!«, fuhr sie ihn an. »Hörst du nicht auf damit, gieße ich dir das Schwarzsauer über den Kopf.«

»Das wäre schade«, lenkte Buddebahn ein. »Wo du dir so viel Mühe gegeben hast! Es wäre eine Schande, eine solche Köstlichkeit derart zu missbrauchen.«

»Dann solltest du aufhören, mir mit solchen Dingen zu kommen.« Ihr Antlitz entspannte sich und nahm einen Ausdruck gelangweilten Desinteresses an. »Was macht sie eigentlich anders als ich? Ich meine, bei den Männern?«

Er war im höchsten Maße alarmiert. Wenn sie in dieser Weise nebenbei fragte, als gehe es um eine absolut belanglose Angelegenheit, war höchste Aufmerksamkeit geboten, dann lauerte hinter ihrer Miene ein höchst aggressiver und wachsamer Geist.

»Keine Ahnung!«, entgegnete er. »Woher sollte ich das wohl wissen? Ich bin nie intim mit ihr gewesen.«

»Ach so.« Wiederum tat sie, als habe sie nur etwas von marginaler Bedeutung angesprochen. Doch er merkte, dass sie beruhigt war. Sie hatte ihm eine Falle gestellt, und wehe, er hätte eine Antwort gewusst! Sie hätte auf der Stelle das Haus verlassen.

»Habe ich dir eigentlich gesagt, dass mir Schwarzsauer mit magerem Fleisch viel besser schmeckt als mit Wellfleisch, so wie Grete es macht?«

»Nein, hast du nicht.«

»Von Wellfleisch wird mir schlecht. Weil es das schiere Fett vom Bauch ist.«

»Möchtest du noch ein Stück Fleisch?«

»Genau das, mein Schatz. Und dazu ein kühles Bier.«

»Hinterher machen wir beide einen Spaziergang«, beschloss Hanna.

Nach dem Essen saßen sie lange zusammen und unterhielten sich über die Untersuchungen des Mordes an Erna Deichmann, ohne zu einem Ergebnis zu kommen. So war es dunkel geworden, als sie das Haus im Hopfensack endlich verließen, um ein paar Schritte zu gehen. Sie folgten erst der Kleinen Reichenstraße, schlenderten die Große Reichenstraße entlang bis hin zur Ness, einer schmalen Gasse an einer Wasserzunge, vorbei an der Ratsapotheke, die im Jahre 1316 an dieser Stelle erbaut worden war, um dann in die Bonenstraat einzubiegen, ohne dass einer von ihnen zuvor diese Absicht geäußert hätte.

Die Wolken öffneten sich und fahles Mondlicht fiel in die Gasse.

»Bei dem einen Haus sind die Fensterläden offen«, stellte Hanna fest. »Während sie bei den anderen Häusern geschlossen sind. Seltsam.«

Gleich darauf erreichten sie jenen Flecken, an dem Erna Deichmann gemeuchelt worden war. Die Häuser warfen Schatten über nahezu die halbe Gasse, doch das Dunkel reichte nicht bis hin zu der Stelle, an der sie standen.

Buddebahn maß dieser Tatsache keine Bedeutung bei, denn in der Mordnacht hatte es geregnet, und das Mondlicht hatte keine Rolle gespielt. Langsam ging er zu dem Haus mit den offenen Fensterläden hinüber. Er erreichte die Haustür gerade in dem Moment, als sich ihm ein älterer Mann und eine junge Frau näherten.

»Geht zur Seite«, forderte eine heisere Stimme mit einem unverkennbar dänischen Akzent. »Wir wollen ins Haus.«

»Dann wohnt Ihr hier.« Buddebahn machte Platz, um ihnen nicht den Weg zu versperren und damit unnötigen Widerstand bei ihnen aufzubauen. »Ihr seid Hansen.«

»So ist das, und wenn Ihr keinen Ärger haben wollt, haltet Ihr uns nicht auf.«

»Ärger oder nicht, wir müssen mit Euch reden«, antwortete Buddebahn. »Ihr solltet wissen, dass der Rat der Stadt mich beauftragt hat, den Mord aufzuklären, der hier vor Eurer Haustür geschehen ist.«

»Damit haben wir nichts zu tun.«

Hastig schob sich die junge Frau an Buddebahn vorbei und flüchtete ins Dunkel des Hauses. Als der Däne ihr folgen wollte, hob der Ermittler eine Hand und legte sie ihm auf den Arm, um ihn aufzuhalten.

»Ich warne Euch«, drohte Hansen. Scharfe Falten durchzogen sein Gesicht, das nicht nur von Wind und Wetter, sondern offenkundig auch von einem schweren Leben gezeichnet war. Entschlossen, sich und sein Haus zu verteidigen, griff er nach einem Messer, das unter seiner Jacke verborgen war. Buddebahn ließ sich nicht beeindrucken. Er wich keinen Fingerbreit zurück.

»Ich bin es leid, immer wieder darauf hinweisen zu müssen, dass ich schon morgen mit einigen Wachen vom Rathaus zu Euch kommen kann, um Euch vor den Augen Eurer Nachbarn aus dem Haus zu holen und zum Verhör zu bringen. Das wird dann ganz und gar nicht angenehm für Euch sein. Für Euch und Eure Tochter. Doch wenn Euch das lieber ist, fuchtelt nur weiter mit dem Messer herum.«

»Geht mir aus dem Weg. Ich meine es ernst.«

»Nun gut, dann werde ich Euch und Eure Tochter morgen abholen lassen.«

»Macht das«, erwiderte der Däne. »Es interessiert mich nicht.«

Er stieß Buddebahn mit der Faust zur Seite, betrat sein Haus, schlug die Tür hinter sich zu und verriegelte sie von innen. Da die Fußbodenbohlen laut knarrten, war zu hören, wie er sich weit ins Innere des Gebäudes entfernte.

»Wie Ihr wollt.« Der Ermittler ging zu Hanna Butenschön. »Dann gibt es morgen ein gehöriges Aufsehen. Die Nachbarn werden sich freuen.«

Er legte den Arm um ihre Schultern und verließ die Bonenstraat, um die Richtung zum Hopfensack einzuschlagen. Dabei berichtete er, wie das Gespräch mit Hansen verlaufen war. Sie hatten die Brauerei noch nicht ganz erreicht, als er plötzlich stehenblieb.

»Seltsam«, sagte er.

»Was ist los?«, fragte sie.

»Mir gefällt nicht, dass der Däne sich geweigert hat, mir Rede und Antwort zu stehen, obwohl es äußerst unangenehm für ihn wird, wenn ihn die Wachen der Stadt morgen abholen. So etwas geht nicht ohne Aufsehen vonstatten und leistet allerlei Gerüchten Vorschub. Daran kann ihm nicht gelegen sein.«

»Du hast recht. Er lässt die Dinge nicht treiben. Nie und nimmer. Das wäre nur schwer zu ertragen für ihn und seine Tochter. Wir hätten früher drauf kommen müssen.«

»Worauf?«

»Muss ich es dir wirklich sagen?«

»Nein, verdammt. Hansen flüchtet. Er packt seine Siebensachen zusammen und macht sich nach Altona davon. Dort ist die dänische Grenze. Wenn er sie überschritten hat, ist er vor mir und den Wachen in Sicherheit. Der Herzog hat sich vom dänischen König Christian I. das Recht der Gerichtsbarkeit verbriefen lassen, so dass wir mit überzeugenden Beweisen in der Hand notfalls Zugriff auf Hansen hätten, aber der Herzog wird einen Berg von Schwierigkeiten auftürmen, um den Dänen zu schützen, nur um zu demonstrieren, dass er bereit und in der Lage ist, sich Hamburg gegenüber zu behaupten. Wir würden kostbare Zeit verlieren.«

»Ich habe keinen Böllerschuss gehört«, versetzte Hanna. »Das heißt, dass die Stadttore noch nicht geschlossen wurden.«

»Das kann jeden Moment geschehen. Sind die Tore erst einmal zu, kann ich ihm nicht mehr folgen.«

Sie verloren keine weiteren Worte, sondern rannten bis in den Hopfensack zur Brauerei. Buddebahn lief in den Stall, nahm eines der Pferde, legte ihm Zaumzeug an, verzichtete jedoch auf einen Sattel, schwang sich auf seinen Rücken und trieb es energisch an. Er winkte Hanna Butenschön kurz zu, dann stürmte er mit dem schweren Pferd zum Hof hinaus.

Er schlug den Weg über den Domplatz ein, um möglichst schnell zum Alten und danach zum Neuen Steinweg zu gelangen. Dem Zeughausmarkt schlossen sich die bewachten Wallanlagen an, die nicht nur die Stadt schützten, sondern auch zum dänischen Gebiet und damit zur Stadt Altona hin begrenzten. Zwei Reiter hatten das Millerntor erreicht, wo die Wachmannschaft dabei war, eine Kanone für das nächtliche Signal vorzubereiten. Mit einem weithin hörbaren Böllerschuss wollten sie verkünden, dass die Stadttore geschlossen und vor Beginn des neuen Tages nicht wieder geöffnet wurden. Einer der Wächter hielt eine brennende Lunte in der Hand, während sich zwei andere zu dem Speichenrad begaben, mit dem sie Seilzüge bedienen und damit die Tore zufahren konnten.

Die beiden Reiter trieben ihre Pferde an, die sie mit allerlei Hab und Gut aus ihrem Haus beladen hatten, und versuchten, an den Wachen vorbeizukommen, doch diese stellten sich ihnen in den Weg und verwehrten es ihnen, unkontrolliert zur

Stadt hinauszureiten. Im Licht der Fackeln konnte Buddebahn nur wenig erkennen. Immerhin machte er aus, dass er einen Mann und eine Frau vor sich hatte. Er war sicher, dass es sich um den Dänen und seine Tochter handelte.

Als sie sich umdrehte und zu ihm herüberblickte, sah er ihr blasses Antlitz, das von einer Kapuze nur unzureichend bedeckt wurde. Ihre Augen weiteten sich, und sie stieß einen Schrei aus, um ihren Vater auf ihn aufmerksam zu machen. Doch das wäre nicht nötig gewesen, denn der Däne hatte es bereits bemerkt. Buddebahn nahm es gelassen hin. Ihm war klar, dass er sich ihnen nicht lautlos nähern konnte. Er ritt ein schweres Pferd, dessen Hufgetrappel von den eng beieinanderstehenden Häusern geradezu donnernd widerhallte.

»Lasst sie nicht hinaus!«, rief er den Wachen zu. »Im Namen des Rates der Stadt Hamburg – sie haben mir Rede und Antwort zu stehen!«

Am Tor ließ er sich vom Rücken seines Rappen gleiten, und ohne den Dänen und seine Tochter eines Blickes zu würdigen, schritt er zu den Wachen hinüber. Sie erkannten ihn.

»Conrad Buddebahn«, grüßte einer von ihnen, ein vierschrötiger Mann mit wuchtigen Schultern und einem kahlgeschorenen Kopf. Mit seiner Haltung machte er deutlich, dass er ihn in jeder Hinsicht respektierte und bereit war, Befehle von ihm entgegenzunehmen. »Die beiden gehören Euch. Wir lassen sie jedenfalls nicht zur Stadt hinaus.«

»Danke.« Jetzt wandte er sich an die beiden Dänen. »Ihr habt keinen Grund, vor mir zu fliehen. Es sei denn, dass ihr in den Mordfall verwickelt seid.«

»Das sind wir nicht«, rief Hansen mit bebender Stimme. »Beim Leben meiner Mutter. Ich schwöre, dass wir es nicht sind. Lasst uns gehen! Bitte, haltet uns nicht auf!«

»Zuerst möchte ich wissen, warum ihr versucht zu flüchten.«

»Müssen wir hier miteinander reden?«, fragte Hansen. Verzweifelt hob er die gefalteten Hände. Trotz des schwachen

Lichts konnte Buddebahn sehen, dass ihm die Tränen in die Augen stiegen. »Ich bitte Euch, lasst uns zu meinem Haus zurückkehren. Ich werde nicht noch einmal versuchen, Euch auszuweichen.«

»Das hätte auch wenig Sinn«, entgegnete der Ermittler. »Die Stadttore sind geschlossen. Entkommen könnt Ihr nicht. So bleibt Euch nur eine Möglichkeit. Offen und ehrlich mit mir zu sein.«

»Mein Vater wird Euch alles erklären«, versprach die junge Frau.

Sie lenkte ihr Pferd stadteinwärts und führte es im Schritt durch die Gassen hinauf bis zum Domplatz und von dort zur Bonenstraat. Auf einem schmalen Durchgang zwischen den Häusern ging es auf einen Hinterhof und bis zu einem Stall. Hier war es so dunkel, dass Buddebahn kaum erkennen konnte, wie die beiden sich aus dem Sattel schwangen und sich ganz nah zueinander hin bewegten. Leise flüsternd wechselten sie ein paar Worte miteinander. Dann knarrte eine Stalltür, und die Pferde verschwanden vollends im Dunkel.

Buddebahn wartete in vorsichtigem Abstand auf den Dänen und seine Tochter. Er hatte das Gefühl, in eine Falle geraten zu sein, und war auf alles gefasst. Ohne Frage hatten Hansen und die junge Frau etwas zu verbergen. Es war so bedeutend, dass sie lieber die Flucht aus Hamburg gewagt hatten, als ihm auf seine Fragen zu antworten. Unter diesen Umständen drängte sich der Verdacht auf, dass sie in irgendeiner Weise mit der Tat zu tun hatten. Seine Hand glitt unter den Rock zum Gürtel, doch sie stieß ins Leere. Er hatte kein Messer eingesteckt. Sollte der Däne ihn angreifen, hatte er nichts als seine bloßen Fäuste.

Voller Anspannung harrte er aus, und unwillkürlich atmete er auf, als im Stall eine Fackel zu brennen begann. In ihrem Lichtschein konnte er sehen, wie der Däne und seine Tochter die Pferde von ihrer Last befreiten, absattelten und in getrennte Boxen führten. Im Inneren des einfachen Gebäudes entzündete die junge Frau eine weitere Fackel.

»Ich bitte Euch ins Haus«, sagte Hansen. »Dort können wir in Ruhe miteinander reden.«

Buddebahn band sein Pferd an einem Pfosten fest, so dass es nicht weglaufen konnte, dann folgte er der Einladung. Obwohl er sich nicht vorstellen konnte, dass sie ihn attackieren würden, hielt er weiterhin Abstand zu dem Dänen und seiner Tochter. Beide vermittelten den Eindruck tiefer Niedergeschlagenheit und einer gewissen Hoffnungslosigkeit. Es schien, als seien sie in eine ausweglose Lage geraten. Dennoch konnte Vorsicht nicht schaden.

Er betrat die kleine Stube erst, nachdem die junge Frau einige Kerzen angezündet hatte, und der Däne ihn mit einer knappen Geste bat, am Tisch Platz zu nehmen.

»Fragt«, forderte Hansen ihn auf. »Was wollt Ihr wissen? Was verlangt Ihr von mir?« Er zog ein Messer unter der Kleidung hervor, trat ein paar Schritte zur Seite und legte es auf einem hüfthohen Schrank ab. Dann kehrte er an den Tisch zurück und setzte sich zu ihm.

Im Haus war es dunkel. Aus den anderen Räumen schimmerte kein Licht herüber. Die Einrichtung war denkbar einfach. Es gab lediglich einen Tisch mit zwei Stühlen und den Schrank, auf dem mehrere Tonkrüge standen, sowie eine Feuerstelle mit Schürhaken und einigen anderen Geräten. An der Wand hingen Töpfe und eine Pfanne. Das war alles. Wohlstand gab es in diesem Haus jedenfalls nicht.

Die junge Frau wollte den Raum verlassen, doch Buddebahn hielt sie zurück.

»Ich habe einige Fragen an Euch«, sagte er rasch. »Bitte, bleibt hier. Euer Vater allein genügt mir nicht.«

Da er es vorzog, bei dem Gespräch zu stehen, stand er auf und bot ihr seinen Stuhl an. Zögernd setzte sie sich.

»Nun. Ihr müsst zugeben, dass Euer Fluchtversuch nicht gerade für Euch spricht.«

»Das mag sein. Doch Ihr irrt, wenn Ihr glaubt, dass wir etwas mit dem Mord zu tun haben. Die Wahrheit sieht ganz anders aus.«

»Dann lasst mich daran teilhaben. Das ist alles, was ich will.«

»Nora ist meine Tochter. Ich wollte sie in Sicherheit bringen, denn hier ist sie nicht sicher«, versetzte Hansen. Unwillig zog er die Brauen zusammen, und die Falten auf seinem Gesicht schienen sich zu vertiefen. Ein schütterer, blonder Bart zierte seine Wangen in einem schmalen Streifen. Die Barthaare waren so hell, dass sie sich kaum von der blassen Haut abhoben. »Was wollt Ihr von Nora? Sie ist krank.«

»Was fehlt ihr?«

»Ihr werdet es nicht glauben, aber es ist die Wahrheit«, ergriff sie nun das Wort. Sie sprach stockend und langsam. Buddebahn spürte, wie sehr er sie verunsicherte. Sie war es gewohnt, lediglich mit ihrem Vater zu sprechen. Andere Kontakte gab es allem Augenschein nach nicht. »Die Sonne ist mein Feind. Dagegen ist der Mond mein Freund.«

Buddebahn verstand gar nichts.

»Die Sonne – Euer Feind? Das müsst Ihr mir erklären.« Ratlos blickte er von einem zum anderen. »Wie kann die Sonne Euer Feind sein? Die Sonne spendet uns Licht und Wärme, sie belebt uns. Ohne sie könnten wir gar nicht existieren. Die Pflanzen, die Tiere, ebenso die Menschen – alle hängen von der Sonne ab. Gerade jetzt nach der langen Regenzeit müsstet Ihr spüren, wie wohltuend die Sonne ist.«

»Für Euch vielleicht«, erwiderte Nora. »Nicht für mich.«

»Sobald sie ins Sonnenlicht hinausgeht, verbrennt ihre Haut«, erläuterte Hansen. Er blickte kurz zur Decke hoch, wobei er die Hände faltete, um göttlichen Beistand zu erflehen.

»Wir alle hatten schon mal einen Sonnenbrand.«

»Das könnt Ihr nicht vergleichen. Ihr und ich, wir können uns lange draußen aufhalten, ob die Sonne scheint oder nicht«, führte Hansen aus. »Es macht uns nichts aus. Im Gegenteil. Wir genießen die Sonne. Meine Tochter nicht. Bevor Ihr noch bis zehn zählen könnt, rötet sich ihre Haut, und dann verbrennt sie. Schlimmer als es bei uns je der Fall sein würde. Das kann man nicht mehr Sonnenbrand nennen.«

»Deshalb verlasse ich nur nachts das Haus.« Voller Demut senkte Nora den Kopf. Ihre Lippen bebten. Es war nicht leicht für sie, über sich selbst und ihre geheimnisvolle Krankheit zu sprechen. »Die Leute verstehen das nicht. Sie nennen mich das *Mondmädchen*, und sie flüstern hinter meinem Rücken, ich sei eine Hexe.«

»Das ist natürlich Unsinn«, betonte Hansen kopfschüttelnd. Er legte seiner Tochter eine Hand auf den Arm, um ihr seine Nähe zu vermitteln und sein Mitgefühl. »Nora ist krank. Und sie ist schwach. Sie leidet sehr unter ihrer Krankheit. Niemand kann ihr helfen. Mehrere Medici in Dänemark und hier in Hamburg haben es versucht, aber es gibt keine Kräuter und keine Salben, die sie vor dem Sonnenlicht schützen könnten. Wäre Nora eine Hexe, könnte sie sich von diesem Fluch befreien.«

»Und deshalb seid Ihr geflohen?«

»Das ist der Grund«, bestätigte Hansen, nachdem er eine Weile dumpf brütend ins Leere geblickt hatte. »Wir haben Angst. Unsere Nachbarn behandeln uns, als seien wir aussätzig. Sie flüstern und geifern hinter unserem Rücken. Nichts würden sie lieber sehen, als dass wir aus ihrer Nähe verschwinden. Alles, was ihnen an Schlechtem widerfährt, lasten sie uns an. Wird ein Kind krank, ist Nora schuld. Fällt ein Krug zu Boden und zerbricht, hat Nora es verursacht, kann ein alter Mann nicht scheißen, heißt es gleich, sie habe ihn verhext. Das ist alles Unsinn, aber dieses Gerede macht uns das Leben doppelt schwer, zumal wir keine Möglichkeit haben, uns dagegen zu wehren. Alles wäre anders, könnte Nora am Tage nach draußen gehen und sich den Leuten zeigen. Aber das kann sie nicht. Ihre Haut würde verbrennen, und sie müsste schon bald sterben.«

»Und jetzt seid Ihr gekommen und stellt Fragen«, klagte die junge Frau. »Der Tratsch wird schlimmer werden. Die Leute werden behaupten, wir hätten mit dem Mord zu tun. Sie haben Angst. Dass sie mich nur nachts sehen können, gibt ihnen zu allerlei Vermutungen Anlass. Erst vor wenigen Tagen habe ich gehört, wie jemand gefordert hat, man solle mich verbrennen, um die Bonenstraat von dem Unheil zu reinigen, das mit mir eingezogen ist.«

Tränen stiegen ihr in die Augen. Sie stand rasch auf und trat einige Schritte zur Seite, weil sie nicht wollte, dass er es sah. Doch es entging ihm nicht.

»Wir können uns ausmalen, was passiert, wenn die Nachbarn zu den Ratsherren gehen und sich beschweren. Folterknechte würden mich aus dem Haus zerren, und ich müsste meine Unschuld beweisen. Bevor ich es könnte, wäre meine Haut verbrannt.«

»Davor wollten wir uns in Sicherheit bringen«, sagte Hansen. »Obwohl es in Dänemark kaum anders gewesen wäre als hier in Hamburg. Auch dort gibt es Verblendete. Wir sind vor Jahren nach Hamburg gezogen, weil wir hofften, unbehelligt in dieser Stadt leben zu können.«

»Vielleicht beruhigt sich alles ganz schnell, wenn wir den Mörder finden.« Buddebahn konnte verstehen, was geschehen war. Von der Krankheit, unter der Nora litt, hatte er noch nie gehört. Doch er glaubte ihr. »Die Tat geschah in der Dunkelheit. Meine Frage: Habt Ihr etwas beobachtet?«

»Ja, das habe ich«, antwortete die junge Frau. Sie kehrte an den Tisch zurück und setzte sich. Nervös verschlang sie die Hände ineinander. »Ich weiß nicht, ob es Euch hilft. Alles ging so schnell. Ich war gerade dabei, die Fensterläden zu öffnen. Da sah ich die Frau, die durch den Regen ging. Eine dunkle Gestalt trat von hinten an sie heran, griff ihr mit der linken Hand über die Schulter hinweg nach der Stirn und bog ihr den Kopf zurück.«

»Um ihr rasch und mühelos die Kehle durchschneiden zu können«, konstatierte der Ermittler.

Nora legte die Hände vor das Gesicht. Ihre Schultern zuckten. Die schrecklichen Bilder von der Tat stiegen vor ihrem geistigen Auge auf, und sie brauchte einige Zeit, um damit fertig zu werden. Buddebahn bedrängte sie nicht. Er wusste, dass er Geduld haben musste.

»Weiter, Nora«, forderte ihr Vater sie auf. »Was geschah dann?«

»Die Frau ließ es nicht einfach geschehen«, fuhr die junge Frau stammelnd und mühsam formulierend fort. »Sie drehte sich herum. Ganz schnell. Und sie stieß die Arme des Mannes zu Seite. Ich glaube, dass sie ihn dabei verletzt hat.«

»Sie hat ihn verletzt? Wo? Am Arm?«, fragte Buddebahn.

»Ja, das könnte sein. Genau weiß ich es nicht. Es war dunkel. Ich konnte kaum etwas erkennen. Der Mann schrie auf. Dann griff er die Frau erneut an, und dieses Mal gelang es ihm, sie zu töten.« Sie begann zu schluchzen. »Danach habe ich nicht mehr hingesehen. Ich bin in meine Kammer gelaufen und habe mich in eine Ecke verkrochen.«

Buddebahn meinte, das Geschehen in Dunkelheit und Regen vor sich zu sehen, und plötzlich begriff er, weshalb die tote Erna Deichmann so seltsam in der Gasse gelegen hatte. Zugleich erkannte er, dass Nora die Wahrheit sagte. Hätte die Frau des Schiffbauers sich nicht gedreht, um den tödlichen Angriff abzuwehren, wäre sie auf der Stelle zusammengebrochen und hätte parallel zu den Häusern gelegen. So aber war sie während des Umwendens ermordet worden und war quer zur Bonenstraat gestürzt.

»Ich weiß, es fällt Euch schwer, darüber zu reden«, versetzte der Ermittler, nachdem er eine Weile nachgedacht hatte. »Deshalb nur eine Frage: Könnt Ihr den Mörder beschreiben? Ist Euch irgendetwas an ihm aufgefallen?«

Aufblickend schüttelte sie den Kopf.

»Nein. Ich erinnere mich nur daran, dass er so eine Art Kutte trug. Wie ein Mönch. Die Kapuze hatte er weit nach vorn über das Gesicht gezogen. Vergesst nicht, es war dunkel, es regnete, und alles ging sehr, sehr schnell. Ich kann Euch nicht helfen.«

»Das habt Ihr schon, Nora«, entgegnete er. »Dafür danke ich Euch. Ich weiß jetzt, dass der Mörder sich verletzt hat.«

»Ja. Vielleicht hat er sich an der Klinge geschnitten.« Sie richtete sich ein wenig auf. »Ach, da war noch etwas. Es hörte sich an, als ob Stoff riss.«

»Lasst es gut sein.« Der Däne erhob sich. »Ihr seht, wie sehr es meine Tochter anstrengt. Sie braucht Ruhe.«

»Ich will Euch nicht länger belästigen.« Buddebahn verließ den Raum und ging durch einen schmalen Gang zur Hintertür, um sie zu öffnen. »Wenn Ihr Schwierigkeiten mit Euren Nachbarn habt, lasst es mich wissen. Ich werde versuchen, Euch zu helfen.«

Damit trat er in die Nacht hinaus, schwang sich auf den Rücken seines Pferdes und machte sich auf den Rückweg zur Brauerei. Es war still in den Gassen. Von den Wänden der Fachwerkhäuser hallte der Hufschlag seines Pferdes wider. Nur hinter wenigen Fenstern brannte Licht. Der Tag der meisten Menschen in der Stadt war lang und hart, und es hieß, wieder sehr früh aufzustehen und die Arbeit aufzunehmen. Sobald es dunkelte, legte man sich in der Schlafkoje zur Ruhe, um Kraft für den neuen Tag zu schöpfen.

Als ob Stoff riss!

Dies war ein zweiter Hinweis darauf, dass Nora eine gute Beobachterin war.

Bei der Untersuchung des Tatorts hatte er den Fetzen schwarzen Stoffs an der Mauer des Hauses gefunden. Ihre Aussage wertete diesen nun auf, denn es konnte kaum einen Zweifel daran geben, dass sich der Rock des Mörders am Gestein verhakt hatte und dass eben dieses Stück Stoff herausgerissen worden war. Wenn der Täter sich tatsächlich am Arm verletzt hatte, fehlte es vermutlich am Ärmel, denn dort hatte er geblutet.

Doch in einer Stadt wie Hamburg einen Fetzen Stoff aus einem Rock zu finden, schien ebenso unmöglich zu sein wie einen Mann, der sich mit einem Messer verletzt hatte. Der Mörder würde sich hüten, den Rock zu tragen. Jedenfalls in der Öffentlichkeit.

Buddebahn zupfte am Zügel, und der Rappe blieb wie angewurzelt stehen.

Es gab noch eine andere Möglichkeit. Der Täter konnte den Rock einer der Näherinnen in der Stadt geben, um ihn reparieren zu lassen. Geschickte Frauenhände waren in der Lage, den Stoff so sorgfältig zu bearbeiten, dass kaum mehr etwas von dem Schaden zu sehen war.

Buddebahn verlagerte sein Gewicht leicht nach vorn, und gehorsam setzte sich das Pferd in Bewegung.

Dem Täter gegenüber hatte er einen klaren Vorteil. Der Mörder ahnte nicht, wie viel er wusste. Daher würde er früher oder später einen Fehler machen.

Abermals zupfte Buddebahn am Zügel, und wiederum reagierte das Pferd sofort auf das Kommando.

Seine Sinne hatten ihn nicht getäuscht. Hinter ihm waren hastige Schritte zu vernehmen. Sie endeten plötzlich, als habe der Unbekannte erst jetzt bemerkt, dass er hielt. Angespannt wandte er sich um und blickte zurück. Da die Gasse im tiefen Dunkel lag und nirgendwo Licht brannte, konnte er niemanden ausmachen. Doch da war jemand. Er meinte es körperlich spüren zu können. Zugleich ging ihm auf, dass er dem anderen gegenüber im Nachteil war. Während er vom Rücken des Pferdes herab in der Dunkelheit so gut wie nichts sah, machte der andere ihn vermutlich mühelos aus, da er sich gegen den von wenigen Sternen erhellten Nachthimmel abhob.

Es hatte keinen Sinn, das Schicksal herauszufordern. Er trieb den Rappen zum schnellen Trab an und eilte somit dem Unbekannten davon.

Irgendwo aus der Höhe hallte der Schrei eines Raubvogels herab, der in der Dunkelheit auf Jagd war.

Wärmende Sonnenstrahlen überfluteten die Dächer der Häuser, die Gassen, Plätze und Höfe der Hansestadt Hamburg. Schon früh trat Conrad Buddebahn auf den Hof hinaus, wo Hanna Butenschön das Frühstück auf einem Tisch angerichtet hatte. Sie empfand es als angenehm, sich von der Sonne durchwärmen zu lassen, während es im Haus recht kühl war.

»Eine seltsame Krankheit«, sinnierte sie, nachdem er ihr von seinem nächtlichen Besuch bei dem Dänen und seiner Tochter Nora erzählt hatte. »Davon habe ich noch nie gehört. Und du nimmst ihnen ab, dass es wirklich so ist?«

»Ja«, erwiderte er, nachdem er ein Stück Brot und etwas geräucherten Schinken verzehrt hatte. »Warum sollte sie so etwas erfinden?«

Ratlos zuckte Hanna mit den Achseln und griff nach einem Becher, um etwas Saft zu trinken. »Sie tut mir leid.«

»Wegen ihrer Krankheit?«

»Nein, weil sie in ständiger Angst lebt. Das Sonnenlicht schadet ihr, und die Nachbarn hassen sie, weil sie eine Hexe in ihr sehen und sie aus ihrer Gegend vertreiben wollen. Sie hat nur zu ihrem Vater Kontakt. Ich finde es erstaunlich, dass sie die Kraft gefunden hat, mit dir zu reden.«

»Es hat sie einige Überwindung gekostet. Ich konnte ihr anmerken, wie aufgewühlt sie war, während sie mit mir sprach, und wie erleichtert, als ich ging.«

Hanna senkte den Kopf und widmete sich ganz und gar dem Honigtopf, der vor ihr stand, um einen Löffel in der süßen Köstlichkeit zu versenken, hin und her zu drehen und endlich eine Scheibe Brot damit zu versehen.

»Was ist los?«, fragte Buddebahn. »Welche Sorge plagt dich?«

Sie blickte zu einigen Möwen hoch, die mit nahezu regungslosen Schwingen über ihre Köpfe hinwegsegelten.

»Mir ist nicht ganz wohl. Die Möwen könnten was fallen lassen und unser Frühstück treffen.« Ihr Lächeln fiel nach seinem Empfinden verkrampft aus.

»Die Emmas haben dich nie gestört. Warum kommst du nicht gleich damit heraus, was dich bedrückt? Früher oder später sagst du es ja doch.«

»Verdori noch mal to!«, stöhnte sie.

»Fluchen hilft nichts. Also?«

»Du weißt genau, was los ist, Conrad.« Sie stand auf und entfernte sich einige Schritte von ihm. Dabei schien es, als interessiere sie sich nur für die Menschen, die am offenen Tor zur Straße vorbeizogen, um zum Markt zu gehen. Einige von ihnen kannten sie und winkten ihr grüßend zu. Sie antwortete mit matter Bewegung.

»Nein. Keineswegs.«

»Dieses verdammte Fischzeichen«, eröffnete sie ihm. »Es geht mir nicht aus dem Kopf. Ich bin sicher, dass ich damit gemeint bin. Dieses Monster von einem Mörder hat mich auf seine Liste gesetzt. Er wird mich umbringen, falls du ihm nicht in den Arm fällst. Du musst endlich herausfinden, wer er ist.«

Buddebahn ließ sich Zeit mit seiner Antwort. Hanna setzte sich wieder zu ihm, hatte jedoch keinen Appetit mehr.

»Ich habe die halbe Nacht wach gelegen.« Er gähnte verhalten. »Immer wieder bin ich durchgegangen, was ich bisher habe. Es ist verdammt wenig.«

»Hast du jemanden in Verdacht? Wenigstens das?«

»Eigentlich nicht.« Nachdenklich schüttelte er den Kopf. »Kehraus könnte hinter den Morden stecken. Er hat etwas zu verbergen, und er hat viel zu verlieren. Er könnte jemanden beauftragt haben, die Taten zu begehen. Aber es gibt nichts, absolut nichts, was ihn überführen könnte.«

»Und Thor Felten? Er ist verletzt.«

»Das ist er. Und zwar ausgerechnet seit der Mordnacht. Ich werde mir seine Wunde ansehen und dann hoffentlich erkennen, ob sie von einem Messerstich stammt oder nicht. Die Frage ist: Warum sollte Thor Felten die Frau töten, die er liebt?«

»Vielleicht wollte sie sich von ihm trennen? Manche Männer vertragen so etwas nicht. Sie drehen durch.«

»Das könnte ein Motiv sein. Für den ersten Mord. Aber was ist mit dem zweiten? Es steht zweifelsfrei fest, dass wir es in beiden Fällen mit ein und demselben Täter zu tun haben. Warum hat er diese Frauen getötet?«

»Um eben diese Frage könnte es gehen. Er könnte den zweiten Mord begangen haben, um von sich als Täter abzulenken. Oder es gab eine Verbindung zu Erna Deichmann, von der wir nichts wissen.«

»Auch das kann man nicht ausschließen«, gab Buddebahn zu. »Felten hat sich einmal mit einer verheirateten Frau eingelassen, warum sollte er das nicht ein weiteres Mal getan haben?«

»Und dann ist da jener Mann, der Maria Deichmann vergewaltigt hat.«

»Der war zur Tatzeit nicht in Hamburg, sondern weit entfernt.«

»Was zu überprüfen wäre!«

»Das werde ich tun. Da kannst du sicher sein. Ich werde den Hafenmeister aufsuchen. Er hält fest, welche Schiffe im Hafen festmachen und welche auslaufen. Ob er sich darüber hinaus notiert, wer an Bord ist, entzieht sich meiner Kenntnis. Aber das werde ich klären.«

»Und sonst?«

»Tut mir leid. Es gibt keine konkreten Hinweise auf weitere Personen. Anders wäre es, wenn ich wüsste, welches Motiv der Täter hatte. Er muss einen triftigen Grund gehabt haben für das Verbrechen. Verstehst du?«

»Felten könnte bei Erna den gleichen Grund gehabt haben wie bei Agathe«, überlegte sie. »Ihr wurde das Verhältnis zu heiß, und sie hatte Angst davor, dass ihr Mann etwas merkt. Also wollte sie Schluss machen, was ihm nicht gefiel.«

Er stand nun ebenfalls auf, stützte das Kinn auf die Hand und blickte gedankenverloren auf den Hof hinaus. Sie beobachtete ihn, und sie sah, dass er einige Male den Kopf schüttelte, bis er sich ihr schließlich wieder zuwandte.

»Es hat keinen Sinn«, sagte er. »Du bist in Gefahr, Hanna. Der Täter hat es auf dich abgesehen. Wahrscheinlich ist es so, weil ich in diesem Falle ermittle. Deshalb werde ich aufhören. Ich gehe nachher zu Malchow. Ihm wird es recht sein. Er hat mich ja schon aufgefordert, die Untersuchungen zu beenden. Du bist erst in Sicherheit, wenn ich aussteige.«

Hanna schob ihr Frühstück von sich. »Damit bin ich nicht einverstanden. Auf keinen Fall!«, protestierte sie. »Wir werden nicht vor diesem miesen Menschen zu Kreuze kriechen. Diesen Triumph gönne ich ihm nicht.«

»Aber nur so kann ich die Gefahr für dich abwenden.«

»Das können wir nur vermuten. Mir passiert nichts«, versetzte sie. »Solange ich aufmerksam bin und nicht gerade im Regen und in der Dunkelheit herumlaufe, kommt er nicht an mich heran. Du machst weiter.«

»Wir lassen uns Zeit mit der Entscheidung«, schlug er nach einer Weile vor. »Man soll nichts übers Knie brechen. Morgen reden wir noch einmal darüber. Bis dahin denken wir darüber nach.«

»Schaden kann's ja nicht«, lenkte sie ein. »Überlegen wir also etwas länger. Was hast du jetzt vor?«

»Ich werde Malchow aufsuchen. Vielleicht hat er etwas für mich, was mir weiterhilft.«

Vom Hopfensack zum Messberg waren es nur ein paar Schritte. Das Haus des Fernhandelskaufmanns Malchow war direkt am Fleet errichtet worden. Eine kunstvoll aus Eisen geformte Schrift über der Eingangstür wies darauf hin, dass es bereits im Jahre 1438 erbaut worden war, seinerzeit von dem Kupferschmied Jon Bergmann. Es war ein vierstöckiges Fachwerkhaus von beachtlicher Größe. Deutlich übertraf es die benachbarten Gebäude sowohl in der Höhe als auch in der Breite. Darüber hinaus hob es sich von ihnen ab, weil es besonders gut gepflegt war. Vorher hatte Buddebahn sich keine Vorstellung von dem Haus gemacht. Nun war er überrascht, welch freundliches Aussehen es allein dadurch erhielt, dass vor den Fenstern Kästen mit üppig blühenden Blumen angebracht waren.

Ut desint vires, tamen est laudanda voluntas, stand auf dem Querbalken im ersten Stockwerk.

Conrad Buddebahn hatte Jeremias Bergmann, den Enkel des Kupferschmieds, gekannt. Erst vor wenigen Jahren war er als Letzter der Familie ohne Erben verstorben, nachdem er lange von einer schmerzhaften Krankheit geplagt worden war, die ihn ausgezehrt und schließlich vernichtet hatte. Danach hatte Malchow das Haus von der Stadt erworben, an die das Erbe gefallen war. Damals hatte das Gebäude recht vernachlässigt ausgesehen. Der neue Hausherr hatte alle Schäden behoben, die Eingangstür ausgetauscht und in den unteren beiden Stockwerken Fenster mit kostbaren Butzenscheiben einsetzen lassen. Die Fensteröffnungen weiter oben waren mit soliden Läden versehen worden.

Es war eines der typischen Handelshäuser mit Wohnräumen im Untergeschoss, die bis an das rückwärtige Fleet heranreichten. Dort befand sich eine breite Rampe, über die Schiffe be- und entladen werden konnten. Die oberen Geschosse dienten der Lagerung der unterschiedlichsten Waren. Mit Hilfe eines Seils, das über ein kompliziert erscheinendes Rollensystem geführt wurde, konnten die Transportgüter ohne großen Kraftaufwand aus den Schiffen gehievt oder zu ihnen herabgelassen werden.

Als Buddebahn das Haus betrat, bedeutete ihm ein Bediensteter, dass sich der Hausherr im zweiten Stockwerk aufhielt, von wo aus er das Löschen einer Schiffsladung überwachte.

»Geht nur hinauf, Herr«, forderte ihn der Bedienstete auf, ein alter, weißhaariger Mann mit lebhaften, braunen Augen. An einem Stehtisch arbeitete er an verschiedenen Papieren, die er mit einer feinen, ausgeprägten Schrift versehen hatte. »Der Ratsherr lässt Euch ausrichten, dass Ihr willkommen seid und jederzeit mit ihm sprechen könnt.«

Buddebahn dankte ihm und stieg eine geschwungene Treppe hinauf, die mit einem aufwendig gestalteten Geländer versehen war. An den Wänden daneben hingen mehrere Gemälde, von denen einige die bisherigen Hausherren zeigten, während auf zwei anderen Nikolas Malchow zu sehen war. Dazu waren allerlei Waffen als Zierde angebracht. Es waren Stücke, die vor allem aus den arabischen Ländern stammten und von besonderem Wert waren. Er schenkte ihnen die gebührende Beachtung, blieb jedoch nicht stehen, um sie näher zu betrachten. Die

Treppe war neu, die Stufen knarrten nicht, und das Holz war makellos sauber. Er war beeindruckt. Wohin er auch blickte, überall boten sich ihm Anzeichen des Wohlstands, wie man sie selbst in den Häusern der Fernhändler nur selten sah.

An hoch gestapelten, prall gefüllten Säcken und einer Reihe von Holzfässern vorbei ging Buddebahn im ersten Stockwerk zu einer weiteren Treppe, die in den zweiten Stock hinaufführte. Dass dort gearbeitet wurde, war nicht zu überhören.

Auf den ersten Stufen der Treppe blieb er stehen. Ihm war bekannt, dass Malchow ein erfolgreicher Fernhandelskaufmann war, doch überraschte ihn, welche Fülle von wertvollen Waren in seinen Speichern lagerte. So oder so ähnlich sah es nur in den besten Häusern der Hansestadt aus. Jetzt erinnerte er sich daran, dass der Ratsherr ihm gegenüber einmal erwähnt hatte, er habe eigene Koggen für den Seetransport. Damals hatte er nicht viel darauf gegeben und diesen Hinweis als Aufschneiderei abgetan, wie sie typisch für einen Emporkömmling war. Ein Hanseat hätte niemals von sich aus über seine eigenen Schiffe gesprochen, es sei denn, dass er sich für eine neue Rumpfform, eine zukunftsträchtige Takelage oder über die Entwicklung eines Schiffstyps begeisterte, wie es ihn bisher nicht gegeben hatte. Auf keinen Fall aber hätte er die Schiffe erwähnt, um damit zu unterstreichen, wie erfolgreich er war und zu welchem Wohlstand ihn Fleiß und Können gebracht hatten.

Nachdenklich stieg Buddebahn die Treppe hoch. Er musste das Bild revidieren, das er sich von Malchow gemacht hatte. Sein Erscheinungsbild mochte aus der Sicht der Hamburger übertrieben elegant und aufwendig sein, hinter diesem Äußeren aber verbarg sich ein kluger, weitsichtiger und geschickter Kaufmann, der in dieser Hinsicht ganz sicher in einer Reihe mit den anderen Patriziern der Stadt stand.

Im Rahmen der Hanse konnte nur bestehen, wer sich in dem Geschäft auskannte. Die erfahrenen Kaufleute beherrschten die juristischen Feinheiten, wussten die Preise einzuordnen wie niemand sonst, konnten die Qualität der Waren beurteilen oder hatten ihre Experten dafür und reduzierten das Risiko im Handel mit viel Geschick und Fingerspitzengefühl auf ein verschwindend geringes Maß – sah man einmal davon ab, dass der Seetransport immer mit Unwägbarkeiten verbunden war, die man wohl oder übel in Kauf nehmen musste. Niemand konnte voraussehen, ob sich auf dem Nordmeer oder der Baltischen See ein Sturm entwickeln würde und ob es den Schiffsführern gelang, rechtzeitig einen sicheren Hafen anzusteuern, in dem man warten konnte, bis sich die Natur wieder beruhigte. Wohl aber wusste man die Klippen zu umschiffen, die mit den geschäftlichen Feinheiten des Handels zu tun hatten und die nicht minder gefährlich für den Ahnungslosen waren.

Malchow schien auch in dieser Hinsicht vom Glück begünstigt zu sein. Wollte er dem glauben, was man im Hafen erzählte, hatte er noch nie ein Schiff verloren, während fast alle anderen Fernhandelskaufleute der Stadt Verluste hatten hinnehmen müssen.

Als Buddebahn das obere Ende der Treppe erreichte, flog eine der Türen in seiner Nähe auf, und Aaron Malchow stürzte ihm entgegen. Der Sohn des Ratsherrn war aschfahl im Gesicht. Blanke Wut ließ seine Augen dunkler erscheinen, als sie ohnehin schon waren.

»Dummkopf! Das ist nicht zu entschuldigen«, hallte es durch die offene Tür heraus. »Ich sollte dich ... Ach, zum Teufel!«

»Nichts kann ich dir recht machen«, schrie der junge Mann zurück. »Gar nichts!«

Aaron schien Buddebahn nicht zu sehen. Wie blind stürmte er an ihm vorbei und sprang die Treppe hinunter, wobei er mehrere Stufen auf einmal nahm. Gleich darauf fiel unten eine Tür mit einem lauten Knall zu.

»Wir hatten mal wieder einen Streit miteinander«, klagte Nikolas Malchow, der in diesem Moment aus der Tür trat. Verärgert schüttelte er den Kopf, bekam sich aber rasch wieder in den Griff und wandte sich seinem Besucher zu. Er verneigte sich leicht, um ihn zu begrüßen. Dabei lächelte er entschuldigend.

»Ich hoffe, Ihr versteht, dass ich nicht immer einer Meinung mit meinem Sohn bin.«

»Durchaus«, erwiderte Buddebahn. »Glaubt mir, hin und wieder fliegen zwischen meinem Sohn und mir ebenfalls die Fetzen.«

»Die heutige Jugend ist anders, als wir früher waren. Vor allem wenn es darum geht, das Herz einer Jungfrau zu erobern.« Eine gewisse Verachtung schien in diesen Worten mitzuklingen. Der Streit hatte den Ratsherren nicht kalt gelassen. Er atmete schneller und lauter als sonst, und er drehte nervös an seinem Siegelring. »Den jungen Menschen geht der Respekt ab.«

Er kam Buddebahn entgegen, wobei er ihm die Hand zum Gruß bot. Der Ermittler schlug ein und folgte der Einladung des Hausherrn in ein geräumiges Büro, in dem sechs Helfer daran arbeiteten, Gewürze zu prüfen. Auf mehreren Tischen hatten sie kleine Häufchen der verschiedenen Sorten aufgeschüttet, die sie nun eingehend auf ihre Reinheit und Qualität untersuchten. In diesem Geschäft kannte Buddebahn sich aus, da er es in seinen jungen Jahren ebenfalls betrieben hatte. Er sah auf einen Blick, dass Malchow gute Kräfte hatte. Sie konnten mit der Ware umgehen und behandelten sie mit der gebotenen Sorgfalt. Gewürze hatten einen weiten Weg von ihren Heimatländern in die Stadt hinter sich. Entsprechend hoch war der Preis, der für sie verlangt wurde. Wer unachtsam war und etwas verdarb, fügte seinem Herrn schweren Schaden zu.

Buddebahn fiel auf, dass die Männer gut gekleidet waren und sie ihre Arbeit mit erkennbarem Eifer versahen. Ohne Zweifel waren sie zufrieden mit ihrem Dienstherrn und ihrem Umfeld. Helles Licht füllte den ganzen Raum aus, und durch die Fenster zog frische Luft herein, ohne die aufgehäuften Gewürze zu gefährden.

Malchow führte ihn in einen sich anschließenden Raum, vor dem sich eine breite, offene Galerie befand. Ein Bediensteter war dabei, einen Tisch mit Gebäck und Getränken für den Hausherrn herzurichten.

»Wir haben einen Gast, Albert«, sagte der Ratsherr. »Wir brauchen ein weiteres Gedeck.«

»Ich bringe es sofort, Herr«, beteuerte der Dienstbote und eilte davon, um seiner Aufgabe nachzukommen.

»Entschuldigt mich«, bat Malchow, wobei er sich erneut vor Buddebahn verneigte. »Ich habe etwas zu besprechen. Ich bin gleich für Euch da.«

»Lasst Euch durch mich nicht aufhalten.« Der Ermittler ließ sich auf einen Stuhl sinken, und dann beobachtete er, wie der Fernhandelskaufmann zu den verschiedenen Tischen ging und ausgesprochen höflich und freundlich mit den Männern sprach, die daran arbeiteten. Er war überrascht, welch angenehmes Verhalten Malchow an den Tag legte. Jetzt war nichts mehr von dem herrischen und herablassenden Wesen zu spüren, mit dem er den Arbeitern begegnet war, die schwere Lasten auf ihren Schultern von der Alster hoch zur Stadt getragen hatten. Auch versuchte er nicht, elegant zu erscheinen, wie er es in seiner Kleidung als Ratsherr getan hatte. Fraglos pflegte er einen ganz besonderen Umgang mit jenen, die bei ihm in Lohn und Brot standen.

Von seinem Platz aus konnte Buddebahn auf das Fleet hinabblicken, in dem zwei Koggen vertäut lagen. Eines der beiden Schiffe wurde beladen, während die Ladung des anderen gelöscht wurde. Die Männer, die damit zu tun hatten, arbeiteten nicht übermäßig schnell, waren aber gut organisiert, denn niemand stand dem anderen im Weg oder musste warten, wenn er an Deck ging oder von einem der Schiffe kam. Eine unsichtbare Hand schien den Ablauf der Arbeiten zu lenken und zu überwachen.

Buddebahn konnte nicht umhin, die herrschende Perfektion anzuerkennen und zu bewundern. Es war unverkennbar. Diese Männer arbeiteten gern für Malchow. Doch die Schiffe zogen ebenfalls seine Aufmerksamkeit auf sich. Fraglos waren sie neu. Es gab kaum Schrammen, Risse und Schründe am Holz, die Taue der Takelage hatten noch ihre frische Farbe, und nirgendwo an Deck hatte sich Schmutz festgesetzt oder lag Abfall herum.

»Ich danke Euch, dass Ihr zu mir gekommen seid«, sagte der Ratsherr, als er an den Tisch zurückkehrte. Unmittelbar darauf erschien sein Dienstbote mit Gebäck und verschiedenen Obstsäften.

»Ihr habt ein lateinisches Wort an Eurer Hausfront stehen«, stellte der Ermittler anerkennend fest.

»Ja, in der Tat.« Verlegen strich sich Malchow über das Kinn. »Ich weiß allerdings nicht, was es bedeutet. Schon immer mal wollte ich Pastor Schriever fragen, aber irgendwie hat sich nie die Gelegenheit dazu ergeben. Könnt Ihr mir helfen?«

»Er passt nicht zu Eurem Haus, denn übersetzt lautet er: ›Wenn auch die Kräfte fehlen, so ist doch der Wille zu loben.'«

»Er befand sich bereits am Haus, als ich es gekauft habe.«

»Ihr seid ein erfolgreicher Mann. An Fähigkeiten mangelt es Euch ganz sicher nicht.« Buddebahn deutete auf die beiden Koggen. »Ihr könnt stolz auf Euer Haus und auf Eure Schiffe sein.«

»Das bin ich. Sehr sogar.« In einer beinahe freundschaftlichen Geste legte Malchow ihm die Hand an den Arm. »Seht Euch die Takelage an. Fällt Euch etwas auf?«

»Sie scheint mir etwas anders zu sein als bei anderen Schiffen.«

»Das ist sie«, rief Malchow. »Wir haben uns gefragt, warum die Koggen immer nur mit achterlichem Wind laufen, den seitlichen Wind jedoch nicht nutzen können.«

»Koggen werden leicht instabil«, versetzte Buddebahn. »Ich kenne mich ein wenig in der Seefahrt aus. Daher weiß ich, dass die Schiffe kentern können, wenn der Wind von der Seite einfällt und die Segel nicht rechtzeitig gerefft werden.«

»Richtig«, bestätigte der Mecklenburger. »Das ist das Problem. Daher haben wir den Kiel der Schiffe vergrößert, so dass er seitlich mehr Widerstand leistet, und wir haben mehr Ballast ganz unten im Schiff deponiert, um den Schwerpunkt so weit wie nur eben möglich nach unten zu verlagern. Und siehe da – seitdem können wir nicht nur den achterlichen Wind nutzen.«

»Wir?«

»Oh, ich bin kein Experte.« Malchow wirkte ungewohnt bescheiden. »Daran haben viele mitgewirkt. Vor allem die Kapitäne meiner Schiffe. Meine Stärke liegt in Handelsgeschäften – und ein wenig in der Politik.«

»Und Aaron?«

»Ach, der!« Seine ganze Enttäuschung spiegelte sich in diesen Worten. Mit ihnen ließ er durchblicken, dass er hohe Erwartungen gehegt hatte, denen sein Sohn jedoch nicht annähernd gerecht geworden war. Er schob einen Stuhl an den Tisch. »Ich warte darauf, dass er sich auf Brautschau macht und eine Familie gründet. Es wird allmählich Zeit, sonst wird er so alt, dass ihn überhaupt keine mehr will.«

»Er wird eine finden«, gab Buddebahn vage zurück. Den Worten des Ratsherrn entnahm er, dass Aaron bisher nicht viel Glück bei den Frauen gehabt hatte. »Für jeden Topf gibt es einen Deckel. Man muss nur Geduld haben.«

»Männer, die verheiratet sind und Familie haben, setzen sich mehr ein. Sie sind zielstrebiger, weil sie Verantwortung tragen. Aber was kann man als Vater tun? Man muss abwarten.« Er zuckte mit den Achseln und wechselte das Thema. »Ich nehme an, Ihr wollt mir Bericht erstatten?«

»Das ist in der Tat der Grund meines Besuchs«, entgegnete Buddebahn, während er ein wenig Gebäck probierte. »Noch immer zeichnet sich kein klarer Verdacht ab.«

»Lassen wir Heinrich Kehraus mal außen vor!«

»Ihr haltet ihn für schuldig in beiden Fällen?«

»Ich habe lange über ihn nachgedacht«, erwiderte Malchow. Sacht fuhr er sich mit gespreizten Fingern durch das Haar. Ohne Hut sah er älter aus, als er vermutlich war. Buddebahn schätzte ihn auf etwas mehr als fünfzig Jahre. Das Haar war licht, und die Stirn zog sich hoch auf den Kopf herauf. Scharf hob sich der kleine Kinnbart von seinem blassen Teint ab. Obwohl es nicht übermäßig warm war, schwitzte er. Zahllose kleine Schweißperlen überzogen seine Stirn. »Kehraus hatte ein Motiv. Er missbraucht Kinder, und wenn wir davon ausgehen, dass seine Frau es entdeckt hat und deshalb in Streit mit ihm geraten ist, müssen wir in Betracht ziehen, dass er sich ihr durch Mord entledigt hat. Durch wen auch immer.«

»Und Erna Deichmann?«

»Ohm Deichmann und Kehraus sind sich spinnefeind. Das ist kein Geheimnis. Niemand baut bessere Schiffe in Hamburg als Deichmann. Nebenbei – er hat die nötigen Änderungen an meinen Schiffen vorgenommen. Einen Auftrag von Kehraus anzunehmen kommt für ihn nicht in Frage. Das habe ich ohne Euch herausgefunden. Mein Sohn Aaron hat mir eine Reihe von Informationen gegeben. Wenigstens in dieser Hinsicht ist er gut. Er weiß, wie man etwas in Erfahrung bringt.«

Malchow legte beide Hände flach auf den Tisch. Eindringlich blickte er seinen Gast an. »Aaron hat beobachtet, dass Kehraus sich für die Enkelkinder Ohm Deichmanns interessiert. Allerdings ist er ihnen bisher nicht sehr nahe gekommen. Ihre Mutter lässt sie kaum mal aus den Augen. Deichmann könnte es bemerkt haben. Jedenfalls hatte er einen heftigen Streit mit Kehraus.«

»Ach, tatsächlich? Wann war das?«

»Einige Tag vor dem Tod Ernas. Aaron war in der Nähe. Er hat gehört, wie die beiden sich angebrüllt haben, aber er konnte nicht verstehen, um was es ging. Als er sich ihnen näherte, hörten sie auf zu streiten und trennten sich.« Er zog ein weißes Tuch aus der Tasche, um sich damit die Stirn und die Nase abzutupfen.

»Seid Ihr sicher, dass es so war?«

»Absolut. Hin und wieder habe ich Ärger mit meinem Sohn, so wie vorhin, aber im Grunde genommen verstehen wir uns ganz gut. Wenn Aaron sagt, dass er einen Streit beobachtet hat, dann war es so.«

»Dann könnte der Mordanschlag so etwas wie Rache gewesen sein.«

»Ich bin Eurer Meinung! In jeder Hinsicht.«

Buddebahn musterte ihn aufmerksam. »Ist Euch nicht wohl?«, fragte er.

»Nicht so ganz«, erwiderte Malchow. Er zog kurz die Schultern an den Kopf heran. und legte zugleich beide Hände auf den Bauch. »Ich habe irgendetwas gegessen, was mir nun den Magen verdreht. Eine Magenverstimmung. Das vergeht wieder.«

Der Dienstbote kam auf die Galerie heraus. »Verzeiht, Herr, dass ich störe«, entschuldigte er sich, während er kurz den Nacken beugte, um Malchow seinen Respekt zu bezeugen. »Ihr werdet gebraucht. In der Bonenstraat herrscht Aufruhr. Soeben hat es ein Bote gemeldet.«

Der Ratsherr sprang so hastig auf, dass er gegen den Tisch stieß und der Zinkbecher zu Boden fiel, aus dem er getrunken hatte. Er achtete nicht darauf.

»Aufruhr? In der Bonenstraat?« Für einen Moment schien er nicht zu wissen, was er tun sollte, dann aber befahl er dem Diener, zum Rathaus zu eilen und die Wachen zu alarmieren. Sie sollten zum Ort des Geschehens ziehen und ihn bei dem Bemühen unterstützen, für Ruhe zu sorgen.

11

Conrad Buddebahn ahnte Böses, als er an der Seite des Ratsherrn zur Bonenstraat eilte. Malchow hatte sich einen dunklen Rock übergeworfen, einen Hut über den Kopf gestülpt und zum Gehstock gegriffen. Dazu hatte er eine breite Kette mit dem Wappen von Hamburg angelegt, um deutlich zu machen, wer er war. Sie lag schwer auf seiner Brust, Gold gewordene Autorität.

»Könnt Ihr Euch erklären, was da geschieht?«, rief er mühsam nach Atem ringend, während sie vom Messberg über eine

Brücke eilten. Er schwitzte nun stärker als zuvor, und er blieb einige Male stehen, um nach Atem zu ringen. Dabei legte er leise stöhnend die Hände auf den Bauch, in dem es heftig zu rumoren schien.

»Ich fürchte, es hat mit den Dänen zu tun«, antwortete Buddebahn. Ihn drängte es voran, und er hätte keine Schwierigkeiten gehabt, schneller zu gehen. Doch er war sich nicht sicher, ob er ohne den Ratsherrn etwas ausrichten konnte.

»Mit den Dänen? Was für Dänen?« Malchow wollte wiederum stehenbleiben, obwohl sie erst wenige Schritte weit gelaufen waren, das aber ließ der Ermittler nicht zu. Er legte ihm die Hand gegen die Schulter und schob ihn vor sich her.

»Ihr werdet gleich alles erfahren«, versprach er.

»Ausgerechnet heute muss ich mir den Magen verderben«, klagte der Mecklenburger. »So etwas kenne ich sonst gar nicht. Ich habe einen Magen wie ein Pferd.«

Als sie an der Börse vorbeiliefen, konnten sie die Menschenansammlung bereits sehen. Sie füllte die Bonenstraat aus. Einige der Männer und Frauen am Eingang der Gasse stellten sich auf die Zehenspitzen, um über die Köpfe der Menge hinweg etwas erkennen zu können. Einige Jungen waren auf die Bäume am Rande der Straße geklettert, in der Hoffnung, von dort aus das Geschehen beobachten zu können.

»Macht Platz!«, forderte der Ratsherr. »Im Namen der Stadt Hamburg lasst uns durch.«

Zögernd und widerwillig wichen die Neugierigen zur Seite, bis sich eine Gasse bildete. Doch nicht sehr weit, so dass sich Malchow und Buddebahn unter vielen Rufen nach vorn kämpfen mussten.

»Was ist hier los?«, fragte der Ratsherr. »Was erlaubt ihr euch! Wie kommt ihr dazu, euch gegen die heilige Ordnung unserer Stadt zu versündigen?«

Buddebahn blickte sich flüchtig um, entdeckte jedoch kein bekanntes Gesicht auf dem Weg zum Haus des Dänen in der Menge.

Nora lag zwischen drei Männern auf den Boden, die sie an Armen und Beinen festhielten, so dass sie dem Sonnenlicht ungeschützt ausgesetzt war. Vergeblich versuchte sie, ihr Antlitz zu schützen. Die Haut war tiefrot verbrannt. Handtellergroße Blasen hatten sich auf ihr gebildet. Vor allem ihr Gesicht war verquollen, so dass sie kaum noch zu erkennen war. Die Lider waren so dick, dass sie die Augen nicht mehr öffnen konnte.

Ihr Vater kämpfte wütend gegen einige Männer an, die ihn umklammerten. Zudem hatte man ihm einen Strick um den Hals gelegt, dessen Ende von einem vierten Mann gehalten wurde. Auf diese Weise verhinderten alle zusammen, dass er Nora zu Hilfe kam.

»Gebt den Mann sofort frei!«, befahl Buddebahn. Entschlossen und empört stieß er die Männer zur Seite. Obwohl er nicht sehr kräftig war, gelang es ihm, Hansen von dem Strick zu befreien.

»Sie ist eine Hexe!«, schrie eine Frau aus der Menge heraus. »Seht doch. Die Sonne verbrennt sie.«

»Ausgeburt der Hölle«, brüllte einer der Männer. »Die Sonne ist wie das Feuer des Satans für sie. Das ist kein Christenmensch!«

Nora versuchte, durch die offene Tür ins Haus zu kriechen, doch mehrere Männer versperrten ihr den Weg.

»Werft sie in den Kerker!«, forderte eine junge Frau.

»Ich habe schon immer gewusst, dass sie eine Hexe ist. Nur nachts in der Dunkelheit kommt sie heraus aus dem Haus«, keifte eine andere Frau. »Ich habe gesehen, dass sie blutige Spuren hinterlässt.«

»Und Hansen ist um keinen Deut besser«, meldete sich ein Mann mit dunkler Stimme. »Habt ihr nicht gehört, was die Seeleute sagen, deren Schiff er repariert hat? Nachts auf See haben sie blaues Feuer an ihrem Mast gesehen! Das Zeichen des Teufels.«

Buddebahn beugte sich über Nora, half ihr auf und führte sie ins Haus. Einige der Männer stießen ihm ihre Fäuste in die

Seiten, doch er ließ sich nicht beirren. Er blickte sie nur kurz an, und sie wichen zurück.

»Warum hilft er ihr?«, fragte jemand mit schriller Stimme.

»Weil er mit dem Teufel im Bunde ist«, antwortete einer der Männer. »Nur wer des Satans ist, kann jemanden berühren, der so aussieht.«

Conrad Buddebahn war erschüttert und zu keiner Entgegnung fähig. Er hatte das Gesicht Noras gesehen, und damit hatte er die letzte Bestätigung dafür erhalten, dass sie die Wahrheit gesagt hatte. Ihre Haut war in schrecklicher Weise verbrannt. Die Sonne war tatsächlich ihr Feind. Aus welchem Grund auch immer. Sie litt unter einer bisher unbekannten Krankheit. Mit übernatürlichen Kräften hatte das sicherlich nichts zu tun. An derlei Dinge vermochte er nicht zu glauben. Gerade weil die Kirche sich bemühte, auf diesem Wege zu erklären, was mit nüchternem Verstand nicht immer zu ergründen war, lehnte er sich dagegen auf. Ihm missfiel, dass die Vertreter der Kirchen die Gläubigen einschüchterten und ihnen schreckliche Strafen für den Fall androhten, wenn sie ihr Leben nicht so führten, wie die Kirche es wollte.

Er war sich jedoch darüber klar, dass es gefährlich war, diese Meinung deutlich – und vor allem öffentlich – zu vertreten. Allzu gern hätte er mal einen der kirchlichen Würdenträger gefragt, wie Gott denn mit jenen verfahren war, die in früheren Zeiten dem Christentum angehangen hatten, als es noch nicht jene Gesetze und Bestimmungen gegeben hatte, die in den letzten Jahren von der Kirche eingeführt worden waren. Hatten sie ein unchristliches Leben geführt und waren dafür in die Hölle geschickt worden, obwohl sie gar nicht wissen konnten, was in späteren Generationen gefordert wurde? Wieso konnte man sich mit Geld von Sünden freikaufen und Ablass erlangen? War Gott bestechlich – oder waren es nur die kirchlichen Würdenträger, die dem Volk allerlei Gaben abpressten, um selber ein bequemes Leben führen zu können?

»Sie wird sterben«, schluchzte Erik Hansen, der ihnen ins

Haus folgte. »Dies kann sie nicht überleben. Sie ist vollkommen verbrannt.«

»Ihr müsst die Haut mit einer Heilsalbe einreiben«, empfahl ihm Buddebahn. »Ich werde den Medicus zu Euch schicken, damit er Euch hilft.«

»Euer Medicus ist nicht besser als die da draußen«, urteilte der Däne, wobei er verächtlich den Mund verzog. »Wir warten die Dunkelheit ab. Dann lege ich meine Tochter in einen Wagen, hülle sie in kühle Tücher ein und bringe sie aus der Stadt heraus. Und wenn Ihr mir wirklich helfen wollt, dann sorgt dafür, dass die Stadttore nicht geschlossen werden, bevor wir hinaus sind.«

»Ich werde tun, was ich kann«, beteuerte der Ermittler. Er fühlte sich schwach und hilflos, und er merkte erst jetzt, dass Malchow noch immer draußen vor dem Haus war. Er hörte, wie er mit der Menge sprach. Es sah nicht so aus, als könnte er sich durchsetzen. Die Menschen in der Bonenstraat waren erregt, sie fürchteten sich vor dem, was sie nicht verstanden, und immer wieder forderte jemand aus ihrer Mitte, Nora und ihr Vater müssten verbrannt werden – am besten beginne man damit, dass man gleich das Haus anzünde.

»Ratherr Malchow wird Euch helfen, Hamburg zu verlassen«, versprach Buddebahn. »Der Rat der Stadt soll Wachen zur Verfügung stellen, die Euch bis zum Tor hinaus begleiten, so dass Ihr heil und unversehrt nach Dänemark kommen könnt.«

Plötzlich klirrten Waffen vor dem Haus und scharfe Befehle ertönten. Die Stimmen der Menge versiegten, und dann wurde es ruhig.

Nikolas Malchow kam herein.

»Ich habe sie vertrieben«, verkündete er nicht ohne Stolz. »Ich habe ihnen gesagt, dass ich jeden auf den Grasbrook bringen lasse, der es wagt, sich gegen die Ordnung der Stadt zu erheben. Das hat gewirkt. Vor dem Scharfrichter hat jeder Angst. Und jetzt will ich endlich wissen, was das alles zu bedeuten hat.«

Buddebahn berichtete von der geheimnisvollen Krankheit der jungen Frau, konnte Malchow jedoch nicht überzeugen. Der Ratsherr hörte ihm zu, seufzte hin und wieder, wiegte voller Bedenken den Kopf, blickte zu Nora hinüber, die in verkrümmter Haltung auf dem Fußboden lag, und konnte sich nicht dazu durchringen, ihm zu glauben.

»Wie auch immer«, unterbrach er ihn schließlich. »Hexe oder nicht. In Hamburg kann sie nicht länger bleiben. Deshalb ist es mir nur recht, wenn man sie auf einen Wagen legt und zum Stadttor hinausbringt. Soll Dänemark sich mit ihr plagen!«

»Wir brauchen einen Wagen mit geschlossenem Verdeck«, rief Buddebahn hinter ihm her. »Sobald die Sonne untergegangen ist, wird sie aufbrechen.«

Malchow kehrte zur Haustür zurück, um den Wachen den Befehl zu erteilen, Hansen und seine Tochter aus der Stadt zu begleiten.

»Nichts da«, sagte er gleich darauf zu dem Dänen. »Wir warten nicht ab, bis es dunkel wird. Ich will, dass Ihr sofort aufbrecht. Die Wachen holen einen geschlossenen Wagen. Er wird gleich hier sein. Eure Tochter kann sich unter Decken verkriechen, so dass sie dem Sonnenlicht nicht ausgesetzt ist. Und dann – raus aus der Stadt!«

»Nichts lieber als das«, stimmte Hansen zu. Mit unbewegtem Gesicht verneigte er sich vor dem Ratsherrn, um ihm seine Dankbarkeit zu bezeugen.

»Schon gut«, entgegnete Malchow großmütig, während er den Raum verließ. Er stieß seinen Stock auf den Boden, um seine Worte zu bekräftigen. Dann stolzierte er hinaus auf die Straße. »Wenn man kann, hilft man gerne.«

Buddebahn sah, wie sich die Mundwinkel des Dänen kaum merklich senkten. Diese Geste war äußerst sparsam, doch hätte der Ausdruck tiefer Verachtung in seinem Antlitz nicht ausgeprägter sein können.

Zusammen mit Hansen und seiner Tochter wartete er, bis eine der Rathauswachen erschien und mitteilte, dass ein Pferdefuhrwerk bereitstand. Zugleich vernahmen sie das Schnauben der Pferde.

»Lass uns gehen, Vater, bitte«, flüsterte die junge Frau. »Ich will nicht länger hierbleiben.«

Er hüllte sie in eine Decke, so dass vor allem der Kopf und die Arme bedeckt waren, und dabei wies er das Hilfsangebot Buddebahns zurück. Schließlich half er Nora, aufzustehen, legte den Arm stützend um sie und führte sie hinaus zum Wagen. Das Mädchen kroch mühsam unter ein Segeltuch, das man über die Ladefläche gelegt hatte, und Hansen stieg zu dem Kutscher auf den Bock. Dann wandte er sich Buddebahn zu, blickte ihn lange an und nickte ihm endlich dankend zu.

Von Nikolas Malchow war nichts mehr zu sehen. Er hatte die Bonenstraat längst verlassen. Nicht so die neugierige Menge. Sie drängte sich an den beiden Ausgängen der Gasse zusammen und wich nur zögernd und widerwillig zurück, als die Wachen sich mit den Dänen auf den Weg zum Millerntor machten. Wiederum beschimpften einige Frauen Nora als Hexe und forderten ihren Tod. Sie wurden von einigen Männern unterstützt, doch niemand wagte es, das Fuhrwerk anzugreifen.

Buddebahn wartete vor dem Haus des Dänen, bis der Pferdewagen am Großen Burstah hinter den hoch aufragenden Fachwerkhäusern verschwand.

»Ich habe nichts gegen den Mann«, sagte jemand hinter ihm, »aber ich bin doch froh, dass sie weg sind. Es ist wie nach einem schweren Gewitter. Die Luft ist irgendwie reiner.«

Es war Reeper-Jan, der seinen Hut tief in die Stirn gezogen hatte, um seine Augen vor dem grellen Sonnenlicht zu schützen. Mit tief in den Hosentaschen versenkten Händen stand er vor ihm.

»Wie leicht man so etwas sagen kann, wenn man nichts mit einer rätselhaften Krankheit zu tun hat«, erwiderte Buddebahn. »Du weißt nicht, was das Schicksal für dich bereithält. Vielleicht plagt dich schon morgen etwas, das kein Medicus zuvor gesehen hat. Und was dann? Was machst du, wenn die Menge schreit, du seiest mit dem Bösen im Bunde? Wirst du dann auch so einen Unsinn von dir geben?«

»Ich meine ja nur ...«, murmelte der Seiler verlegen. »Du musst zugeben, dass es sehr eigenartig ist, wenn ausgerechnet die Sonne dein Feind ist.«

»Hast du noch nie einen Sonnenbrand gehabt?«

»Schon, aber ...«

»Nun ja, bei der Dänin ist es nichts anderes als das. Der Unterschied ist nur, dass bei ihr die Haut sehr viel schneller verbrennt als bei dir und mir. Also hör auf, so zu reden.« Er blickte ihn durchdringend an, und Reeper-Jan wich ihm aus. Angelegentlich betrachtete er seine Stiefel. »Was hat diesen Aufruhr überhaupt ausgelöst? Jemand muss damit angefangen haben. Warst du es?«

»Nein, ich hatte nichts damit zu tun.« Der Seiler fuhr erschrocken zusammen. »Das war ein Dienstbote von Kehraus.«

»Bist du sicher?« Buddebahn war nicht bereit, ihm so ohne weiteres zu glauben. Reeper-Jan hatte sich allzu oft gegen den Reeder ausgesprochen, dem er offenbar alle Schlechtigkeiten zutraute. »Von wem sprichst du?«

»Ich kenne seinen Namen nicht. Ich weiß nur, dass er beim Bader war, der ihm zwei Zähne gezogen hat.« Jan legte sich die Hand an die Wange. »Sein halbes Gesicht war gequollen. Deshalb mussten die Zähne raus.«

»Er hatte einen Bart?«

»Ja, einen ziemlich kräftigen Bart sogar. Aber die Oberlippe und die Kinnspitze waren rasiert. Sah richtig blöde aus.«

Das wies auf Moritz hin, der als Dienstbote für Kehraus arbeitete.

»Und der Mann war hier in der Bonenstraat?«

»Ja, ich habe ihn gesehen, und ich habe gehört, wie er auf die Leute eingeredet hat. Vermutlich kennt er den Dänen recht gut.«

»Tatsächlich? Wieso?« Buddebahn war überrascht. Offenbar hatte er etwas übersehen und versäumt, einige Fragen zu stellen, die ein wenig Licht in das Dunkel des Geschehens gebracht hätten. Er nahm sich vor, eine Liste zu erarbeiten, um nichts auszulassen.

»Hat der Däne dir denn nicht erzählt, dass er Schiffszimmermann ist und vornehmlich die Schäden behebt, die sich auf den Schiffen von Kehraus ergeben haben? Auf See geht es oft hart zu, und nicht alles lässt sich sogleich reparieren. Es bleibt genügend für jemanden wie Hansen zu tun, sobald die Schiffe im Hafen liegen. Aber dann muss es schnell gehen, weil die Schiffe bald wieder in See stechen.«

Buddebahn schüttelte zweifelnd den Kopf. »Wie soll das zusammenpassen, Jan?«, fragte er. »Wenn das alles stimmt, war Hansen ein wichtiger Mann für Kehraus. Und ausgerechnet sein Dienstbote soll die Menge gegen ihn aufgehetzt haben? Damit würde er seinem Dienstherrn schaden. Oder ist dir entgangen, dass Kehraus sich jetzt einen anderen Zimmermann suchen muss?«

Reeper-Jan spuckte aus. »Darüber habe ich auch schon nachgedacht«, entgegnete er. »Ich kann es mir nicht erklären. Aber das ist nicht meine Aufgabe, sondern deine. Du bist der Ermittler. Ich bin bloß Seiler.«

Er tippte sich mit dem Finger an die Hutkrempe und entfernte sich. Buddebahn hielt ihn nicht auf, ließ ihn aber nicht aus den Augen, bis er die Kate betrat, in der er die Seile drehte. Er machte sich auf den Weg zum Haus von Kehraus. Dazu musste er die ganze Stadt durchqueren. Weil es ihm zu mühsam war, zu Fuß zu gehen, sattelte er im Hopfensack seinen Rappen und ließ sich von dem edlen Pferd tragen.

Conrad Buddebahn ritt über den Pferdemarkt zum Alsterthor hinunter, hier allerdings zügelte er den Rappen und ließ ihn neben einem Wirtshaus verharren. Gedankenverloren blickte er zu den Mönchen vom Kloster Wilster hinüber, die nach wie vor versuchten, Interessenten für ihre leichten Pferde zu finden. Ihm fiel ein, dass er auf einem Hengst der Warmblüter reiten wollte, um sich mit der neuen Art vertraut zu machen.

Über den Ereignissen der letzten Nacht und dieses Tages hatte er es vergessen.

Er schob die Gedanken daran zur Seite und wandte sich dem Problem zu, das ihn weitaus mehr beschäftigte.

Ausgerechnet ein Mann, der sich so leicht einschüchtern ließ wie Moritz, verursachte einen Aufruhr. Dazu noch weit vom Haus seines Dienstherrn entfernt. Was hatte ihn dazu veranlasst, die Stadt zu durchqueren und die Menschen gegen die Tochter jenes Zimmermanns aufzuhetzen, der ebenfalls für Kehraus arbeitete?

Er hatte nicht den Eindruck gemacht, dass er aus eigenem Antrieb zu einer solchen Tat fähig war. Daher lag die Vermutung nahe, dass Kehrhaus ihn geschickt hatte, um die Unruhen auszulösen.

Einen Mann wie Moritz mit einer geschwollenen Wange und einem besonders auffälligen Bart!

Buddebahn lächelte still vor sich hin.

Hätte der Reeder kein Interesse mehr an dem Schiffszimmermann Hansen gehabt, hätte er sich seiner ohne weiteres entledigen können. Ein Wort hätte genügt, um ihn um Lohn und Brot zu bringen. Doch so einfach hatte er es sich nicht gemacht. Stattdessen hatte er den Dänen und seine Tochter in höchste Bedrängnis gebracht und es so weit getrieben, dass die Ordnungskräfte der Stadt eingreifen mussten. Dabei hatte er Moritz eingesetzt, einen Mann, dessen Äußeres so auffällig war, dass man sich gut an ihn erinnern musste.

Daraus ließ sich nur eines folgern.

Kehraus wollte demonstrieren, dass er Macht und Einfluss hatte. Er wollte zeigen, dass er das Geschehen in der Stadt bestimmen konnte und bereit war, Opfer zu bringen, um seine Ziele zu erreichen. Er war unangreifbar, und es war nicht ratsam, ihm nahe zu kommen.

Buddebahn trieb das Pferd an, trabte zur Alster hinunter, ritt danach den Neuen Wall hinunter und machte einen kleinen Umweg durch den Alten Steinweg, wo Agathe Kehraus ermordet worden war. Als er die Straße am Eichholz erreichte, wo das Haus des Reeders stand, sah er zahlreiche Männer, Frauen und Kinder in Richtung Elbe laufen. Sie waren aufgeregt und riefen sich etwas zu, was er nicht verstehen konnte. Er überholte sie, wobei er mit lauten Rufen auf sich aufmerksam machte. Es wäre nicht nötig gewesen. Der edle Rappe war so aufmerksam und vorsichtig, dass er niemanden überrannte oder auch nur in Gefahr brachte.

Als Buddebahn das Elbufer erreichte, wo mehrere Lastkähne angelegt hatten und entladen wurden, schwang er sich aus dem Sattel und ging die letzten Schritte zu Fuß. Entschlossen drängte er sich an mehreren Männern vorbei, die ihm die Sicht auf das Wasser versperrten. Sie ließen ihn vor, bis er sehen konnte, was aller Neugierde erweckt hatte.

In den Leinen, mit denen die Kähne am Ufer vertäut waren, hatte sich ein Mann verfangen. Starr vor Angst klammerte er sich an die Seile. Von Bord aus versuchten einige der Seeleute, ihm zu helfen. Sie setzten lange Stangen ein, die mit Enterhaken versehen waren. Lauthals forderten sie ihn auf, danach zu greifen, damit sie ihn herausziehen konnten. Doch er reagierte nicht. Er fürchtete, von der Strömung hinweggerissen zu werden, wenn er die Hand von seinem Halt löste. Er war wie gelähmt und zu keiner Bewegung fähig. Erst als sich das Eisen in seinem Gürtel verfing, gelang es einem der Männer, ihn nicht nur zu sichern, sondern auch an die Bordwand des Kahns zu bringen. Nun packten die anderen Seeleute zu und hievten ihn aus dem Wasser.

Der Gerettete fiel über die Bordkante, richtete sich halb auf und kippte wieder zurück. Es war Moritz, der zum Gesinde im Hause Kehraus gehörte.

»Er ist ohnmächtig geworden«, rief einer der Männer auf dem Kahn. »Wie eine alte Jungfer!«

Die Neugierigen lachten. Zugleich applaudierten sie den Seeleuten ob ihres beherzten Eingreifens.

Moritz kam zu sich, und einer der Männer an Bord richtete

ihn auf. Verstört sah er sich um. Eine tiefe Schramme zog sich quer über seine Stirn, eine Wunde, die er sich zugezogen haben mochte, als er ins Wasser gefallen war.

»Der arme Mann«, seufzte eine Frau. »Er muss schreckliche Schmerzen gehabt haben. Selbst als der Bader ihm die faulen Zähne schon gezogen hatte.«

»Er hat es nicht mehr ertragen«, vermutete eine andere. »Deshalb ist er ins Wasser gegangen, um sich zu ertränken.«

»Das stimmt nicht!«, widersprach eine männliche Stimme. »Jemand hat ihn gestoßen.«

Rasch drehte Buddebahn sich um. Ihm stand ein kleiner, korpulenter Mann mit hochrotem Gesicht und leicht hervorquellenden Augen gegenüber. Hektisch zuckten seine Lider, die er alle Augenblicke ruckartig schloss. Seine verfärbten Hände und der strenge Geruch, der von ihm ausging, wiesen ihn überaus deutlich als Gerber aus.

»Was habt Ihr gesagt?«, fragte Buddebahn.

Erschrocken wich der Gerber vor ihm zurück. Er prallte mit dem Rücken gegen Aaron Malchow, den Sohn des Ratsherrn. Buddebahn entdeckte ihn erst jetzt.

»Ich habe nichts damit zu tun«, beteuerte der andere. Er wandte sich Aaron zu, zog die Mütze vom Kopf und verneigte sich kurz: »Verzeiht, Herr.«

Der Sohn des Ratsherrn nickte großmütig, wandte sich ab und ging davon. Er schien sich nicht mehr für das zu interessieren, was geschehen war.

»Das glaube ich ohne weiteres«, erwiderte der Ermittler ebenso freundlich wie besänftigend. Er warf einen kurzen Blick auf Moritz, der sich noch immer nicht von seinem Schrecken erholt hatte. Von zwei Männern begleitet und gestützt, wankte er über das Fallreep von Bord, wobei er sich an sie klammerte, als fürchte er, von ihnen ins Wasser geworfen zu werden. Kaum aber hatte er festen Boden unter den Füßen, als er sich – ohne ihnen zu danken – von ihnen löste und davoneilte.

Buddebahn erwog zunächst, ihn aufzuhalten, um mit ihm

zu reden, ließ ihn dann jedoch laufen. Wenn er wollte, würde er später noch genügend Zeit und Gelegenheit haben, den Mann zu verhören. Er führte den Zeugen zur Seite, wo sie von niemandem gestört werden konnten. »Habe ich richtig verstanden? Es war kein Unglücksfall? Moritz ist nicht gestrauchelt und danach ins Wasser gefallen, und er ist nicht aus freien Stücken gesprungen, sondern jemand hat nachgeholfen? Hat er ihn angerempelt, wie es zuweilen im Vorbeigehen geschieht?«

Der Gerber wand sich vor Verlegenheit. Auf der einen Seite war er geschmeichelt, weil er von einem der hohen Herren angesprochen wurde, auf der anderen Seite war er sich seiner Sache nicht vollkommen sicher und befürchtete Schwierigkeiten. Hektischer als zuvor zuckten seine Lider, weiteten und schlossen sich, als sei ihm Staub in die Augen geraten, den er auf diese Weise loszuwerden versuchte.

»So genau habe ich es nicht gesehen«, stammelte er, wurde sich dessen bewusst, dass er eine Mütze trug, empfand es als despektierlich, dass er den Kopf nicht entblößte, und holte das Versäumte hastig nach, indem er die Kopfbedeckung herabriss, um sie danach nervös mit beiden Händen zu drehen und zu wenden. »Es ging sehr schnell.«

Er deutete zu einer kleinen, verfallen aussehenden Kate hinüber, deren Tür offen stand. »Da drüben habe ich gearbeitet«, fuhr er fort. »Ich habe einen Schrei gehört, und da habe ich aufgesehen.«

»Und?«, drängte Buddebahn, als der Mann nicht weitersprach, sondern die Mütze, die er mit beiden Händen hielt, gegen sein Kinn und seinen Mund drückte, und zugleich ins Leere blickte, als wollte er sich vollkommen in sich zurückziehen.

»Ich überlege gerade, Herr«, entgegnete er. »Vielleicht habe ich mich ja geirrt.«

»Ich möchte wissen, was du beobachtet hast.«

»Moritz stürzte gerade von der Mauer in die Elbe. Ich kenne Moritz schon lange. Da war ein Mann. Er streckte beide Arme aus. Könnte ja sein, dass er Moritz halten wollte.« Wiederum schwieg er für eine Weile, dann schüttelte er den Kopf. »Nein, so war es nicht. Er wollte ihm nicht helfen.«

»Warum nicht?« Da es nichts Aufregendes mehr zu sehen gab, löste sich die Menge der Neugierigen auf. Eifrig über die Vorfall diskutierend, gingen die Männer, Frauen und Kinder in allen Richtungen davon. Aus einigen Wortfetzen, die zu ihm herüberwehten, entnahm Buddebahn, dass sich alle in einer Hinsicht einig waren. Moritz hatte ein geradezu unglaubliches Glück gehabt, dass es ihm gelungen war, sich an den Schiffsleinen festzuhalten, da er sonst unweigerlich ertrunken wäre.

»Der Mann eilte davon. Er bemerkte mich, drehte den Kopf von mir weg, so dass ich sein Gesicht nicht sehen konnte, und verschwand zwischen den Ballen dort hinten im Hafen. Ich glaube, er hat Moritz ins Wasser gestoßen.«

»Und du? Was hast du getan?«

»Ich bin zum Wasser gelaufen. Aber ich konnte ihm nicht helfen. Von solchen Dingen verstehe ich nichts. Was hätte ich denn tun können? Ich hatte keinen Enterhaken. Und schwimmen kann ich nicht. Wer kann das schon?«

»Kannst du mir den Mann beschreiben, der Moritz ins Wasser geworfen hat?«

Der Gerber schüttelte den Kopf. »Tut mir leid, Herr. Alles ging so schnell. Ich weiß nur, dass der Mann einen schwarzen Rock getragen hat. Und einen Hut.«

»Würdest du ihn wiedererkennen?«

»Nein, Herr, ganz bestimmt nicht. Was für ein Unglück! Der arme Moritz. Ich mag ihn, obwohl er immer so still ist. Er hat ein schweres Brot bei seinem Herrn.« Seine Lider zuckten immer öfter.

»Du meinst, Kehraus behandelt ihn nicht gut?«

»Er hat mir erzählt, dass er sogar lügen musste, als ein Herr vom Rat der Stadt ...« Erschrocken verstummte der Gerber, da er erfasste, dass er eben jenen Vertreter des Rates vor sich hatte, um den es ging. Erbleichend wich er vor ihm zurück. »Nein, vergesst das, Herr! Das alles geht mich nichts an. Gar nichts. Das müsst Ihr verstehen.«

Die Angst verschloss ihm die Lippen. Vergeblich bemühte Buddebahn sich, noch etwas von ihm zu erfahren. Der Gerber verweigerte jede weitere Auskunft. Er gehörte zu den Ärmsten in der Stadt, und er wollte nicht den Unwillen eines so mächtigen Mannes, wie Kehraus es war, auf sich ziehen. Vor allem wollte er nicht mit einem Stoß in die Elbe befördert werden.

Buddebahn dankte ihm und beruhigte ihn zugleich: »Nur keine Sorge. Niemand wird etwas von dem erfahren, was wir beide besprochen haben. Vor allem Kehraus nicht.«

Er konnte ihm ansehen, dass der Gerber ihm nicht glaubte, doch das konnte er nicht ändern. Langsam kehrte er zu seinem Pferd zurück. Es stand noch immer am Wegesrand und an jener Stelle, an der er abgestiegen war. Hier wuchsen Gras und Kräuter in üppiger Fülle, und es nutzte die Gelegenheit, sich daran zu bedienen. Er schwang sich in den Sattel, klopfte dem edlen Rappen die Schulter, und dann genügte ein leichtes Zupfen am Zügel, um ihn von weiterem Fressen abzuhalten und nach Osten zu lenken. Gemächlich ritt Buddebahn am Elbufer entlang, wo Dutzende von kleinen Booten festgemacht hatten, um allerlei lebendes und totes Gut von den vielen Bauernhöfen an der Ufern der Nebenflüsse des Stroms in die große Stadt zu bringen oder auf den Höfen benötigte Waren von Hamburg dorthin zu tragen. Eine lange Kette von Helfern zog sich den Elbhang hinauf. Auf den Schultern schleppten Männer und Kinder Körbe, Säcke und Fässer die gewundenen Wege hoch oder trieben das Vieh zu den Märkten an der Nikolaikirche und dem Domplatz. Ihnen begegneten andere mit Gütern, die sie in der Stadt erworben hatten. Es roch nach Fisch, den Ausdünstungen der Tiere und dem Pech, mit dem die Schiffsplanken abgedichtet wurden. In offenen Gräben floss Schmutzwasser aus der Stadt in die Elbe. Dutzende von Möwen flatterten darüber hinweg, denen die Abfälle besser zu schmecken schienen als der Fisch aus dem Strom, den sie im Flug erbeuten mussten.

Buddebahn achtete kaum darauf. Er dachte an die Ereignisse der letzten Stunden, die ihn mit seinen Ermittlungen unzweifelhaft zurückgeworfen hatten. Er hatte Nora Hansen ziehen lassen, obwohl sie die einzige Augenzeugin des Mordanschlags in der Bonenstraat war. Sie war nicht mehr in Hamburg und würde mit Sicherheit nie mehr dorthin zurückkehren.

Moritz hätte unter Umständen gegen Kehraus aussagen können. Doch nach diesem Vorfall würde er es nicht mehr tun. Nach dem Sturz in die Elbe versiegelte ihm die Furcht die Lippen, unabhängig davon, ob er gestoßen worden war oder ob eigener Ungeschicklichkeit ins Wasser gestolpert war.

Vergeblich versuchte Buddebahn zu ergründen, was geschehen war. Eine befriedigende Erklärung fand er nicht. Sicher war, dass Moritz die Stadt durchquert hatte, um zum Bader zu gehen und sich Zähne ziehen zu lassen. Danach hatte er die Menschen in der Bonenstraat gegen die Dänin aufgehetzt. Das Ergebnis war vorhersehbar gewesen. Hansen und seine Tochter hatten Hamburg verlassen.

Alles deutete darauf hin, dass Heinrich Kehraus der Auftraggeber war. Der Reeder hatte Moritz schlecht behandelt, doch war kaum vorstellbar, dass der Dienstbote von sich aus gegen den Schiffszimmerer vorgegangen war, um sich auf diese Weise an seinem Herrn zu rächen. Das war zu kompliziert für einen so einfachen Mann wie ihn. Des Weiteren war davon auszugehen, dass Moritz nicht in die Elbe gestoßen worden war. Kehraus – wenn er der Auftraggeber war – hätte andere Möglichkeiten gehabt, sich seiner zu entledigen. Er hätte ihn kurzerhand vor die Tür setzen können.

Am Binnenhafen wandte Buddebahn sich nach Norden. Mühelos trabte sein Pferd einen Pfad am Elbhang hoch, um ihn an den Fleeten entlang bis zu jener kleinen Gasse zu tragen, in der Thor Felten wohnte.

Der Musiklehrer kehrte von einem Einkauf auf dem Markt zurück. Als er ihn sah, bat er ihn sogleich ins Haus. Buddebahn band sein Pferd an und folgte der Einladung. Es war nach wie vor dunkel in der Kammer mit dem Clavichord. Auf dem Tisch stand ein Krug mit Wasser. Felten zündete zwei Kerzen an und stieß das Fenster auf, um frische Luft hereinzulassen. Mit einiger Mühe legte er seine Jacke ab. Sein linker Arm war geschwollen und zudem verbunden, so dass sich der Ärmel nicht so ohne weiteres darüber hinwegziehen ließ. Von Schmerzen geplagt, verzog er das Gesicht. Er war aschfahl. Schweiß überzog seine Stirn und seine Wangen, seine Hände zitterten und seine Augen glänzten fiebrig.

»Was führt Euch zu mir?«, fragte er.

»Oh, nichts weiter. Ich kam gerade vorbei«, antwortete der Ermittler. »Ich dachte, schau mal rein. Mich interessiert, was Euer Arm macht.«

Verblüfft ließ sich Felten auf einen Hocker sinken. »Wie bitte? Das verstehe ich nicht.« Seine Hand glitt über den Unterarm, der mit einem Tuch verbunden war.

»Ich hoffe, Ihr habt keine Probleme.« Er zeigte zum Clavichord hinüber. »Könnt Ihr damit spielen, oder behindert Euch der Arm zu sehr?«

»Es ist schwierig.«

»Ja, das kann ich mir denken.«

»Wenn die Finger über die Tasten gleiten, spürt man es bis in den Arm hinauf. Natürlich nur, wenn man verletzt ist.«

Buddebahn ging zum Instrument hinüber. Seine Finger schwebten über die Tasten hinweg, schlugen sie jedoch nicht an. Er war künstlerisch durchaus begabt, konnte ein Clavichord jedoch nicht spielen. Der Deckel war offen, so dass er das Innere sehen konnte. In einem rechteckigen Kasten verliefen die Saiten quer zur Klaviatur. Sie waren von Stimmschrauben über einen Steg zur Befestigung am linken Ende des Kastens gespannt.

Felten kam zu ihm. Er deutete auf das hintere Ende einer

Taste, wo ein kleines, aufrecht stehendes Metallblatt – ebenso wie an allen anderen Tasten – angebracht war. Seine anfängliche Unruhe legte sich, und seine Hände zitterten nicht mehr.

»Das ist die Tangente«, erläuterte er. »Wenn ich die Taste drücke, wird die Tangente angehoben und schlägt die Saite an. Eine geniale Erfindung.« Mit den Fingern der rechten Hand schlug er einige Tasten an. »Ich kann auf dem schon angeschlagenen Ton weiterhin einwirken, vor allem durch seitliches Oszillieren des Fingers. Dabei entsteht ein Vibrato, das wir Musiker als Bebung bezeichnen.«

»Schade, dass Ihr mir nicht vorspielen könnt«, bedauerte Buddebahn. »Ich hätte es gern gehört. Nun ja, dann will ich Euch nicht länger aufhalten.«

Er ging zum Ausgang, blieb dort jedoch stehen und drehte sich langsam um.

»Fast hätte ich es vergessen«, versetzte er. »Ihr habt Euren Arm mit Bier behandelt. Hat es etwas geholfen?«

»Nein, leider nicht. Aber geschadet hat es auch nicht.«

»Das würde ich gerne sehen. Seid doch so nett und zeigt mir die Wunde.«

Thor Felten zögerte kurz, doch dann wickelte er den Verband ab und legte die Verletzung frei. Der Arm war stark gerötet, die Wunde war vereitert und sah bedrohlich aus. Von einem Heilungsprozess war noch nichts zu erkennen.

»Wie ist das passiert?«, fragte der Ermittler, während er die klaffende Wunde betrachtete, die sich von der Armbeuge bis fast zum Handgelenk hinunterzog. Für ihn war nicht zu erkennen, ob diese Verletzung von einem Messer stammte.

»Als ich Fleisch auf dem Markt einkaufen wollte, bin ich gestürzt«, berichtete der Musiklehrer. »Dabei bin ich mit dem Arm an einen Fleischerhaken geraten. Er hat mir den Arm aufgerissen.«

»Ihr solltet zu einem Medicus gehen«, riet Buddebahn ihm. »Mit einer solchen Wunde ist nicht zu spaßen. Oder versucht es beim Bader. Er könnte euch Salben mit heilenden Kräutern geben.«

»Ich werde Euren Rat befolgen«, versprach der Musiklehrer. »Der Bader ist teuer, aber er hat einen guten Ruf.«

»Das hat er.« Buddebahn verließ das Haus, schwang sich auf den Rücken seines Pferdes und ritt gemächlich zum Hopfensack zurück.

Für ihn war Bier nicht nur ein Getränk oder ein Nahrungsmittel, sondern auch ein Heilmittel. Der Mönch in Venedig, der für einige Zeit sein Lehrer gewesen war, hatte ihm berichtet, dass schon der griechische Philosoph Aristoteles Bier für ein gutes, leichtes und unschädliches Schlafmittel gehalten hatte. Der Dichter Palladas, ebenfalls ein Grieche, hatte geschrieben: *Nicht ohne Grund habe ich gesagt, dass im Bier ein gewisses göttliches Getränk enthalten ist. Gestern habe ich einem, der am viertägigen Fieber krank war, welches gegeben, und er ward sofort gesund.*

Für Buddebahn war Bier das wertvollste alkoholische Getränk überhaupt, dem Wein weit überlegen. Stets hatte er dafür gesorgt, dass in seiner Brauerei nur das beste Wasser eingesetzt wurde; es musste sauberer sein als alles andere Wasser, das in der Stadt zum Trinken benutzt wurde, und es musste vor allem geschmacklich überlegen sein. Alsterwasser hatte er stets ausgeschlossen. Andere Brauereien verwendeten es. Sie schöpften das Wasser direkt am Ufer oder etwas weiter davon entfernt, wo nichts mehr von den Abgängen zu sehen war, die durch zahllose Rinnen in den Gassen und Straßen zum Fluss geführt wurden. Danach wurde es von Wasserträgern oder auf Pferdefuhrwerken in die Brauereien transportiert. Dabei waren Verunreinigungen nicht zu vermeiden.

Obwohl es aufwendig und kostspielig gewesen war, einen eigenen Brunnen auf dem Hof der Brauerei einzurichten, hatte er sich dafür entschieden und war mit Wasser besonderer Güte belohnt worden.

»Trinkt mehr Bier, Thor Felten!« Buddebahn lachte still in sich hinein. »Verschwendet es nicht zum Waschen der Wunde.

Schon in der Heilkunde der alten Ägypter waren Malz, Hefe und Bier von gleicher Bedeutung wie die Hilfe der Göttinnen Ninurta und Nidaba!«

Er lenkte den Rappen auf den Hof der Brauerei und glitt aus dem Sattel. Wie aus dem Nichts tauchte Harm neben ihm auf und nahm ihm das Pferd ab.

»Du hast Besuch«, teilte ihm der Pferdeknecht mit, wobei er dem Rappen sanft die Schulter klopfte. »Er wartet in der Braustube auf dich.«

»Besuch?« Unwillig blickte Buddebahn zur Sonne hoch, die ihren Zenit längst überschritten hatte. Es war Nachmittag geworden, und er verspürte Hunger, aber wenig Lust, mit jemandem zu reden. Am liebsten hätte er sich in seinen Alkoven gelegt, um ein wenig zu schlafen. Das tat er gern, seit er die Brauerei aufgegeben hatte. Es musste nicht lange sein. Wichtig war ihm nur, dass er ein wenig Ruhe fand. Da er nicht vorhatte, seinen Besucher zu verprellen, war ihm dies unter den gegebenen Umständen nicht vergönnt. »Willst du mir nicht sagen, wer das ist?«

Unwillig verzog Harm das Gesicht. Er war ein wortkarger Mann und verspürte keine Lust, sich eingehender zu äußern. Ihm war buchstäblich anzusehen, dass er den Besucher nicht mochte. »Der aufgeblasene Mecklenburger.«

Damit führte er den Rappen in den Stall. Buddebahn blickte ihm lächelnd hinterher, bis sich die Stalltür hinter ihm schloss. Der Pferdeknecht hatte seine Eigenarten, aber er wusste, dass er sich immer auf den alten Mann verlassen konnte.

Buddebahn ging zum Brunnen, kurbelte den Holzkübel hoch, um sich Wasser zu holen, und trank ein wenig. Dann ging er in die Brauerei, der eine kleine Schankstube angeschlossen war. Nikolas Malchow hatte auf einer Sitzbank an einem Tisch Platz genommen und trank Bier aus einem mächtigen Krug, den Henning Schröder ihm hingestellt hatte. Die Tür zur Mälzerei stand offen. Er zog sie zu und setzte sich dem Ratsherrn gegenüber.

»Wollt Ihr nichts trinken?«, fragte Malchow.

»Jetzt nicht. Vielleicht später«, erwiderte er. Prüfend blickte er den Besucher an. Der Mecklenburger war bleich. Kleine Schweißperlen bedeckten seine Stirn sowie die Wangen um Nase und unter den Augen. »Ihr seht erschöpft aus. Das Fieber setzt Euch zu. Deshalb trinkt ruhig. Das Bier wird Euch helfen.«

Malchow bediente sich aus dem Krug. Unentschlossen wiegte er das Haupt, nahm den Hut ab und legte ihn auf den Tisch. Das verschwitzte Haar klebte an seinem Schädel. »Mir geht es gut. Das Fieber verschwindet bald. Das kenne ich schon. So etwas habe ich öfter, wenn ich etwas gegessen habe, was mir nicht bekommt. Leider weiß ich nicht, was es ist. Sonst würde ich es meiden. Doch lassen wir das. Wir sind durch die Vorfälle in der Bonenstraat unterbrochen worden.«

»Richtig. Wir sprachen über die Ermittlungen, und ich sagte Euch, dass ich keinen klaren Verdacht habe. Nun hat sich mittlerweile einiges ereignet. Moritz, der zum Gesinde des Hauses Kehraus gehört, wäre beinahe ertrunken. Er ist ein wichtiger Zeuge, der uns Aufschluss darüber geben kann, wer den Aufruhr in der Bonenstraat ausgelöst hat. Vermutlich war es Kehraus. Moritz hat nur ausgeführt, was er ihm befohlen hat. Nun hat der Sturz in die Elbe ihn so sehr mitgenommen, dass er zurzeit nicht ansprechbar ist.«

»Nun ja, das ist wohl so. Inzwischen habe ich mit einigen Ratsherren gesprochen, und ich habe mich mit dem Bürgermeister abgestimmt. Der Rat der Stadt ist durchaus zufrieden mit unseren bisherigen Bemühungen, aber niemand glaubt daran, dass wir den Täter ermitteln können.«

»Und das heißt?« Jetzt ging Buddebahn doch in die Brauerei hinüber und holte sich einen kleinen Krug mit Bier. Geduldig wartete Malchow auf ihn.

»Stellt die Ermittlungen ein«, schlug der Mecklenburger vor. »Wir haben keine Aussicht, den Fall zu lösen. Etwas anderes wäre es natürlich, sollte sich ein weiterer Mord ereignen, bei dem es einen Augenzeugen gibt. Doch daran glaube ich nicht.«

»Habt Ihr Hunger?«

Malchow war irritiert. »Durchaus. Warum fragt ihr?«

»Ich habe einen hervorragenden Schinken«, eröffnete ihm der Ermittler, verließ den Raum erneut und kehrte wenig später mit einem geräucherten Schinken zurück. Er legte ihn auf den Tisch, entfernte geschickt einen Teil der Schwarte, schnitt die von Fliegendreck verunreinigte Außenseite ab und säbelte danach mehrere Scheiben köstlich duftenden Schinkens herab, um sie seinem Besucher anzubieten. Er reichte ihm Brot und ein scharfes Messer und forderte ihn auf, das Mahl zu genießen.

»Ich habe ihn vom Land von einem Bauern mitgebracht, den ich gut kenne. Der Schinken wurde in Ruhe gepökelt und danach behutsam geräuchert. Wusstet Ihr, dass es ein Vierteljahr dauert, bis er reif ist und diese Güte erreicht? Ich glaube nicht, dass Ihr irgendwo in Hamburg einen Schinken genießen könnt, der auch nur annähernd so gut schmeckt. Ich gebe Euch die besten Stücke aus der Pape.«

Malchow beugte sich über den Schinken und schnüffelte daran. Dann seufzte er tief, griff nach dem Messer, schnitt etwas von der Scheibe ab und legte das Fleisch aufs Brot, um es genussvoll zu verzehren.

Buddebahn schloss sich ihm an und nahm ebenfalls eine Scheibe.

»Ich habe ernsthaft daran gedacht«, kam er auf den Vorschlag des Ratsherrn zurück. »Doch es wäre zu früh, die Ermittlungen einzustellen. Denkt an den Gerber! Er will gesehen haben, dass jemand den Diener Moritz in die Elbe gestoßen hat.«

»Ach, der Gerber!« Großmütig lächelnd winkte Malchow ab. »Jeder weiß doch, dass der nicht ganz richtig ist im Kopf.«

»Ich wusste es nicht!«

»Mein Sohn Aaron war dort unten am Hafen. Er hat beobachtet, dass Moritz gestrauchelt und ins Wasser gefallen ist. Niemand hat ihn gestoßen. Euer Zeuge ist nichts wert. Die Dänin ist verschwunden, und Moritz redet nicht. Glaubt mir! Es bringt mich fast um, dass wir Kehraus nichts nachweisen können. Aber was können wir tun? Gar nichts. Es scheint fast, als ob Gott selber seine schützende Hand über dieses menschliche Ungeheuer hält. Machen wir also Schluss.«

Buddebahn trank langsam und bedächtig. Ihm lief ein kalter Schauder über den Rücken, als Malchow von Gott sprach. In seinen Augen grenzte seine Bemerkung an Blasphemie. Niemand stand es zu, Gott zu kritisieren. Er selber würde es nie tun; schon aus der Furcht heraus, Gott könnte ihm die schützende Hand entziehen und ihn für seine Respektlosigkeit bestrafen. Gleiches galt für andere. Er hatte kein Verständnis dafür, wenn sie den Zorn Gottes in dieser Weise herausforderten.

Er nahm die Worte Malchows hin, ohne sich dazu zu äußern. Mit unbewegter Miene wandte er sich wieder dem Schinken zu.

»Eine letzte Frage«, sagte er, während er seinem Gast eine weitere Scheibe Schinken vorlegte. »Wo seid Ihr gewesen, als Erna Deichmann getötet wurde?«

Die Stirn des Ratsherrn rötete sich. Es schien, als seien ihm Fleisch und Brot im Halse steckengeblieben. »Was soll diese Frage?«, empörte er sich. »Wollt Ihr mich etwa verdächtigen? Das ist absurd!«

»Nicht doch«, bat Buddebahn besänftigend. »Ich möchte nur sicher sein, dass ich auf die Lügen anderer nicht hereinfalle.«

»Lügen?«

»Ja, glaubt Ihr denn, Heinrich Kehraus, Thor Felten, Ohm Deichmann, seine Schwiegertochter und die anderen, die ich befragt habe, sind immer bei der Wahrheit geblieben? Bisher hatte jeder irgendetwas zu verbergen, und weil es so ist, hat man mir die eine oder andere Lüge untergeschoben, damit ich ihre kleinen oder großen Geheimnisse nicht ans Licht bringe. Nur wenn ich die verschiedenen Aussagen gegeneinander abwäge und klären kann, wer sich wo und wann aufgehalten hat, kann ich mich dem Mörder nähern.«

»Aber wir haben beschlossen, die Ermittlungen einzustellen.«

»Ihr habt es mir lediglich vorgeschlagen, Ratsherr«, korrigierte Buddebahn ihn. »Entschieden habe ich mich noch nicht. Gerade habt Ihr mir vermittelt, wie zornig es Euch macht, wenn Kehraus ungeschoren davonkommt.«

»Wie gut kennt Ihr den Reeder?«

»Recht gut. Von Kind auf. Früher einmal haben wir uns gut verstanden und haben manchen Streich ausgeheckt.«

»Ach, wirklich?«

»Ja, ich denke zum Beispiel daran, dass wir einmal für den Pastor in seinem Garten Äpfel pflücken sollten«, berichtete der Ermittler, wobei ihm die Erinnerung ein belustigtes Lächeln auf die Lippen drängte. »Pastor Gerber war ein ungemein strenger, aber vergesslicher Mann, der uns einschärfte, sehr sorgfältig mit den Äpfeln umzugehen und jeden einzeln vom Baum zu pflücken, weil sie nur lange haltbar bleiben, wenn sie keine Druckstellen haben. Solange er uns zusah, waren wir auch sehr vorsichtig, aber als wir allein waren, haben wir den Baum geschüttelt, bis alle Äpfel auf dem Boden lagen. Natürlich waren sie voller Druckstellen. Aber die konnte man nicht sehen. Bis die Früchte vergammelten, verging einige Zeit, und wir wussten, bis dahin hatte er längst vergessen, dass wir daran schuld waren.«

Malchow lachte, fuhr dann jedoch ernst fort: »Aber irgendwann hat Eure Freundschaft gelitten.«

»Ich bin zur See gefahren, habe fremde Länder besucht und war daher für einige Jahre nicht in Hamburg. Als ich zurückkehrte, war Kehraus verheiratet, hatte eine Reederei aufgebaut und rümpfte die Nase, weil Hanna Butenschön schon damals an meiner Seite war. Er und einige andere haben mir diese Wahl übelgenommen. So sehr, dass sie fortan auf der förmlichen Anrede bestanden, obwohl sie unter Freunden weder üblich noch angebracht ist. Für mich war es ein Zeichen der Schwäche, und so empfinde ich, wenn ich sie mit *Ihr* und *Euch* anrede.«

»Die hamburgische Gesellschaft kann recht hochnäsig sein.«

»Vollkommen richtig«, bestätigte Buddebahn. »Doch zurück zu Euch. Nur der Vollständigkeit halber. Möchtet Ihr noch etwas Schinken?«

Malchow fuhr sich mit einem Taschentuch über das Gesicht. Die andere Hand streckte er abwehrend aus. »Danke, danke. Es war köstlich. Lasst mich nachdenken. Eure Frage überrascht mich, da ich es zu keinem Zeitpunkt für wichtig gehalten habe, Euch mit meiner Aussage zu helfen.« Er legte beide Hände um den Bierkrug, blickte eine Weile ins Leere und richtete sich dann plötzlich auf. »Ja, natürlich. Ich war in meinem Haus, wo ich Papier für den Transport von Pelzen nach London vorbereitet habe.«

»Bis spät in die Nacht?«

»Bis spät in die Nacht. Ihr glaubt gar nicht, wie viel Schreibarbeiten mit solchen Transaktionen verbunden sind. Manchmal hat man mehr damit zu tun als mit dem eigentlichen Geschäft.« Er stöhnte, um zu unterstreichen, wie sehr er sich als Fernhandelskaufmann belastet fühlte. »Ich bin im Rat der Stadt vertreten und unternehme alles, um die Prozesse zu vereinfachen, aber – um ehrlich zu sein – viel erreiche ich nicht. Dabei verschwinden fast alle Papiere in den Archiven der Stadt, ohne dass sie jemand liest oder kontrolliert. Es könnte ja sein, dass es irgendwann einmal einen Rechtsstreit gibt und dass sie dann benötigt werden. Unangenehm wäre es nur, wenn inzwischen durch Unachtsamkeit mit den brennenden Kerzen oder den Fackeln ein Feuer im Archiv ausbricht. Ich habe angeregt, mehrere Archive anzulegen, damit im Fall eines Falles nicht alles verbrennt. Doch nicht einmal dazu kann sich die Stadt aufraffen. Also wird man hinnehmen müssen, dass irgendwann alles in Schutt und Asche liegt.«

Er blickte Buddebahn an, als sei er sich seiner Anwesenheit erst jetzt bewusst geworden. »Verzeiht, wovon haben wir doch geredet?«

»Nicht so wichtig. Ich wollte wissen, wo Ihr in der Mordnacht gewesen seid. Das ist ja nun geklärt. Ich danke Euch.«

»Keine Ursache.« Malchow hob seinen Krug und prostete ihm zu.

»Ich möchte nicht versäumen, Euch zu sagen, wie beeindruckt ich von Eurer Leistung bin.« Als Buddebahn seinen Krug auf den Tisch stellte, hatte er kaum etwas daraus getrunken. »Sicherlich habt ihr es nicht leicht gehabt in Hamburg?«

»Nein, wahrhaftig nicht«, bestätigte der Ratsherr. Er wurde lebhafter in seinem Gebaren. Dass ihm jemand zuhörte und sich für ihn interessierte, schien ihm gut zu tun. Sein Gesicht bekam wieder etwas Farbe, und seine Augen begannen zu glänzen. Hatte er bisher recht steif in betont gerader Haltung am Tisch gesessen, so lehnte er sich nun vor, stützte sich mit den Ellenbogen ab und hielt den Bierkrug mit beiden Händen, um hin und wieder einen kleinen Schluck zu nehmen. »Aber das war mir klar, bevor ich in diese schöne Stadt kam.«

»Doch das hat Euch nicht abgeschreckt.«

»Nein, im Gegenteil. Es war und ist eine Herausforderung für mich. Ich habe es immer schwergehabt. Die Hamburger Kaufleute genießen einen ganz besonderen Ruf in der Hanse. Sie gelten in ihren Belangen als ungemein geschäftstüchtig. Und man sagt ihnen nach, dass sie ihre Geschäfte am liebsten untereinander machen. Nun, das gelingt ihnen nicht in allen Fällen. Es gibt Geschäftsfelder, auf denen sie sich nicht so gut auskennen. Diese bieten mir die Lücken, in die ich stoßen kann. Und bei aller Bescheidenheit, das tue ich mit einigem Erfolg.«

»Wie man an Euren Schiffen und Eurem Haus sehen kann.« Buddebahn trank ein wenig Bier. »Darf ich fragen, was Euch veranlasst hat, nach Hamburg zu gehen? Ein Mann wie Ihr hätte seinen Weg fraglos auch in Mecklenburg gemacht. Davon bin ich überzeugt.«

»Womit Ihr vermutlich recht habt. Ich entstamme einer wohlhabenden Familie aus Wismar. Als mein Vater starb, hinterließ er ein nicht unbeträchtliches Vermögen. Doch das erbte ganz allein mein älterer Bruder, der Erstgeborene. Wir anderen Geschwister erhielten nichts. Nicht einmal einen Schilling. So ist das nun mal in Mecklenburg.«

»So ist es im Erbrecht vieler Länder festgelegt.«

»Das mag sein. Dennoch hat es meine Schwester und mich hart getroffen. Wir hatten gehofft, wenigstens einen kleinen Teil des Erbes zu erhalten. Doch unser Bruder dachte gar nicht daran, zu unseren Gunsten auf ein wenig zu verzichten. Wenn er wenigstens etwas daraus gemacht hätte!«

»Hat er nicht?«

Malchow lehnte sich zurück. Voller Abscheu verzog er die Lippen. »Er hat alles verspielt. Schon in den Nächten nach dem Tod unseres Vaters. Es dauerte nur ein paar Tage, dann mussten wir alle Haus und Hof verlassen. Meine Mutter ist in die Ostsee gegangen, und meine Geschwister haben ihr Glück im Osten versucht. Wie ich erfahren habe, sind sie alle im russischen Winter erfroren. Aber was erzähle ich Euch da? Es wird Euch nicht interessieren.«

»Ganz im Gegenteil.«

Der Ratsherr ließ sich gegen die Rückenlehne der Sitzbank sinken. Plötzlich wirkte er müde und erschöpft. »Ein anderes Mal«, erwiderte er. »Es geht mir nicht gut. Mein Magen macht mir zu schaffen. Lasst es gut sein.«

Er erhob sich.

»Und überlegt Euch meinen Vorschlag. Stellt die Ermittlungen ein. Ihr habt getan, was Ihr konntet. Mehr kann die Stadt Hamburg nicht verlangen.«

»Ist Euch der Schinken nicht bekommen?«

»Ich hätte ihn nicht essen sollen. Doch ich konnte nicht widerstehen. Ihr habt recht. Etwas Besseres findet sich nicht in Hamburg.«

Malchow reichte ihm die Hand, lächelte gequält, wobei er sich die andere Hand gegen den Leib drückte, und verließ die Schankstube.

12

Mitten in der Nacht wachte Buddebahn auf. Es war dunkel im Alkoven. Neben sich hörte er Hanna atmen, und irgendwo draußen rief ein Käuzchen. Unruhig schob er den Vorhang der Bettnische zur Seite und stand auf, um sich leise ins Wohn- und Arbeitszimmer hinüberzubegeben. Auf dem Tisch stand eine Öllampe. An ihrer Flamme entzündete er eine Kerze. Er legte seine Schlafmütze ab und setzte sich tief in Gedanken versunken an den Tisch.

Etwas wollte ihm nicht aus dem Kopf gehen. Fraglos hatte er bei der Spurensuche etwas übersehen. Er spürte es mit äußerster Intensität, vermochte jedoch nicht an die Oberfläche zu holen, was irgendwo in ihm schlummerte.

Um Hanna nicht zu wecken, breitete er die Zeichnung vorsichtig aus, die er von der Bonenstraat gemacht hatte, schob sie aber wieder zur Seite, nachdem er einen kurzen Blick darauf geworfen hatte. Das Pergament knisterte so laut, dass er fürchtete, Hanna könnte es hören.

Er war enttäuscht. Tief in seinem Inneren hatte er geglaubt, er werde erneut etwas auf der Zeichnung entdecken, was er zuvor hineingebracht hatte, ohne seine Bedeutung zu erkennen. Doch so war es nicht. Sie konnte ihm die Fragen nicht beantworten, die ihm durch den Kopf gingen und ihm den Schlaf raubten.

Er legte sein Nachtgewand ab, kleidete sich an, wobei er sich bemühte, jegliches Geräusch zu vermeiden, warf sich einen Mantel über die Schultern und schlich sich aus dem Haus. Die Außentür knarrte. Er bewegte sie langsam und äußerst vorsichtig, doch lautlos konnte er sie nicht schließen. Nachdem er sich einige Schritte von ihr entfernt hatte, blieb er stehen und horchte. Im Haus blieb alles still. Hanna schlief und hatte nichts bemerkt.

Aufatmend blickte er zum Himmel hinauf. Vom Mond war

nichts zu sehen. Düstere Wolken lasteten dräuend über der Stadt. Es war nur eine Frage der Zeit, wann sie sich entluden und Hamburg überschwemmten. Unter anderen Umständen wären ihm die Wassermassen höchst willkommen gewesen. Sie spülten den Unrat von den Straßen fort, der sich in der letzten Zeit angesammelt hatte, so dass sich die Stadt buchstäblich in Alster und Elbe entladen konnte. Die Flüsse trugen die Abfälle hinaus, und das Wasser reinigte sich von ihnen, so dass schon auf dem halben Wege zur Elbmündung kaum noch etwas von ihnen zu sehen war, und der Rest auf dem weiteren Wege verschwand und nichts davon das Nordmeer erreichte.

In dieser Nacht hoffte Buddebahn, dass der Regen erst spät einsetzte. Um ihm zuvorzukommen, eilte er zum Tor der Brauerei hinaus und lief über die Reichenstraße und den Ness hinweg zur Bonenstraat. Der Ort des unheilvollen Geschehens lag in tiefem Dunkel, so dass er kaum etwas erkennen konnte. Eine Böe fegte über die Stadt hinweg und ließ die vielen Fensterläden klappern, als seien sie lebende Wesen, die ihn beobachteten und ihm ihren Widerwillen ob der Störung zeigen wollten.

Als der Wind wenig später wieder abflaute, ging er langsamer weiter, wobei er angestrengt lauschte. Nach wenigen Schritten blieb er stehen, und es war so still, dass er nur sein eigenes Atmen hören konnte. Dann aber vernahm er eine Stimme, und am anderen Ende der Straße erschien ein Licht. Gemessenen Schrittes näherte sich ihm der Nachtwächter, in der einen Hand eine Lanze, auf deren Schaft er sich stützte, in der anderen eine Öllampe. Es war ein alter Mann mit weißen Haaren, die in dünnen Fäden unter seinem Hut hervorkamen und ihm bis auf die Schultern reichten. Ein Schnauzbart überdeckte seinen Mund.

»Erschreckt nicht«, rief Buddebahn ihm zu.

Dicht vor ihm blieb der Nachtwächter stehen. »Warum sollte ich?«, entgegnete er mit krächzender Stimme. Seine Augen waren erstaunlich jung und lebhaft. »Ich habe Euch längst bemerkt, und ich bin in einem Alter, in dem man nicht mehr um sein Leben fürchtet, da es ohnehin nicht mehr lange währt.«

»Übertreibt nicht«, empfahl der Ermittler ihm. »Freund Hein interessiert sich noch lange nicht für Euch.«

»Das könnte er ruhig. Ich habe ein gutes Leben gehabt. Aber meine Frau und meine Kinder sind mir vorausgegangen. Seitdem bin ich allein. Und nun spüre ich den Schatten von Hein, und manchmal ist mir, als könnte ich hören, wie er die Sense schärft – vor allem dann, wenn die alten Knochen nicht mehr wollen.«

»Trinkt hin und wieder ein gutes Bier«, versetzte Buddebahn. »Es wird Euch helfen.«

Er drückte ihm zwei Blafferte in die Hand, die er dankbar entgegennahm, und ließ sich von ihm Feuer für seine Fackel geben.

»Ihr solltet Euch rechtzeitig nach einem Unterstand umsehen«, riet der Nachtwächter, wobei er das Gesicht verzog und zum Himmel hinaufblickte. »Es wird bald regnen. Einen richtigen Wolkenbruch wird es geben. Die tiefer gelegenen Teile der Stadt werden in Wasser versinken. Ich spüre es in den Gelenken.«

»Passt auf Euch auf!« Buddebahn folgte dem Nachtwächter mit seinen Blicken, als dieser bis zum Ende der Bonenstaat schlurfte, um dort stehenzubleiben und mit überraschend kräftiger Stimme zu verkünden, dass Mitternacht vorbei sei. Er empfahl den Menschen, den Schlaf in Ruhe zu genießen, da es überall friedlich sei und niemand Grund habe, sich zu fürchten.

»Seid unbesorgt, ihr Leute«, rief er. »Gott hält seine schützende Hand über diese Stadt.«

Als der alte Mann verschwunden war, begann Buddebahn mit der Suche. Sein Ziel war der Unterstand, in dem der Mörder aller Wahrscheinlichkeit nach auf Erna Deichmann gewartet hatte. Im Licht der Fackel war er schnell erreicht. Um besser sehen zu können, worauf es ihm ankam, ließ er sich auf die Knie sinken, und dann kroch er Stück für Stück über den Boden, um diesen Handbreit für Handbreit in Augenschein zu nehmen.

Viel schneller, als er erwartet hatte, war er am Ziel. Er entdeckte, wonach er gesucht hatte.

Es gab eine Spur, mit deren Hilfe er den Mörder möglicherweise identifizieren konnte! Und nun endlich löste sich in seinem Inneren, was sich tief drinnen so lange geweigert hatte, an die Oberfläche zu kommen und ihm bewusst zu werden.

Über ihm prallten erste Regentropfen auf das Dach des Unterstandes, und während er sich aufrichtete, öffnete der Himmel seine Schleusen. Mit einem Mal stürzten wahre Fluten herab, überschwemmten die Bonenstraat und spülten allen Unrat hinweg, der sich dort angesammelt hatte. Das Wasser drang aber auch in den Unterstand ein. Buddebahn zog sich etwas weiter zurück, um sein Schuhwerk trocken zu halten. Zugleich sah er im Schein der Fackel, dass die Spur verschwand, die ihm die Richtung offenbart hatte, in der er fahnden musste. Es berührte ihn nicht. Er hätte sie ohnehin nicht bewahren oder ins Gericht tragen können. Bedeutung hatte sie zudem nur für ihn gehabt, als Beweis wäre sie für keinen Richter ausreichend gewesen. Mit einer gewissen Genugtuung aber registrierte er, dass ihn eine innere Stimme gerade noch rechtzeitig dazu veranlasst hatte, den Unterstand aufzusuchen. Hätte er bis zum Anbruch des neuen Tages gewartet, wäre es zu spät gewesen.

Plötzlich tauchte eine kleine Gestalt aus dem Regen auf und suchte Schutz unter dem Unterstand. Weil sie ein Kopftuch tief ins Gesicht gezogen hatte, bemerkte sie den Lichtschein der Fackel erst, als sie schon unter dem Dach war. Sie schrie erschrocken auf, fuhr zurück und wollte in das Unwetter hinauslaufen. Doch Buddebahn war rasch bei ihr und hielt sie am Arm fest. Sie wimmerte vor Angst und versuchte zugleich, sich aus seinem Griff zu befreien. Er gab nicht nach, bis das Kopftuch verrutschte, und er sie erkannte.

»Habt keine Angst, Sara«, rief er. »Ich habe nicht vor, Euch etwas zu tun. Ich bin's, Conrad Buddebahn.«

Mit vor Angst geweiteten Augen blickte sie ihn an. Ihre Lippen zitterten, aber sie brachte kein Wort hervor.

»Um Himmels willen, beruhigt Euch«, bat er die Frau des Richters Perleberg. »Was immer auch geschehen sein mag, Ihr seid in Sicherheit!«

Sie gab ihre Abwehr auf. Er ließ ihren Arm los, und sie wich vor ihm zurück, um ihn mit argwöhnisch verengten Augen zu beobachten.

»Wie könnt Ihr so leichtsinnig sein und zu so später Stunde allein durch die Stadt gehen?«, tadelte er sie.

Der Vorwurf stachelte ihren Widerstand an. »Das geht Euch gar nichts an«, fauchte sie.

»Werte Sara«, erwiderte er nachsichtig und um einen beruhigenden Ton bemüht. »Ich mache mir Sorgen um Eure Sicherheit. Gerade hier in der Bonenstraat, in der die arme Erna Deichmann ermordet wurde.«

Sie trat einen weiteren Schritt zurück, bis sie mit ihrem Rücken die seitliche Holzwand des Schuppens berührte. Nun schien sie sich ein wenig sicherer zu fühlen. »Woher weiß ich, dass nicht Ihr der Mörder seid?«

»Da könnt Ihr ganz sicher sein. Ich bin auf der Suche nach ihm.« Forschend blickte er die Frau des Richters an. »Wollt Ihr mir nicht verraten, was Euch so spät dazu veranlasst hat, Euer sicheres Haus zu verlassen? Ihr müsst zugeben, dass Euer Verhalten recht ungewöhnlich ist. Mitternacht ist vorbei, und niemand sonst ist auf den Straßen.«

»Ihr ausgenommen! Warum auch immer! Ich gehe jetzt. Versucht nicht, mich aufzuhalten!« Entschlossen löste Sara Perleberg sich von der Wand und trat in den Regen hinaus.

»Es ist ausgesprochen töricht von Euch, mir nicht zu glauben. Ihr kennt mich seit vielen Jahren. Ihr solltet wissen, dass Ihr mir vertrauen könnt.«

»Vertrauen? Pah!« Sie stieß ein verächtliches Lachen aus, eilte jedoch nicht davon, sondern trat einen Schritt zurück, um unter dem Dach des offenen Schuppens zu bleiben, wo sie nicht dem prasselnden Regen ausgesetzt war. »Was wisst Ihr schon von Vertrauen?«

»Hat Euch Euer Mann so sehr enttäuscht?«

Sie blickte Buddebahn mit großen Augen an, wandte sich plötzlich ab und begann zu weinen. Ihre Schultern bebten. »Wie kommt Ihr darauf?«, fragte sie leise.

»Was, um alles in der Welt, könnte Euch sonst so sehr berühren?«, entgegnete er. Leise ächzend richtete er sich auf. Das Herumkriechen auf dem Boden hatte seinen Rücken in Mitleidenschaft gezogen. An der Seitenwand des Schuppens stellte er sich gerade auf, um sein Rückgrat zu richten, ließ die Frau des Richters aber keinen Atemzug lang aus den Augen. »Verratet mir, wo Ihr gewesen seid, oder ist es ein so großes Geheimnis, dass Ihr es unbedingt für Euch behalten wollt?«

Mit einem Tuch wischte sie sich das Regenwasser aus dem Gesicht. Je länger sie mit ihm sprach, desto mehr verlor sich die Furcht vor ihm. Sie kannten sich in der Tat von Jugend an. Für einige Zeit hatte er sich sogar um sie bemüht, war in jenen Jahren jedoch noch zu ungeschickt gewesen, und so hatte er den Kürzeren gegenüber jenem gezogen, den sie später geehelicht hatte, den Juristen Perleberg, der in Prag studiert, zunächst als Advokat in der Hansestadt gearbeitet hatte und schließlich zum Richteramt berufen worden war.

»Ihr solltet mich in Ruhe lassen.«

»Ich bin auf der Suche nach einem Mörder. Dabei muss ich jedem Hinweis nachgehen, der mir möglicherweise hilft, ihn zu finden. Deshalb bin ich mitten in der Nacht unterwegs. Ich habe eine Spur gefunden, die nun allerdings vom Regen ausgelöscht wurde.«

»Damit hat mein Mann nichts zu tun«, fuhr sie auf. Ein wenig zu heftig, wie er fand. »Gar nichts. Ganz bestimmt nicht.«

»Ich bin sicher, dass er nicht der Mörder ist. Aber er hat etwas getan, das Euer Vertrauen erschüttert und Euch dazu veranlasst hat, ihm heimlich zu folgen. Trotz der Gefahr, die in diesen Gassen lauert, und obwohl Euch sicherlich klar war, dass es heftig regnen würde.« Buddebahn löste sich von der Wand und näherte sich ihr, blieb jedoch einige Schritte von ihr entfernt stehen, um sie nicht zu ängstigen. Im Licht seiner Fackel wirkten ihre Augen unnatürlich groß. Ihm fielen die tiefen Falten um ihren Mund herum auf, die er zuvor nie bei ihr bemerkt hatte. »Wollt Ihr es mir nicht anvertrauen?«

Der Regen ließ ebenso plötzlich nach, wie er eingesetzt hatte. Das gleichförmige Rauschen verklang, das Trommeln der Tropfen auf dem Dach war vorbei, und es wurde still. Um so lauter war das Plätschern des Wassers zu vernehmen, das nun noch von den Dächern rann oder sich seinen Weg durch die Gassen suchte. Es schien, als ob die Natur für einen Moment den Atem anhalten würde. Sara Perleberg stand nachdenklich auf der Stelle.

»Ich schäme mich so«, gestand sie so leise, dass er es kaum verstehen konnte.

Er ging zu ihr, und sie flüchtete nicht vor ihm.

»Wo seid Ihr gewesen?«

»Beim Glocken-Bader.«

»Aber nicht in der Badestube. Ihr seid nur draußen gewesen und habt Euren Mann beobachtet.«

Sie nickte.

»Und? Bitte, so redet doch.« Buddebahn legte ihr die Hand an den Arm. Mit einem Mal wurde ihm bewusst, dass er sich auf eine falsche Fährte hatte locken lassen. »Nein, wartet.«

Sie hob verstört den Kopf. »Was ist denn?«

»Oh, mein Gott, ich habe etwas vergessen, was unter Umständen überaus wichtig sein kann.« Er horchte in die Nacht hinaus, weil er vermeinte, ein mühsam unterdrücktes Husten vernommen zu haben. Das Öl, das seine Fackel brennen ließ, neigte sich langsam seinem Ende zu. »Ist Euer Mädchenname nicht Sara Osmer?«

»Ja, ganz richtig«, bestätigte sie. »Warum fragt Ihr?«

»Weil ich etwas übersehen habe! Osmer ist ein sehr ungewöhnlicher Name.«

»Ja, das ist er. Nachdem meine Eltern gestorben sind und

meine Schwestern ebenso wie ich geheiratet haben, gibt es niemanden mehr mit diesem Namen.«

»Glaubt mir, Sara, Ihr seid in viel größerem Maße gefährdet, als ich angenommen habe. Ich will Euch nicht ängstigen, muss Euch aber darauf aufmerksam machen, dass der Mörder an der toten Erna Deichmann ein Zeichen hinterlassen hat. Leider muss ich davon ausgehen, dass er mit diesem Zeichen einen Hinweis darauf geben will, wer das nächste Opfer sein soll. Ebenso hat er es mit Agathe Kehraus gemacht.«

Die Frau des Richters war so entsetzt, dass sie zu keiner Antwort fähig war.

Buddebahn versuchte, sie zu beruhigen, indem er ihr sagte, das alles seien nur Vermutungen und durch nichts bewiesen; alles könne auch ganz anders sein, und viel wahrscheinlicher sei, dass eine andere Frau gemeint sei – wobei er es vermied, Hanna Butenschön zu erwähnen. Doch vergeblich – Sara Perleberg, eine kleine, blonde Frau mit einem schmalen, ausdrucksvollen Antlitz, war einer Panik nahe und hörte ihm nicht mehr zu.

»Seid, wofür ich Euch immer gehalten habe«, bat sie. »Seid ein Freund und begleitet mich nach Haus. Ich fürchte, ich werde ohnmächtig, wenn ich allein gehen muss.«

»Selbstverständlich«, erwiderte er, legte ihr die Hand sanft an den Arm und führte sie in die Bonenstraat hinaus. Die Flamme der Fackel wurde zusehends kleiner und verbreitete nur noch wenig Licht. So war es nicht zu vermeiden, dass sie mit den Füßen immer wieder mal in eine der vielen Pfützen gerieten.

»Kennt Ihr den Bader?«, fragte sie, als sie sich dem Alten Steinweg näherten, wo sie mit ihrem Mann ein kleines Haus bewohnte.

»Ihr meint, den Glocken-Bader? Nein, ich bin ihm nie begegnet. Ich weiß nur, dass er ein Haus nahe dem Domplatz betreibt und dass er einen untadeligen Ruf hat. Ob berechtigt oder nicht, steht dahin. Sein Haus wird gut besucht, da sich die Leute vor dem Aussatz schützen wollen.«

Es fiel Buddebahn schwer, sich auf das Gespräch zu konzentrieren, denn er lauschte mit allen Sinnen. Mittlerweile war er sicher, dass ihnen jemand folgte. Hin und wieder waren Schritte zu vernehmen und manchmal ein verhaltenes Husten. Er zweifelte nicht daran, dass Sara Perleberg bereits tot wäre, wenn er sich ihrer nicht angenommen hätte.

»Das habe ich auch gedacht, aber nun sehe ich den Bader etwas anders. Es könnte nicht schaden, mal sein Haus zu überprüfen. Dabei könnten Dinge zutage kommen, die dem Ruf unserer schönen Stadt abträglich sind.«

»Wie meint ihr das? Könnt Ihr Euch nicht ein wenig genauer ausdrücken?«

Als sie nur noch wenige Schritte von ihrem Haus entfernt war, einem schmalen Gebäude mit lediglich zwei Stockwerken, blieb Sara stehen.

»Mein Mann hat mich seit Jahren nicht mehr berührt«, eröffnete sie ihm.

Ihm war dieser Hinweis peinlich, zumal er ihn nicht so recht einordnen konnte. Es war unschicklich, sich in aller Offenheit in dieser Weise über Angelegenheiten zu äußern, die zum intimsten Bereich gehörten. Darüber sprach äußerstenfalls ein Mann, nicht jedoch eine Frau und vor allem nicht mit jemandem, der nicht zum engsten Kreis der Familie gehörte. Falls sich eine Frau über alle Konventionen hinweg öffnete, dann ganz sicher nicht einem fremden Mann gegenüber. Dass Sara Schwierigkeiten in ihrer Ehe hatte, ging niemanden etwas an. Er fragte sich vor allem, was diese Probleme damit zu tun hatten, dass sie sich in geradezu unverantwortlicher Weise in Gefahr begeben hatte.

»Ja, nun ...«, gab er vage zurück.

»Ihr ermittelt im Auftrag der Stadt Hamburg. Daher solltet Ihr Euch das Haus des Baders mal ansehen«, riet sie ihm mit eigenartiger Betonung. Dabei strich sie heraus, dass es ihr auf jedes Wort ankam. Sie schwatzte nicht einfach so dahin, sondern wollte ihm etwas mitteilen, wobei sie fürchtete, er werde nicht hinhören, wenn sie nicht die richtigen Worte wählte. Der Anstand verbot ihr, offen und ungeschminkt zu sagen, was ihr auf dem Herzen lag, so dass sie nicht mehr als Andeutungen machen konnte. »Euch wird auffallen, dass dort sehr viele Kinder arbeiten.«

»Mein Gott!« Ihre Worte erschreckten ihn. »Ist der Richter etwa mit Heinrich Kehraus dorthin gegangen?«

»Ja, das ist er«, bestätigte Sara. Sie trat auf ihn zu und krallte sich mit beiden Händen in seinen Rock. »Kann man sich so etwas vorstellen? Ich war nicht in dem Haus, aber ich habe jemanden dafür bezahlt, dass er sich darin umgesehen hat. Er hat mir bestätigt, was ich schon lange befürchtet habe. Ein Richter, der sich an wehrlosen Kindern vergreift! Es sind nur Waisenkinder und Früchte aus Verbindungen, die nicht von der Kirche gesegnet sind, aber immerhin … Ihr mögt es nicht verstehen, aber für mich sind sie Menschen, die unsere Achtung und unseren Respekt ebenso verdienen wie jene, die den Segen der Kirche haben. Was können sie dafür, dass sich ihre Eltern versündigt haben? Kinder sind vor Gott und der Welt zunächst einmal unschuldig. Es ist das Leben, das sie verändert. Was können sie denn tun, wenn sich ihnen ein Richter nähert, der sicher sein kann, dass ihn niemand zur Verantwortung zieht? Wer sollte einen Richter anklagen? Einen der mächtigsten Männer dieser Stadt. Wer es wagt, müsste seines Lebens müde sein! Ein Kind sollte es tun? Pah, es lohnt nicht, darüber nachzudenken.«

Als sie ihn kurz umarmte und sich dabei an ihn drückte, um ihm zu danken, spürte er, dass sie am ganzen Körper zitterte. Seufzend löste sie sich von ihm, lief die letzten Schritte bis zur Haustür, stieß sie mit wütender Geste auf und verschwand im Haus. Krachend fiel die Tür hinter ihr zu. Dann klirrte ein Riegel und machte deutlich, dass sie ihr Refugium nach außen hin absicherte. Wie ihr Mann unter diesen Umständen ins Haus kommen sollte, war ihr offensichtlich gleichgültig.

Conrad Buddebahn hatte das Gefühl, auf schwankendem Boden zu stehen, so als befände er sich auf einem Schiff, das in eine Dünung geraten war. Er musste daran denken, dass Nikolas

Malchow ihm geraten hatte, die Ermittlungen einzustellen. Jetzt bereute er, dass er nicht spontan darauf eingegangen war, denn er war in ein Geflecht von Unrecht, Vergehen und Verbrechen geraten, in dem er sich zu verfangen drohte, so dass es keinen Ausweg mehr für ihn gab.

Wie recht Sara doch hatte! Es war überaus schwierig, wenn nicht gar unmöglich, ihren Mann, den Richter, anzuklagen. Perleberg war wegen seines Amtes so gut wie unangreifbar. Wer gegen ihn vorging, nahm ein unkalkulierbar hohes, persönliches Risiko auf sich. Falls er ihn nicht auf frischer Tat ertappte – was nahezu ausgeschlossen war –, konnte er ihm nichts anhaben. Keiner der anderen Richter würde ihn lediglich auf der Basis der gegen ihn gerichteten Aussagen anklagen. Insofern war es ein kluger Schachzug von Heinrich Kehraus, sich Perleberg anzuschließen oder sich mit ihm zusammenzutun. Unter dem Schirm seiner Macht konnte er sich sicher fühlen.

Es war unglaublich.

Bisher hatten Kehraus und wohl auch Richter Perleberg ihr Vergnügen weit außerhalb der Stadt auf einem Bauernhof gesucht, wohl wissend, dass die Zuständigkeit der Hansestadt Hamburg nicht bis dorthin reichte. Mittlerweile aber fühlten sie sich so sicher, dass sie ihre Untaten mitten in der Stadt in einem Badehaus begingen, das zudem öffentlich war und von vielen aufgesucht wurde, die gar nicht daran dachten, Kinder zu belästigen, und die sich sicherlich über ihr Verhalten empörten.

Doch das war es nicht allein, was Buddebahn mit sich selber hadern ließ.

Er war überzeugt, dass der Mörder der beiden Frauen in seiner Nähe war, gut verborgen in der Dunkelheit, und auf ihn lauerte. Dieser Mann war ungemein gefährlich, und er hatte – im Gegensatz zu ihm – ein Messer dabei. Bei einem Angriff konnte Buddebahn sich nur mit bloßen Händen wehren, doch er war kein geübter Kämpfer. Er besaß einen scharfen Verstand, konnte sich jedoch nicht gegen jemanden behaupten, der ihn mit einer Waffe in der Hand attackierte.

Er beschloss, nach Haus zu gehen und das letzte Licht zu nutzen, das die Fackel hergab. Um sie anzufachen, schwenkte er sie hin und her, wurde sich dabei aber bewusst, dass er seinem Gegner auf diese Weise nur zu deutlich verriet, wo er sich gerade aufhielt.

Er wollte sie wegwerfen, überlegte es sich jedoch anders, beschleunigte seine Schritte, bog in einen schmalen Gang ein, der zwischen zwei Häusern hindurchführte, eilte an seinem Ende einige Ellen weit zur Seite und steckte die Fackel mit dem unteren Ende in den vom Regen aufgeweichten Boden. Die letzte Flamme erlosch, und nur ein leichtes Glühen war zu sehen. Nahezu lautlos lief er weiter, bis er einen Baum erreichte. Er zog sich so tief ins Dunkel zurück, wie nur eben möglich, bis er mit dem Baumstamm zu verschmelzen schien.

Schnelle Schritte näherten sich ihm, doch dann wurde es still. Sein Verfolger hatte das Ende des Ganges erreicht und verharrte nun auf der Stelle. Sicherlich konnte er das Glühen sehen, doch er konnte nicht erkennen, ob er noch bei der Fackel war oder sich schon von ihr entfernt hatte, ob er ihm auflauerte oder vor ihm flüchtete.

Buddebahn spürte sein Herz in der Brust pochen. Ihm war, als ob er viel zu laut atmete. Der andere musste ihn hören!

Er versuchte, leise und zugleich tiefer zu atmen als zuvor. Die Dunkelheit war undurchdringlich, und nun erlosch auch noch das letzte Glühen der Fackel. Der Ruf eines Käuzchens durchbrach die Stille. Endlos schien sich die Zeit zu dehnen. Der Mörder war in der Nähe, vielleicht nur wenige Schritte von ihm entfernt, und er konnte sich sicher fühlen, bis für einen kurzen Moment die Wolken aufrissen und der Mond den Platz mit silbernem Licht übergoss. Buddebahn spähte in die Runde, doch sein Verfolger blieb vor ihm verborgen. Düster und drohend in seiner steinernen Macht erhob sich der Dom.

Als sich die Wolken schlossen und sich erneut Dunkelheit über den Domplatz senkte, beschloss er, nicht mehr länger zu warten. Gerade als er den ersten Schritt tat, bildete sich eine kleine Lücke in der Wolkendecke, und der Mond schickte einen Lichtstrahl hindurch, als habe er nichts anderes im Sinn, als die Gestalt zu erfassen, die an einer Ecke des Doms stand und rückwärts schreitend sogleich wieder verschwand. Einen Atemzug darauf wurde es wieder dunkel, doch das Bild des Unbekannten hatte sich Buddebahn eingebrannt, und er wurde es nicht wieder los. Unter dem schwarzen Hut mit der handbreiten Krempe war ein konturenloses Etwas gewesen, hell und dunkel, Haut und Bart, Augen und ein wie zum Schrei geöffneter Mund. Nicht zu erkennen, welches Gesicht es war.

Er ließ sich in die Hocke sinken. Mit weit geöffneten Augen versuchte er, die Dunkelheit zu durchdringen. Dabei hoffte er, gegen die geringfügig hellere Wolkendecke könne sich etwas abzeichnen. Vergeblich. Er nahm keinerlei Bewegung wahr, entdeckte nirgendwo etwas, was sich gegen die Wolken abhob.

Doch er spürte die Nähe jenes monströsen Menschen, der sich nicht gescheut hatte, zwei Frauen die Kehle durchzuschneiden. Ein überraschender Griff von hinten über die Schulter hinweg zur Stirn, den Kopf mit einem Ruck nach hinten gebogen, hart und unnachsichtig und dann ein brutaler Schnitt mit einem unglaublich scharfen Messer.

Seine Hand glitt zur Kehle. Welches Entsetzen mochten die Frauen empfunden haben, als es geschah! Es war blitzschnell gegangen, und dann hatte es keine Hoffnung mehr gegeben. Erna allerdings hatte sich gewehrt, bevor dem Mörder der Schnitt gelungen war.

Mit allen Sinnen lauschte der Ermittler in die Nacht hinaus. Zunehmender Druck lastete auf ihm. Irgendetwas kroch aus der Dunkelheit kommend auf ihn zu. Körperlos schien es sich über den Boden zu bewegen, ein schwarzer, verzehrender Nebel, lautlos, unaufhaltsam.

Der Gedanke drängte sich ihm auf, dass der Unbekannte wusste, wo er sich verbarg, und dass alle Vorteile auf seiner Seite lagen, solange er auf der Stelle verharrte. Es war ein Fehler, nur abzuwarten und dem anderen das Feld zu überlassen. Der Mörder konnte ebenso wenig sehen wie er. Sobald er sein Versteck verließ, musste der Unbekannte reagieren – falls er überhaupt diese Absicht hatte. Wenn er es tat, verursachte er Geräusche. Vielleicht knirschte der Sand unter seinen Sohlen, der Stoff seiner Kleidung raschelte ein wenig, oder er atmete lauter als zuvor. Möglicherweise war zu hören, wie er die Klinge aus ihrer Hülle zog, um sie gegen ihn einzusetzen. Lautlosigkeit schützte ihn nicht länger, sondern fiel als Tarnung von ihm ab.

Buddebahn löste sich aus der Deckung des Baumes und eilte einige Schritte weit in Richtung Hopfensack. Dann blieb er stehen und horchte, um unverzüglich auf eine nahende Gefahr reagieren zu können. Und doch wurde er vollkommen überrascht, als vor ihm eine Gestalt aufwuchs, düster und erdrückend in ihrer Größe, so plötzlich, als wäre sie aus dem Boden aufgestiegen, wo sie als dräuender Schatten auf ihn gelauert hatte.

Unwillkürlich schrie er auf, und erschrocken streckte er die Hände aus, um den tödlichen Angriff abzuwehren, dem er sich ausgesetzt sah.

»Du verfluchter Hund«, vernahm er eine nur zu bekannte Stimme. »Was treibst du dich in der Nacht herum, wenn anständige Menschen schlafen?«

»Hanna!«, stammelte er. Unendlich erleichtert, wollte er sie umarmen, doch sie stieß ihn so heftig zurück, dass er beinahe gestürzt wäre.

»Steht dieser Kerl heimlich in der Nacht auf und macht sich an andere Weiber heran«, schimpfte sie. »Wenn ich nicht so ein friedlicher Mensch wäre, würde ich dir eins hinter die Kiemen geben, dass es dir ungehemmt zum Hinterteil rausgeht!«

»Was??«, stotterte er. »Was redest du da für einen Unsinn?«

»Glaubst du, ich hätte nicht gesehen, wie diese Hexe sich dir an den Hals geworfen hat? Dummerweise ging die Fackel aus, sonst hätte ich euch beide in das Fleet geworfen.«

»Nun hör mir endlich mal zu«, forderte er.

Sie wandte sich um und eilte davon.

»Ich denke gar nicht daran«, schrie sie über die Schulter hinweg. Er folgte ihr, hatte jedoch Mühe, mit ihr Schritt zu halten. »Ich ziehe aus!«

»Das wirst du nicht tun.«

»Und ob ich es tue! Glaubst du, ich will mit einem Bock unter einem Dach wohnen, der sich nachts an andere Weiberröcke heranmacht, sobald ich schlafe? Ich doch nicht! Ich bin eine einfache Frau, aber nicht dämlich!«

»Hanna!« Er holt sie ein und griff nach ihrer Schulter, um sie zu halten. Energisch schüttelte sie seine Hand ab.

»Lass mich in Ruhe. Mit uns ist es aus. Ein für allemal. Verdori noch mal to, wenn dich die Geilheit schon aus dem Bett treibt, dann sei wenigstens ehrlich.«

Buddebahn konnte nicht anders. Er lachte.

Empört blieb sie stehen. Abermals öffneten sich die Wolken, und das Mondlicht brach sich seine Bahn. Er konnte Hanna sehen. Sie war in aller Eile aufgebrochen und trug das Haar offen. Kraus und ungeordnet stand es in allen Richtungen ab, so dass sie größer wirkte, als sie war. In ihrem schmalen Antlitz glühten die Augen, angeheizt von ihrem inneren Feuer und ihrem Zorn.

»Was soll das jetzt wieder?«

»Du bist verrückt«, sagte er kopfschüttelnd. »Weißt du eigentlich, was für ein Risiko du eingegangen bist? Irgendwo ganz in der Nähe hält sich der Mann versteckt, der erst Agathe Kehraus und dann Erna Deichmann ermordet hat. Der bedauernswerten Erna hat er das Zeichen eines Fischs in den Rücken geschnitten.«

»Das weiß ich. Damit meint er mich!«

»Meine liebe Hanna, du irrst dich abermals. Du bist gar nicht so wichtig für dieses Ungeheuer.«

»Nicht?«

»Um Mitternacht herum bin ich aufgewacht und habe gemerkt, dass ich etwas übersehen habe. Ich vermutete, dass es eine Spur an jener Stelle gibt, an der Erna Deichmann getötet wurde. Ich konnte nicht anders. Ich musste hingehen und es mir ansehen.«

»Du lügst!«

»Ich zog mich heimlich und leise an, um dich nicht zu wecken, und habe mich auf den Weg gemacht. Und ich habe tatsächlich etwas gefunden. Ich denke, dass ich dem Mörder einen wichtigen Schritt näher gekommen bin.«

»Ach, tatsächlich?« Sie blickte ihn so voller Zweifel an, wie sie es oft tat, wenn sie mit ihm redete. Jetzt wusste er, dass sie ihm zuhörte und dass ihr Zorn allmählich verrauchte. »Wer ist es?«

»Er ist in der Nähe, und es hätte nicht viel gefehlt, dann hätte er sein drittes Opfer umgebracht. Sara Perleberg, die Frau des Richters. Osmer war ihr Mädchenname. Sie ist mit dem Zeichen gemeint, mit dem der Täter Erna geschändet hat. Als ich nach Spuren suchte, lief sie durch die Bonenstraat, und sie hätte ihr Haus nicht lebend erreicht, wenn ich sie nicht begleitet hätte.«

»Ihr habt euch umarmt«, klagte Hanna ihn an.

»Unsinn. Sie hat mich kurz umarmt, um mir für meine Hilfe zu danken«, wies er ihren Vorwurf zurück. »Sie hat es schwer, sehr schwer. Heute Nacht war sie beim Badehaus, und dort fand sie bestätigt, was sie bereits befürchtet hatte. Ihr Mann, Richter Perleberg, ist dort und vergeht sich an wehrlosen Kindern. Er ist ebenfalls ein Kinderschänder. So wie Heinrich Kehraus einer ist.«

Buddebahn legte den Arm um sie und ging weiter mit ihr.

»Wir müssen hier verschwinden«, drängte er. »Wir haben es mit jemandem zu tun, der nicht nur ein Messer hat, sondern auch damit umzugehen weiß. Falls er uns angreift, haben wir kaum eine Chance gegen ihn.«

»Wer ist es?«, fragte sie.

»Es war bodenlos leichtsinnig von dir, in die Nacht hinauszugehen«, stellte er fest. »Wie gefährlich dieser Mann ist, hat er bereits bewiesen. So einen wie ihn sollte man nicht herausfordern.«

»Du hast gesagt, mit dem Zeichen bin nicht ich gemeint, sondern Sara Perleberg, geborene Osmer.«

»Das vermute ich«, betonte er. »Bewiesen ist es nicht.«

Sie erreichten die Brauerei, und er führte Hanna rasch über den Hof ins Haus.

»Das verstehe ich nicht. Wieso Sara Perleberg?«

»Weil sie früher mal Osmer hieß. Das sagte ich bereits.«

»Was soll der Quatsch? Ich habe keine Ahnung, was du damit meinst. Was ist so ungewöhnlich an diesem Namen?«

»Es ist der lateinische Name für Stint, von denen es in der Elbe so außerordentlich viele gibt. Osmeridae ist die Familie der Stinte.«

»Wer verfällt denn auf so einen Blödsinn? Für mich sind Stinte nun mal Stinte und bleiben Stinte. Wieso gibt irgendein Knallkopf diesen Fischen einen anderen Namen?«

»Angeblich haben sich Mönche für diese Bezeichnung entschieden. Sie haben sich der Wissenschaft verschrieben und versuchen, die göttliche Ordnung zu verstehen, die sich in der Vielfalt der Tiere verbirgt.«

»Spökenkram!«, schnaubte sie verächtlich. »Ich werde mich hinstellen und rufen: Leute, kauft Osmeridae! Einen ganzen Korb für zwei Blafferte!«

Verständnislos schüttelte sie den Kopf. »Sie werden mich für völlig verrückt halten.«

»Niemand verlangt so etwas von dir«, entgegnete er. »Bleib du nur bei deinem Stint. Falls ich mich nicht täusche, habe ich erkannt, was der Mörder mitteilen wollte, als er Erna Deichmann das Zeichen in die Haut schlitzte. Das genügt mir vollkommen.«

»Und der Kabeljau? Was ist mit dem?«

»Was für ein Kabeljau?«

»Ist das ein erstes Anzeichen für Altersvertrottelung bei dir?« Besorgt blickte Hanna ihn an. »Ich rede von dem Fisch, dem irgendjemand ein Kreuz ins Fleisch geschnitten und mir auf den Tisch gelegt hat. Wieso hast du das vergessen?«

»Habe ich nicht, Hanna. Ganz sicher nicht. Erstens bin ich sicher, dass es ein Ablenkungsmanöver war. Der Täter wollte erreichen, dass ich mich ganz auf dich und deinen Schutz konzentriere, um sich Sara Perleberg ungefährdet nähern zu können. Das ist ihm nicht ganz geglückt.«

»Und zweitens bleibt die Frage, wer an meinen Stand getreten ist und an dem Kabeljau herumgeschnitten hat.«

»Richtig. Auch darüber habe ich nachgedacht. Ich bin zu dem Schluss gekommen, dass der Täter diesen Fisch nicht an deinem Verkaufsstand mit dem Kreuzschnitt versehen hat, sondern dass er ihn bereits präpariert mitgebracht und von allen unbemerkt dort abgelegt hat.«

»Da fällt mir was auf!« Hanna griff nach seinem Arm und hielt ihn fest. Er hatte sie überzeugt, so dass ihr der Vorfall mit dem Kabeljau keiner weiteren Überlegung wert war.

»Und das ist?«

»Der Mörder kann Latein! Wie sonst hätte er wissen können, was der Name Osmer bedeutet?«

»Du bist ein kluges Kind. Und jetzt zurück ins Bett.«

Erfreut blickte der Mönch ihn an. Ein seltsames Lächeln lief über sein von Narben entstelltes Gesicht. Er verbeugte sich vor ihm, wobei er sich die Kapuze hielt, damit sie ihm nicht gar zu sehr nach vorn glitt. Die andere Hand lag am Halfter des Hengstes, der unruhig mit dem Kopf stieß, um ein paar Fliegen zu vertreiben.

»Schön, dass Ihr Euch Zeit für die Pferde und mich genommen habt, Herr«, grüßte er, während er sich langsam wieder aufrichtete. »Wir dachten bereits, Ihr hättet das Interesse an unseren Pferden verloren.«

»Keineswegs«, erwiderte Conrad Buddebahn. Er ließ seine Hand über den Rücken des Pferdes gleiten, das einige Schritte von den Stuten entfernt stand, durch ein Gatter von ihnen getrennt. Es war ein Brauner mit einem glatten, wohlgepflegten Fell und einer sternenförmigen Blesse. »Ich hatte allzu viel zu tun, so dass mir keine Zeit blieb für den Hengst. Im Kloster geht es beschaulich zu, bei uns in Hamburg leider nicht. Hier scheint die Zeit schneller zu vergehen als bei Euch. Aber nun bin ich ja da, und wir können miteinander reden.«

Die Mönche aus dem Kloster zu Wilster erschienen zweimal in der Woche und versuchten, ihre Warmblüter an den Mann zu bringen. Bisher hatten sie keinen Erfolg gehabt. Niemand wollte leichte und schnelle Pferde haben. Für den Warentransport sowie die Arbeiten auf dem Feld und im Wald wurden schwere Pferde benötigt. Je kräftiger sie waren, desto besser. Das gleiche galt für die Ritter, die mit ihrer Rüstung ein erhebliches Gewicht auf den Pferderücken brachten und darüber hinaus ihre Pferde panzerten. Buddebahn konnte sich nicht vorstellen, dass ein voll ausgerüsteter Ritter mit einem Warmblut in den Kampf ziehen würde. Er wäre seinen Gegnern von vornherein unterlegen gewesen.

»Ihr könnt den Hengst reiten, wenn Ihr wollt«, bot der Mönch an.

Da Buddebahn sich einverstanden erklärte, legte er dem Braunen einen Sattel auf und versah ihn mit Zaumzeug. Dabei redete er pausenlos, wobei er die Vorzüge dieser neuen Pferde pries und manchmal zu vergessen schien, was er in der Hauptsache zu verrichten hatte. Schließlich zog er den Sattelgurt stramm und führte den Hengst an der einen sowie einen Wallach an der anderen Hand zur Alster hinunter auf ein weites, offenes Geläuf. Dabei pries er den Braunen erneut in den höchsten Tönen, redete von seiner Schnelligkeit, seinem Temperament und seiner Wendigkeit und wies darauf hin, dass es im Verlauf der Zucht gelungen war, das Blut arabischer Pferde einzukreuzen.

Der Ermittler hörte ihm kaum zu. Der Hengst interessierte ihn, doch war ihm gleichgültig, auf welchem Wege die Mönche von Wilster vom Kaltblut zum Warmblut gelangt waren.

Als er sich in den Sattel schwang, spürte er bereits, welche Energie in dem Pferd steckte und mit welcher Kraft es vorwärtsdrängte. Er gab die Zügel frei, und es stürmte los, als habe es nur darauf gewartet, sich in dieser Weise präsentieren zu können.

Buddebahn war überrascht. Nie zuvor hatte er auf einem derart schnellen Pferd gesessen und sich dabei so leicht gefühlt. Als der Hengst in den Galopp überging, verspürte er kaum Erschütterungen.

Das Tempo gefiel ihm. Am liebsten hätte er den Braunen bis über die Stadtmauern hinaus laufen lassen, um zu prüfen, wann er ermüdete und nachließ. Doch er wollte nicht übertreiben, zumal er nicht sicher war, ob er das Pferd selbst bei einem solchen Sturmlauf ausreichend kontrollieren konnte. Er blickte über die Schulter zurück und sah, dass der Mönch ihm in geringem Abstand folgte.

»Gebt Acht«, rief der andere heftig gestikulierend. »Da ist ein Graben!«

Erschrocken blickte Buddebahn nach vorn. Der Hengst jagte in vollem Galopp auf eine sicherlich elf Ellen breite Rinne zu, die sich quer vor ihm durch das Gelände zog. Eine Katastrophe schien unvermeidlich. Jedes der Pferde, die er bisher kannte, wäre nun langsamer geworden oder hätte einen weiten Bogen eingeschlagen, doch das Warmblut stürmte weiter, anscheinend blind für die Gefahr und das unüberwindliche Hindernis.

Buddebahn verkrampfte sich. Er wollte sich vom Rücken des Hengstes fallen lassen, doch der Graben war zu nah. Er fürchtete, hineinzustürzen. Daher beugte sich nach vorn, krallte seine Hände in die Mähne des Pferdes, das sich gewaltig streckte, und hielt sich mit knapper Not. Im nächsten Moment schnellte sich der Hengst in hohem Bogen über den Graben hinweg. Er kam mit den Vorderhufen auf und galoppierte weiter, wurde nun aber etwas langsamer als zuvor. Das erfasste der Ermittler nur am Rande, denn er hatte äußerste Mühe, sich auf dem Rücken des Braunen zu halten. Nie zuvor hatte er ein Pferd springen sehen, und ein Pferd, das ein Hindernis auf diese Weise überwand, hatte er schon gar nicht unter sich gehabt. Dass er nicht abgeworfen wurde, war allein der Tatsache zu verdanken, dass er ein geübter und sehr guter Reiter war.

Die Stadtmauern flogen förmlich heran, so dass es schien, als wollte der Hengst sie überrennen. Um ihn rechtzeitig abzufangen, straffte er die Zügel. Der Braune reagierte augenblicklich, fiel in einen leichten Trab zurück, und als er die Zügel noch ein wenig stärker anzog, blieb er schnaubend stehen. Ohne Frage war er nach allen Regeln der Reitkunst ausgebildet. Er kannte die Hilfen, und er sprach bedeutend schneller darauf an als die Pferde, die Buddebahn bisher geritten hatte.

Überrascht und von einem geradezu überschwänglichen Glücksgefühl erfüllt, schwang er sich aus dem Sattel. Nie zuvor hatte er einen Ritt derart genossen. Eine neue Welt öffnete sich ihm, von der er bisher nichts geahnt hatte. Überzeugender hätte diese erste Begegnung mit dem Pferd einer neuen Rasse nicht ausfallen können. Dieser Hengst stellte alles in den Schatten, was er bisher gekannt hatte. Buddebahn war so begeistert, dass er am liebsten sogleich wieder in den Sattel gestiegen wäre. Doch er nahm sich zusammen. Es fiel ihm schwer, aber er ließ sich nicht anmerken, wie aufgewühlt er war und wie sehr die Freude seinen Herzschlag beschleunigte.

»Nun, was sagt Ihr?«, fragte der Mönch, der sich ebenfalls aus dem Sattel gleiten ließ. »Habt Ihr je so ein Pferd zwischen den Schenkeln gehabt?«

Buddebahn kannte das Geschäft. Es wäre ein teurer Fehler gewesen, ihm nun einzugestehen, wie sehr ihm der Hengst gefiel. Jetzt begann das Feilschen, wie es auf dem Pferdemarkt üblich war, und er war gut beraten, wenn er sich bei der Beurteilung des Hengstes zurückhaltend äußerte. Er war durchaus bereit, einen guten Preis für das Pferd zu bezahlen, wusste jedoch, dass die Mönche von Wilster geschäftstüchtig waren und nur darauf warteten, ihn über den Tisch ziehen zu können, um soviel wie nur eben möglich herauszuschlagen.

Während sie sich auf den Rückweg zum Pferdemarkt machten, verhandelten die beiden miteinander, und es dauerte lange, bis sie sich endlich einig waren. Mit dem üblichen Handschlag besiegelten sie das Geschäft.

Als Buddebahn eine Stunde darauf mit dem Hengst auf den Hof der Brauerei kam, blickte Harm so griesgrämig drein wie kaum jemals zuvor. Der alte Pferdeknecht machte kein Hehl daraus, dass er überhaupt nichts von diesem Einkauf hielt. Er hatte davon gehört, dass neue Pferde auf den Markt gekommen waren, hatte es jedoch nicht für nötig gehalten, sie auch nur eines Blickes zu würdigen. Um so weniger gefiel ihm, dass ein solches Pferd nun ausgerechnet in die von ihm bestimmte Welt der Pferdepflege eindrang.

»Was willst du mit diesem Leichtgewicht?«, fragte er kopfschüttelnd. »Ist der Gaul halb verhungert oder völlig missraten? Du glaubst doch nicht, dass du ihn vor den Wagen spannen kannst? Der zieht keine vier Bierfässer weg.«

»Kann schon sein«, gab Buddebahn belustigt zurück, »aber dafür ist er nicht vorgesehen. Ich habe etwas ganz anderes mit ihm vor. Mach dich auf die Socken, geh zur Werft von Ohm Deichmann und hole mir David her.«

»Dazu muss ich nicht zu Deichmann gehen«, erwiderte Harm. Er spuckte aus. »Dein Herr Sohn sitzt in der Schankstube. Wenn mich nicht alles täuscht, war er die längste Zeit auf der Werft. Er hat mal wieder seine Meinung geändert. Aber dieses Mal wohl etwas deutlicher als sonst.«

Der Ermittler übergab seinem Knecht die Zügel und wies ihn an, den Hengst in den Stall zu bringen. Er ging in die Schankstube, in der er zuletzt mit Nikolas Malchow zusammen gesessen hatte. Als er eintrat, blickte David auf. Sehen konnte er allerdings nur mit dem rechten Auge. Das linke war so stark geschwollen, dass es sich fast geschlossen hatte. Eine blutige Schramm verunzierte die rechte Wange.

»Du hast dich geprügelt«, stellte Buddebahn fest. »Und das hat Ohm Deichmann nicht gefallen.«

»Nein, überhaupt nicht«, bestätigte sein Sohn, wobei er sich das blonde Haar aus der Stirn strich. »Zumal er derjenige ist, der die Prügel bezogen hat.«

»Ist nicht wahr!« Buddebahn setzte sich auf einen Hocker. »Du hast ihm den Respekt verweigert? Hast du den Verstand verloren? Er wird dafür sorgen, dass du nirgendwo in Hamburg mehr Arbeit findest. So wie ich ihn kenne, wird er obendrein die Zunftmeister der anderen Hansestädte gegen dich aufbringen.«

»Das ist mir egal. Ich bin kein Leibeigener, auch wenn Ohm Deichmann dies zu glauben scheint. Ich will arbeiten, hart arbeiten. Aber ich bin kein Hund, den man nach Belieben züchtigen kann.« David ballte die Hände zu Fäusten und schlug sie ärgerlich auf den Tisch, dann beugte er sich vor und vergrub das Gesicht in seinen Händen. »Der Zunftmeister ist ein Dreckskerl, der keinerlei Respekt verdient. Er ist zu allem fähig. Zu allem!«

»Er ist ein Mann, der die Macht hat, dich wie eine Wanze zwischen den Fingern zu zerquetschen«, versetzte Buddebahn. »Das scheint dir nicht klar zu sein. Verdammt noch mal, David, warum kannst du nicht wenigstens einmal durchhalten, nur ein einziges Mal, und so lange bei einer Stange bleiben, bis du die nötigen Papiere erhältst, die dir die Tore öffnen, so dass du überall arbeiten kannst? Die Zunft gegen sich aufzubringen ist so ziemlich das Dümmste, was ein Mann tun kann.«

»Wenn du mir eine Predigt halten willst, verschwinde ich«, erregte sich sein Sohn. »Warum machst du mir Vorwürfe, anstatt zu fragen, was mit Ohm Deichmann ist? Ich bin, wie ich bin, und bevor ich vor einem Dreckskerl wie Deichmann in die Knie gehe, packe ich lieber meine Sachen und ziehe in eine andere Stadt. Das Gebiet der Hanse ist groß. Irgendwo werde ich schon was finden.«

Buddebahn nickte. Er kannte seinen Sohn gut genug, um zu wissen, dass es sinnlos gewesen wäre, ihm ins Gewissen zu reden. David war nicht bereit, seine Meinung zu ändern. Also war es vorteilhafter, auf ihn einzugehen. »Da hast du wohl recht. Du wirst Hamburg für einige Zeit verlassen. Ich will gar nicht wissen, was vorgefallen ist. Vielleicht war es richtig, was du getan hast.« Er grinste. »Sieht Ohm Deichmann auch so aus wie du?«

David blickte ihn verblüfft an. Mit einem derartigen Sinneswandel bei seinem Vater hatte er nicht gerechnet, und dann begann er zu lachen.

»Viel schlimmer. Ich glaube, er hat keine vier Zähne mehr im Maul. Die anderen hat er ausgespuckt. Von jetzt an kann er nur noch Suppe saufen. Er hat es nicht anders verdient. Er ist ein Lump. Er bringt es fertig zu weinen wie ein Waschweib, als werde er vom Mitleid überwältigt, und dich im gleichen Atemzug auf die ungeheuerlichste Weise zu betrügen.« Er blickte seinen Vater forschend an. »Hast du schon mal darüber nachgedacht, ob er seine Frau Erna hat umbringen lassen? Das wäre kein Problem für ihn. Ich habe gesehen, was für Hungerleider bei ihm auf der Werft erschienen sind und in aller Heimlichkeit mit ihm geredet haben. Jeder von denen begeht für ein paar Witten einen Mord.«

»Warum sollte er ihnen den Auftrag gegeben haben, Erna umzubringen?«

»Was weiß ich?« David tippte sich an die Stirn. »Der hat Dämonen im Kopf. Man weiß nie, was er im nächsten Moment macht. Könnte ja sein, dass Erna ihn geärgert hat, weil sie zu nett zu uns war und zu großzügig. Das könnte Grund genug für ihn sein.«

Buddebahn gab seinem Sohn recht. Ohm Deichmann war immer ein schwer durchschaubarer Mensch gewesen. Er erinnerte sich daran, dass er als Kind geradezu abgöttisch in eine Hündin verliebt gewesen war. Stets war dieses Tier in seiner Nähe gewesen. Es hatte seine Liebe erwidert. Er erzog es gut, so dass es ihm aufs Wort gehorchte. Eines Tages aber war die Hündin läufig und folgte ihren Instinkten. Deichmann suchte sie. Er pfiff auf den Fingern und rief sie, bis sie endlich kam. Anstatt sie für ihren Gehorsam zu loben, schlug er mit einem armdicken Prügel auf sie ein, bis sie tot war. Dann nahm er den Kadaver und warf ihn in hohem Bogen in die Alster. Er grinste, klopfte sich auf die Brust und befand, er habe nun unzweifelhaft bewiesen, dass er derjenige sei, dem sie ohne Wenn und Aber zu gehorchen habe. Suchend sah er sich um, doch die Hündin war längst mit der Strömung davongetragen worden. Danach brach er in Tränen aus und war untröstlich.

Buddebahn fühlte sich an sein Verhalten nach dem Tod seiner Frau erinnert.

Damals hatten er und seine Freunde an Deichmanns Verstand gezweifelt.

»Ich werde mich ein bisschen näher mit Ohm befassen«, versprach er.

»Das solltest du«, erwiderte David. »Unbedingt. Ich bin sicher, dir wird einiges auffallen.«

Buddebahn stand auf und winkte seinem Sohn auffordernd zu. »Ich habe was für dich. Eine Aufgabe. Sie ist nicht leicht, aber ich denke, du wirst sie bewältigen.«

Zögernd erhob David sich. Er traute dem Frieden noch nicht ganz. In den vergangenen Jahren hatte er zahllose Auseinandersetzungen mit seinem Vater gehabt, und dabei war es oft genug sehr hitzig zugegangen. Allzu konträr waren ihre Meinungen gewesen, und fast nie war einer von ihnen bereit gewesen, auch nur ein wenig nachzugeben und einen Kompromiss zu suchen. Allerdings erkannte David an, dass sein Vater niemals versucht hatte, seine ganze Autorität gegen ihn einzusetzen und ihm etwas aufzuzwingen, obwohl er wegen der Rechtsordnung der Stadt Hamburg durchaus dazu berechtigt gewesen wäre.

»Für mich? Was ist es?«

»Als Erstes – ein Pferd. Und dann wirst du etwas für mich besorgen. Die Einzelheiten erfährst du, sobald du das Pferd gesehen hast. Und nun komm endlich.«

Sie verließen den Schankraum und gingen in die Stallungen hinüber.

Als sie auf den Hof hinaustraten, vernahm Buddebahn den Schrei eines Raubvogels. Er blieb stehen, beschattete die Augen mit den Händen und blickte in den Himmel hinauf. Hoch über ihnen kreiste ein großer Vogel. Der gegabelte Schwanz war trotz der großen Entfernung deutlich zu erkennen.

Es war der Rote Milan.

»Was ist los?«, fragte David. »Stimmt was nicht?«

»Ich weiß nicht«, antwortete sein Vater unbestimmt. »Ich weiß es wirklich nicht.«

13

Tilmann Kirchberg war in höchstem Maße erstaunt, als Buddebahn bei ihm in seinem Hause erschien. Der Medicus war gerade damit beschäftigt, die zahllosen Töpfchen, Röhrchen und Schachteln zu sortieren, zu beschriften und einzuordnen, in denen er die unterschiedlichsten Kräuter, Tinkturen, Salben und sonstige Mittelchen aufbewahrte, die er als Arzneien bezeichnete und die auf die eine oder andere Weise wohl auch eine gewisse Wirkung bei seinen Patienten erzielten. Um jedes von ihnen wusste er ein Geheimnis zu machen. Er erzählte kleine Geschichten, um zu vermitteln, unter welch schwierigen Umständen er die Bestandteile beschafft hatte – es waren immer besondere Umstände – und verlangte einen entsprechend hohen Preis. So verwunderte es nicht, dass ihn hauptsächlich Kranke und Leidende aus den besser gestellten Schichten der Stadt aufsuchten und um Hilfe baten, während die Armen und die weniger privilegierten Bürger notgedrungen auf seine Dienste verzichten mussten.

»Conrad Buddebahn, was führt Euch zu so früher Stunde zu mir?«, rief er, verschränkte die Hände vor der Brust und rieb sie aneinander. Er trat nah an ihn heran, kniff die Augen zusammen und überzeugte sich aus nächster Nähe davon, dass er es wirklich mit dem Ermittler zu tun hatte. »Sollte Euch ein Leiden plagen, das Euch zwingt, mir einen Teil Eures nicht unbeträchtlichen Vermögens für Eure Gesundung anzuvertrauen?«

Er war ein kleiner, schmächtiger Mann mit hohlen Wangen und knochigen Händen. Seit seiner Jugend litt er darunter, dass er nur klar und konturenscharf sehen konnte, was sich unmittelbar vor seiner Nase befand. Daher trug er stets ein Stück Glas mit sich herum, dass er sich vor das rechte Auge hielt, wenn es darauf ankam, Zahlen oder eine Schrift zu lesen. Als er noch jung gewesen war, hatte er volles, lockiges Haar gehabt, das kaum zu bändigen war. Davon war nicht viel übriggeblieben. Ein paar dunkle Haarsträhnen stellten den Rest der einstigen Pracht dar.

»Zum Glück fühle ich mich vollkommen gesund«, enttäuschte Buddebahn ihn, wobei er auf den scherzhaften Ton einging. »Mein einziges Leiden ist, dass ich voller Eifer zusammenhalte, was ich im Laufe meines Lebens erworben habe, aber dafür werdet Ihr mir vermutlich kaum in die Geldbörse greifen.«

»Schade, schade!«, bedauerte der Medicus. »Nicht einmal beim Wasserlassen gibt es Probleme? Das ist ungewöhnlich für Euer Alter und sollte untersucht werden. Ich könnte mit einem silbernen Röhrchen durch den After bis an die Blase gehen und sie anstechen, so dass sie sich entleeren kann. Dabei seid Ihr bei mir besser aufgehoben als beim Bader. Keine Angst, sie verschließt sich danach von selber wieder. Oder habt Ihr vielleicht ein paar Warzen, die ich entfernen kann? Um den After herum ist alles gesund?«

»Es ist mir fast peinlich, dass Ihr nichts an mir verdienen könnt, Tilmann. Dummerweise trinke ich gern Bier, und das hält mich gesund.«

»Dann hört auf damit! Wie soll ein Medicus wie ich existieren können, wenn die Menschen nicht mehr krank werden?« Er ließ sich auf eine mit Schnitzereien verzierte Bank sinken und bot seinem Besucher dabei Platz an. Buddebahn setzte sich zu ihm. Auch Tilmann Kirchberg und er kannten sich seit ihrer Jugend. Sie wussten, was sie voneinander zu halten hatten, und sie schätzten einander. Buddebahn war sich sicher, dass der Medicus über seinen Gesundheitszustand nicht wirklich klagte, sondern auf seine Art scherzte.

Gern erinnerte er sich an die Unternehmungen, die sie in ihrer Jugend aus purem Übermut angegangen waren und von denen einige so unsinnig gewesen waren, dass sie später herzlich darüber gelacht hatten. Mit zwölf Jahren hatten sie beschlossen, in den Wald zu gehen und Wild zu jagen. Mit weniger als einem Hirsch aber wollten sie sich nicht zufriedengeben, wohl wissend, dass ihnen die Jagd verboten war und dass es ihnen schon gar nicht erlaubt war, nach etwas anderem als Niederwild zu pirschen. Den Herzögen und anderen Adligen stand es zu, Hirschen, Rehen, Wildschweinen, Bären und anderem Großwild nachzustellen; die niederen Stände – zu denen der Adel die Bürger der Stadt Hamburg zählte – durften sich allenfalls mit Hasen, Kaninchen, Fasanen, Rebhühnern und anderen Tieren dieser Art befassen.

Dessen ungeachtet waren sie aufgebrochen, in den Wald gezogen und hatten dort selbstgebaute Fallen aufgestellt. Sie fühlten sich wie große Jäger, und es störte sie am Ende nicht weiter, dass ihre Jagd erfolglos geblieben war. Immerhin war ein stattlicher Hirsch ihrer Falle recht nahe gekommen. Sie hatten ihren Spaß gehabt, und das war viel wichtiger als eine Beute, die sie ohnehin kaum in die Stadt hätten transportieren können.

Auch später waren sie Freunde geblieben – bis Buddebahn sich für Hanna Butenschön entschieden und sie in sein Haus aufgenommen hatte, ohne sie vorher – oder überhaupt – zu heiraten. Dass er mit ihr »in Sünde« lebte, war unverzeihlich für Tilmann Kirchberg ebenso wie für die meisten seiner Freunde und Bekannte. Daher war er ebenso auf Distanz gegangen wie die anderen, möglicherweise auch auf den Druck der Kirche hin, und um ihm aufzuzeigen, dass es eine klare Grenze zwischen ihnen gab, hatte er ihm das vertrauliche »Du« entzogen.

Buddebahn nahm es gelassen und mit einer gewissen Belustigung hin. Wäre es allein nach ihm gegangen, hätte er schon sehr bald geheiratet. Doch Hanna wollte nicht. Sie wollte ihre Eigenständigkeit bewahren und sich die Möglichkeit erhalten, jederzeit aus seinem Haus auszuziehen, falls ihr irgendetwas nicht gefiel oder die Spannung ihrer Beziehung nachlassen sollte. So war sie, und sie würde sich nicht ändern. Aber er hatte ebenfalls seinen Kopf und wollte sich und seine Überzeugungen nicht aufgeben, nur damit er zu einigen wieder »Du« sagen durfte. In dieser Hinsicht war er nicht bereit, Zugeständnisse zu machen.

»Wollt Ihr mir nicht sagen, was Euch zu mir führt?«, fragte der Arzt.

»Das ist schnell erklärt. Der Mörder Erna Deichmanns hat sich bei seinem Anschlag auf sie verletzt. Aller Wahrscheinlichkeit nach an seinem linken Arm«, führte Buddebahn aus. »Ich gehe nun davon aus, dass er gezwungen ist, irgendwo Hilfe zu suchen. Die Wunde hat sich vermutlich entzündet.«

»Warum sollte sie das tun? An der frischen Luft heilt sie schnell ab.«

»Das ist wohl richtig, aber der Täter wird sie unter der Kleidung verbergen, weil sie ihn verraten könnte. Vergessen wir nicht, er ist kein Arbeiter, der seine Arme zeigen kann und jederzeit eine gute Ausrede für eine tiefe Schramme hat, sondern jemand aus den gehobenen Kreisen der Stadt. Wie Ihr wisst, zeigt sich niemand außerhalb seines Hauses mit entblößten Armen, sondern nur korrekt gekleidet und meist mit enganliegenden Ärmeln. Das ist nicht gut für die Wunde.«

»Obwohl ich kein Wundarzt bin, kenne ich mich in dieser Hinsicht ganz gut aus. Ich muss sagen, dass die Gefahr unter diesen Umständen recht groß ist. Die Wunde könnte sogar brandig werden«, warf der Medicus ein.

»Genau das ist das Problem. Das ist auch dem Täter klar. Also wird er versuchen, sich eine Heilsalbe zu verschaffen. Um die Entzündung zu bekämpfen, braucht er Apfel, Arnika, Bibernelle, Eibisch, Malve oder Spitzwegerich. Im Süden verwendet man Senf und Aloe, aber so etwas wird sich hier kaum finden. Honig ist empfehlenswert, vorausgesetzt, er ist rein genug.«

»Ihr kennt Euch bemerkenswert gut aus«, stellte Kirchberg fest. »Aber wie die Mischungsanteile sein müssen, könnt Ihr mir nicht sagen.«

»Natürlich nicht«, gab Buddebahn zu. »Ich habe nicht vor, es zu ergründen. Viel wichtiger ist mir, ob Euch jemand aufgesucht hat, der eine Wunde am Arm behandeln lassen wollte oder der nach einem Mittel gegen Entzündungen gefragt hat.«

»Leider kann ich Euch nicht helfen«, bedauerte der Medicus. »Bei mir war niemand, der eine Wundbehandlung benötigte.« Er musterte ihn forschend, wobei er nahe an ihn heranrückte. »Leidet Ihr vielleicht unter Blähungen? Oder Durchfall? Habt Ihr Schwierigkeiten mit der Galle? Ohrensausen? Schlaflosigkeit? Nichts?«

»Nichts!«

»Hm. Die Zeiten sind schlecht. Die Leute sind einfach zu gesund. Man sollte etwas dagegen unternehmen.« Voller Bedenken schüttelte er den Kopf. »Wieso kommt Ihr zu mir?«

»Weil der Mörder ganz sicher kein armer Mann ist, sondern einem Stand angehört, der es sich leisten kann, Euch zu konsultieren. Wen könnte er sonst noch fragen?«

Kirchberg überlegte nicht lange. »Es gibt einige Kräutersammler in der Stadt, die selber die Salben anrühren, die man bei Entzündungen verwenden sollte«, versetzte er. »Einige solltet Ihr gar nicht erst ins Auge fassen, weil sie zu schlecht sind.«

Er nannte ihm einige Namen und Adressen. Buddebahn horchte auf, als er den Bader Stübner erwähnte, den man auch den *Glocken-Bader* nannte. Er betrieb ein Badehaus nahe dem Domplatz. Bei ihm hatte Sara ihren Mann, den Richter Perleberg, gesehen. Ein schrecklicher Gedanke drängte sich ihm auf. War der Richter womöglich gar nicht bei Stübner gewesen, um dort zu baden oder sich an Kindern zu vergehen, sondern weil er Hilfe für einen verletzten Arm benötigte? Er konnte es nicht ausschließen. Die Aussagen Saras gaben darüber keine Auskunft.

»Ich danke Euch«, sagte Buddebahn, während er sich erhob, um sich zu verabschieden. »Einen ergebenen Gruß an die Frau des Hauses.«

»Richte ich gerne aus.« Der Medicus begleitete ihn bis zur Tür. »Fehlt Euch nicht doch etwas? Ist die Verdauung in Ordnung oder sind die Luftwege verschleimt? Plagen Euch Würmer oder habt Ihr gelegentlich Zahnfleischbluten? Nichts dergleichen?«

»Nichts.«

»Ihr seid wahrhaft enttäuschend für einen Arzt.« Kirchberg seufzte. »Und was macht der Kopf? Sind alle Gedanken klar?«

»Ich denke schon. Ja.«

»Man erzählt in der Stadt, dass Ihr gestern ein Pferd gekauft habt.« Lächelnd legte der Medicus den Kopf zur Seite, dann rieb er sich das Ohrläppchen. »Ein etwas eigenartiges Pferd.«

»Das kann wohl sein«, erwiderte Buddebahn unbeeindruckt.

»Man hat Euch gesehen, wie Ihr es vom Pferdemarkt zu Euch gebracht habt«, fuhr der Arzt fort. »Es soll ein Pferd sein, das recht mager ist. Vielleicht sollte ich Euch etwas gegen Appetitlosigkeit geben, damit es ordentlich frisst und das Gewicht erreicht, das ein gesundes Pferd haben sollte. Hopfen, Löwenzahn, Sanddorn und Wacholder helfen. Ich könnte Euch noch einige andere Kräuter empfehlen.«

»Gebt Euch keine Mühe.« Der Ermittler lachte. »Dieser Hengst soll so bleiben, wie er ist. Außerdem muss nicht unbedingt gut für Pferde sein, was den Menschen hilft.«

»Ach, Unsinn!« Der Medicus winkte ab. »Ein Pferd ist auch nur ein Mensch.« Wiederum trat er nahe an ihn heran, um ihm prüfend ins Gesicht zu sehen. »Kann es sein, dass man Euch das Fell über die Ohren gezogen hat?«

»Ganz sicher nicht.« Buddebahn verneigte sich leicht. Er konnte sich vorstellen, wie man in der Stadt über ihn redete. Mit einem Warmblut konnte keiner der Herren aus den feinen

Handelshäusern, den Werften oder Kanzleien etwas anfangen. Mit einem solchen Pferd beschäftigte man sich gar nicht erst. Kein Wunder also, dass man glaubte, er sei auf einen raffinierten Pferdehändler hereingefallen. Er war darauf gefasst, von anderer Seite ebenfalls spöttische Bemerkungen hinnehmen zu müssen.

Er machte sich auf den Weg zu den verschiedenen Kräutersammlern, um sie nach jemandem zu fragen, der mit einem verletzten Arm zu ihnen gekommen war und eine Arznei gegen Entzündungen kaufen wollte. Bis in den späten Nachmittag hinein suchte er zwei Frauen und einen Mann auf, die sich besonders gut in der Natur auskannten und die Tag für Tag auf Wiesen und Feldern sowie in den Wäldern der Umgebung unterwegs waren, um jene Pflanzen zu den Apothekern und zu den Heilkundigen zu bringen, die diese zu Arzneien verarbeiteten. Einige der Salben, Tinkturen, Pulver und Kräutertees stellten zwei von ihnen selber her. Wie erwartet, wurde er auf eine Geduldsprobe gestellt, denn die Sammler waren fast den ganzen Tag über unterwegs. Auf eine der beiden Frauen musste er besonders lange warten, bis sie mit einem Korb voller sorgfältig sortierter Pflanzen zu der Hütte zurückkehrte, in der sie lebte. Mit der Wundbehandlung kannten sich alle drei aus, aber keine von ihnen war von jemandem angesprochen worden, der sich am Arm verletzt hatte.

Nun blieb nur noch eine Adresse. Da er fürchtete, es könnte ihm falsch ausgelegt werden, wenn er das Haus des Glocken-Baders betrat, hatte er gehofft, nicht dorthin gehen zu müssen, sondern schon vorher einen Hinweis auf den verletzten Mörder zu finden. Falls Bader Stübner wusste, dass er als Ermittler für die Stadt tätig war, bestand die Gefahr, dass er Kehraus oder Perleberg von seinem Erscheinen berichtete. Das aber lag nicht in seinem Interesse. Es war zu früh, die beiden Kinderschänder unter Druck zu setzen, und angesichts der Macht des Richters war es dazu gefährlich.

Doch Buddebahn hatte keine andere Wahl.

Das Haus des Baders lag in einer kleinen Seitengasse, die nicht einmal einen Namen hatte, nicht weit vom Domplatz entfernt. Dabei war es relativ groß und enthielt mehrere Badestuben. Ein Schild an der Tür wies darauf hin, dass sowohl Männer als auch Frauen willkommen waren. Davor war die geschnitzte Figur eines Mannes angebracht, die mehr als doppelt so groß war wie die Figur einer Frau, die zudem unscheinbar und recht verwittert war. Buddebahn schloss daraus, dass der Bader sich gezwungen sah, Frauen einzuladen, weil die Öffentlichkeit so etwas von ihm und seinem Haus erwartete, jedoch nicht unbedingt erpicht darauf war, weibliche Gäste zu haben. Er konnte sich denken, warum das so war. Flüchtig blickte er an der Fassade hoch zum Giebel, wo drei ausgediente Glocken hingen. Sie waren es, die dem Badehaus seinen Namen verliehen.

Als er durch die klobig geformte Tür eintrat, wäre Buddebahn beinahe über zwei etwa achtjährige Jungen gestolpert, die auf dem Fußboden knieten und die Bohlen schrubbten. Zwei Mädchen, die kaum älter waren, schleppten einen Waschzuber eine Treppe hoch. Sie hatten schwer daran zu tragen und kämpften sich Stufe für Stufe voran. Er wollte ihnen gerade helfen, als Stübner aus einer der Badestuben herauskam und vor der Treppe stehenblieb, so dass er ihm den Weg versperrte. Es geschah wie zufällig, doch der Ermittler war sich sicher, dass er ihn daran hindern wollte, sich in das Geschehen im Haus einzumischen.

»Conrad Buddebahn«, sagte Stübner. »Endlich einmal kann ich Euch als Gast begrüßen. Mein Haus steht Euch offen, was immer Ihr wünscht.«

»Ihr irrt Euch«, gab Buddebahn kühl und distanziert zurück. »Ich habe nur eine Frage an Euch, dann verschwinde ich wieder.«

»Ein Bad in meinem Haus ist der beste Schutz gegen den Aussatz«, warb der Glocken-Bader für ein längeres Verweilen. »Noch nie ist einer meiner Gäste, die unsere Dienste regelmäßig in Anspruch nehmen, an Aussatz erkrankt.«

Das nahm Buddebahn ihm nicht ab. Durch den Handel mit fernen Ländern sowie durch die Kreuzzüge der Vergangenheit waren eine Reihe von Krankheiten eingeschleppt worden, zu denen die »Aussatz« genannte Lepra gehörte. Aus Angst vor diesen Krankheiten suchten die Menschen die Badehäuser auf, um sich in Schwitz- oder Wasserbädern zu reinigen. Die Überzeugung, dass dies der beste Schutz gegen Krankheiten sei, war weit verbreitet. Buddebahn suchte allerdings nur ungern Badehäuser auf. Er bevorzugte es, sich in seinem Haus mit dem Wasser aus dem eigenen Brunnen zu waschen.

Die Badehäuser waren überwiegend im Besitz der Stadt Hamburg, so auch das des Baders Stübner, der es gepachtet hatte. Das hatte Buddebahn vor seinem Besuch in Erfahrung gebracht, und er war entschlossen, sein Wissen notfalls als Druckmittel zu benutzen. Sollte der Bader ihm die Hilfe verweigern, konnte er ihm mit der Auflösung des Pachtvertrages drohen.

Die Bader der Stadt betrieben nicht nur die Badehäuser, sondern verrichteten darüber hinaus Körperpflege, schnitten die Haare, rasierten Bärte und versorgten Wunden aller Art. Einige waren als Chirurgen tätig, entfernten Polypen, öffneten Geschwüre oder nahmen gar Amputationen vor. Sie stellten allerlei Mixturen und Salben her, setzten Blutegel, nutzten Schröpfköpfe, Zugpflaster und Klistiere, zogen Zähne und ließen die Kranken zur Ader. Ihr Bereich war alles Äußere am Körper, während sich die Medici mehr um die innere Medizin kümmerten. Daran hielt sich ein Arzt wie Kirchberg jedoch nicht. Er behandelte nach Möglichkeit beides – innere und äußerliche Leiden.

Stübner gehörte ebenso wie die Handwerksmeister zur Innung. Er hatte sein Geschäft in dreijähriger Lehrlingszeit gelernt, wonach er nach erfolgreicher Prüfung als Geselle freigesprochen worden war. Wie Buddebahn im Rahmen seiner Ermittlungen im Rathaus erfahren hatte, bemühte er sich zurzeit um den Meisterbrief, der allerdings in Hamburg besonders schwer zu erwerben war.

»Vielen Dank für das Angebot. Vielleicht komme ich später darauf zurück«, erwiderte er, wobei er den Bader nicht aus den Augen ließ. Er meinte, Stübner ansehen zu können, dass dieser ein schlechtes Gewissen hatte. Er deutete auf die beiden Mädchen, die nun das obere Ende der Treppe erreichten. »Bei Euch arbeiten Kinder?«

»Ja, ich weiß gar nicht, wie viele es sind. Eine ganze Menge«, antwortete der Bader, ohne zu zögern. »Es sind alles Waisenkinder, denen ich helfen möchte. Ohne mich würden sie verhungern und zugrunde gehen. Sie sind glücklich, dass sie bei mir arbeiten und wohnen dürfen. Fragt sie selbst, wenn ihr Zweifel habt.«

»Die Kinder gehen mich nichts an«, wich Buddebahn aus. »Ich bin aus einem anderen Grunde hier. Ich suche jemanden, der sich mit einem Messer verletzt hat und möglicherweise mit den Folgen zu kämpfen hat, der Salben oder Tinkturen braucht, um einen Wundbrand zu verhindern.«

»So einer hat hier nicht um Hilfe ersucht«, beteuerte der Bader. »Es ist ungewöhnlich, aber ich habe seit mehr als drei Wochen keine Schnittwunde gesehen.«

Er war größer als Buddebahn, jedoch außerordentlich schmal, mit steil abfallenden Schultern, langen Armen und Händen wie Schaufeln. Auch sein Kopf fügte sich nicht in die Proportionen seines Körpers ein. Er war viel zu groß geraten, was um so mehr auffiel, als das Gesicht nur sehr wenig Platz einnahm, so als sei es von unsichtbarer Hand zusammengedrückt worden. Die Brauen und die Wimpern waren so hell, dass sie sich so gut wie nicht von seinem blassen Teint abhoben. So zogen die braunen Augen die ganze Aufmerksamkeit auf sich, da sie das beherrschende Element in einem weitgehend farblosen Areal waren. Dünne blonde Haare flossen vom höchsten Punkt seines Schädels in alle vier Richtungen schlaff herunter. An den Seiten stützten sie sich auf segelartig abstehende Ohren.

»Das war's«, sagte Buddebahn. »Vielleicht komme ich später auf Euch zurück.«

Auf dem Weg zur Tür sah er das Gesicht eines Kindes oben an der Treppe. Es erschien über dem Geländer der Balustrade und verschwand sofort wieder. Unwillkürlich stockte er, denn er glaubte, Kain erkannt zu haben, den zehnjährigen Sohn des Bauern Hermann. Sicher war er sich jedoch nicht. Allzu schnell hatte sich das Kind wieder zurückgezogen oder war von jemandem, den er nicht hatte sehen können, von der Balustrade gezerrt worden.

Ein riesiger Mann trat oben an die Treppe heran, und während er sie betont langsam herunterstieg, schlug er die zur Faust geballte rechte Hand gegen die offene Linke, so dass ein deutliches Klatschen zu vernehmen war. Dabei schwollen seine Oberarmmuskeln gewaltig an, als wollten sie das engsitzende Hemd sprengen.

Buddebahn verstand. Es war besser, sich nicht noch eingehender nach den Kindern zu erkundigen. Beschwichtigend hob er die Hand. Er tat, als sei er eingeschüchtert und auf dem Rückzug. Dabei war er sich dessen bewusst, dass er bessere Karten in der Hinterhand hielt als der Bader und sein Gehilfe. Dieser setzte auf körperliche Gewalt. Er dagegen nutzte seine geistigen Kräfte und hatte damit die wirksamere Waffe zur Verfügung.

Als er das Badehaus verließ und in die Gasse zum Domplatz einbog, kam ihm eine alte Frau entgegen. Zuletzt hatte er sie im Haus des Reeders Kehraus gesehen, wo sie Hühner gerupft hatte. Sie erkannte ihn wieder. Unschlüssig blieb sie stehen.

»Sei gegrüßt!« Er blickte sich suchend um. Neben dem Badehaus standen einige Hütten. Sie waren ärmlich und verfallen. Es waren Behausungen, die eigentlich nicht als Unterkunft für Menschen geeignet waren. Unvorstellbar, dass eine von ihnen ihr Ziel war. Nur das Badehaus kam in Frage, doch wollte sie ganz sicher nicht dorthin, um zu baden. »Was führt dich hierher?«

Die Alte zögerte kurz, dann entgegnete sie ihm: »Ich bringe Geld. Der Herr hatte nicht genug dabei, weil er vorher gespielt und verloren hat. Glaubt ja nicht, dass mir das gefällt.«

»Aber du hast keine andere Wahl.«

»Nein, ich habe zwei Mäuler zu stopfen, und ich habe zu tun, was man mir befiehlt. Verzeiht, Herr, aber so kann nur einer fragen, der nichts von uns weiß.« Nun war sie wieder die mürrische Alte, die er bei Kehraus kennengelernt hatte. Ihm war klar, dass sie nicht mehr von sich und ihrem Auftrag preisgeben würde, und er trat zur Seite, um sie vorbeizulassen.

Nachdenklich verließ er die Gasse, um in Richtung Dom zu gehen.

Die Alte brachte Geld ins Badehaus. Sie tat es, weil der Kinderschänder Kehraus sie schickte. Im Badehaus gab es Kinder. Viele Kinder. Auf sie richtete sich das Interesse des Reeders. Fraglos gewährte Stübner ihm nur Zugang zu ihnen, wenn er dafür bezahlte.

Ihm wurde übel bei dem Gedanken, dass er nicht sofort etwas gegen das Geschehen im Badehaus unternehmen konnte. Es war nicht zu ändern. Solange Richter Perleberg im Spiel war, war es schwierig, den Pachtvertrag aufzukündigen oder dem Bader auf andere Weise das Handwerk zu legen. Nur zu gern hätte er sich auf der Stelle davon überzeugt, ob sich Kain tatsächlich in dem Haus aufhielt. Doch vorläufig waren ihm die Hände gebunden. Er musste geduldig sein, um sich Schritt für Schritt seinem Ziel nähern zu können. Es würde einige Tage dauern, bis er mit der Hilfe Malchows das Ende des Pachtverhältnisses einleiten konnte. Legten sich die Advokaten quer – wofür Perleberg vermutlich sorgen würde –, konnten Wochen vergehen, bis das Glocken-Haus stillgelegt wurde.

Bis dahin musste er sich auf die Suche nach dem Mörder konzentrieren, um im Rahmen der Fahndung unauffällig die wenigen Möglichkeiten zu nutzen, die sich ihm boten, gegen den Glocken-Bader vorzugehen.

»Du hast dich in eine Idee verrannt, die nichts taugt«, kritisierte Hanna Butenschön, als Buddebahn wenig später zu ihr an den Fischstand ging. Im Laufe des Nachmittags hatte sie nahezu alle Fische verkauft, lediglich ein paar Aale bewegten sich in einem Tonkrug und glasig aussehende Stinte füllten eine kleine Tonne. »Erstens ist nicht sicher, dass sich der Mörder wirklich mit einem Messer verletzt hat, und zweitens muss sich die Wunde nicht unbedingt entzündet haben. Also ist fraglich, ob der Täter eine Arznei für die Behandlung benötigt.«

»Du hast recht. In jeder Hinsicht«, bestätigte er. »Nichts ist sicher.«

»Also treibt dich die pure Verzweiflung.«

Er zuckte nur mit den Achseln. Ganz so war es nicht. In der Nacht hatte er etwas entdeckt, was ihm die Richtung aufzeigte, in der er ermitteln musste. Nun war er bemüht, Steinchen auf Steinchen zusammenzutragen und zu einem Mosaik zu formen, mit dem er am Ende dem Rathaus den Mörder präsentieren konnte.

»Ich gehe zu Kirchberg«, verabschiedete er sich. »Ich habe das Gefühl, dass er mir weiterhelfen kann. Vielleicht habe ich ihm nur noch nicht die richtige Frage gestellt.«

»Hauptsache, du kaufst ihm nichts ab, diesem Geier«, rief sie ihm hinterher. »Wir brauchen keine Salben und Tinkturen. Und wenn er dich zur Ader lassen will, dann denk daran, dass er Schwarzsauer macht aus deinem Blut!«

Buddebahn lachte und winkte ihr zu, ohne sich zu ihr umzudrehen.

»Ich habe gehofft, dass Ihr zurückkehrt«, begrüßte Kirchberg ihn, nachdem er an die Tür seines Hauses geklopft hatte. »Sicherlich wollt Ihr doch etwas kaufen. Einen Zusatz zu Eurem Bier? Ein bisschen Honig könnte seinen Geschmack verbessern. Das süße Zeug ist allerdings recht teuer in diesen Tagen.«

»Hör auf damit«, rief seine Frau Sigrun aus dem Hintergrund. »Lasst Euch nicht für dumm verkaufen, Conrad! Ihm geht es gar nicht so sehr ums Geld, er will nur witzig sein. Leider gelingt es ihm nicht immer. Kommt herein. Ich habe Gebäck für Euch.«

Kirchberg verkniff sich mit einiger Mühe ein Lachen. Er

führte seinen Besucher in eine gemütlich eingerichtete Stube, in der es sogar zwei bequeme Sessel aus Weidengeflecht gab, die mit Leder überzogen und ein wenig gepolstert waren. Seine Frau Sigrun stellte Gebäck auf den Tisch und zog sich diskret zurück, nicht ohne Buddebahn zuvor einen freundlichen Blick zugeworfen zu haben.

Der Ermittler probierte das Gebackene, fand es köstlich und bat den Medicus, seiner Frau Komplimente wegen ihrer Küchenkunst auszurichten.

»Euch ist noch etwas eingefallen, nachdem ich weg war«, vermutete er. »Wollt Ihr mir nicht ohne Umschweife verraten, was es ist?«

»Eine delikate und nicht ganz einfache Geschichte«, bestätigte Kirchberg, wobei er ihm kühles, klares Wasser vorsetzte, um dann ihm gegenüber Platz zu nehmen. »Ihr seid wieder da, weil Ihr nichts ausgerichtet habt. Ist das richtig?«

»Absolut. Keiner der angesprochenen Sammler konnte mir helfen. Auch der Bader Stübner nicht.«

»Ein übler Bursche«, erwiderte Kirchberg, wobei er die Stirn krauste und den Mund voller Abscheu verzog. Er hielt sich ein Stück Glas vor das rechte Auge und blickte Buddebahn an, als wollte er sich ein Bild über seinen Gesundheitszustand machen. »Er hat einen Ruf, den er ganz und gar nicht verdient. Als ob ausgerechnet er untadelig sei. Aber das ist er nicht. Mir ist da einiges zu Ohren gekommen.«

»Das ist wohl richtig«, stimmte der Ermittler zu. »Reden wir nicht von ihm, sondern von dem, was Ihr mir mitteilen wollt und was Euch erst spät eingefallen ist.«

»Nun, es gibt noch einen weiteren Sammler in der Stadt«, eröffnete der Arzt ihm. »Für mich ist er mit Abstand der beste von allen. Er kennt viele Orte auf den Wiesen und in den Wäldern, an denen besonders seltene Pflanzen gedeihen.«

»Und doch habt Ihr nicht an ihn gedacht, als ich bei Euch war. Das wundert mich ein wenig, wenn ich offen sein darf.«

»Das liegt an einem Umstand, der ungewöhnlicher nicht sein

kann. Jeremias Torf war mir entfallen, weil er so gut wie unerreichbar ist für Euch.«

»Unerreichbar? Dann ist er nicht mehr in der Stadt?«

»Oh, ja. Er ist in Hamburg.«

»Aber? Bitte, redet offen und lasst Euch nicht alles aus der Nase ziehen. Was stimmt nicht mit diesem Jeremias Torf?« Buddebahn fragte sich, weshalb der Medicus so umständlich und zurückhaltend antwortete.

»Habt Ihr Zugang zum Kerker unter dem Rathaus?« Kirchberg starrte ihn wiederum durch das Glas hindurch an, als habe er ein Objekt vor sich, das er genau studieren müsse.

»Das könnte schon sein.« Buddebahn missfiel die Art, wie der Arzt ihn musterte, ließ sich sein Unbehagen jedoch nicht anmerken. Er hoffte, so schnell wie möglich eine Antwort zu erhalten. Danach würde er das Haus sofort verlassen. Kirchberg war niemand, mit dem man über eine längere Zeit hinweg eine angenehme und anregende Unterhaltung pflegen konnte. »Warum?«

»Warum? Weil dieser Jeremias Torf im Kerker sitzt. Er ist ein zum Tode verurteilter Mörder, der auf seine Hinrichtung wartet. Wenn ich mich nicht irre, soll er in der nächsten Woche geköpft werden. Wir Ihr wisst, reist der Henker aus Cuxhaven an, um hier am Grasbrook sein Handwerk zu verrichten. Er entstammt einer Familie, die traditionell den Henker stellt. Es heißt, es sei der Urgroßvater des heutigen Henkers gewesen, der Störtebeker um einen Kopf kürzer gemacht hat und der danach selber hingerichtet wurde, weil er einige gar zu respektlose Worte an die Ratsherrn richtete. Der Henker kommt natürlich nicht wegen eines einzigen Sünders, der hingerichtet werden soll. Dazu ist die Reise von Cuxhaven nach Hamburg zu schwierig und aufwendig. Also wartet er, bis sich mehrere Kandidaten angesammelt haben, so dass es sich eher lohnt, sich auf den Weg zu uns zu machen. Es eilt also nicht so sehr, wenn Ihr mit ihm reden wollt. Wenn aber der Kopf erst einmal herunter ist, werdet Ihr nichts mehr erfahren.«

Buddebahn ließ sich Zeit mit seiner Antwort. Er war enttäuscht. Mit einem Sammler, der schon seit einiger Zeit im Kerker saß, konnte er nichts anfangen. Es war nahezu ausgeschlossen, dass der Mörder zu ihm gegangen war, um sich von ihm ein Heilmittel gegen seine Verletzung geben zu lassen. Ein inhaftierter Todeskandidat konnte ihm nicht helfen.

Er erhob sich, bedankte sich und verabschiedete sich. Kirchberg begleitete ihn bis vor die Haustür.

»Ihr glaubt, dass Torf Euch nichts nützen kann«, stellte er fest.

»Das kann ich nicht leugnen.«

»Ihr irrt Euch. Er hat keine Salben und Tinkturen im Kerker. Natürlich nicht.« Der Arzt tippte sich demonstrativ an den Kopf. »Aber er verfügt über ein umfangreiches Wissen. Vermutlich weiß er mehr über die Wundbehandlung als jeder andere in der Stadt. Vor seiner Verurteilung war er Bader und konnte sich kaum retten vor den Menschen, die zu ihm kamen, um sich von ihm behandeln zu lassen. Er hat sich um die Ärmsten der Armen gekümmert und so gut wie nichts verdient.« Nach einer kleinen, nachdenklichen Pause fügte er hinzu: »Aber das spielt jetzt keine Rolle mehr. Geld könnte er auf dem Weg ohnehin nicht mitnehmen, den er nun gehen muss.«

»Ihr haltet es also für möglich, dass der Verletzte ihn aufgesucht hat, um einen Rat von ihm einzuholen?«

»Man macht sich so seine Gedanken.« Kirchberg hatte Gebäck mit hinausgenommen. Er knabberte genüsslich daran. »Seid Ihr es nicht gewesen, der festgestellt hat, dass der Mörder Agathes und Ernas den gehobenen Kreisen der Stadt angehört? Haltet Ihr es denn für ausgeschlossen, dass er sich im Rathaus findet? Oder dem Rathaus nahesteht? Wäre es beispielsweise ein Richter, womit ich auf gar keinen Fall unseren Freund Perleberg verdächtigen möchte, hätte er ohne weiteres Zugang zum Kerker oder könnte den Gefangenen zu sich rufen, um ihn zu befragen. Oder unser lebenslustiger Bürgermeister, der auf allen Hochzeiten tanzt und sich nie entscheiden kann.«

»Ich werde darüber nachdenken«, versprach Buddebahn. »Ihr habt recht. Ausschließen kann man gar nichts.«

Er reichte dem Medicus die Hand und machte sich auf den Weg zum Domplatz, auf dem der Markt mittlerweile geschlossen wurde. Die vielen Händler räumten ihre Stände und verstauten die Restbestände, für die sie keine Käufer gefunden hatten. Hanna Butenschön hatte ihre Zelte bereits abgebrochen und den Domplatz verlassen. Wo ihr Verkaufsstand gewesen war, zankten sich Möwen lauthals um ein paar Fischreste, die auf dem Boden lagen. Ratten taten sich an anderen Abfällen gütlich, für die sich – außer einigen Fliegen – sonst kein anderes Getier interessierte.

Es war spät geworden. Vielleicht schon zu spät, um etwas im Rathaus erreichen zu können. Er versuchte es dennoch – und erfuhr, dass Ratsherr Malchow bereits nach Haus gegangen war. Ihn dort aufzusuchen wäre allzu unhöflich gewesen und hätte ihn verstimmen können. Das aber wollte er auf keinen Fall riskieren. Jeremias Torf konnte er auch am nächsten Tag befragen. Sicherlich war seine Hinrichtung nicht für die nächsten Stunden angesetzt.

Er fragte nach dem Bürgermeister, doch auch der hatte das Rathaus schon verlassen.

Eigentlich war David gar nicht damit einverstanden, dass ihm sein Vater ein solches Pferd gab, wie er es unter sich hatte. Er war ein guter Reiter und verstand ziemlich viel von Pferden. Ein aufmüpfiger Geist wie er aber, der voller Unruhe war und mit ungestümer Ungeduld vorwärtsstrebte, der noch nach der Richtung suchte, in der er sich entwickeln wollte, der lieber Fehler über Fehler machte, anstatt sich anzupassen, konnte es nicht begrüßen, dass sein eigener Vater, der aus seiner Sicht in Konventionen erstarrt war, sich mit einem Pferd befasste, das geradezu Symbol einer heraufziehenden, neuen Zeit war.

Es war nahezu unmöglich, zu akzeptieren, dass ihm sein Vater in dieser Hinsicht einen Schritt voraus war und alles über

Bord geworfen hatte, was bis dahin für Pferde als unverbrüchlich und einzig richtig angesehen wurde. Da wäre ihm ein Streit mit ihm schon lieber gewesen.

Während er Hamburg in nordöstlicher Richtung verließ, dachte David darüber nach. Ihm schien, sein Vater unterscheide sich doch recht erheblich von den anderen Erwachsenen, die er kannte, und sei möglicherweise geistig viel beweglicher als sie.

Er beschäftigte sich mit dem Hengst, spürte dessen unbändige Kraft und beobachtete, wie er vorwärtsdrängte, als könne er es nicht erwarten, zu schnellerer Gangart als bisher überzugehen. Er hielt ihn zurück, weil er es nicht anders kannte und weil er sich die vor ihm liegende Wegstrecke genau einteilen wollte. Dabei folgte er einem der Handelspfade, schloss sich jedoch keiner Gruppe von Händlern oder anderen Reisenden an. Er wollte allein mit sich und seinen Gedanken bleiben, hielt jedoch stets Sichtkontakt mit einer Karawane, die sich hinter ihm befand und sich aus einem guten Dutzend Gespannen und einer Gruppe von Reitern zusammensetzte.

David Buddebahn fühlte sich sicher. Unter den gegebenen Umständen konnte er sich nicht vorstellen, dass sich Wegelagerer aus ihren Verstecken hervorwagten und angriffen.

Doch er täuschte sich.

Als der Weg um mehrere sich wallartig auftürmende Hügel herumführte und er die Pferdefuhrwerke und Reiter wegen dichter Büsche aus den Augen verlor, stürmten plötzlich vier Männer auf ihn zu. Sie trieben ihre Pferde zum Galopp an und nahmen ihn von zwei Seiten her in die Zange.

Seine Situation schien aussichtslos zu sein. Die Wegelagerer hatten eine Stelle ausgewählt, an der er ihnen kaum ausweichen konnte. Mit Lanzen und Kurzschwertern in den Händen griffen sie an, offenbar entschlossen, ihn zu töten, auszurauben und danach wieder im Dickicht zu verschwinden.

David blickte sich gehetzt um. Es gab keinen Ausweg. Er war zu leichtsinnig gewesen, als er auf den Schutz der Handelskarawane verzichtet hatte. Nun blieb ihm nichts anderes übrig als zu kämpfen. Mit dem Messer, das in seinem Gürtel steckte, und wegen seiner mangelnden Erfahrung in solchen Situationen hatte er allerdings kaum Aussicht, lebend aus der Falle herauszukommen. Gegen vier Männer dieser Art konnte er sich nie und nimmer behaupten, und das wussten sie, denn sie begannen triumphierend zu brüllen, während sie ihre Lanzen zum Wurf hoben.

Panik stieg in David auf. Er wusste nicht, was er tun sollte. Instinktiv gab er die Zügel des Hengstes frei und beugte sich nach vorn, um den tödlichen Waffen zu entgehen. Das Pferd nahm die Änderung seiner Haltung als Kommando wahr, schnellte sich mit einem Satz nach vorn und begann zu galoppieren. Erschrocken krallte David seine Hände in die Mähne. Für einen Moment schien es, als verlöre er das Gleichgewicht und würde aus dem Sattel stürzen. Doch dann hatte er sich gefangen. Zugleich merkte er, wie ruhig er auf dem Rücken des galoppierenden Pferdes saß. Geradezu fassungslos aber beobachtete er, wie der Hengst an den Räubern vorbeistürmte und sie mühelos hinter sich ließ. Brüllend und fluchend versuchten sie, ihm zu folgen. Sie trieben ihre Pferde mit aller Macht an, schlugen mit Gerten auf sie ein und fielen doch so schnell hinter ihm zurück, dass sie ihn nicht bedrohen konnten.

David lachte laut und ausgelassen auf.

Er war maßlos überrascht ob der Leistung des Pferdes, das von seinem Vater als Warmblut bezeichnet worden war. Er ließ es laufen, bis es von selber langsamer wurde, und dann klopfte er ihm anerkennend die Schulter und begann, mit ihm zu sprechen. Er beobachtete die Ohren des Hengstes, und er war sicher, dass dieser ihm genau zuhörte.

»Wir brauchen den Schutz der Karawane nicht«, sagte er übermütig. »Falls uns noch einmal jemand angreifen sollte, galoppieren wir ihm einfach davon. Kein anderes Pferd kann dir folgen. Es ist unglaublich, aber genau so ist es.«

Er blickte in den nahezu wolkenlosen Himmel hinauf und lachte erneut.

Jetzt wusste er, was sein Vater mit der Bemerkung gemeint hatte, er möge seine Möglichkeiten nutzen und sich beeilen.

Es wäre ihm nicht eingefallen, nun etwa zuzugeben, dass seinem Vater ein guter Kauf gelungen war. So weit wollte er denn doch nicht gehen. Er legte sich lieber zurecht, ein Pferdehändler habe versucht, ihn hereinzulegen, was ihm im Großen und Ganzen gelungen sei, wobei er selber nicht erkannt habe, wie gut der Hengst war.

Nach diesem Zwischenfall war David allein in der Lage, den Hengst richtig zu beurteilen. Er nahm sich vor, es seinem Vater nach seiner Rückkehr genüsslich unter die Nase zu reiben.

14

Der Tag war strahlend schön. Kein einziges Wölkchen zeigte sich über der Stadt Hamburg. Ein leichter Wind wehte von Westen her und half den Schiffen, die Elbe heraufzusegeln. Es war warm, und die ganze Stadt schien Fröhlichkeit zu atmen.

Conrad Buddebahn stieg die Stufen zum Rathaus schneller hinauf als gewöhnlich. Er war ausgesprochen zuversichtlich, als er den Raum betrat, in dem Nikolas Malchow arbeitete. Auch der Ratsherr hatte sich von der allgemein herrschenden Stimmung anstecken lassen. Er saß entspannt hinter seinem Schreibtisch. Die Jacke hatte er abgelegt und trug nun nur noch ein weißes Hemd mit langen Ärmeln und Rüschen an den Handgelenken sowie eine schwarze Hose. Während Buddebahn ihm zum Gruß die Hand reichte, konnte er die Füße und Strümpfe nicht sehen. Sie blieben hinter dem Tisch verborgen. Auf dem Tisch lag der Gehstock. Der silberne Knauf spiegelte das Licht der Kerze wider, die daneben brannte.

Malchow musterte ihn mit lebhaften Augen. Sein Gesicht

hatte wieder an Farbe gewonnen, und von dem fiebrigen Glanz des vergangenen Tages war nichts mehr vorhanden.

»Euch geht es wieder gut«, stellte er fest. »Die Magenprobleme scheinen behoben zu sein.«

»Das sind sie«, rief der Ratsherr und bot ihm zugleich mit einladender Geste Platz an. »Ich habe heute Morgen nur wenig gegessen, und nicht die geringsten Beschwerden haben sich eingestellt.«

»Modicus cibi, medicus sibi«, erwiderte Buddebahn. Als Malchow ihn ratlos ansah, übersetzte er: »Wer beim Essen maßvoll ist, der ist sein eigener Arzt.«

»Wohl wahr. Sicherlich war ich an den Tagen zuvor etwas unvorsichtig. Aber nun ist alles in Ordnung, und ich fühle mich ausgesprochen wohl.«

»Das freut mich, Ratsherr. Ansonsten hätte ich Euch Medicus Kirchberg empfohlen.«

»Ein guter Arzt, aber ein Halsabschneider«, konstatierte Malchow. Er kam hinter seinem Tisch hervor und ging einige Schritte auf und ab. »Sicherlich habt Ihr ihn schon mal konsultiert. Dann wisst Ihr, dass er in erster Linie hinter Eurem Geld her ist und erst danach an Eure Gesundheit denkt.«

Der Ermittler lachte. »Das habt Ihr trefflich formuliert. Wenn er seine Patienten durch das Glas anblickt, dann scheint er nur ihre Geldbörse im Auge zu haben. Doch er meint es nicht so. Er ist ein Schelm. Mir hat er einen kostenlosen Hinweis gegeben.«

»Dann taugt er nichts.«

»Der Medicus?«

»Nein, natürlich der Hinweis. Könnt Ihr Euch vorstellen, dass Kirchberg mit irgendetwas herausrückt, was von Wert ist, ohne sich dafür bezahlen zu lassen? Ich jedenfalls nicht.«

»Damit könntet Ihr recht haben, aber das würde ich gern überprüfen.«

»Um was geht es?«

»Um einen Kräutersammler, der im Kerker unter dem Rathaus auf sein Ende wartet.«

Malchow ließ sich zu einem makabren Scherz hinreißen: »Gegen den Henker ist kein Kraut gewachsen!« Er lachte kurz, merkte, dass er zu weit gegangen war, räusperte sich verlegen und stellte fest: »Ihr gebt noch immer nicht auf!«

»Ich kann nicht, solange Hanna Butenschön bedroht ist.«

»Ihr meint, wegen des Fischzeichens?«

»Genau deswegen. Der Mörder hat meines Erachtens in eindeutiger Weise signalisiert, dass sie sein nächstes Opfer sein soll.«

»Das verstehe ich, wenngleich ich nicht Eurer Meinung bin.« Malchow bot ihm Kirschsaft an. Als er ablehnte, schenkte er sich selber ein und trank ein ganzes Glas aus. »Ich denke, es war ein derber Scherz. Durch nichts zu entschuldigen. Aber es war ein Scherz. Vielleicht hat Eure Hanna jemanden verärgert, und er wollte sich auf diese Weise an ihr rächen, indem er ihr einen Schrecken einjagte.«

»Das alles ist möglich.« Buddebahn hatte auf das Zeichen gezielt, das der Mörder Erna Deichmann in den Rücken geschlitzt hatte. Doch Malchow meinte etwas anderes. Seine Worte bezogen sich auf den Kabeljau, der mit einem Kreuz versehen war und den jemand heimlich an ihrem Stand abgelegt hatte. »Ich muss das klären. Erst wenn ich weiß, dass Hanna nicht in Gefahr ist, werde ich die Ermittlungen einstellen. Solange müsst Ihr meine Hartnäckigkeit erdulden.«

»Das ist ein Wort! Solltet ihr den Auftrag allerdings schon vorher zurückgeben, werden es alle hier im Rathaus verstehen und Euch nicht den geringsten Vorwurf machen. Auch der Bürgermeister nicht. Erst heute hat er angeregt, die Ermittlungen einzustellen. Ich gebe nur weiter, was er gesagt hat. Ihr habt wahrhaft alles getan, was nötig war. Mehr kann niemand von Euch verlangen.« Malchow verschränkte die Arme vor der Brust und lehnte sich gegen seinen Arbeitstisch. »Eine andere Frage: Was veranlasst Euch, bei der Jagd nach dem Mörder einen Kräutersammler aufzusuchen? Wer auch immer es ist, helfen kann er Euch gewiss nicht.«

»Das mag sein«, räumte Buddebahn ein, »sicher ist es jedoch nicht.« Nach kurzem Zögern fügte er von der Wahrheit abweichend hinzu: »Es scheint eine gewisse Verbindung zu den Kinderschändern zu geben, denen wir auf jeden Fall das Handwerk legen sollten. Da seid Ihr sicherlich einer Meinung mit mir?«

»Bin ich, lieber Buddebahn. Der Mörder kann uns erst wieder interessieren, falls er eine weitere Tat begeht, und wenn ihm dabei Fehler unterlaufen, so dass wir ihm die Larve vom Gesicht reißen können. Kehraus allerdings lassen wir nicht ungeschoren. Ich hasse Männer, die sich an wehrlosen Kindern vergreifen. Deshalb ist mir alles recht, was Ihr unternehmt, um sie der gerechten Strafe zuzuführen. Vorläufig sehe ich allerdings keine Möglichkeit dazu. In den letzten Tagen ist Heinrich Kehraus einige Male im Rathaus gewesen, um mit dem Bürgermeister sowie einigen Ratsherren zu sprechen. Wie ich erfahren habe, hat er obendrein mehrere Ratsherren zu Haus besucht. Daraus kann ich nur schließen, dass er seine Macht konsequent ausbaut und sich Schritt für Schritt absichert. Vielleicht hat er erfahren, dass wir ihm auf den Fersen sind.«

»Das hat er«, bestätigte Buddebahn. »Durch Richter Perleberg.«

Malchow zuckte zusammen, als sei ein Blitz in seiner unmittelbaren Nähe eingeschlagen. Die Kinnlade sackte ihm nach unten, und er blickte ihn an, als zweifle er an seinem Verstand. Es war so überrascht, dass er nahe daran war, seine Fassung zu verlieren.

»Was habt Ihr da gesagt?«, stammelte er.

»Ihr habt mich ganz gut verstanden.«

»Richter Perleberg? Um Himmels willen, warum sollte er Kehraus so etwas verraten? Er muss doch wissen, wie dieser darauf reagiert. Nein, das ist Wahnsinn. So etwas hat er nie und nimmer getan.«

»Was macht Euch so sicher?« Buddebahn notierte in Gedanken, dass der Ratsherr nichts von den abartigen Neigungen des Richters wusste.

Nikolas Malchow griff sich mit beiden Händen an den Kopf. Er kehrte auf seinen Platz hinter dem Schreibtisch zurück, ließ sich auf seinen Stuhl sinken und zog den Gehstock zu sich heran, als könne dieser ihm Halt verleihen. Dabei schüttelte er den Kopf. Alles in ihm sträubte sich gegen den Verdacht, den Buddebahn ausgesprochen hatte.

»Ich kann Euch nur raten, so etwas nicht und schon gar nicht anderen gegenüber verlauten zu lassen«, brachte er mühsam hervor. »Ihr würdet Euch um Kopf und Kragen reden. Habt Ihr überhaupt eine Vorstellung davon, wie mächtig Perleberg ist? Ihr müsstet sehen, wie er mit dem Bürgermeister und den Ratsherren umspringt. Manchmal sieht es aus, als ob ihnen dieser kleine Mann, der hohe Hacken an seinen Schuhen trägt, damit er größer wirkt, als er ist, Anweisungen gibt, obwohl sie doch im Rang höher stehen als er. Sie bestimmen die Richtlinien der Politik. Er ist nur ausführendes Organ. Aber er formt jeden einzelnen von ihnen nach seinem Willen.«

»Auch Euch?«

»Ich war bisher nicht in der Verlegenheit, mich ihm beugen zu müssen«, erwiderte Malchow. »Aber was nicht ist, kann noch werden.«

Er schob einige Papiere zur Seite, an denen er gearbeitet hatte. Dann blickte er Buddebahn fragend an.

»Ihr wollt also mit jemandem reden, der im Kerker sitzt. Wer ist es?«

»Sein Name lautet Jeremias Torf.«

Buddebahn meinte ein kurzes Zucken der Lider im Gesicht des Ratsherrn zu beobachten, war sich jedoch nicht ganz sicher. Das flackernde Licht der Kerzen konnte durchaus zu einer Sinnestäuschung geführt haben.

»Jeremias Torf. Ja, der Mann ist mir bekannt. Nicht persönlich natürlich. Man hat mir zugetragen, dass er zum Tod durch das Schwert verurteilt worden ist. Er hat nicht mehr lange zu leben, weil er auf seinen Nachbarn losgegangen ist, mit dem er seit Jahren im Streit gelebt hat, und ihn erwürgt hat. Und das alles nur, weil die Kinder des Nachbarn angeblich zuviel Lärm vor seiner Tür gemacht haben.«

»Ich möchte mit ihm reden«, erklärte Buddebahn, ohne sich zu der Untat des Mannes zu äußern. Er hielt es nicht für angebracht, mehr von seinem Wissen preiszugeben als unbedingt nötig.

»Wenn es Euch wichtig ist, dann geht meinetwegen zu ihm«, sagte Malchow. Er zuckte mit den Achseln, um anzuzeigen, wie wenig er davon hielt. »Aber erfahren werdet Ihr nichts. Der Mann ist verstockt und bösartig. Er weigert sich, den Mund aufzumachen. Er musste gefoltert werden, um die Wahrheit an den Tag zu bringen.«

Er schrieb einige Zeilen auf ein Stück Pergament, setzte ein Siegel darunter und reichte es ihm.

»Die Wachen sind des Lesens nicht kundig«, versetzte er, »aber sie erkennen das Siegel und werden Euch zu ihm führen.«

»Ich danke Euch. Sobald ich ein greifbares Ergebnis habe, werde ich Euch informieren.«

Das Blatt mit dem Siegel war tatsächlich wie ein Schlüssel, der ihm die Gewölbe unter dem Rathaus öffnete. Nachdem der Kommandant der Wachen einen kurzen Blick darauf geworfen hatte, erteilte er seinen Untergebenen den Befehl, Buddebahn bis zu dem Gefangenen Torf zu führen.

»Ihr habt Glück, dass Ihr ihn noch antrefft«, bemerkte er, während er den Ermittler ein kurzes Stück begleitete. »Der Mann bereitet sich auf seinen Tod vor. Der Henker wetzt schon sein Schwert.«

»Für wann ist die Hinrichtung festgesetzt?«

»Heute wird sein Kopf rollen«, kündigte der Kommandant an. Er wirkte gleichgültig, beinahe gelangweilt. Das Schicksal des Gefangenen berührte ihn nicht. Das Gericht hatte das Urteil gesprochen, alles andere interessierte nicht. Er war ein junger Mann mit glattrasiertem Gesicht, das ohne Ausdruck von Gefühl war. »Also beeilt Euch.«

Ein breites Tor öffnete sich vor ihnen, und eine Treppe führte in die Tiefe. Hier blieb der Kommandant stehen und ließ Buddebahn zusammen mit zwei Wachen allein weitergehen.

Ein schier unerträglicher Gestank nach Fäkalien, Schweiß und fauligem Essen schlug dem Ermittler entgegen. Zwei Ratten huschten über die Stufen der Treppe hinweg und verschwanden in einer Öffnung in der Mauer. Buddebahn zögerte kurz, doch dann trieb ihn der Wunsch voran, endlich etwas zu finden, was ihm bei seinen Ermittlungen entscheidend voranbringen würde. Langsam stieg er die Stufen hinab. Ein Wärter ging mit einer brennenden Fackel voran, ein zweiter folgte ihm. Auch er hielt eine Fackel in der Hand. Die Flammen tanzten und flackerten im Rhythmus der Schritte der beiden Männer. Bei jeder ihrer Bewegungen änderten sich die Schatten an den Wänden, so als hätten sie ein eigenständiges Leben entwickelt. Sie warfen nur ein kurzes Licht auf obszöne Zeichnungen, die mit Kohlestücken von den Wärtern an die Wände geschmiert worden waren und die sich teils in sexuellen Phantasien ausließen, teils Hinrichtungsszenen darstellten, wie sie grausamer kaum sein konnten. Es musste schrecklich sein für die Gefangenen, wenn sie diese Darstellungen auf ihrem Weg nach unten sahen. Drastischer hätte man ihnen nicht aufzeigen können, was ihnen unter Umständen bevorstand.

Buddebahn warf ihnen nur flüchtige Blicke zu und ignorierte sie ansonsten. Er konzentrierte sich vollkommen auf das Gespräch, das er hoffte mit Torf führen zu können. Allmählich gewöhnte er sich an den Gestank, so dass er ihm keine Übelkeit mehr bereitete. Dafür setzte ihm die zunehmende Enge auf den Steintreppen und in den Gängen zu. Die Wächter führten ihn in ein Labyrinth, das kein Ende zu nehmen schien. Sie schritten in immer wieder wechselnder Richtung voran und stiegen überraschend manche Treppe wieder hinauf, bis Buddebahn fürchtete, ohne ihre Hilfe nicht mehr herausfinden zu können. Er atmete auf, als sie endlich vor einer Eisentür stehenblieben und eine sichernde Kette davor entfernten.

»Bleibt vor der Tür und wartet auf mich«, befahl er. »Es wird nicht lange dauern.«

»Viel Zeit bleibt Euch nicht«, erwiderte einer der beiden, ein grobschlächtiger Mann, der eine schwarze Augenklappe trug. »Auf dem Rückweg nehmen wir den Gefangenen mit. Wir bringen ihn zum Grasbrook, wo er hingerichtet wird.«

»Warum so eilig?«, fragte Buddebahn. »Man hat mir gesagt, dass der Henker erst anreist, wenn er mehrere Verurteilte zu richten hat.«

»Darüber machen wir uns keine Gedanken«, antwortete der Grobschlächtige. »Der Befehl kommt von oben, und wir führen ihn aus.«

Er öffnete die Tür zu einer Grotte, die gerade so breit war, dass Torf darin liegen konnte. Aufrecht zu stehen war ihm nicht möglich, da sie zu niedrig war.

Buddebahn ließ sich in die Hocke sinken. Sondierend blickte er den Kräutersammler an, der mit geschlossenen Augen auf dem Boden lag. Der Hals des Gefangenen war auf der rechten Seite dick geschwollen. Die Augen waren mit einer weißlichen Substanz verkrustet und verklebt.

»Jeremias Torf, hörst du mich?«, fragte er.

»Ich bin ja nicht taub«, antwortete der Sammler. »Was willst du von mir?«

Bevor Buddebahn ihn daran hindern konnte, trat ihm einer der Wächter in die Seite. »Du wirst den Herrn respektvoll anreden, so wie es sich gehört«, brüllte er ihn an.

»Ja, Herr, verzeiht, Herr«, stöhnte Torf, wobei er sich vor Schmerz krümmte. Gequält drückte er sich die Hand an die Seite. Er sprach leise, und seine Stimme war heiser. »Was kann ich für Euch tun?«

»Das hört sich schon besser an.« Zufrieden zog sich der Wächter zurück, blieb jedoch in der Nähe, so dass der Ermittler den Gefangenen im Licht der Fackeln sehen konnte.

»Kann ich etwas für dich tun? Was ist mit deinem Hals?«, fragte Buddebahn.

»Entzündet, Herr«, klagte der Gefangene. Das Sprechen fiel ihm schwer. Er richtete sich auf, musste in dem niedrigen Verlies jedoch auf dem Boden sitzen. »Macht Euch keine Sorgen, darum kümmere ich mich selbst.«

»Dazu wird dir keine Zeit bleiben.«

»Ihr meint, weil der Henker auf mich wartet?« Er rieb sich die Augen.

»Gebt ihm Wasser, damit er sich die Augen reinigen kann«, befahl der Ermittler den Wachen. Sie gehorchten augenblicklich und stellten ihm einen Eimer mit klarem Wasser hin. Er tauchte seine Hände hinein und benetzte die Lider so lange, bis sich die Krusten auflösten und entfernen ließen. Endlich konnte er die Augen öffnen. Geblendet blinzelte er seinen Besucher an.

»Ich brauche einen Rat von dir«, versetzte Buddebahn. »Wie ich gehört habe, bist du Sammler und kennst dich besonders gut aus mit Kräutern. Ich suche etwas für die Wundbehandlung. Es soll gegen Entzündungen wirken und den Brand verhindern.«

»Ihr seid schon der zweite, der sich danach erkundigt, Herr. Haben die anderen Sammler vergessen, was man dazu nimmt? Am besten sind Aloe aus Italien, Apfel, Wohlverleih, den man auch Arnika nennt, Doldenblättler, Malvengewächse wie Eibisch und Spitzwegerich.« Von heftigen Schmerzen geplagt, brach er ab und legte sich die Hände gegen den geschwollenen Hals. Es dauerte lange, bis er wieder sprechen konnte. »Aber es genügt nicht, das alles zu haben. Man muss wissen, wie viele Anteile man von jedem nimmt, wie man sie zerstampft und zusammenmischt und welche Säfte man verwendet, damit sie ihre Wirkung erzielen.«

»Das reicht vollkommen«, erwiderte Buddebahn mit fester Stimme. »Nun sag mir noch, wer sich außer mir danach erkundigt hat.«

»Das werde ich Euch nicht verraten. Niemals«, weigerte sich der Gefangene.

»Du scheinst dir nicht klar darüber zu sein, was dich erwartet. Heute wird man dich zum Grasbrook führen.«

»Das ist richtig.« Torf grinste verzerrt. »Aber dann wird gar nichts passieren. Der Henker wird mich laufenlassen.«

»Bist du dir sicher?«

»Absolut. Ich habe dem anderen das Rezept gegeben, weil er mir die Freiheit dafür versprochen hat. Der Henker wird sein Schwert nicht gegen mich erheben. Das ist sicher.«

»Für mich hast du auch aufgeführt, auf was es ankommt.«

»Aber damit könnt Ihr nichts anfangen, Herr. Auf der einen Seite ist es die Zubereitung, auf der anderen Seite die Zusammensetzung der Anteile. Wer das nicht kennt, wird kein Heilmittel herstellen, das ausreichend wirkt.«

»Ich verstehe. Noch einmal: Wer ist der andere?«

»Ein hoher Herr. Mehr werde ich Euch nicht sagen, denn sonst gilt sein Versprechen nicht.«

Buddebahn versuchte noch einige Male, Jeremias Torf den Namen zu entlocken, doch der Gefangene weigerte sich zunächst, und dann antwortete er überhaupt nicht mehr, sondern schloss die Augen und reagierte auf keine Frage. Er war fest davon überzeugt, dass er dem Richtschwert entgehen würde. Schließlich gab der Ermittler auf. Die Wächter zogen den Gefangenen aus dem Verlies und nahmen ihn in ihre Mitte. Dann führten sie ihn und Buddebahn aus dem Gewirr der Gänge der Treppen hinaus ans Tageslicht.

Als sie den Innenhof des Rathauses erreichten, wandte der Ermittler sich an den Grobschlächtigen.

»Du weißt, wer außer mir noch bei Torf war. Ich will seinen Namen.«

»Ich weiß gar nichts«, antwortete der Wächter. »Der Kerl phantasiert. Niemand war sonst noch bei ihm.«

Buddebahn blickte ihm in die Augen und wusste Bescheid. Es wäre sinnlos gewesen, noch weiter zu fragen. Der Mann war mit Geld zum Schweigen gebracht worden.

Buddebahn ging vom Rathaus aus noch nicht sogleich nach Haus, sondern setzte sich an ein Fleet, genoss die wärmenden Strahlen der tiefstehenden Sonne und sah zwei Jungen zu, die angelten und dabei erstaunlich erfolgreich waren. Es gelang ihnen, zwei stattliche Zander zu fangen. Nachdem sie stolz damit von dannen gezogen waren, stand er auf und machte sich auf den Heimweg. Als er in den Hopfensack einbiegen wollte, begegnete er Reeper-Jan, der vom Grasbrook kam. Er blieb stehen, um ein paar Worte mit ihm zu wechseln.

»Ich hatte auf einem kleinen Kahn zu tun«, berichtete der Seiler. »Von da aus konnten wir den Richtplatz ganz gut sehen. Drei Männer sind geköpft worden.«

»War einer dabei, der einen geschwollenen Hals hatte?«, fragte Buddebahn, wobei er sich die Hand seitlich an den Hals hielt, um deutlich zu machen, was er meinte.

»Ja. Er hielt den Kopf schief und schrie wie am Spieß, weil er wohl Schmerzen hatte. Aber das hat ihm nicht geholfen. Der Henker hat kurzen Prozess mit ihm gemacht.« Reeper-Jan zuckte mit den Achseln. »Nun steckt sein Kopf neben den anderen auf einem Pfahl. Sein Anblick wird alle Seeleute ermahnen, sich bei uns an die Gesetze zu halten, damit ihre Köpfe nicht auch dort aufgespießt werden.« Er nickte ihm zu. »Einen angenehmen Abend noch.«

Was Buddebahn befürchtet hatte, war eingetreten. Eine hochgestellte Persönlichkeit aus dem Rathaus hatte Jeremias Torf sein Wort gegeben, es jedoch nicht gehalten.

Ihre Wege trennten sich. Buddebahn ging zur Brauerei. Er war müde und hungrig, und er hoffte, dass Hanna Butenschön Zeit gefunden hatte, etwas anzurichten, was ihm mundete.

Hanna empfing ihn in aufgeräumter Stimmung an der offenen Tür, ließ sich in seine Arme ziehen und begrüßte ihn mit einem langen Kuss. Dann führte sie ihn zum Feuer in der Küche. In einem Topf reifte eine verführerisch duftende Suppe heran.

»Holsteinische Biersuppe«, freute er sich, beugte sich über

den Topf und wedelte sich mit der Hand die aufsteigenden Dämpfe an die Nase. »Riecht köstlich. Täusche ich mich, oder hast du etwas Zitrone hineingetan?«

»Nein, du irrst dich nicht«, erwiderte sie, wobei ein zufriedenes Lächeln über ihre vollen Lippen glitt. Das üppig sprießende Haar hatte sie mal wieder mit einem Tuch im Nacken zusammengebunden, so dass es ihr als schwerer Schwall auf den Rücken herabfiel. »Ich hatte noch einen kleinen Rest.«

Sie eröffnete ihm, dass sie Brot in Wasser weich gekocht und durch ein Sieb gestrichen hatte. Danach hatte sie Zitrone, Salz, getrocknete Weintrauben und Zucker hinzugegeben, in Scheiben geschnittene Äpfel und Bier hineingetan und alles erhitzt, ohne es aufkochen zu lassen. Aus dem Eiweiß hatte sie Schnee geschlagen und in heißem Wasser fest werden lassen. Das Eigelb wurde mit etwas Suppe verquirlt und hinzugefügt. Als sie Buddebahn nun Suppe in eine Schale füllte, gab sie die Schneekugeln obendrauf, wobei sie bemerkte, dass ein jedes Gericht nicht nur die Zunge, sondern auch das Auge erfreuen sollte.

»Köstlich«, lobte er sie. »Niemand kocht so gut wie du, Hanna.«

Sie nahm sich ebenfalls von der Biersuppe und setzte sich zu ihm an den Tisch.

»Und doch lässt du dich hin und wieder von Grete verwöhnen«, kritisierte sie.

»Was soll ich machen?«, seufzte er. »Manchmal steht sie mit dem fertigen Mahl vor der Tür, und wenn ich dann ahnungslos nach Haus komme, kann ich ihr nicht ausweichen.«

»Wobei das raffinierte Biest sich vorher davon überzeugt, dass ich auf dem Markt zu tun habe und euch nicht stören werde.« Hanna blickte ihn scharf prüfend an. »Ich hoffe, du gehst ihr nicht unter die Röcke, um dich dort bei ihr zu bedienen.«

Buddebahn lachte. »Hanna, Liebes, wie kannst du so einen Unsinn reden! Ich dachte, das Thema Grete sei endgültig erledigt. Bitte, lass uns das Essen genießen und nicht mehr davon reden.«

»De Olsch wär op 'n Hoff!«
»Grete war auf dem Hof?«
»Segg ick doch!«
»Und was wollte sie?«
»Keine Ahnung. Sie hat Schröder schöne Augen gemacht.« Hanna verzog das Gesicht. »Und dann is se weg, und dorbi hätt se mit 'n Mors wackelt as 'ne ole Koh!«

Buddebahn lachte herzhaft. Grete war wahrhaftig keine Schönheit, und ihr Hinterteil war recht ausladend. Wenn sie dazu noch damit wackelte wie eine Kuh, war das sicherlich ein erheiternder Anblick. Es war fraglich, ob sie Henning Schröder auf diese Weise verführen konnte. Dieser war auf der Suche nach einer Frau, hielt jedoch nach einer wesentlich jüngeren Ausschau. Grete kam nicht in Frage, da sie bereits dreißig Jahre alt und somit eine alte Jungfer war. Außerdem fand er schlanke Frauen anziehend, so dass Grete in dieser Hinsicht kaum Aussichten hatte, sein Herz zu erwärmen.

Sie schwiegen eine Weile und setzten ihr Mahl fort. Schließlich fragte Hanna: »Wie weit bist du eigentlich bei den Kinderschändern?« Sie legte ihren Löffel zur Seite. Forschend blickte sie ihn an, doch er war sicher, dass sie nicht an seiner Miene ablesen konnte, was sie vorläufig noch nicht wissen sollte.

»Ich bin keinen Schritt weiter gekommen«, behauptete er. »Dummerweise habe ich Richter Perleberg in meiner Ahnungslosigkeit davon erzählt, dass Heinrich Kehraus sich an Kindern vergeht. Ich fürchte, das war ein schlimmer Fehler.«

»Wie hättest du wissen können, dass der Richter ebenfalls ein Kinderschänder ist und mit ihm unter einer Decke steckt?«

»Dennoch war es ein Fehler. Die beiden sind gewarnt und konnten sich in aller Ruhe absichern. Darüber hinaus ist nicht auszuschließen, dass sie sich ernsthaft bedroht fühlen und sie etwas aushecken, um mir das Leben schwerzumachen. Tatenlos werden sie sicherlich nicht zusehen, wie ich ihnen näher rücke und öffentlich mache, was sie treiben. Glücklicherweise weiß Perleberg nicht, dass seine Frau mir von seiner abartigen

Neigung berichtet hat. Ich denke nicht, dass sie es ihm unter die Nase gerieben hat.«

»Nein. Sie wird den Mund halten, um sich das Leben nicht noch schwerer zu machen, als es ohnehin schon ist«, stimmte Hanna zu. »Sie hätte keinen Vorteil davon, wenn sie ihn zur Rede stellt. Er wäre nicht geläutert, er würde nicht von den Kindern ablassen und sich ihr wieder zuwenden. Ganz sicher nicht. In Hamburg passiert ihm nichts, weil er als der höchste der Richter alle Fäden in der Hand hält, und außerhalb Hamburgs ist die Justiz der Hansestadt nicht zuständig. Also wird er ... Moment mal! Jetzt weiß ich endlich, wohin du deinen Sohn geschickt hast.«

»Ach, tatsächlich?« Buddebahn kippte die Schale, um auch noch den letzten Rest Suppe auslöffeln zu können.

»Zum Herzog! Die Gerichtsbarkeit für dieses Gebiet außerhalb Hamburgs liegt bei ihm!«

»Eine interessante Überlegung«, versetzte er. »Tatsächlich wäre es nicht schlecht, wenn ich den Herzog als Verbündeten gewinnen könnte. Er ist ein umgänglicher Mann, und da man ihm viele Weibergeschichten nachsagt, dürfte er hinsichtlich seiner Bettgeschichten ganz normal sein.«

»Ach!« Empört fuhr Hanna auf. »Für dich ist es also normal, wenn ein Mann viele Weibergeschichten hat? Was ist los mit dir? Bist du zu feige, oder bist du in aller Heimlichkeit hinter anderen Weiberröcken her, wenn du sicher sein kannst, dass man nicht in ganz Hamburg über dich tratscht?«

Abwehrend hob er beide Hände. »Um Himmels willen, Hanna!«, rief er. »Es ist ganz und gar nicht normal, wenn ein Mann ständig von einem Weib zum anderen wechselt. Das habe ich nicht behauptet.«

»Und ob du das hast!« Ihre braunen Augen loderten förmlich vor Erregung.

»Ich möchte nur feststellen, dass er sich für erwachsene Frauen interessiert, nicht aber für Kinder. Und das empfinde ich als normal.«

»Aber wenn er mit einer nicht zufrieden ist und sich ständig auf die Suche nach anderen macht, hat er 'ne Klatsche?«

»Genau das. Du hast es mal wieder trefflich formuliert.« Ein listiges Lächeln glitt über seine Lippen. »Wenn die eine es jedoch versäumt, ihn ein wenig zu verwöhnen, ist es kein Wunder, wenn er sein Glück bei anderen sucht.«

»Du meinst also, dass der Herzog 'ne Klatsche hat.« Sie tat, als habe sie seinen kleinen Zusatz nicht vernommen. »Das wird ihm nicht gefallen, falls es ihm zu Ohren kommt.«

»Das wird es nicht.« Buddebahn brach sich etwas Brot ab. »Ich will nur seine Unterstützung im Kampf gegen die Kinderschänder. Wenn er mir dabei hilft, bin ich zufrieden. Was er sonst noch treibt, interessiert mich nicht.«

»Hauptsache, du eiferst ihm nicht nach.«

»Du solltest mich besser kennen.«

»Die Folgen wären nicht besonders angenehm für dich.« Sie stand auf, und plötzlich lächelte sie honigsüß. »Möchtest du noch etwas gebratenen Speck, mein Schatz? Oder ziehst du Muscheln vor? Es heißt, die seien gut für die Manneskraft!«

Schon bald nachdem Hanna zum Hafen gegangen war, um Fisch zu kaufen, verließ Buddebahn das Haus. Ruhig schlenderte er durch die Gassen und über die Plätze in Richtung Elbe und zum Eichholz hinüber, wo das Kehraus-Haus stand, ein Gebäude von beeindruckender Größe. Mit Steinen im Fachwerkstil errichtet, wirkte es wie eine Festung neben den anderen Häusern, die deutlich kleiner und schlichter gestaltet waren. Blumen gab es nicht an der Front und ebenfalls keine lateinische Inschrift. Kehraus war ein Hanseat, der seinen Wohlstand nicht verbarg, jedoch auch nicht übermäßig herausstellte.

Vor einem Nebeneingang saß die alte Frau auf einem Hocker und entfernte Sehnen und überschüssiges Fett aus einem großen Stück Rindfleisch. Gleichgültig blickte sie auf, als Buddebahn an sie herantrat.

»Der Herr ist nicht da«, teilte sie ihm mit, bevor er etwas sagen konnte. »Er ist früh zum Hafen. Ein Schiff ist eingelaufen, und zwei sollen noch heute ablegen.«

Das musste ihm als Erklärung genügen. Weitere Auskünfte verweigerte sie ihm nicht, sprach jedoch kein Wort mehr, sondern schüttelte nur den Kopf, als er nach dem Diener Moritz fragte.

»Er ist ebenfalls nicht da?«

Sie warf ihm wie unbeabsichtigt eine herausgetrennte Sehne und etwas Fett vor die Füße. Wie aus dem Nichts heraus tauchte ein Hund auf, schnappte sich die Beute und verschwand wieder.

»Ich komme später wieder«, kündigte Buddebahn an.

Die Alte zuckte nur mit den Achseln. Es war ihr egal.

Im Hafen lagen tatsächlich drei Schiffe des Reeders. Alle drei wurden mit Hilfe von Drehkränen bedient. In den Laufrädern, mit denen sie betrieben wurden, bewegten sich jeweils zwei Strafgefangene. Sie hatten eine schwere Arbeit zu verrichten. Aufseher überwachten sie und sorgten zur Not mit der Peitsche dafür, dass sie in ihren Anstrengungen nicht nachließen. Darüber hinaus schleppten Hunderte von Tagelöhnern Lasten in die Schiffe, die auslaufen sollten, während eine geringere Zahl mit dem Löschen des anderen, einer Kogge, beschäftigt war. Kehraus wollte die beiden Kraveelen schnell abfertigen, damit sie den günstigen Wind nutzen und sich von der durch die Ebbe bedingten Strömung möglichst weit in Richtung Nordmeer tragen lassen konnten, bevor die Tide kippte und die Flut zum Ankern zwang.

Er hatte keine Zeit für Buddebahn. Als er merkte, dass dieser sich ihm nähern wollte, schickte er ihm seinen Sekretär entgegen und ließ ihm ausrichten, dass er unabkömmlich war und sich ausschließlich seinem Geschäft widmen würde.

»Ich sehe ein, dass diese Arbeiten wichtig sind«, erwiderte Buddebahn. »Richtet ihm meine Grüße aus. Ich melde mich später wieder.«

Mit einer entschuldigenden Geste trat der Ermittler den Rückzug an und begab sich zu dem Haus, in dem Thor Felten wohnte. Aber auch hier hatte er kein Glück. Wie er von einer Nachbarin erfuhr, war der Musiklehrer an diesem Tag früh aufgebrochen, um zu einer Schülerin zu gehen, die er seit längerer Zeit unterrichtete.

Bis zum Domplatz war es nicht weit, wo Hanna ihre Fische an diesem Tag anbot. Der Tag war hell, und nur wenige Wolken zeigten sich am Himmel. Der Wind kam aus Osten und brachte warme, trockene Luft mit sich. Es war zu spüren, dass es heiß werden würde an diesem Tag. Um sich vor der einsetzenden Hitze wieder in ihre kühlen Häuser zurückziehen zu können, nutzten viele Frauen die frühen Stunden für ihre Einkäufe. So herrschte ein lebhaftes und vor allem lautes Treiben. An fast allen Ständen wurde heftig gefeilscht, die Verkäufer versuchten die Marktbesucherinnen mit teils recht deftigen Sprüchen anzulocken, man begrüßte einander und tauschte Neuigkeiten aus.

Buddebahn hatte Mühe, sich durch die Menge zu schieben und zu den Fischständen zu kommen. Als er Hanna Butenschön sah, merkte er sofort, dass etwas nicht stimmte. Auf dem Markt war sie fast immer guter Laune, wusste die Leute zu unterhalten und ließ sich nie aus der Ruhe bringen. An ihrem Stand war sie wie eine kleine Herrscherin, die ganz allein entschied, wie die Dinge laufen sollten. Sie befand, wer die besten Fische erhielt, und wenn ihr jemand nicht gefiel oder ihr mit dummen Sprüchen kam, konnte es schon mal passieren, dass sie ihm gar nichts verkaufte.

An diesem Morgen aber sah sie ernst und verschlossen aus. Ihre braunen Augen funkelten, als wollten sie ihre Umgebung mit vernichtenden Blitzen versehen. Buddebahn blieb etwa zwanzig Schritte von ihr stehen und beobachtete sie eine Weile. Sie bediente ihre Kunden kurz angebunden, hatte für niemanden ein freundliches Wort und schien dicht davor zu sein, ihre Fassung zu verlieren.

Irgendetwas war passiert.

Als Buddebahn vor ihr stand, milderte sich der strenge Ausdruck ihres Gesichts ein wenig.

»Dieser Schwachkopf von einem Bürgermeister«, zischte sie ihm zu. »Ich begreife nicht, dass die Stadt sich so einen Idioten an ihrer Spitze leistet.«

»Du warst bei ihm im Rathaus?«

»Und ob ich das war! Dieser Hampelmann sollte mit den Fischern reden, damit sie ihre Fische nicht mehr selber von Bord und im Hafen verkaufen, sondern dieses Geschäft uns Händlern überlassen, so wie es seit ewigen Zeiten Tradition ist. Aber das hat er nicht getan. Angeblich hatte er zuviel zu tun, um sich darum kümmern zu können. Mit dem Kerl stimmt was nicht.«

»Wie ich dich kenne, hast du ihm mit deinem einmaligen diplomatischen Geschick ein paar Freundlichkeiten gesagt«, spöttelte er.

Sie grinste plötzlich, als sei ihr ein besonderer Geniestreich gelungen.

»Da hast du recht. Es hätte nicht viel gefehlt, und ich wäre ihm an die Gurgel gegangen. Immerhin habe ich ihn vor allen seinen Leuten einen Hohlkopf genannt und ihm geraten, als Wasserträger zu arbeiten, weil dabei keine Intelligenz gefordert ist, so dass selbst einer wie er so etwas machen kann. Du Mors hev ick to em seggt.«

»Worauf er ungemein erfreut war.«

»Ja – rausgeworfen hat er mich.« Es hatte ihr gut getan, so reden zu können. Sie entspannte sich, und als eine junge Frau kam, um einen Hecht zu kaufen, entschuppte sie den Fisch und gab ihr dabei einige nützliche Tipps, wie sie mit den vielen Gräten verfahren sollte, über die dieser Raubfisch nun mal verfügte.

»Hoffentlich schlägt sich der Bürgermeister nun nicht auf die Seite der Fischer«, versetzte Buddebahn.

»Mir wird schon noch was einfallen. Verlass dich darauf.« Vergnügt rieb Hanna sich die Hände. Ihre Stimmung war in einem geradezu rasanten Tempo umgeschlagen. »Dem verpule ich ein'n. Verlot di op to!«

Von ihrem Stand bis zum Haus von Maria Deichmann waren es nur ein paar Schritte. Als er davorstand, zögerte Buddebahn. Mittlerweile war Kapitän Deichmann wieder in Hamburg. Vor ihm konnte seine Frau kaum verbergen, dass sie vergewaltigt und geschlagen worden war. Seit seiner Rückkehr waren einige Tage vergangen. Was sich in dieser Zeit hinter der Fassade mit dem Fisch abgespielt hatte, entzog sich seiner Kenntnis. Hatte sie ihm erzählt, wer der Mann war, der ihr Gewalt angetan hatte, und wie hatte er darauf reagiert? Oder war es ihr gelungen, vor ihm zu verbergen, was geschehen war? Möglicherweise hatte sie ihm weisgemacht, dass die blauen Flecken auf ihrem Körper von einem Sturz herrührten.

Als er an der Tür klopfte, öffnete ihm der Kapitän. Buddebahn war ihm vorher nie begegnet, war sich aber auf Anhieb sicher, dass er den Sohn Ohm Deichmanns vor sich hatte, denn dieser hatte eine frappierende Ähnlichkeit mit seinem Vater, wenngleich er kleiner war und auch nicht so wuchtig wirkte. Er hatte jedoch den gleichen kantigen Schädel mit der breiten Stirn, der markanten Nase und den brutal wirkenden Kinnladen.

»Was wollt Ihr, Buddebahn?«, fragte er, noch bevor der Ermittler ein Wort gesagt hatte.

»Mit Eurer Frau reden«, erwiderte er. »Es dauert nicht lange. Ich habe nur ein paar Fragen.«

Es überraschte ihn ein wenig, dass Kapitän Deichmann sogleich zur Seite trat und ihn ins Haus bat, denn er hatte mit mehr Widerstand gerechnet. Maria saß in der dunkelsten Ecke ihres Wohnzimmers auf einem Stuhl. Sie hatte einen grauen Umhang auf dem Schoß und war mit kunstvoller Hand dabei, eine Naht zu vernähen, die sich offenbar gelöst hatte.

»Guten Morgen«, grüßte Buddebahn, erhielt jedoch keine Antwort.

Stattdessen legte ihm der Kapitän von hinten die Hand auf die Schulter, schwer und belastend.

»Seid Ihr gekommen, um jenen Mann zur Rechenschaft zu

ziehen, der in meine Familie eingebrochen ist und Unheil über sie gebracht hat?« Seine Stimme war dunkel und heiser, und sie bebte ob seiner Erregung. »Ich weiß Bescheid. Maria hat mir nichts verheimlicht.«

»Auch nicht den Namen dieses Mannes?«

»So ist es.«

»Und? Meint Ihr nicht, dass Ihr ihn mir nennen solltet?«

Kapitän Deichmann zögerte kurz, dann presste er mit fast geschlossenen Lippen einen Namen hervor.

Buddebahn drehte sich um und blickte ihn überrascht an.

»Seid Ihr sicher?«

»Natürlich sind wir das«, meldete sich Maria zu Wort. »Wir werden uns wehren.«

»Ich gebe Euch eine Woche«, eröffnete ihr Mann ihm. »Wenn er dann immer noch frei herumläuft, werden meine Mannschaft und ich ihn jagen und im Hafen aufknüpfen. Bis dahin halte ich mich an das Gesetz. Wenn das Gesetz meine Familie und mich aber nicht mehr schützt, dann warte ich nicht länger.«

»Ich denke, es wird nicht mehr so lange dauern.« Buddebahn war sich seiner Sache sicher. Leise stöhnend stemmte er sich die Hände in den Rücken, wobei er sich so hoch aufrichtete, wie es ihm möglich war. »Ihr solltet das Gesetz nicht unterschätzen, das ich auch in diesem Falle vertrete.«

»Wie soll ich zur See fahren, wenn ich meine Familie nicht in Sicherheit weiß?« Mühsam unterdrückter Zorn ließ den Kapitän fahl aussehen.

»Wir werden alles tun, was in unserer Macht steht«, versprach Buddebahn. »Es ist jedoch nicht so leicht, den Täter in den Kerker zu bringen, solange Eure Frau nicht als Opfer und Zeugin gegen ihn auftritt.«

»Das wird sie nicht. Wir werden uns nicht dem Tratsch der Leute aussetzen. Es muss einen anderen Weg geben.«

»Den werde ich finden. Aber jetzt, wenn Ihr erlaubt, eine andere Frage …«

Als Buddebahn eine halbe Stunde später auf den Domplatz

hinaustrat, lag ein zufriedenes Lächeln auf seinen Lippen. Er war sicher, einen entscheidenden Schritt weitergekommen zu sein.

Er ging zum Hafen hinunter und sah schon aus großer Entfernung, dass die beiden Kraveelen des Reeders Kehraus ausgelaufen waren. Ihre Segel zeichneten sich am Horizont ab. Die Kogge lag am Kai. Arbeiter waren noch immer mit dem Löschen der Ladung beschäftigt.

Als er das Schiff erreichte, schritt Kehraus von Bord, entdeckte ihn und ging schnurstracks auf ihn zu. Um seinem Ärger Ausdruck zu verleihen und seine Augen zu beschatten, zog er den Hut mit einem Ruck tief ins Gesicht.

»Mit Euch habe ich ein Wörtchen zu reden!«, rief er. »Es ist eine Unverschämtheit, wie Ihr hinter meinem Rücken herumspioniert und die Leute befragt.«

»Ich erfülle den Auftrag, den mir die Stadt gegeben hat«, erwiderte Buddebahn.

»Kein Wort mehr!«, forderte der Reeder mit mühsam unterdrückter Wut. Seine Kinnladen arbeiteten »Es reicht. Ich dulde nicht, dass Ihr herumschnüffelt und üble Lügen über mich verbreitet.«

»Dann hat Euch der Richter also informiert«, stellte er gelassen fest.

»Von mir erfahrt Ihr gar nichts.«

»Ich bin auf der Suche nach dem Mörder Eurer Frau. Wenn ich dabei auf andere Dinge aufmerksam werde, ist das nicht mein Problem und sollte für Euch kein Anlass sein, mir zu drohen.«

»Glaubt ja nicht, dass Ihr mich einschüchtern könnt!« Kehraus war ungemein angriffslustig. Es schien, als wollte er ihn mit bloßen Händen angreifen, um ihn zu bestrafen. Buddebahn ließ sich nicht beeindrucken. Besänftigend hob er eine Hand und wich gleichzeitig ein wenig zurück, so dass er sich nicht mehr in unmittelbarer Reichweite der Fäuste des Reeders befand. Er wechselte das Thema, hielt Kehraus jedoch unter Spannung.

»Wie geht es Moritz? Ich hoffe, er hat sich von dem Bad in der Elbe erholt?« Damit gab er dem Reeder zu verstehen, dass er von dem Vorfall wusste, ließ aber gleichzeitig offen, wie er ihn beurteilte, ob er an einen Unfall oder einen Anschlag glaubte. Wie erhofft, ließ sich Kehraus aus der Reserve locken.

»An Eurer Stelle würde ich mich fragen, wie es Eurer Fischfrau geht. Das könnte möglicherweise wichtiger sein«, fuhr der Reeder ihn an. »Wer mich angreift, muss damit rechnen, dass ich zurückschlage. Ich habe Euch gewarnt. Aber das war wohl nicht deutlich genug.«

»Ihr droht mir?« Buddebahn schüttelte den Kopf, als sei er vollkommen ratlos. »Aber warum? Was habt Ihr zu verbergen? Habe ich Euch richtig verstanden? Ihr wollt mich darauf hinweisen, dass Hanna das dritte Opfer werden könnte? Dann streift doch bitte den Ärmel Eures linken Arms hoch. Ich möchte sehen, ob Ihr Euch dort verletzt habt.«

»Den Teufel werde ich tun! Seid vorsichtig, Conrad Buddebahn. Ihr wisst nicht, auf was und mit wem Ihr Euch einlasst.«

Nach diesem unheilvollen Hinweis drehte Heinrich Kehraus sich grußlos um und ging davon. Ein großer, schwergewichtiger Mann mit einem schwarzen Hut und einem weiten Umhang, der den Umfang seines Körpers betonte. Die Schnallen an seinen Schuhen blitzten im Sonnenlicht.

Von böser Ahnung getrieben, lief Buddebahn zum Domplatz, wo Hanna Butenschön ihren Stand hatte. Schon von weitem vernahm er wütendes Geschrei und den Lärm einer aufgeregten Menschenmenge, in der jeder sich veranlasst sah, sich zu äußern. Je näher er kam, desto sicherer war er, dass Hanna die ganze Aufregung galt. Ihr machte man Schwierigkeiten, um ihn zu treffen.

Entschlossen bahnte er sich seinen Weg durch die Menge. Ohne nach dem Grund der allgemeinen Erregung zu fragen, arbeitete er sich nach vorn, bis er Hanna Butenschön und ihren Stand sehen konnte – oder das, was davon übrig war. Sechs farbenprächtig gekleidete Landsknechte mit Metallhelmen und Federn daran, Spießen und Schwertern bedrängten Hanna, die sich mit Faustschlägen und Fußtritten gegen sie wehrte. Zahllose Neugierige standen herum und verfolgten das Geschehen, wobei sie nicht mit abfälligen Kommentaren über die Fußsöldner sparten, die beim einfachen Volk weder angesehen noch beliebt waren. Sieben oder acht Fischfrauen waren von ihren Verkaufsständen hinzugeeilt und kamen Hanna zu Hilfe, indem sie die Landsknechte behinderten, wo immer sie konnten. Eine von ihnen schlug mit einem Hecht um sich, den sie mit beiden Händen hielt, eine andere warf den Landsknechten Stinte ins Gesicht. In dem Durcheinander war der Verkaufsstand zusammengebrochen.

»Was ist hier los?«, fragte Buddebahn. Er bückte sich und nahm einen der vielen Lachse auf, die auf den Boden gefallen waren. Er warf ihn dem Wachhabenden zu, der ihn unwillkürlich auffing, um ihn dann jedoch irritiert fallen zu lassen. Zornig fuhr der Mann auf ihn los, wagte aber nicht, Hand an ihn zu legen.

»Conrad, sie wollen mich vom Markt vertreiben«, rief Hanna.

»Wagt es nicht, mich anzufassen«, herrschte Buddebahn den Landsknecht an. »Ihr wisst, wer ich bin.«

»Ja, Herr«, erwiderte der Fußsöldner, der sichtlich erschrocken über sich selber war, weil er beinahe die Beherrschung verloren hätte. Er schien nicht zu wissen, wie er sich verhalten sollte. Männer wie er waren von der Stadt angeworben worden und wurden für ihre Dienste bezahlt. Manche von ihnen zogen durch das Land, um sich anzubieten, wo immer wehrhafte Kräfte benötigt wurden. Andere setzten sich in den Städten fest, bis jemand bereit war, ihnen einen Sold zu entrichten. Dabei mussten sie Spieß, Schwert und feste Schuhe mitbringen.

»Was treibt ihr hier? Wer hat euch den Auftrag gegeben, in den Markt einzugreifen?«

»Der Rat der Stadt erlaubt ihr nicht länger, Fische auf dem Markt zu verkaufen«, teilte der Wachhabende ihm mit, wobei er unsicher seinen Blicken auswich.

»Das werden wir ja sehen!« Die Fischfrauen rückten heran und nahmen den Landsknecht in ihre Mitte. Eine kleine, vollschlanke Frau mit einem hochroten Gesicht und einer Schürze voller Fischblut übernahm es, für sie alle zu sprechen. Sie trat so energisch und selbstbewusst auf, dass keiner der Landsknechte wagte, ihren Redefluss zu unterbrechen. »Hanna ist eine von uns. Niemand hat das Recht, sie vom Markt zu vertreiben. Auch der Rat der Stadt nicht. Da müsste er ihr schon beweisen, dass sie gegen die heilige Ordnung verstoßen hat. Und das kann er nicht. Das kann niemand. Hanna spricht für uns alle. Sie verhandelt für uns mit dem Bürgermeister und mit den Fischern. Sie bleibt.«

»Wer hat euch den Befehl erteilt?«, fragte Buddebahn.

»Ja, wer wohl?« Hanna Butenschön stieß den Fußsöldner zur Seite, der sie bis dahin festgehalten hatte, und kam voller Schwung und Elan heran. Mit ausgestrecktem Arm zeigte sie auf einen Mann, der erschrocken versuchte, in der Menge unterzutauchen. Es gelang ihm nicht, weil Buddebahn ihn am Schopf packte. »Das ist Moritz, der zum Gesinde von Heinrich Kehraus gehört. Er hat die Landsknechte zu mir geführt.«

Mit flammenden Augen stieg sie auf eine Kiste, so dass sie alle anderen weit überragte. Buddebahn versuchte, sie zu bremsen, doch sie war nicht zu halten. Ihr ungezügeltes Temperament ging mit ihr durch, und sie posaunte aus, wovon manche aus Furcht vor der Macht und dem Einfluss des Reeders bisher nur hinter der vorgehaltenen Hand geflüstert hatten.

»Und wisst ihr warum, der feine Herr Kehraus mir diesen Spitzbuben auf den Hals schickt? Hört zu, Leute, hört genau zu! Weil der angesehene, vornehme Heinrich Kehraus, der sich zu fein ist, um auch nur ein Wort mit uns zu wechseln, ein Kinderschänder ist. Ja, das ist er. Ein widerlicher Kinderschänder. Wir sind ihm auf die Schliche gekommen. Dafür will er sich rächen. Er ist ein hemmungsloses ...«

Sie kam nicht weiter, denn nun erhob sich ein wildes Geschrei. Die Markthändler und die Marktbesucher kannten

Hanna Butenschön schon seit Jahren. Sie glaubten ihr vorbehaltlos.

Buddebahn rückte ganz nah an den Wachhabenden heran.

»Ich kann mir denken, wer euch den Befehl für diesen Unsinn gegeben hat.« Er musste seine Stimme heben, um den allgemeinen Lärm übertönen zu können. »Glaubt mir. Ich habe Beweise dafür, dass er sich ebenfalls an wehrlosen Kindern vergeht. Dieser Mann wird sein Amt nicht mehr lange bekleiden. Und nun verschwindet endlich mit euren Männern!«

»Ja, Herr«, stammelte der Söldner. »Wie Ihr befehlt.«

Der Mann pfiff auf den Fingern, und seine Untergebenen schlossen sich ihm augenblicklich an. In ungeordneter Formation zogen sie ab, offensichtlich froh, nicht mehr dem allgemeinen Durcheinander und vor allem der aufgebrachten Menge ausgesetzt zu sein. Während die Fischfrauen ein allgemeines Triumphgeschrei anstimmten, hagelten Hohn und Spott auf sie herab.

Hanna hatte einen Sieg erzielt. Einen gefährlichen Sieg, wie Buddebahn fand. Er hätte gern mit ihr geredet, versuchte es angesichts der ausgelassen tanzenden und jubelnden Fischfrauen aber erst gar nicht. Unter diesen Umständen hätte er kein Gehör gefunden. Es war besser, bis zum Abend zu warten, wenn sich die Erregung gelegt hatte.

15

Der alte Harm saß vor dem Brunnen am Rande des Hofes nur ein paar Schritte von dem Häuschen entfernt, in dem Buddebahn mit Hanna wohnte. Neben den Gebäuden der Brauerei wirkte es kleiner, als es tatsächlich war. Allerdings war es nicht so groß wie das Haus Malchows.

Der alte Pferdeknecht war dabei, beschädigtes Zaumzeug zu reparieren. Dies war eigentlich die Arbeit eines Sattlers. Er sah jedoch nicht ein, dass er sie nicht ebenso verrichten und damit jene Stunden ausfüllen konnte, in denen er nicht so viel zu tun hatte mit den Pferden und dem Stall sowie den Fuhrwerken.

»Bei dir geht es neuerdings zu wie in einem Vogelhaus«, sagte er schmunzelnd. »Es ist ein einziges Kommen und Gehen. Und manche bleiben auch.«

»Das höre ich«, erwiderte Buddebahn angesichts des Lärms, der aus dem Schankraum der Brauerei zu ihnen herüberschallte. »Mir scheint, da ist jemand reichlich übermütig. Hanna mit ihren Fischfrauen vom Markt?«

»Meinst du, die haben so dunkle Stimmen? Sieh mal lieber nach«, riet ihm der Alte, wobei seine Augen vergnügt funkelten, was bei ihm nicht gerade häufig der Fall war. »Und wenn du was von deinem Bier retten willst, solltest du dich beeilen.«

»Du könntest sicherlich einen Schluck vertragen, Harm.«

»Ja, vielleicht. Aber nicht jetzt. Keine Angst, ich hole mir meinen Anteil, wenn mir danach ist.« Als Buddebahn die Tür zum Schankraum erreicht hatte, rief er: »Und dann ist da noch jemand. Er wollte nicht im Haus auf dich warten. War ihm zu vornehm. Er sitzt im Pferdestall.«

»Danke.« Buddebahn legte diesem Besuch nicht viel Gewicht bei. Wer Hemmungen hatte, sein Haus zu betreten, konnte so bedeutend nicht sein. Er öffnete die Tür zur Schankstube und blieb überrascht stehen. Eine alkoholgeschwängerte Dunstwolke wehte ihm entgegen, begleitet von dem Gelächter und dem übermütigen Gesang einer Gruppe von bärtigen Männern, die er nie zuvor gesehen hatte. Auf dem Holztisch standen die Bierkrüge dicht an dicht. Henning Schröder war dabei, Bier nachzufüllen, wo ein Krug geleert worden war. Einer der Männer hatte den Schinken vor sich und schnitt mit einem riesigen Messer davon ab. Auf den ersten Blick erkannte Buddebahn, dass er ungeübt darin war, denn er führte die Klinge nicht immer quer zur Faser und auch nicht richtig zum Knochen hin. Doch das störte niemanden am Tisch. Man feierte nach Kräften, und mittendrin in der fröhlichen Gesellschaft saß Hanna Butenschön und wollte sich ausschütten vor Lachen.

»Das ist der beste Witz, den ich je gehört habe«, erklärte sie prustend. »Du solltest dich schämen, einer Dame so etwas zu erzählen!«

Mit ihren Worten löste sie weiteres Gelächter aus. Dass sie sich als Dame bezeichnet hatte, war für ihre Gäste offenbar besonders erheiternd.

Jetzt aber entdeckte sie Buddebahn, sprang auf und eilte zu ihm, um ihn zu umarmen. Dann wandte sie sich den Bärtigen zu: »Das ist mein Conrad, Leute!«

Die Männer klatschten begeistert in die Hände. Buddebahn nahm einen der Bierkrüge und prostete ihnen zu. Sie antworteten in der gleichen Weise.

»Hallo, Conrad!«, klang es aus rauen Männerkehlen.

»Und wer sind diese Herren?«, fragte er, als sie ihn vergnügt auf die Wange küsste.

»Das sind alles Verehrer. Sie trinken auf deine Kosten.«

Diese Antwort veranlasste ihre Gäste zu Gejohle und erneutem Gelächter. Nun endlich nahm Buddebahn sich die Zeit, sie ein wenig näher zu betrachten. Gemeinsam war ihnen nicht nur, dass sie alle Bärte trugen, sondern auch eine von der Sonne kräftig gebräunte Haut hatten. Wind und Wetter hatten mehr oder minder tiefe Furchen in ihre Gesichter geschnitten und bei vielen von ihnen zahlreiche Äderchen um die Nase herum und auf den Wangen platzen lassen, so dass die Haut dort recht rot aussah. Und noch etwas fiel ihm auf. Sie hatten raue Hände mit dicken Schwielen, Hände, die von schwerer Arbeit auf See geprägt waren.

»Fischer«, stellte er fest. »Du hast lauter Fischer zu Gast.«

»Das ist nicht genug, du Schlauberger«, lächelte sie. »Und weiter …?«

»Du hast es mal wieder geschafft«, stellte er bewundernd fest. »Nachdem du beim Bürgermeister nichts geworden bist, hast du dir die Fischer selber vorgenommen und mit ihnen verhandelt. Und du hast erreicht, dass sie ihre Fische nicht mehr direkt an die Hausfrauen verkaufen, sondern an euch Markthändlerinnen liefern.«

Beifall brandete auf, und einer der Männer klopfte Hanna so kräftig auf die Schulter, dass sie beinahe in die Knie gegangen wäre.

»Du kannst stolz auf deine Alte sein«, brüllte er. »So wie sie hat noch keine mit uns verhandelt. Euren dämlichen Bürgermeister brauchen wir nicht.«

Sie blickte ihn mit leuchtenden Augen an, und er zog sie an sich, um ihr die verdiente Anerkennung auszusprechen. Dass sie sich mit den Fischern geeinigt und damit nicht nur ihre Existenz, sondern darüber hinaus die der anderen Fischfrauen vom Markt gerettet hatte, war eine beachtliche Leistung.

»Ich dachte mir, dass du begeistert bist«, versetzte Hanna. »Deshalb habe ich Henning gebeten, alles auf dein Konto zu schreiben. Sicherlich wolltest du das Bier ohnehin ausgeben.«

»Trink mit uns, Conrad«, forderte einer der Fischer und reichte ihm einen vollen Krug.

Er nahm ihn, obwohl der andere noch nicht leer war, aus dem er zuerst getrunken hatte, prostete den Männern zu und nahm einen kleinen Schluck.

»Austrinken!«, forderten die Bärtigen im Chor. »Stürz den Becher!«

»Tut mir leid«, erwiderte er. Lächelnd stellte er den Krug auf den Tisch zurück. »Ich bin nicht Störtebeker.«

Sie lachten, nahmen seine Weigerung hin und protestierten auch nicht, als er den Schankraum verließ.

»Ich bin bald zurück«, versprach er Hanna, bevor er die Tür hinter sich schloss. Er hatte einen Besucher, der im Pferdestall auf ihn wartete, und er trank stets nur wenig, so dass sich bei ihm nie Trunkenheit einstellte. Derartige Sünden hatte er in seiner Jugend begangen. In seinem Alter aber wollte er die Kontrolle grundsätzlich nicht über sich verlieren.

Harm hatte den Hof verlassen. Buddebahn konnte ihn nicht

fragen, wer der gehemmte Besucher war. Während er zum Stall ging, überlegte er, wer es sein könnte, kam jedoch zu keinem Ergebnis.

Der Pferde schnaubten leise, als er eintrat. Ihre Ohren bewegten sich kräftig. Die Tiere beobachteten ihn auf ihre Weise. Die Geräusche, die er verursachte, zeigten ihnen an, wo er war und wohin er sich bewegte. Ansonsten ließen sie sich nicht beim Fressen stören. Buddebahn blieb an der Tür stehen. Er brauchte ein paar Atemzüge, bis er sich an das Dunkel im Stall gewöhnt hatte und etwas erkennen konnte. Ganz hinten bei der Futterkiste erhob sich ein Mann und kam langsam auf ihn zu. Dabei passierte er einen Lichtstrahl, der durch einen Spalt in der Mauer herein fiel. Strohgelbes Haar leuchtete auf.

»Hermann«, sagte er überrascht. »Du?« Er ging auf den Bauern zu, von dem er Jahr für Jahr die Gerste kaufte, und reichte ihm die Hand. »Das nenne ich eine Überraschung. Du glaubst gar nicht, wie sehr ich mich freue. Was hat dich veranlasst, deinen Hof zu verlassen und in die Stadt zu kommen? Nein, warte, ich kann es mir denken.«

»Mein Sohn Kain ist weggelaufen«, berichtete Hermann. »Ich suche ihn. Überall war ich. In den kleinen Dörfern ringsherum. Auf einigen Höfen. Ich habe ihn nicht gefunden. Jetzt …«

»Er ist hier in der Stadt«, unterbrach Buddebahn ihn. »Ich habe ihn gesehen und wollte ihn aufhalten, aber er war so flink, dass er mir entwischt ist.«

»Ich war wohl zu streng«, klagte der Bauer. »Aber ich wollte nur das Beste für ihn. Eine harte Hand ist immer gut für junge Burschen, die noch nicht wissen, wie es läuft im Leben. Und erst recht für einen Trotzkopf wie ihn.«

Die Gedanken Buddebahns überschlugen sich förmlich. Er glaubte zu wissen, wo Kain war. Beim Glocken-Bader und damit am wohl übelsten Ort, den die Stadt Hamburg zu bieten hatte. Doch durfte er Hermann die Wahrheit sagen? Er zögerte, denn er fürchtete, dass der Bauer falsch reagierte und damit sich und seinen Sohn in Gefahr brachte. Er war ein intelligenter Mann, er hatte das, was man *Bauernschläue* nannte, aber in der Stadt kannte er sich nicht aus. Daher war die Wahrscheinlichkeit groß, dass er den Fehler machte, in das Haus des Baders zu stürmen, um Kain herauszuholen. Doch ohne Unterstützung konnte er ihn nicht befreien. Der Bader hatte Helfer, mit denen nicht gut Kirschenessen war.

»Komm«, forderte er ihn auf. »Der Pferdestall ist nicht der rechte Platz für einen Freund. Wir gehen ins Haus. Das hättest du längst tun sollen.«

Hermann warf den Pferden anerkennende Blicke zu, und während er Buddebahn nach draußen begleitete, versetzte er: »Du hast gute Pferde. Wirklich gute Pferde.«

»Und einen Knecht, der sich bestens mit ihnen auskennt und der mit ihnen umzugehen weiß.«

»Du meinst den alten Harm.«

»Du kennst ihn?«

»Wir haben vorhin miteinander geredet.« Zögernd und unsicher blieb er vor der Tür des Wohnhauses stehen. Geradezu scheu blickte er sich um und betrachtete den Hof und die ihn umgebenden Gebäude der Brauerei. »Dir scheint es verdammt gut zu gehen.«

»Ich kann nicht klagen.«

»Ich sollte mehr für die Gerste nehmen.«

»Gerste will erst einmal verarbeitet werden. Hopfen und Malz kommen hinzu. Und dann dauert es eine ganze Weile, bis Bier daraus wird. Hat man es endlich fertig, ist noch lange nicht sicher, dass man es auch verkaufen kann. Bis man soweit ist, hat man viel Geld aufgebracht, und nur wenn man sorgfältig war und jede Verunreinigung vermieden hat, streicht man den Lohn ein. Das Bier aus unserer Brauerei geht bis nach England. Aber was ist, wenn man unser Bier dort nicht mehr will, weil es zu teuer geworden ist oder weil man selber ein besseres Bier braut? Dann ist unter Umständen aller Aufwand für die Katz, der Banker hält die Hand auf, und man selber steht mit leeren Händen da.«

Hermann grinste. »Ich werde mich mal umhören bei den anderen Brauereien, was die für ihre Gerste bezahlen.«

»Das kann ich dir nur empfehlen, denn dann wirst du erfahren, dass ich dir einen deutlich besseren Preis bezahle als alle anderen.« Er wies auf die offene Tür. »Und nun komm endlich herein. Wir sollten uns drinnen unterhalten.«

Der Bauer trat ein, und seine Verlegenheit wuchs. Noch nie war er in dem Haus eines hanseatischen Geschäftsmanns gewesen. Jede Kleinigkeit darin erschien ihm wie eine Kostbarkeit. Die Butzenscheiben in den Fenstern, der Arbeitstisch mit Tintenfass und Schreibfedern, die mit Schnitzwerk versehene Tür, die schwere Truhe, die mit aufgemalten Szenen aus dem biblischen Geschehen verziert war, der polierte Holzboden, die während seiner Zeit in fremden Ländern gesammelten Erinnerungsstücke, wie etwa kleine Statuen, silberne Schalen, eine indische Vase aus Glas, ein Buch aus Sizilien, eine Glasröhre mit staubfeinem Sand aus der Sahara, Kristalle aus den Bergen des Maghrebs und was der Dinge mehr waren, beeindruckten ihn ungeheuer. In seiner Bauernkate gab es nur einen gestampften Lehmboden, einen Tisch und Bänke, die tagsüber zum Sitzen und nachts zum Schlafen genutzt wurden.

Buddebahn bot ihm Platz an und wartete geduldig, bis er sich gesetzt hatte, dann entschuldigte er sich, versprach, bald zurück zu sein und ging in die Brauerei hinüber, um Bier für sie beide zu holen. Dabei vermied er es, die Schankstube zu durchqueren, um von Hanna und den Fischern nicht aufgehalten zu werden.

Henning Schröder arbeitete in der Mälzerei. Schmunzelnd blickte er auf.

»Die saufen ganz schön dort in der Schankstube«, berichtete er. »Das wird 'ne hohe Rechnung für dich.«

»Nicht so wichtig«, erwiderte er, während er sich im Nebenraum zwei Krüge nahm und mit Bier füllte. »Interessanter ist, dass der Bauer bei mir in der Stube sitzt, bei dem ich meine Gerste kaufe. Das ist eine gute Gelegenheit für dich, ihn kennen zu lernen, und das solltest du.«

»Ich komme gleich rüber.« Schröder blickte ihn mit sichtlicher Freude an. »Eine bessere Nachricht hättest du nicht für mich haben können.«

Buddebahn nickte ihm zu und ging mit den beiden Krügen zu seinen Privaträumen hinüber. Hermanns Augen leuchteten auf, als er das Bier sah.

»Ich habe einen gewaltigen Durst«, sagte er. »Nach der langen Suche und dem Marsch nach Hamburg bin ich wie ausgedörrt.«

»Dann bediene dich. Wir haben Bier genug, mehr als tausend durstige Kehlen austrinken könnten.«

Hermann nickte. Er hatte verstanden. Dies war eine andere Welt. Hier galten andere Maßstäbe als bei ihm zu Haus auf dem Hof.

»Was ist mit Kain?«, fragte er. »Wo ist er?«

»In einem Badehaus, wo er arbeiten muss«, eröffnete Buddebahn ihm. Gespannt beobachtete er den Freund, merkte aber gleich, dass dieser keine Vorstellung von dem Leben und Treiben in einem Badehaus hatte. Er schien noch nicht einmal die Möglichkeit ins Auge zu fassen, dass sein Sohn in so einem Haus missbraucht wurde. Vielleicht hatte er nie von einem Badehaus gehört.

»Arbeit schadet nicht«, betonte der Bauer. »Es kann nur von Vorteil sein für den Jungen, wenn er durch eine harte Schule geht.«

»Er wird ausgebeutet, und das werden wir nicht zulassen«, entgegnete Buddebahn.

»Dann schlage ich vor, dass wir hingehen und ihn rausholen.«

»Das ist nicht so einfach, wie du es dir vorstellst. Wenn wir das Badehaus ohne die nötigen Vorbereitungen betreten, holen wir uns blutige Nasen. Es ist nicht so wie auf dem Land. Hier in der Stadt sind die Dinge kompliziert. Aber keine Sorge. Ich übernehme das. Du solltest besser nach Haus zurückkehren. Ich bringe dir deinen Sohn.«

»Ich verlasse Hamburg nicht ohne ihn.«

»Du kannst nichts für ihn tun, Hermann. Im Gegenteil, durch dich könnte alles viel schwieriger werden. Ich brauche die Hilfe von Landsknechten, und die kann mir nur das Rathaus geben. Kommst du mir dabei in die Quere, könnte man mir diese Hilfe verweigern, und Kain wäre derjenige, der die Zeche bezahlen muss.«

Ebenso ratlos wie verwundert schüttelte Hermann den Kopf. Er verstand die Zusammenhänge nicht. »Was soll ich denn tun? Ich kann nicht nach Haus gehen und meiner Frau sagen, dass ich nichts ausgerichtet habe.«

»Du kannst sie beruhigen. Ich nehme die Dinge in die Hand. Du kannst dich auf mich verlassen. Und du wirst nicht allein zum Hof reiten. Ich gebe dir Henning Schröder mit, der in Zukunft die Gerste bei dir kaufen wird.«

Es war, als habe er damit dem Braumeister ein Stichwort gegeben. Henning Schröder kam herein, brachte drei mit Bier gefüllte Krüge mit und setzte sich zu ihnen, nachdem er Hermann mit Handschlag begrüßt hatte.

»Wieso reiten?«, fragte der Bauer. »Ich bin zu Fuß gelaufen. Die Pferde werden auf dem Hof gebraucht.«

»Ich gebe dir eines meiner Pferde. Henning wird es nach Hamburg zurückbringen.« Er wandte sich nun dem Thema zu, das den Braumeister am meisten interessierte – Gerste, die Hermann auf seinem Land anbaute, und der Weg, der zu seinem Hof führte. Er spürte, dass die beiden Männer sich auf Anhieb mochten. Sie redeten miteinander, wobei sie sich vor allem über die Qualität der Gerste ergingen und den Werdegang des Getreides besprachen, den dieses von der Aussaat bis hin zur Ernte gehen musste, damit es den Ansprüchen des Bierbrauers gerecht wurde. Sie einigten sich darauf, dass die Brauerei weiterhin die gesamte Ernte kaufen und dafür einen höheren Preis als üblich bezahlen würde und dass auch in Zukunft geheim blieb, woher sie den Grundstoff für ihr hochwertiges Bier bezog. Schröder wollte dem Bauern Gelegenheit geben, sich in der Stadt umzusehen und nach den Preisen zu erkundigen, die von anderen Brauern geboten wurden. Dabei ging er kein Risiko ein, denn er wusste, dass Hermann nirgendwo mehr für sein Getreide erzielen konnte.

Buddebahn ließ sie allein. Er blickte kurz in die Schankstube, in der es vergnügt und sehr laut zuging. Die meisten Fischer waren ziemlich betrunken, was sie nicht davon abhielt, noch mehr zu trinken, während Hanna dagegen relativ nüchtern wirkte. Sie hatte sich im Griff und sprach dem Bier nicht mehr zu, als unter den gegebenen Umständen unumgänglich war. Sie lächelte, als sie ihn sah, und er winkte ihr mit knapper Geste zu, um ihr mitzuteilen, dass er weggehen würde. Sie nickte. Sie hatte verstanden und erhob keinen Einspruch.

Er ging zum Rathaus, traf Nikolas Malchow dort jedoch nicht an und versuchte es im Geschäftshaus des Ratsherrn. Der Mecklenburger war da, und er hatte Zeit für ihn.

»Ich habe davon gehört, dass man Hanna Butenschön von ihrem Marktplatz vertreiben wollte«, sagte er, nachdem sie einander begrüßt hatten. »Ein bedauerlicher Vorfall, der sehr viel Staub aufgewirbelt hat, zumal sie Kehraus als Kinderschänder bezeichnet hat. Im Rathaus ist die Hölle los. Perleberg und der Reeder haben viele Freunde, und diese stehen zu ihnen, egal, was man ihnen vorwirft. Der Bürgermeister kann sich mal wieder nicht entscheiden und laviert zwischen den Parteien herum, ohne die Dinge in der einen oder anderen Richtung vorantreiben zu können.«

Sie sprachen in einem der unteren Räume des Gebäudes miteinander. Er war geprägt durch einen großen Schrank, der mit geschnitzten Motiven aus der Seefahrt versehen war, sowie mehreren Karten von den nordischen Seegebieten, angefertigt von einem der bekanntesten Kartographen und von besonderem Wert. Sie waren an den Wänden befestigt und boten einen umfassenden Überblick über das Einflussgebiet der Hanse.

Buddebahn schilderte den Vorfall auf dem Domplatz, den er in erster Linie als Angriff auf sich und nicht auf Hanna Butenschön empfand.

»Es war eine indirekte Attacke, mit der man mir in die Parade fahren wollte«, sagte er, »denn niemand hat ein Interesse daran, einer unbedeutenden Fischhändlerin das Geschäft zu verbieten. Es sollte mich treffen.«

»So muss man das wohl sehen«, schloss sich der Ratsherr seiner Meinung an. In seinen Räumen war es deutlicher kühler als draußen. Daher hatte er einen bequemen Hausmantel angelegt. Die mit Spitzen geschmückten Ärmel seines Hemdes, die über seine Handgelenke hinausreichten, lugten daraus hervor.

»Ich habe Kehraus aufgescheucht«, stellte der Ermittler fest. »Vielleicht hätte ich es nicht tun sollen, aber nun ist es nicht mehr zu ändern. Hanna hat ihn in aller Öffentlichkeit als Kinderschänder bezeichnet. Das wird er nicht auf sich sitzen lassen. Er wird sich mit Perleberg zusammentun und gemeinsam mit ihm etwas aushecken. Vielleicht geht der Richter sogar soweit, dass er mich unter einem Vorwand verhaftet.«

»Ich werde meinen ganzen Einfluss geltend machen, damit das nicht geschieht«, kündigte der Ratsherr an. »Und sollte der Richter es dennoch veranlassen, werde ich Mittel und Wege finden, um Euch ganz schnell herauszuholen aus dem Kerker.«

»Dafür danke ich Euch.« Buddebahn entschloss sich, sein Heil im Angriff zu suchen. »Der Glocken-Bader ist ein Mann, der alles über Kehraus und Perleberg weiß. Er könnte ihnen gefährlich werden. Daher gehe ich davon aus, dass sie ihn aufsuchen, um sich mit ihm zu besprechen. Sobald sie im Badehaus sind, möchte ich zuschlagen. Dafür benötige ich vier Landsknechte. Könnt Ihr sie mir zur Verfügung stellen?«

»Kein Problem. Ich habe die Befugnis, Euch die Landsknechte zu geben«, antwortete der Malchow, ohne auch nur eine Sekunde zu zögern. Er erhob sich. »Schreiten wir zur Tat. Wir gehen zum Rathaus. Dort werde ich mit dem Wachhabenden sprechen, damit er die Leute für Euch abkommandiert. Danach genügt ein Befehl von Euch, und Ihr könnt zuschlagen.«

»Hoffen wir, dass wir nicht zu spät kommen.«

Sie verließen das Haus des Mecklenburgers und gingen zum

Rathaus. Auf dem Weg dorthin besprachen sie, was ihnen für die nächsten Schritte wichtig war. Der Ratsherr führte den Ermittler auf den Innenhof des Rathauses zum Kommandanten der Fußsöldner und regelte in kürzester Zeit, wozu Buddebahn ihn gebeten hatte.

»Sagt es mir nur, wenn Ihr die Leute braucht. Sie sind für Euch da«, erklärte der Befehlshaber, ein großer, kräftiger Mann mit einem üppig sprießenden Bart, hinter dem der größte Teil seines Gesichts verschwand. Eine dicke, rote Nase ragte gekrümmt wie der Schnabel eines Gänsegeiers daraus hervor. »Tag oder Nacht. Das spielt keine Rolle. Es ist immer jemand zur Stelle. Und gegen wen auch immer es geht, die Leute werden Euch gehorchen und Eure Befehle ausführen.«

Buddebahn bedankte sich bei Malchow und bei ihm, und dann verabschiedete er sich. Er wollte zum Eichholz gehen, wo das Haus des Reeders Kehraus stand, überlegte es sich jedoch anders, kehrte um und wandte sich an den Kommandanten.

»Ist es soweit?«, fragte der Landsknecht erstaunt.

»Nein«, entgegnete Buddebahn. »Mir ist etwas eingefallen. Ich habe eine Aufgabe für Euch, die äußerst wichtig ist.«

»Sagt nur, was das ist, Herr. Wir führen das aus.«

»Ich wusste, dass ich mich auf euch verlassen kann.« Mit wenigen Worten erläuterte Buddebahn, was die Landsknechte zu tun hatten. Der Mann mit der Geiernase hörte ihm aufmerksam zu, nickte einige Male und beteuerte schließlich, alles werde so bewerkstelligt, wie er es ihm aufgetragen hatte.

Nun brach Buddebahn zum Haus des Reeders auf. Er schritt eilig aus, und er erreichte es sehr schnell. Von der Elbe her kam eine Brise auf. Sie brachte kühle Luft mit und rüttelte kräftig an den Fensterläden und den Türen der Häuser.

Fröstelnd zog er den Kragen seines Umhangs hoch und wartete. Dunkle Wolken zogen auf und entließen einen kurzen Regenschauer, der die Temperaturen weiter sinken ließ. Glücklicherweise brauchte Buddebahn nicht lange auszuharren, denn

Kehraus beugte sich aus einem der Fenster, um einem Bediensteten etwas hinterherzurufen, den er offenbar zu Besorgungen auf den Markt schickte. Da er nun wusste, dass der Reeder noch in der Straße Eichholz war, zog er sich etwas weiter zurück. In Sichtweite zu dem Gebäude setzte er sich auf einen Wall, gut zwischen Holunderbüschen versteckt. Von hier aus konnte er das Haus beobachten, ohne selber gesehen zu werden.

Jetzt hieß es – warten.

Fraglos würde Kehraus früher oder später aufbrechen, um mit Perleberg zu sprechen und sich mit ihm zum Haus des Glocken-Baders zu begeben. Er fürchtete, dass es bis spät in den Abend dauern würde, bis der Fernhandelskaufmann aufbrach. Doch er wurde angenehm enttäuscht. Nicht Kehraus verließ das Haus, um zum Richter zu gehen, sondern Perleberg kam zu ihm. Der Richter hielt den Kopf gesenkt, und er hatte es sehr eilig. Zudem betrat er das Haus nicht durch die Tür an der Vorderseite, wo er womöglich einige Zeit hätte warten müssen, bis man ihm öffnete, sondern durch seinen Seiteneingang, den sonst nur das Gesinde benutzte. Sein Verhalten ließ keinen Zweifel daran, dass er unsicher geworden war. Buddebahn vermutete, dass er Schwierigkeiten im Rathaus gehabt hatte, weil er sich nicht so hatte durchsetzen können, wie er es gewohnt war. In seiner Selbstherrlichkeit hatte er übersehen, dass sogar ein Richter stolpern konnte, wenn er sich gegen die von Gott gewollte Ordnung versündigte.

Mehr als eine Stunde verstrich, bis Kehraus und er sich einig wurden. So brach der Abend an, und es begann zu dunkeln, als die beiden herauskamen und davoneilten, ohne sich auch nur einmal umzusehen. Da sie auf Pferde verzichteten, würden sie in der Stadt bleiben. Daher war Buddebahn sicher, dass sie den Glocken-Bader aufsuchen wollten. Er folgte ihnen nicht, sondern lief zum Rathaus. Mit vier Landsknechten im Gefolge verließ er es wieder.

Obwohl der Markt seit Stunden geschlossen hatte, hielten sich noch zahlreiche Menschen auf dem Domplatz auf. Es war nicht zu vermeiden, dass sie aufmerksam wurden und dass sich viele von ihnen anschlossen, um sich nicht entgehen zu lassen, was folgen sollte. Unter ihnen war Reeper-Jan. Er bedrängte Buddebahn.

»Um was geht es?«, fragte er, während er neben ihm her schritt.

»Das wirst du früh genug erfahren«, erwiderte der Ermittler. »Oder auch nicht. Das wird sich zeigen.«

»Du machst mich neugierig.«

»Rede keinen Unsinn, Jan, das bist du sowieso schon. Es könnte gefährlich werden. Vielleicht ist es besser, du verschwindest und lässt mich meine Arbeit tun.«

»Du willst Kehraus an den Kragen«, rief er. »Endlich willst du diesen Schweinehund verhaften. Lange genug hast du ja gewartet.«

»Du behinderst mich. Verschwinde, oder ich werfe dich für einige Stunden in den Kerker, damit du dich beruhigst. Haben wir uns verstanden?«

»Durchaus«, gab der Seiler enttäuscht zurück. Er blieb stehen, und Buddebahn atmete auf. Er durfte sich jetzt keine Ablenkungen mehr leisten, denn mit Kehraus und Perleberg hatte er zwei Gegner, die er nicht einmal für die Dauer eines einzigen Atemzugs vernachlässigen durfte.

Dass er Reeper-Jan abgewiesen hatte, wirkte sich auf die anderen Neugierigen aus. Sie blieben zurück und erwiesen ihm damit den nötigen Respekt. Nur einige Kinder trotteten neben ihm her. Sie gaben nicht auf.

Buddebahn stieß die Eingangstür zum Badehaus auf.

»Begleitet mich«, befahl er den Landsknechten. »Seid darauf gefasst, dass Ihr kämpfen müsst, und dass es schwierig wird.«

Als er das Haus des Glocken-Baders betrat, hallten ihm plötzlich schreckliche Schreie entgegen. Unwillkürlich blieb er stehen. Seine Augen brauchten einen Moment, um sich an das Licht zu gewöhnen, das im Inneren des Gebäudes herrschte und das lediglich von einigen Kerzen verbreitet wurde.

»Oh, mein Gott!«, stöhnte einer der Landsknechte, von purem Entsetzen beinahe um seine Stimme gebracht.

»Helft mir, um Himmels willen, helft mir«, schrie Richter Perleberg, während er die Stufen der Treppe herabtaumelte.

Buddebahn stand wie erstarrt. Er konnte nicht fassen, was er sah.

Sein Vorstoß gegen die Kinderschänder war anders verlaufen, als er geplant hatte. Ganz anders.

Je mehr die Fischer tranken und je ausgelassen sie ihr Übereinkommen feierten, desto mehr hielt Hanna Butenschön sich zurück. Zunächst sprach sie dem Bier kräftig zu. Es schmeckte ihr, und sie freute sich nicht weniger als die Männer um sie herum, dass sie eine für alle befriedigende Einigung zustande gebracht hatte. Das ließ sie zunächst leichtsinnig werden. Als sie die Alkoholwirkung aber zu spüren begann und merkte, dass sie die Kontrolle über sich zu verlieren drohte, erschrak sie und nippte von da an nur noch an ihrem Bier. Dabei war sie so geschickt, dass ihre Zurückhaltung den Fischern nicht auffiel.

Allmählich erholte sie sich, ihre Gedanken klärten sich, und sie hatte keine Mühe mehr, auch schwierigere Worte verständlich über die Lippen zu bringen. Sie zog sich nicht aus dem Kreis der Männer zurück, sondern feierte weiter mit ihnen, wurde allmählich nüchtern und beobachtete belustigt, dass sich ihre Gäste schon bald nicht mehr auf den Beinen halten konnten. Es waren harte Männer, die einige Mühe hatten, ihre Familien zu ernähren. Sie gehörten nicht zu den Ärmsten der Stadt und ihrer Umgebung, konnten sich Bier in solchen Mengen jedoch nicht leisten. Daher griffen sie kräftig zu und nahmen dankbar und voller Freude entgegen, was ihnen überreichlich zufloss. Mit Schinken und Brot stillten sie ihren Hunger, und auch dabei hielt sich keiner bescheiden zurück. Im Gegenteil, der erste Schinken war bald verzehrt, so dass Hanna einen zweiten auf den Tisch bringen musste. Da das alles nicht ausreichte, machte sie sich zusammen mit den Fischern daran, die Speisekammer

Buddebahns zu plündern. Sie förderten Schmalz, Speck, Butter und Brot zutage und taten sich daran gütlich.

Schließlich aber verließen einige die Brauerei, um sich auf den Weg nach Haus zu machen. Die übrigen redeten wenig, einem sank der Kopf auf den Tisch, und er schlief ein. Daher beschloss Hanna, das Gelage zu beenden. Sie versuchte es zunächst behutsam und freundlich, doch das half nur wenig. Anders sah es aus, als sie zu deftigen Worten überging. Damit erreichte sie die Männer, denn das war ihre Sprache. Dennoch dauerte es einige Zeit, bis es ihr gelang, sie auf den Heimweg zu schicken. Vorsichtshalber brachte sie ihre Gäste auf den Hof und zum Tor hinaus, damit keiner auf dem Gelände der Brauerei blieb, um hier seinen Rausch auszuschlafen. Laut und falsch singend wankten die Fischer von dannen.

Hanna sah sich die Schankstube an und fand, dass sie ein geradezu fürchterliches Bild bot. Sie wollte das nicht so bis zum Morgen belassen und begann aufzuräumen. Sie brachte die Krüge zum Brunnen, sorgte in der Schankstube für Durchzug, beseitigte die Speisenreste von den Tischen und fegte zusammen, was auf den Boden gefallen war. Sie wischte die Bierpfützen auf und brachte in die Speisekammer, was nicht verzehrt worden war. Erst danach war sie zufrieden. Sie schloss die Tür und zog sich in ihre Schlafkammer zurück, kleidete sich aus, stieg in ihren Alkoven und zog den Vorhang davor zu. Sie war müde und erschöpft, und obwohl sie nur wenig getrunken hatte, wurde sie von Schwindelgefühlen heimgesucht. Ihr war, als befände sie sich an Bord eines Schiffes, das von den Wellen bewegt wurde. Es wurde besser, wenn sie die Augen offen hielt.

Allmählich verlor der genossene Alkohol seine Wirkung, und die Müdigkeit übermannte sie. Doch schon bald wachte sie wieder auf. Sie meinte spüren zu können, dass irgendjemand in ihrer Nähe war.

Plötzlich begann ihr Herz zu rasen.

Im Nebenzimmer knarrten die Fußbodenbohlen. Pergament raschelte, und durch einen Spalt im Vorhang ihres Alkovens schimmerte Licht herein. Sie hatte sich nicht geirrt. Es war jemand im Haus – und es war nicht Buddebahn. Er bewegte sich anders, selbst wenn er sich bemühte, besonders leise zu sein.

Es war ein Fremder.

Fieberhaft überlegte Hanna, was sie tun konnte. Sie dachte an den Kabeljau, den jemand mit einem kreuzförmigen Schnitt versehen und ihr danach auf den Fischstand gelegt hatte. War der so gezeichnete Fisch doch ein Hinweis darauf, dass sie das nächste Opfer sein sollte? Sie! Und nicht Sara Perleberg, geborene Osmer.

In der Bettnische fühlte sie sich hilflos. Griff der Mörder sie an, wenn sie im Bett lag, konnte sie gar nichts tun.

Wieder knarrte der Fußboden im Nebenraum. Vorsichtig legte sie ihre Hand an den Vorhang und schob ihn ein wenig zur Seite, so dass sich der Spalt verbreiterte. Als sie sich aufrichtete, um hindurchsehen zu können, knarrte das Bett. Ganz leise nur, aber sie hatte das Gefühl, als habe es an allen Ecken gekracht. Der unbekannte Eindringling musste es gehört haben. Etwas anderes schien ihr gar nicht möglich zu sein. Unwillkürlich hielt sie den Atem an und horchte.

Im Nebenraum war es still geworden. Das Licht einer Kerze, die dort brannte, flackerte. Sie sah einen Schatten, konnte ihn jedoch nicht eindeutig zuordnen. War es nicht eine Hand, die ein Messer hielt? Ihre Phantasie gaukelte ihr die schrecklichsten Bilder vor. Ihr war, als sei sie bereits entdeckt worden, so dass der Angriff auf sie schon im nächsten Moment erfolgen musste.

Der Mann bewegte sich, Pergament raschelte, und eines der Blätter segelte auf den Boden. Verhalten hustete der Eindringling.

Hanna beschloss, etwas zu unternehmen. Auf keinen Fall wollte sie im Bett verharren, bis der Unbekannte kam, um ihr die Kehle durchzuschneiden. Hatte sie das Bett nicht verlassen, wenn er sie attackierte, war es zu spät.

Vorsichtig und unendlich langsam schob sie die Bettdecke

zur Seite, glitt näher an den Vorhang heran, der aus einem schweren Stoff bestand, und hob die Beine aus dem Bett, wobei sie sich bemühte, jegliches Geräusch zu vermeiden. Sie setzte die Füße auf den Boden, und erst jetzt kam sie langsam unter dem Vorhang hervor. Dabei ließ sie die halb geschlossene Tür zum Nebenraum nicht aus den Augen.

Der Einbrecher machte zwei Schritte. Die Bohlen knarrten. Dann blieb er stehen. Ein leises Scharren und Klicken von Metall verriet ihr, dass er an der großen Truhe war, in der Buddebahn Dinge aufbewahrte, die von besonderem Wert für ihn waren.

Hanna stand auf und bewegte sich zur Seite. Eine geschlossene Tür trennte sie von der Küche und den Messern, die dort lagen und die ihr als Waffe dienen konnten. Dabei überlegte sie geradezu verzweifelt, ob es ihr gelingen könne, lautlos zur Tür zu kommen, sie zu öffnen und hindurchzuschlüpfen. Quietschte die Tür? Sie wusste es nicht, weil sie nie darauf geachtet hatte.

Plötzlich vernahm sie laute Rufe vom Hof her. Hunde begannen zu bellen. Im gleichen Moment stieß der Mann im Nebenraum einen Fluch aus. Er rannte quer durch den Raum, wobei es ihm offensichtlich gleichgültig war, welchen Lärm er verursachte. Er zerfetzte das Pergament eines Fensters an der Rückseite des Hauses und stieß die Fensterläden auf.

Weil sie unbedingt wissen wollte, wer der Eindringling war, rannte Hanna zur Verbindungstür und in den Nebenraum, sah jedoch nur den Rücken eines Mannes, der durch das Fenster auf den schmalen Gang hinaussprang, der hinter dem Haus und an der Mälzerei vorbei zum Fleet führte. Die Schritte des Flüchtenden hallten von den Mauern wider.

Als Henning Schröder und der Bauer Hermann hereinstürzten, war es zu spät. Der Einbrecher war verschwunden.

Hanna zog sich in aller Eile in ihre Kammer zurück und warf sich einen Umhang um die Schultern. Dann dankte sie den beiden Männern für ihre Aufmerksamkeit.

»Hoffentlich sind wir noch rechtzeitig gekommen«, sagte der

Braumeister, wobei er sich bestürzt umsah. Der Unbekannte hatte ein Chaos angerichtet. Überall lagen wertvolle Pergamente auf dem Boden. Die Truhe stand offen. Ein großer Teil seines Inhalts türmte sich daneben auf, wohin er sie achtlos geworfen hatte. In der Tischplatte steckte ein großes Messer mit breiter Klinge. Der Fremde hatte es in das Holz gerammt.

Dass sie von seinem Treiben nichts gehört hatte, ließ nur den Schluss zu, dass sie doch eine Weile geschlafen hatte und sich irrte, wenn sie meinte, wach gelegen zu haben.

»Ist etwas gestohlen worden?«, fragte der Bauer.

»Das wird Conrad feststellen«, erwiderte sie. »Nur er weiß, was alles in der Truhe war und ob einige der Pergamente fehlen.«

Henning zog das Messer heraus und gab es ihr. Es gehörte in die Küche und diente gewöhnlich dazu, große Fleischstücke zu zerteilen. Sie erschauerte, während sie es zurücklegte, denn sie konnte sich denken, wozu der Eindringling es genommen hatte. Unwillkürlich griff sie sich an die Kehle.

»Der lässt sich nicht mehr blicken«, vermutete Henning Schröder. »Dennoch solltest du einen der Hunde ins Haus nehmen. Er wird anschlagen, sobald jemand auftaucht, der hier nichts zu suchen hat.«

»Und die Fenster verrammeln«, empfahl der Bauer. »Wenn alles offen ist, kann jeder einsteigen.«

»Wohl wahr«, stimmte Schröder zu. »Ein bisschen Vorsicht kann nicht schaden.« Er schloss die Fensterläden und verriegelte sie auf der Innenseite, so dass sie von außen her nicht mehr geöffnet werden konnten.

»So was gibt es nicht bei uns auf dem Land«, versetzte Hermann kopfschüttelnd. »Kein Bauer verschließt Türen oder Fenster, weil niemand auf den Gedanken kommt einzubrechen.« Er seufzte. »Na, ja, viel zu holen ist ja ohnehin nicht bei uns.«

Kain stand oben an der Treppe. Er hielt ein Messer in der Hand. Sein Hemd – sein einziges Kleidungsstück – war von oben bis unten mit Blut besudelt. Dazu die Beine bis zu den nackten Füßen hinunter. Seine Augen waren geschlossen, und er war so bleich, als sei er derjenige, dem der Lebenssaft aus den Adern pulste und nicht Perleberg. Seine Unterlippe zitterte heftig, so als würde er frieren.

Von den Gästen, die sich möglicherweise im Haus aufhielten, und von den Hilfskräften Stübners war nichts zu sehen. Sie alle schienen sich in die verschiedenen Räume zurückgezogen zu haben.

Buddebahn zögerte nicht länger. An dem schreienden und schluchzenden Richter vorbei stürmte er die Treppe hoch, deren obere Stufen ebenfalls voller Blut waren, nahm dem Jungen das Messer aus der kraftlosen Hand, warf es zur Seite, zog ihn in seine Arme und trug ihn die Treppe hinunter.

»Helft mir! So helft mir doch«, wimmerte Perleberg. Mit weit aufgerissenen Augen blickte er den Ermittler und den Jungen an, ohne diese jedoch wirklich wahrzunehmen. Er presste beide Hände gegen seinen Unterleib. Auch er trug nur ein weißes Hemd. Es reichte ihm bis fast an die Knie heran und war in seinem unteren Teil voller Blut. Aus einer Arterie pulsierte es heftig heraus, so als ob eine unter dem Hemd verborgene Hand gegen das Hemd pochte.

»Oh, Jesus«, rief einer der Landsknechte. »Der Junge hat ihm den Schwanz abgeschnitten.«

Perleberg brach zusammen, verlor den Halt und fiel sich überschlagend die letzten Stufen der Treppe herunter. Sein Hemd rutschte ihm bis fast zur Brust hoch, und jetzt konnte jeder sehen, dass der Fußsöldner richtig vermutet hatte.

In der Annahme, dass Kinder wehrlos sind, hatte der Richter versucht, sich an ihm zu vergehen. Aber Kain war nicht wehrlos. Obwohl gerade erst zehn Jahre alt, war er von dem harten Leben auf dem Lande geprägt. Er nahm nicht hin, was der Kinderschänder mit ihm machen wollte. Er hatte sich aufgelehnt und den Richter gerade dort getroffen, wo er am empfindlichsten war.

Bleich und fassungslos eilte Bader Stübner heran. Er ließ sich neben dem Richter auf die Knie fallen. Mit bloßen Händen versuchte er, die Blutung zu stillen. Als es ihm nicht gelingen wollte, zerriss er das Hemd Perlebergs, um einen Verband daraus zu machen. Aber er konnte nicht helfen. Allzu kurz war, was dem Richter geblieben war. Zudem hatte dieser bereits zuviel Blut verloren. Er war nicht mehr bei Bewusstsein.

Resignierend richtete sich der Glocken-Bader auf. Er blickte Buddebahn an, der mit Kain an der Tür verharrte, und schüttelte den Kopf. Dem Richter war nicht mehr zu helfen. Er verblutete.

»Ich könnte die Wunde mit siedendem Öl verschließen«, stammelte der Bader, »aber ich habe kein Öl, das heiß genug ist. Ich kann den Richter nicht retten.«

»Ich brauche Kleidung für den Jungen«, rief der Ermittler einem der Landsknechte zu. Den anderen befahl er, Stübner zu verhaften. »Legt ihm Fesseln an, so dass er nicht weglaufen kann. Falls er es wagen sollte, sich zu wehren, zeigt ihm, wer hier das Kommando hat.«

Doch der Bader hatte nicht die Kraft, sich gegen die Landsknechte zu behaupten. Er sank auf die Knie, streckte Buddebahn die gefalteten Hände entgegen und bettelte um Gnade.

»Was hätte ich denn tun sollen?«, klagte er. »Der Richter hat mich gezwungen, die Kinder zu holen. Er hat damit gedroht, den Pachtvertrag zu kündigen und mich foltern zu lassen, bis ich alle Verbrechen gestehe, die er mir zur Last legen würde. Gnade, Herr, Gnade!«

»Ist Heinrich Kehraus hier?«

Stübner zögerte.

»Rede«, forderte Buddebahn ihn auf. »Wenn du den Mund aufmachst, kannst du vielleicht deinen Kopf retten. Wenn nicht, wirst du bald auf dem Grasbrook vor dem Richtblock hocken und dem Henker deinen Nacken bieten. Ist Kehraus bei dir?«

»Ja, Herr! Er ist dort oben in einem der Zimmer. Mit einem kleinen Mädchen. Er war oft zu Gast in diesem Haus.«

»Das wirst du auch dem Richter erzählen, wenn Heinrich Kehraus angeklagt wird?«

»Ja, Herr, bei meiner Seele, das werde ich«, versprach der Bader unter Tränen.

Buddebahn wäre am liebsten mit Kain nach draußen gegangen, doch dort wusste er eine allzu neugierige Menschenmenge, und der wollte er den Jungen nicht so spärlich gekleidet zeigen. Stumm drückte der Junge sein Antlitz an seine Schulter. Plötzlich begann er zu weinen. Der kleine, schmächtige Körper zuckte und bebte. Beruhigend streichelte Buddebahn ihm den Rücken.

»Ich bringe dich nach Haus zu deinen Eltern«, versprach er. »Alles wird gut.«

Endlich kam der Landsknecht mit einem Umhang. Es war das Kleidungsstück eines Erwachsenen, eignete sich jedoch sehr gut, Kain darin einzuwickeln.

»Sollen wir das Haus durchsuchen?«, fragte er, während Stübner noch immer auf den Knien herumrutschte und ihm die gefalteten Hände entgegenhob.

»Wir bringen den Jungen zu mir. Du begleitest mich«, entschied der Ermittler. »Die anderen durchsuchen das Haus und holen alle Kinder heraus, die sich darin befinden. Sie sollen sie in ein Waisenhaus bringen. Führt den Bader ab, und werft ihn in den Kerker. Ein Richter wird entscheiden, wie es mit ihm weitergeht und was mit seinem Haus geschieht. Und dann holt mir Heinrich Kehraus! Wahrscheinlich hat er sich in irgendeinem Loch versteckt und wartet darauf, dass wir abziehen. Aber Ihr geht nicht ohne ihn. Er gehört in den Kerker.«

»Ihr könnt sicher sein, dass wir ihn aufspüren, Herr«, erwiderte einer der Landsknechte.

Von einer Wache eskortiert, verließ Buddebahn nun das Haus. Mit dem Jungen auf dem Arm trat er auf die Gasse hinaus, auf der sich Hunderte von Neugierigen drängten. Wie ein Lauffeuer hatte sich herumgesprochen, dass er zusammen mit Fußsöldnern zum Glocken-Bader gegangen war. Wer mit einer solchen Eskorte zu der stadtbekannten Einrichtung unterhalb des Domplatzes zog, konnte nur ein Unternehmen von höchster Bedeutung durchführen. Das wollte sich niemand entgehen lassen.

Fragen von allen Seiten prasselten auf ihn ein, doch er antwortete nicht darauf. Kain sollte so schnell wie möglich in den beruhigenden und sicheren Bereich seines Hauses und in die Obhut Hannas kommen, damit er überwinden konnte, was auf ihn eingestürzt war.

16

»Dieser Narr, dieser verfluchte Narr«, stieß Heinrich Kehraus hervor, während er von Angst gepackt in den Raum zurück flüchtete, in dem er sich an einem kleinen Mädchen vergangen hatte. Ebenso wie der Richter war er nur mit einem Hemd bekleidet. Er raffte seine Sachen zusammen, rannte aus dem Zimmer, ohne sich noch einmal nach dem Mädchen umzusehen, das bleich und wie erstarrt auf dem Boden kauerte.

Nachdem er Schreie gehört hatte, war er aus dem Zimmer gelaufen und hatte nicht nur Perleberg gesehen, sondern auch Buddebahn und die Landsknechte. Er hatte augenblicklich begriffen.

Wie von Sinnen lief er einen langen Gang entlang, an dessen Ende ebenfalls eine Treppe nach unten führte. Gleich neben der Treppe befand sich ein Fenster. Er blieb stehen. Vorsichtig drückte er die Fensterläden auf, bis er durch einen Spalt auf die Gasse hinuntersehen konnte.

Erschrocken fuhr er zurück. Vor dem Haus standen Hunderte, die voller Sensationslust verfolgten, was sich beim Glocken-Bader tat. Unter diesen Umständen konnte er das Haus nicht verlassen. Schon gar nicht mit einem Schlafhemd bekleidet und einem Kleiderbündel unter dem Arm. Er würde sich dem Gespött der Leute aussetzen, und am Morgen würde ganz Hamburg von ihm und seinem würdelosen Auftritt sprechen.

»Ich bin erledigt«, flüsterte er. »Wie konnte ich nur auf diesen verdammten Narren hören!«

Er konnte sich jeden Tag und jede Nacht amüsieren, wenn er wollte. Heute war es nur darauf angekommen, den Bader zu warnen und sich mit ihm abzusprechen. Aber Perleberg hatte unbedingt ein Abenteuer gewollt, und er hatte es ihm nicht ausgeredet, sondern ebenfalls eines gesucht. Jetzt machte er sich heftige Vorwürfe, weil er sich nicht beherrscht und darauf verzichtet hatte.

Es war zu spät. Er saß in der Falle. Es gab keine Möglichkeit, sich unbemerkt zurückzuziehen. Im Haus waren Landsknechte, die nach ihm suchten, und draußen drängten sich die Neugierigen.

»Verfluchter Buddebahn!«

Er vermochte keinen klaren Gedanken zu fassen.

Hätten sie sich doch nur auf den Bauernhof draußen, weit vor den Toren Hamburgs beschränkt! Nichts, gar nichts hätte ihnen widerfahren können.

Sie hatten sich zu sicher gefühlt. Vor allem der Richter hatte sich überschätzt. So mächtig wie alle glaubten – er selber eingeschlossen – war er gar nicht. Sie hatten eine Grenze überschritten, und nun schien es kein Halten mehr zu geben.

In aller Hast kleidete Kehraus sich an. Als er sich den Umhang um die Schultern werfen wollte, vernahm er Schritte auf jener Treppe, auf der Perleberg verblutete. Jemand kam von unten herauf. Nur noch ein paar Atemzüge, dann musste er ihn sehen. War es einer der Landsknechte, war alles vorbei.

Kehraus wusste sich nicht anders zu helfen. Er klemmte sich Hut und den hastig zusammengerollten Umhang unter den Arm, dann schlich er auf Zehenspitzen zu einer anderen Treppe, die nach oben führte. Er stieg sie in aller Eile hinauf, wobei er seine Füße ganz außen auf die Stufen setzte, damit diese nicht knarrten. Wenig später befand er sich auf einem

Speicher, auf dem allerlei Gerümpel aufbewahrt wurde. Durch Fensternischen fiel ein wenig Licht herein. Dennoch konnte er kaum etwas erkennen. Mit ausgestreckten Armen tastete er sich in den Raum hinein, bis er auf ein Fass stieß. Es war leer, und ein Deckel lehnte daran. Er zögerte keinen Atemzug lang, sondern stieg hinein, ließ sich auf die Knie sinken und hob den Deckel über sich, um sein Versteck zu verschließen.

Er war sich dessen bewusst, wie würdelos er sich verhielt und dass die ganze Stadt über ihn lachen würde, wenn man ihn entdeckte. Aber er wusste keinen anderen Ausweg. In seinem Zorn und seiner Verzweiflung fluchte er auf Conrad Buddebahn, dem er dies alles zu verdanken hatte.

Er wartete, und dabei rührte er sich nicht.

Schritte kamen die Treppe herauf, und durch winzige Spalten im Holz suchte sich Kerzenlicht einen Weg zu ihm. Er verhielt sich still, wagte kaum zu atmen. Zugleich betete er zu Gott und flehte ihn um Hilfe an.

Schritte näherten sich. Jemand kam heran und blieb neben ihm stehen.

Jetzt musste es passieren!

Plötzlich aber war ein Ruf von unten zu vernehmen.

»Hier ist niemand«, antwortete der Mann neben ihm. »Jedenfalls kann ich keinen sehen.«

Schritte entfernten sich. An der Treppe verharrte der Landsknecht, so dass Kehraus bereits fürchtete, er werde zurückkehren. Dann verrieten ihm die Geräusche, dass er die Treppe hinabstieg. Es wurde dunkel. Kein Kerzenlicht drang mehr zu ihm hin.

War der Fußsöldner aber wirklich gegangen? Oder wandte er nur einen Trick an, um ihn aus dem Versteck zu locken?

Heinrich Kehraus kannte sich in solchen Sachen nicht aus. Er war ein Fernhandelskaufmann. Um seine Freiheit und seine persönliche Unversehrtheit hatte er nie kämpfen müssen. Stets war er derjenige gewesen, der die Fäden in der Hand hielt, der Befehle erteilte und der die Macht ausübte.

Nun aber hatte sich seine Situation ins Gegenteil verkehrt.

Er war ein Gejagter, und er wusste nicht, wie er sich verhalten sollte. Er fühlte sich gedemütigt, und je stärker dieses Gefühl in ihm wurde, desto mehr loderte der Hass gegen Buddebahn in ihm auf. Er kam nicht auf den Gedanken, sich zu fragen, wie sich die von ihm missbrauchten und misshandelten Kinder fühlten, was sie empfanden, wenn er sich an ihnen verging. Er hatte nie daran gedacht, Rücksicht zu nehmen, nicht auf Agathe, nicht auf das Gesinde in seinem Haus und nicht auf jene Männer, die ihm das Geschäft führten, und jene, die seine Schiffe bedienten. Ihnen allen war er stets mit unnachsichtiger Härte begegnet, weil er davon überzeugt war, dass sie nur dann taten, was er von ihnen verlangte und was er erwartete.

Er nahm sich vor, sich grausam an Buddebahn zu rächen, falls es ihm gelang, ungesehen zu verschwinden und nach seinem Haus zum Eichholz zu kommen. Erst allmählich ging ihm auf, dass er das Leben nicht so weiterführen konnte wie bisher. Aus einem Gefühl der Überlegenheit heraus hatte er Buddebahn provoziert, und nun war nicht zu leugnen, dass der Schuss nach hinten losgegangen war.

Buddebahn würde nicht nachlassen.

Er beruhigte sich ein wenig, und es gelang ihm, seine Gedanken zu ordnen. Allmählich wurde ihm bewusst, dass seine Niederlage umfassender war, als er zunächst erkannt hatte. Vorläufig konnte er nicht in Hamburg bleiben. Er musste das Feld räumen, bevor sich seine Situation noch weiter verschlechterte, bis es überhaupt keine Rettung mehr gab. Ihm blieb nur die Flucht.

Er beschloss abzuwarten, bis die Landsknechte das Haus verließen und das Heer der Neugierigen abzog. Danach wollte er zum Eichholz eilen, eine Truhe mit Geld und den wertvollsten Dingen packen und zu einem Schiff bringen lassen. Auf seinem eigenen Kraveel würde er die Elbe hinuntersegeln und mit einem ansehnlichen Vermögen versehen in einer anderen Stadt – möglicherweise London – seine Zelte aufschlagen. Später, wenn Gras über die ganze Angelegenheit gewachsen war, würde er nach Hamburg zurückkehren, um seine Rache an Buddebahn zu vollziehen. In Begleitung einer ganzen Truppe von geschulten Kämpfern.

Mitternacht war längst vorbei. Kehraus hob den Deckel an und blickte sich vorsichtig um. Er war allein auf dem Speicher. Niemand hielt sich in seiner Nähe auf. Lautlos kletterte er aus seinem Versteck, stülpte sich den Hut mit der breiten Krempe auf den Kopf, legte sich den Umhang um die Schultern und schob sich langsam, Stufe für Stufe, die Treppe hinunter. Aus dem Fenster heraus überzeugte er sich davon, dass sich keine Neugierigen mehr vor dem Haus aufhielten.

Das Herz schlug wild in seiner Brust, als er seinen Weg nach unten fortsetzte. Er fürchtete, dass sich die Landsknechte noch im Haus befanden, und dass sie beim geringsten Knarren der Stufen heranstürmen würden. Doch es gelang ihm, die Treppe nach unten zu steigen und eine Tür zu öffnen, die auf die Gasse hinausführte. Und dann konnte er sein Glück kaum fassen.

Keine Menschenseele zu sehen! dachte er.

Er nahm sich ein paar Momente Zeit für ein kurzes Gebet, in dem er Gott für seine Rettung dankte. Dabei kam er nicht auf den Gedanken, für seine Sünden um Vergebung zu bitten. Er empfand nicht als Sünde, was er mit den Kindern angestellt hatte. Hatte ein so erfolgreicher und mächtiger Mann wie er, der gottesfürchtig und fromm war, der zudem regelmäßig in die Kirche ging, nicht das Recht, sich auf seine Weise zu vergnügen?

Innerlich befreit lief er zum Domplatz hinüber, und dann hastete er durch die Dunkelheit bis hin zu seinem Haus am Eichholz. Eine ungeheure Last fiel von ihm ab, als er durch die Vordertür eintrat und sich in die ihm vertrauten Räume zurückziehen konnte.

Zumindest bis zum Morgen war er in Sicherheit.

Durch die Butzenscheiben blickte Kehraus auf die Elbe hinaus, die das Licht der Sterne schwach reflektierte.

Er lächelte grimmig. Niemand würde ihn aufhalten. Buddebahn schon gar nicht. Ihm war er klar überlegen.

Wenn die Sonne aufging, war er bereits auf dem Kraveel und segelte in Richtung Nordmeer.

Er rief seinen Diener Moritz zu sich. So schnell wie gewohnt tauchte er jedoch nicht auf. Kehraus musste sich in Geduld üben. Als der alte Mann endlich bei ihm erschien, war er noch nicht vollständig bekleidet. In aller Hast schloss er die letzten Knöpfe.

»Beruhige dich«, sagte der Reeder ungewohnt umgänglich. »Auf einen Knopf kommt es nicht an.«

Moritz richtete sich auf und strich sich die Haare in den Nacken zurück.

»Verzeiht, Herr«, stammelte er. »Ich habe geschlafen und habe Euch nicht gleich gehört.«

Während Kehraus ihn sonst streng behandelte und häufig genug aufbrausend anfuhr und beschimpfte, zeigte er sich jetzt friedlich und nachsichtig.

»Das ist nicht weiter schlimm«, erwiderte er. »Du hast mir schon oft wertvolle Dienste geleistet, und dafür bin ich dir dankbar.«

»In der Bonenstraat, Herr …«, begann der Diener, doch Kehraus ließ ihn nicht ausreden.

»Das war gute Arbeit, Moritz. Ich bin zufrieden mit dir, wenngleich die Dinge sich schließlich ganz anders entwickelt haben, als ich geplant hatte. Reden wir nicht mehr davon. Jetzt geht es um etwas anderes.«

»Wenn ich helfen kann, Herr …«

»Das kannst du. Ich muss Hamburg verlassen. Sofort. Conrad Buddebahn erhebt schwere Vorwürfe gegen mich. Sie sind unberechtigt, fügen sich aber perfekt in den Rahmen einer Intrige ein, mit der er mich zu Fall bringen will. Unter den gegebenen Umständen bin ich wehrlos gegen einen derart bösartigen Angriff.« Kehraus ging zu einem Schrank, öffnete ihn, holte einen kleinen Lederbeutel heraus und reichte ihn dem

Diener. »Das ist für dich, Moritz. Du hast mir treu gedient. Ich weiß das zu schätzen.«

»Das ist …«, stammelte der alte Mann, der nahe daran war, die Fassung zu verlieren. Großzügig hatte er seinen Herrn noch nie erlebt.

»Ich werde einige Zeit wegbleiben«, kündigte Kehraus an. »Vielleicht komme ich erst in ein oder zwei Jahren zurück. In dieser Zeit wirst du von diesem Geld leben können. Sehr gut sogar. Es sind Goldstücke darin.«

Nun endlich wagte Moritz, einen Blick in den Beutel zu werfen. Was er sah, verschlug ihm die Sprache. Es waren die ersten Goldstücke, die er zu Gesicht bekam. Von so etwas konnte ein Mann wie er nur träumen. Und jetzt hielt er zwanzig oder mehr Goldmünzen in den Händen. Für ihn war es unvorstellbar viel Geld. Geradezu ein Vermögen.

»Dafür erwarte ich nur einen kleinen Dienst.« Kehraus legte ihm eine Hand auf die Schulter und blickte ihn fordernd an.

»Ich werde tun, was du von mir verlangst, Herr. Was immer es ist«, beteuerte Moritz unterwürfig.

Der Reeder verkniff sich ein triumphierendes Lächeln. Nie zuvor war er derart abhängig von der Zuverlässigkeit eines anderen gewesen. Er war sich dessen bewusst, dass er Moritz in all den Jahren, die er bei ihm war, schlecht behandelt hatte. Doch er glaubte, ihn zu kennen. Der Diener war kein Mann, der einen so hohen Lohn entgegennahm und dann das Weite suchte, ohne eine Gegenleistung erbracht zu haben.

»Du wirst das Haus für mich bewahren«, befahl er ihm. »Und dann ist da noch eine Kleinigkeit …«

Als Buddebahn sein Haus betrat, bot sich ihm ein überraschendes Bild. Überall auf dem Boden waren Pergamente verstreut, und Hanna Butenschön war dabei, sie aufzuheben. Sie war nicht weniger erstaunt als er, da er ein Kind auf den Armen hielt, das er nun behutsam auf eine Bank legte.

»Was ist passiert?«, fragte sie, kam ihm entgegen und umarmte ihn, um sich fest an ihn zu drücken, ohne dabei den Jungen aus den Augen zu lassen.

»Richter Perleberg ist tot«, antwortete er und berichtete mit wenigen Worten, was sich im Haus des Glocken-Baders abgespielt hatte. Dabei nahm er Kain den Umhang ab und legte eine Decke über ihn. Kopfschüttelnd sah er sich um. »Aber hier scheint auch einiges geschehen zu sein.«

»Ein Einbrecher war hier«, erwiderte Hanna und wandte sich dem Jungen zu. »Aber davon später. Erst müssen wir das Blut abwaschen und ihm neue Kleider geben. Und – Himmel, das hätte ich beinahe vergessen. Sein Vater! Er ist drüben bei Henning. Du solltest ihm Bescheid sagen.«

»Das werde ich.« Buddebahn verließ das Haus, um zu den Räumen zu gehen, in denen Henning Schröder schlief und in denen sich der Bauer aufhielt.

Auf dem Rand des Brunnens saß der Landsknecht, der ihn begleitet hatte.

»Wie ist dein Name?«, fragte er.

»Fabian, Herr. Ich bin Fabian.« Der Söldner stand auf. Seine Gestalt straffte sich.

»Kehraus könnte uns entwischt sein. Deshalb habe ich einen besonderen Auftrag für dich. Du wirst sein Haus am Eichholz überwachen. Sobald sich dort etwas Ungewöhnliches tut, wirst du mich unterrichten.«

»Was könnte das sein, Herr?«, fragte der Landsknecht.

Schon auf dem Weg vom Badehaus zur Brauerei hatte Buddebahn gemerkt, dass der Mann schlichten Gemüts war. Bei der Auswahl seines Helfers hatte er keine glückliche Hand gehabt.

»Kehraus könnte zum Beispiel versuchen zu flüchten. Wenn das der Fall ist, wird er sich vermutlich zum Hafen begeben, wo seine Schiffe liegen. Du wirst ihm folgen, bis du weißt, welches Schiff sein Ziel ist. Dann wirst du augenblicklich hierherkommen und es mir mitteilen. Kehraus darf Hamburg nicht verlassen.«

»Ich werde dafür sorgen, dass er es nicht kann«, versprach der Landsknecht und wollte sich entfernen, doch Buddebahn hielt ihn zurück.

»Kennst du Heinrich Kehraus?«

»Nein, Herr. Begegnet bin ich ihm noch nie, aber man hat ihn mir beschrieben. Ein großer, dicker Mann, der meistens einen Schlapphut mit breiter Krempe trägt. Und einen Bart hat er. Einen mächtigen Bart.«

»Ja, das ist er. Du wirst ihn erkennen, wenn du ihn siehst.« Damit entließ er den Mann und ging zum Brauhaus. Mit der Faust schlug er ein paar Mal gegen die Tür, hinter der Henning Schröder schlief. Er brauchte nicht lange zu warten, bis der Braumeister öffnete und sich verschlafen über die Störung beschwerte.

»Ich muss mit Hermann reden«, unterbrach er ihn. »Sein Sohn ist hier.«

»Was? Was ist geschehen?«, rief der Bauer aus dem Hintergrund. Mit einem Satz war er an der Tür. »Wo ist Kain? Er wird was erleben! Dem verdammten Bengel werde ich den Hosenboden versohlen.«

»Nichts wirst du«, widersprach Buddebahn, legte ihm den Arm um die Schultern und führte ihn zu seinem Haus hin. »Der Junge hat Schweres durchgemacht. Er braucht keine Schläge dafür, dass er weggelaufen ist, sondern den Zuspruch und die Liebe seines Vaters.«

Er erzählte, was geschehen war. Hermann hörte schweigend zu, bis er schließlich vor der Tür zum Haus stehenblieb. Nachdem er alles vernommen hatte, blickte er ihn stolz lächelnd an. »Das ist mein Sohn! Den haut so leicht nichts um. Schneidet diesem Widerling den Schwanz ab. Was Besseres hätte er nicht machen können. Dazu gehört verdammt viel Mumm. Und den hat er von seinem Vater geerbt.«

»Na klar«, spöttelte Buddebahn. »Vom Vater! Von wem denn sonst?«

Sie betraten das Haus, und der Bauer ging zu der Bank, auf

der Kain zusammengekauert und still saß, ohne auch nur den Kopf zu heben. Schweigend nahm er ihn in den Arm und zog ihn fest an sich.

»Du bist in Ordnung, Junge«, lobte er ihn. »Es war richtig, sich zu wehren. Der Kerl hat die Strafe bekommen, die er verdient hat.«

»Papa ...«, schluchzte Kain, doch sein Vater legte ihm die Hand auf den Mund.

»Sag jetzt gar nichts. Versuche, ein wenig zu schlafen. Ich bin bei dir und passe auf dich auf. Morgen früh brechen wir zeitig auf und kehren nach Haus zurück.«

»Ja, Papa.« Tränen quollen Kain aus den Augen und benetzten seine Wangen. Er verbarg sie vor den anderen, indem er das Gesicht gegen die Schulter seines Vaters drückte und still in dieser Haltung verharrte. Buddebahn empfand Mitleid mit ihm. Jetzt wirkte er zart und zerbrechlich, während er auf dem Hof seines Vaters einen kräftigen, robusten Eindruck gemacht hatte. Die paar Tage, die er in der Stadt verbracht hatte und in denen er Schlimmes hatte erdulden müssen, hatten ihn verändert.

Buddebahn gab Hanna einen Wink und ging mit ihr hinaus, auf den Hof, um in Ruhe und ungestört mit ihr reden zu können, aber auch um Hermann und seinem Sohn Gelegenheit zu geben, sich ein wenig von dem Schrecken zu erholen. Er ließ sie erzählen, weil er spürte, dass sie loswerden wollte, was ihr auf der Seele lag, und dass sie bis dahin doch nicht zuhören würde, wenn er berichtete.

»Leider haben wir überhaupt keine Ahnung, wer der Mann gewesen ist«, schloss sie.

»Vielleicht einer der Fischer, der in seinem Rausch nicht nach Haus finden konnte?«

»Unsinn«, wies sie ihn schroff zurück. »Du weißt genau, dass es keiner von ihnen war. Jeder einzelne von denen war zu betrunken, um sich so leise bewegen zu können, wie der Einbrecher es getan hat.«

»Mir scheint, einige von meinen Unterlagen fehlen. Etwa die Zeichnung, die ich von der Bonenstraat gemacht habe. Das könnte darauf hindeuten, dass es mit dem Mordfall zu tun hat.«

»Davon bin ich überzeugt«, erwiderte Hanna. »Wozu sonst brauchte er das Messer? Damit wollte er mich umbringen.«

Diese Sorge teilte er mit ihr, ließ es sich jedoch nicht anmerken. Er tröstete sie und meinte, das hätte der Unbekannte sicherlich getan, wenn er die Absicht gehabt hätte. Wozu hätte er sonst so lange warten sollen?

»Möglicherweise sollte das alles nur eine Drohung sein und mich veranlassen, die Ermittlungen einzustellen.«

»Aber das wirst du nicht?«

»Je mehr man mich herausfordert, desto weniger denke ich daran«, gab Buddebahn zu. »Dem Mörder wird es ergehen wie dem Richter und wie Kehraus. Früher oder später fliegt er auf.«

Der Schrei eines Raubvogels hallte auf sie herab. Überrascht blickten sie in den Nachthimmel hinauf.

»Was war das?«, fragte sie.

»Der Rote Milan«, antwortete er. »Das war der Schrei eines Milans. Aber sehen kann ich ihn nicht.«

»Das gefällt mir nicht.« Sie schmiegte sich an ihn. »Es ist unheimlich.«

Der Landsknecht war entschlossen, den ihm erteilten Auftrag gewissenhaft zu erfüllen. Er war ein einfacher Mann, der vor einigen Jahren vom heimischen Bauernhof in der Nähe von Ratzeburg aufgebrochen war, um sein Glück in der Ferne zu suchen, so wie es schon mancher Zweit- oder Drittgeborene vor ihm getan hatte. Nachdem sein Vater gestorben und der Hof an seinen Bruder übergegangen war, hatte er sich ein Schwert, eine Lanze und festes Schuhwerk erbeten und auch erhalten, allerdings gegen das Versprechen, niemals Anspruch auf den Hof und das Land zu erheben, ganz gleich, was geschah. Sein Bruder hatte sich als großzügig erwiesen und ihm eine geringe Summe mit auf den Weg gegeben.

Danach war Fabian nach Hamburg gezogen und hatte sich als Fußsöldner verdingt, was bei weitem nicht mit den erwarteten und befürchteten Anstrengungen verbunden war, sondern sich als recht angenehm erwiesen hatte. Nun war er stolzer Träger eines bunten Hemdes mit aufgeplusterten Ärmeln und einer Hose in grellen Farben sowie eines Metallhelms mit einer großen Feder. Er gehörte zu einem Tross von fünfhundert Mann und war militärisch geschult worden, so dass er sich im Kampf behaupten konnte. Was ihm zu seinem Glück fehlte, war ein Weib an seiner Seite. Obwohl viele Frauen die Nähe der Landsknechte suchten, hatte er sich noch für keine entscheiden können, so dass er sich bislang mit einem der sogenannten »Hurenweiblein« zufriedengeben musste. Sie hatten den Vorteil, dass sie mit einem geringen Lohn zufrieden waren und sich ansonsten nicht in sein Leben einmischten.

Wichtiger als sie aber war der Auftrag, den er erhalten hatte. Darauf hatte er gewartet. Mit seiner Ausführung konnte er sich auszeichnen, und nur so konnte er hoffen, im Rang höher zu steigen. Darüber hinaus gab es kaum eine Möglichkeit, denn die Zeiten waren friedlich. Schon seit vielen Jahren hatten keine Feinde von außen versucht, in die Stadt einzudringen. Daher konnte er sich weder bei der Wache vor dem Rathaus noch auf dem Posten in den Wallanlagen und an den Stadttoren über die Maßen bewähren und sich durch eine herausragende Leistung von den anderen Landsknechten abheben, zumal es einige Männer gab, die bereits länger im Dienst der Stadt standen als er. An ihnen war kein Vorbeikommen, es sei denn, dass er bei einem Auftrag wie diesem die Aufmerksamkeit des Kommandanten erregte, der allein über Beförderungen und damit eine bessere Besoldung entschied.

Fabian war entschlossen, es zu tun.

Es war schwerer als er erwartet hatte. Da er noch nicht so lange in der Stadt war, kannte er sich nicht besonders gut aus. Straßenschilder gab es nur sehr wenige. Er lief durch die Dunkelheit, bog einige Male in eine der vielen Gassen ab, überzeugt davon, auf dem richtigen Wege zu sein. Doch dann plötzlich stutzte er, denn er stieß auf einen Brunnen, an dem er vor nicht allzu langer Zeit bereits vorbeigekommen war.

Irritiert sah er sich um, und dabei fragte er sich, welcher der vier Gassen, die von hier abzweigten, er folgen sollte. Es war so dunkel, dass er nur wenig erkennen konnte. Suchend trat er an die Häuser heran, wobei er auf einem Hinweis hoffte, der ihm zeigte, wie es weiterging. Vergeblich. Diese Gassen waren an keiner Stelle mit einem Namen versehen worden. Er war allein und konnte niemanden fragen.

Verhalten fluchte er.

»Sonst läuft einem der Nachtwächter alle naslang über den Weg, aber jetzt ist weit und breit nichts von ihm zu sehen.«

Er rannte in eine der Gassen hinein und stand wenig später vor einem Fleet, an dem sie endete. Er musste umkehren und eine der anderen Gassen versuchen. Am Brunnen blieb er stehen und überlegte, welche in Richtung Westen führte, denn dort – irgendwo im Westen der Stadt – stand das Haus des Reeders am Eichholz.

Je mehr Zeit verstrich, desto unruhiger wurde er. Besonders gesegnet mit geistigen Gaben war er nicht, doch ihm war klar, dass seine Aussichten auf einen Aufstieg umso geringer wurden, je länger er nach dem Haus des Reeders suchte. Sollte Kehraus die Flucht aus Hamburg gelingen, war es vollends vorbei, dann war ihm der Weg nach oben versperrt.

Als er sich gerade entschlossen hatte, an einer der Türen zu klopfen und die Bewohner zu wecken, vernahm er den eintönigen Singsang des Nachtwächters. Er atmete auf, und dann eilte er dem Lichtschein entgegen.

»Du hast dich total verrannt, Junge«, teilte ihm der alte Mann mit. »Aus diesem Gewirr der Gassen findest du nicht allein heraus, aber da ich nichts weiter zu tun habe, werde ich dir den Weg zeigen.«

»Die Zeit drängt«, versetzte Fabian. »Es eilt.«

»Du wirst dich gedulden müssen, Junge. Ich bin ein alter

Mann und kann nicht mehr so schnell gehen. Dafür wirst du dich nicht mehr verirren. Und nun lass uns gehen.« Ohne sich auf weitere Worte einzulassen, schlurfte der Nachtwächter los. Er beschleunigte seine Schritte nicht, und er überzeugte sich nicht davon, ob der Landsknecht ihm folgte. Mit stoischer Ruhe verfolgte er seinen Weg, wobei er in regelmäßigen Abständen seine eintönigen Rufe wiederholte, mit denen er mitteilte, dass Mitternacht längst vorbei sei und der Morgen nahte. Tatsächlich dämmerte es bereits, als sie sich dem Eichholz näherten, noch aber wollte die Nacht nicht weichen. Vor allem zwischen den Häusern behauptete sich tiefe Dunkelheit.

Fabian fürchtete, zu spät zu kommen. Als er den Weg nicht mehr verfehlen konnte, war es vorbei mit seiner Geduld. Er bedankte sich bei dem Nachtwächter und eilte davon.

Schon wenig später sah er das Haus im Eichholz. Eindrucksvoll erhob es sich über die benachbarten Gebäude, zumal es aus Stein errichtet worden war. Die Butzenscheiben zeugten von dem Reichtum seines Besitzers. Hinter ihnen brannten zahlreiche Kerzen. Ihr Licht fing sich im Glas der Scheiben und ließ die Fenster aussehen wie die Augen eines riesigen Monsters, das voller Kampfeslust bereit war, jenen zu verteidigen, der sich dahinter verbarg.

Während Fabian noch überlegte, was er tun sollte, trabte ein Reiter mit seinem Pferd aus dem Hof des Anwesens hervor und bog sogleich in Richtung Elbe ab. Hoch aufgerichtet saß die mächtige Gestalt im Sattel. Im schwachen Dämmerlicht war das Gesicht unter dem Hut mit der breiten Krempe nicht zu sehen. Dennoch zweifelte der Landsknecht keinen Atemzug lang, dass er Heinrich Kehraus vor sich hatte. Nun aber wusste er nicht, was er tun sollte. Einem ersten Impuls folgend, wollte er zur Brauerei zurücklaufen, um Buddebahn von seiner Beobachtung zu unterrichten. Dann aber fiel ihm ein, dass der Ermittler fragen könnte, wohin Kehraus geritten war. Damit hätte er ihn bereits in Verlegenheit gebracht, denn darauf konnte er keine Antwort geben. Er beschloss, dem Reeder zu folgen.

Da es nun allmählich heller wurde, ließ er sich weit zurückfallen, um nicht entdeckt zu werden. In vorsichtigem Abstand rannte er hinter dem trabenden Pferd und seinem Reiter her und nutzte dabei jede sich bietende Deckung. Sobald er das Gefühl hatte, Kehraus könne sich umdrehen, drückte er sich in eine Nische, verbarg sich in einem abzweigenden Gang oder stellte sich hinter einen Baum. Aus Furcht, er könne sein Opfer aus den Augen verlieren, rückte er zuweilen auf, um sich dann jedoch wieder zurückfallen zu lassen.

Zunächst schien es, als wollte Kehraus zur Elbe und dort zum Hafen hinunter, doch dann bog er ab und schlug eine andere Richtung ein. Jetzt lief der Landsknecht schneller, um ihn nicht zu verlieren. Er beglückwünschte sich zu seinem Entschluss, den Reeder zu verfolgen, zumal er sich dessen sicher war, dass es nicht mehr weit bis zu seinem Ziel war. Die ersten Tagelöhner kamen auf die Straße heraus, um zu Hafen zu gehen, wo die Arbeit immer früh begann. Unter diesen Umständen konnte Kehraus es sich kaum leisten, sich noch länger blicken zu lassen. Immerhin musste er mit einer Verhaftung rechnen.

Fabian schloss nun zu ihm auf. Kehraus ließ sein Pferd im Schritt gehen und bog plötzlich in Richtung Domplatz ab, um sein Pferd wenig später wieder nach Westen zu wenden.

Verunsichert begann der Landsknecht zu fluchen. Es schien, als wollte der Reeder zu seinem Haus am Eichholz oder an das Elbufer zurückkehren. Das konnte nicht sein.

Fabian ahnte Böses. Er beschloss zu handeln und die Verfolgung zu beenden. Er stürmte hinter dem Reiter her, überholte ihn und griff nach den Zügeln, um das Pferd zum Halten zu bringen.

Lächelnd blickte ihn der Reiter an. Sein Umhang glitt herab und breitete sich auf der Hinterhand des Pferdes aus. Darunter kam eine kleine, schmächtige Gestalt zum Vorschein, die mit angeschnallten Polstern an den Schultern und den Seiten versehen war.

»Kann ich etwas für dich tun?«, fragte er. Sein von zwei Kerben markiertes Kinn war ebenso glatt rasiert wie seine Oberlippe. Dagegen trugen die Wangen einen dichten Bart, der von beiden Seiten bis weit an das Kinn heranreichte.

»Du bist nicht Kehraus!«, keuchte Fabian.

»Nein, der bin ich nicht«, antwortete Moritz. »Warum fragst du?«

Der Landsknecht verfluchte ihn, die Frau, die ihn geboren hatte und die ganze Welt, die einem Menschen wie ihm erlaubte zu leben.

»Fahr zur Hölle!«, schrie er, und dann rammte er dem Pferd die Faust in die Seite, so dass dieses erschrocken hochfuhr und wild davon galoppierte. Der überraschte Moritz wäre beinahe aus dem Sattel gefallen.

Verzweifelt dachte Fabian darüber nach, was er nun tun sollte.

Obwohl er mit Geistesgaben nicht gerade gesegnet war, begriff er doch, dass er einem Ablenkungsmanöver zum Opfer gefallen war. Während Moritz ihn an der Nase herumgeführt hatte, war Kehraus Zeit genug geblieben, sich davonzumachen. Der Diener hatte seine Aufmerksamkeit auf sich gezogen, hatte ihn hinter sich her gelockt und war dabei stets in Elbnähe geblieben. Wenn der Reeder mit einem Schiff flüchten wollte, wie Buddebahn gesagt hatte, gab es nur noch eine Möglichkeit für ihn.

Er musste zur Alster gehen und dort ein Schiff besteigen.

Fabian hätte schreien mögen vor Glück. Jetzt konnte er es Kehraus zeigen. So leicht wie dieser glaubte, war er doch nicht reinzulegen. Mit Hilfe der aufgehenden Sonne orientierte er sich. Dann rannte er in eine Gasse hinein, um so schnell wie möglich zur Alster zu kommen.

Da er sicher war, dass ihm nichts mehr passieren konnte, brach Heinrich Kehraus in aller Ruhe auf. Er band einem Packpferd eine Truhe auf den Rücken, um Geld und andere Vermögenswerte in Sicherheit zu bringen, stieg in den Sattel eines zweiten

Pferdes und verließ das Anwesen, das er sich nach langen Jahren voller Anstrengungen und vieler Mühsal aufgebaut hatte.

Er blickte nicht zurück.

Er würde doch nicht mehr zurückkehren. Das stand nach einigen Überlegungen für ihn fest. Mochte Moritz es ruhig glauben und es anderen erzählen. Sein Entschluss war unabänderlich. Das Kapitel Hamburg war abgeschlossen. Jetzt begann ein neues Kapitel. Er hoffte, es in London oder einer anderen Hansestadt schreiben zu können.

Er hatte den Landsknecht gesehen, der Moritz gefolgt war. Der Diener würde ihn in die Irre führen und ihm dadurch einen Vorsprung verschaffen, der mehr als reichlich für die Flucht war. Als ein wenig lästig empfand er die Tatsache, dass er zurzeit kein Schiff im Hafen an der Elbe liegen hatte, sondern nur auf der Alster. Also war er gezwungen, durch die Fleete bis zur Elbe zu fahren. Auf dieser Strecke war er möglicherweise gefährdet, weil er nur langsam vorankam. Die Luft stand still, so dass es sinnlos war, das Segel zu setzen. Er musste die Strömung nutzen, und falls das nicht ausreichte, mussten einige Männer an Land gehen und das Schiff mit einem Seil ziehen. Er durfte nicht ausschließen, dass Landsknechte das Schiff aufzuhalten versuchten, doch war die Wahrscheinlichkeit gering. Solange der Landsknecht Moritz in der Annahme folgte, er habe ihn – Kehraus – vor sich, würde niemand das Schiff am Auslaufen hindern.

Er lächelte zufrieden, als er den Hafen an der Alster erreichte. Der Kraveel lag am Ufer, wo zwei Feuer brannten. In ihrem Licht konnte er die Männer von der Besatzung ausmachen. Sie waren mit der Takelage beschäftigt. Von Landsknechten war weit und breit nichts zu sehen. Eine innere Stimme sagte ihm, dass sie nicht in der Nähe waren und sich in Winkeln verbargen, aus denen das heraufziehende Tageslicht die Dunkelheit der Nacht noch nicht vertrieben hatte.

Gelassen führte Kehraus die Pferde an den Kraveel heran. Der Schiffshauptmann bemerkte ihn und kam ihm entgegen.

»Wir laufen sofort aus«, rief Kehraus ihm zu, während er vom Pferd stieg. »Bringt meine Sachen an Bord. Wir legen ab.«

»Das geht nicht, Herr«, erwiderte der Kapitän, ein kleinwüchsiger Mann mit einem vorspringenden Kinn und hellen, blauen Augen. Während er sprach, bewegte er sich voller Unruhe in den Schultern, als werde er von Verkrampfungen geplagt.

»Was soll das heißen?«, fuhr der Reeder ihn an. »Ich befehle dir auszulaufen. Ist das nicht deutlich genug?«

»Durchaus, Herr, aber das Schiff ist nicht bereit.« Der Kapitän deutete zum Kraveel hinüber. »Wir sind dabei, einen Teil der Takelage auszutauschen. Reeper-Jan bringt gerade neue Falls an.«

»Das interessiert mich nicht. Dann werden die Arbeiten eben abgebrochen. Wir laufen aus, und dabei bleibt es. Ich will keine Widerrede hören. Werft diesen Seiler von Bord. Gib ihm seinen Lohn, und dann los!«

Der Kapitän blickte sorgenvoll zum Himmel hinauf, wo tiefschwarze Wolken bedrohlich aufzogen. »Das geht nicht gut aus, Herr. Es könnte Sturmböen geben. Solange nicht alle Seile gezogen und befestigt wird, könnte es uns Mast und Segel wegreißen und uns kentern lassen.«

»Hast du nicht gehört?«, schrie Kehraus ihn an. »Ich habe dir einen Befehl erteilt, und du wirst ihn ausführen. Ohne Wenn und Aber! Die Arbeiten an der Takelage gehen weiter. Solange wir auf der Alster und in den Fleeten sind, kann uns der Wind nicht viel anhaben. Und wenn wir die Elbe erreichen, sind alle Seile dort, wo sie sein sollen. Verdammter Hurensohn, beeile dich, oder soll ich dir Beine machen?«

»Ja, Herr«, beugte sich ihm der Schiffshauptmann. Er rief einige seiner Männer herbei, damit sie den Pferden die Lasten abnahmen und an Bord brachten. Dann eilte er zu Reeper-Jan, sprach kurz mit ihm, gab ihm seinen Lohn und schickte ihn von Bord. Ohne Kehraus eines Blickes zu würdigen, folgte der Seiler der Anweisung. Er warf sich ein zusammengerolltes Tau über die Schulter, ging an Land und entfernte sich wortlos.

»Na also!« Kehraus war zufrieden. Er betrat das Schiff, überwachte die Verladung seiner Schätze und zog sich danach bis unter das Achterkastell zurück, von wo aus er den Hafen überwachen konnte, ohne von dort aus gesehen zu werden. Die Männer lösten die Leinen, mit denen das Schiff vertäut war, und träge schob sich der Kraveel auf die Alster hinaus. Das Segel blieb noch unten. Geschickt nutzte der Kapitän die Strömung, um das Schiff auf Kurs zu einem Fleet zu bringen, die einzige Möglichkeit, zur Elbe zu kommen. Schwierige Manöver lagen vor ihm. Der Reeder war sich dessen bewusst, und er verhielt sich still, um ihm seine Arbeit nicht zu erschweren. Jede Störung konnte zu Verzögerungen führen, und gerade die wollte er auf keinen Fall riskieren.

In dieser Nacht fand Buddebahn zunächst keine Ruhe. Allzu viel war geschehen. Während sich Hermann mit Sohn Kain in die Wohnräume Henning Schröders zurückgezogen hatte, saß er lange mit Hanna zusammen, um über die nächsten Schritte zu reden.

Sobald der neue Tag anbrach, wollte er zu Sara Perleberg gehen und ihr die Nachricht vom Tode ihres Mannes bringen. Er wollte nicht, dass ihr bösartige Zungen zutrugen, was geschehen war, und ihr schadenfroh unterbreiteten, unter welch schändlichen Umständen er sein Leben verloren hatte.

Bis dahin hoffte Buddebahn auf die Rückkehr des Landsknechts und Nachrichten von Heinrich Kehraus.

»Wir können nur warten«, sagte er.

»Vielleicht solltest du ein wenig schlafen«, schlug Hanna vor, ohne ihm zu widersprechen. »Es könnte ein anstrengender Tag werden.«

Buddebahn war müde und erschöpft, doch er wollte sich nicht hinlegen.

»Der Landsknecht kann jeden Moment kommen«, widersprach er. »Ich muss durchhalten.«

»Besser wäre es, wir würden uns selber umsehen«, versetzte

sie, während sie an den Herd ging, um eine heiße Brühe für ihn zu machen. »Der Junge ist nicht besonders klug. Möglicherweise wartet er bis zum Sankt-Nimmerleins-Tag an der falschen Stelle, während Kehraus sich aus dem Staub macht.«

»Wir können nicht weg«, stellte er fest. »Denn was ist, wenn er mit einer Nachricht eintrifft, und wir sind nicht da?«

»Ich könnte zur Alster gehen und mich dort umsehen.«

»Kommt nicht in Frage. Das ist zu gefährlich. Solange wir den Mörder Agathes und Ernas nicht dingfest gemacht haben, lasse ich dich nicht allein. Weder hier noch außerhalb der Brauerei.«

Hanna brachte ihm die Brühe, und er trank sie, wobei er seinen Gedanken nachhing. Die Lider wurden ihm schwer, und er schloss sie für eine Weile, bis ihm der Kopf herunterfiel und er aufschreckte.

»Du solltest wirklich schlafen«, riet sie ihm.

»Nicht nötig.« Er trank einen Schluck Brühe, lehnte sich zurück, schloss die Augen und fuhr fort: »Kehraus entwischt mir nicht. Ich bin mir absolut sicher, dass er ...«

Seine Stimme verstummte. Er war eingeschlafen. Die Anspannungen des vergangenen Tages und der Nacht forderten ihren Tribut.

Hanna lächelte. »Na endlich!«

Sie wartete eine Weile, dann erhob sie sich lautlos und zog sich aus dem Raum zurück. An der Tür nahm sie ein Messer vom Regal und versteckte es unter ihrer Schürze. Als sie auf den Hof hinaustrat, war sie überrascht, wie dunkel es war. Sicherlich würde es noch eine Stunde dauern, bis sich der Morgen behauptete. Aber auch dann würde es nicht besonders hell werden. Dichte Wolkenbänke würden verhindern, dass die Sonne durchkam.

Für einen Moment zögerte sie, den Hof der Brauerei zu verlassen. Doch dann lief sie auf die Gasse Hopfensack hinaus und zum Pferdemarkt hinüber. Von dort aus ging es hinab zur Alster. Schon von weitem konnte sie die beiden großen Feuer sehen, die im Hafen brannten. Ihre zuckenden und tanzenden Flammen vertrieben das Dämmerlicht von einem Kraveel und einer Fahne, die von einem der Seeleute zur Mastspitze hinaufgezogen wurde. Im schwachen Wind breitete sie sich um so mehr aus, je höher sie stieg. Von ihrem roten Feld hob sich eine Möwe ab. Sie kennzeichnete den Kraveel als Schiff der Reederei Kehraus.

»Verdammter Mistkerl«, fluchte Hanna, die nicht daran zweifelte, dass der Kinderschänder bereits an Bord war. Zwei Pferde standen direkt neben den Feuern. Mehrere Männer waren dabei, sie von ihren Lasten zu befreien. Ihr war klar, dass es die Pferde des Reeders waren, der einige seiner Habseligkeiten mitnehmen wollte.

Von den Feuern her kam ein Mann zu ihr hoch. Er schien das Schiff erst kurz zuvor verlassen zu haben. Auf der Schulter trug er ein Bündel zusammengerollter Taue. Zugleich vernahm sie in ihrem Rücken Schritte, die sich ihr näherten. Beunruhigt drehte sie sich um. Ein Mann! Im Dämmerlicht konnte sie nicht erkennen, wer es war, zumal er den Hut tief ins Gesicht gezogen hatte. Seine Haltung und seine Bewegungen verrieten ihr jedoch, dass es sich um einen jüngeren Mann handelte. Er war hoch aufgeschossen und hager, schien jedoch kräftig und gewandt zu sein.

»Bleib sofort stehen, wenn ich dir mein Messer nicht in den Bauch rammen soll«, rief Hanna ihm zu. Sie zog die Klinge unter ihrer Schürze hervor und streckte sie ihm drohend entgegen.

Der Mann gehorchte. Ein leises Lachen klang zu ihr herüber. Er hob den Kopf, aber noch war es so dunkel, dass sie ihn nicht erkannte. Sie sah nur ein blasses Gesicht mit zwei dunklen Augen darin, zwei konturenlose Flecke.

»Aber, Hanna! Was sind das für Töne?«

»Wer bist du?«

Der Mann nahm den Hut ab. Erleichtert atmete sie auf, wenngleich eine unbestimmbare Anspannung blieb. Die Hand mit dem Messer senkte sich, doch schob sie die Klinge nicht unter ihre Schürze zurück.

»Aaron Malchow! Du meine Güte, Ihr habt mich erschreckt. Immerhin treibt sich ein Monster in der Stadt herum, das es auf Frauen abgesehen hat.«

»Ihr seid leichtsinnig«, tadelte er sie. Er kam näher an sie heran. Unwillkürlich wich sie einen Schritt zurück. »Wie könnt Ihr allein zu so früher Morgenstunde in der Stadt herumlaufen? Ihr kennt doch die Gefahr.«

Wiederum vernahm sie Schritte, und eine ihr allzu gut bekannte Stimme fragte: »Hanna, bist du das?«

Sie fuhr herum, und nun löste sich die Anspannung.

»Reeper-Jan! Was machst du hier an der Alster?«

»Kannst du es dir nicht denken?« Er zeigte über seine Schulter zurück zum Schiff. »Ich habe an der Takelage des Kraveel gearbeitet, und ich war noch lange nicht fertig, als Heinrich Kehraus kam, dieser Lump. Er hat mich von Bord gejagt. Hat es verdammt eilig. Weiß der Teufel, warum er so schnell auslaufen will. Man könnte meinen, es ist jemand hinter ihm her.«

»Das ist richtig. Er will fliehen«, bestätigte Hanna. »Er ist als Kinderschänder erwischt worden. Conrad will ihn verhaften.«

»Dann sollte er nicht zu lange warten, sonst ist es zu spät. Wenn er nicht sofort handelt, ist Kehraus auf der Elbe, und niemand kann ihn mehr aufhalten.«

Aaron Malchow schüttelte verständnislos den Kopf. »Aber was habt Ihr damit zu tun, Hanna?«

»Ich werde ihn an der Flucht hindern.«

»Das kann nicht Eure Aufgabe sein.« Er lachte leise, wobei er zweifelnd den Kopf schüttelte. »Mit einem Messer in der Hand?«

»Oh, das ...« Hanna ließ die Klinge unter ihrer Kleidung verschwinden.

»Conrad Buddebahn sollte sich darum kümmern.«

»Ich ertrage den Gedanken nicht, dass ein Mann sich der Gerechtigkeit entzieht, der vielen Kindern grausame Dinge angetan hat. Allein kann ich nichts gegen ihn ausrichten, aber ich habe einen Plan …«

»Zu spät, Hanna. Das Schiff legt bereits ab.« Aaron Malchow zeigte zur Alster hinüber. »Ihr könnt nichts mehr tun. Jetzt hat er freie Bahn.«

»Davon bin ich keineswegs überzeugt«, widersprach Hanna. »Kommt mit! Bitte, begleitet mich, damit mir nichts passiert. Ich habe keine Lust, mir die Kehle durchschneiden zu lassen. Beschützt ihr mich?«

»Es ist mir eine Ehre«, sagte Aaron.

»Ist doch klar«, fügte Reeper-Jan hinzu.

»Danke.« Hanna seufzte erleichtert, und dann glitt ein frohes Lächeln über ihr schönes Antlitz.

17

Buddebahn schreckte auf, und schon war er hellwach. Er blickte sich um, und noch bevor er sich davon überzeugt hatte, dass er allein im Haus war, wusste er, dass Hanna hinausgegangen war, um sich Heinrich Kehraus auf eigene Faust entgegenzustellen. Er rief nach ihr, erhielt keine Antwort und sah sich bestätigt.

Er lief auf den Hof hinaus. Der neue Tag brach an, aber es war nicht so hell, dass er genügend sehen konnte. Die Sonne hatte sich noch nicht über den Horizont erhoben.

Es herrschte das Licht, in dem der Frauenmörder sich bevorzugt bewegte.

Er erinnerte sich daran, dass sie in der Nacht den Schrei eines Roten Milans gehört hatten, und unwillkürlich fragte er sich, ob dies ein Hinweis auf jenes menschliche Monster gewesen war, dem er hart auf den Fersen war, ohne ihm die Larve vom Gesicht reißen zu können.

»Hanna, wie konntest du!«, stöhnte er. Die Sorge um sie drohte seine Gedanken zu lähmen. Er zwang sich, kühl zu bleiben und konzentriert jeden der nun notwendigen Schritte zu vollziehen.

Nicht einen Augenblick lang brauchte er darüber nachzudenken, welchen Weg sie genommen hatte. Ganz ohne Zweifel war sie zunächst in Richtung Alster gelaufen, wo ein Kraveel des Reeders lag. Danach hatte sie sich zu jenem Fleet begeben, durch das jedes Schiff fahren musste, wenn es auf kürzestem Weg zur Elbe wollte, und das die Hauptverbindung zum Strom darstellte.

Bis dahin musste sie durch mehrere dunkle und verwinkelte Gassen, vorbei an vielen Nischen, Toreingängen und Bäumen – und überall konnte sich jener Mann verbergen, der seinem letzten Opfer einen Fisch in den Rücken geschnitten hatte, um zu signalisieren, wer sein nächstes Opfer sein sollte. Mit hoher Wahrscheinlichkeit sollte es Sara Perleberg sein. Doch dabei musste es nicht bleiben. Nachdem er dem Mörder bei ihr in die Quere gekommen war, konnte er nicht ausschließen, dass er Hanna das Messer an die Kehle setzen wollte.

Buddebahn machte sich Vorwürfe, weil er sie nicht eingehender gewarnt hatte, sagte sich aber zugleich, dass entsprechende Hinweise bei ihr nur wenig gefruchtet hätten. Sie hatte ihren eigenen Kopf, und wenn ihr danach war, rannte sie eigensinnig gegen alle Hindernisse an, ohne an ihre eigene Sicherheit zu denken.

Wollte sie nicht sehen, dass sie es nicht nur mit dem mysteriösen Frauenmörder zu tun hatte, sondern auch noch mit Heinrich Kehraus, den sie in aller Öffentlichkeit einen Kinderschänder genannt hatte? Für diesen Mann war eine Welt zusammengebrochen, über die er mit seinem Reichtum geherrscht hatte. Da er nur einen kleinen Teil seines Vermögens auf der Flucht mitnehmen konnte, würde er in dieser Nacht einen erheblichen Teil dessen verlieren, was er in vielen Jahren harter Arbeit erworben hatte.

Buddebahn glaubte, ihn zu kennen. Er war sich sicher, dass Heinrich Kehraus voller Hass war und nicht nur an die Flucht, sondern vor allem an Rache dachte. Solange die Nacht nicht vorbei war, konnte er sich ungehindert in der Stadt bewegen. Er war kein mutiger Mann, sondern jemand, der sich gern hinter anderen versteckte. Deshalb würde er den Anschlag auf Hanna möglicherweise so verüben, dass die Tat jenen glich, denen seine Frau Agathe und Erna Deichmann zum Opfer gefallen waren.

Er lief über den Domplatz und dann zu dem großen Fleet hinunter, auf dem er den Kraveel des Reeders erwartete. Nur einige wenige Männer hielten sich auf den Straßen und in den Gassen auf. Sie alle strebten dem Hafen an der Alster zu, um ihrer Arbeit beim Löschen der hereinkommenden Schiffe nachzugehen. Es waren zumeist ärmliche Gestalten. So bedeutend der Hafen für die Hansestadt Hamburg auch war, viel gab es nicht für sie zu verdienen. Zu Wohlstand und Reichtum kamen nur jene, die den Handel mit den anderen Hansestädten bestimmten.

Zahlreiche Familien gaben das Leben auf dem Lande auf, weil die Erträge in der Landwirtschaft allzu karg und die Abgaben für die Lehnsherren so hoch waren, dass für sie selber kaum etwas übrigblieb. Sie drängten in die Städte und boten ihre Dienste als Tagelöhner an. Das nutzten die Fernhandelskaufleute aus, indem sie nur jene beschäftigten, die den geringsten Lohn verlangten. In der Folge lehnten sich die alteingesessenen Hamburger gegen die Zuwanderer auf, die ihnen die Arbeit streitig machten. Verächtlich bezeichneten sie diese Menschen als »Quiddjes«, womit sie ausdrücken wollten, dass sie in ihren Augen nicht vollwertig waren. Sie machten ihnen das Leben schwer, wo immer sie konnten, verhinderten damit jedoch nicht, dass immer mehr Menschen von außen kamen und blieben.

Als Buddebahn das Fleet erreichte, sah er den Kraveel des Reeders Kehraus. Er hatte die Alster verlassen und glitt nun mit der Strömung in Richtung Elbe. Obwohl ein nur sehr schwacher Wind wehte, waren vier Männer von der Besatzung dabei, das Segel zu setzen. Er hatte nur ein Lächeln übrig für ihre Bemühungen. Es ging Kehraus nicht schnell genug voran.

Buddebahn beobachtete es mit ruhiger Überlegung. Voller Sorge dagegen suchte er nach Hanna Butenschön. Er war sicher gewesen, sie am Fleet finden zu können. Doch offenbar hatte er sich geirrt – oder er hatte sich verspätet, und das Schreckliche war geschehen, das er unter allen Umständen hatte verhindern wollen.

Je länger Heinrich Kehraus darauf warten musste, dass der Kraveel endlich ablegte, desto mehr stieg seine Wut. Sie richtete sich größtenteils auf Buddebahn, den er unterschätzt hatte und der ihm bei seiner penetranten Suche nach dem Mörder allzu nahe gekommen war. Er war in sein Privatleben vorgedrungen und hatte sein über viele Jahre sorgsam gehütetes Geheimnis aufgedeckt.

Er hasste ihn, und er war bereit, ihn eigenhändig für seine Aufdringlichkeit zu töten. Buddebahn sollte einen Mörder finden, also sollte er sich darauf konzentrieren und sich nicht um Dinge kümmern, die ihn nichts angingen. Was hatte er denn schon getan? Er hatte sich mit Waisenkindern befasst, mit Kindern, in Sünde gezeugt, von ihren Müttern ausgesetzt. Keines war aus der heiligen und von der Kirche geweihten Ehe hervorgegangen. Keines dieser Kinder war jemals in Gottes Kirche aufgenommen worden. Keines hatte die Taufe erfahren.

Aber ein Conrad Buddebahn und eine Hanna Butenschön taten so, als seien es vollwertige Menschen.

Das konnte er nicht verstehen. Je mehr er darüber nachdachte, desto intensiver wurde der Hass auf den Mann, der einmal sein Freund gewesen war. Als Kinder hatten sie manchen Streich verübt. Geradezu blind hatten sie einander verstanden.

Und nun hatte Buddebahn ihn verraten!

Nicht weniger als ihm zürnte er Hanna Butenschön.

Eine Fischfrau hatte es gewagt, ihn in aller Öffentlichkeit als Kinderschänder zu beschimpfen. Eine billige Marktfrau, die froh sein durfte, dass der Rat der Stadt ihr erlaubte, ein paar Fische zu verkaufen. Eine Frau ohne Sitten und Stil, eine schamlose Frau, die in Sünde mit einem Mann zusammenlebte. Mit ihren Beschimpfungen hatte sie alles ins Rollen gebracht. Schier unerträglich war für ihn, dass sie ungeschoren davonkommen würde. Unter anderen Umständen hätte er sie spüren lassen, was es hieß, ihn anzugreifen. Jetzt aber war es zu spät, irgendetwas gegen sie zu unternehmen.

Er atmete auf, als der Kraveel endlich auf die Alster hinaustrieb und Kurs auf das Fleet nahm. Der gefährlichste Abschnitt seiner Flucht lag vor ihm, denn die Strömung war nicht sehr stark, und nur hin und wieder strich eine Brise über den Fluss, zu schwach, als dass der Schiffshauptmann dieses Geschenk der Natur hätte nutzen können. Kehraus fürchtete, dass man trotz aller Täuschungsmanöver versuchte, ihn aufzuhalten. Das Fleet war nicht sehr breit, und die Ufer waren so nah, dass Landsknechte das Schiff mit Armbrüsten beschießen konnten.

»Sei kein Narr«, flüsterte er sich selber zu, während der Kraveel durch das Fleet glitt. Er spähte zu den Ufern hinüber. Nur sehr wenige Häuser und ein paar ärmliche Hütten, die aus Abfallholz zusammengezimmert waren, standen dort. Von Landsknechten war weit und breit nichts zu sehen. »Du kannst dich später immer noch rächen. Wenn du dich in London niedergelassen hast, kannst du jemanden dafür bezahlen, dass er nach Hamburg fährt und sowohl Buddebahn als auch die Fischfrau tötet. Es gibt genügend Gesindel, das für so einen Auftrag in Frage kommt. Aufgeschoben ist nicht aufgehoben.«

Es hielt ihn kaum noch in seinem Versteck unter dem Achterkastell.

»Wie lange noch, Kapitän?«, fragte er.

»Es ist nicht mehr weit, Herr«, antwortete der Mann bereitwillig. Er stand am Ruder, dessen wuchtiger Steuerbalken weit durch eine Öffnung am Heck nach vorn ragte. Dadurch bildete er einen Hebel, der es einem einzelnen Mann erlaubte, das Ruderblatt notfalls gegen eine starke Strömung zu halten, die es zur Seite drücken wollte. »Der Ausguck kann die Elbe schon sehen!«

Der Kapitän deutete zu dem Mann im Krähennest hinauf. »Alles klar?«, rief er nach oben.

Der Mann schüttelte den Kopf und streckte beide Hände aus, als wollte er weitere Fragen abwehren. »Nein, ganz und gar nicht, Schiffshauptmann. Seht doch!«

Heinrich Kehraus fuhr der Schrecken in die Glieder. Er verließ sein Versteck, eilte über das Deck und kletterte die Leiter hinauf, die zum Vorderkastell führte. Sie war kurz und hatte nur drei Sprossen, doch in seiner Hast trat er daneben, so dass er unerwartet lange brauchte, um auf das Vorderdeck zu kommen.

»Zur Hölle, was ist das?«, stammelte er. Fischerboote versperrten das Fleet auf seiner ganzen Breite. Sie lagen dicht nebeneinander, bildeten eine Doppelreihe und waren miteinander vertäut. Auf dem Bug des Bootes vorn in der Mitte stand hoch aufgerichtet eine Frau. Sie hielt ein rotes Tuch in der Hand, das sie nun hin und her schwenkte, so dass man sie auf keinen Fall übersehen konnte. Ihr Signal konnte nicht missverstanden werden. Es war eine Kampfansage und ein klares Zeichen ihrer Entschlossenheit.

»Modder Fisch!«, fluchte der Reeder.

»Runter mit dem Segel!«, befahl der Schiffshauptmann mit lauter Stimme. »Werft den Anker!«

»Nein«, protestierte Kehraus. Ärgerlich fuhr er herum, wobei er bis zu der Reling eilte, die das Vorderkastell zur Schiffsmitte hin abschloss. »Wir rammen sie. Der Kraveel ist größer als diese verdammten Boote. Außerdem sind sie nur zusammengebunden. Wenn wir in ihre Sperre hineinfahren, werden die Seile reißen. Setzt das Segel! Der Wind ist schwach, aber er wird uns dennoch helfen.«

»Wir werden wenigstens eines der Fischerboote versenken«, gab der Kapitän zu bedenken.

»Na und?«, brüllte der Reeder. »Habe ich die Fischer gebeten, sich mir in den Weg zu legen? Wer sind diese Leute denn schon? Nutzlose Schmarotzer unserer Gesellschaft. Sie stellen sich gegen die göttliche Ordnung. Zur Hölle mit ihnen!«

Erneut wandte er sich um und ging so weit nach vorn wie es ihm möglich war. An einem Seil sicherte er sich.

»Macht Platz, ihr verfluchten Hunde!«, schrie er, so laut er eben konnte. »Zur Seite mit euch, oder wir rammen euch in Grund und Boden.«

»Das werdet ihr nicht tun«, rief jemand vom Ufer her.

Kehraus zuckte erschrocken zusammen.

»Conrad Buddebahn!« Außer sich vor Wut ballte er die Hände zu Fäusten. »Du wirst mich nicht aufhalten. Du nicht!«

»Gib auf, Heinrich«, empfahl ihm der Ermittler, der nun gemächlich am Ufer entlangschritt und sich dabei stets auf gleicher Höhe mit ihm hielt. »Du kannst nicht entkommen. Es ist vorbei.«

»Du wagst es, so mit mir zu reden? Ein Mann, der in Sünde mit einer Kreatur von Marktweib lebt, erlaubt sich eine vertrauliche Anrede? Bist du von Sinnen?« Er streckte den Arm aus und zeigte auf das Fischerboot, auf dem Hanna stand und nach wie vor das rote Tuch schwenkte. »Gleich kannst du zusehen, wie wir durchbrechen und wie deine Fischhure dabei stirbt. Zur Hölle mit euch beiden!«

»Du irrst dich, Heinrich. Du wirst keines dieser Boote rammen. Lass den Anker werfen; und stell dich dem Gesetz. Ich werde dafür sorgen, dass dir die Folter erspart bleibt.«

Der Reeder warf den Kopf in die Höhe und lachte aus vollem Halse. Daher sah er nicht, dass Landsknechte zu beiden Ufern hinter einigen Holzhütten hervorkamen und dass Buddebahn ihnen ein Zeichen gab.

Er hörte nur den Ruf: »Kette spannen!«

Schlagartig hörte er auf zu lachen, um dann fassungslos zu verfolgen, wie die Landsknechte eine Eisenkette spannten, die bisher im Wasser verborgen gewesen war und die sich nun aus ihm erhob. Endlich ging ihm auf, dass er sowohl Hanna Butenschön als auch Buddebahn unterschätzt hatte. Beide hatten Vorbereitungen getroffen, um ihn an der Flucht zu hindern. Kaum zweihundert Schritte trennten ihn von der Elbe, die Freiheit und eine sichere Zukunft in einem anderen Land bedeutete. Doch er würde sie nicht erreichen. Es war unmöglich.

Unaufhaltsam trieb der Kraveel auf die Kette zu. Es war zu spät, den Anker zu werfen. Das Unheil war nicht mehr aufzuhalten. Angst und Verzweiflung ließen ihn laut aufschreien. Er griff nach den Seilen, die von der Flanke des Schiffs zum Mast hinaufführten, um mehr Halt zu haben. Der Kapitän warf sich ins Ruder und drückte es zur Seite. Ein verhängnisvolles Manöver, denn kaum einen Atemzug später krachte es. Der Bug des Kraveels prallte gegen die Kette, drückte mit ihrem ganzen Gewicht dagegen – und verlor. Das Eisen schnitt sich scheinbar mühelos durch Bugsteven und Planken. Es riss den Rumpf auseinander. Kreischend zerbarst das Holz, armlange Splitter wirbelten davon, und ein Loch – groß wie ein Scheunentor – öffnete sich den Fluten, die gurgelnd und schäumend ins Schiffsinnere schossen.

Vor Angst und Entsetzen schreiend, wollte Kehraus sich auf die Knie fallen lassen, konnte sich aber nicht halten. Im hohen Bogen flog er über den Bug und die Eisenkette hinaus in das Fleet. Er verschwand im Wasser und tauchte wenig später prustend und schreiend wieder auf. Wild um sich schlagend versuchte er, sich an der Oberfläche zu halten. Doch er konnte nicht schwimmen. Es gelang ihm nicht. Er versank erneut, kämpfte sich wieder zur Oberfläche hoch, schnappte nach Luft und glitt wiederum in die Tiefe.

Nun aber schob sich das Fischerboot heran, auf dessen Bug Hanna stand. In dem glasklaren Wasser konnte sie den Reeder sehen. Sie legte sich auf den Bauch, und als er abermals auftauchte, krallte sie ihre Hände in seine Haare und zog ihn hoch. Mit beiden Händen griff er nach ihren Armen, wobei er heftig nach Atem rang, hustete und Wasser spuckte.

»Wie hat er mich genannt, Conrad?«, fragte sie ruhig und blickte zu Buddebahn hinüber. »Hast du ihn verstanden?«

»Ich? Nein. Da musst du ihn schon selber fragen«, riet der Ermittler ihr.

»He, du da unten.« Sie beugte sich vor, als falle ihr erst jetzt auf, dass der Reeder wie ein gefangener Fisch an ihrer Hand hing. »Wie war das? Ich glaube, ich habe mich verhört. Hast du mich tatsächlich Fischhure gescholten?«

»Nein, um Himmels willen, nein!«, keuchte Kehraus in panischer Angst. »Wie könnte ich! So was würde niemals über meine Lippen kommen.«

Hanna drückte ihn unter Wasser. Der Reeder zappelte und versuchte verzweifelt, nach oben zu kommen, doch sie war zu stark für ihn. Sie beobachtete ihn und zog ihn erst wieder hoch, als er etwas ruhiger wurde.

»Tut mir leid. Ich habe nicht aufgepasst. Beinahe hätte ich dich losgelassen«, meinte sie. »Wie war das?«

»Verzeih mir«, rief Kehraus keuchend und heftig nach Atem ringend. »Ich entschuldige mich. Du bist eine ehrbare Frau, die allen Respekt verdient.«

Verächtlich übergab ihn Hanna an zwei Fischer, verließ den Bug des Bootes und setzte sich am Heck auf eine Bank, während die Männer den Reeder aus dem Wasser hoben. Sie winkte Buddebahn zu und signalisierte auf diese Weise, dass aus ihrer Sicht alles in Ordnung war.

Er antwortete ihr mit gleicher Geste, um sich dann an die Landsknechte zu wenden und zu überwachen, wie sie die Seeleute nach und nach von dem Kraveel holten. Sie wollten sie in Fesseln legen, doch der Kapitän beteuerte, dass diese Maßnahme nicht nötig sei.

»Keiner von uns läuft weg, keiner denkt daran, Kehraus zu helfen«, versetzte er. »Wir werden uns nicht gegen die Stadt auflehnen. Wenn sie beschlossen hat, den Kinderschänder in den Kerker zu werfen, dann werden wir das nicht verhindern.« Er deutete zu dem Schiff hinüber, das mittlerweile gesunken war und von dem nur noch der Mast, sowie Vorder- und Achterkastell zu sehen waren. Niemand befand sich mehr an Bord. Aus dem Schiffsinneren stiegen Fässer, Kisten und Warenbündel auf. »Das da ist für uns viel schlimmer, denn wir haben kein Schiff mehr. Das heißt, wir sind ohne Lohn und Brot.«

Das Fischerboot legte an, und die Männer übergaben Kehraus an die Landsknechte. Buddebahn befahl, ihn in den Kerker unter dem Rathaus zu bringen. Dann endlich konnte er Hanna in die Arme nehmen.

»Ich habe mir Sorgen um dich gemacht«, sagte er. »Wie konntest du so leichtsinnig sein und nachts allein durch die Stadt laufen? Du hättest wissen müssen, dass ich Vorbereitungen getroffen habe. Oder glaubst du, ich schlafe ein, wenn ich weiß, dass Kehraus fliehen will und nichts ihn aufhalten kann?«

»Du hast ja recht. Ich hätte dir ein wenig mehr vertrauen müssen. Zum Glück war ich nicht allein«, erwiderte sie. »Aaron Malchow und Reeper-Jan waren bei mir und haben mich beschützt. Mit ihnen zusammen bin ich zu den Fischern gegangen und habe sie zu dieser Sperre überredet. Es war nicht ganz leicht, weil die meisten noch besoffen von deinem Bier sind. Wenn ich allerdings gewusst hätte, dass du den Landsknechten lange vorher befohlen hast, eine Kette über das Fleet zu spannen, hätte ich es nicht getan. Eigentlich hättest du es mir sagen müssen.« Sie blickte ihn prüfend an. »Wieso bist du plötzlich so blass geworden? Ist dir nicht gut?«

»Aaron Malchow? Du meine Güte!«

»Es ist etwas passiert«, befürchtete Sara Perleberg, als sie Buddebahn die Haustür öffnete. Sie trug ein schlichtes Kleid und hatte ihr Haar an diesem Tag straff nach hinten gekämmt, wo sie es mit mehreren Spangen zusammenhielt. »Tretet ein, lieber Freund.«

Buddebahn folgte der Einladung und ging mit ihr in die kleine Stube, in der ein kunstvoll gearbeitetes, reichverziertes Regal mit mehreren Büchern und einer Reihe von Schriftstücken stand.

»Wenn Ihr so früh erscheint, und da mein Mann heute Nacht nicht nach Haus gekommen ist, könnt Ihr nur schlechte Nachrichten für mich haben«, stellte sie fest, und dabei war sie erstaunlich ruhig. Sie setzte sich an einen Tisch und zeigte auf den Stuhl ihr gegenüber. Er ließ sich darauf sinken, legte die Hände auf die Tischplatte und faltete sie wie zum Gebet.

»Was ich für Euch habe, ist leider gar nicht gut«, eröffnete er ihr. »Es geht um Euren Mann.«

»Das kann ich mir wohl denken. Ist er …?« Sie sprach es nicht aus. Ihre Augen wurden dunkel, und die Kerben um ihren Mund wurden schärfer.

»Er ist tot«, eröffnete Buddebahn ihr. »Bedauerlicherweise ist er unter sehr unwürdigen Umständen gestorben.«

»Beim Glocken-Bader?«

»Ja, dort. Eines der Kinder hat ihn getötet. Es hat sich gegen ihn gewehrt, und dabei ist es geschehen. Erspart Euch die Einzelheiten.«

Energisch schüttelte Sara Perleberg den Kopf. »Lieber Freund, Ihr verkennt meine Situation«, erwiderte sie. »Vergesst nicht, dass er Richter war und einer der mächtigsten Männer dieser Stadt. Wenn ein Mann wie er getötet wird, noch dazu unter unwürdigen Umständen, wie Ihr sagt, dann wird er zum Stadtgespräch. So etwas kann man nicht geheim halten. Bald werden es die Spatzen von den Dächern pfeifen, und auf dem Marktplatz wird es das einzige Thema sein.«

Sie hatte recht. Irgendjemand aus dem Haus des Baders würde nichts Besseres zu tun haben, als darüber zu berichten, was sich auf der Treppe des Hauses ereignet hatte. Wie ein Lauffeuer würde sich in der Stadt verbreiten, was Kain mit dem Messer angestellt hatte. Einer würde es dem anderen erzählen, und manch einer würde es genüsslich ausspinnen und einige Details hinzudichten, damit sich sein Bericht aufregender gestaltete, als er ohnehin schon war.

»Glaubt Ihr denn, ich möchte von anderen erfahren, was geschehen ist? Die nächsten Tage werden wie ein Spießrutenlaufen für mich sein. Jeder wird auf mich zeigen und sagen: Seht mal, das ist die Witwe des Richters, dem man beim Bader die Kehle durchgeschnitten hat!«

»Es war nicht die Kehle«, korrigierte Buddebahn sie, und dann rang er sich dazu durch, ihr die ganze Wahrheit zu sagen. Wie betäubt stand sie auf, als sie alles vernommen hatte. Sie ging zum Regal und stützte sich mit der Stirn dagegen.

»Sie werden mich mit ihrem Geschwätz bestrafen«, stellte sie mit leiser, schwankender Stimme fest. »Es wird viel schlimmer, als ich befürchtet habe.«

»Wenn ich Euch zur Seite stehen kann, lasst es mich bitte wissen.« Buddebahn kam sich hilflos vor. Sara Perleberg hatte recht. Sie würde zum Gespött des Pöbels werden, der sich lange genug unter der Macht des Richters hatte beugen müssen und der nun seine ganze Wut an ihr auslassen würde.

»Ich danke Euch, lieber Freund«, entgegnete sie. »Ich möchte allein sein. Das Gesinde wird alles für mich besorgen, was ich benötige. Irgendwann melde ich mich bei Euch. Ich wäre Euch dankbar, wenn Ihr dann zu Eurem Wort steht.«

»Das werde ich, Sara.« Er verneigte sich vor ihr und verließ das Haus, um zum Hopfensack zu gehen, wo er bereits von dem Bauern Hermann, dessen Sohn Kain und Henning Schröder erwartet wurde. Harm hatte die Pferde gesattelt und ein wenig Proviant für unterwegs zusammengestellt, wozu auch ein Fässchen Bier gehörte. Schröder hatte es gespendet.

»Gut, dass du da bist«, begrüßte der Bauer ihn, wobei er sich voller Unbehagen umsah, als fürchte er, die Brauerei sei von Kräften umgeben, die ihm und seinem Kind Übles wollten. »Wir müssen weg. So schnell wie möglich. Bevor irgendjemand auf den Gedanken kommt, Kain anzuklagen.«

»Wir können aufbrechen«, erwiderte Buddebahn. »Ich muss nur noch einmal kurz ins Haus, wo hoffentlich Hanna auf mich wartet.«

»Sie ist da«, rief ihm Henning Schröder hinterher. »Sei leise. Vermutlich schläft sie.«

Buddebahn vermied jedes Geräusch, und doch wachte sie auf. Lächelnd erhob sie sich, schlang die Arme um ihn und schmiegte sich an ihn.

»Was mir an dir gefällt, sind die Überraschungen«, sagte sie. »Ich habe tatsächlich an dir gezweifelt und dachte, du würdest Kehraus laufen lassen oder hättest nicht an seine Flucht geglaubt oder schlicht vergessen, dass er abhauen könnte, oder du ... ach, was weiß ich, was ich alles geglaubt habe. Jedenfalls war das mit der Kette eine großartige Idee.«

Er streichelte ihr den Nacken, was sie so liebte, und eröffnete ihr, dass er den Bauern und seinen Sohn nun nach Hause bringen und Henning gleichzeitig den Weg zeigen wolle.

»Wir müssen uns beeilen«, drängte er. »Hermann hat recht. Es könnte tatsächlich jemand auf den Gedanken kommen, den Jungen zu verhaften. Immerhin hat Kain einen Richter getötet.«

»Beeile dich«, bat sie. »Ich warte auf dich.«

Er versprach es ihr, raffte einige Kleinigkeiten zusammen, die ihm wichtig waren, und lief zum Hof hinaus. Nun brach die kleine Gruppe ohne weitere Verzögerungen auf. Mittlerweile hatten sich die Breite Straße und die Spitaler Straße belebt. Reihen von Händlern und Bauern zogen vom Steintor her mit ihren Pferden, Lastkarren und Fuhrwerken zu den verschiedenen Märkten, um dort ihre Waren anzubieten. Einige Männer trieben Kühe und Schweine zum Domplatz, wo sie geschlachtet werden sollten, Bauern trugen ganze Ballen von Federvieh, dem sie die Beine zusammengebunden hatten, die Straßen hinauf, und Gaukler boten in der Hoffnung auf ein paar Münzen ihre Geschichten an. Landsknechte, die von der Wachablösung an den Wallanlagen kamen, bahnten sich ihren Weg. Die farbenprächtig gekleideten Gestalten nahmen wenig Rücksicht auf Händler und Bauern. Sie stießen schon mal einen der Männer zur Seite, wenn er nicht rechtzeitig genug auswich, oder zogen ein junges Mädchen an sich, das arglos dem Treiben zusah, um es mit lüsternem Griff zum Kreischen zu bringen und es unter lautem Gelächter der anderen flüchten zu lassen. Die Menge nahm die derben Scherze hin, ohne sich dagegen aufzulehnen oder zu empören. Landsknechte waren geübte Kämpfer und ausführende Organe der Macht in der Stadt. Sich mit ihnen anzulegen war nicht ratsam.

Buddebahn und seine Begleiter hatten Mühe, mit ihren Pferden durch die Spitaler Straße zu reiten, die an einigen Stellen recht eng war, holten die verlorene Zeit vom Steintor an aber rasch wieder ein. Nun erwies es sich als Vorteil, dass zahllose Bauern und Händler aus dem Umland in die Stadt drängten, denn die Aufmerksamkeit der Wachen richtete sich voll und ganz auf sie, während sie nur am Rande auf jene achteten, die zum Tor aufs Land hinauszogen.

Einer der Landsknechte erkannte Buddebahn und trat zur Seite, um ihn und seine Begleiter durchzulassen. Auf den Jungen achtete er nicht.

»Ganz ruhig bleiben«, empfahl der Ermittler dem Bauern und Henning Schröder. »Die Pferde treiben wir erst später an, wenn wir uns weiter entfernt haben.«

Sie bewegten sich am Rand eines Sandweges entlang, in dem die Räder der Fuhrwerke tiefe Spuren hinterlassen hatten. Allmählich stieg das Land an, und bald erreichten sie ein Gebiet mit Weiden und Feldern. Diese waren mit Knicks umrandet, deren Bäume und Büsche gute Deckung boten. Jetzt trieben sie die Pferde an, um schneller voranzukommen.

»Sieh dich um«, riet Buddebahn seinem Nachfolger Schröder. »Die anderen Bierbrauer Hamburgs sind verdammt neugierig. Sie wollen wissen, wo ich die Gerste kaufe. Ich bin sicher, dass sie uns schon mal jemanden hinterhergeschickt haben, der es herausfinden soll. Es ist also gut, die Augen offen zu halten.«

»Conrad, wie oft willst du mich noch ermahnen?«, erwiderte Schröder. »Ich habe es längst begriffen, und ich nehme es nicht auf die leichte Schulter. Du kannst dich darauf verlassen.«

»Außerdem verkaufe ich nicht an jeden«, mischte sich Hermann ein. »Falls tatsächlich ein anderer bei mir auftaucht, wird er es nicht leicht haben. Falls er allerdings mit dem Preis in die Höhe geht und …«

»Du hast es gut bei mir«, unterbrach Henning Schröder ihn. »Wir sollten nicht schon jetzt handeln.«

»Sei vorsichtig bei ihm«, erklärte Buddebahn lächelnd. »Er ist das, was man ein Schlitzohr nennt.«

Hin und wieder legten sie eine Pause ein, wechselten die Richtung und nahmen kleine Umwege in Kauf, wobei sie ihre Umgebung aufmerksam überwachten, bis sie sicher waren, dass ihnen niemand folgte. Dann erst schlugen sie den direkten Weg zum Hof des Bauern ein. Sie erreichten ihn, als Mittag vorbei war.

Hermanns Frau erwartete sie am Gerstenfeld. Sie schien gespürt zu haben, dass sie kommen. Mit einem zaghaften Lächeln auf den Lippen und ohne ein Wort der Begrüßung zog sie ihren Sohn in die Arme. Als er zu weinen begann, blickte sie ihren Mann fragend an. Mit einer Geste bedeutete Hermann ihr, dass er ihr später alles erzählen wolle.

»Wir haben Gäste, Weib«, sagte er mit rauer Stimme, hinter der er seine Gefühle verbarg. »Willst du dich nicht endlich um sie kümmern, anstatt Maulaffen feilzuhalten?«

»Ja, natürlich«, antwortete sie, nahm Kain an der Hand und eilte mit ihm in die Kate. Hermann, Henning Schröder und Buddebahn setzten sich draußen auf eine Bank. Sie brauchten nicht lange zu warten, bis die Frau überraschend kühlen Obstsaft herausbrachte.

»Der Keller unter dem Haus«, erläuterte der Bauer. »Da ist es nicht so warm wie hier oben.«

Während sie den Saft tranken, vernahmen sie Hufgetrappel eines galoppierenden Pferdes, das aus nördlicher Richtung kam. Beunruhig sprang Hermann auf. Er griff nach einer Mistgabel mit messerscharfen Zinken, um sich gegen einen möglichen Feind zu wappnen. Buddebahn und Schröder erhoben sich nicht ganz so schnell. Sie hatten lange Messer mit auf den Weg genommen, doch die hingen am Sattel ihrer Pferde, die weit von ihnen entfernt am Waldrand grasten.

Bevor sie weitere Vorbereitungen treffen konnten, war der Reiter bereits da. Er stob auf seinem Pferd um die Ecke, fing es ab und ließ es steigen. Hoch auf der Hinterhand richtete es sich auf, um sich danach leicht auf die Vorderhand herabfallen zu lassen. Lachend schwang sich David aus dem Sattel.

»Hallo, alle zusammen«, grüßte er.

»Was ist das für ein Pferd?«, stammelte Hermann.

Der Sohn Buddebahns führte den Hengst an den Brunnen und gab ihm zu Saufen. »Das beste Pferd, das man sich überhaupt nur denken kann«, begeisterte er sich, während er den Sattel herabnahm. »Da hat mein Vater mal nicht danebengegriffen. Erstaunlicherweise hat er ein gutes Pferd gekauft. Ein sehr gutes sogar.«

Buddebahn kratzte sich hinter dem Ohr. »Ein Kompliment von meinem Sohn?«, spöttelte er. »Da muss etwas faul sein. Was hast du angerichtet, David? Was kostet es mich?«

»Überhaupt nichts.« Sein Sohn kam heran und streckte ihm die Hand entgegen, um danach Hermann und den Braumeister per Handschlag zu begrüßen. Stolz blickte er in die Runde. »Während ihr hier faul herumsitzt, ist drüben beim Nachbarn der Teufel los.«

»Was willst du damit sagen?«, fragte Buddebahn. »Warst du beim Herzog in Ratzeburg?«

»Auch da bin ich gewesen«, erwiderte er. »Dank dieses Hengstes. Von Wismar nach Ratzeburg ist es ja nicht so weit.«

»Ein Tagesritt und mehr«, versetzte Henning Schröder.

»Ja, mit solchen Gäulen wie ihr sie reitet, aber nicht mit so einem Ross wie ich es habe.«

»Du bist begeistert«, stellte Buddebahn fest.

»Und wie ich das bin. Mit solchen Pferden …«

»Was ist mit dem Nachbarn?«, rief der Bauer.

»Der Herzog hat Landsknechte geschickt. Sie legen den Sündenpfuhl trocken.«

»Das will ich sehen.« Hermann forderte die anderen mit einer Armbewegung auf, ihm zu folgen. »An der Au entlang und über

405

die kleine Brücke dort sind wir schnell drüben. Mit den Pferden müssen wir einen Umweg machen.«

Um nicht zu spät zu kommen, begannen sie zu laufen, und schon bald hörten sie den Lärm, den die Landsknechte veranstalteten. Ebenso rücksichtslos wie energisch gingen sie gegen den Betreiber des Hofes und seine Helfer vor.

Hermann, Buddebahn, Schröder und David überquerten die Au auf einer schmalen, sehr einfach gebauten Brücke, hasteten eine kleine Anhöhe hinauf und konnten von dort aus den Hof sehen.

»Der Herzog ist ein umgänglicher Mann«, berichtete David, während sie mehrere Landsknechte beobachteten, die den Hof durchsuchten, geschlossene Türen mit Lanzen oder Mistgabeln aufbrachen und etliche Kinder befreiten, die in primitiven Bauten eingesperrt waren. »Als ich ihm schilderte, was hier geschieht, hat er seinen Kommandanten zu sich gerufen und ihm befohlen, das Nest auszuheben und alle Erwachsenen, die sich auf dem Hof aufhalten, nach Ratzeburg in den Kerker zu bringen. Die Kinder werden von einem Waisenhaus aufgenommen. Er persönlich wird darauf achten, dass sie gut versorgt werden. Und er wird das nötige Geld dafür bereitstellen.«

Immer mehr Landsknechte tauchten auf dem Hof auf. Sie führten Männer und Frauen heraus, denen sie die Arme auf den Rücken gebunden hatten.

»Endlich«, freute sich Hermann. »Ich allein konnte nichts gegen diese Satansburg ausrichten. Ich bin froh, dass es vorbei ist.«

Die Landsknechte warfen brennende Fackeln in die verschiedenen Gebäude des Anwesens, und es dauerte nicht lange, bis der gesamte Hof in Flammen stand. Die schon vor vielen Jahren aus Holz gebauten Gebäude waren trocken bis in ihren Kern hinein. Sie boten sich geradezu gierig dem Feuer.

Mit ihren Gefangenen und den befreiten Kindern zogen die Fußsöldner über eine bewaldete Anhöhe in Richtung Osten davon. Sie waren schon bald nicht mehr zu sehen. Drei

Landsknechte blieben allerdings zurück und beobachteten das Feuer.

»Das war's«, bemerkte Buddebahn. »Die Landsknechte werden vermutlich verhindern, dass die Flammen auf den Wald überspringen. Für uns ist alles erledigt. Außerdem ist es besser, wenn die Landsknechte nicht auf uns aufmerksam werden. Sie könnten uns für Beteiligte halten und uns ebenfalls nach Ratzeburg bringen. Darauf bin ich nicht erpicht.«

Stets um Deckung durch Büsche und Bäume bemüht, zogen sie sich zum Hof Hermanns zurück. Als sie sich weit genug entfernt hatten, blieben sie stehen, um ein paar Worte miteinander zu wechseln.

Hermann fluchte erschrocken.

»Diese Himmelhunde! Wissen die nicht, was sie anrichten? Wenn Wind aufkommt, treibt es das Feuer bis zu uns hinüber. Dagegen können diese Landsknechte gar nichts tun. Es wird die ganze Ernte vernichten und das Wenige dazu, was ich mein eigen nennen darf.«

»Der Hof steht ziemlich frei«, versuchte Buddebahn ihn zu beruhigen. »Ich denke nicht, dass der Wald brennen wird.«

»Auf jeden Fall werde ich mich vorbereiten. Wir werden Wasser bereitstellen, damit wir im Notfall löschen können.« Hermann eilte ihnen voraus und war schon bald hinter Bäumen und Büschen verschwunden. Sie konnten ihn verstehen. Die Zerstörungswut der Landsknechte brachte ihn ebenfalls in Gefahr und konnte im ungünstigsten Fall seine ganze Existenz vernichten.

»Ich helfe ihm«, beschloss Henning Schröder und rannte hinter ihm her.

»Wir auch«, rief Buddebahn. »Aber noch ist Zeit. Falls der Wald überhaupt Feuer fängt, geht es erst in die andere Richtung, von uns weg!«

Der Braumeister hob den Arm als Zeichen dafür, dass es ihm gleichgültig war, in welche Richtung sich ein möglicher Waldbrand zuerst bewegte.

»Haben wir wirklich genug Zeit?«, fragte David zweifelnd.

»Gewiss. Ich würde meinen Freund Hermann nie im Stich lassen.« Er drehte sich um und blickte zu dem brennenden Bauernhof hinüber. Die Flammen stiegen hoch über die Wipfel der Bäume hinaus, und eine helle Rauchwolke neigte sich nach Südosten. Sie zeigte deutlich an, dass vorläufig keine Gefahr für das Gehöft Hermanns bestand. Das sah auch David, und er gab seinem Vater recht.

»Und jetzt möchte ich endlich wissen, was du in Wismar erreicht hast«, sagte Buddebahn. »Ich habe dich dorthin geschickt, damit du dich über Nikolas Malchow erkundigst. Ich muss dich nicht daran erinnern, dass der Ratsherr mir einen Teil seiner Lebensgeschichte erzählt hat, dass ich ihm aber nicht glaube.«

»Womit du recht hast, Vater«, erwiderte der junge Mann. »Es war nicht leicht, etwas über ihn herauszufinden. Ich kannte mich ja nicht aus in der Stadt, aber als ich mich in den Wirtshäusern umhörte, bin ich diesem und jenem begegnet, der einiges von ihm wusste. Schließlich bin ich in der Kirche beim Pfarrer gewesen. Bei ihm war ich sicher, dass er mir nicht mit Gerüchten, Tratsch und albernen Geschichten kommt, sondern mit der Wahrheit.«

»Das ist richtig. Man soll ein offenes Ohr für beide Seiten haben. Vor Gericht heißt es: Audiatur et altera pars! Aber nicht immer entspricht den Tatsachen, was dir die Kirche mitteilt. Die Geistlichen verschweigen gern Dinge, die nicht ganz mit ihren Vorstellungen von dem Idealbild der christlichen Gesellschaft übereinstimmen. Also heißt es, behutsam aus dem Tratsch einerseits und den Kirchenmitteilungen andererseits herauszufiltern, was zutreffend ist.«

»Wohl wahr!«, erwiderte David lächelnd. »Ich habe mit verschiedenen Leuten gesprochen. Der Ratsherr stammt aus der Hansestadt Wismar. Daran gibt es keinen Zweifel. Sein Vater hat ein Vermögen hinterlassen. Allerdings ein sehr kleines. Auch das ist sicher. Aber – Nikolas Malchow hat keine Geschwister gehabt. Jedenfalls ist davon nichts bekannt in Wismar.«

»Was nicht unbedingt viel heißen will. Davon abgesehen hat er das Vermögen geerbt«, konstatierte Buddebahn.

»Das hat er. Niemand weiß, wie umfangreich das Erbe war. Es war jedoch nicht genug, als dass er sich eine Kogge dafür hätte kaufen können. Er hat sich im Haus eines Kaufmanns eingemietet, der sich aus dem Geschäft zurückziehen wollte, und das Erbe genutzt, um damit ein eigenes Geschäft aufzubauen. Und das ist ihm gelungen. In beeindruckender Form. In dieser Hinsicht sprechen alle mit Hochachtung von ihm. Dabei hatte er mit widrigen Umständen zu kämpfen, an denen manch anderer wohl gescheitert wäre.«

»Die da waren?« Buddebahn dachte daran, dass Malchow von einer schweren Zeit in Wismar gesprochen hatte. Damit konnten eigentlich keine geschäftlichen Schwierigkeiten gemeint sein.

»Das Kernproblem war, dass der Vater von Nikolas Malchow nicht verheiratet war. Der Ratsherr ist demnach die Frucht einer unehelichen Verbindung, einer sündigen Verbindung, da sie nicht den Segen der Kirche erhalten hat. Daher wurde seine Geburt nicht ins Kirchenbuch eingetragen. Aus der Sicht der Kirche existiert er überhaupt nicht. Aufgewachsen ist er beim Vater. Wo die Mutter geblieben ist, weiß niemand. Das sind die Widrigkeiten, mit denen er zu kämpfen hatte«, erläuterte David mit einem langen Seitenblick auf seinen Vater. »Seine Beziehungen zur Kirche waren und sind so ähnlich wie bei dir und Hanna.«

»Deine Mutter und ich waren kirchlich getraut.«

»Ich weiß.« Ein Schatten fiel auf das Antlitz des jungen Mannes. Er vermisste seine Mutter, obwohl er keine Erinnerung an sie hatte, da sie bei der Geburt seiner Schwester gestorben war. Zu diesem Zeitpunkt war er zwei Jahre alt gewesen. Aufgewachsen war er bei den Großeltern, die jedoch schon nach wenigen Jahren den Weg zum Gottesacker angetreten hatten. Danach hatten sich sein Vater und das Gesinde seines Hauses um ihn und um seine Schwester gekümmert. Möglicherweise rührte seine Abneigung gegen Hanna daher. Er schien zu glauben, dass sie seine Mutter aus seinem Herzen vertreiben wollte, wobei er sich irrte, da dies ganz und gar nicht ihre Absicht war.

»Und sonst?« Buddebahn verspürte keine Lust, sich mit seinem Sohn zu streiten. Er wollte mehr über den Ratsherrn wissen. Nikolas Malchow hatte ihm nicht die Wahrheit über seine Vergangenheit und seine Herkunft erzählt. Einerseits konnte er ihn verstehen, solange es um seine Familienverhältnisse ging. Der kirchliche Segen war ihm verweigert worden, und er hatte sich sein ganzes Leben lang mit diesem Problem auseinandersetzen müssen. Doch da war mehr, und dabei hätte er nicht lügen müssen. Er fragte sich, warum er es getan hatte.

»Weiter, bitte«, drängte er. »Was hast du noch in Erfahrung gebracht?«

»Malchow ist ganz ohne Frage ein kluger und erfolgreicher Geschäftsmann. Mit dem geerbten Geld hat er einen Handel aufgemacht und das Vermögen vervielfacht«, berichtete David. »Seine Mutter ist früh gestorben, aber nicht weil sie aus Kummer in die Ostsee gegangen ist, sondern weil sie von der Schwindsucht geplagt wurde. Danach hat sein Vater ihn in ein Waisenhaus gesteckt, wo er lange Jahre leben musste. Als er zu alt für das Waisenhaus wurde und für sich selber sorgen musste, hat er sich irgendwie durchgeschlagen in der Stadt. Darüber gibt es kaum Informationen. Man vermutet, dass er als Tagelöhner gearbeitet hat oder dass er zur See gefahren ist.«

»Vermutlich war er auf einem oder mehreren Schiffen und hat sich in den Hansestädten umgesehen. So machen es viele junge Männer in unserer Zeit.«

»Erst mit etwa dreißig Jahren taucht er wieder auf in Wismar.« Die beiden Männer blickten sich immer wieder mal nach dem Feuer um, und sie waren beruhigt, wenn sie feststellten, dass der Wind sich nicht drehte. »Mit etwa vierzig Jahren hat er geerbt. Nun endlich hatte er den Hebel in der Hand, mit dem er seinem Leben eine neue Richtung geben konnte. Er hat sich nach oben gekämpft und ein Fernhandelsgeschäft aufgebaut, das sich sehen lassen kann – doch ist er nie anerkannt worden. Sein ganzes Leben lang haftete ihm der Ruf des unehelichen Kindes an, eines Kindes, dem der Segen Gottes versagt blieb und mit dem folglich niemand etwas zu tun haben wollte. Er hat versucht, in die Kirchengemeinde aufgenommen zu werden, ist jedoch abgewiesen worden. Der Pfarrer empfand es als empörend, dass ein Mensch, der aus einer Verbindung der Sünde hervorgegangen ist, seinen Segen wollte.«

»Dazu habe ich eine etwas andere Meinung als dieser Pfarrer. Doch davon später einmal.« Buddebahn hob abwehrend beide Hände, da er merkte, dass sein Sohn auf dieses Thema eingehen wollte. »Und Aaron? Was ist mit dem Sohn?«

»Ihn hat Gottes Strafe ebenso getroffen wie ihn«, antwortete David, der in dieser Hinsicht keine Nachsicht kannte. »Auch er ist einer sündhaften Verbindung entsprungen. Nikolas Malchow wollte die Frau heiraten, die er geschwängert hatte, allerdings weigerte sich der Pfarrer, sie trauen, weil er nicht der Kirche angehörte, und solange sie mit einem dicken Bauch herumlief. Pech für Aaron, dass sie bei der Geburt gestorben ist. Jetzt hat Aaron die gleichen Probleme wie sein Vater. Gott straft die Sündigen. Das ist das, was die Kirche immer schon von der Kanzel gepredigt hat.«

»Vermutlich hatte Malchow irgendwann die Nase voll von den Wismarer Bürgern, die ihn nicht als einen der Ihren anerkennen wollten«, sinnierte Buddebahn.

»So munkelt man in der Hansestadt«, bestätigte David. »Irgendwann hat er seine Sachen gepackt und ist nach Hamburg gezogen, wo er nun das gleiche Problem hat. Jedoch aus einem ganz anderen Grund. In dieser Stadt ist nicht bekannt, dass er aus einer Verbindung hervorgegangen ist, die nicht gottgefällig ist, und dass er im Waisenhaus war. Ihn muss es besonders geschmerzt haben, als er gehört hat, dass Kehraus sich an Waisenkindern vergangen hat.«

»Das mag sein«, erwiderte Buddebahn, »doch davon habe ich nichts bemerkt. Was gibt es noch?«

»Eine Kleinigkeit. Du hast mir von einem Schwert erzählt, das im Kontor von Nikolas Malchow hängt.«

»Allerdings.«

»Ich glaube, es gehört Aaron, denn er ist in Wismar als einer der besten Schwertkämpfer unserer Zeit bekannt, während man von seinem Vater sagt, dass er vermutlich nicht einmal weiß, wie er so eine Waffe anfassen muss. Sein Sohn aber wird in Wismar als Schwertkämpfer respektiert und gefürchtet. Er ist für einige Monate zur See gefahren. Das Schiff wurde von Piraten überfallen. Es kam zu einem Kampf, bei dem er die Angreifer reihenweise besiegt hat. Am Ende sind die wenigen Überlebenden geflohen.«

»Beachtenswert«, urteilte Buddebahn. »In Hamburg aber wird er keine Gelegenheit haben, sein Können unter Beweis zu stellen. Hier gibt es keine Piraten, und die schärfsten Waffen der Hanseaten sind ihr Geist und ihr Geschäftssinn. Da ist mit dem Schwert nur wenig zu machen.«

Er blickte zum Himmel hinauf. Der Wind drehte. Tiefschwarze Wolken zogen herauf.

»Meinst du, es könnte gefährlich werden für deinen Freund?«, fragte David.

»Das Feuer schlägt um in seine Richtung, aber es wird regnen. Hoffentlich hat er Glück, dass genügend Wasser herunterkommt und das Feuer löscht.«

Sie hatten den kleinen Bauernhof gerade erreicht und die Kate betreten, als der Himmel seine Schleusen öffnete und ein wahrer Platzregen einsetzte. Jetzt war nichts mehr von den Rauchwolken zu sehen, die von dem benachbarten Hof aufstiegen.

Sie harrten in der Kate aus, tranken Bier, aßen Schinken und warteten, bis es aufhörte zu regnen. Dann gingen sie zum Nachbarhof hinüber, um sich davon zu überzeugen, dass die Gefahr vorüber war. Die Landsknechte waren abgezogen und hatten die Reste des Hofes sich selbst überlassen. Trotz des Regens gab es noch einige glimmende Nester in den Trümmern der Gebäude. Sie traten sie aus, bis die letzte Glut verschwunden und Hermann zufrieden war.

»Passiert nichts mehr«, stellte er wortkarg fest.

Buddebahn, sein Sohn und Henning Schröder machten sich auf den Rückweg nach Hamburg. Als sie durch den Wald ritten, wandte sich der Ermittler an David.

»Es wird Zeit, dass du mir von dem Hengst erzählst«, forderte er ihn auf. »Oder bist du enttäuscht?«

»Enttäuscht? Ich?« David lachte, und dann berichtete er mit leuchtenden Augen, was der Hengst geleistet hatte.

»Am liebsten würde ich ihn behalten«, erklärte er schließlich.

»Daraus wird nichts, mein Sohn. Das Pferd habe ich für mich vorgesehen! Aber es gibt mehr davon. Wenn du eines möchtest, können wir darüber reden.«

18

Höchst erstaunt blickte Margarethe Drewes ihn an, als Buddebahn am späten Nachmittag bei ihr erschien und um ein Gespräch bat. Eine Bedienstete führte ihn zu ihr in den kleinen Salon, von dem aus sie sowohl auf das Fleet hinter der Deichstraße, als auch auf die Elbe hinaussehen konnte. Der Strom war allerdings weit von ihr entfernt. Davor lag der sogenannte Binnenhafen, wo zahlreiche Schiffe unterschiedlicher Größe vertäut lagen. Das Land bis zum Hafen und hinüber zur Elbe war flach und frei. Doch sie fürchtete, dass früher oder später Handelshäuser auf dem Gelände errichtet werden würden, so dass ihr die schöne Aussicht verlorenginge. Sicherlich hätte sie Macht und Einfluss genug gehabt, um eine solche Bebauung zu verhindern, doch in diesem Fall setzte sich ihr Mann Carl durch, der darauf bestand, dass die Wirtschaft der Hansestadt auf keinen Fall behindert werden durfte. Auch nicht, wenn dies zum privaten Nachteil wurde.

»Notfalls bauen wir uns ein Haus, das direkt an der Elbe steht«, pflegte er zu sagen, wenn sie ihren Befürchtungen Ausdruck verlieh.

Mit einem beherrschten Lächeln auf den Lippen kam Margarethe Drewes dem Ermittler entgegen. Sie streckte ihm die Hand hin, und er ergriff sie, um sich dezent zu verneigen.

»Was führt Euch zu mir?«, fragte sie, wobei sie ihm mit ausholender Bewegung Platz an einem der Fenster anbot und mit der anderen Hand der Bediensteten signalisierte, sie möge für Tee und etwas Gebäck sorgen.

»Ich kam gerade zufällig vorbei«, erwiderte er, während er sich setzte und sich einen langen Blick auf die Elbe hinaus gönnte. Der Strom lag wie silbern in seinem weiten Bett. Die Koggen, Schniggen und Kraveelen hoben sich beinahe schwarz davon ab. Alle kamen mit dem westlichen Wind und der Strömung vom Nordmeer herauf, um den Hamburger Hafen anzulaufen.

»Wie ich hörte, ist Richter Perleberg einem tragischen Unfall zum Opfer gefallen«, sagte sie vorsichtig. Das Thema behagte ihr nicht, doch sie meinte, es nicht vermeiden zu können, gehörte der Richter doch zu ihrem illustren Kreis.

»Es waren mehr seine ungewöhnlichen Neigungen, die ihn zu Fall gebracht haben«, korrigierte Buddebahn. »Ebenso wie den werten Heinrich Kehraus, der bei seinem Aufbruch übersah, dass sich ihm keine freie Fahrt im Fleet bot. Sein Schiff ist gegen eine Eisenkette gelaufen und daran zerbrochen. Es ist gesunken, so dass er von Bord gehen musste. Wir werden uns seiner Anwesenheit bei Eurem nächsten Empfang kaum erfreuen können.«

»Wie bedauerlich!« Margarethe Drewes schlug die Augen nieder, und ihre Lippen wurden ein wenig schmaler als zuvor. Wie immer trug sie ihr strohblondes Haar straff zurückgekämmt und im Nacken zu einem Zopf geflochten. Den Kopf bedeckte ein Häubchen, das aus Seide bestand und mit Spitzen umsäumt wurde. Als sie die Lider wieder hob, lag ein warmer, freundlicher Schimmer in ihren blauen Augen, die so klar waren wie das Wasser des Nordmeeres.

»Ich fürchte, es sind zwei weitere Plätze auf Eurer Liste frei geworden«, versetzte Buddebahn. »Ihr werdet Euch Gedanken darüber machen, wie sie besetzt werden sollen.«

»Das hat keine Eile«, betonte sie. »Wir können auch in kleinem Kreise die Kunst genießen.«

»Wohl wahr!«

»Danach können wir uns in aller Ruhe überlegen, wie es weitergehen soll. Richter Perleberg wird nie mehr kommen, aber Heinrich Kehraus könnte sich als unschuldig erweisen. Warten wir also die Gerichtsverhandlung ab.«

»Ich fürchte, es gibt nichts mehr, was Heinrich noch retten könnte.« Buddebahn schüttelte den Kopf und hob kurz die Hände. »Unglücklicherweise hat er versucht, sich unserer hanseatischen Gerichtsbarkeit durch die Flucht zu entziehen, anstatt auf die Gerechtigkeit zu bauen. Das werden ihm die Richter als Eingeständnis seiner Schuld anlasten.«

»Schuld in welcher Hinsicht?« Sie nickte dankbar, als die Dienerin Gebäck und Tee reichte. »Doch wohl nicht, was die Morde anbetrifft? Verdächtigt Ihr ihn, damit zu tun zu haben?«

»Es gibt einige Hinweise, die zu klären sind«, wich Buddebahn aus. »Es haben sich einige Ungereimtheiten ergeben, die mich beschäftigen.«

»Heinrich war hier bei uns, als Erna getötet wurde.«

»Das ist kein Problem. Er hat seinen Diener zur Bonenstraat geschickt, um dort Unruhe auszulösen und die Aufmerksamkeit von sich abzulenken. Ein äußerst unkluges Unternehmen, das eigentlich erst dazu geführt hat, dass er selbst Opfer der widrigen Umstände wurde. Er wollte provozieren, doch – wie man so schön sagt – der Schuss ging nach hinten los.«

Buddebahn nahm etwas Gebäck und trank einen Schluck Tee.

»Nun habe ich eine ungewöhnliche Bitte, liebe Margarethe«, fuhr er fort. »Ich hoffe, Ihr habt Verständnis, denn noch nie, seit wir uns kennen, habe ich dergleichen geäußert.«

»Sprecht frei heraus«, forderte sie ihn auf. »Wenn ich Euch die Bitte nicht erfüllen kann – oder ...« Sie lächelte freundlich. »... nicht will, werde ich es Euch sagen, ohne Euch gram zu sein.«

»Sicherlich ladet Ihr bald wieder ein.«

»O ja, schon in wenigen Tagen habe ich Thor Felten erneut zu Gast. Er spielt verschiedene Instrumente und wird uns mit seiner Musik erfreuen.«

»Das hatte ich gehofft. Er ist ein Mann, der mich sehr interessiert.«

»Das freut mich. Wisst Ihr eigentlich, dass er eine ganz besondere Wirkung auf verheiratete Frauen hat?« Sie lächelte. »Nicht, dass er ihre Tugend gefährdet, aber mir ist doch aufgefallen, dass sie ihm mit sehr viel Sympathie begegnen. Ich selber will mich da gar nicht ausschließen.«

»Dabei sieht er gar nicht einmal so gut aus«, befand Buddebahn. »Doch er ist sehr höflich.«

»Eure Bitte – hat sie mit Thor Felten zu tun?«

»Nein, durchaus nicht. Ich wollte Euch bitten, zwei Gäste mitbringen zu dürfen.« Er ließ sie nicht aus den Augen, und er registrierte, wie ihre Lider zuckten. Für einen kurzen Moment schien es, als wollte sie in scharf abweisender Form antworten, da eine solche Bitte noch nie an sie herangetragen worden war, wie er sehr wohl wusste, dann aber wurden ihre Lippen weich, und sie nickte.

»Wie erfrischend! Neue Gesichter. Warum nicht? Wenn es nur für einen Abend ist!«

»Nur für einen Abend«, versprach er.

»Wer ist es?«

»Nikolas Malchow und sein Sohn Aaron.«

Margarethe Drewes atmete scharf durch die Nase ein und richtete sich noch ein wenig höher auf. Er erwartete, dass sie sein Ansinnen schroff zurückweisen würde, doch er irrte sich. Sie entspannte sich wieder und lächelte.

»Ein ungewöhnlicher Vorschlag. Ich gebe zu, ich bin überrascht.«

»Ihr solltet wissen, dass Vater und Sohn unter Bedingungen aufgewachsen sind, die der Kirche nicht wohlgefällig sind.«

»Ach, erzählt!«, forderte sie ihn auf. »Ihr macht mich neugierig. Ich habe so einiges von dem Ratsherren gehört, das aber nicht. Es wirft ein ganz neues Licht auf ihn.«

Als Hanna Butenschön müde und erschöpft vom Markt zurückkehrte, fand sie Buddebahn an seinem Arbeitstisch sitzend vor. Mehrere Kerzen brannten, und ein großer Pergamentbogen nahm seine ganze Aufmerksamkeit in Anspruch. Erst als sie ihm von hinten über die Schulten griff und ihm die Hände über die Augen legte, schreckte er aus seinen Gedanken auf; so heftig, dass sich das in einer kleinen Schale erhitzte und verflüssigte Wachs über das Pergament ergoss.

»Oh, das tut mir leid«, entschuldigte sie sich.

Lächelnd stand er auf und umarmte sie, um sie zu begrüßen.

»Das macht überhaupt nichts, Liebes«, erwiderte er. »Schon eine ganze Weile mache ich nichts anderes. Ich erwärme Wachs und lasse es aufs Pergament fließen.«

Erstaunt blickte sie ihn an. »Du spielst wie ein kleiner Junge?« Sie schien an seinem Verstand zu zweifeln.

»Nein, ganz und gar nicht.« Er gab sie frei und machte sie auf verschiedene Siegel aufmerksam, die auf dem Tisch lagen. Das Wachs begann bereits sich zu verfestigen, war jedoch weich genug, so dass er die Stempel hineindrücken konnte und sich ein konvexes Bild formte.

»Hast du neuerdings vor, solche Siegel zu sammeln?«, fragte sie. »Oder hast du dich endlich entschlossen, deine Wertsachen mit einem Siegel zu versehen, um sie auf diese Weise zu sichern? Das wäre sicherlich eine gute Idee, nachdem bei uns eingebrochen und einiges gestohlen worden ist.«

»Ja, darüber habe ich nachgedacht«, stimmte er ihr zu. »Obwohl man anhand des Siegels natürlich nur sehen kann, ob etwas geöffnet wurde oder nicht.«

Hanna blickte ihn prüfend an, und dann schüttelte sie lächelnd den Kopf. »Oh, nein, Conrad! Mich kannst du nicht täuschen. Du hast etwas ganz anderes vor.« Sie ging zu einem Stuhl und setzte sich. Dabei zeigte sie auf ein rundes Stück Holz. Es war aus einem Baumstamm herausgeschnitten und entrindet worden, hatte einen Durchmesser wie die Spanne einer Hand. »Das ist etwa so dick wie ein Hals. Nein, wie der Kopf einer Frau, um genauer zu sein. Und es klebt Wachs daran.«

»Richtig«, bestätigte Buddebahn, wobei er den Siegelring an seiner Hand drehte, bis das klobig wirkende Stempelteil nach innen zur Handfläche hin zeigte. Danach legte er beide Hände um das Holz, um sie danach ruckartig zurückzuziehen.

Im Wachs blieb eine deutliche Spur des Siegelrings zurück. Es war eine Einkerbung mit einer nach rechts führenden Rinne.

»Jetzt verstehe ich«, sagte sie anerkennend. »Agathe und Erna hatten Verletzungen an der Stirn. Du meinst also, sie rühren daher, dass der Mörder sie von hinten gepackt, ihnen die Hand an die Stirn gelegt und den Kopf zurückgerissen hat, damit die Kehle frei wird. Dabei hat sich der Siegelring in die Haut gedrückt.«

»So könnte es gewesen sein«, bestätigte er. »Da die Frauen nicht stillgehalten haben, hat der Siegelring die Haut aufgerissen und eine deutliche Wunde hinterlassen.«

»Leider trägt fast jeder Mann von Bedeutung so einen Siegelring an der Hand«, stellte sie fest und fügte bedauernd hinzu: »Nur du leider nicht.«

»Auch das ist richtig. Ob du Kehraus nimmst, den verstorbenen Richter Perleberg, Ohm Deichmann, Nikolas Malchow, Klaas Bracker, den Banker, Tilmann Kirchberg, den Arzt, oder Jan Schriever, den Pastor. Alle tragen einen Siegelring, aber nicht alle stehen auf der Liste der Verdächtigen. Sogar Thor

Felten hat einen Siegelring, und wenn ich es recht bedenke, Reeper-Jan ebenfalls.«

»Du könntest den Mörder also überführen, wenn es dir gelänge, den richtigen Ring zu finden und einen Wachsabdruck zu machen. Warum bestellst du nicht alle zu dir und veranlasst sie dazu, dir so einen Abdruck zu geben?«

»Ganz einfach, mein Liebes. Natürlich habe ich über diese Möglichkeit nachgedacht«, entgegnete er, wobei er langsam und nachdenklich im Raum auf und ab ging, als könne er durch die Bewegung seine Gedankentätigkeit anregen. »Leider müssen wir davon ausgehen, dass so wohlhabende Männer wie Ohm Deichmann, Heinrich Kehraus, Tilmann Schriever und einige andere mehr als einen Ring besitzen. Wenn der Täter also mit einem falschen Ring zu mir kommt, ist die ganze Untersuchung ein Schlag ins Wasser. Ich bin aber nicht bereit, das geringste Risiko einzugehen, denn ich bin ganz dicht davor, den Mörder zu entlarven. Ein kleiner Fehler könnte alles verderben.«

»Das sehe ich ein.« Hanna erhob sich, strich ihr Kleid glatt und ging zur Feuerstelle, um das Feuer zu schüren. »Wenn so ein Versuch aber überraschend käme, bestünde die Möglichkeit, den Täter auf diese Weise zu entlarven.«

Er lächelte in der ihm eigenen Art, so dass sie nicht wusste, ob er ihrer Ansicht war oder ganz anderer.

»Ich habe Schweinebraten mitgebracht«, sagte sie. »Könnte es dich veranlassen, deine Arbeit kurzfristig zu unterbrechen?«

Er ging zu ihr und umfing sie mit beiden Armen von hinten, während sie ihre Arbeit fortsetzte. Sanft küsste er ihren Nacken.

»Mehr als das«, entgegnete er. »Aber auch ohne den Braten bin ich ganz für dich da.«

Sie drehte sich um und schlang ihre Arme um seinen Nacken. »Ich glaube, du musst noch warten, bis es etwas zu essen gibt!«

Der Hafenkapitän residierte auf einem Turm, von dem aus er den ganzen Hafen überblicken sowie ein- oder auslaufende Schiffe nicht nur auf der Alster oder in den Fleeten, sondern bis auf die Elbe hinaus beobachten konnte.

Über eine hölzerne Wendeltreppe stieg Conrad Buddebahn zu ihm hoch. Hin und wieder blieb er stehen und betrachtete das Geschehen im Hafen. An diesem Tag ging es dort ungewöhnlich lebhaft zu. Sieben Koggen und vier Kraveelen hatten die Alster erreicht und warteten nur darauf, dass ihre Ladung gelöscht wurde, während drei Koggen und mehrere Schniggen beladen wurden. Damit war die Leistungsfähigkeit des Hafens bei weitem überschritten. So viele Schiffe konnten nicht auf einmal bedient werden. Entsprechend hektisch ging es zu. Kapitäne und Reeder der eingetroffenen Schiffe trieben die Tagelöhner an, damit sie schneller arbeiteten, weil aus der näheren Umgebung des Hafens bereits zahlreiche mit Waren beladene Fuhrwerke heranrückten, die für die eben erst angelandeten Schiffe gedacht waren. Gelassener konnten jene Reeder zu Werke gehen, die ihre Handelshäuser direkt an einem der Fleete errichtet hatten, so dass die Schiffe abseits vom Hafengetriebe be- und entladen werden konnten.

Als er Buddebahns ansichtig wurde, erhob sich der Hafenmeister von der Bank, auf der er gesessen hatte. Während er sich respektvoll verneigte, zog er den Hut.

»Hoher Herr«, grüßte er. »Welch eine Ehre!«

Er war ein kleiner, krummbeiniger Mann mit einem eckig wirkenden Schädel und dichten, blonden Haaren, die ihm an den Seiten seines Schädels bis auf die Schultern herabfielen. Aus der Sicht aller, die im Hafen arbeiteten, hatte er ein hohes Amt, so dass es ratsam war, sich ihm widerspruchslos zu beugen. Doch das war nicht vergleichbar mit der Bedeutung, die Buddebahn hatte. Ihm gegenüber stellte er seine Autorität nicht heraus, sondern war ausgesprochen unterwürfig.

»Was kann ich für Euch tun, Herr?«, fragte er, wobei er sich erneut verneigte.

»Wenn man mich nicht falsch unterrichtet hat, führst du ein Hafenbuch«, versetzte der Ermittler. »Darin trägst du jedes Schiff ein, das Hamburg anläuft. Oder stehen darin nur jene Schiffe, die in den Alsterhafen kommen?«

»Nein, Herr. Alle Schiffe.« Der Hafenmeister richtete sich stolz auf. »Ich habe Adleraugen. Das kann jeder bestätigen, Herr. Ich kann besser sehen als alle anderen, und ich kenne so gut wie jedes Schiff, das es innerhalb der Hanse gibt, egal, ob es in Hamburg, in Wismar, Stralsund, Nowgorod, London oder irgendeiner anderen Stadt der Hanse zu Hause ist!«

Buddebahn bezweifelte, dass es tatsächlich so war, da es allzu viele Schiffe in dem Handelsbund der Hanse gab, doch er äußerte sich nicht dazu. Vielleicht kannte der Hafenkapitän sich wirklich so gut aus, da nicht alle Schiffe der Hanse Hamburg anliefen, sondern nur ein kleiner Teil.

»Warum fragt Ihr, Herr?«

»Nun, ich muss wissen, wann ein bestimmtes Schiff Hamburg verlassen hat und wer an Bord war.«

Bedauernd hob er Kapitän die Arme. »Da wird es schwierig, hoher Herr, denn ich halte nur fest, welcher Hauptmann das Schiff gelenkt hat und welche Passagiere an Bord waren. Die Besatzungen werden wegen ihrer niederen Bedeutung nicht erfasst.«

Das war genau das, was Buddebahn gehofft hatte. Mehr Informationen benötigte er nicht. Er sagte es dem Hafenkapitän, und dieser bat ihn unter Verbeugungen, die Treppe wieder hinabzusteigen und mit ihm zusammen das Hafenarchiv aufzusuchen, das im Kellergewölbe unter dem Turm untergebracht war.

Als er die Tür zum Archiv öffnete, ermahnte der Hafenmeister ihn eben so höflich wie ängstlich, recht vorsichtig mit dem Feuer zu sein, damit keines der kostbaren und unersetzbaren Papiere verbrannte.

»Am liebsten wäre es mir, Ihr würdet es mir überlassen, die Öllampe zu bedienen, Herr. Verzeiht mir meine Offenheit, aber ich erlebe es immer wieder, dass die Besucher die Gefahr nicht erkennen.«

»Natürlich«, erwiderte Buddebahn, der nicht das geringste Interesse daran hatte, eine Lampe zu tragen. »Übernimm das nur.«

Er nannte ihm das Schiff und den Tag. Der Hafenmeister mochte ein Mann mit wenig Rückgrat sein, aber er verstand sich auf sein Geschäft. Nachdem er kurz überlegt hatte, zog er ein Blatt Papier aus einem Stapel heraus und breitete es vor Buddebahn aus, wobei er voller Stolz verkündete, dass er sein Amt nur ausüben könne, weil er des Lesens und Schreibens kundig sei, was keineswegs selbstverständlich für einen Mann seines Ranges sei.

»Der Schiffshauptmann der *Seefalke* ist Gunleiv Gilje, ein Norweger«, eröffnete er ihm. »So steht es hier geschrieben.«

»Lass mich sehen«, bat Buddebahn und nahm das Papier an sich. Ein kurzer Blick genügte ihm. Die Kogge hatte nur einen Passagier gehabt. Es war jener Mann, dessen Name ihm Kapitän Deichmann genannt hatte.

»Ich erinnere mich an den Mann«, sagte der Hafenmeister.

»Ach, tatsächlich? Gibt es einen bestimmten Grund dafür?«

»Den gibt es allerdings. Wie ich durch einen Zufall im Gasthaus erfahren habe, hat er die *Seefalke* auf der Höhe von Wedel wieder verlassen. Das ist einer der kleinen Orte an der Elbe, nicht weit von Hamburg entfernt. Ich weiß nicht, warum er erst an Bord gegangen ist, um dann gleich wieder auszusteigen, hoher Herr, aber er hat es getan.«

»Ich danke dir.« Buddebahn hob lächelnd eine Hand, um sich mit dieser Geste zu verabschieden. »Du glaubst gar nicht, wie wichtig diese Nachricht für mich ist!«

Er machte dem Hafenmeister kleine Komplimente und erfreute ihn damit so sehr, dass sich seine Wangen röteten und er ihm mit einigen weiteren Verbeugungen antwortete.

Als Conrad Buddebahn den Hopfenmarkt an der Nikolaikirche überquerte, um zum Rathaus zu gehen, trat ihm Kapitän

Deichmann in den Weg. Er kam überraschend aus einer Gruppe von Männern hervor, die vor dem Gasthaus *Hopfensaal* standen und miteinander redeten. Es waren kräftige Gestalten. Ihre Haut war von der Sonne gebräunt, und ihr verwegenes Äußeres ließ darauf schließen, dass es Seeleute waren.

»Auf ein Wort«, bat der Schiffshauptmann.

»Was gibt es?«, fragte Buddebahn. »Die Woche, auf die wir uns geeinigt haben, ist noch nicht um.«

»Ich meine es ernst«, betonte Deichmann. Er deutete kurz auf die Männer vor dem Gasthaus. »Das sind einige von meiner Besatzung. Sie brennen darauf, jemanden zu bestrafen.«

»Das wird nicht nötig sein«, erwiderte der Ermittler. »Nur ein bisschen Geduld, dann ist alles geregelt. Ihr könnt Euch auf mich verlassen. Niemand hat mehr Interesse daran, diesen Mann in den Kerker zu bringen, als ich. Und sollte es mir nicht gelingen, werde ich ihn Euch überlassen. Ungestraft bleibt nicht, was er getan hat.«

»Dann bin ich beruhigt.« Kapitän Deichmann kehrte zu seinen Leuten zurück, und Buddebahn setzte seinen Weg zum Rathaus fort. Wie erhofft, befand sich Nikolas Malchow in seinem Büro.

»Ich habe eine wundervolle Nachricht für Euch«, sagte Buddebahn, nachdem sie einander begrüßt hatten.

»Tatsächlich? Darf ich raten?«

»Ihr dürft, aber Ihr werdet keinen Erfolg haben.«

»Dann spannt mich nicht länger auf die Folter«, bat der Ratsherr. »Was ist es?«

Buddebahn schlug die Hände leicht vor der Brust zusammen und ließ den Mecklenburger nicht aus den Augen. Malchows Lippen waren in ständiger Bewegung.

»Ich habe mit Margarethe Drewes gesprochen. Sie lässt Euch ausrichten, dass Ihr und Euer Sohn Aaron ihr bei ihrem nächsten Empfang willkommen seid. Sie hat mich gebeten, Euch und Euren Sohn mitzubringen, wenn ich zu ihr und ihrem Mann gehe.«

Hätte ein Blitz krachend neben ihm eingeschlagen, hätte die Wirkung auf den Mecklenburger kaum größer sein können. Mit offenem Mud und geweiteten Augen ließ er sich auf seinen Stuhl sinken. Seine zitternden Hände griffen nach der Tischkante. Tränen der Rührung schossen ihm in die Augen, und er verlor die Kontrolle über seine Lippen, die haltlos zu zucken begannen. Hastig stand er auf, entschuldigte sich und eilte aus dem Zimmer, um vor Buddebahn zu verbergen, was dieser längst gesehen hatte.

Gleich nachdem die Tür hinter ihm zugefallen war, vernahm der Ermittler einen erstickten Schrei, so als ob alle durch die Missachtung erlittenen Qualen zu einer schier unerträglichen Spannung bei dem Mecklenburger geführt hätten, die nun in einem Ausbruch der Gefühle aus ihm herausgesprengt wurden, und er fragte sich, ob er richtig gehandelt hatte oder Malchow doch behutsamer hätte vorbereiten sollen. Gar zu oft war Nikolas Malchow im Verlauf seines Lebens ob seiner Herkunft gedemütigt worden. Alle seine wirtschaftlichen Erfolge hatten den Makel nicht beseitigen können, der an ihm haftete, und manch hämische Bemerkung mochte er wie einen Dolchstoß empfunden haben. Immer wieder hatte er sich jenen beugen müssen, die aus einer von der Kirche gesegneten Ehe stammten. Da er nicht einem geweihten Schoß entsprungen war, hatte die Kirche ihm nicht nur Zuspruch, Geborgenheit und Segen vorenthalten, sondern ihm gar gedroht, der Zorn Gottes werde über ihn hereinbrechen, da auch sein Sohn Aaron aus einer sündigen Verbindung hervorgegangen war.

Vor etwa einem Jahr hatte Buddebahn Pastor Jan Schriever gefragt, was denn das ungeborene Kind wohl tun müsse, damit es Gottes Segen und den der Kirche erhalte. Doch der Vertreter der Kirche hatte sich auf keine Diskussion eingelassen.

»Das Kind ist nicht durch Gottes Wille entstanden, sondern durch den Satans«, war die Antwort des Pastors gewesen. »Folglich wird es niemals den Segen Gottes erhalten.«

Damit war das Gespräch zu Ende gewesen.

Buddebahn musste lange warten, bis der Ratsherr sich gefasst hatte und zu ihm zurückkehrte.

»Verzeiht«, bat Malchow. »Ich hatte vergessen, dass ich etwas zu erledigen hatte, was keinen Aufschub duldete.«

Es war eine Lüge, und sie beide wussten es. Doch Buddebahn stieß sich nicht daran. Er konnte Malchow verstehen.

Aufgeregt und unsicher fragte der Ratsherr: »Was, um alles in der Welt, soll ich anziehen? Wie verhalte ich mich? Was bringe ich der Gastgeberin mit, um sie zu erfreuen und ihr für die Einladung zu danken? Helft mir, lieber Freund. Ich weiß wirklich nicht, wie ich mich richtig benehme, um mich nicht der Lächerlichkeit preiszugeben. Ich möchte nicht, dass die anderen Herrn – und ihre Damen – mit dem Finger auf mich zeigen und sich lustig über mich machen.«

»Seid ganz ruhig«, empfahl Buddebahn ihm. »Ihr braucht nicht zu befürchten, dass jemand über Euch lachen wird. Niemand wird das tun. Ganz sicher nicht.«

»Bitte, gebt mir einen Rat. Welche Kleidung soll ich wählen?«

»Macht keine Umstände. Seid elegant, übertreibt nicht. Drängt Euch nicht auf. Bleibt bescheiden. Mehr kann ich Euch nicht sagen. Wie Ihr wisst, haben Hanseaten der Stadt Hamburg ihre eigene Art. Bei den Drewes sprechen sie nicht über Geschäfte, wohl aber über Politik und vor allem über Kultur, auch wenn sie davon nicht immer viel verstehen. Niemals aber kehren sie heraus, wie wohlhabend sie sind und welche Erfolge sie bei ihren Geschäften erzielt haben. Eher weisen sie auf Schwierigkeiten hin und wie diese überwunden werden können.«

Malchow griff nach seinem Gehstock, der am Tisch lehnte, und legte ihn quer vor sich auf den Arbeitstisch, als suche er Halt an ihm.

»Wann?«

»Übermorgen. Denkt daran – Pünktlichkeit ist eine Tugend, die in dieser Stadt sorgsam gepflegt wird. Margarethe empfängt ihre Gäste immer zur gleichen Zeit. Man plaudert ein wenig miteinander, dann beginnt der künstlerische Teil des Abends. Wer erst zu diesem Zeitpunkt erscheint, wird ganz sicher nicht mehr ins Haus gelassen.«

»Ich werde rechtzeitig da sein«, versprach der Mecklenburger, der seine Unruhe kaum noch verbergen konnte. Nervös massierte er sich den Arm. »Ich werde früh erscheinen und in der Nähe warten, bis Ihr kommt, um mich Euch anzuschließen.«

»Ein kluger Gedanke«, lobte Buddebahn ihn. »Ihr würdet nie wieder eingeladen werden, wenn Ihr zu spät erscheint.«

Er verabschiedete sich, indem er eine höfliche Verbeugung andeutete. Der Ratsherr sprang auf, um ihn zur Tür und bis hinaus zur Treppe zu begleiten, wobei er abermals beteuerte, wie dankbar er ihm sei.

»Erst hatte ich ein schlechtes Gewissen, weil ich Euch gefragt habe, was man tun muss, um bei den Drewes eingeladen zu werden«, gestand er ihm. »Jetzt bin ich froh, dass ich es getan habe, da Ihr sonst vielleicht gar nicht auf den Gedanken verfallen wärt, mir die Türen zu diesem besonderen Kreis der Hanseaten zu öffnen.«

»Wohl wahr«, versetzte Buddebahn, während er die Stufen der Treppe hinabstieg. »Wir sehen uns dann spätestens bei Carl und Margarethe Drewes. Der Rote Milan wird Euch willkommen heißen.«

»Der Rote Milan? Ich verstehe nicht.«

Doch Conrad Buddebahn hatte den Fuß der Treppe bereits erreicht. Es schien, als habe er seine Worte nicht gehört. Freundlich grüßend schritt er an den Wachen vorbei und tauchte ein in die Menge, die den Platz vor dem Rathaus füllte.

19

Der Abend war ungewöhnlich schön und warm. Keine einzige Wolke zeigte sich am Himmel. Tief und blutig rot stand die Sonne über der Elbe, als Conrad Buddebahn zur Deichstraße hinunterschlenderte, um der Einladung zu folgen, die Margarethe Drewes und ihr Mann Carl ausgesprochen hatten.

Er blieb stehen, als er den Schrei eines Raubvogels vernahm. Hoch über ihm, so hoch, dass er kaum noch zu erkennen war, kreiste der Rote Milan. Buddebahn hob die Hand, um die Augen zu beschatten. Ihm war, als breite der Vogel seine Schwingen über ihm aus.

»Was gibt es da zu sehen?«, fragte Thor Felten, der sich ihm gemessenen Schrittes näherte, Papiere mit Noten unter dem Arm und sich ganz seiner Würde wie Bedeutung bewusst. Er würde auf verschiedenen Musikinstrumenten eigene Kompositionen vortragen und dabei im Mittelpunkt des Abends stehen.

»Nichts weiter«, antwortete der Ermittler. Er deutete auf den Arm des Künstlers. »Was macht die Wunde? Wird sie Euch nicht beim Spielen beeinträchtigen?«

»Es wird niemand merken, der das Monocord nicht wenigstens so gut beherrscht wie ich. Und bei den anderen Instrumenten ohnehin nicht, da ich der einzige bin in Hamburg, der mit ihnen musizieren kann.«

»Ich freue mich auf den Abend.«

»Ich auch«, beteuerte der Musiklehrer, stolzierte an ihm vorbei und betrat das Haus ihrer Gastgeberin.

Ohm Deichmann näherte sich schwerfällig und unsicher auf den Beinen vom Hafen her. Mit hängenden Armen und schwankendem Schritt machte er den Eindruck, als sei er zuvor im *Hopfensaal* gewesen, wo er dem Bier kräftig zugesprochen hatte. Doch Buddebahn wusste, dass dieser Eindruck täuschte. Der Schiffsbauer war müde von der schweren Arbeit, die angesichts der hohen Temperaturen über den Tag hinweg kräfteraubend gewesen war. Deichmann war stets äußerst vorsichtig mit dem Alkohol, wenn es um einen Abend bei den Drewes ging. Sobald er aber im Hause des Fernhandelskaufmanns war, trank er gern ein gutes Bier oder auch mehr. Vorher jedoch nicht.

Sein Gesicht war geschwollen. Die Lippen waren eingefallen, weil ihm vorn ein paar Zähne fehlten, und das linke Auge war blau und grün verfärbt. Als er ihn so sah, erinnerte Buddebahn sich daran, dass Deichmann und David eine heftige Auseinandersetzung gehabt hatten.

»Guten Abend, Ohm …«, begann der Ermittler, doch Deichmann wankte wortlos an ihm vorbei. Er warf ihm nur einen kurzen Blick zu, der jedoch mehr sagte als alle Worte. Er nahm ihm übel, was sein Sohn getan hatte, und verzieh sich selber nicht, dass er bei der Schlägerei den Kürzeren gezogen hatte.

Ausgelassen miteinander plaudernd zogen Bürgermeister Will Rother und Frau Emma heran. Wie fast immer, wenn es um ein gemütliches, anspruchsvolles Zusammensein ging, waren sie bester Stimmung. Unter fröhlichem Gelächter und oberflächlichen Bemerkungen begrüßten sie Buddebahn und wünschten ihm wie sich selber einen angenehmen Abend.

»Oder solltet Ihr mit Euren Ermittlungen weitergekommen sein?«, fragte Emma, die sich nicht scheute, deutlichen Zweifel am Erfolg seiner Mission durchblicken zu lassen.

»Es ist alles so verwirrend«, klagte er. »Jeder hat ein kleines oder großes Geheimnis, das er vor mir verbirgt und auf keinen Fall preisgeben will. Man erfährt so manches, was man eigentlich gar nicht wissen wollte.«

»Ja, ja, so ist das nun mal«, erwiderte der Bürgermeister lachend. »So leicht lässt sich ein Mordfall nicht aufklären.«

»Es sind zwei, Lieber«, bemerkte Emma.

»Was die Sache umso schwerer macht!« Sie zogen davon, um das Haus des Kaufmanns Drewes zu betreten. Über die Schulter hinweg rief Rother ihm zu: »Wir sehen uns noch!«

Es war nicht zu verkennen. Die beiden glaubten nicht daran, dass Buddebahn bei seinen Ermittlungen erfolgreich sein könnte. Sie hielten ihn für einen Versager, und sie machten keinen Hehl daraus. Mit dieser Ansicht waren sie nicht allein. Ganz sicher nicht.

Während Buddebahn nach Nikolas Malchow und seinem Sohn Ausschau hielt, wartete er auf den Brückenbaumeister Peter Hassmann und seine Frau Wilhelmina, die wie in jedem Jahr schwanger war und bereits sieben gesunde Kinder auf die Welt gebracht hatte, sowie den Handelsmakler Castor Hamm mit Frau Juliane, um sie zu begrüßen. Nachdem sie einige Worte miteinander gewechselt hatten, näherte sich endlich auch Ratsherr Malchow mit seinem Sohn im Gefolge. Beide waren elegant gekleidet, ohne dabei zu übertreiben. Der Ratsherr stützte sich bei jedem Schritt auf seinen Gehstock, als fühle er sich ohne diese Hilfe nicht sicher genug auf den Beinen. Sein Sohn ging hinter ihm, den Kopf gesenkt und auffallend bleich. Er schien diesem Abend mit besonderer Nervosität entgegenzusehen. In den Händen hielt er einen kleinen Blumenstrauß.

»Ihr seid pünktlich, wie ich es erwartet habe«, lobte Buddebahn den Mecklenburger.

»Sind wir korrekt gekleidet?«, fragte Malchow.

»Aber ja doch. So wie es die Hanseaten mögen. Elegant, aber doch mit der gebotenen Zurückhaltung. Margarethe Drewes wird sich über die Blumen freuen.«

Sie betraten das Haus, und während sie die Treppe hinaufstiegen, erschienen Klaas Bracker und seine Frau Ev, mit denen Buddebahn befreundet war. Er wartete auf sie und machte sie mit Malchow und seinem Sohn bekannt. Der Banker lachte verhalten.

»Aber, Conrad, das ist wahrhaftig nicht nötig. Natürlich weiß ich längst, wer der Ratsherr ist. Wir haben einige Geschäfte miteinander abgewickelt. Zu beider Zufriedenheit. Und von seinem Sohn ist mir auch schon einiges zu Ohren gekommen.« Seine Stimme hatte einen eigenartigen Beiklang, der

Buddebahn nicht entging. Der Freund akzeptierte die Gäste, respektierte sie jedoch nicht.

»Mit Heinrich Kehraus und Richter Perleberg dürfen wir nicht rechnen«, stellte Ev fest. »Ich bin froh darüber, und es schmerzt mich, dass Sara unter all dem zu leiden hat.«

Medicus Tilmann Kirchberg war mit seiner Frau bereits im Salon, als sie eintraten. Die beiden plauderten mit Pastor Schriever und seiner Frau Genoveva. Die übrigen Gäste standen bei Margarethe Drewes, während ihr Mann Carl dem Musiklehrer behilflich war, sich einzurichten.

Buddebahn führte Nikolas Malchow und seinen Sohn zu den Gastgebern, um sie miteinander bekannt zu machen.

»Ich habe viel von Euch gehört«, sagte Margarethe mit der ihr eigenen vornehmen Zurückhaltung. »Ihr seid ein überaus erfolgreicher Geschäftsmann.«

»Ich habe Glück gehabt«, gab sich der Ratsherr ungewohnt bescheiden. Er verneigte sich vor ihr. »Und mir steht ein tüchtiger Sohn zur Seite, der über geschäftliches Geschick verfügt.«

»Welch ein wundervolles Zusammentreffen«, entgegnete sie lächelnd. »Das Leben meint es gut mit Euch. Es kann nichts Schöneres geben, als wenn sich das eigene Blut anschickt, die Nachfolge des Geschäfts anzutreten. Genießt den Abend.«

»Ihr könnt sicher sein, dass wir das tun werden«, versprach Malchow und bedankte sich noch einmal für die Einladung. Mit seinem Sohn zog er sich in eine Ecke des Raumes zurück, wohl wissend, dass niemand sonst bereit war, sich mit ihm zu unterhalten. Nachdem Buddebahn der gebotenen Höflichkeit Genüge getan und mit allen ein paar Worte gewechselt hatte, ging er zu den beiden.

»Die Hamburger Gesellschaft kann schwierig sein«, bemerkte er. »Es dauert stets ein wenig, bis das Eis bricht.«

Bürgermeister Rother gesellte sich zu ihnen, in der einen Hand einen Becher mit Hochprozentigem aus Obst, die andere Hand auf den Hüften seiner Frau, die ebenfalls einen solchen Becher gewählt und offensichtlich bereits daraus getrunken hatte. Die Wirkung des Alkohols zeigte sich bei ihr. Sie kicherte albern.

»Werter Ratsherr, meint Ihr nicht, es genügt, wenn Ihr tagsüber mit meinem Mann zusammenarbeitet?«

»Wir denken keineswegs an das politische Geschäft«, erwiderte Malchow.

Sie schwankte leicht, trank ein wenig aus dem Becher und wies dann mit dem Gefäß auf Buddebahn. »Aber vielleicht wollt Ihr wissen, wie nah der gute Conrad dem Frauenmörder auf den Fersen ist?«

»Das ist von hohem Interesse, Frau Bürgermeisterin«, gab der Mecklenburger zurück, der sichtlich in Verlegenheit war. »Ich denke jedoch nicht, dass der ehrenwerte Buddebahn sich ausgerechnet heute diesem Thema widmen wird, wo es um die hohe Kunst der Musik geht.«

Das war geschickt pariert, genügte jedoch nicht. Emma Rother wandte sich an Buddebahn.

»Wollt Ihr uns nicht erzählen, wie es um diese Geschichte steht?« Erneut hob sie den Becher, richtete ihre Worte jetzt aber an die Hausherrin und an alle Gäste. »Sollte Conrad uns nicht einen Einblick in seine Ermittlungen geben? Er hat so viele Fragen gestellt und manchen in Verlegenheit gebracht. Der arme Richter Perleberg hat sogar etwas verloren, was er sicherlich gerne behalten hätte, und – man glaubt es kaum – der gute Heinrich Kehraus sitzt im Kerker. Ich finde, wir haben ein Anrecht darauf, mehr zu erfahren, sonst verhaftet er uns womöglich ebenfalls und schickt uns in die Verliese unter dem Rathaus.«

Die Runde lachte verhalten über die scherzhaft gemeinten Worte.

»Nun, was meint Ihr, Nikolas Malchow?« Der Bürgermeister winkte einer Dienerin, und diese brachte dem Ratsherrn und seinem Sohn etwas zu trinken. »Sollte Buddebahn weiterhin geheimnisvoll schweigen, oder sollte er reden?«

»Das muss er ganz und gar allein entscheiden«, wand sich der

Mecklenburger heraus. »Er ist der von der Stadt beauftragte Ermittler.«

»Wir möchten etwas hören, Conrad«, rief Klaas Bracker, der Banker.

»Mach's Maul auf«, nuschelte Ohm Deichmann, der nicht mehr so klar sprechen konnte, seit ihm die meisten Zähne fehlten.

»Wir sind sehr neugierig«, gestand Margarethe Drewes.

»Das könnte ein spannender Abend werden«, hoffte ihr Mann Carl.

»Ich möchte mich endlich wieder sicher fühlen, wenn ich durch die Stadt gehe«, forderte Sigrun Kirchberg, die Frau des Medicus.

»Ich erteile Euch das Wort.« Margarethe schob ihn sanft nach vorn, so dass er sich im Mittelpunkt der Gesellschaft befand.

Carl Drewes legte ihm die Hand auf die Schulter, er blickte erst ihn, dann der Reihe nach alle anderen an. »Ich beschwöre den Geist des Roten Milans! Wir sollten nicht nur zusammenhalten, wie wir es immer getan haben, sondern uns untereinander als Erste informieren.«

»Verzeiht«, meldete sich Nikolas Malchow. »Ich weiß nicht, was der Rote Milan ist. Könntet Ihr mich freundlicherweise aufklären?«

»Das will ich gerne tun«, antwortete Carl Drewes. »Als wir Kinder waren, haben wir einen Geheimbund gegründet, wie es Kinder gerne tun. Wir haben eine Gemeinschaft gebildet, der wir diesen Namen gegeben haben. Alle hier anwesenden Herren – Ihr natürlich ausgenommen – gehörten dem Roten Milan an, eine Zelle unverbrüchlicher Freundschaft, in der einer für den anderen da war und bei der jeder jeden herausgehauen hat, wenn er mal in Schwierigkeiten geriet. Als wir älter wurden, ging jeder seine eigenen Wege, aber vergessen haben wir unseren Bund nie. Auch jetzt noch schwebt der Schatten des Roten Milans über uns allen, wenngleich er kräftig Federn gelassen hat, seit wir unser Augenmerk auf die Damen gerichtet haben.«

Buddebahn beobachtete Nikolas Malchow und seinen Sohn. »Allein die Kindlichkeit hat der Rote Milan ihnen bewahrt.« Emma Rother kicherte. »Wenigstens einigen von ihnen.«

Das Antlitz des Mecklenburgers war ohne jeden Ausdruck. Buddebahn war sich sicher, dass er seine Frage nach dem Roten Milan bereute, vermittelten ihm die Worte des Hausherrn doch, dass er wiederum an einen Kreis von Menschen geraten war, der sich ihm niemals öffnen würde. Wie eine schallende Ohrfeige mussten sie ihm vorgekommen sein. Dass er als Kind nicht dazugehört hatte, schloss ihn von allen Erinnerungen an gemeinsam durchlebte Abenteuer aus. Wenn sie über eine beiläufige Bemerkung lachten, die sich auf irgendetwas im Zusammenhang mit dem Roten Milan bezog, würde er nicht wissen, um was es ging. Er würde fragen oder schweigen müssen und stets außen vor bleiben.

Die Entscheidung war gefallen.

»Nun, ich will nicht länger für mich behalten, was ich in Erfahrung gebracht habe«, begann Buddebahn. »Es tut mir leid, dass ich viele Fragen stellen musste, aber es war anders nicht möglich, jenem Mann näher zu kommen, der auf bestialische Art und Weise erst Agathe Kehraus und danach Sara Perleberg ermordet hat. Ich denke, wir sind uns alle einig darin, dass es grausam und unmenschlich ist, wehrlosen Frauen die Kehle durchzuschneiden und ihren toten Körper danach mit Symbolen zu schänden, die in die Haut geschnitten werden.«

Die Damen und Herren im Raum stimmten ihm vorbehaltlos zu.

»Der Mörder ist ein Monster«, rief der Bürgermeister. »Ich bin kein Richter, aber ich meine, er hat die höchste Strafe verdient. Die Todesstrafe. Sorgt dafür, dass der Henker bald Arbeit bekommt.«

Margarethe Drewes und ihre Gäste applaudierten ihm.

»Lasst mich fortfahren«, bat Buddebahn. »Die Suche nach dem Mörder gestaltete sich außerordentlich schwierig, weil die eine Tat vor Monaten geschehen war und weil bei der anderen wichtige Spuren vernichtet wurden. Glücklicherweise hat der Mörder Fehler gemacht, die ihm nun zum Verhängnis werden sollen.«

»Fehler?«, fragte Ohm Deichmann. »Was denn zum Beispiel?«

»Beginnen wir bei dem zweiten Mord, dem Eure Frau Erna in der Bonenstraat zum Opfer fiel«, führte der Ermittler aus. »Dabei ergaben sich einige Ungereimtheiten wie etwa die seltsame Tatsache, dass Reeper-Jan die Leiche aufhob und in den Unterstand trug. Als Grund für sein Verhalten gab er an, er wolle nicht, dass sie dem Regen ausgesetzt ist. Das machte ihn verdächtig, zumal er schon vorher überall dort auftauchte, wo ich nach Hinweisen auf den Mord an Agathe Kehraus suchte, und er mehrmals versuchte, Heinrich Kehraus zu belasten. Kehraus wiederum wollte mir weismachen, dass er in seinem Haus war, als Agathe getötet wurde. Er war nicht dort, allerdings war er aus ganz anderen Gründen abwesend. Während Agathe dem Musiklehrer Felten näher war, als sie hätte sein sollten, suchte er ein Abenteuer auf einem abgelegenen Bauernhof.«

Buddebahn blickte zu dem jungen Musiker hinüber, der beschämt den Kopf senkte und sich ausschließlich für seine Füße zu interessieren schien.

»Wer sein zweites Opfer werden sollte, hatte der Mörder bereits bei Agathe angekündigt, indem er ihr ein Kreuz in den Rücken schlitzte. Erna war in der Tat eine gläubige Christin, die sich fürsorglich um die Gesellen auf der Werft kümmerte, sie mit Speis und Trank bedachte und bei kleinen Verletzungen Hilfe leistete. Als sie starb, gab es eine Zeugin, eine lichtblinde junge Frau. Sie hat den Täter gesehen, aber nicht erkannt. Alles ging viel zu schnell, und er hat ihr sein Gesicht nicht gezeigt. Immerhin konnte sie mir sagen, dass Erna sich gewehrt hat und dass der Täter dabei nicht nur an die Hauswand geriet, wo er einen Fetzen Stoff aus seinem Umhang verlor, sondern sich auch mit dem Messer verletzte.«

»Wenn sie den Täter nicht erkannt hat, hilft uns das nicht

weiter«, befürchtete der Bürgermeister. Er nahm einen kräftigen Schluck aus seinem Becher.

»Oh, doch!«

»Aber sie war blind«, gab Rother zu bedenken.

»Lichtblind«, verbesserter Buddebahn ihn. »Es war wegen des Regens recht dunkel. Daher war sie nicht geblendet. Und sie hat sich nicht geirrt. Der Mörder hat sich verletzt. Da ich davon ausgehen konnte, dass sich die Wunde entzündet, solange sie unter der Kleidung verborgen bleiben musste, machte ich mich auf die Suche nach Heilkundigen. Dabei geriet ich an Jeremias Torf, der im Kerker saß und auf seine Hinrichtung wartete. Jetzt machte der Mörder einen Fehler. Er musste verhindern, dass der Delinquent mir seinen Namen verrät. Das tat er, indem er dafür sorgte, dass Torf hingerichtet wurde. Damit schieden Reeper-Jan, Ohm Deichmann und Thor Felten als mögliche Täter aus.«

»Habt Ihr meinen Namen genannt?«, fuhr der Schiffsbauer auf. Seine Stirn rötete er sich, und sein Hals schwoll an, so dass die Adern stark hervortraten. »Ich habe mich wohl verhört!«

»Diese drei hatten nicht die Macht, eine Hinrichtung in die Wege zu leiten oder zu verhindern. Somit schränkte sich der Kreis der Täter ein.« Buddebahn ließ sich von dem Verhalten Deichmanns nicht beeindrucken.

»Sagt nur, Ihr habt meinen Mann in Verdacht«, warf Emma Rother ein. Sie strich dem Bürgermeister mit gespreizten Fingern durch das Haar. »Hast du das gehört, mein Lämmchen?« Sie hatte zuviel getrunken. »Du hast die Macht, jeden hinrichten zu lassen.«

»Bitte, rede nicht so einen Unsinn«, entgegnete er, wobei er ihr den Becher aus der Hand nahm, um ihm einem der Bediensteten zu übergeben. »Fahrt fort, Buddebahn. Die Spur mit dem verletzten Arm verlief also im Nichts.«

»So sah es jedenfalls aus«, bestätigte der Ermittler. »Doch es gibt noch weitere Hinweise auf den Mörder. Mehrmals hat er versucht, mich auf eine falsche Fährte zu locken. So wurde am

Stand von Hanna Butenschön ein Kabeljau abgelegt, der in bezeichnender Weise mit einem Messer aufgeschlitzt worden war. Ich sollte glauben, dass Hanna das nächste Opfer sein soll. Tatsächlich aber hatte der Täter es auf Sara Perleberg abgesehen. Als sie sich gezwungen sah, ihr Haus mitten in der Nacht zu verlassen, geriet sie in höchste Gefahr. Zum Glück kam ich dem Mörder in die Quere und konnte Sara heil und gesund nach Haus bringen.«

Buddebahn trat ein wenig näher an die Tür heran. Er ließ sich von einem der Bediensten einen Becher mit Bier geben und nahm einen kleinen Schluck zu sich.

»Nun machte der Mörder einen weiteren Fehler. Er sagte zu mir, der so gekennzeichnete Kabeljau sei ein Scherz gewesen. Durch nichts zu entschuldigen. Aber ein Scherz. Vielleicht habe Hanna jemanden verärgert, und dieser wollte sich an ihr rächen, indem er ihr einen Schrecken einjagt. Nun, davon haben Hanna und ich niemandem etwas erzählt. Niemandem! Und doch wusste Nikolas Malchow davon!«

»Nein!«, schrie der Ratsherr mitten hinein in die plötzlich entstandene Stille. Er wurde bleich bis an die Lippen. Zornig stieß er den Gehstock auf den Boden. »Das ist eine Lüge! Mein Sohn hat das mit dem Kabeljau getan. Er hielt es für witzig. Aber das bedeutet noch lange nicht, dass er oder ich etwas mit den Morden zu tun haben. Entschuldigt Euch. Auf der Stelle!«

Seine Worte sprengten die Sprachlosigkeit der Gesellschaft der Damen und Herren. Aufgeregt miteinander redend, tauschten die Gäste der Margarethe Drewes ihre Meinung über Buddebahns Worte und sein Verhalten aus. Es gab nicht nur Zustimmung für ihn.

»Das ist wirklich zu dünn«, meldete sich der Bürgermeister zu Wort. »Buddebahn, wie könnt Ihr so etwas behaupten? Ich kenne Nikolas Malchow seit Jahren. Er ist ganz sicher nicht der Mörder.«

»O doch, er ist es.« Der Ermittler ließ sich nicht irritieren. »Nachdem ich erst einmal Verdacht geschöpft hatte, habe ich mich intensiver mit ihm beschäftigt. Und dabei ist einiges zutage gekommen. Mein Sohn hat sich in Wismar umgesehen und eine Lüge nach der anderen entdeckt. Nikolas Malchow ist aus einer Verbindung hervorgegangen, die nicht den Segen der Kirche empfangen hat. Ebenso sein Sohn.«

»Das ist ungeheuerlich«, rief der Ratsherr, wobei er sich wie zufällig ein paar Schritte dem Ausgang näherte. »Lügen über Lügen!«

»Ja, unglücklicherweise ist Aaron ebenfalls nicht aus einer von der Kirche gesegneten Ehe hervorgegangen. Und das ist das Problem. Die beiden wurden in Wismar nicht anerkannt! Sie wurden von Kirche und Gesellschaft ausgeschlossen.«

»Das ist auch richtig so«, betonte Jan Schriever. Der kleine Mann mit dem pausbäckigen Antlitz und den schütteren, blonden Haaren faltete die Hände vor der Brust. Auf seinen Lippen hielt sich ein gütiges Lächeln. »Sie sind in Sünde gezeugt. Es sind gottlose Geschöpfe, und wie sich nun zeigt, Früchte des Satans.«

»Hört auf mit diesem Unsinn!«, fuhr Buddebahn ihm in die Parade. »Jedes Leben kommt von Gott, wenn wir aber gerade erst geborene Kinder behandeln, als seien sie Ausgeburten des Teufels, ist es kein Wunder, wenn das Böse Begleiter auf ihrem Lebensweg wird.«

»Das ist Frevel«, rief der Pastor. »Wie könnt Ihr Euch so versündigen? In der Bibel könnt Ihr nachlesen, dass …«

»Diesen Unsinn höre ich mir nicht länger an«, erregte sich Nikolas Malchow. »Aaron, wir gehen!«

»Das werdet Ihr nicht tun!« Buddebahn stellte sich ihm in den Weg, so dass der Ratsherr und sein Sohn den Raum nicht verlassen konnten. »Ihr bleibt. Ich bin noch nicht fertig.«

»Ihr habt keine Beweise.«

»In der Bonenstraat habt Ihr einen Fetzen Stoff aus Eurem Umhang hinterlassen. Diesen Fetzen habe ich Maria Deichmann gezeigt.«

»Meiner Schwiegertochter?«, fragte der Schiffsbauer.

»In der Tat. Maria verdient Geld als Näherin. Aaron hat ihr den Umhang gebracht, und sie hat den Schaden behoben. Ich habe sie gefragt, und sie hat mir bestätigt, dass der Fetzen Stoff genau in das Loch passt, das sich im Umhang befand.«

»Lächerlich!«

»Die beiden getöteten Frauen hatten eine Wunde auf der Stirn.« Buddebahn zog ein Stück Pergament unter seiner Kleidung hervor, an der eine dicke Schicht Wachs von einer Kerze haftete. Er hielt es hoch, so dass alle im Raum es sehen konnten. »Die Wunde entstand, weil der Täter die Angewohnheit hat, seinen Siegelring zu drehen, so dass der Stempel nach innen zeigt. Das hat er auch bei der Tat getan. Er hat die Frauen von hinten mit der linken Hand gepackt und ihnen den Kopf zurückgerissen, um ihnen anschließend die Kehle durchzuschneiden.«

Einige Frauen schrien erstickt auf, so als sei ihnen erst jetzt bewusst geworden, was geschehen war.

»Dabei hat er ihnen mit dem Ring diese Wunde beigebracht.« Buddebahn zeigte auf eine Vertiefung im Wachs. Daneben befand sich eine Zeichnung, die vergrößert darstellte, wie die Wunden bei beiden Frauen ausgesehen hatten. Fordernd streckte er die Hand aus. »Ich habe den Abdruck nachgebildet, aber ich bin sicher, wenn ich den Ring Nikolas Malchows in das Wachs drücke, wird ein Abdruck entstehen, der exakt mit der Wunde übereinstimmt, den die Mordopfer auf der Stirn hatten. Gebt mir Euren Ring, Ratsherr!«

»Ich denke gar nicht daran!« entgegnete Malchow barsch.

»Den Ring!«, befahl der Bürgermeister, der einen erstaunlich entschlossenen Eindruck machte. »Auf der Stelle, oder ich befehle den Landsknechten, ihn Euch gewaltsam abzunehmen.« Er hob die rechte Hand und zeigte in übertriebener Weise auf die Tür, durch die sie alle hereingekommen waren. Dort standen zwei mit Schwertern und Dolchen bewaffnete Landsknechte.

Leichenblass und mit zitternder Hand zog der Mecklenburger den Siegelring vom Finger und reichte ihn Buddebahn. Der

Ermittler drückte ihn neben dem Abdruck in das Wachs, so dass man beide gut miteinander vergleichen konnte.

»Seht genau hin«, erklärte er triumphierend. »Es passt. Die beiden Abdrücke sind absolut gleich. Das ist ein eindeutiger Beweis.«

»Pah«, schnaubte Malchow. »Wenn die anderen Herren Ihren Ring dagegen halten, werdet ihr sehen, dass es jeder von ihnen sein könnte.«

Buddebahn brauchte keinen der Gäste aufzufordern, die Probe zu machen. Sie drängten sich um ihn, und einer nach dem anderen konnte sich davon überzeugen, dass kein anderer Abdruck passte als jener von Malchows Ring.

»Das ist noch nicht alles«, konstatierte der Ermittler, nachdem er alle Siegelringe überprüft hatte. »Es gab eine interessante Spur in dem Unterstand in der Bonenstraat, vor dem Erna ermordet wurde. Dort, wo der Mörder auf sie gewartet hat, befanden sich eine Reihe von Löchern im Boden.«

»Was soll das?«, fragte Malchow. »Löcher gibt es überall.«

»Das mag sein«, stimmte Buddebahn ihm zu. »Doch diese Löcher stammen von Eurem Gehstock. Als Ihr dort im Dunkeln gelauert habt, hattet ihr den Stock dabei. Ihr habt Euch darauf gestützt, so wie ihr es auch jetzt macht, und die Spitze ist im Boden eingesunken.«

»Ihr habt eine blühende Phantasie! Ich bin nicht dort gewesen, und ich habe nichts mit den Morden zu tun.« Erneut versuchte Malchow zum Ausgang zu kommen, doch nun kam er an Carl Drewes und Ohm Deichmann nicht vorbei, die ihm den Weg versperrten. Die Landsknechte brauchten nicht einzugreifen. Erregt breitete er die Arme aus, hob den Gehstock und richtete ihn anklagend auf Buddebahn. Dabei wandte er sich an alle Gäste. »Das sind bösartige Verleumdungen. Buddebahn hat mich hierhergebracht, um sich an mir zu rächen. Er erträgt es nicht, dass ich ihm den Auftrag für die Ermittlungen wegen Erfolglosigkeit und Unfähigkeit entziehen wollte. Durchsucht mich! Stellt meine Räume im Rathaus und mein Haus auf den

Kopf, wenn Ihr wollt! Ihr werdet nicht ein einziges Messer finden, mit dem man einen Menschen umbringen kann. Es gibt lediglich ein paar kleine Klingen in der Küche. Zum Putzen von Gemüse!«

»Das Angebot nehmen wir gerne an«, erwiderte Buddebahn. Er trat rasch auf den Mecklenburger zu und packte ihn am linken Arm. Malchow schrie schmerzgepeinigt auf. Vergeblich versuchte er, sich von dem Griff zu befreien. In dieser Weise abgelenkt, achtete er nicht auf seinen Gehstock. Bevor er sich versah, hatte ihn der Ermittler an sich genommen. Nun gab dieser den Arm frei und trat ein paar Schritte zurück. Er hob den Gehstock in die Höhe. »Seht her!«

Buddebahn zerrte an dem Knauf, ließ den Stock kurz sinken, dann drehte er ihn mit der linken Hand nach vorn und mit der rechten nach hinten. Der Knauf löste sich. Er zog ihn heraus und brachte eine Klinge zum Vorschein, die im Inneren des Stocks versteckt gewesen war. Beinahe eine Elle war sie lang.

»Das ist die Mordwaffe«, erläuterte er. Mit einem raschen Schnitt zog er sie durch das Pergament. Da sie es mühelos durchtrennte, konnte jeder im Raum sehen, wie ungeheuer scharf sie war. Mit ausgestrecktem Arm, das Messer auf den Ratsherrn gerichtet, näherte er sich Nikolas Malchow. »Und jetzt will ich Euren Arm sehen! Erna Deichmann hat sich gewehrt. Dabei habt ihr Euch mit dem Messer am Arm verletzt, was ein heftiges Fieber zur Folge hatte. Ihr habt behauptet, eine Magenverstimmung sei für das Fieber verantwortlich, doch das habe ich Euch nie abgenommen. Ich ahnte, dass Ihr der Mörder seid, konnte es jedoch noch nicht beweisen.«

»Zeigt uns den Arm«, befahl der Bürgermeister mit einer Entschlossenheit, wie sie keiner der Gäste bisher bei ihm erlebt hatte. »Ihr habt Conrad Buddebahn als Ermittler ausgesucht, weil Ihr glaubtet, er sei schwach und seiner Aufgabe nicht gewachsen. Ihr habt Euch lustig gemacht über den Rat der Stadt. Wolltet ihn zum Narren machen. Doch Ihr habt Euch geirrt. Wir wollen Euren Arm sehen!«

»Tu's nicht, Vater«, raunte Aaron ihm zu.

»Die Folterknechte unter dem Rathaus sind nicht zimperlich«, sagte Rother. »Wenn Ihr Euch weigert, werden sie es übernehmen.«

Malchow gab nach. Er bot das Bild eines gebrochenen Mannes. Langsam streifte er sein Gewand ab, um dann den Ärmel seines Hemdes hochzuschieben. Darunter wurde eine hässliche, von Eiter überzogene Wunde sichtbar. Sie war etwa zwei Handspannen lang.

»Das genügt«, befand Buddebahn. »Ihr seid des Mordes an Agathe Kehraus und an Erna Deichmann überführt. Ich bin sicher, wenn wir Euer Haus durchsuchen, werden wir die Zeichnungen finden, die Ihr bei mir gestohlen habt.«

Ohm Deichmann kam schwerfällig heran.

»Warum?«, stammelte er. »Warum hat er das getan? Warum hat er die Frauen ermordet?«

»Er wollte anerkannt werden«, antwortete Buddebahn anstelle Malchows. »Er hatte große Erfolge als Fernhandelskaufmann und als Ratsherr, aber in diesen Kreis des Hauses Drewes wurde er nicht aufgenommen. Dabei war es ihm wichtiger als alle andere, eine solche Auszeichnung zu erfahren. Da jedoch höchstens vierundzwanzig Gäste zu diesem Kreis gehören können, wollte er Platz schaffen für sich und vielleicht auch für seinen Sohn.«

»Aber warum Frauen? Warum hat er Frauen ermordet, wenn er den Platz eines Mannes einnehmen wollte?«, fragte Margarethe Drewes.

»Weil er sich von Frauen im Stich gelassen fühlt. Seine Mutter hat er nie kennen gelernt. Er wuchs bei seinem Vater auf. Dann wurde Aaron geboren. Ebenfalls als Kind einer Verbindung ohne Segen der Kirche. Die Mutter starb bei der Geburt. Bei Aaron wiederholte sich alles. Er wuchs ohne Mutter auf und wurde von seinem Vater erzogen. Mit dem Gefühl der Verlorenheit gegenüber Frauen und dem Verlangen, sich an ihnen zu rächen.«

Margarethe schüttelte verständnislos den Kopf. »Das ist

alles so sinnlos, Malchow. Nie und nimmer hättet Ihr in diesen Kreis aufgenommen werden können. Auf gar keinen Fall. Und wenn Ihr Euch noch soviel Mühe gegeben hättet. Es ist unmöglich.«

»Unmöglich?« Fassungslos blickte Malchow sie an.

»Als Gäste kommen nur Hamburger in Frage«, stellte Buddebahn fest. »Geborene Hamburger. Keine Quiddjes. Ihr und Euer Sohn seid nicht in Hamburg geboren. Ihr seid Quiddjes – Nicht-Hamburger. Ob Eurer wirtschaftlichen Erfolge könnt Ihr Euch der höchsten Hochachtung der ganzen Stadt mit allen gesellschaftlichen Schichten erfreuen, aber dies ist ein hanseatischer Kreis, der aus unserem kindlichen und jugendlichen Bund Roter Milan hervorgegangen ist und zu dem kein Mann Zutritt hat, der nicht schon als Kind dazugehörte.«

Da einige der Gäste hinter ihm leise miteinander redeten, hob Buddebahn die Arme, um auf sich aufmerksam zu machen und um Gehör zu bitten.

»Die Beweise sind erdrückend. Nikolas Malchow – Ihr seid der gesuchte Mörder«, rief er. »Quod erat demonstrandum. Übersetzen muss ich das ja nicht. Ihr könnt Latein.«

»Aber nein! Das ist ein Irrtum! Wieso vermutet Ihr das?«

»Gebt auf, Nikolas Malchow! Das Spiel ist vorbei. Sara Perleberg sollte Euer nächstes Opfer werden. Um diese Tat anzukündigen, habt Ihr Erna Deichmann einen Fisch in die Haut geritzt. Die Frau des Richters ist eine geborene Osmer.«

»Das wisst Ihr?«, staunte der Mecklenburger.

»Allerdings. Ihr seid der Mörder.«

»Quod erat demonstrandum. Was zu beweisen war.«

»So ist es. Bleibt eine Kleinigkeit.«

Nikolas Malchow wich bis zu einer Wand zurück. Mit tief herabgesunkenem Haupt lehnte er sich dagegen. Er bot das Bild eines Mannes, der auf der ganzen Linie verloren hatte und sich dessen auch bewusst war.

»Aaron darf seiner gerechten Strafe keineswegs entgehen«, erklärte Buddebahn.

»Ich?« Der Sohn des Ratsherrn hob den Kopf. Angriffslustig trat er auf Buddebahn zu. »Ich habe mir nichts vorzuwerfen.«

»Ach, wirklich nicht? Ihr habt einer Frau Gewalt angetan. Ihr habt ihr damit gedroht, ihre Kinder zu ermorden, wenn sie sich nicht für Euch auf den Rücken legt. Als sie sich weigerte, habt ihr sie solange verprügelt, bis sie es getan hat.«

»Von wem sprecht Ihr?« Ohm Deichmann stürzte sich wie ein Stier nach vorn. »Meint Ihr Maria? Ja, Ihr meint sie. Ich habe es geahnt.«

Buddebahn und einige andere Männer versuchten, ihn festzuhalten. Es gelang ihnen nicht. Er tobte, als habe er den Verstand verloren.

»Lasst mich los!«, forderte Ohm Deichmann. »Ich erwürge dieses Tier. Durch einen Bastard wie ihn habe ich meine Tochter verloren. Und jetzt Maria … Gebt den Weg frei!«

»Buddebahn, haltet mir diesen Wahnsinnigen vom Leib!«, keuchte Aaron. Er wich zurück, weil er um sein Leben fürchtete. »Erst lockt Ihr meinen Vater hierher, um ihn zu vernichten, und jetzt kommt Ihr mir mit solchen Lügen.«

»Nun gut«, erwiderte der Ermittler. »Wenn Ihr meint, dass es Lügen sind, braucht Ihr Euch ja nicht vor den Männern zu fürchten, die vor dem Haus auf Euch warten. Der Kapitän ist bei ihnen.«

Der junge Mann stieß eine Reihe von Flüchen aus. »Das werdet Ihr bereuen, Buddebahn«, drohte er. »Leben für Leben! Das meines Vaters gegen Eures!«

Gehetzt sah er sich um. Er wusste, was ihn erwartete, falls es ihm gelingen sollte, sich an den beiden Landsknechten vorbeizukämpfen, und er das Haus durch die Vordertür verließ. Kapitän Deichmann und seine Freunde würden ihn gnadenlos für das bestrafen, was er getan hatte.

Plötzlich wandte er sich um, stieß Carl Drewes zur Seite und sprang mit einem gewaltigen Satz zum Fenster hinaus. Einige der Frauen schrien auf. Buddebahn rannte hinterher. Er kam gerade noch rechtzeitig, um zu sehen, wie der junge Mann in das Fleet stürzte, keine zwei Schritte von der Bordwand einer Kogge entfernt.

Wild durcheinander redend, eilten alle an die Fenster und blickten hinaus. Sie erwarteten, dass Aaron im Fleet ertrank. Doch er tauchte wieder auf und schwamm zum jenseitigen Ufer hinüber. Zum Erstaunen aller bewegte er die Arme und Beine wie ein Frosch und kam dabei schnell voran.

Er erreichte das Ufer, kroch auf allen vieren die Böschung hinauf, stand auf, drehte sich um und hob drohend die Fäuste, bevor er zwischen Büschen, Bäumen und ärmlichen Hütten verschwand.

20

Müde kehrte Conrad Buddebahn spät am Abend in die Brauerei in der Gasse Hopfensack zurück. Nikolas Malchow war verhaftet und in den Kerker geworfen worden. Zuvor aber hatten der Bürgermeister und ein Richter ihn zu den Taten befragt.

Um der Folter zu entgehen, die zweifellos die Wahrheit ans Licht gebracht hätte, legte er ein volles Geständnis ab. Nun war es vorbei. Malchow sah seiner Verurteilung durch das Gericht entgegen, wohl wissend, dass das Henkersschwert auf ihn wartete. Irgendwann in den nächsten Tagen – sobald der Henker aus Cuxhaven angereist war – würde man ihn zum Grasbrook führen.

Buddebahn war am Ziel, empfand jedoch nicht die tiefe Befriedigung, die er erwartet hatte. Zu seiner Verwunderung stellte sich Mitgefühl mit Nikolas Malchow ein, der sein ganzes Leben lang voller Energie gegen den Makel seiner Geburt gekämpft hatte und am Ende einem unter gar keinen Umständen erreichbaren Ziel nachgejagt war.

Seine Verbrechen waren unverzeihlich. Darüber dachte Buddebahn keinen Atemzug lang nach. Konnte es aber richtig sein, einen Menschen zu verdammen, nur weil Zeugung und Geburt nicht unter der Schirmherrschaft der Kirche stattgefunden hatten? Aus der Sicht Jan Schrievers und der Kirche konnte es keine Diskussion darüber geben. Buddebahn sah es anders als der Pastor, fragte sich aber gleichzeitig, ob es vertretbar war, so zu denken, weil er damit möglicherweise sein Seelenheil aufs Spiel setzte.

Gern hätte er mit dem Bischof darüber gesprochen, doch dagegen sperrte sich Schriever, der ein Treffen mit ihm hätte vermitteln können. Der Pastor ließ keinen Zweifel an seinem Wort und an dem der Kirche zu. Er verweigerte jegliches Streitgespräch und forderte unbedingten Gehorsam.

»Übertreibt es nicht, Buddebahn«, hatte er ihm an diesem Abend gesagt. »Ihr lebt in Sünde mit der Fischfrau zusammen. Dafür allein schon droht Euch die Verdammnis. Stellt Ihr darüber hinaus die ehernen Gesetze der Kirche in Frage, geht Ihr ein Wagnis ein, das Euch direkt in die Hölle führen wird.«

Es war eine Drohung, die ihre Wirkung auf ihn nicht verfehlte.

Den Bogen zu überspannen war in der Tat gefährlich. Noch nahm Jan Schriever zähneknirschend hin, dass er mit Hanna zusammenlebte – und hielt still. Forderte er jedoch seinen Zorn heraus, würde er seine Macht nutzen und gegen ihn vorgehen. Darunter würde dann in erster Linie Hanna zu leiden haben.

Es war besser, einer Auseinandersetzung aus dem Weg zu gehen und den Pastor nicht unnötig zu reizen.

Als er den Hof der Brauerei betrat, verdrängte er diese Gedanken. Ihm bot sich ein Bild, das augenblicklich Druck in seiner Magengegend erzeugte. Der Pferdeknecht Harm sowie Henning Schröder mit seinen Küfern und Wagnern standen im Licht einiger Fackeln zusammen und redeten aufgeregt miteinander.

Als er den Schrei des Roten Milans vernahm, der irgendwo hoch über ihm kreiste, blieb Buddebahn stehen. Der Druck auf seinen Magen verstärkte sich.

Er verstand den Schrei als Warnung. Es war etwas geschehen, und es hatte mit ihm zu tun. Der Raubvogel begleitete ihn seit einiger Zeit. Zunächst hatte er dieses Zeichen falsch verstanden und sich bedroht gefühlt. Nun glaubte er, dass der Milan zu einer Art Schutzengel geworden war.

»Was ist passiert?«, fragte er.

»Da bist du ja endlich«, begrüßte der Braumeister ihn. Der Kreis der Männer öffnete sich. Alle wandten sich ihm zu.

»Was ist los?«

Schröder zeigte auf das Brauhaus. »Aaron Malchow ist da drinnen. Mit einem Schwert und mit Hanna. Er droht, ihr den Hals durchzuschneiden, falls wir zu ihm reingehen. Er will dich.«

Buddebahn dachte an das Schwert, das er im Rathaus im Arbeitsraum Nikolas Malchows gesehen hatte, eine kostbare Waffe, von Meisterhand gefertigt. Aaron hatte es an sich genommen, ein Mann, der als der beste Schwertkämpfer von Wismar galt, ein Mann, der den Umgang mit dem Schwert zur hohen Kunst entwickelt hatte.

»Er wird Hanna töten«, befürchtete Harm. »Ob du zu ihm reingehst oder nicht. Er hat gesagt, dass er sich an dir rächen wird, weil du seinen Vater verraten hast.«

»Er wird Hanna meucheln, um deine Wut anzustacheln und dich zum Angriff zu verleiten«, fügte Henning Schröder hinzu. »Du solltest dir ein Schwert besorgen.«

»Ich weiß noch nicht einmal, wie man die Hände an den Griff einer solchen Waffe legt«, erklärte Buddebahn bedauernd. Ohne ein weiteres Wort ging er an den Männern vorbei zum Brauhaus, öffnete die Tür und trat ein. Leise knarrend schloss sich die Tür hinter ihm.

Im Brauhaus brannten zwei Fackeln. Aaron Malchow stand mit Hanna zwischen ihnen. Die Wand im Rücken. Mit dem linken Arm umklammerte er sie von hinten. In der rechten Hand hielt er das Schwert. Er drückte es ihr so fest an die Kehle, dass aus einer kleinen Schnittwunde Blut floss.

»Lass sie sofort los!«, befahl Buddebahn.

»Das werde ich. Nachdem ich ihr die Kehle durchgeschnitten habe.«

»Sie hat nichts damit zu tun. Gar nichts.«

»Sie ist mir gleichgültig«, entgegnete der junge Mann. »Es geht um dich. Wenn sie stirbt, wird es dich treffen.«

Aaron Malchow hätte sie längst töten können. Doch das hätte ihm nicht die Genugtuung verschafft, die er anstrebte. Er wollte sie vor seinen Augen umbringen, um ihn so hart zu treffen wie nur irgend möglich.

»Es ist vorbei, Aaron«, sagte Buddebahn mit unmerklich schwankender Stimme. Nie hatte er sich vorstellen können, in eine solche Situation zu geraten. Zeit, sich darauf vorzubereiten, war ihm nicht vergönnt gewesen. Dennoch gelang es ihm, vor dem jungen Mann zu verbergen, wie es in ihm aussah. »Das ist absolut sinnlos. Landsknechte schirmen die Brauerei ab. Du kannst nicht mehr entkommen.«

»Sie können mich nicht aufhalten.«

»Du magst ein hervorragender Schwertkämpfer sein. Vielleicht bist du sogar der beste. Doch gegen den Pfeil einer Armbrust hilft dir das Schwert nicht.« Buddebahn hoffte, dass Aaron ihm glaubte. Es gab keine Landsknechte in der Nähe der Brauerei. Er war allein mit Henning Schröder, Harm und einigen Arbeitern, die mit Hopfen, Malz und Wasser umgehen konnten, nicht aber mit einer Waffe. Er selber war ebenfalls ungeschult, so dass er sich auf keinen Kampf einlassen konnte. Er hätte ihn niemals gewinnen können.

»Gehen wir Schritt für Schritt vor«, äußerte Aaron mit einem zynischen Lächeln auf den Lippen. »Erst schneide ich deiner Marktfrau die Kehle durch, dann trenne ich dir den Kopf von den Schultern, und danach sehe ich mich draußen um. Es überrascht mich ein wenig, dass keiner deiner Landsknechte hereinkommt, um dir beizustehen. Hast du sie womöglich erfunden? Sind sie gar nicht da?«

Hanna sah schrecklich aus. Die Todesangst zeichnete ihr

schönes Gesicht. Ihre Augen waren geweitet, und sie atmete schnell und laut durch die Nase, als sei sie nicht in der Lage, den Mund zu öffnen.

»Du wirst dich nicht an einer wehrlosen Frau vergreifen«, versetzte Buddebahn und trat einige Schritte auf Aaron und Hanna zu. »Sie ist ebenso wehrlos wie Kain.«

»Wer ist Kain?«, fragte der junge Mann.

Hanna begriff. Sie wusste, was der Junge getan hatte, und ihr war klar, dass Buddebahn sie aufforderte, sich trotz des hohen Risikos aufzulehnen. Sie handelte. Um sich aus der tödlichen Umklammerung zu befreien, stieß sie den rechten Arm hoch und brachte ihn zwischen Aarons Hand und ihren Hals. So schnell, dass er nicht darauf reagieren konnte, drehte sie sich, so dass sie ihm nicht mehr den Rücken bot, sondern die Seite. Damit überraschte sie ihren Peiniger. Sie drückte das Schwert zur Seite, ließ sich sinken und rammte ihm mit ganzer Kraft den Ellenbogen in den Unterleib.

Mit einem Aufschrei brach Aaron zusammen. Sie war frei.

»Lauf raus!«, schrie Buddebahn ihr zu. »Schnell. Beeile dich!«

Hanna reagierte wie erhofft und rannte los. Vergeblich streckte Aaron die Hand nach ihr aus und versuchte, sie zu halten. Sie lief an Buddebahn vorbei, hastete einige Stufen einer Steintreppe hoch und flüchtete durch die Tür hinaus auf den Hof.

Um einen tödlichen Angriff abzuwehren, nutzte der Ermittler die Gelegenheit, den jungen Mann zu entwaffnen. Während Aaron sich vor Schmerzen auf dem Boden krümmte, eilte er zu ihm und stieß das Schwert, das seiner Hand entfallen war, zur Seite. Nun aber hatte der Sohn des Ratsherrn sich soweit erholt, dass er ihm ein Bein stellen konnte. Buddebahn stolperte. Als er mit der Schulter gegen die Wand prallte, sah er, dass Aaron sich über den Boden wälzte und nach dem Schwert griff. Er konnte nicht mehr verhindern, dass er es erreichte.

Gedankenschnell änderte er seine Strategie, verzichtete darauf, das Schwert an sich zu bringen, hob die beiden Fackeln aus ihren Halterungen und warf sie in einen offenen Bottich mit Bier, wo sie auf der Stelle erloschen. Zugleich sprang er zur Seite. Er hörte die Klinge durch die Luft zischen und exakt dort gegen die Wand schlagen, wo er eben noch gestanden hatte. Zweifellos hätte sie ihn getötet, hätte er sich nicht mit einem Sprung in Sicherheit gebracht.

Es war so dunkel im Brauhaus, dass er die Hand vor Augen nicht erkennen konnte. Damit war der Vorteil Aarons dahin. Er hielt das Schwert in den Händen, konnte aber nicht sehen, wo sein Gegenspieler war. Buddebahn hatte keine Waffe, aber nachdem er mehr als dreißig Jahre im Brauhaus gearbeitet hatte, kannte er sich buchstäblich blind aus.

Die Situation war anders als in jener Nacht auf dem Domplatz, als er fürchten musste, von dem Mörder überfallen zu werden. Er bewegte sich in seinem ureigensten Revier. Er wusste, wo jeder Kessel stand oder wie viele Schritte er bis zu einem Bottich, der Steintreppe oder einem der mit Läden geschützten Fenster gehen musste. Als er die Augen schloss, um sich besser konzentrieren zu können, sah er das Brauhaus mit allen seinen Einzelheiten vor sich. Er wusste, wie die Rohre verliefen und wo die Werkzeuge waren, die für die tägliche Arbeit benötigt wurden. Er kannte jeden Handbreit des Holzbodens, so dass er knarrenden Stellen ausweichen konnte.

Aaron aber war blind. Er konnte sich nur auf sein Gehör verlassen. Doch er hielt ein Schwert in den Händen, und er konnte damit umgehen wie kaum ein anderer.

Der junge Mann lachte leise. Er stand, wo die Fackeln gebrannt hatten.

»Du bist ein Narr, stinkender Fischköder!«, sagte er verächtlich. »Du glaubst, die Dunkelheit hilft dir? Ich finde dich auch so. Mein Schwert wird dich treffen und in der Mitte durchteilen.«

Buddebahn verhielt sich still. Er atmete flach und war zugleich bemüht, sein wild pochendes Herz zu beruhigen. Er durfte sich auf keinen Kampf einlassen, denn Aaron war ihm in jeder Hinsicht überlegen. Es gab nur eine Möglichkeit, diese Begegnung zu überleben – er musste aus dem Brauhaus fliehen und dabei hoffen, dass er draußen Beistand fand gegen den Schwertkämpfer.

Aaron war weniger vorsichtig als er. Im Bewusstsein seiner Überlegenheit schritt er in die Dunkelheit hinein und schlug dabei mit dem Schwert um sich. Krachend schlug die Klinge gegen einen der Bottiche. Lautlos wich der Ermittler zurück. Er schob sich zwischen zwei Kesseln hindurch, blieb kurz stehen und streckte die Hand zur Wand aus. Wie erwartet, stieß sie auf einen Hammer, der in einer Schlaufe hing. Er nahm ihn vorsichtig an sich, ohne das geringste Geräusch zu verursachen, dann aber warf er ihn quer durch den Raum, so dass er einige Schritte von ihm entfernt gegen einen der Braukessel prallte.

Das Geräusch von hastigen Schritten verriet ihm, dass Aaron sich hatte täuschen lassen. Er lief dorthin, wo er ihn vermutete, und prallte gegen einen quer durch den Raum laufenden Balken. Mehr als dreißig Jahre lang war Buddebahn unter diesem Balken hindurchgelaufen, und jedes Mal hatte er den Nacken ein wenig beugen müssen, um sich nicht daran zu stoßen. Aaron aber war deutlich größer als er. Jetzt hörte er es dumpf krachen. Mit einem erstickten Aufschrei stürzte der junge Mann zu Boden. Klirrend schlug das Schwert auf. Er verlor es aus der Hand, und es rutschte über den Boden.

Aaron fluchte. Fahrig suchte er mit beiden Händen nach seiner Waffe und fand sie sehr schnell.

»Du verdammter Hund! Das wirst du mir büßen. Wo bist du?«, schrie er.

Buddebahn verhielt sich still. Leise knarrte eine der Bohlen. Obwohl er nichts sehen konnte, hielt er die Augen offen, und er meinte, sehen zu können, wo Aaron war. Vorsichtig trat er einen Schritt zur Seite, um sich an einem Stützbalken vorbeizuschieben. Jedoch nicht vorsichtig genug. Sein Fuß stieß gegen ein Kupfergefäß. Es fiel um. Scheppernd rollte es über den Boden.

Aaron griff sofort an. Pfeifend flog das Schwert durch die Luft. Die Bohlen knarrten unter seinen Füßen und verrieten Buddebahn, mit welcher Geschwindigkeit sein Gegner herankam. Er wich zurück, bis sich sein Rücken gegen einen Braukessel drückte.

»Du entkommst mir nicht!«, rief Aaron Malchow, der das Schwert unaufhörlich vor sich hin- und herschleuderte, so dass es gegen Stützbalken und Kessel krachte. Pfeifend durchschnitt es die Luft.

Buddebahn spürte, wie der junge Mann näher und immer näher kam. Atemlos ließ er sich in die Hocke sinken, und dann kroch er an der Wand entlang und hinter dem Kessel vorbei. Dabei überlegte er verzweifelt, wie er sich wehren konnte. Doch es gab nichts im Brauhaus, mit dem er sich gegen das Schwert behaupten konnte.

Konzentriert horchend, verharrte er auf der Stelle.

Plötzlich verhielt Aaron sich absolut still. Er konnte nicht einmal seinen Atem vernehmen. Offensichtlich versuchte der junge Mann, ihn anhand der Geräusche auszumachen, die unvermeidlich waren, sobald er sich bewegte.

Als er die Hand ausstreckte, fühlte er die Bierfässer, die nebeneinander auf dem Boden lagen und mit Holzkeilen gesichert waren. Henning Schröder legte ebenso großen Wert auf gute Küfer wie er, denn von der Qualität der Fässer hing ab, wie gut das Bier war. Alle Braukunst war vergeblich, wenn das fertige Bier am Ende in minderwertigen Fässern landete. Daher war der Küfer kaum weniger wichtig als der Braumeister. Sein Handwerk hatte großen Einfluss nicht nur auf den Geschmack, sondern auch auf die Haltbarkeit des Bieres.

Seit Jahren bestand Buddebahn darauf, dass der Küfer die angefertigten Fässer mit Zimtrinde, Nelken, Wacholder, Meisterwurz und Wermut-Pflanzen ausbrannte, bevor sie zum ersten Mal mit Bier gefüllt wurden. Diese Holzbehandlung hatte Henning Schröder übernommen. Doch daran dachte er in diesen Moment nicht. Seine ganze Aufmerksamkeit richtete sich auf Aaron Malchow, dessen verhaltenen Atem er nunmehr vernahm.

Der Schwertkämpfer war keine drei Schritte von ihm entfernt, und er war sicher, dass er mit schlagbereit erhobenem Schwert auf ihn lauerte. Wenn er ihn entdeckte, würde der tödliche Hieb so schnell und so wuchtig kommen, dass ihm keine Abwehrmöglichkeit blieb. Er würde tot sein, bevor er noch begriff, dass er angegriffen wurde.

Aaron kam näher. Kaum mehr als zwei Ellen trennten sie voneinander. Sobald er ihn mit dem Fuß berührte und dabei ausmachte, wo er war, würde er zuschlagen.

Buddebahns Hand schob sich langsam um das Fass herum, bis er den Keil ertastete, der es sicherte. Als er ihn herauszog, hielt er unwillkürlich den Atem an. Von dem blockierenden Holz befreit, rollten die Fässer in den Raum hinein.

Mit einem wilden Schrei auf den Lippen setzte Aaron sein Schwert ein. Die Klinge schlug krachend gegen das Holz und zerschmetterte es. Zischend schoss das Bier heraus. Buddebahn sprang auf und warf sich entschlossen gegen seinen Gegner. Er prallte mit der Schulter gegen ihn und spürte zugleich, wie Aaron das Gleichgewicht verlor. Während er in Richtung Tür lief, hörte er ihn stürzen.

Buddebahn zog den Kopf ein, um sich nicht an dem Balken zu stoßen – und blieb stehen. Mit der ausgestreckten Hand ertastete er Doppelhaken an der Wand und das darum gewickelte Seil. Gedankenschnell zog er den Knoten auf und wickelte das Seil ab. Knarrend löste sich die Holzklappe über ihm und dann stürzte die Gerste in breitem Strom herab und auf Aaron, der auf die Beine gekommen war und ihm folgte.

Buddebahn erreichte die Tür und stieß sie auf. Das Licht von zahlreichen Fackeln fiel zu ihm herein ins Brauhaus. Er flüchtete auf den Hof hinaus.

»Schnell, greift ihn euch«, rief er Schröder und den anderen zu.

Mit Fackeln, Schaufeln und Forken in den Händen kamen sie

ihm zu Hilfe. Sie drängten sich in das Brauhaus, wo Aaron Malchow vergeblich gegen die sich auftürmende Gerste ankämpfte. Mittlerweile war er bis zu den Hüften in dem Getreide versunken. Mit einer Hand schützte er seinen Kopf. Die andere, in der er das Schwert hielt, drückte er vor Mund und Nase, um das Eindringen von Staub zu verhindern. Gleichzeitig schwankte er hin und her, hob mal das eine, mal das andere Bein und mühte sich auf diese Weise ab, um sich aus dem Gersteberg zu befreien.

Bevor er sich versah, war er von den Männern umzingelt, die ihre Forken und Schaufeln auf ihn richteten. Als Henning Schröder die Klappe der Gersteschütte schloss, hob Aaron Malchow noch einmal das Schwert und schlug um sich, doch Harm bohrte ihm die Zinken seiner Forke in die Seite, und er erstarrte mitten in der Bewegung, wohl wissend, dass er den Kampf verloren hatte. Aaron Malchow ließ das Schwert fallen. Es versank in der Gerste.

»Welch eine Schmach«, sagte Conrad Buddebahn, wobei er ihm mit Handzeichen bedeutete, zu ihm zu kommen. »Der beste Schwertkämpfer Mecklenburgs muss vor einer Mistforke kapitulieren! Das ist genau das, was du verdient hast. Schade nur, dass nicht jene Frau die Forke gegen dich geführt hat, der du Gewalt angetan hast.«

Henning Schröder und die anderen Männer fesselten Aaron die Hände auf den Rücken, während Harm ihn mit der Forke im Schach hielt – der älteste und schwächste von ihnen allen.

»Die Landsknechte sollen ihn abholen und in den Kerker bringen. Und dann mag er zusammen mit seinem Vater dem Teufel Gesellschaft leisten.« Buddebahn beleuchtete Aarons Gesicht mit der Fackel. In den Augen Malchows schienen die Flammen eines Höllenfeuers zu tanzen.

»Eines möchte ich noch wissen«, versetzte der Ermittler. »Warum hast du den alten Moritz in die Elbe gestoßen? Was hattest du zu tun mit den Vorfällen in der Bonenstraat?«

»Gar nichts«, erwiderte Aaron. »Er ist gestolpert. Ich habe

ihn nicht gestoßen, und mit den Dänen hatte ich auch nichts zu tun. Mag sein, dass Kehraus sich das hat einfallen lassen. Was weiß ich!«

»Sperrt ihn ein, bis die Landsknechte kommen«, befahl Buddebahn. »Aber lasst ihn nicht allein. Bewacht ihn, damit er nicht flüchten kann.«

Nun endlich ging er zu Hanna, die an der Tür zu seinem Haus auf ihn wartete. Stumm zog er sie in seine Arme und drückte sie an sich.

»Du hast es überstanden«, tröstete er sie.

»Verdori noch mal to!«, seufzte sie, womit sie ihm bewies, dass ihr der Schrecken nicht mehr gar so tief in den Gliedern steckte. »So'n Schietbüdel. Een Slach in sien Gesangverein und he liggt opp de Nees!«

»Vergiss ganz schnell, Hanna, welche Wirkung dein Schlag hatte«, bat er. »Es könnte ja sein, dass wir beide Streit miteinander haben, und dann möchte ich nicht auf die Nase fliegen, weil du mir deinen Ellenbogen in den Gesangsverein …«

Buddebahn lachte leise.

»Schiet di man nich in de Büx!« Hanna stimmte in sein Lachen ein.

»Man muß sich die Kunden des Aufbau-Verlages als glückliche Menschen vorstellen.«

SÜDDEUTSCHE ZEITUNG

Das Kundenmagazin der Aufbau Verlagsgruppe erhalten Sie kostenlos in Ihrer Buchhandlung und als Download unter www.aufbauverlagsgruppe.de. Abonnieren Sie auch online unseren kostenlosen Newsletter.

Frederik Berger: Farbenprächtige Geschichten aus der Geschichte

Die Geliebte des Papstes
Italien im ausgehenden 15. Jahrhundert. Der römische Adlige Alessandro Farnese befreit die junge Silvia Ruffini aus der Hand von Wegelagerern. Doch die Liebe, die zwischen beiden aufkeimt, wird jäh unterbrochen. Alessandro wird vom Papst in den Kerker geworfen. Erst drei Jahre später trifft er Silvia wieder. Sie liebt ihn noch immer, muß aber zusehen, wie Alessandro sich auf ein Ränkespiel einläßt, um Kardinal zu werden, das nicht nur sein, sondern auch ihr Leben in Gefahr bringt.
»Beste Spannungslektüre voller Abenteuer, Leidenschaft und Sinnlichkeit und – das alles beruht dennoch auf Tatsachen!«
WILHELMSHAVENER ZEITUNG
Roman. 568 Seiten. AtV 1690

Canossa
Aus den geheimen Annalen des Lampert von Hersfeld
Deutschland im 11. Jahrhundert. Nach dem Tod des Kaisers droht das Reich zu zerfallen. Heinrich, sein minderjähriger Sohn, gerät unter den unheilvollen Einfluß des Erzbischofs von Köln. Nur die Liebe zu Mathilde, seiner Cousine, läßt ihn Jahre der Bedrohung und des Verrats überstehen. Bis sich ihm ein noch größerer Widersacher entgegenstellt: Papst Gregor VII. strebt die Weltherrschaft der Kirche an.
Ein schicksalhafter Kampf um die Macht beginnt.
»Ein sorgfältig recherchierter, packend geschriebener Roman, der uns auf angenehme Weise die Lebensumstände des Mittelalters näher bringt.« HAMBURGER ABENDBLATT
Roman. 607 Seiten. Gebunden. Rütten & Loening
ISBN 3-352-00713-6

La Tigressa
Italien gegen Ende des 15. Jahrhunderts. Als Caterina Sforza, die Tochter des mächtigen Herzogs von Mailand, sich in einen verarmten Adligen verliebt, löst sie ungewollt eine Reihe blutiger Ereignisse aus, die sie bis an ihr Lebensende wie ein Fluch verfolgen. In Rom wird sie mit dem skrupellosen Neffen des Papstes verheiratet – und sprengt schon bald ihren goldenen Käfig, indem sie sich tatkräftig in die Politik des Vatikans einmischt.
Roman. 569 Seiten. AtV 2030

Mehr unter
www.aufbau-verlagsgruppe.de
oder bei Ihrem Buchhändler

aufbau taschenbuch
AUFBAU VERLAGSGRUPPE

Guido Dieckmann:
Spannende Geschichten vor historischem Hintergrund

Die Poetin
Mit Frau und Tochter reist der Tuchhändler Joseph Schildesheim im Spätsommer 1819 nach Heidelberg. Seine Tochter Nanetta träumt davon, ihre Gefühle in Versen auszudrücken, statt als Jüdin ein zurückgezogenes Leben zu führen. Die Stadt jedoch ist in Aufruhr. Nach dem Mordanschlag auf den Dichter Kotzebue sehen die Studenten in nahezu jedem Fremden einen Spion – und plötzlich gerät Nanetta in den Verdacht, eine Verschwörerin zu sein.
Roman. 304 Seiten. AtV 1661

Die Gewölbe des Doktor Hahnemann
Der erste Roman über den legendären Begründer der Homöopathie: Auf der Albrechtsburg träumt der junge Samuel Hahnemann davon, ein berühmter Arzt zu werden. Schon früh ist er von den dunklen Seiten der Medizin fasziniert und unternimmt alles, um an eine verschollen geglaubte Schrift des Paracelsus zu gelangen. Doch damit ruft er einen geheimen Orden auf den Plan, ihn aus dem Weg zu räumen.
»Sehr spannende Geschichte, eingekleidet in ein Zeitporträt; schlichtweg gut erzählt mit einem sinnvoll und schlüssig aufgebauten Plot, der mit mehr als einer Überraschung aufwarten kann.«
DIE RHEINPFALZ
Roman. 473 Seiten. AtV 2011

Die Magistra
Von ihrem Hof vertrieben, flieht die junge Philippa von Bora 1537 zu ihrem berühmten Onkel Martin Luther. Sogleich erhält sie einen Auftrag von ihm: Sie soll an der Wittenberger Mädchenschule unterrichten. Eine wunderbare Aufgabe, so scheint es, bis ihre Gehilfin ermordet wird und die Magistra einem Unbekannten auf die Spur kommt, der nur ein Ziel hat: die Reformation niederzuschlagen, indem er Martin Luther tötet.
Roman. 400 Seiten. AtV 2095

Luther
Zweifler, Ketzer, Reformator – Martin Luther war ein faszinierender, willensstarker Mensch, der die Welt aus den Angeln hob. Als er im Jahre 1517 seine Thesen verkündet und sich weigert, sie zu widerrufen, macht er sich mächtige und gefährliche Feinde. Nicht allein der Papst, auch der Kaiser versucht ihn mundtot zu machen, doch Luther widersteht und wird zum Volkshelden und Revolutionär wider Willen.
Roman. Mit 16 Filmfotos.
340 Seiten. AtV 2096

Mehr unter
www.aufbauverlagsgruppe.de
oder bei Ihrem Buchhändler

Historische Romane:
Hexen, Huren, Magie

MICHAEL WILCKE
Der Glasmaler und die Hure
Während katholische Truppen das feindliche Magdeburg belagern, wird Martin, ein tüchtiger Glasmaler, überfallen und seine Frau getötet. Ausgerechnet Thea, seine Jugendliebe, die sich als Hure verdingen muß, rettet ihn aus der brennenden Stadt. Obwohl sie alles tut, ihn von seinen Plänen abzubringen, macht Martin sich daran, den Mörder seiner Frau zu finden. Spannend und exzellent recherchiert – ein Liebesdrama vor dem Hintergrund der Religionskriege.
Roman. 358 Seiten. AtV 2203

MICHAEL WILCKE
Hexentage
Osnabrück im Jahr 1636. Wegen angeblicher Teufelsbuhlschaft läßt der Bürgermeister die Frau eines angesehenen Apothekers in den Kerker werfen. Jakob, ein junger Jurist, verfolgt den Prozeß, weil er selbst gegen Hexen zu Felde ziehen will. Doch dann verliebt er sich in die schwangere Sara, die hinter der Anklage nur dunkle Machenschaften der Stadtoberen vermutet. Eine spannende Hexengeschichte, die auf historischen Tatsachen beruht.
Roman. 320 Seiten. AtV 1999

ANGELINE BAUER
Die Seifensiederin
Frankreich im 17. Jahrhundert. Manchen gilt die schöne Ambra als eine Hexe, weil sie betörend duftende Seifen zu sieden versteht. Als man sie festnehmen will, verhilft ihr der junge Mathieu zur Flucht nach Paris. Bald schon erhält sie einen besonderen Auftrag. Eine Marquise will den König verführen – und bittet Ambra, eine besonders duftende Seife zu sieden. Ein wunderbarer Roman über die Liebe und die geheimen Spiele der Macht.
Roman. 361 Seiten. AtV 2277

GEORG BRUN
Der Magier
Italien in der Spätrenaissance. Der junge Kaufmannssohn Paolo Scalieri mißbraucht seine alchimistische Ausbildung für eine Karriere an den Fürstenhöfen. Schnell steigt er zum Vertrauten der Mächtigen im Kampf um den Papstthron auf. Doch nicht nur er ist auf der Suche nach einem Buch mit teuflischem Inhalt, das grenzenlose Macht verleihen soll. Ein farbenprächtiger historischer Roman, der den alten Glauben an die Magie lebendig werden läßt.
Roman. 459 Seiten. AtV 2244

Mehr Informationen unter
www.aufbauverlagsgruppe.de
oder bei Ihrem Buchhändler

aufbau taschenbuch
AUFBAU VERLAGSGRUPPE

Historische Romane:
Kelten, Ketzer, Abenteuer

MANFRED BÖCKL
Die letzte Königin der Kelten
Als Nero römischer Kaiser wird, bricht im besetzten Britannien grausame Tyrannei aus. In dieser Zeit verunglückt der Keltenkönig Prasutax tödlich. Nach keltischem Recht tritt seine schöne Witwe die Alleinregierung an. Doch Nero duldet keine Frauenherrschaft und fordert ihre Abdankung. Als die Königin sich weigert, lässt er sie in den Kerker werfen und schänden – doch es gelingt Nero nicht, sie zu brechen. Im Bündnis mit den Druiden der heiligen Insel Môn ruft Boadicea die Keltenstämme zum Freiheitskampf auf.
Roman. 542 Seiten. AtV 1296

MANFRED BÖCKL
Die Bischöfin von Rom
Branwyn, eine keltische Seherin im Britannien des 4. Jahrhunderts, soll eine Brücke schlagen zwischen dem alten Wissen der Druiden und den jungen christlichen Gemeinden des Westens. Sie begibt sich nach Rom und wird sogar zur Bischöfin gewählt. Doch sie hat nicht mit dem erbitterten Widerstand der römischen Priesterschaft gerechnet.
Roman. 504 Seiten. AtV 1293

GEORG BRUN
Der Engel der Kurie
Rom 1526: Eine Reihe grausamer Morde an jungen Frauen versetzt die Stadt in Angst. Der Kanzler der Kurie beauftragt den unerfahrenen Dominikanermönch Jakob mit den Ermittlungen. Die Spuren führen bis in die Nähe des Papstes. Ein illegitimer Medici-Sproß, zuständig für die Lustbarkeiten im Vatikan, scheint ein gefährliches Netz aus Erpressungen und Intrigen ausgelegt zu haben.
Roman. 330 Seiten. AtV 1350

GEORG BRUN
Der Augsburger Täufer
Der Dominikanermönch Jakob muß nach Augsburg, um einen Mord aufzuklären. Die erste Spur weist zu gefährlichen Glaubenseiferern, die gegen den Papst streiten und Unruhe verbreiten. Doch auch die schöne Malerin Ludovica scheint ihre Intrigen zu spinnen. Da geschieht ein zweiter Mord, und Jakob begreift, daß er es mit einer Verschwörung zu tun hat, in die sogar der Papst verstrickt sein könnte.
Roman. 409 Seiten. AtV 1425

Mehr unter
www.aufbauverlagsgruppe.de
oder bei Ihrem Buchhändler

Homöopath, Mystikerin, Päpstin: Legendäre Leben der Vergangenheit

GUIDO DIECKMANN
Die Gewölbe des Doktor Hahnemann
Der erste Roman über den legendären Begründer der Homöopathie. Sachsen im Jahre 1765: Auf der Albrechtsburg träumt der junge Samuel Hahnemann, Sohn eines Porzellanmalers, davon, ein berühmter Arzt zu werden. Schon früh ist er von den dunklen Seiten der Medizin fasziniert und unternimmt alles, um an eine verschollen geglaubte Schrift des Paracelsus zu gelangen.
Roman. 473 Seiten. AtV 2011

GABRIELE GÖBEL
Die Mystikerin – Hildegard von Bingen
Am Allerheiligentag des Jahres 1106 wird ein kleines Mädchen in einem weißen Kleid auf den Disibodenberg bei Bingen geführt. Hier, wo einst irische Mönche ein Kloster errichteten, soll die kränkliche Hildegard, das zehnte Kind einer Adelsfamilie, ihr Leben Gott weihen. Schon wenig später hat die junge Frau einen legendären Ruf als Heilerin und Seherin.
Roman. 448 Seiten. AtV 1993

INEZ VAN DULLEMEN
Die Blumenkönigin
Ein Maria Sibylla Merian Roman
Maria Sibylla Merian (1647-1717) war schon als Kind von Blumen und Schmetterlingen fasziniert. Der Stiefvater erkannte die künstlerische Begabung und bildete sie in der Malerei aus. Im Aquarellieren erlangte sie Meisterschaft und hielt die Wunder der Natur auf Pergament fest. Die Krönung ihres Lebenswerkes war eine Reise in den Regenwald, wo sie Flora und Fauna studierte.
Aus dem Niederländischen von Marianne Holberg. 255 Seiten. AtV 1913

INGEBORG KRUSE
Johanna von Ingelheim
Eine Statue, die der Vatikan 1550 in Rom entfernen ließ, zeigte eine Frau mit einem Neugeborenen im Arm. Im Volksmund wurde sie »Päpstin Johanna« genannt. Wer war diese legendäre Johanna von Ingelheim, die als junger Mönch in das Kloster Fulda eintrat und die sich anmaßte den Papstthron zu besteigen?
Eine Biographie. 265 Seiten. AtV 8074

Mehr unter
www.aufbauverlagsgruppe.de
oder bei Ihrem Buchhändler

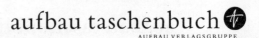

aufbau taschenbuch
AUFBAU VERLAGSGRUPPE

Historische Romane: Packende Frauenschicksale

JÓZEF IGNACY KRASZEWSKI
Gräfin Cosel
Ein Frauenschicksal am Hofe August des Starken
Anna Constantia von Brockdorff (1680-1765), als Geliebte August des Starken zur Gräfin Cosel erhoben, war eine der schönsten Frauen ihrer Zeit. Neun Jahre lang war sie die mächtigste Frau Sachsens, danach wurde sie 49 Jahre auf der Festung Stolpen gefangengehalten. Kraszewski erzählt im berühmtesten seiner Sachsen-Romane ihr anrührendes Schicksal und zeichnet ein prachtvolles Gemälde der königlichen Residenz in Dresden.
Historischer Roman. Aus dem Polnischen von Hubert Sauer-Žur. 320 Seiten. AtV 1307

HELENE LUISE KÖPPEL
Die Ketzerin vom Montségur
Als ein Kreuzritterheer im 13. Jahrhundert seine blutige Spur durch Südfrankreich zieht, begegnen sich die Katharerin Esclarmonde und der Tempelritter Bertrand. Ihre Liebe steht unter einem schlechten Stern, denn beide sind durch ein Gelübde gebunden. Jahre später treffen sie sich auf der belagerten Festung Montségur wieder, von wo Bertrand den Heiligen Gral auf geheimen Wegen in Sicherheit bringen soll.
Roman. 440 Seiten. AtV 1869

FREDERIK BERGER
La Tigressa
Das aufregende Leben der schillerndsten Frau der Renaissance
Caterina Sforza wird mit dem skrupellosen Neffen des Papstes verheiratet – und sprengt schon bald ihren goldenen Käfig, indem sie sich tatkräftig in die Politik des Vatikans einmischt. Nach dem Tod von Papst Sixtus bricht sie mit ein paar Getreuen auf, die Engelsburg, das als uneinnehmbar geltende Kastell der Päpste, zu erobern.
Roman. 569 Seiten. AtV 2030

GUIDO DIECKMANN
Die Poetin
Deutschland im Spätsommer 1819: Mit Frau und Tochter reist der Tuchhändler Joseph Schildesheim nach Heidelberg. Tochter Nanetta, frühreif und wissensdurstig, fällt es schwer, den Verlockungen der Heidelberger Altstadt zu widerstehen. Als sie ein Treffen von Verschwörern belauscht, gerät sie plötzlich in den Verdacht, eine wichtige Depesche gestohlen zu haben.
Roman. 304 Seiten. AtV 1661

Mehr unter
www.aufbau-verlagsgruppe.de
oder bei Ihrem Buchhändler

aufbau taschenbuch
AUFBAU VERLAGSGRUPPE